江南風雅頌

翁还童◎主编

江西高校出版社
JIANGXI UNIVERSITIES AND COLLEGES PRESS

图书在版编目(CIP)数据

江南风雅颂/翁还童主编. --南昌:江西高校出版社,2021.10（2025.1重印）
ISBN 978-7-5762-1739-1

Ⅰ. ①江… Ⅱ. ①翁… Ⅲ. ①诗集—中国—当代 ②散文集—中国—当代 Ⅳ. ①I217.1

中国版本图书馆CIP数据核字(2021)第192369号

出版发行	江西高校出版社
社　　址	江西省南昌市洪都北大道96号
总编室电话	(0791)88504319
销售电话	(0791)88522516
网　　址	www.juacp.com
印　　刷	三河市京兰印务有限公司
经　　销	全国新华书店
开　　本	710mm×1000mm　1/16
印　　张	35.5
字　　数	300千字
版　　次	2021年10月第1版 2025年1月第2次印刷
书　　号	ISBN 978-7-5762-1739-1
定　　价	128.00元

赣版权登字-07-2021-1298

《江南风雅颂》编委会

序

彼采风兮

翁还童

一

“风雅颂”是中华文化的传统，也是中国文学的源头。一般说来，“风”是民间的声音，“雅”是宫廷的声音，“颂”是宗庙的声音。似乎一个人一旦拿腔作调就不好玩，所以还是国风的自然有趣味。

传统的东西纵有千般不是，也总是先人的遗传。人都是以文化的方式存在，虽里巷歌谣，亦可以是国之风。

我们做江南风雅颂，不过是想建一个平台，寻找精神尺码相近的人一起玩。酒桌上定的一个标准是：

有才、有颜、有量、有闲。

有才是硬道理，能写、能说、能歌、能摄都好，关键要会说自己的话。有颜是自然之道，江山如画，要配美人，更重要的也许是一个人的精神模样。“颂”的本义是容颜，我们想要陈列的是一个人的独特面目。有量不仅是指气量，也指酒量，雅聚喝酒，有量可以助兴，可以显露人的真性情。有闲是节假日可以做自己的主人，脱离世务的巷道，以文学的方式刻画精神年轮。如清人张潮说的，有闲则可出游，有闲则可交友，有闲则可创作，有闲则可喝酒。其实以上“四有”只是表面的说法，内地里有一个标准是有趣。没有趣的人，不可以言风雅。如没有盐的菜，是怎样的一种寡淡呢？

这一年，最大的一次活动是中国第二届庐山西海谷雨诗会。江西教育期刊社的加盟，引来全国各地的作家朋友一百多人欢聚一堂，开展为期三天的采风、交流和诗会活动。方心田先生创作《西海之恋》在诗会演绎，不同凡响。山西学者郝晓东，安徽作家吴忌，南昌作家陈然、邓涛，

2016江西年度诗人林珊等都在诗会上交流。《教师博览》等媒体刊发三子、林莉、周玲等诗会作品五十余首，可谓一时之盛。

春天里，我们还先后组织了花源谷寻梅、秀女路探幽、新县访古等采风活动。

花源谷一年四季可以观花，但是，曲径的梅花总有一种孤独。我们一行去寻访的时候，这里没有一个游客，与看桃花、映山红、马鞭草等花时的人山人海形成反差。

王造梁发起秀女路采风，一路有古老而颓败的余氏宗祠，有在遗址上重建的马山亭，有香火不断的太阳神殿，有田里的将军石等。我们走进石门楼的人家，看"三生石上注良缘"的贺婚词。秀女本是山间一个瘌头的丑女，一次听两只鸟在夸她的惊艳，回家对母亲说起此事。母亲骂她自丑不觉，一巴掌下去，奇迹出现了，瘌壳掉了，出现一头秀发，真是绝代美人。后来她被皇帝选为秀女，因此有了这条秀女路。但是这条路破坏了山村的风水，秀女夭亡。秀女的故事与西方丑小鸭的故事有不同的趣味，有不同的寓意，让人思索，让人浩叹。

钟新强夫妻驾着三轮车，装酒菜从小城到柳山下的家中，邀请我们去新县雅聚。新县是相对于西安里老县城来说的，后者是汉代的旧址，前者是唐代的遗迹。乡亲用小筏子分两次送我们过河，开阔的田畴，一川金色的油菜花像主人的热情，扑面而来。只有一口甘罗井可以让人凭吊。坐下来，像唐朝人一样遥望柳山，欣慰这里毕竟出了一个诗人。

夏天，我们先后到东浒寨、箬竹、伊山、东山、豫章等地采风。

修水东浒寨有红岩古寺，住持果淳法师邀约我来主持开办一期作家修学营。有这样的机缘，是因为我曾经在弥陀寺协助寂光法师组织过两届庐山西海作家禅修营。我就先组织九江、瑞昌、武宁、修水等地的朋友去考察。一个大雨倾盆的夏日，我们雨中登山，心旷神怡。夜宿山寺，一行人听箫声雨声，品茶聚谈，颇多禅意。虫鸣伴着入睡，早上在鸟们的对话中醒来，似乎像秀女一样，能听懂鸟语，有那样一种快乐。

箬竹是修水大山里一个普通的村庄，这里没有一幢洋房或者那种水泥盒子的建筑，虽然只是二十世纪六七十年代的泥房砖舍，与自然的和谐相安，亦足可观。

伊山是商代伊尹的后代伊叟的隐居之地，也是乡贤刘堂江先生的故乡。这里原来是一个乡，撤并后成为一个村，深山移民，把大山还给自然。山里乡风淳朴，人们不忘故土，编纂出版《大美伊山》，赠与乡亲与来客。如今由成善新牵头，又拟创作新篇，所以邀请大家去采风。我们不唯感受天子屋场的神奇，更感到山里人的良知善意。这里不仅有毕生保护珍稀动物长颈白尾雉的人，更有民间护河队，让伊山河的小鱼小虾不受伤害。

夏海琴邀请大家去东山雅聚的时候，正值我的新书在京东、淘宝、当当等平台上架，她说要给我安排一个简单的新书发布仪式，因此美其名曰“观海听涛读新书”。西海水淹没古镇箬溪后，东山一度成为一座孤岛，靠一渡船与外界联系。如今东山通高速，并建有服务区，真正的东山再起，成为西海水上第一村。山水如画，无边光景，《春过江南》就是在这样的山水间发布的。人间美好的情意，有这样浩荡。

我们还一起前往豫章看八大山人纪念馆，访友喝酒，醉倒在人情中。

秋日登高，壮阔胸怀。我们组织了辽山采风，又去巾口农家摘果；中秋，还办有竹林堂诗会。

傅鹤鸣邀请我们去登辽山。辽山是有精神海拔的山，护佑一方，人才辈出。在山上鸟瞰船滩，人间烟火都融在一片稻黄里。为了迎接我们的到来，山下石坑傅氏宗祠摆了八桌，老人们兴致勃勃地唱打鼓歌，让我们品尝这里独特的太婆宴的味道。

巾口乡的果园、村庄都成为庐山西海的核心景区，雷奇邀请我们去参观，帮村民做些推介。又因为这里有我的旧居，他还搞了一个“《春过江南》原型地探访”的项目，因为风景实在是美，农家也实在是盛情，所以不虚此行。

夏涓沅是鲁溪梅颜村的村民，在外打拼多年，事业有成。他回村为乡亲服务后，引进工厂，让村民有班上；又建立竹林堂诗社，让村民有文化生活。中秋佳节，他邀请本县的文友到山村开诗会，开启“山水武宁第一届中秋风雅颂”，村里的茶戏班、县城的舞蹈队前来捧场，村民们就像过节一样开心。

冬日,我们到瘦梦曾经工作的地方探访。这个叫寺前的地方,在九宫山下。原来的学校旧址上,现在种上了庄稼。抬头可见赣北第二高峰老鸦尖白雪皑皑。那个时候,他在生活的边缘,在日复一日的遥望九宫中,在年复一年与岩石的对话中,思考万物的宿命,寻找生命的高度,如志士的修行。

二

以上文字摘引自《年之轮,国之风》,是我对于2017年江南风雅颂文化采风的一个小结。从这一年的行踪,可以看出几年来团队活动的概况。2018年后,每次采风都有文字和图片在公众号见证,就没有再写总结。

从建活动群到创公众号,从轮流做庄模式到与人合作模式,从自由采风到主题采风,从偶得天地文章到采集儿童诗歌,我们走过一段自己开创的文学历程。

这个平台的建立最初是从做西海文学开始的。瘦梦是地方文坛领袖,我们合作,把地方的文学活动办得风生水起。从2015年初夏举办全国知名作家庐山西海采风活动,到2016年开启首届庐山西海谷雨诗会,其间还做庐山西海作家禅修营,是为江南风雅颂之滥觞。文学采风表面毕竟是一种游玩,职场有许多禁忌,也不想让人承担活动的一些责任,只有使之活在民间。

2016年建立江南风雅颂活动群,张雷发起第一次采风,带领大家走进罗溪老街、进士第、耕居、锣鼓石亭、冰川石等地,并写有组诗《他们》以记之。自此,开启文化采风活动,平均每月一次,至今不觉一起走过六个年头。那些文化行走的内涵是什么呢?

一次采风一个主题。最多的是乡村主题,去采撷每一个乡镇、每一个村庄的文化珍珠。几年来,我们走过十几个乡镇、几十个村庄,为发现诗意乡村而赋;也做景区主题,走进花源谷、观湖岛、太平山、长水等,为丰富景区文化而歌。一草一木也可以起兴,我们做过北湾荷花、太平山樱花、东岭桃花等专题，庚子年又做清明、谷雨、小满、芒种、夏至等节气主题，亲近自然；还到山背过天贶节，温习一个传统节日的礼乐。

一次活动一本图书。一是购置本地作家的代表性作品，先后有陈政随笔、散文集《列岫云川》《寻梦法兰西》《悟庐手札》，黎隆武历史纪实文学《海昏侯三部曲》，张绪佑传记文学《老土少年》，杨新民小说集《花朝女》，吴国富纪实作品《如雪的茅草花》，陈建武著作《感悟汉字大智慧》《汉字歌》等。因为广泛联系搜购本土著作，我们还抽空帮助县图书馆建起地方著作图书库，为一邑历史之创举。二是选购我读过后认为值得推荐的图书，有何兆武《上学记》、周有光《逝年如水》、季羡林《风雨百年》、刘瑜《观念的水位》、刀尔登《不必读书目》、范晓波《带你去故乡》、美国潘恩《常识》、波兰辛波斯卡诗集《万物静默如谜》等。三是文友雅助的图书，如萧亮送的连续出版物《自在客》，林北子送的诗集《白白诗选》，陈杰敏送的长篇小说《陶渊明》等。几年下来，向团队成员赠送几十本图书。

一次雅聚一组作品。开始的时候，没有什么策划，就是自由行走与创作，写出的作品大多为散文，发在地方报纸副刊。有的时候写的人多，就出专辑，为地方报纸增色不少。戊戌春，夏海琴、钟新强、余慧琳先后邀请我们到枫树、石渡、梅林采风，此时江南风雅颂微信公众号已创办，每次都及时推出采风专辑。采风作品由散文为主转到诗歌为主，活动传播由个人自由发朋友圈发展到公众号推送。每一组诗歌，少则七八人，多则十几人，配以诗序、辞赋、图片，可以全面展示一次文化采风的面貌，从此形成规范，成为世间独一无二的玩法。

一场游戏一组童诗。庚子年，子清加入团队，先后到洪区、甘南、贫困山区给留守儿童上诗歌课，也就是利用一节活动课普及诗歌常识，并激发孩子的创作热情。先后以“春游芳草地”“夏赏绿荷池”“秋天的田野”“世界儿童日”“冬吟白雪诗”“我们的春节”等为主题采集儿童诗歌。那些稚嫩的吟咏，是对于爱的馈赠。世间从此有子清儿童诗歌采集系列作品，凡数百篇。

一年两会做成品牌。上半年做庐山西海谷雨诗会，下半年做山水武宁中秋风雅颂。庐山西海谷雨诗会从2016年开始举办，先后有省市一些媒体加盟，面向全国征集作品，组织与会作家、诗人先后到巾口、东山、太平山、黄沙等地采风，创作出一大批作品，发于全国各地报刊。2020年的新冠疫情也没有影响诗会的如期开办，第五届庐山西海谷雨诗会在白鹤坪举行，禁足一春的文朋诗友，在美丽的茶园放飞心情。

山水武宁中秋风雅颂先后在梅颜、双新、桃源谷等地举办，2020年办到第四届，在中国林改第一村罗坪镇长水村采风并开诗歌晚会，有四十多人参加诗会，入选的作品最远来自黑龙江，以文学见证一个山村的历史巨变。

这两个品牌的建立，是以地方作协与报社的名义联合来办的，也得到有关乡、村雅助，成为一个地方新的民俗。四季的轮回中，仿佛没有这两个诗会，就对不起谷雨、中秋这样氤氲着中华风雅的节气和节日。

三

江南风雅颂是一个小众平台，既是一个活动平台，也是一个文学园地。公众号既没有做广告，也没有开通打赏，更不追求流量，就是一群文学同道自己玩的地方。

有邹幽篁君，参加采风，屡有佳作，自学摄影一年后，图片亦独特，与文字一样的安静有所思。她经营"幽篁的自由地"公众号，从不发朋友圈，亦不常更，喜欢与寂寞相处。其审美符合小众趣味，因此，我嘱她申办"江南风雅颂"公众平台，时在2017年10月18日。当时，我告诉幽篁，平台预设的流量是300至500，因为不是大众的趣味。后来平台也常有成千上万的流量，叫人疑心是不是质量把关有问题。

小众的平台，追求原创、有常，或一周，或十日，定期更新。实际的情形是，2018年出72期，2019年出75期，2020年出89期，2021年3月止出33期，加上2017年的16期，总共出了285期，平均达到四五天一更。又因为文字、图片都要求原创，工作量就很大。而采风专辑总是想及时推出的，所以熬夜是常事。我开始也不懂，总是因为一些细节要她反复修改。一次，幽篁说，每次收到打包发送的文字和图片，不做出来，晚上就睡不着觉。于是，我就来做学徒，减少她的压力，加上团队协助，就这样坚持下来。

序、诗、赋、图，这四个方面的内容，缺一不可，是每一辑采风作品的惯例，不与世间一切风雅雷同。

选择诗歌，也许是为了与平台的名称匹配，也许是诗歌来得快，便于及时推送。但是，最初的团队里面，因为瘦梦不能经常参加活动，只有钟新强是诗人；邹冰青年时写过诗，后来转为写小说，可以说，除采风诗歌外，这些年没有写过诗；其他人多以散文见长，几乎不写诗。也因此，前期采风的作品难以入选，每次都差个一人两人，作品成不了一辑。令人惊奇的是，除我以外，团队里面，大部人都有诗歌作品。我不懂诗歌，都是钟新强审定，有时也悄悄问瘦梦，得着一句肯定的评语，方才心安。

中国文化的赋，既是一种文体，也是风雅颂的一种手段，尽情铺陈的，是世间的美好。采风作品由辞赋殿后，也不是预设的，因为古调无人能弹。李飞亮兄是中途加入团队的，是同道中的长者，参加石门楼、鲁溪等多地采风的时候，都没有作品，直到自己邀请大家采风北屏的时候，可能有些积累，当日写出《茶芎赋》，从此，一发不可收，只要采风，都有其赋。山川胜迹，人物典故，物产宝藏，风俗民情，寄之古雅文字，赋予律吕之美。古有相如一赋，千金难买；今有李飞亮系列采风之赋，为人间增光。

图片成为采风的一大要素，也是慢慢形成的。开始的时候，不安排摄影项目，最多安排一部相机，负责拍一张合影，其他用手机自由拍。后来摄影团队与写作团队旗鼓相当，没有美图，采风就觉得不圆满；而且团队里有的人就是冲着创作美图去的，一个人的光彩，要有一些东西激发。选一些代表图片入书，以为纪念焉。

孔子编诗三百，不敢作序，但又说，一言以蔽之，曰思无邪。不知是虚晃一枪，担心辛苦做出的产品变成惊叹号，还是真以为自己掌握了政治正确的标准。好在夫子不懂诗，保留了那么丰富多彩的古国之风。我敢于作序，并非胆大，实在是因为不会写诗，想为同道鼓一下掌。一歌开唱，要有过门；一剧开场，配角先行。好比有大将出马，我在前面打下旗；

黄钟大吕之前，铺垫一些瓦缶之音。因此，平时每辑作品，不充诗赋人数；编辑成书，亦不列一辑十人之内，以其不登风雅之堂也。

因为平台是为文化采风打造的，采风作品占有最重要的位置，也是平台最大特色。因此，这本书将采风诗赋作为一卷，选取其中一小部分，各种类型都有一点，编成二十五辑，每辑十人作品，其中有一辑组诗、一辑童诗，总数为三百首，名之曰：三百篇。此为上卷。

四

除上列雅集序、诗、赋、图四端外，亦分享同道新作，以散文、随笔为主，亦兼及诗歌、小说，就是更大范围来组织雅聚。虽然是小众的活动，也有幸得到方家的厚爱。《星火》主编范晓波、《创作评谭》副主编陈蔚文、江西省作协副主席樊健军、2014 江西年度诗人林莉、2016 江西年度诗人林珊、上饶市作家协会副主席渭波、九江市作协副主席雁飞，还有温州大学教授、诗人熊国太，湖南作家王芳，安徽作家刘鹏程等，或应邀参加我们的各种文学活动，或应约赐给我们大作。如《禅修记》就是陈蔚文参加第二届庐山西海作家禅修营之后写出的作品，发表于《上海文学》2018 年第一期，并在江南风雅颂平台推出。樊健军三次参加庐山西海谷雨诗会，每次都有佳作。林珊的诗歌《夜宿弥陀寺》也是参加禅修后所得并在平台发布。他们的友情支持，扩大一方文化气场，留下宝贵精神财富。

又得地方名家厚爱，提升平台品位，给后学以指引，善莫大焉。刘堂江、黎隆武、陈政、张绪佑、杨新民、萧亮、吴国富、张友苏、余慧娟等都是有成就的作家、学者，他们或著作等身，或事业有成，一直以来关心家乡的文学事业，对我们的约稿都是有求必应，并给予我们以热情的鼓励。

二十世纪八十年代，小城走出一批作家、画家，形成一个文化高峰，让人仰望。2020 年 4 月，著名画家陈重印在广州去世，平台先后推出一批纪念文章，重现当年文化盛况，也让人感到一代风流惺惺相惜的温暖。从中选张绪佑、杨新民作品，让人看到文学不光是单打独斗，不光是一己之勇，互相的激励、互相的欣赏是多么美好！

那一批作家、画家走出地方后，小城寂寞深沉。几十年后，填补这一空缺的，竟是一批80后女性作者，周冲、夏海琴、张雷、邹幽篁、张雯哲、王造梁、子清等，阵容可观，各具特色，起点不凡，活力四射，成为新的地方文学山峰。诗歌见诸上卷采风作品，又特从平台刊发的散文作品中，选编一辑，以为展示。

既尊崇名家，亦不薄林泉；既有耄耋老人，亦有青年才俊。尤其是平常不写作的人，偶尔得一篇佳作，因为厚积薄发，至为珍贵。选取五十篇作品，编成五辑，共有四十二名作者，取名曰：卌人集。此为下卷。

《诗经》中的风是按国编辑的，雅、颂无国别，以十篇为一辑，谓之什。古军制十人为一单位，名曰什，因袭之。既言风雅颂，因此也这样来整理辑录之。

五

历史上的雅聚自然很多，但是不能长久。滕王阁、兰亭只有一次，金谷园、竹林也是短暂时光。因为人生的无常，还有其他种种原因，或者为稻粱谋，欲集不能；或者灵魂不能同频共振，渐行渐远。江南风雅颂的主要成员，能够一起玩这么长时间，殊为珍贵。

有人真心热爱。王造梁生二胎前，挺着大肚子也坚持不缺席活动；女儿三个月时，就背着她一起上太平山采风，所以团队里最小的就是这个叫七月的女孩，是最靓的风景。钟新强是自由职业者，一日不工作，一日无收入，却成为采风及编辑作品最热心之人，以此为乐。邹冰是高中教师，黎雯婷供职医院，双休、假期也常常要上班的，都会想方设法与人调课、调班，请假的时候极少。还有一些人，带着小孩参加活动。热爱让许多难题在我们面前却步，热爱让我们一路风雨无阻。

有人得到成长。韩峰之前在一个乡镇开救护车，很少有人知道他写诗，中途进入团队，学习采风，学习创作。我们眼看着他的作品一次比一次大气，一次比一次成熟。李飞亮从偶尔写赋，到立挥而就，每次都是第一个交“作业”，令人叹服。张雷的诗写得很少，主要作品几乎都是采风创作，仿佛这种玩法有一种魔力，总是让她写出激情恣肆、一泻汪洋的长歌。我们这个平台是不玩旧体诗的，因为一个时代有一个时代的玩法，又被一些人糟蹋得不成样子，但是在半岛莲池和梅林采风时，张雷创作的古体长歌《长夏莲池行》和《梅林玉清宫植梅歌》却格调高雅，气势恢宏，有李唐之风，成为亮点。

有人愿意奉献。团队成员，大多是多面手，既要采风创作，还要有许多后勤保障。邓京丽、成善新、王臻等一批摄影人，为活动留下精彩瞬间，成为珍藏。夏涓沅、韩峰、付赛鹰、刘芙蓉、徐立慧等多数成员既能创作，又愿意为团队服务，尤令人感佩。

有创作的快乐。最大的快乐不是到哪里采风，而是能写出怎样的作品。一切吟咏不过是借题发挥，范仲淹借的是岳阳楼，王勃借的是滕王阁，王羲之借的是兰亭，陶渊明借的是桃源。借的那个题，其实没有那么重要，关键在于有怎样的发挥。让人挥洒的自然是一个人的才情，是一个人的思想、眼光、怀抱、境界，是一个人走过的路、读过的书、经历过的事、遇见过的人。因此同样的一次雅聚，竟能创作出那么多别具一格的作品，这是大家觉得最有意思的一种享受。

说实在话，每次采风结束，收到大家发来的作品，是我最为开心的事情。尤其是发现好的作品时，我就会从电脑前离开，在工作间里走上一圈，对着空气叫一声好，或者当即找人分享一下。要想获得高级的享受，就要做有难度的事情。这也是我这么多年来坚持做这件事的最大动力。

感恩帮助过我们的人，感恩一起度过美好时光。撷取五年多来采风、组稿作品的精华，我来做一本新的三百篇，记录一方民间文学的历史，留下一段精神之旅的记忆。作为玩的副产品，赠送给同道做个纪念；也留给这个世界，让人知道曾经有怎样的人间。

翁还童

辛丑年仲春于庐山西海虎啸堂

目录 CONTENTS

辑六　星火之什

辑七　船滩之什

辑八　东林之什

辑九　东山之什

辑十　杜鹃之什

辑十七 清明之什

辑十八 太平山之什

辑十九 桃源谷之什

辑二十 天贶之什

辑二十一 小满之什

辑二十二　樱花之什

辑二十三　枣源之什

辑二十四　组诗之什

辑二十五　童诗之什

下卷　卌人集

辑二十六　自述之什

上卷 三百篇

上巳修禊紫藤下　　徐淑萍摄

走进社区　　成善新摄

桃源谷中秋风雅颂　　邓京丽摄

潭埠　　王臻摄

春到螺丝田　　成善新摄

辑一 太阳山之什

邱小波　摄▶

成善新　摄▶▼

人意之美，草木之香，
在诗人心中发酵成华章。

太阳山诗序

翁还童

太阳出来，照在一座高山上，然后慢慢来到屋场，在村里走一回，又慢慢落下山去。这座山被称作太阳山。赣鄂交界，幕阜深处，四围山色，飞瀑流泉，山丘土质多黄沙，村庄因名黄沙。乡下喜欢给人取很土的绰号，也许这里绿意太深，太阳照耀黄沙的色彩才叫人喜欢。

世间黄沙地名不知多少，太阳山下的这个古村，容貌又有什么值得称道？有说古松林，那几人合抱的树王，见证一个村庄的沧桑。有说水口塔，四水合龙，石桥一弯，塔镇一方，风水原来是风光。有说二神殿，崇祀灵官太子和胡大海，天上人间，神灵和这里的人是亲的。有说唱神歌，这种请神娱神的古风，是楚辞来历，山村从古唱到今，其文化坚守，只有赞叹。

一条古道，连接世界。这里满山的茶，曾经出口西方，当年茶事，可以想见，以至地方上形成茶歌、茶戏。有一歌云：

南山顶上一株茶，阳鸟未啼先发芽。
今年姐妹双双采，明年姐妹适谁家？

美丽总是让人惆怅。人世的苦难，让人失去从容、优雅，作为一种精神生活的替代品，茶业没落了。满山的茶不被当作嘉木，就像人曾经崇尚粗鄙。如今，李义全君，回到家乡，复兴祖宗的产业，让太阳山的茶复活。

酒的核心价值是把人从常态设置到异态，有不一样的趣味；茶的核心价值是让人由功利状态回归自然状态，只有脱尽铅华，才可与之相见。中国文字是可感的，有活泼的形象，人在草木中，就是一个茶字。一切文明不是让人远离自然，毁灭自然，然后逃到太空，而是让人敬畏自然，回归自然，在自然本性中完成圆满。

己亥末春，时近谷雨，中国第四届庐山西海谷雨诗会雅集黄沙，来自河北、南昌、九江、赣州、萍乡、广丰、鄱阳、进贤、铜鼓、修水等各地的作家、诗人朋友凡三十余众，走进太阳山，采茶、制茶、品茶，又与乡亲们围坐一堂看神歌表演，人意之美，草木之香，在诗人心中发酵成华章。

人道亦如茶道，委曲也要成全，苦难可以回甘。只要足够美好，必定留香人间。

谷雨，在黄沙道上

瘦　梦

春天的最后一场雨水。在我们赶到之前
正在山谷中滴落。松针闪亮
布谷鸟亮开歌喉。万物的吟唱
源自我们的内心

一枚茶叶和这场雨水相逢
它打开蜷缩已久的身子，雀跃着
伸出小小的舌尖，舔着高山上的
雾气流岚，以及我们刚展开的笑颜

杜鹃花映红了黄沙道
每个行人的背影，以鲜亮的色彩
嵌入春天的叶脉。我们一路攀缘
流泉飞瀑在我们的血管中奔涌

在太阳山顶，煮一壶茶
我们与神灵对饮

在幕阜山，我热爱每一树茶

樊健军

在幕阜山，这漫山的事物
都有一个明朗的出处
每根竹，都在享受正直的人间
每棵松，已然汇聚千年的慈祥
我行走其间，仿佛一只独舞的飞虫
动作越来越慢，灵魂越来越轻

春风十里，我偶遇的每一树茶
都是大度的先知，它们在山坡上端坐
在竹林中隐居
我见证了它们在水中复活
那一刻，世间静极，繁花似锦
每条河流仿佛来自我的故乡

我热爱它们头顶上的每棵嫩芽
就像热爱所有道路的尽头

黄沙岭上太阳红

张雯哲

向天借一缕光，山林就有了灵气
向地吸一罐水，茶叶就有了芳香
一杯清冽，一杯馨香
黄沙岭上，幕阜山头
我用茶语，对你发出召唤
月光守在故乡
星星与你为伴
太阳红有风月情长
茶叶在山野生长
一碗寻觅，一碗相遇
茶青经过发酵，已经酿成了蜜

新生的嫩芽拉着过客的衣襟
絮絮叨叨
仿佛还想回忆山里的风雨
被揉制后的身段柔软
沸水给了你们第二次生命
或红或绿
品茶静心
我们在时间的流里，吐故纳新

等红袖翻转,玉手纤纤
再讲一段春天的故事

我们来了又去
于喧嚣偷取一段静谧
让心偶尔清明

古　树　茶

冷　冰

三百年藏于山中
一杯好茶
需要在水边,一丛香蒲渡劫
需要在山径,一路繁花加持
四月的鸟鸣清脆,每一片叶子都记住了
云雾声,雷电声,山泉声,雨水声
是的,只有红茶回到了人间
每一次沉浮,都有块垒和锈色
人间也如此纯粹,宛如琥珀
太阳山中,茶树捧出白色的花
倾诉着暮年白头

太阳山品太阳红

邹　冰

茶是太阳山的:这秘密的
发酵,像月亮
在时间的深处
照彻,百衲的缁衣
寒露
深重

茶是新炒的
泉水在身边流淌
一芽二叶在茶壶里优雅地伸展
犹如心头点起的灯，照见
一生的奔波
与败北；唯有
在浅斟低吟的啜饮中
才能苏醒

在太阳山品过太阳红，而后
去月光下晒经

黄沙札记

钱轩毅

黄沙村没有见到黄沙
野山茶嫩叶似小楷
风吹一遍就写上一笔

斜卧的枫杨其实和我差不多
老了就从青苔生出藤蔓
从心里长出杂草

如果换一种说法，在三港口
我们是来自不同方向的溪流
内心有水声，鸢尾花便适时开放

雀鸣的山歌，押相同韵脚
在此，炊烟有着自己的哲学
只许山风将自己吹弯
时光的锋刃却无法切割

茶艺师

钟新强

在黄沙村,太阳山下月龙山庄
女茶艺师与我们面对面
一同坐在谷雨的节气里
她姣好的面容,被古琴声洗过
她的纤手,被茶水余沥滋润
她吐出的话,茶香氤氲
品茶前,她叫我们先进水
借助清水,我们褪去口腔里的红尘
她叫我们看,看那茶叶今生的恬静
叫我们嗅,嗅出茶叶前世的暗香
洗茶,泡茶,她让每一种茶叶
在温暖中释放自己最好的一面
其实,她喜欢的是有点"野"的茶
比如,月龙山庄太阳红茶
她有一个公道杯
对饮茶者,一视同仁,不厚此薄彼
把茶倒入张嘴喊渴的小杯
不用太满,留一点余地
她叫我们一口,一口,又一口
慢慢品,品壶中的春天,品"慢"的味道
"先是微苦,如生活中的严肃
然后,人生开始回甘"
茶艺师,我们的人生导师
教我们在一杯茶里,修行

在黄沙村

姜丽敏

黄沙
你长得一点也不像你的名字
没有漫漫的沙
只有大山深处
流水反复濯洗光阴
连一丝尘嚣也无

到最后
树木、竹林、野花
和泥土里长出的人心
通通把一腔本真托付给了
高山茶和神歌
化作了氤氲的清芬
和古老的唱腔

四野清静，山影绸缪
往高处去吧
往重重叠叠、深深浅浅的崎岖去吧
那里藏着原汁原味的纯粹
记得行走时要坚定
不可轻慢，不可怯懦
山重水复之间
梦想被注入灵气
重新变得明亮如初

飞　翔

韩　峰

对春天飞翔的事物
我多半怀以敬意
春风度大地复苏
春燕衔来希冀

水，不必长出翅膀
从一片云到一滴雨
再到一杯太阳红的氤氲
都是飞翔

人间四月芳菲尽
没有一片春芽
敢像太阳红一样
忍得百年孤寂
深隐老林云雾间
又敢作为佳茗飞出大山

每一帘瀑布
都是水的一次脱缰
蒲扇崖瀑布也不例外
巧妙地避开乱岩阻击
狂放飞舞
像极了黄沙汉子舞出的银鞭
要在天地间抽出一股清流
替春风激荡人间

黄沙赋

李飞亮

五十里纵岭南来，其名太阳；八百年绵延东去，秀聚三江。夫黄沙者，沙土色黄，村得其称；名月龙者，得月望舒，地得其壤。东接南岳，西靠布甲之乡；南邻小流，北连通山闯王。

旧属南岳乡梓，今隶船滩镇邦。其周皆岭，岭拥太阳；其流多瀑，瀑布涌浪。周边环境，山高水长。或卧虎伏狮，或盘龙绕蟒。正中卧龙，形胜之象。其溪有桥，若拱北门户；其旁建塔，如凌霄矗障。于山而论，可谓峻矣；以景而言，何其胜哉。

黄沙古村，宋明肇庄。庄户二百，以郑氏为主；人口七千，杂刘李张王。村风淳厚，仁信礼让；民心古道，玉璞金黄。垒片石以成壁，筑黄土以为墙。斫毛竹以结篱，栽松柏以乘凉。看炊烟之袅袅，披菜花之扬扬。有村姑而浣衣，有山娃而牧羊。有门店而贩值，有外出而经商。举饭食而临街，味菜香而品尝。闻鸡鸣而觉起，驱黄牛而耕忙。纵汗流而困累，亦自给而忧忘。

不惟地势形胜，更有文迹昭彰。曾是耕读之家，多乎孝子忠良。将军洞孝亲，林间树一年三落叶；刘伯温访贤，胡大海出山为大将。神塑犹在，不见千年之人；鞭柯已朽，尽观百代颂扬。彭德怀驻军，柏树羁马；苏维埃政权，红军故乡。

村古不如树古，树古不如茶香。苍松成林，夏不增其绿而冬不减其翠；古茶数株，春可回其秀而秋可还其苍。太阳红茶，吮日精之霓虹，汲月魄之清朗。雪勾绿茗，以鲜嫩而采之，以高艺而泡浆。

传统神歌古韵，后续传唱；幸赖民俗风物，夙愿以偿。打造靓丽名片，驰誉八方。六角方塔，修旧如旧存神韵；原株茶树，古村活化谱新章。科学规划，精准脱贫以图强；政策落实，父老云集而应响。弃粗鄙之陋习，承纯朴之涵养；寻致富之根由，奔小康之前方。

辑二 白鹤坪之什

邓京丽　摄 ▶

成善新　摄 ▶

付鹤鸣　摄 ▼

在白鹤坪，
我怀想千年之前的那场庐山西海谷雨诗会……

白鹤坪诗序

翁还童

在白鹤坪，我怀想那个最初看到白鹤在这里栖息的人，他让我知道，这里是有灵气的地方。

在白鹤坪，我怀想那个于此跨鹤飞升被称为仙子的人，她让我知道，这里是有仙气的地方。

在白鹤坪，我怀想那个打定主意在这里开辟茶园的人，从那时开始，这里是有香气的地方。

时间过去了一千年，也是在最具江南气质的谷雨时节，也是在最有诗情的茶园，是否会有一群文朋诗友在这里雅聚？在他们美好的精神聚会上，是否会有人说起：

在白鹤坪，我怀想千年之前的那场庐山西海谷雨诗会，从那时开始，这里是有文气的地方。

庚子暮春，时近谷雨，在白鹤坪茶文化中心，我见证了这场诗会。那些采风的人，像采茶一样，采撷田园、茶园、家园的风韵，让白鹤坪的诗意流淌在天地之间。那些写作赋诗的人，那些倾情演绎的人，那些摄制图片的人，那些组织服务的人，我都记得他们温暖的名字，还有在春风中的笑脸。

灵气、仙气、香气、文气，这四个关键词，是庐山西海岸边一个村庄的前世今生，既是我对于白鹤坪历史的认识，也是我对于白鹤坪未来的祝福。

韩峰摄

白鹤坪茶歌

邹　冰

白鹤坪茶场的春天
绿成一片海

我低着头，走过山峦，村庄，湖泊
和长满嫩叶子的行道树
迷失在更深更绿的茶园
不要试图找到我
我“咯咯咯”的笑声
也是绿的

因为眷恋
女神化作白鹤
美丽的倩影
化为茶园

真善
都是无言的
比如土地
泥土的肥沃
藏着苍天
巨大的慈悲

采茶歌一辈一辈地唱
在白鹤坪
咿咿呀呀的唱词
总有你品味不到的酸辛

在新宁镇，我遇见青翠

张　萌

一行翠绿从新宁镇伸出，这是在迎接
春天还是我，此时
万顷碧波蜂拥而至，我仿佛一只快乐的
蜜蜂，找寻一朵朵红
找寻这春潮的萌动
桃花抹着淡粉的妆，一枚枚小花瓣
恰似无言的呐喊
它娇，替桃树们完成了谷雨的书写
它嫩，替果实们铺陈了一段似火的姻缘

行至此地，我也成了春天的人
我开启一杯茶
开启一枚崭新的绿叶
它的脉络清晰，仿佛大地上一幅浓缩的
画卷
哦，“且用新火试新茶”
难道说的就是你们
你延伸着春天，生长着一双翠绿的眼
我用一颗春心来到你的面前
你，感受到了
我纯美的，淳朴的，纯净的
翩翩吗
你在树枝顶端，我在大地之上
我们就像春天的平行线
你一直向着白云而去，而我
只能为你准备
一个茶壶

白鹤羽茶

钟新强

春风里，这茶叶
有些仙了

据说，当年
丁仙人养过的白鹤
衔来蓬莱岛茶树苗
撒落此地
长成了好大一片茶园

这茶叶
冲泡以后
有人能看见
杯口上，白鹤起舞翩翩

许多人喝过以后
腋下徐徐清风起
长出了翅膀

茶叶，白鹤羽
驮着好日子
飞往高处去

谷雨，关于一个女人化鹤的怀想

张 雷

一

那雪白的翅羽在颤抖
温暖的吐息降落下颗粒分明的
雨雾，雨伞，雨衣。羽翼颤抖
翮动如一双厚茧摩擦厚茧的
手掌，手纹，手语。曲颈而歌
紫青色的芬芳爆破口腔如一声
鹤唳。鹤舞，鹤影，白鹤衔一枚叮咛
如谷雨

二

来吧，向我索取吧
一切有根之物扎透我的厚爱
汲取，挣扎着吮吸着
从形而上到灵而上

我应允一切求号
含着泪的，含着痛的
呻吟着的，匍匐着的
有声和无声的祷告

我许诺一切牺牲
翎毛和鳞爪
我血肉所化的，我神魂所化的
我意志所化的，我情感所化的
应你所告

来吧，向我索取吧

千年前我化身白鹤
千年后我化身青青的一枚茶叶

三
你知道如何使我肥沃，新鲜，甘甜
你知道的。你知道我的一切生长
你对暗示的每一句暗示
都捕获一个我，使我充盈，饱满
湿润。你派遣软暖的话语絮絮地
表白你的启程，同时知悉我的一切蠢动
你哺育我，又摘下我
你使我青翠，又使我红艳，澄明的
金黄或者嫩绿。你使我死去，又使我复活
你使我青涩，又使我纯熟。你使我热烈地
喊叫，又滚烫地沉默。你使我馥郁，又使我
一切被剥夺

你对我做的如同谷雨对一片茶叶
做的一切，或者更多

茶的心事

子　清

野草青青，遮没了马蹄
白墙远远，燕啄了新泥
黄莺欢快，茶园旖旎
枝头的花苞，等来了春风
却没能等来你
素手汲泉，拨乱浮现的幻影
云林竹灶，热火焙茶香依依
一座青山，一个春天已然跃动在壶里

这沸腾的哪是什么泉水
而是山的灵魂,春的心事
新绿入盏,共赴经年的约定
芽色浮浮又沉沉,是我还是你

人生如朝露,饮下多少夕阳如缕
舌尖的甜中可夹杂着一丝丝苦涩
时间在荒芜,我们共筑的梦也开始老去
只有这盏茶水永远在那里
不悲亦不喜
相遇是人间最丰盛的土地
你欠我的,又何止这一盏茶的光阴

白鹤坪的绿色琴弦

付赛鹰

我向往一个叫白鹤坪的地方
这里水草丰沛
白鹤翻飞

这里古树林立
鹤鹿合鸣
慵懒的阳光下
乌黑的木犁
犁出泥土的芳香

这里老妪老翁鹤发童颜
时光走得很慢
一如老水车从容的轮回

今天我来到了白鹤坪
但我没有看到白鹤

我只看见一望无际的茶园

绿色还是绿色
一垄垄
一片片
恰似一条条绿色的巨龙蓄势待发
站在高山之巅,这无穷的绿
又像一条轻薄柔软的大绸缎
迎风起舞

我端起茶杯
在沸水的氤氲中
我似乎看见
少女慢慢舒展身子,玉体横陈
她的色泽点亮了我的瞳孔
她的醇香温润了我的唇舌

听人说
这里原本是一片贫瘠的土地
只因有先人把心血洒在这里
把笃定种在这里
在这生儿育女
在这修补阴晴圆缺的光阴

人间最美四月天
白鹤坪啊
你就是四月天

五线谱般的茶垄是绿色的琴弦
银铃般的笑声响起来了
那是妙曼的茶女们纤手弹出的
欢愉的琴音

谷雨

黎雯婷

雨生百谷，野草，风，青春，万物都在疯长
我怀疑，有些生命是以其他
的形式占领这个世界的
比如，松柏占山为王
游鱼在河流里为寇
有什么关系呢
这些宏大的所在，本来就是人家的
活着，只是暂时
回归，才是永恒
想到这，再看山读水
如同翻阅自己的故乡

茶歌

韩峰

晨雾氤氲，抚慰山川
醒来的白鹤坪
用固有的姿势
根须朝下，蓬勃向上
守住这片江山

四千亩江山起起伏伏
鹅黄，嫩绿，生机
围绕白鹤坪
在春天的指尖
熠熠生辉

一片茶叶从枝头飘落
再到杯中复活
阵痛,失散,重逢
谁的生命不是一场叩首

月光在山头落去
晨曦在茶园亮起
通过一片茶叶爱上世界
爱上这片天地
是因为,有春天
又盛开在这盛大的杯底

走进茗月湾

徐淑萍

走进茗月湾
走进那一条无边的绿毯
我静静地躺下
天为盖,茶树为床
任阳光亲吻微风轻抚
你踏着七彩祥云,如期而至
在我耳边,轻轻地呼唤我的名字
把你多肉的双手伸向我
温暖厚实而有力量
带着我轻轻飞扬

让我们,不再是遥遥相望
让我们的心
不再躁动不已,无处安放
也让我们爱的光芒
绽放,如茶

白鹤坪赋

李飞亮

坪名言鹤者,方知悉此地有灵。仙鹤起舞处,丁仙女得道飞升。白鹤坪铺,原为武、靖两县通衢。卢家坟头,墓葬卢氏骠骑将军。铁屎垄,明正德年间在此设炉铸造兵器;学堂下,清同治时期始建私塾教书育人。

乙卯年建立茶场,十里画廊今胜景;三千亩茶叶开垦,万人会战曾火红。八平方公里辖区面积,九个村小组两千居民。场内衡宇相望,几改昔日荒山秃岭。庄园茶绿飘香,一派生机欣欣向荣。层峦叠翠,仿佛世外桃源;平园梯垄,俨然江南乡村。

巍巍乎,千亩茶场碧龙盘绕;赫赫矣,万羽白鹤起舞东风。雾笼福壤,洒播九天圣露;日出东山,喷薄万道霞金。茗芽富硒含锌,谢煌煌厚土;茶树采光沐雨,感冥冥上穹。山高而地远,独享生态圣境之福;亘古而岁老,传承宁红白羽之茗。

从不标贡贴御,攀龙附凤;堪笑夸富斗奢,说唐表宋。养在深闺,岂因无人而不识;远离闹市,无须沽名而争春。忧烦尽消,煮溪泉而泡白羽;物我两忘,捧玉瓯而沏宁红。一口入喉,顿觉清香沁肺;两腋生风,欲仿翱翔长空。灵地嘉木,得造化于自然;仙山圣茗,增健康而寿永。

白羽诸茶实绝伦,芳馨哪逊碧螺春。水土采制有奇妙,天人巧作浑然成。十里画卷,秀叶纤纤,数叠烟霞携袖里;漫山诗情,媚姿俏俏,无边风月入怀中。耕雨犁云,纵情放怀宇宙;吟风弄月,无意俯视利名。芽嫩香飘赣鄱外,景妍乐醉天下宾。万顷茗芳春解语,一方淑景生香梦。茶沁奇芬,把酒临风邀仙圣;墅呈异彩,雕梁画栋展恢宏。雀舌馨六腑,毛尖入贡林。汲来泉水烹春色,赊尽青山当画屏。画阁联欢,墨客吟哦千秋辞赋;层楼纵目,骚人珍赏百代嘉茗。

辑三

西海之什

释演顺　摄

徐高峰　摄

春风十里，
我为你铺好稿纸，等你着笔……

西海诗序

翁还童

西海谷雨诗会，江右文化新品；瘦梦发起创办，同道一呼百应。丙申雅集，别开生面，留下几多佳话；丁酉征诗，古国之风，文明贵在传承。

呦呦鹿鸣，求其友声。精神高地，其命维新。《江西教育》，赣鄱首刊；《教师博览》，全国著名。两刊重点作者，堪称胜友如云。各地作家诗人，齐聚山水武宁。庐山西海，一时流光溢彩；曲水流觞，千古情慕兰亭。

烟雨江南，唯美小城。夜游西海湾，人在画中行。采茶戏演楼台会，十八相送多情趣；打鼓歌唱到山来，三月芥菜起了心。八音公园存古朴意味，沙田湿地显生态文明。一路欢歌笑语，地方文化风情。乘风破浪去巾口，纵情山水留倩影。岭上开遍映山红，花源谷中起歌声。山乡热情宴宾客，高山流水有清音。

西海宾馆搭高台，谷雨诗会聚精英。九江美云开场，倾情演绎南昌方心田《西海之恋》，不同凡响；修水雷萍登台，悠然述说万年蔡阳启《春天记忆》，温暖动人。南昌向晴，款款道来，《你的名字》，多么难忘；永修梁莉，静静描摹，《四月江南》，无边光景。张雯哲赶赴春日的约会，无限热爱；敖小英高喊我向你奔来，几多憧憬。唱最美好的歌，张雷朗诵瘦梦；读最喜欢的诗，海琴致敬舒婷。都昌周玲，中国诗坛新秀，笑吟西海湾文友喜聚会；全南林珊，江西年度诗人，细咏弥陀寺作家禅修营。吉安罗继远现场赋诗，才华横溢；南城江根林高歌一曲，震撼人心。武宁第六小学，采茶戏演《送香茶》，几多趣味；船滩中心完小，打鼓歌唱《到山来》，山乡风情。段中韬回味经典，面朝大海；李烈明爱我家乡，约会武宁。我在武宁等你，春风十里，钟新强致意；女子文学社团，集体登台，是亮丽风景。

专家学者，文坛高论。郝晓东点评，说诗歌禅意；徐光明讲话，谈福地武宁。邓涛直言，曲高从来和寡；陈然重义，无言原胜有声。林珊感言荣获大奖；吴忌趣谈雅意人生。刘劲楠诙谐谈友谊；黄存平深情说感恩。熊小平大气磅礴，风雅致辞，开启诗会大幕；方心田光明俊伟，总结评估，讲话高屋建瓴。上饶林莉，发来佳作；湖口雁飞，新诗应景。瑞金三子，当面请题咏；宜丰凌翼，组诗寄友情。幽篁品高，拍摄精美图片；雷奇才大，服务独具匠心。高朋满座，媒体云集，一时之盛；百章佳构，风流文采，煌煌莫名。

亘古河山，西海却年轻。天地悠悠，前不见古人。江山如画，要配美人。风雅盛事，喜有歌咏。为志纪念，汇集雄文。聊缀数语，以为小引。慷慨系之，不知所云。

在庐山西海

樊健军

那么,我情愿小,小到一尾鱼
一只虾,一朵桃花水母
能不能再小一些?往肉里小
往骨头里小,小到一颗红细胞
小到一个水分子,小到水分子中央
那粒小小的氧原子

离人世的岸,就能远一些
再远一些,我可以藏身任何一朵浪花
也可以乘着桨,在水中遨游
别担心我会沉溺,水分子的内部
就是我的故乡

来吧,相识的,与不相识的
你们都来找我,听着采茶戏来找我
唱着打鼓歌来找我,到桃花水母的内部
来找我,敲响水分子的每一扇门
到我的身边踏浪,把我——
那粒小小的氧原子,吸入你们的肺里

在庐山西海,我情愿小,小到我在
你们身体的内部,小到
就剩一颗小心脏,小到就剩
一粒氧原子,小到我在
一只贝壳的天堂

四　月

林　莉

平常的一天，窗外传来沙沙声
那是母亲在橙树下扫落叶
她淡蓝的影子裹在
清晨的薄雾里
三片橙树叶在她挥动的竹枝下
发出类似轻雷的声音
在所有遗忘和忽略中
母亲领着它们醒来
专注，深情
像爱护着她的三个女孩儿
满树橙花把枝条压得更低
一个忧伤的弧
她俯身的弯，敬意中有隐隐的不忍
一只报喜鸟
停在她淡蓝的光斑中啁啾
另一个国度的礼赞已然诞生

庐山西海之恋

方心田

有一种动物
天生就会跑路
从乡村到城市
从城市到乡村
跑来跑去
到这里
他就不愿再跑了

有一种恋人
从山到海
从海到山
说不完的情话
拉不完的手
爱到最后
在这里
他们升起了炊烟

有一种信仰
跋山涉水而不息
波诡云谲而不改
从俗到雅
从儒到道
从田野到云居
长老们笑而不语
但看人间

一次次地来
一回回地往
平凡生命在轮回中
长出了新芽
结出了鲜果
如春蛹化蝶
似秋虫换衣
爱情在波翻浪涌间
靠了一个个码头
穿过一年年风雨
鲜美依旧
明媚如斯

夜宿弥陀寺

林　珊

好吧，让我们来谈一谈虚空
风是细小的，星光是微弱的
松涛延绵不息

我这个得以短暂逃离尘世的人
此刻正置身于黑暗中。多难得
起伏的虫鸣并没有给我带来忧伤

四周空旷，只有萤火虫紧跟在我身后
扑打着翅膀："慢一点，慢一点"

这多么像多年前，我摔倒在路边
一抬头，就看见菩萨慈悲的脸

致庐山西海

徐勇华

伫立于天地之门
望日月跨水而来
我看见一切眼睛的瞳孔
有轻舟荡漾

行走在堤坝与山岭之间
渐渐注满的是光阴的宁静
春天带着绿意
水一样，流向远方

在西海，不乔装，不打扮
不怯懦，不忐忑。清新的风
掀起许多采菱的记忆
那惊动的波澜之中，浮出太多想念的名字

爱在山水里，在人们的心中
每一座桥孔的中央
我都愿意挂上一轮太阳
在每一片山坡和田野，我要投下身影

我想说，在庐山西海的云水间
我要架起竖琴
我要护养珍珠，鱼儿肥
栽种大丽菊、百合、郁金香

水洞开所有的出口，生命如此近，如此亲切
水声涌来，带给了我们多少粮食、蔬菜和火光
无论去平原，去深岭
有水，多么适合远游他乡

与武宁谈生死，我苦于轮回
与西海随光阴，我唯有以梦为马
与武宁论永恒，我浮于短暂
与西海说爱情，我的心与花儿一样芳香

我向你奔来

敖小英

很久很久以前
有人告诉过我你的名字
第一次，听着你的名字
一缕春风袭来

亲吻着我的脸颊
百花随之盛开
惊艳着我的双眸
我眼睛一亮
嘴角上扬
那时,默默地
我就记住了你
没有相见,唯遇见

前不久的某一天
你的名字再次
趁我不备
悄悄地
溜进了我的耳朵
留在了我的心里
从此以后,我为你
辗转反侧,相思成灾
你彻底俘虏了
我的生活
我的工作
跑到我的心里
我的梦里

如今,为了浇灌
我那如饥似渴的思念啊
我不想只在心里
把你驻留
我更不想
每夜每夜地
与你在梦中私会
我心神不定
我焦灼不安
我更心驰神往

我不再保持着
那份惯有的矜持
为了一睹你帅气的轮廓
为了投进你温暖的怀抱
我不顾一切地
向你奔来

去 西 海

刘鹏程

赶路的人去西海
他有着清澈柔软的向往
时光的表面
有丝绸的光芒在晃动

这是谁的表达
比梦想还蓝,比一万年还深
它照见我曾经潦草的光阴
和内心多余的景象

倒影勾出岁月的虚妄
铅华的痕迹,以及
曾经的少年与爱情
梦想和贞洁
西海,无法平复的
是巨大的安静
今夜,我想和天地说话
与星辰为伍

云居山专注于尘埃,幸福和慈悲
西海荡漾
露出宽恕的微笑

我在武宁等你

钟新强

正月里我在石门楼山村举着梅花等你
梅花清香，像诗句一样芬芳
可是，你没来
我举着空手，像是一个叹号

我在柳山下铺满万亩油菜花
想在那金黄的背景里等你
等待一只白鹭衔起我们的相见欢
你没来，菜花黄过了，被雨水冲走

后来啊，我举着花源谷的桃花等你
桃花似火，燃烧在心
桃花谢了，你未赴约
只是我的手仍然还在举着

我在武宁痴痴等你
其实也没什么好招待的
只是江南的春天分泌的芳香太多
我想与你分一杯羹

谷雨时节，诗会的风把你吹来
你若来时，记得在西海湾上船
乘船穿越青山绿水
你欠这个春天一首诗
春风十里，我为你铺好稿纸
等你着笔

写给庐山西海的情诗

陈修平

那流进视野的一汪澄碧
是你含情脉脉的柔波
那满眼珠落玉盘的葱绿
是拥在你怀抱大大小小的岛屿

溪水依然不紧不慢地流
挟裹着桃花的芬芳、妩媚
年复一年，朝着同一个方向
汇聚于你的博大精深
桃花水母，以美妙绝伦的轻盈
盛开于你的裙裾之上
绽放神话般的光芒

我想变成一尾游鱼
悠游于你美丽的涟漪
犹如亲近你迷人的酒窝
我想变成一只飞鸟
于你怀抱的岛屿筑巢
在纤尘不染的树梢放歌

如果有幸成为一座无名小岛的岛主
我将在空闲处种满花木
让岛上一年四季都有花开
空闲时，效仿姜太公
用直钩垂钓
不为钓鱼
就钓你怀中摄人心魄的水光岛影

庐山西海赋

李飞亮

庐山降瑞，凭世界名山之近；西海拥福，赖天下秀丽之景。二山夹一水，修河依幕阜与九岭；两县拦一坝，水库连永修和武宁。如锁钥，卫浔西门户；似枢纽，控水陆交通。看地图，状如海燕展翅；观景象，势若万舰航行。

悠哉西海，岁月峥嵘。艾侯封地，自有古艾遗风；荆楚文化，可觅先民行踪。三国演义，太史慈领兵镇海昏；搜神后记，陶渊明探秘桃源行。神奇传说里，丁仙修炼桃峰尖；动荡现实中，孙钟葬母啸天龙。曾记三贤会聚茶棋，更叹岳飞饮马九岭。箬溪街，起狼烟，日军侵凌；冠峰山，御倭寇，众志成城。戊戌年肇起柘林开山筑坝；庚戌年终于蓄水大功告成。

魅哉西海，毓秀钟灵。钨砂、黑锑、大理石，皆为富矿；柑橘、金果、猕猴桃，颇具盛名。翘白、红梢、棍子鱼，鲜活美食；神雾、湿地、温泉浴，奇妙无穷。观音岛、观湖岛、浪琴岛，百湾列岛，岛岛如玛瑙撒出；云居山、凤凰山、玉枕山，九岭群山，山山似翡翠堆成。况且有九龙飞瀑、十里金沙、百年石刻、千顷碧波、万斛珠玑，无不是造化神工！至若人文名胜，魏源墓、朝天简，演绎文采之胜；天葬坟、吴王峰，昭示帝王兴荣。君不见今日之西海，乃世上天堂，人间仙境。来则使人心旷神怡，去则令人魂牵梦萦。

美哉西海，拔萃称雄。全国文明城市，跻身首批之列；中国最佳小城，位居五十之中。国家非遗，打鼓歌上榜；国际赛事，自行车蜚声。面向世界，展示西海风采；迈向未来，弘扬西海精神。欣赋西海，愧无生花妙笔；畅言美景，赖有浩气豪情。

徐高峰摄

辑四

北屏之什

韩峰　　摄▶

王臻　　摄▶▼

古来赋比兴，今日颂北屏，亦可乐也。

北屏诗序

翁还童

一个人的精神海拔稍高，不免孤独。一座山的海拔稍高，亦不免荒凉。但是世间万物有它的宿命，有许多佳木香草，喜欢在高山生长，因为能耐高寒，自成高洁。

山里人汪金文识得草木本心，于北屏林家山营数千亩山地，种植川芎、黄精、茱萸、丹参、辣椒，都是本土品种，或可食，或可药，或可佩，或可观，使得寒薄之地，蔚然生机。汪君乃以川芎茶、黄精酒、茱萸囊、山野菜相招，邀请江南风雅颂诸君一品。

戊戌近伏之日，同道二十余人，驱车上北屏山。山路崎岖蜿蜒，如一根飘带，牵诸君来山庄。门前芎草满栅，香气扑鼻而来。因为深山移民，山间屋场颓败，而少见人烟。众人采辣椒，挖川芎，识茱萸，听草木故事。川芎古名江离，又名蘼芜，《本草》列为上品，可作药，可作茶，可沐浴，亦可藏衣中，养君子气。茱萸燥湿除恶，古人以为，佩带则可辟邪去灾。众人又走进村中老屋怀想，去凭吊画家林美岚故园。是日，林公女儿林星星君一行亦从上海、九江来此一聚，赠《林美岚画集》，至为珍贵。山庄如同节日，手磨豆腐，做拳头粑，春麦蒸粑，杀猪炖川芎，开自酿的黄精美酒，又有远近乡亲，咸来相敬。美食佳酿不可辜负，而情意最是动人。

要想诗句好，须是酒杯深。审美北屏山，以草木之香起兴，人来世上，原是要给万物取名。李飞亮君，北屏山人，赋得茶芎，又为汪君产业命名，曰北屏山本草庄园。本草可以养人，亦可以疗疾，更可以芬芳生活，美矣，善矣，可以言志矣。邹冰、张雷、钟新强、邹幽篁诸君，亦寻得佳句，以为本草庄园之兴焉。古来赋比兴，今日颂北屏，亦可乐也。

成善新摄

种一片茱萸在高山之巅

邹　冰

在高山之巅，种一片茱萸
就等于种上一片楚辞的芳香
鶗鴂从世界各地飞来
我在斜坡背对你的那一面
坐在太阳已经走掉而光线还没泯灭的时光里
星光悄然降临
山野寂寞，星星不语
但能给人安慰

请允许我把茱萸香囊
故意遗失在人群里
不是在重阳
你不来，那些肥硕的块根
有一天会长成人形

芬芳的北屏

张　雷

浑浊的尘世啊，我们如同他预言过的那样
摒弃了馨香的操守

他说美德是一种气味

这沉重而污秽的肉体无法超拔
他佩戴香草如佩戴誓言
芬芳的名字发散为一种气味
在肺腑内缠绵郁结

皮囊充盈，灵魂如一捧宇宙微尘升起
人间清晰而邈远
芬芳的神明纷纷到来

芎把芬芳的场景刻录在白色的香气里
俗人饮之则痛
那蒙蔽淤塞的关窍灵台震颤
人生的荫翳散而不开
开也无奈何，浊世的人哪

辣米，辣米，吴茱萸
你的芬芳像倔强的山鬼
人间无法繁殖你候于空山幽谷的美
你也无法辟除人心的邪恶

不要再等菊花酒了
也不等西风的红把你染透
佩一支青青的吴茱萸在发梢
远游

楚之尾，吴之头
芬芳的北屏山里有人们遗落的芬芳的操守
香气里我们终于寻回了江离、蘼芜
说到那个名字，口吐芬芳

北屏山移民

钟新强

让人活命的地下水
在打矿的噪音中遁走了
北屏山，那几个宕啊
再也蓄不住，几百人的生活

许多村民乘着东风
蒲公英一样，飘往异乡扎根

村民搬走了，空出来
大片的土地，寂寞丛生
后来，山头上迁来了新居民
这些不要户籍的居民
在北屏山本草庄园里，餐风饮露
这些吴茱萸、黄精、茶芎、高山辣椒
它们的絮语，填满了山村静谧时光

村民搬迁，土地流转
一座空山，被人点化后焕发新的生机
药香氤氲，红辣椒高高悬挂的北屏山
从此活色生香在人们的口碑里

遗落在山间的老屋

邹幽篁

草还是老样子
在没有人的地方到处长
淹没数条小道
泛到一座老屋的大门口
屋的门紧闭着
草直往上高过人首
门窗与绿色对望良久
绿色点头，门窗静默

一座，两座，三座……
时间锤落锈蚀的锁
衣箱，棉床，大谷仓
旧了老，老了朽

尘一点点从空中抖落
还有一只陶罐在灶头坚守
绿色长进房
绿色爬上梁
绿色隐藏起
老人的脚印,小孩子的声腔

哪里新起了一座房
又从哪跑来几只鸡
在窗户上打架

北屏诗行

韩　峰

北屏山夏天
残云隐去,天空湛蓝
草木葳蕤,漫山碧绿
仿佛天地又一次崭新

汪金文不是诗人
却敢把北屏山像稿纸一样铺开
写下不借化肥农药润色的
惊人诗篇
一丘丘高山辣椒是排比
借武芎作一场暗喻
从唐朝"诗佛"笔下
移来茱萸作诗眼

人间有病
武芎、黄精皆可入药
人间有深寒
还好北屏山上

茱萸与辣椒
这个夏天长势最盛

高山辣椒

余锦标

长于高山之巅
从不与化肥农药为伍
高傲不羁的灵魂
只做风的友人

常饮玉露
早已沁甜惠质
多沐高空骄阳
又修得赤红火辣

长于高山云雾
玉树临风
人说你堪比不老人参
而你却心如高山雪莲

从翡翠到麦加石
早已听出了远方的渴盼
而你说，只有惺惺的相惜者
才能赢得沁甜火辣的日子

北屏山的故事

夏涓沅

在北屏山
我看见,一波波
红红的辣椒
醉在辣米树枝眉宇间

漫山的辣椒
静观流云
笑迎远方的来客
玉指轻弹,洒向蓝天
香甜粘过衣襟的瞬间

崎岖山路,一路倩女欢歌
风情陌影,路过风的山脉
把你的深情留在心田

北屏山的故事
写满传奇
遍布本草庄园的傲气
叙说千年

在北屏山辣椒地里合个影

付鹤鸣

林美岚把北屏画出了女人的身段
李飞亮则潜心用文字种出一段又一段乡愁
山民汪金文胆子更大
竟然在辣椒地里

套种了山芎
还在缺水的山上
种上了黄精、茱萸
让一群仰慕文学的人
驱车百里，走出心中的樊篱
那些黄精、茱萸是救赎的良方吗
能否慰藉我伤痛的文字
那些无声喊叫的老屋、村舍
能否抚今追昔、开创未来
站在海拔 700 米的北屏山
我唯一的希望是
能在这片辣椒地里合个影

北屏山上辣椒红

邱小波

北屏山，曾经有百姓为你受穷
北屏水，曾经有农人为你祈祷鞠躬

站在北屏的脊背，我无法听到泉水叮咚
因为开采，你的胸腹添了个硕大的漏洞
你的昨天，地陷曾让多少人惊恐
你的今天，再次响起生态致富的洪钟
高山辣椒，披上热辣辣的鲜亮与芳容
相约秋阳下，向来客张扬着鲜亮的火红

北屏山上辣椒红
采摘辣椒的村姑，清秀脸儿红通通
脱贫又致富，她们缝合了贫穷的窟窿
北屏山的汉子齐心协力向前冲
种瓜得瓜，种福得福，其乐融融
种出北屏高山红辣椒，甜蜜的日子火样红

北屏赋

李飞亮

武宁之北,吴楚之屏。因山而名,因名而村。升仁乡十五都,民国之治;大桥区北屏乡,共和之名。人民公社,始建大队小队;荷洲人委,化分东坪西坪。

东坪村落:刘淮、栗林、柯家、舍仔、罗坑;夏家宕、余家垅、新屋下、黎家坪、华家山、夏黎坑。

西坪村舍:林家、长塅、平坳、上舍、黄岭;东陈宕、黄连宕、晚房下、老鸦井、一亩七、汪家坪。

屏山之广,阡陌纵横,屏山之势,高西低东。山间竹树成林,自成特色。山上物产众多,资源颇丰。糙叶树王,珍贵古树名木;王者归来,北屏何其有幸!

不乏人文,北屏代有人才出;三官石记,流传从古到如今。进士桥,述说夏家远祖;柯锡麒,七岁巧对神童。民国北屏八杰,有诗口口为证。一身傲骨血性,抗日不做顺民。大宕出个余水河,甘当人民公仆;著名画家林美岚,自号北屏山人。领衔省农调队之林美江,现役火箭军之余露霖。企业家夏元璋,创华夏国旅胸怀自信;开发商汪金文,营本草庄园匠心独运。

刘淮水库,舍小家为大家,高峡出平湖;移民搬迁,弃旧村建新村,示范写脱贫。扑风尖云雾茶,曾经声名鹊起;辣椒节红辣椒,又把秋天晒红。川芎乃是珍贵特产,吴萸即成稀世药品。北屏人纯朴勤劳,好客热情;辣椒粉炖猪油渣,待客之丰。腊肉炆鸡蛋,吃出一道美食;民俗六月六,传承百年遗风。发麦粑、打豆腐,多少慷慨;大块肉,大碗酒,何其加敬。

人称故乡亦故都,我把北屏比北京。江山如此多娇,吴头楚尾;风景这边独好,还看北屏!

辑五

长水之什

邓京丽　摄 ▶ ▼

韩　峰　摄 ▶

是说人就是月亮，在追求圆满的路上，最终得到的只能是缺憾吗？或者是说因为人间多的是不完美，所以要努力走在完美的路上吗？

长水诗序

翁还童

我想问你，是谁拉上巨大的帷幕，这样严丝合缝，让天上的玉兔、地上的长水悦山居和我们坐在了一起？

还有长水洗了又洗，玉盘擦了又擦，雨后清岚漫飘，丹桂尽吐芳华，一场盛会的到来，要酝酿如此的豪华吗？

我想问你，这里千山万壑，蓊郁葱茏，溪涧潺湲，万古如新，一幅桃源图画，是否得到了神的眷顾？

还有庄屋里那遮天蔽日的红豆杉，是告诉我们，栽下的树，只要懂得珍惜，就一定可以给后人阴凉吗？

我想问你，是否曾经看见丁令威在武陵岩修行成仙，许逊战孽龙时将令牌遗落长水峡口，泉水婆婆以慈悲与善良安抚一方生灵？

还有孙家埠，泊过东吴的船或者木排吗？靖公崖，宋人黄山谷来下过棋并刻石“弈几”吗？月坑口，清末李烈钧慕名来此拜师学武，是为了出山后令一个时代都充满英雄之气吗？

我想问你，风水是真的会轮流转运的吗？当深山迎来共和国总理，是否就开启山村一个新的时代？

还有，是否只要足够美好，就一定不会被埋没？我们不是一起见证了一个山村走过山区的闭塞，走过林区的泥泞，现在终于走进景区的坦途吗？

我想问你，是否知道，人间有个中秋，就是为了在唯物的世界，凿一孔精神的空间，给一个日子以别样的意义？

还有，开天辟地以来，人能在屈原的问、张若虚的问、苏东坡的问中得到怎样的启示？是说人就是月亮，在追求圆满的路上，最终得到的只能是缺憾吗？或者是说因为人间多的是不完美，所以要努力走在完美的路上吗？

我想问你，历尽古往今来，阅遍人间风景，静静观摩中国第四届山水武宁中秋风雅颂，那些优美的诗篇，那些倾情的演绎，那些动人的歌唱，那些相聚的喜悦，你是否也如我一样的感动与赞叹？

我想问你的时候，天上清辉脉脉，山间长水悠悠……

群峰之上

瘦 梦

细雨。如烟地洇在群峰之上
女贞的叶子坚挺，鲜亮
迎着迷乱的雨花，在林间小路上，你拾级而上
几座砖房瓦屋，被你随意安放
所谓故乡，就是身边的亲人，日日相见
在你的眼里，世界如此安好，世相如同睡婴
而我，越过千年，来与你相会
所谓遇见，就是你的青春，和我的美好
在群山之巅，妖娆绽放
河流都是定情之所，流水和青藤
都是时光的见证，并且永远生长

夏。一切都是蓬勃的，连同爱情以及欲望
紫薇的色彩，从来都是和你商量好了的
并且随你的心情而变幻。你的目光
清澈而绵长，如修竹，如青岚
我有同样的情怀，有紫薇一样的迫切和绽放
在你面前，我就是世界
缭乱，但真相袒呈
山与山并连仰卧，向天空展示爱的身姿
巨大的身影，覆盖了我们
我们繁荣滋长，在它们巨大的怀抱中

午后。太阳已跨过无数道山峰
在离你最近的那座，渐渐搁起头颅
它的温热，仍带有热吻后的残痕
攀爬已近静止。半山的风景
仍是平常所见。鹰和鸦都同时栖息
在那株巨大的枫树上，啄食时光

一片枫叶，就是一只手掌，命运的脉流
纠缠在一掌之上。有时一点颓废和半点忧郁
就是一场秋雨，悄悄映上你的脸颊

秋。已经放弃了阅读童话，放弃了满山青翠
从来没有拾起锄把，也就从未奢望
你给我什么。日子就是那片树林
一棵一棵，排在身后，成为背影
中年之后，我从不奢谈什么
生活的河流，连同你的目光，平静而带有忧伤
谁在粉饰山河，谁就在欺骗岁月
谁在装点青春，谁就惧怕苍老
光的另一面，也有黑斑
谁的年华里，不曾有过隐秘和小私
我能承接，你也能接受
转过身来，不管你身后如何万马奔腾或喑哑
你仍然与我的目光平静相交

冬。在你面前，我从不言老
积雪戴在山顶，从不说它给大山带来光环
叶子落在树下，也从不言树木的隐痛和沧桑
脚步虽蹒跚，但步履仍然从容
山河仍在，故土未离
这是多么美好的期盼
一座山峰，耗去我们太多的光阴
半辈子都在攀爬，从不敢俯视众山之小
如今，我们同时站在落日之下
你对我说，我依然依在你的臂膀
就像山与山，依然相依相偎

长水，青山在左，绿水在右

苏美晴

悠长的曲调被青石上的绿苔扶住
在梦里流出的梦，都带着绿色，只有，舒展，倾听，回忆
长水，梦岸上的青瓦，白墙的房子，鱼鳞似的灯火
都是我要表达的情感
我远离了一切，我抛弃了一切，就是要在长水，蜿蜒驻留人间的足迹
放牧南山，采菊东篱，田园诗上种一棵绿树
妙龄的青枝结出硕果，或用山野清风的手指
指认对面不识的乡愁，遗世而独立
又被一座农家乐里的香糯，翻版了人间美味的传奇

长水，我悬起凝眸的眼神，总能打捞出一枚星光压住的绿荫
总能让灵魂坦陈地裸露在负氧离子中
总是用喜悦相遇陌生的感动，记下曲径通幽的清澈与简约
青山在左，绿水在右，不会褪色的墨迹带向诗与远方
坐读那些独属长水的诗，醒来不到彼岸，梦也不到彼岸
只有清风深情翻阅，一枚树叶努力向光的部分
像一枚枚诗意的字词，码出依山傍水的村庄
点醒一处荷塘里缱绻的荷，跌坐心里美的世界

长水塑造了我，错借诗歌的身体
以美的心境，给自己一个靓丽的心情
长水俘获了我，落在自然生态的修辞里
完成至高无上的心灵超越
幸福正嬗变成一棵红豆杉的体味，在时光里纷飞
在一枚绿叶上找到破译的密码
用预言式的感叹，写出美丽乡村，生态画卷里的，风景

七 里 溪

王胜江

在白云和蓝天的故里
鸟儿唤醒黎明

山涧溪水潺潺，雾霭浮动
湿润汀兰娇嫩的肌肤
野溪的脉络在此汇集，转身
奔流成河

潭面光影斑驳
悦山居客栈临水的屋檐
鱼群游进游出
散漫，自由

林中枯藤攀缠着老树
红枫挂起深山秋日寂寥的灯笼
林荫幽静，四溢草木的醇香
结队的游人成了山民眼中的风景

面对青山叠嶂的七里溪
请原谅我词语贫瘠
她的美，无法用一首诗道尽

我们在长水的时光

邹　冰

是秋天了
我知道果实已挂满枝头
秋风吹落黄叶的时候

你偶尔也会
站在一堵石墙的阴影中
想念灯下的白头人

谁这时孤独
就该去流浪
在空旷的街头
在少年单薄的琴音里
沉默

去长水吧
那是秋天的请柬
去看一片秋日的森林
在红豆杉的果实汁液饱满的时候
把一年的相思寄给明月

我要在这里停下
任林间的微风吹开衣襟
设想后面的日子都是孩子们的节日
潺潺的流水流不尽绿色的光阴

森林里有林妖的舞蹈、无忧的爱情和歌声
在满月的光里
金龟子寻找
耀眼的星辰

人与人的悲伤不能共享
坐在世俗的椅上
我们也谈论过迷雾般的命运
还是不能忘记长水
泉水流淌绿树环抱的村庄

我愿意是村庄的一棵乔木

仿佛希腊人的教堂
它的静谧，它的沉默
在这样的黄昏
我带着小狗，穿过落日和松林
身后，禅音萦绕

优雅的月光
洒满林间空地
半梦半醒间
悬浮的我们
如在仙境

长水村的红豆杉

钟新强

生来就是为了守护村庄
这十七棵红豆杉，屹立长水村口旁
上千年了，静静地，把村庄的风水调理
饮清风，披明月，沐浴雨露阳光
像忠诚的卫士，像慈祥的爷爷
引人遐思，让人敬仰

红豆杉见证了村庄的兴起
见证了村庄的炊烟慢慢变得茁壮
不知从什么时候起
村里的年轻人像鸟儿飞离了窝
到外面去打工，去拼搏
村里的灯光暗淡了
就连犬吠声也变得稀薄

红豆杉在风中萧瑟
那些红色的果子，无言凋落

后来啊,有人披着月色返回家乡
在青山绿水间创办了民宿,农家乐
酿造了红豆杉果酒,迎接八方来客
十七棵红豆杉,不再寂寞
更多的红豆杉在人工培育下生机勃勃
更多的游子回来建设家乡
长水村拿出了高山野茶,深山蜂蜜
还有那养眼的绿色招待远方客人

人们并不一定都求富贵显达
但一定会渴望长寿,健康
一排红豆杉,就是健康长寿的诗行
来吧,来长水村,拥抱红豆杉
就拥抱了最珍贵的梦想

梦回长水

徐立慧

躲在车窗窥探你
害怕离得愈近
便激动得无以复加

还记得夏天的夜里
和伙伴追逐萤火虫
累了。伏在老人膝上听“野人”的故事

在田埂上打通隧道
点燃一堆炭火
将板栗烹成焦香的烧烤

春天
我是一颗石子

在长水的溪流中徜徉
沐浴野樱的芬芳
将水波中洗衣的母亲
偷偷亲吻

秋天
我是一株水稻
咧嘴在风中大笑
扎几捆稻草捉迷藏
在父亲嗡嗡的风车上
欢快地旋转舞蹈

想爷爷的时候
就幻化成一只青鸟
飞过老屋
在千年的红豆杉上
衔起一粒相思果
连带心中的思念
在温润的泥土播下新的希望

山高水长。长长久久
水在山中。你在梦中

长水歌

韩峰

青山之间，不只有流水与鸟鸣
一排排千年红豆杉，在风中
与袅袅炊烟竞舞
草木的绿，江南雨特别地染过
长水，引人，醉人，更养人
这几十平方公里的河山

我愿看作是我最亲爱的祖国

这方天地，给了我们美
也给了我们美好的生态
活在这里，一年四季
汹涌的绿浪扑面而来
随便一吸，满嘴都清甜
哪怕只是短暂的旅宿
晨露也会软过晨曦
在草尖，在枝头
在几声鸡鸣的尽头
裹着月光余温
在你的窗前弥漫开来

红豆生南国
红豆杉生长水
想过许多次
选一个恰好的时间
和你坐在长水的黄昏里
等一轮皓月当空
看月光穿过疏密有间的红豆杉
像把梳子，梳过村前的流水
梳过你长长的秀发

长水的织梦人

子　清

在被暮霭涂抹的黄昏
最适合去七里溪漫步
风是秋色的风
豆是红色的豆
叶还是绿色的叶

一只金蝉蜷在枝条闭目养神
一只蜗牛伏在针叶虔诚坐禅
一只云雀声声唤醒了夜色
月亮从红豆杉尖缓缓升起
杉涛阵阵
那是月光流动的声音
密林的深处走来一位着雾的精灵
她倚着溪水
借着月光梳妆
好奇的人儿
莫要惊扰她
她是幽美的织梦人
那些宿在木屋的旅客
都在等着她甜蜜的馈赠

在长水的红豆杉上做窠

付赛鹰

我是一只鸟
遨游于天空
翅膀沾满风尘
我拍打着云朵
不停地瞭望

我无处歇脚
高山、河流、平原、草地
高楼、平屋、厂房、矿区
处处都是蓄满阴谋的眼睛
处处让我恐慌

我俯瞰大地
一个绿丸子沉浮在绿海

一个叫长水庄屋里的地方
古树成群
千年红豆杉叶茂枝繁
遮天蔽日
风涌绿浪

我想在这千年红豆杉上做窠
我要看不远处的荷塘
开出的娇妍
我要看苍苍莽莽的长水
春夏秋冬更迭红红绿绿的盛装

我想在千年的红豆杉上做窠
我要啄食一缕一缕的光阴
构建我的新房
我要在这生儿育女
我要采撷红豆
将祖祖辈辈的祈愿喂养

我想在古老的红豆杉上做窠
这里
密集负氧离子
遍布每一个角落
鸾鸟起飞
走兽奔忙

我想在千年红豆杉上做窠
今晚
月亮高悬
此时
我只想衔一滴紫杉醇
送到你的面前
愿你
永远焕发青春的光芒

长水赋

李飞亮

长墅开源，早于秦汉。孙家埠云起龙骧；桃花源峰回水转。林海茫茫，东接瓜源丁坑；山峰绵绵，西连严阳层峦。溪水长流，北延漾都腹地；武陵高耸，南襟邻县靖安。

三源之首，文人多赋长墅诗；一县之胜，余螭所记长墅源。岩头、深坑，远古早有人迹；石墩、石磡，现时仍留疑玄。小山尖、小红岩人言险峰，大令牌、大红岩直指顶端。神剑削石，成冲天蜡烛；水濂奇洞，喷飞瀑流泉。落木迎风，回龙寺中立石塔；仓下屯粮，孙家埠头泊吴船。鹰崖翘嘴，马颈昂头，崖似南极仙翁；溪声益壮，水深莫测，龙湫世代相传。丈人峰，危涛峰，余弼题咏诗句神形兼备；靖公崖，靖公庵，山谷弈几石刻墨香久远。击贼崖前看碑碣，余文梓伏击白头兵；长墅源里忆旧事，李协和隐居月坑边。清代武师但肇文佩黄包袱无人能敌，民国镖师余林茂惊马救帅力盖南天。

沧海桑田，村名易变。删繁就简，以水优先。林权改革，山定权、树定根；其时总理，访长水、胜无前。声名鹊起，中国林改第一村；武宁地标，长水大桥新景点。新世纪万马奋蹄，看长水着其先鞭。稳定和谐，律吕调而风俗美；环境优雅，品物阜而百姓安。打造生态村，成阵势以互补；建设旅游区，形犄角而相环。回乡创业，七里溪中悦山居；驴友攀崖，杨坑高路入云端。品位创建，红豆山庄仿宋风；民宿开发，阅溪谷里新拐点。

放眼乎今之长水，巍巍然姿态万千，携三源其比翼，联五村而并肩。于是八百亩农田雍雍整肃，九千顷林地穆穆森严。排闼则群峰揖客，闲步而芳草缠绵。更休说品农家之殷殷美食，游乡曲之留客酒酽。假旅游之乍来，惊风物之绝伦；叹长水之锦绣，聚四海之俊贤！

辑六

星火之什

邹幽篁　摄 ▶

成善新　摄 ▶ ▼

水受的伤越多，

涵养的风景就越美；

走的路越远，同伴就越多。

海是无数孤独的水

范晓波

一滴水的声响是小的
一滴水的孤独是大的

让远方昏迷在怀里
成为死水
还是与激情交朋友
这是每滴水要做的选择

事情就是这么奇妙
世上没有哪滴水死于梦想
水受的伤越多
涵养的风景就越美
走的路越远,同伴就越多

一片汪洋扑面而来
惊讶的人都忘了
它其实是无数的一滴水

在林间,等你来问我

张　雷

快问我,询问我
像老斯芬克斯那样诘难我
问我无根之水和有偿之饮何物更重
问我林的绿,果的绿,火的绿
和血管的绿,分属哪个四季

问我眼前的河流
在你们微张的瞳孔里水花溅溅、鱼尾曳曳
的忘川绿水
何年流出
涉足其中,俗世之俗随流消解
问我散发,赤足,奔跑,无故发乐是否
为忘川之毒

问我山的起伏,鸟的饶舌,林间神灵
的居处,问我
一根发带能否捆住时间之轴

问我脚边那株植物的名字,它的大名,小名,乳名
和外号,详细知悉它
的谱系,爱,冢与磊落的情仇

问我一条源流流经几处村庄,几缕烟火,一滴逃离深山的水
需要冲破几面石缝的拥抱,几座桥
的挽留
它是呜咽着欢喜还是高歌着落幕

问我,你婴儿蓝的眼白感知的一切
那在伊山玻璃般空明的溪流里也能连续
跳跃的思虑之灵动
像你高声笑着砸向水里的石块一样痛快
问我。像你端详许久从河滩慎重拾起一块石头
一样,问我

关于风的去向,云的动态,阳光和雨
的即时消息,还有蛇和蚂蚁的巢穴
山中捕猎者的线路
你敏感的突然低落的蓝色头像
想传达的,都可以问我

问我
这踏着星星之火从尘世的彼端而来的客人哪
我看见你自提着心之萤火
照亮溪流,林木,草茎,尘埃
微毫,飞鸿指爪,光
的影子
比我更深谙林妖的法则

山水武宁

王继亮

这里的山是动的
水是静的
如惊世画卷,打开我的双眼
进入我的五脏六腑

这里的天是低的
地是高的
像天空之镜,遗落到人间
现出大地初始的样子

这里的风是远的
云是近的
像在梦里
讲述着醒来的事

我不过是想成为一尾鱼
一只鸟,一层薄雾
不过是想让一个有趣的灵魂
进入它们

一片山水乘云来

叶　芸

天刚亮，西海就把我唤醒
推窗凝望
看见排阵的山峦牵着一脉清流
乘着白云，踏歌而来

其实我早已落入凡尘
湮于人间烟火，茶米油盐
但此刻，我心怀武宁的山水
它们拽了拽我的衣角
让我重回云端

沿　溪　行

叶晓健

小　木　桥

有多久没有走过这样的木桥了
上面落满了枯萎的叶子，野花
我不忍心扫开，也不忍心踩着它们
我还是趟着溪水绕过去吧
溪水还可以顺便把我再清洗一遍

打　水　漂

那些盛开的小水花虽然一闪即逝
而钻入水底的小石片，有可能和我一样
融入一个群体，不被认出

而有些石片，居然能飞掠宽阔的溪面
让对岸的女人们发出惊喜的欢叫

红 豆 杉

夜幕降临,已不大看得清楚红豆杉
的模样。它们随风婆娑的舞姿
低垂柔软的手臂,让我顿生爱意
啊,她居然不会拒绝我的靠近
不会嫌弃我一身的尘土和久染难除
的暗疾。爱过她的人已转身走远
想爱她的人正从长水桥,陆续而来

在 武 宁

苏隐没

杳然去。在西海获得一个动听的名字
在山脚下获得一户人家
在升起炊烟的瞬间获得清凉,在清凉
的深意里懂得四季

我愿顺流而下,也愿缘溪而行
像竹子一样扎根,像水面行走的飞石
经历了斧斫和捆绑
流水见行云

你不再叩问流动的心事
无数次抵近疏落的萱花,将羞惭
的表达点开湖心的波纹

长水村的老叟

余 晓

如果我们不来
老叟会在红豆杉下

对着武陵岩
闭目，打坐，听泉吟
兴致所至，也会
以茅舍边的修竹为笔
在云团中蘸几滴墨
绘一幅九岭山色图
既然，客至
山中岁月长。不讲
红豆杉，就讲
几株黄杨。从父辈
至今，百年
不及人头高。谓
千年矮

山深水长

邹幽篁

草 木 深

溪流自上而下
时间爬过山头
竹笕里的水流
以煮茶，以濯手
一边是林
一边是路
老人坐在院门口
许久
红联写的天地里
石老苔厚

清 溪 底

如果目光可以跋山涉水
那石子激起的水花

就是搭起的桥梁

溪流迈过双脚
影子在水里摇晃
低首
咯上脚的石头
着了一下慌

归去来

雨想落没有落下
时间荒成一堵墙
在风里站成等待的模样
影子,温暖和希望
编进门框上的蛛网

把这当老家
回忆在阳光下闪亮
归来
欢喜发了芽
是青色的藤条默默爬上墙

西海

江锦灵

从庐山的襟裳,裁得一段风流
系在武宁的绿色颈项
蔓延至腰际
逶迤成风的模样
以水的词根
命名

西海。有快艇，也有岸
岸上有公务和买卖
也有家

家，是从山水的语境
开出的花瓣
每一条街道，每一次人潮
诠释着花香的广义

至少在某种诠释里
不速的我
把他乡作故乡
把西海当心海

夏夜穿过朝阳湖

罗　婷

月明星稀，但灯火辉煌
她们的热情与憧憬
搭上了夏日的舟楫
与温柔的湖面　招手
向沸腾的时刻　拥抱
像一阵风　灌满全身
从朝阳湖的清澈中穿过
遇见你　湖面的戏园
男角　女角　深情献唱
看园的人儿，用琴声附和
歌颂惬意，吟咏诗词
歌声　笑声　风声
穿过夏夜的朝阳湖
成全一个彻夜不眠的人

星火诗跋

翁还童

一家老牌杂志，一段唯美视频；震撼心灵的文字，要配如画的风景；星火杂志出品，人称最文艺之武宁。

以一本杂志为平台，建立各地作者、读者驿站，举办各类创作活动，丰富文艺生活，营造美好文学生态，这在中国是首创，如一枝新葩，绽放在传统园地。

己亥春，江西省滕王阁文学院长、《星火》主编范晓波来武宁为星火武宁驿挂牌，举办文学讲座；并率星火各驿长及部分驿员，参加中国第四届庐山西海谷雨诗会，山水武宁，一时之盛。夏日，星火策划形象视频，名曰“海是无数孤独的水”，选点武宁山水，这是对武宁自然生态的情之独钟，也是对武宁文化气场的有力凝聚。

范晓波主编率星火团队及部分驿站同道，凡二十余众，走进山水武宁，瘦梦领地方文学同仁，全力配合，尽地主之谊。摄制组一行，走进长水、伊山，畅游庐山西海，风景随机撷取，情节但凭演绎。星火各地驿站，友情出演本剧。两分半长短片，花去时间三日。几多美好找寻，来自高雅趣味。

人是价值的人。精神尺码，决定审美海拔。能遇见什么风景，是自己的境界决定的。星火的格调，高标于上；西海的美景，堪可起兴。山水之秀，风俗之美，情动于衷，发而为歌。作为此次活动的副产品，特此选辑，以为纪念云尔。

邹幽篁摄

辑七

船滩之什

邓京丽　摄

一个人的模样，本质是独立之思想；
一个地方的面目，根底是文化坚守。

船滩诗序

翁还童

幕阜山阳多溪涧，源自老鸦尖者为上汤水，出太阳山者为南岳水。清泉出山，仍然清亮，来到一望平川，抬头见辽山，果然风光无限，放慢脚步，赞叹一回。两水结伴，划出一片绿洲，如船泊河滩，因名船滩。河滩老街，曾经繁华一时，当年誉为小汉口。

人类依水而居，大小码头，总是一方文明。此地系四乡水口，所以有大造化。船滩水携东林水、辽田水入修江，过庐山西海，过鄱阳湖，奔向大江大海。山间的水，能够走远，是因为胸怀世界。

九岭与幕阜之间，夹着一条修江，地方难免局促。船滩有辽田、辽里、辽埠，都是阔垅大畈的田畴；又有一座辽山，因为不与万山相连，显出自己的脊梁，精神海拔，矗立在人的心头。人是自然之子，好山好水间，自古以来，人物之盛，正如一个辽字气派。

一个人的模样，本质是独立之思想；一个地方的面目，根底是文化坚守。清朝的打鼓歌，成为国家级非物质文化遗产，坎头方家祠堂正在上演。楚人敬神娱神的神歌，是楚辞源头，黄沙灵官太子殿还在传唱。石坑太婆宴，有母系氏族遗风。东岸稻草龙，是古老祈福习俗。人文重镇，是有精神滋养。乡村振兴，贵在光大文明。

己亥仲夏，王剑君邀约乡村采风。同道余新华、雷鸿尧、王怡荣、成晨阳、张安生诸君，凡四十余众。是日雨后初霁，风清气爽。行走山间，见荷塘花开，白鹭翥飞。一路迤逦，走进南程四箴堂、殿背王氏宗祠，访辽里仙源古寺，到坎头看打鼓歌，感受一方灵气，触动诸君雅兴。特此辑录分享，谨缀数言小引。

韩峰摄

归 乡 辞

瘦 梦

我知道，这是我曾经泪水打湿的故乡
每一块青石上，都烙下我年少的徜徉

在路上，我不想碰见任何一个人
他们的问候，都会淋湿我中年的目光

我只想像风一样，悄悄潜入
那栋早已不在的老屋，看一看台阶上的青苔
是否和母亲手上的老茧一样新鲜

我只想像草一样，悄悄钻入
我老父亲那座静谧的坟茔
再看看我父亲的脸膛，是否还有那份沧桑

我要回到故乡
就算大雨浇湿了我的衣裳
就算大雪深埋了我的身躯
我还是要扬起这颗头颅
看故乡的天空，是否依然这么苍茫

船 滩 吟

付赛鹰

小时候，我眼里的船滩是个大城市
站在辛家的黄土岭眺望
远远看见夜幕下的船滩街华灯初上
恍如天上的街市，璀璨辉煌

认识船滩的味道，从一碗馄饨开始
那是年迈的祖父挑着重担
街上卖柴，换来的一碗美味
儿时的我才知道，船滩
是飘满美味的人间天堂

认识船滩的颜色，是在祖父的故事里
船滩是绿的森林，莽莽苍苍
祖父从辽里仙源的茶马古道进发
去湖北扛桁木，换回食盐和米粮
祖父脚踏赣鄂边界，一头担着太阳
一头挑着月亮，挑起了生活的希望

船滩是传奇的啊
你看，辽山是大地隆起的脊梁
当年，曹和的兵马在跑马场操练
震天的呐喊，仿佛还在山头回荡
千年屹立的石人婆
眼角爬满绿色的常青藤
为了坚贞的爱，年复一年地守望

殿背的四箴堂
古色古香，承载几百年的沧桑
这里曾经居住着丹青妙医程盟山
为了爱情，他挥毫写下梅花百咏
字里行间，至今还氤氲着梅花的芬芳

石坑的傅家宗祠是傅家人的庙宇
傅氏太婆会，山村的母亲节
是傅姓人家一年一度的盛会
把人间的大爱弘扬

船滩是不甘寂寞的啊
田间时时响起滴滴咚滴滴咚的鼓声
山上处处飘起哟嗬哟嗬哟嗬嘿啦的歌声
打鼓歌唱出了劳动的激情
唱出了汉子的血性,唱出了山妹子的柔情
唱出了日子的欢乐,唱出了心中的憧憬

长大了我才发现
船滩原来这么小
小如一颗晶莹的水珠
闪耀在我的心尖上

辽　山

张　雷

它是亿万年前的一条巨鲸
吐海为天,吸水成虹
沉如行星陨落,浮若天开日升
在无边际的蓝海里
披波游弋,缓缓长鸣

地火喷涌,水汽蒸腾
大陆脱颖而出
它自遣雄心放逐于造物
身干化作高山,骨架撑起悬崖
血肉滋养草木,筋脉潜为白石
它的鳞片覆于大地
脱落为桑田沃壤
心犹跃动,化为雄鹰
亿万年后人类居住于它的躯体之上
抬头赞叹:天驷在云,几若天半

公元某年,曹和手举义旗骑在它的遗骨之背
踊跃江湖
一枕热梦几霎血雨
闹嚷嚷悬羊击鼓、火烧连营
灰烬与残梦褪尽
硬骨连入它的脉络
相思余温不断立地嶙峋成一尊石人婆

后来,它渐渐老去
血肉任人宰割
啃噬的口与喉咙无休止
它累累白骨坦露
血干泪枯

有时,碧蓝的天幕倒悬如镜
如许多年前它曾悠游的蓝海
它无法挣动寸断的筋骨
叹一口云雾聚在山头

船滩访莲

钟新强

莲,安于中国的水土三千年
莲的芬芳染透史册
自从《爱莲说》隆重地说过之后
莲,令人刮目相看
世上君子,凭借莲的气息
互相辨认,彼此致意

来船滩莲塘村访莲
但见碧叶挨着碧叶,重重叠叠
红花偎着红花,亲亲切切

浩浩荡荡的莲花队伍
从霞光中起身
汇成一条清香四溢的河
向季节深处流去

在莲塘村部，有一所公德银行
储存着村民的善言善行善举
一所公德银行
就是一口莲开四季的池塘
莲香氤氲，让新农村神清气爽
让人们的心
宛如莲花，在岁月里绽放

等　待

张　敏

盛夏的七月
去一座小镇
赴一场文化的盛宴
雨后天空中那抹蓝
清新中透着爽朗
目光漫向远方
船滩，宛如展开的画卷
赏心悦目地挂在眼前
在等待　等待诗人
用眼睛和相机捕捉她的美丽
吟成满纸风情
激越高亢的打鼓歌
拙朴的乡音充盈着热切
诉说着日出日暮　春去秋来
她用澄净的心态，饱满的深情
等灵动的文字
抒发情怀

船 滩 河

韩 峰

总有一条河流
柔软得像妈妈燃起的炊烟
会在心底萦绕一生

船滩河，弯弯曲曲
一路跌跌撞撞，摇摇晃晃
却始终清清澈澈
涤荡故乡每一处灵魂
多像我坚强的母亲
驮着沉重的岁月
再清苦的日子里
也要用清清澈澈的信念
擦亮我生命中每一缕晨光

不必追究，一条河流
是先有河床还是流水
但我深深知道
只要故乡的河床还在
船滩河的流水就有奔头和方向

船滩河，源于幕阜的沟沟壑壑
每一条沟壑都像是，母亲
怎么也抚不平的挂念
大小支流几十条
条条都像是她深情的叮嘱
南岳河不许鲁莽
辽里港要循规蹈矩
温汤水要勇敢地抵御人间深寒
如果一定要去远方

就让生命变得更辽阔
只是啊，要牢记，船头滩
永远是你们梦想起航的胞衣场

在 莲 塘

邹 冰

不知何时，起风了
我们到来的时候
一群白鹭
在绿水青山间
飞翔，或止息

在莲塘
白鹭是
辨识度极高的精灵
它们早已熟悉
扶贫干部
忙碌的身影

水田的变化
在一年之间
世间再没有这样巧妙的安排
水稻和虾
轮流做这片水田的王

在莲塘
每户人家都有一面镜子
藏得很深，像一桩心事
但不需要守口如瓶

万物逢春　繁华落尽

给予，或召回
大自然自有分寸

当莲塘村顶上的蓝天
辽阔到可以尽情飞翔
一群白鹭
它们的出现与消失
看起来意义重大

船滩，我心中的明月

陈玉洁

咚咚咚咚咚咚
“人要好呦……”
方由根歌头一起
全场凝神聚气
身后的腰鼓们随时等待被唤醒
咚咚咚咚咚咚
唱个山歌哟嗨嗬哟嗨嗬
村妇们目光清明，动作齐整
铿锵有力，声震七沟八岭
以鼓和歌唱出了记忆的掌纹

船滩老街，抗战时期的“小汉口”
商品铺子三百家
太平桥下船只如麻，满目琳琅
人山人海好似一幅清明上河图
小镇已然成为当时的安乐窝
恍惚间，一辆黑色小车缓缓驶入我的视线
桥身略微颤抖　这座桥终归承载了几代人的欢乐
如今它老得只遗留些故事里的人
只有老宅、古树、沙洲依然诉说着昔日的繁华鼎盛

奔流不息的母亲河
温暖如初，爱子情深
漂泊过万水千山
割舍不断日暮乡关
船滩，你永远是我心头的月光

莲　　塘

周奕之

走进莲塘
白鹭翩翩
清香阵阵
但我最爱
那绿色的莲子

迫不及待
剥上一粒
抛进嘴里
呀！
我尝到了
人生的滋味——苦尽甘来！

邓京丽摄

船滩赋

李飞亮

位幕阜山之南麓，扼武宁县之西门。山育之地，水孕之城。形似船头，因而得名。日之赠，北毗上汤，南界三都；月之赠，东连澧溪，西接东林。与山为伴，享仁者之志；与水为邻，追智者之风。观山野四时之变，聆溪水日夜之音。

南岳太阳山，境内最高峰。九宫山、太阳山、石城山，山溪发源；相公洞、洋深洞、木皋洞，洞流不泯。免赦（孟舍）源、富山源、铁炉源，源远幽深；四方垴、曹坑溪、茶畲溪，溪水合并。辽田、温汤自流成河，南岳、殿背长港泛清。九水并四港汇入船滩河，两省带三县踏歌西海滨。二百年船滩集镇，湘鄂赣茶道闻名。得地势之利，抗战人称“小汉口”；享区位之贵，商贾促进大繁荣。

留史之痕兮，瞻仰苏区党建旧址；存古之迹兮，且听辽山暮鼓晨钟。非遗武宁之打鼓歌，传承畲族之稻草龙。打草鞋，农夫雅称不借；抬花轿，百姓当庆大婚。扶犁打耙是为男耕，纺纱织布原于女工。磨盘推转，豆浆之鲜胜甘淳；抚襟棉装，木梭之行如在胸。石坑傅氏傅婆傅祠，黄沙古塔古树古村。太婆会上彰贤母，文明乡里出干臣。宋宣和进士周禧，官湖广参政；文化巨匠程盟山，著《梅花百咏》。方一星专攻中国制图，程云辉奉献中国航空。还有丹青妙手，后者风起云涌。如书法昆明，如诗人瘦梦；或鼓匠由根，或网红周冲。

物富之旺埠兮，产业之势行。茧丝绸厂，缫桑蚕一时之盛。大理石矿，立支柱百业引擎。特色种植与果品共生，奇艳花卉与苗木争雄。摘草莓乎猩红，颗颗钻石；揉菜籽乎油黑，粒粒乌金。乡味之久远，食美之名品。稻黄梨脆，果熟桃红。糯米粿Q弹劲道，薯粉粑煮炒由人。大块肉肥而不腻，小港鱼汤鲜肉嫩。炊烟冉冉，晨雾浓浓。耕夫山野吆歌，洗妇河边唱吟。一唱一和，欢颜悦耳；一高一低，绵意缠萦。致富论快慢，脱贫竞伯仲。乐也乐盈门，福也福盈门！

盛世之船滩，荷花香来，喜望冬麦夏禾；开放之船滩，竹笛声去，惯看秋月春风。外顺之潮流，开放门户；内合之民意，广纳资金。崛起指日可待，腾飞屈指可伸。强镇之梦，圆于世盛之际；复兴之愿，了于邦安之中。

辑八

东林之什

徐高峰　摄

安抚一方生灵，需要占领精神高地。

东林诗序

翁还童

问地名。东林位邑之西部边缘，距县城近一百八十里。其地山不甚高，川不甚大，畈不甚阔，村落多以坑、埚、洞、源名之。明代曹氏于红竹埚建村时，东头有一片树林，人因称东林曹家。民国建乡时，乡治在曹氏宗祠，一个小地名成为乡名，后世因袭之。乡间孩子一般都有老土的小名，而上学后，又会取一个大名，以表对于人世的尊重。东林就是那一方水土的大名，有一种美丽与响亮。

听传奇。雅聚座谈，听东林故事。萤渚堂车家先祖钟远公，七十岁后十余年间，生九子，建九座楼，人称九楼车。旧时代有朝官，英才辈出。水碓坑刘家有民国总统徐世昌题匾"节励松筠"，其书香门第，人物风流，令山水增光。山头高畲雷家，有十八般武艺，中华武术精华，代代传承。最堪称奇，磦坑刘家爱女，嫁妆为穿崖凿壁的五里水渠，历时四年半，工匠吃掉九头水牛，因称九牛圳。一个三寸金莲的小女子，却有造福一方之大善良，其芳德如水渠清亮流长。

访道场。走进栏关寺，庭院深处，梵音响起，女众在做功课。听向导讲苏东坡题联，程盟山画虎的故事。访福主观，有信众在打筶，接连打三个胜筶，给人很大安慰。旁边就是福民寺，佛道同修，亦是奇观。还有狮山仰山寺。道场都占着风水宝地，福主观是九龙呵气之地，栏关寺是右狮左象，龟息蛇盘，仰山寺在半山之上，更是雄壮。安抚一方生灵，需要占领精神高地。

观锄山。下车毛溪段，白面石旁，村民打鼓唱歌，锄油茶，以鼓催工，以歌鼓劲，不能被繁重的劳作压倒，把劳动变成艺术，代代传承，成为国家级非物质文化遗产。作为武宁打鼓歌的源头，东林人传唱的打鼓歌有天籁之音的悠远，亦有穿云裂帛的奔放，堪称中华艺术的奇葩。

尝美食。美食来自一方出产。东林多油桐，因此发明出桐叶粑。此日吃到的第一道菜是大脸盆装的桐叶粑，有这样的豪气。我乡下待客喜欢把客人当作牛，越是丰盛表示越加敬重。

读方志。东林人在编一本书，讲的是东林的前生今世，每一个姓氏，每一个村庄，每一条河流，每一处形胜，都娓娓道来，如数家珍。东林这本书属于方志类。民间修史，其新一也；乡贤主持，其新二也；体例独特，其新三也；注重调查，其新四也；文笔有情，其新五也。王有昌、陈安邦两位地方贤达主持的东林文史图书，因为与众不同，所以值得期待。

我的父亲，我的东林

张　雷

一

九十一平方千米的土地，是祖父、伯父、父亲、叔叔、姑姑们的出生地
也是他们的天涯

他们在泥里奔波
蜷曲的双手从泥里挖出红薯，马铃薯，花生
挖出饱满和干瘪的根茎
喂养不知休止的饥饿

泥里长出沉重的稻谷，苞谷，油茶，芦秀
和他们沉重的头颅一样色彩沉郁
沉到胃囊里也总是沉甸甸的
一切轻盈的梦想都无法舒展

后来他们都离开了
用脚走，骑着两个轮子、三个轮子、四个轮子
脚印和轮子把土地压实
压出了永不可平复的疮口
他们离开了自己的出生地

他们像一兜红薯抖落开泥土
丢进了不同的箩筐里
断裂的根茎处有雪白汁液汹涌
像极了父亲小时候第一次走上田地
一锄头下去冒失的后果

冬天他们把一兜兜红薯挂在灶间
红薯萎凋后甘甜
甘甜如祖母手掌心的气味

他们有的人已经永远无法归来

二

乌山白水
苞谷金黄
河流无声
歌鼓高亢

在东林,山川低昂
山脊坚实,线条陷落
和驮着苞谷的祖父的脊背一样庄重

乌绿的山支棱起瓦蓝的天
白水流淌无声
石头光亮,像一面镜子一样反射光芒
像锄山鼓的鼓声一样高亮
像歌声,喉咙里吐出的太阳一样高亢
敲一声一个坑
吐一句一条源
歌词里的情意缠绵
像田埂河湾纵横交错
叫一句烫嘴的娇莲
地上落一个相思的涡洞
我的太公父伯们就在这些歌声里出生
劳作,歌唱,爱憎,繁育,安葬
并在歌声里再次复活

远山的歌谣

邹　冰

多年以后
我还记得那片

被你的歌声抚摸过的
滚烫的土地

乡村是整个中国的胞衣
层叠的山峰
人生的苦难一浪高过一浪
草木越是繁茂，越能暗示大地及其万物的不安
我站在你身边
你的身后是未开垦的土地
天气燥热
歌声挣脱羁绊自胸腔迸发
不讲章法的歌唱
如惊雷
在贫瘠的土地上炸响
有时炫技似的
高出两个八度
穿云裂帛
高亢悲凉

歌里的人生
有劳动的艰辛
有收获的喜悦
也有甜蜜泼辣的情爱
你的歌在土地上生了根
是生生不息的《诗经》

土地是你的宿命
锄头的笨拙
源于土地的卑微、人的卑微
一头牛走完了一生
皮做成鼓
鼓声将最欢快的鸟雀送上天空
仿佛那里从来不会布满乌云
像西西弗斯的石头

因释放能量而存在
所有的原罪都由土地承受吗
你倔强地歌唱
天地做了你的剧场
歌谣是你的人生

一曲终了
云碧峰青
我看见
一缕长风
吹落了你眉宇间的汗滴

高畲雷家庄

韩　峰

如今东林高畲雷家庄
被绘在蓝天青山下
画卷一样铺开
那是畲族儿女的杰作
他们勤劳当笔,汗水为墨
参照祖辈的辉煌润色
依幸福该有的模样渐次下笔
画先祖摸爬滚打的痕迹
画雄浑晨光,画绵软月色
画赏心阁,大戏台,豫斌亭
画画廊,画流水穿村而过
画袅袅炊烟,画绵绵乡愁
画新农村的洒脱
画畲族儿女智慧的翅膀
最后点睛之笔
是画上凤凰和飞龙
画出畲族庄严的图腾

龙安，龙安

徐淑萍

龙安
一个偏僻的屋场
一个鲜为人知的山沟沟
藏得如此根深蒂固
在我灵魂深处盘根错节

回龙安回想起记忆中它的模样
薯丝饭、包哨子、什锦汤、米棒茶
在最深的味觉记忆里萦绕
戏龙灯、舞狮子、锄山鼓一代代在传唱
跳房子、踢毽子、打陀螺、滚铁环
让笑靥飞到了孩子们的脸上
冬天里火炉角悬挂的腊肉喷香
夏日里小池塘菖蒲荷花列成行
夏夜乡村简单纯粹不刻意的浪漫
纳凉是它的主题
青蛙组成交响乐团，萤火虫打着小灯笼
阿婆的蒲扇摇着孙儿进入甜甜的梦乡

在这个伏天里回龙安
听风拂过水田的声音
听秧苗说话的声音
看云在山头亲吻山尖
沧桑的土屋留下了一地的斑驳
屋后的老樟树屹然驻守着
屋旁父亲挖的水井
那是夏日里存放瓜果的冰箱
他种下的桃树、李树、枇杷
如今都结满了落寞
母亲的灶台蒙上了厚重的灰尘

那时她每天要去三回的菜地
如今成了荒草的乐园

龙安　给了我飞向远方的翅膀
如今，我回来，想要带着它飞翔

昂颈歌

钟新强

要唱，就昂起脖颈向天歌
要唱，唱得大地颤动
踩响鼓点，涨红着脖子唱啊
从“太阳出来一点红”
一直唱到炊烟缓缓唤你归

要唱，就赤膊歌唱
让歌声随着汗水
滴在锄头翻开的泥土里
长出来一茬茬希望

从楚国的碧水里取出腔调
在吴国的青山上取出歌词
“哟呵呵，呜呼呼”
传唱几百年了
唱不尽吴头楚尾的悲欢

昂颈向天，低首朝地，击鼓而歌
从灵魂深处扯出来的歌
不带一点修饰，就这样赤裸着袒露着

大地上，最深沉的思念不过如此
最悱恻的伤心不过如此
最浓烈的爱不过如此

印象东林

吴 衍

突然,她从幽居的山谷走来
被风包裹着,阳光稀疏而下
仿佛突如其来,但绝对是妙手的安排
而此时,莽莽重山在她身后潜行
去捉一条欢腾的溪流

她是遗落在人间的仙子
柏树岭是她的衣裳,以青翠缀满
这衣裳让她容颜永驻
白面石是她的饰品,用峭壁镶边
这饰品让她溢出秀美

她从来喜静,或者她制造出一种孤独
把栏关寺的风水,将军岩的雄壮
打鼓歌的奔放,以及九楼车的神奇
藏在了大地的隐秘角落
以使自己的身段,格外轻盈
她要,迎风起舞
为所有人间光亮而动情

东林情悠悠

邱小波

始龀龄,我和兄妹,跟随父母
携带锅碗衣被,踏上了漫长的向西迁移旅途
目的地,叫东林,它在山水武宁的最西部
一辆拖拉机,碾压着坎坷和贫穷,“突突突突”

夕照里抵达东林，懵懂的心门啊，“嘟嘟嘟嘟”

这里的田间和地头，储藏着我的勤劳和辛苦
砍柴、割禾、骑牛，地里掏红薯
这里的白日和黑夜，匿藏着我的淘气与孤独
打架、骂人，逆父令，睡懒觉，还不好好读书
这里的山野和芳林，珍藏着我动如脱兔的脚步
我和小伙伴，打赤脚，穿草鞋，觅寻山中零食仓库

庚子夏，我兴奋的神思在梦中飘飘忽忽
翌日晨，我出发，将挚爱的第二故乡仔细阅读
东林大地啊，保存着众多古老的乡土元素
乡村茶戏、高畲腰鼓，还有锄山鼓，“咚咚咚咚”
东林人民啊，将似火的热情向我们倾注
桐叶粑、包哨子，饱胀着文人墨客的肚腹

东林的山啊，壮我的筋，健我的骨
心中浸凉哟，何惧自己脚掌下炙热的道路
东林的水啊，滋润着我枯槁的肺腑
逼仄的心腔，顿然无限辽阔，荡漾着回家的幸福
东林的人啊，情悠悠，我啊，沉醉中踏上归途
伫立心灵庙宇，默默祈愿——东林更富庶

在东林，我听见打鼓歌

子　清

在东林，我听见打鼓歌
对歌词，我隐约知晓
关于表妹
关于彩礼
关于村庄

农夫们站成一排挥着锄头
时而放声歌唱
时而一起承担着沉默里的重负
他们的皱纹自带风霜
他们的汗珠如泪
是地上星光
他们的声调听来高亢
实则悲戚得足以让人相信宿命
当歌唱生活的农夫
用鼓点催促同伴
锄掉最后一棵杂草
众鸟归巢

过 东 林

王造梁

我来到东林
迷迷糊糊的,仿佛什么都没看见
只是卸下了“穷乡僻壤”里“穷乡”两个字眼

稻米经过石磨的碾压和时间的发酵
使桐叶粑发出诱人的邀请
桐叶里裹着的是东林人的盛情

锄山鼓依然在耳边盘旋
还有歌唱者们顺着歌声流淌的汗水
薯丝饭里我咀嚼到一股咸味
一半是汗水一半是泪水
一半是心疼一半是欣喜

东林赋

李飞亮

大哉东林，邑西山乡。山连幕阜，水合修江。地理单元自成，据年丰之沃壤；物象气候天设，控武宁之边疆。东西三十里之距长，水流苍苍；南北二十里之宽广，山脉莽莽。东北连船滩镇之殿背、南岳等村，西南邻修水县之新湾、南岭二乡。

卓哉东林，圣贤之乡。星斗璀璨，日月同光。九楼之吏部尚书车叔周，文能辅国；山头之三品武官程昌炫，武可安邦。车士才三代获赠奉政大夫，车和鸣一枚翰林待诏印章。世间绝无，程盟山所著《梅花百咏》；地方仅有，刘婉澜世第仍留书香。东岭李南屏，历任知县与参议，堪称秀士；上曹曹石渠，凌云傲笔作诗赋，可谓巨匠。精英辈出，故乡焕发儿女风采，徐高金首开人民大学之窗；俊彩星驰，史典洋溢热土芳香，陈伟宁十六考中清华高榜。至若土地革命时期，志士豪杰多出斯乡。为建立和保卫苏维埃而战，故英勇献身者六十多而亡。寨里王经延，苏区游击大队长，兄弟铁骨凛然，满门皆忠烈；下车车拔才，乱世穷苦一书生，革命意志坚强，捐躯成绝唱。

胜哉东林，誉饮一方。文化渊薮，人文之邦。一方古朴碾坑塅，善纳雅量，溪流碧水温润秀婉；千年古刹福主观，九龙呵气，洞口石镜仪态万方。双溪合流，仙人濯足留脚印。仓下水口，两座古塔锁城隍。鬼斧神工，九牛圳牵龙越岭；奇观胜境，喷水岩飞流百丈。若夫歇脚亭，宗圣寺，名胜可游也。但凡陈香木，千岁草，家珍可藏矣。更有仰山殿，流涎狮，笔墨可彰焉。千年古女贞，总统匾，风物可传乎！栏关寺，旧迹稀稀；夜合山，大观洋洋。樟坪堰，截断关山云雨；白水村，屡建亭廓雕梁。畲族风情之高畲庄，十八般武艺传世；国家非遗之打鼓歌，传承人世代传唱。

壮哉东林，时代之光。风来八面，求真图强。堪忆一九四九，东林换新天，生息得休养；建设新生家园，百废且俱兴，人心共景仰。凭锄头石磙筑起红泉水库；靠扁担土箕堆满双溪坝床。开山挖土，修通东船公路；钢钎拆石，硬化百里走廊。时至改革开放，经济大飞跃，社会新气象；百业俱兴山乡，建设新农村，实现小康庄。其为食也，薯粉包哨子，粉皮排骨汤。其为衣也，好奇逐名牌，怀古着唐装。观其行也，上街开轿车，飞天翅一双。瞰其住也，广厦千万间，百姓夙愿偿。山乡水乡，沿河且插丝丝碧柳；心态生态，满山广被郁郁香樟。全民创业风潮数风流人物，仿古建筑品牌有能工巧匠。路漫漫其修远兮，何有止境；天浩浩其广大兮，无限风光！

辑九 东山之什

邹幽篁　摄

蒋德先　摄

成善新　摄

东山之大，可以瞰尽一个西海；
东山之小，可用一个巴掌捂个严实。

东山诗序

翁还童

西海谷雨诗会，岁岁胜友如云。丙申首开创举，丁酉一时之盛。戊戌又来雅聚，同道五十余人。采风山间合港，破浪西海风情。自古风水流转，今日来此小村。

西海景泰搭高台，满座春风聚诗情。张雯哲闪亮开场，讲说新茶的前生今世；钟新强现场采蜜，笔尖之花朵芬芳水灵。修水姑娘张敏吟咏主人美好遇见；洞箫女子雷萍演绎瘦梦春天来临。夏海琴友情朗诵彭文斌东山寄情，一时佳话；翁小童从容弹唱周杰伦歌曲《安静》，抚慰灵魂。陈政大笔雄文，山水武宁之美学；张雷倾情朗诵，爱我家乡其意深。雷奇携手众人打造南腔北调读海子，笑翻全场；官莲业余采茶剧团小戏一折送香茶，异样风景。

专家学者，文坛高论。范晓波讲座，高屋建瓴；温润人文，尚需鲶鱼效应。向晴谈人生，热情洋溢；诗情画意，来自一颗童心。张绪平、徐春林，创作交流，传递友谊；刘劲楠、邹时福，谈笑晏晏，呦呦鹿鸣。

无限风光，幸有吟咏。聊缀数言，以为序文。时人有诗赞曰：

正是江南好风景，山水武宁迎嘉宾。
合港溪边听小调，螺丝田家品太平。
一船欢歌观湖岛，几多感慨说古今。
协和筑楼箬溪镇，德邻血战盘龙岭。
硕儒巨匠余心乐，小村农家度厄运。
柘林筑坝沧桑起，美好从来出艰辛。
永武高速通世界，西海水上第一村。
曲水流觞风雅颂，东山再起新兰亭。

东山之巅

瘦 梦

在东山顶上

东山之大，可以瞰尽一个西海
东山之小，可用一个巴掌捂个严实

东山之路，有无数条
可真正抵达山顶的路，只有一条

我登上东山，只沿着这一条小路
沿路有无数的花草、树木，甚至飞瀑、流泉
我都不看
沿途有无数的人流、鸟啼，甚至歌吟、低泣
我都不听

我登上东山，不去看日出
我登上东山，不去看云海

在东山之巅
我只看脚下的落日
我只听山下的松涛
我只想摸一摸我头顶上的星空

我徂东山，慆慆不归
我让我的三千魂魄，永留东山

在东山听鸟鸣

在东山，我闭门不出
但仍止不住流水和鸟声漫漶而至
比如此刻，我端坐在午后

鸟声突然响起，如一声清脆的口哨
我甚至猜想它溜圆的眼眸
也和它的声音一样清亮

接着，又是一声
像一个逗号，滚落过我的诗行

我停下笔，凝神谛听
一只鸟的叫声，如何引发一座山的诗情
东山之上，花朵云集
东山之下，鸟声啁啾

群鸟回应，大把大把的鸟鸣自由落地
此时，东山一片静寂

在东山看云

一朵云，躲在东山半空，偷偷看我——
“你看我时，我在关山之外
我看你时，你在我的眼中”

挥一挥袖，我将你揽入怀中
再挥一挥手，你又飘然万里
在东山相逢，都是最美的遇见

打马而过的时光，老在旧镜框里
云依然半明半昧，再看看你我——
美人迟暮，东山永在

桃花开

雁　飞

我不过是想伸个懒腰、打个哈欠
同春天一道苏醒过来
我不过是想扭扭腰身、试试嗓子
在春风里找回原先的感觉
你看,这只调皮的小蜜蜂
竟吵着要我歌舞

我好久没回来了,站上高枝
不过是想看看西海与武宁城
是否出落得更加靓丽
她们可是大美人啊
看看,真是越来越美了
请千万不要笑我卖弄风情

我不过还是老样子,没啥好看
梨花、杏花都是我的好姊妹
她们是与我一起回来的
亲爱的,也去和她们亲热亲热吧
不然,她们又要笑我了
还嫌我的脸不够红吗

东山寄情

彭文斌

最纯粹的水,在东山
最有灵性的六十六个盆景
被水恣意滋润

箬溪古镇是今日的龙宫
睁开碧波一般的眼睛
悄悄看云

那些车辙、那条驿道
那些有故事的脚印
派出浪花为使
记住青山夕阳下，一缕炊烟
就是一个人家的欢喜

多少熙熙攘攘、日起日落
多少烽烟、家国爱意
多少柴门犬吠、村口鸡鸣
在水之深不愿告别桃红柳绿
西海涟漪，是历史的呼吸

爱东山每一寸土地
即刻选择做一个有山有水
有仁义的村民
砍柴，种菜，喂猪，耕耘
守着星空写
比艾草更青更绿的诗文

谷和雨的野史

曹卫平

原谅它的缓慢生长

在营养与速度之间
它偏向了仪式
开春犁。插秧歌。以及
宫廷仪仗队

每一步都三叩九拜
每一句都咿咿呀呀
尽在乐府风雅颂

五千年的藏头诗
藏尽风水，格律和爆破音
金木水火土
生旦净末丑
绕不开食为天的见面语

而海，堆积在云上
风堆积在幡上
谷物一粒粒抵达仓颉之初心
这样好的时节
儿童须逃一回学，少女
须花间小睡
百谷的愿望里
须有一部稗官野史

直到布谷声声：
今夜，不回家

我在东山村写诗

钟新强

这里是山水武宁的一个小村
一支写诗的笔，在这里采蜜

坐在东山村的花海里写诗
诗句的韵脚是芬芳的
在这里写诗，不愁没有灵感
心头一动，笔尖就开满了花朵

在庐山西海之畔写诗
词语呼吸着无边的绿色
诗句是活泼泼、水灵灵的

在这里写诗是幸福的
一下就拥有十六个省的读者
小小村庄,荟萃十六省的方言
在这里朗读同一个版本的生活

但我还是会小心下笔
怕山水田园的诗意太美
让湖里十万条鱼儿都一齐沉到水底
也怕新时代的诗情过于澎湃
惊扰桃花水母的梦

不多写了,就写两行吧
一行是最美的水上公路,永武高速
一行是旅游码头上,游艇喷涌的欢歌

庐山西海,我的瑶池

宋　渭

西海,我的瑶池
一天碧水
九百朵芙蓉盛开
那么静
那么美

西海,我的瑶池
水波山色里
天光云影徘徊

蓝天为水
游轮是云
这重叠的意象
诠释着唯美

西海，我的瑶池
我驾着白云
在碧海里破波乘风
仙乐缥缈
长风吹起我的秀发
撩起我的裙袂
我又成了西海中
独特的景致

西海，我的瑶池
我愿化作一只仙鹤
在你的领地飞翔寻觅
在你的怀抱诗意栖居
庐山西海，我生命的瑶池

西海水带我去远方

邹幽篁

四月，桃花落下最后一片花瓣
世界全绿了
洗过蓝天的西海水也绿了
清蓝，凝碧
我看不到它有多深
就如同我看不到它走了多远一样
它是曲折蜿蜒而来，还是从天笔直而降
它是清流湾湾去到尽头，还是静水深流徘徊到永久
它是曾经桑田，现在沧海

它要源源不断，它想流之不绝

真想随它而去
以阳光为衣衫，以水里的白云作舟船
染得满身青翠，直到化作湖里的水滴
汽笛扬鸣，桨声低荡
渔网入水的微澜里，漾开了汗水的咸腥
随波，随波
突然，一阵心灵悸动的喜悦一把将我从水里捞起
原来
我要去的地方不是尽头
是柴火人家

东山听海

刘芙蓉

总想找一个地方
听海的声音此起彼伏
天涯也许太远
东山正好

总想找一个地方
疗年少的伤痛定思痛
西海或许正好
哪如莲花

空山静阒
万里波澜不惊
沉在暗暗水草之间
沉在心之最深处
无法言说的不只有留恋

还有

还有层层叠叠的
盼望向往的触须
无限生长膨胀

东山可以听海
可以倾诉
如莲的少年心事

抚摸月光

朱文丹

夜晚屏住呼吸
怕惊扰了羞涩的月牙
躲在薄云后犹犹豫豫
不知该走还是该留

手指是游走的眼睛
抚摸着月光
拉开朦胧的夜色
竟然有些晃眼

黑夜在眼眸中翻腾
月下的身影很长很长
竭尽全力地寻找
洒尽的最后一滴清辉
让孤独化成刻在心中的行文
封存在如烟的笑容里

披着月光守候远方
等待那月圆之时
你从黑夜的尽头走来
我将可以沉沉地睡去
如婴儿一般

东山赋

李飞亮

湖滨新村，名曰东山。东接永修，据有磨刀之胜；西望巾口，水拍鸦雀山岚。南临西海，环顾四水而立；北依群山，拥抱九庄以还。居民来自十六省，百姓一百零七单。永武高速横贯全境，风景如画貌换新颜。

广厦崛起城镇气度，温厚淳朴斯民风范。空气清新，草茵茵，花艳艳；环境优美，水泱泱，天蓝蓝。人勤物阜民生欢乐，踏歌浅唱福瑞康安。

昔日东山，回首实在不堪。生存孤岛，出入仅靠渔船。青壮打工，收入只图饱暖。农副产品，运输特别麻烦。省级贫困，帽子把人压弯。经济制约，发展难上加难。

适逢中央号令，脱贫攻坚；承蒙九江学院，对口支援。生态加旅游加扶贫，引资加合作加发展。四季四园，生态农场改观念；有机蔬菜，温控大棚兼展览。农林基地，种杨梅又种椪柑；淡水养殖，养鱼虾也养海鲜。乡贤发力，移资反哺故土；优企青睐，投资倾斜乡间。最看好，建设湖滨第一村，成江西看点；最给力，打造旅游第一村，树武宁样板。

东山经验，大贤引领，移民文化支撑。公德银行，扬善正能，和谐邻里之间。公平积分，信誉树立典范；以德治村，筑起道德防线。礼义情怀，讲究无私奉献；比学赶帮，不让一人落单。风清气正，劲往一处使；革故鼎新，柴往一起添。

抚今追昔，春秋已入史册；仰天浩歌，前程更越雄关。古人魂返，举手投足无不惊叹；老友重来，披襟此岸喜看嬗变。路漫漫兮，勇立潮头；风浩浩矣，直挂云帆！

邹幽篁摄

辑十 杜鹃之什

成善新　摄 ▶

王　臻　摄 ▼

只有中国文化里，
杜鹃集花、鸟、人于一身，分明是轮回的生命。

杜鹃诗序

翁还童

杜鹃是一朵花。朝鲜名之金达莱，我乡下叫作映山红。神州品种数百，而以晚春时节，火一样燃烧在山岭的，最令人赏心。从梅花到玉兰，从桃红到李白，无数花草的前仆后继，终于打下春天的江山。长沙、丹东、大理、嘉兴、台北、井冈山等许多地方将其奉为一市之花，可见天南海北的人对其独具深情。

杜鹃是一只鸟。杜鹃也叫布谷，布谷的名字，是摹其叫声而来，声音亦有多种，我只识得四声布谷，乡人听来是"割麦栽禾"，以为催耕。乡村四月，绿遍山原，白水满川，暮雨如烟。最为江南的风景里，杜鹃登场，预报一个节气，也唤醒一个农时，给汉文明的农耕画面，配上动人的乐音。

杜鹃是一个人。传说有多种，最著名者为"杜鹃啼血"。周代，蜀国有王名杜宇，禅位于人，而不忘社稷。死后化为鸟，仍关心农家，要人及时播种。因为昼夜啼叫，口吐鲜血，漫山遍野，这血化作美丽的鲜花。这种花、鸟名字的来历，有典型的中国道德教化。英语世界，杜鹃花名来源于鸟的名字，仿佛是布谷鸟的声声呼唤，催生一株树的爱情。古希腊语中，杜鹃的直译为"玫瑰之树"，是状其花色之美。只有中国文化里，杜鹃集花、鸟、人于一身，分明是轮回的生命。

杜鹃是一首歌。《诗经》的传统，是以家园草木起兴；《楚辞》的开创，要以香草恶木喻人。杜鹃以其独特的文化内涵，千百年来，被人寄托种种悠思与风情。李白的"宣城还见杜鹃花"，有去国怀乡之思。韦庄的"杜鹃花发鹧鸪啼"，是故人相逢的情景。秋瑾的"杜鹃花发杜鹃啼"，寄托着镜湖侠客悲壮的情愫。陆柱国的"岭上开遍映山红"，唱出了饥寒中人渴望春风的心声。

杜鹃是一段缘。朱山在九岭间，虽然是李烈钧将军的故里，但不知来历，村人说是源于朱明，我疑心是因为满山杜鹃红遍，名之为朱，正是本色。因为海拔高的原因，杜鹃花从山下走到山巅，从春到夏，有如温暖的接力，要将春色撒人间。辛丑年的布谷声中，中国第六届庐山西海谷雨诗会采风朱山，山下山花如火，山上只有星星点点。春风里，红花映照文采，国风起自山花。同道瘦梦、陈翼飞、樊健军、罗琦、曹卫平、胡美玲、刘劲楠、欧阳伟庆、夏笠等，凡五十余众，在罗溪的美景盛情中，谱写杜鹃新篇，留下一段佳话，请君试为吟咏。

朱山观映山红

熊国太

我来朱山观赏映山红
带上了一只精致的显微镜
我要透过显微镜察看
映山红的血管是怎样通红的

我来朱山观赏映山红
还带上了一架大疆无人机
我用无人机从高空拍下
大地这位英模佩戴的大红花

我来朱山观赏映山红
戴上了一副酷毙了的墨镜
我想让映山红看我时
仿佛看到了一枚老帅哥……

映山红开了，朱山火了

左拾遗

谁在给朱山壮胆？把万亩杜鹃穿在身上
站在新时代的窗口
广迎天下看花客

还有谁？能入得了无人机的法眼
只有罗溪乡的朱山
万亩杜鹃花海的身段
必须请它来拍照

站在九岭山上
看见跳得最高的是杜鹃花
朱山的映山红
蹦起来有 840 多米高

牢牢地霸占我们的视线
万亩杜鹃的芬芳,真的让我们迈不动双腿
一个上午
还没有走出一支映山红的
势力范围

朱山印象

韩　峰

满山满岭的杜鹃开遍
一轮红日喷薄而出
这辽阔的春色,蓬勃的生机
以及罗溪港清澈的流水
都是群山,落霞,鸟鸣,苍竹
以及几处炊烟妥协的结果吗

喜欢这里姗姗来迟的春天
没有被人刻意捂热过早阑珊
喜欢这里安然相守的春色
一片晚霞安静地挂在天边
与遍野的杜鹃花相互映照
不争奇,也不斗艳。共进退
就像一场谷雨
从枝头跌落
又从土里返青

而我,向往朱山

只想走近她，用一首诗
喊出一朵云，任其舒卷
还是化雨

朱山的杜鹃红

冷　冰

朱山——
捧出丹心，捧出织锦，捧出山歌，捧出白云
朱山——
花的溪流，歌的海洋，爱的脉搏，炽的情怀

这九岭山的心尖
春天一来就蓬勃跳动
如云霞，如红色的蝶、焰焰的炭火
一座江山的头饰，一座江山的瘦影

威武的朱山，在火焰中
这滋长的野笋，飞鸟，茶叶和小花
这生命的胜利
抒写过它的热烈和坚毅

朱山，一座将军山
充满荆棘的长路，请不要轻易放下眺望
你应该懂得，一山杜鹃必定会，用温情的红
照亮所有的山河

它，面对春天献出一颗向上的心
坚韧和良善开出的杜鹃花
罗溪的儿女，李烈钧，杨赫坤，杨西瀚，李希楷
记住这些变成星辰的名字

杜鹃赠英雄

汪吉萍

朱山上有一株杜鹃还剩九片叶子
朱山上曾经下过一场大雨，大雨把一些叶子带走了
于是有人像冬天的寒风一样哭
那哭声是勇敢的，热的
于是我又想到了铁甲、刀剑和牛角

朱山一直红墙掩映、张灯结彩
难怪有人要隐在此耕种，难怪通天的画布滴墨不漏
一些悲喜停在这里，一只飞鹰如果找了回来
必定会落在朱山顶上，必定不是为了自己的名和姓

时光从来都不是我的，满山杜鹃，也不是我的
把刀还给刀鞘，把马赶进马厩
何其难，英雄，曾经你为了人间，而现在，你却撇下人间
不管遇没遇上，今天，我都要把英雄的生死写在纸上
我一定要把一束花摆放在世间人群最拥挤的位置
等人群散尽之后，再看看英雄能不能顶着阳光，显出原形

走进朱山的春

张　敏

四月，浅白深红已随雨水
把最后的一丝风韵流入泥土
杜鹃花脚步平缓
以最美的姿态走来

走进山的深处
迎风而立，簇簇烂漫

在山的臂弯里
开出鲜红的记忆
岁月如歌的往事
以及被声声母语轻唤的童年
花开的声音溢满了整片山岗

春天停下脚步，展示着
最后的美与热情
杜鹃花以谦卑而倔强的姿态
在山岗上唱响
生命另一种无处不在的歌声

朱山的杜鹃

钟新强

朱山的杜鹃花，殷红如血
如此艳色，不仅仅是为了鸟语花香
更是为了映衬那些坚硬的骨头
杜鹃花，在山岩上盛开
每一个春天，我都想陪你绽放
朱山的杜鹃花
是从南宋时开始红的
当年，岳飞元帅跃马提刀
朱山上斩杀叛将赵万
满山的杜鹃花涨红了脸
一齐拍手，为英雄叫好
“精忠报国”，这一股浩然正气
就这样被杜鹃花久久珍藏
七百多年后
满山的杜鹃花，年年激情如火
熏染了铿锵武魂
从这里，走出了一位现代将军李烈钧
高举大旗，反袁，护法，北伐，叱咤风云

从这里，走出了一位当代女将军李希楷
白衣丹心，为战士们的健康保驾护航
岁岁年年，朱山的红杜鹃在燎原
点燃了更多的红杜鹃
朱山的红杜鹃啊
风起时，我听到你们在枝头上啼叫：
“精忠报国，精忠报国”
霞光里，你们的一滴露水
湿润了我的灵魂
朱山的红杜鹃啊，愿你们的瓣瓣花光
把祖国山河通通照亮！

朱山开满映山红

张雯哲

不知名的各种藤蔓，植物，展现躯体的形态与重量
这些静物，还有狡黠的百足虫，一只鸟鸣叫，一只蝴蝶飞过
都是朱山的器官
或者乐器，也是大山百年千年铸造的名词
我们和扑面的风，狭路的虫蚁
都是生命的重逢

围坐观景台，眺望远山
大雾没有升起，清白如同斜披着绿袈裟
而高空白云悠悠
阳光把昨夜的雨水收拢
杜鹃啼血是一个传说
传说是鸟儿用生命开出的另一种花朵
从动物到植物，泣血之音化作山谷轻轻的呢喃

有缘人才能听到
我们在朱山
仿佛远离俗世

聆听了映山红的前世今生
是件幸福的事
更勿论山间荡漾起的新鲜的
无法言说的沁甜
让人确信
每个亲近自然的人
突然被赋予舌灿莲花的功力

映山红知道

子 清

春风过一缕,映山红就开一朵
还没盼来红霞织就
少年就等不及编来一个花环
别在牛角上
他要牵牛去罗溪港饮水
谁让那里有个浣衣的姑娘

水声哗啦,怦然心动的两个人
却没有说出一句话
只有映山红知道
他们的影子在波光潋滟的水面上
交谈了什么

一晃数十载
少年变成了将军
不见了老牛也不见了姑娘
清澈的河水还在奔流不止
只有映山红知道
他经历了多少坎坷与荣光

一想到没有说出口的那个字
映山红似火在烧

杜鹃花赋

李飞亮

岁在辛丑，阳春三月，中国第六届庐山西海谷雨诗会聚于罗溪朱山，全国各地一众诗友登朱山赏杜鹃花海，吟诗作歌，因而赋之。

杜鹃花者，江西省花名片；分布广阔，中南西南诸省。山踯躅，山石榴，皆为别称；花同名，鸟同名，唯有杜鹃。至于族分五十余属，种得千余若干。其花红满山，俗称映山红；青粉杏白紫，统称为杜鹃。其名列于十大名花，其根扎于丘陵深山。

杜鹃之史，可以引经据典。《神农本草经》，最早见于汉；白居易独钟，赋诗于杜鹃。苏东坡有南漪堂杜鹃诗，李时珍著《本草纲目》巨篇。清代雅号，“十八学士”排第六；中国国宝，“杜鹃巨人”在云南。

杜鹃之美，画卷层林尽染。清明初绿，先点红于溪岸；谷雨微寒，再染赤以重峦。与柳叶同绿，其叶嫩碧；和桐花竞开，花色血丹。或红如烈火，或紫似云淡。夺桃花之夭夭，比牡丹之翩翩。手捧一枝，闻香于鼻息；口含半朵，沁人于心田。

杜鹃之语，寓意为爱到永远。赏之袅袅心香，观之翩翩蝶恋。附身几丛，美女弄姿乎媚媚；映山千亩，帅哥笑闹以灿灿。才子多情，拂清风以雅态；诗女大秀，照日月于丽颜。

杜鹃之性，韧忍而且贞坚。感其品格，简约质朴，不弃山野之贫瘠；悟其真性，热情奔放，不羡城郭之繁华。凛凛战严寒于冬末，不与百花争娇艳；殷殷献芬芳于春初，但得孤芳斗春寒。欣其一花争艳，十里飞霞；羡其四方响应，万山红遍。叶翠四时，却能苍苍覆岭；瓣红一季，亦可熠熠生烟。

杜鹃之义，红色情怀感染。歌盼春风驱散严寒，夜盼天明起于三更。以闪闪红星，而喻前赴后继；以壮烈火红，而歌流血牺牲。电影曾拍潘冬子，戏剧还演杜鹃山。

嗟夫！赏佳卉，开心而趣生；惜春时，相逢而情遣。祝诸君，红运当头，常温谷雨诗会之精彩；愿诗友，红红火火，共创美好生活之明天。

辑十一

谷雨之什

韩　峰　　摄 ▶
成善新　　摄 ▶▼

我们端着茶杯，细说谷雨。
千言万语，归根结底是播种与生长。

谷雨诗序

翁还童

庚子谷雨，张雷邀约同道赏春。是日雨过天朗，山色清明。出小城之北，登四望山，会于黄毛尖之白云殿。南望城郭如画，山川壮丽，心胸豁然开朗。林间漫步，或采摘野果，或放声高歌，尽去人间浊气。道观素餐，来之不易，简单饮食，让人清心。殿前摆桌，瓶插野花，汲泉煮茗，慢品清谈。此日主题，谷雨之观。

钟新强记得小时歌谣：阿公阿婆，割麦栽禾。布谷催春，时不我待。

邹幽篁讲怎样的遇见：因为每年参加庐山西海谷雨诗会，才知道有谷雨。这么晚来山上看春，没想到那一丛映山红还在等我们。

黎雯婷所言节令养生：谷雨深春近，茶烟永日香。喝绿茶，护肝抗菌；时令菜蔬为春笋、莴笋、香椿、山药、野菜。

李飞亮解说两句农谚：清明谷雨两相连，浸种耕田莫迟延。要得棉，谷雨前。

夏海琴说喜欢的原因：一杯香茗，半日闲散。且惜春光，且听蛙鼓，且播希望。

邹冰听说过一句俗语：谷雨前后一场雨，胜似秀才中了举。

王造梁背诵文徵明诗：碧山深处绝纤埃，面面轩窗对水开。谷雨乍过茶事好，鼎汤初沸有朋来。

成善新倾吐一春压抑：清明断雪，谷雨断霜。经历这个特别而漫长的季节，现在同大家一起走进温暖。

李义全也道乡间俗话：清明要明，谷雨要雨。过去农家靠天吃饭，从节气征候，看出年成好坏的兆头。

夏纯看见的这个节气：草木感受到天地之气，拼命向上长，经过一春的努力，眼看够不到天了，也要结出个果来，算是酬春也酬己了。

韩峰想起黄庭坚的诗：落絮游丝三月候，风吹雨洗一城花。未知东郭清明酒，何似西窗谷雨茶。

少年曹夕颜和王艺丹，在山间采花采果，此日印象也许是即将落尽的野樱桃果，或者是那个酸酸甜甜的山莓，或者是正在开花的丹参、黄堇、苦苣菜……

张雷主持做总结陈词：江南、春耕、茶，谷雨、诗会、花，并提议共饮尽杯中春茶，以送春。

每一朵花，每一株草，每一片新叶，还有天上的鸟雀，地下的鸣虫，无数生命的努力发声，终于要慢慢走向盛大的夏。

谷　雨　课

钟新强

谷雨晨雨，雨霁云收
天空干净得可以用来题写诗句
风，解开了百花的香囊
站在黄毛尖之巅，让目光泅渡
我们居住的小城是遥远的红尘
一座春山，不算太高
适合抬头仰望
在白云殿前净土，安放一张茶桌
山泉水，煮沸了满山的兴味
白瓷茶杯口福不浅
从太阳红品到青箬绿、月垄白
茶桌上，堆放刺范玛瑙，樱桃宝石
我们端着茶杯，细说谷雨
千言万语，归根结底是播种与生长
伙伴们谈兴正浓，我从这堂谷雨课里
开小差，悄悄放飞一只粉蝶
捎一粒种子，种往你心田
能否开花结果，非我所能逆料
反正我抓住了春天的尾巴
播下希望，开始了余生的等待

与　谷　雨

邹幽篁

谷雨啊，请坐好
坐在白云殿前
等白云飘过白云殿

等我们把桌子摆正
置上器具、茶水与干果
我们每个人都说到你
你坐不住了说要回去
回到田野、山间
等到雨滴和荼蘼花瓣
先后落下来
就用绿色去撑满整个春天
谷雨啊，还请等一下
你有没有一点记起
五百年前我从你跟前走过
头上的映山红，如火
现在我已经知道你的名字了
为什么你目光里的水还是一如往昔
似动，非动

谷雨，山林隐秘的狂欢

张　雷

一

向春天解释谷雨的深

一根刺深扎进我的指头
一只蝴蝶深藏进我的掌心
一树白莘深绿的叶深白的花朵
深入我的瞳孔
一支无腔的歌曲深深
卡住我的喉咙，我深深
喊一句，深藏的赞美就隔着深沉的山峰
深深陷落
深邃的谷底

二

城市里的人终其一生都没见过谷雨

他们不知道一棵树一生结两次果
一次为了活下去
一次为了欢喜

一次是沉重的生存
一次是任性的爱情谚语

三

笋从来不需要成为一棵竹子
茶果也不需要在腹内孕育油籽
野莓已经开过花了
可是它在结果前要用甜蜜的汁水再盛开一次

板栗树在开花
苦槠树在开花
栎树在开花
人们从来不在意
可是阳光偏要让它们比山林间的一切树木更亮

因为阳光和谷雨都看见了它们在开花
一生一次

四

谷雨的山林到处在盛放烟火

那些不需要酝酿生命之实的果
那些从来等不及长大的果
那些不谙世事的果

红的白的紫的黄的绿的,在山林里颜色是一种祭祀
一种关于丰饶的启示

它们的形状也各自向春天申请了专利
放肆生长

山林间到处在盛放烟火
在舌尖在口腔在手指间
浓烈的费洛蒙像一条隐秘的河流在澎湃，流淌，灌顶

看，谷雨的山林到处在盛放烟火
把残留的春天付之一炬

五

走进山林，我就舍弃了人类的身份

站在树下，我是一棵树
站在花前，我是一朵花
看见蚂蚁，我匍匐在地，用触角感知大地
听见布谷的鸣叫，我也颤抖喉咙，用清脆碰撞清脆

我被山林珍藏
像一粒种子被芽推进土壤的深处
像一根铁线蕨被落下的松针覆盖行迹
像一条盘曲身体的蛇的腹部
像一只鼓腹的蛙蜕化不完全的尾

山林从不拒绝我，拒绝一个生灵
即使那是人类

一缕春末的风

王造梁

冬，想给万物画上句号
春，把句号顶破

直指天空的青草是春发力的轨迹
我看到了春的韧劲
这是她少有的呐喊

春不言语
那漫山遍野的樱花，满园的海棠，似火的杜鹃
泄露了她的热烈和美好

春的丰沛
孕育了青梅，桃李
果实却留给夏去摘取

坐在山之巅
我双手捧茗
品咂春的非凡

一缕春末的风
晃了晃我的马尾辫
捎来一句讯息：
我本寻常，只是在四季轮回里尽了我的力

谷雨巡山

邹　冰

谷雨时节，最好去林间漫步
准备好健康的体魄、快乐的心灵
在林间送别春天

谷雨的到来
必有一场酣畅淋漓的雨
农人说那是渲染气氛
为甜美的收获做好铺垫

杜鹃花零星地开着
浆果们汁液饱满
鸟鸣啾啾
炊烟般升起在林间
草木没有忘记春天的誓言
汲取季节的雨水
旺盛生长
枝枝叶叶
伸展向上

一群鸟飞走
另一群鸟又飞来
风告诉蝴蝶
夏天就要来了
我们在林间
寻找春天最后的笑脸
群山如画
饱满旺盛的绿色
是我们日渐遗忘的精神衣衫

谷雨印象

黎雯婷

春天开始谢幕
映山红留下最后的炽热
沉默在无人的山崖

野樱桃、刺莓分批成熟
一半落在地下
一半挂在枝头
只等着经过它的人尖叫

春笋根根直立
仿佛过些时日便要凌云

荼蘼开过
野草层出不穷地绿

对于禁足许久的人来说
这些春天的化身
是炙热的药丸

在白云殿拜仙，品茶
下山，在阳光里行走
就是一次还俗

谷雨，想到云

韩 峰

飘在天上多好，舒卷自如
可你偏要信守承诺
每逢谷雨时节，倾情而下
用雨声敲开大地的门
唤醒百谷破土返青

雨是你为万物操碎的心
洒下来，吻过草木滋入泥土
面对这密密绵绵的爱
我不忍心再剖开一滴雨
取出晶莹来验证你的清白
正如我不怀疑
白云殿的钟声
总是在召唤光明

河流是你另一只翅膀
修河，滔滔八百里
带着不同的浪花
都在朝海的方向飞扑
去迎接一束光，贴紧钟声
氤氲成你的前世
人间的黎明

谷雨访春

夏　纯

我盼见你已太久了
从冒芽儿时到长叶儿时
盼得春已过半
我却只能倚门望你

去！去
这偷春的贼
天知道
我盼它走
如我盼你来一样迫切
幸白衣举剑，万众一心
斩荆去棘
到春阳渐暖，浮萍始生
我们终于能来看你

幸！幸
得见荼蘼吐蕊，樱桃红熟
草木勃发，千山含翠
幸见深春近处，春景如故
借今日以一盏清茶相敬

谷雨的独白

徐淑萍

谷得雨而生谓之谷雨
喜欢这个时节
青萍从水面探出头来
点点绿花点缀着那一池春水
布谷鸟殷切的呼唤在山野间回荡
赏牡丹候荼蘼

喜欢这个时节
桃树卸了粉红的妆
梨花落了一场白色雨
太匆匆
诗行在谷雨中夹唐风挟宋韵
念浓浓

喜欢这个时节
软风缱绻着似雪的絮花
飞过肩头缠绕指尖牵牵绊绊
蔷薇一路微笑无遮无掩
蜜语翩跹着一纸小令清清浅浅

在这样的时节里
空气中的每一粒分子都弥漫着
诱人的气息
投身其中找寻
曾经属于我们的每一个印记

谷雨赋

李飞亮

庚子谷雨，应江南风雅颂之邀，同道登四望山，拜白云观，作谷雨题，方成小赋。

天降甘露，怀春怜梦处；地生百谷，一幅催耕图。春光不计，烹茶留玉骨。知音千里，相逢酒几壶？

惟世之繁华兮，经年如故；斟时之烟雨兮，岁月如初。发秀之抖音兮，林鸣鹂语；执笔之剪烛兮，灵韵轻梳。

若夫长亭溪幽道古，四望汇聚此山路；不知惊鸿旋舞，八荒蹉跎谁看顾？致极虚，守静笃，怀旧空吟暮春赋。春去也，夏相迎，无边绿色并时蔬。

呜呼！凤凰翦羽，暖意兰窗锦拂；阴阳斗转，紫燕阑珊踌躇。精巧春莺，轻盈盈点缀垂柳；啼血杜宇，唤声声人间播谷。雨催万卉之敦茂，水润千村之丰富。浮萍始长新绿之芽，杨花飞飘散漫之絮。远看黄牛耕于绿烟之野，近闻香茶蒸乎仙灵之雾。

咦！休贪颜如玉，不求黄金屋。总去山田挖野菜，偏持竹篓采香菇。春深莫辜负，落花不解伊人苦；写诗还作赋，人生方能情常驻！

邹幽篁摄

辑十二

花源谷之什

王　臻　　摄

胡久雄　　摄

成善新　　摄

漫步山间，感到一种富有，

问候那些花，仿佛也得着天地之精华。

花源谷诗序

翁还童

杨洲在庐山西海南岸，其境列武陵岩、神雾山、吴王峰、桃花尖诸峰，溪流潺潺，烟村点点，出产丰富，人物风流，古称桃源胜境，今成九岭公园。汉末孙权祖父孙钟避乱于此，种瓜为生，因名瓜源，人称龙兴之地。如今孙中华营庐山西海最美仙境，倾数亿家财植香草嘉木于其间，而成中华赏春第一景。前人有云，走遍天下，好不过桃花尖下。以谓花源谷，所言不虚也。

看花人无数，怜花有几人。梅花为天下先，探得春消息，人多与之不熟，所以不免孤独。人欲成高洁，必得守寂寞。玉兰紧随其后，拼力一发，让春稳住阵脚。其色若玉，其香如兰，一发全发，一落俱落，是一种深爱，毫无保留地付出，哪怕得到的是伤害。桃花领袖群芳，山河春色无边，是家常，却惊艳。花开富贵，是人可以向花学习，要留清香在人间。世间一切美丽不得长久，可以长久的是人对于美好的追求与向往。

种花许多年，观花能几日，是人生憾事。十年试种，十年培植，天下名花来到庐山西海，是花源谷四时风景。又有亭台楼阁，游艇画舫，琴棋书画，渔樵耕读。或踏雪寻梅，或谷雨诗会，或夏夜听涛，或中秋邀月，风景有不同，雅俗随人心。每次行船去岛屿涧边观花，漫步山间，感到一种富有，问候那些花，仿佛也得着天地之精华。

己亥仲春，武文斌君邀约文朋摄友乡间采风，同道瘦梦、胡久雄、周昊、王怡荣、寂光法师、蒋德先等，凡三十余众。与种花人同观花源谷之梅花岭、桃花涧、玉兰洲诸景，又雅聚座谈，议论风生，赏心乐事，引人佳兴。诸君歌吟佳构，不负良辰美景。时人有歌赞曰：

一川草木香天地，
万顷碧波洗俗尘。
昔时桃源迷津渡，
今日杨洲天下闻。

禁止一个人去往桃花岛

张　雷

一

凝视一朵花的三秒
独立于时间流动的长河

骤然间被一种神秘的力量攫取
从庸扰的某日某刻某时抽身而出
世间寂灭
只有这明媚的花朵
和我
互相凝视
胸间啪地打开
飞出一只翅膀舒展的青鸟

二

一朵花开是一盏灯明

颜色因为你而赋予意义
赋予了我的眼睛鲜艳
赋予了春山光华
赋予了春水柔媚
赋予了春天所有动人的赞美

三

我禁止一个敏感的人去往桃花岛
一朵花开的声音比烟火响亮
比烟火更令人目眩
十万万朵花在那个寂静的岛屿次第盛开
只有冷酷如春天才能漫不经心地

从花间跋涉而过

我禁止一个多情的人去往桃花岛
那里春水如潋滟的眼波
春风如暖暖的酒熏
春船如袅袅的华亭
还有一树一树的春花
似你前生在佛前求了五百年仍无缘相遇的美人

我禁止你去往桃花岛
如果没有我相陪

早春花源谷访梅

邹　冰

让我在这里停下来,于水之无穷处
风缠住我的衣襟,水的气息迎面扑来
那些波光粼粼的光阴
对于树,是刻骨铭心的年轮
对于人,是饱经风霜的艰辛
广东人　理工男　理财专家
这些耀眼的标签无法等同一个
西海之滨的种花人

让我在这里选定一株梅树,仿佛希腊人的教堂
它的静谧　它的冷艳　它的孤傲　它的奇崛
梅
几千年书香缭绕得骨清魂香的梅
几千年诗心浸染得美丽绝伦的梅

这儿的正午,就像要开始一种新的生活
阳光下,花瓣的飘逝犹如名角谢幕

身姿谦和，自信在心
眼角眉梢　深藏历练后的从容

原谅那些鸟吧，它们的歌唱
不是为吵醒，而是在赞美春天
此刻，漫山遍野的梅都是背景
花团锦簇　只为衬托那个慈眉善目的种梅人
他春风般的笑脸
像介梅，放翁，还是和靖

花源谷

周　玲

在花源谷，我们是迟来的赶路人
白玉兰，野山桃，大岛樱
云霞起伏的地方，一地落红总会惊疼时光

沥石枕木，曲径通幽
层叠的新绿里，只有杜鹃红艳山峦
只有忽远忽近的虫鸣鸟语临水而生

这时候，你可以随意坐下
碧潭之上，做一回花源谷谷主
抱一坛桃花酒，不争风云，不理尘事
隐到一叶间，像那只惊不醒的蝶

在桃花岛,遥寄美人

钟新强

在江南,我有一个桃花岛
岛上栽了二十四种桃花
那些娇媚的身体
在春天降临人间
庐山西海的万顷碧波
都用来给她们梳妆

桃花的花蕊间沾满了爱情
开满桃花的岛屿
是一艘满载爱情的航空母舰
就要展开爱的攻势

在春天,我用尽了桃花暗器
还不能够让你向我含羞投降
桃树都替我伤心,流泪
桃树的眼泪,人们称为桃胶

美人啊,我要你年年都吃几碗桃胶
养你的如花容颜,供我一生爱恋

花 非 花

张雯哲

初春积蓄了太久雨水
草木急得喊醒了太阳
花蕾还在拼命掩饰自己
柳枝已经低下身段

我们在风和丽日下
打船过酒家
游客到哪都是喧哗
鹅卵石低声嘀咕
景观车摇晃
盼望的目光被沿路拉长

又见玉兰，如纤手托盏
此季风微凉
绿萼梅应该长在江南巷
依偎轻雨，淡愁
和一个娉婷的姑娘
黄色蜡梅有厚度的香
如酒肆热情的老板娘
借得樱花酒
摆卦，卜签，抚琴
算计一场花事
料尽一段红梅的缘
蔷薇还没有开
你什么时候来

山茱萸和老屋总是沉默
修剪过的桃枝却刻意讨巧
鲁冰花破土的苗如脚丫
梓树已长成青年的挺拔
渡口有浮桥
此岸到彼岸
牵的是人往人来
度的是人心聚散
一座山空，鸟也不鸣
花在开
你来或不来
我都在这里

花源谷行吟

韩　峰

一卷春波从西海的眉心溢出
春风已攀上枝头
有人坚信桃源在世外
有人笃定从一滴汗水中也能分娩出春天
阳光照耀 29 度里
冬的狰狞,昨日的荒残
已被孙中华羽化成一幅画卷
正要漫天铺开

玉兰迎风浅晕生
傲梅吐蕊香如故
桃红灼灼,满园关不住
这个春天,只等你来
必有一场繁花为你盛开
来时记得哼上一曲《云水禅心》
那些杂乱无绪的情结
会随桃红晕散开来
一半留在桃花岛
一半注入云水间

我借十里春风作舟
从东晋而来追寻世外
路过武宁花源谷
被一川春色醉在桃红梅香处
卸我千年疲惫

想要和你站成一排树

刘芙蓉

以庐山西海的万顷碧波为背景
以星罗棋布的众多岛屿为背景
以花源谷错落的白玉兰为背景
以远处横亘的九岭山脉为背景

想要和你一起站成一排树
成为远方游人的风景

就以游走的蜿蜒山路为背景
以花开又花落的美丽为背景
以去去又来来的陪伴为背景
以一程又一程的岁月为背景

想要和你一起站成一排树
装饰你我梦中的风景

想要在蓝天下站成一棵树
等待那个有缘的人来经过
等待明月慢慢攀行至树梢
等待拥抱爱情

花源谷放歌

邱小波

春光下,碧波上的银浪在扑吻芳岸
升腾起的雾气,逍遥地游走
我的身体甫一惊蛰,心就热闹了

快活的鱼儿,搅动着清凌凌
无忧的鸟儿在树巅,搅动着沁人心脾的暖融融
花儿顾盼的秋波,搅动得心潮激涌
香艳的容颜搅动着欢歌笑语,悠悠,悠悠

阅着这连篇累牍的妩媚,和壮丽的诗卷
我的瞳孔在不断放大,放大,但我的灵感几近枯竭
只能承受春花的清香和柔术
无法,在这诗意里,吟出曼妙的情意
在这画里,谁也无法,绘出恰似仙岛的美丽
在这花海中,谁也不可能,唱出逾越天籁的悠扬

祝福你,花源谷
你倚立于庐山西海的一角
不愧为,消愁,解闷,销魂和寄兴的胜境
脚在雀跃,血在沸腾
熟稔的梅瓣在我的身畔飞旋

春阳里的轻风,流香在半空
那是梅花,桃花,是玉兰花
潜心播撒的馨香
桃花,我的挚爱,你刚吐蕾,但我心中已然灿烂
在花源谷,我,仿佛娶了一群姿色摇曳的诗

人间仙境

夏涓沅

花溪间,雨后初晴
耳畔传来阵阵桃花开
扰隔着,流连的晨雾
映出彩虹

浮现在黎明曙光
隐听桃花季节
花海里露出的花蕾如少女羞笑
漫步在山径
好想,敲开隐在云端的心窗

越走越近的花香
撩拨着一串串闪烁的灯光
如镜的水面,初出风头
深藏着,倒映湖底
一对对,伴侣的情迷

几声鸟叫
在拍打着沉醉的彩云
几叶初生的嫩绿
调戏着,迷人的风景

归宿的炊烟
齐奏着一曲痴迷的情歌
桃花间,拂过羞怯的凉风
在说,悄悄情话

王臻摄

花源谷赋

李飞亮

阳光照耀29度假区，又名花源谷，位于杨洲乡东北的庐山西海境内，是国家AAAA级景区，是中央电视台连续三年率先播报的著名赏春景区。每逢阳春三月，全国各地游客纷至沓来，文人墨客争相题咏，乃武宁第一景是也。日前随县作家协会一行前往采风，登临花岛，先睹为快。行以遄悦，来去欣欣。四野青发，满目收尽。暖风洗颜面，寒气袭项颈，风情关不住，草木喷秀灵。是为赋。

瞻姹紫之梅枝，现嫣红以缤纷；览游道之闲亭，待玉兰之香薰。入一岛之幽谷，吮四野之流芬。独春草于山崖，娉窈窕之姿韫；耸修木于上下，媲鳞次之为林。虽树蔽以丛生，而心胸寄白云；无喧嚣之轻佻，有独具之幽馨。飘轻舟以放浪，步林涧而鸟闻；迎日月之炫耀，送山川而欢欣。非呼唤之蜂聚，纵无声而蝶勤；既群居于绿黛，亦分别之君临。赋天下之共享，予众生而兴奋；挹芳菲于人间，吐精华而献殷。怜柴扉之蓬户，厌把玩之朱门。近君子而话语，远小人以自矜。从美人以环绕，增言笑之气氛；辞芜莠以蓬勃，握光华而隽永。怀无语之坦荡，持高洁之丰韵。

沿碧水以临镜，抚山石以感深；仰松翠以自娱，俯春蕾以亲吻。金柳依依，鲁冰蠢蠢；玉树穗穗，苞蕾喷喷。灼灼桃花，片片焜焜；火火春梅，簇簇群群。桃花揉搓绿水，月季燃烧风云，杜鹃笑醉日辉，山茶羞燥月晕，玉兰不甘寂寞，禾雀倒挂如琳。青冈涨芽，红枫紫唇，水仙洁白，风信紫粉，竹笋如锥，野菇圆润。山下热闹非常，山上烂漫无尽。蔷薇高以攀附，玫瑰矮而强劲，梓木新以参天，香樟古而年轮。勿以恶小而为伍，宁以山草而为真。追鸿鹄以齐飞，羞蛟鱼而并沉。萋萋芳草，在河之近；参参之木，在土之根。植深根于膏腴，葳枝叶而茂榛；采光辉于四季，为兰蕙而飘馨。

阳光照耀，是谓盛世清明；二十九度，乃标纬线绳准。度假区开创国家4A，三硔滩原为豫宁一景。沧海桑田沃土变平湖，莺燕矫健振翅巡碧空。三卢至而奔放，二邢来而歌吟。生子当如孙仲谋，成就但看中华龙。追梦之人还追梦，龙兴之地看龙兴。

辑十三

九龙沟之什

成善新　摄

须知精神之旅，最是寂寞，
世无知音，方成绝响。

九龙沟诗序

翁还童

庐山西海南岸，有石枧水，其源在新宁之九龙沟。村人说，此处原名叫九龙坑。就像村里女孩，其名字虽土，其容颜却清秀。

两山夹一水，是地球上一种普通的地貌，九龙沟又有什么可以称道？有说其水秀而多潭瀑，有说其山青而富木竹，有说其崖险而藏洞穴，有说其胜迹而留佳话。养在深闺人未识，在开发成风的今日，正是其最可宝贵的地方。

从老棚下进山，十里古道，有自然、历史的幽深。走进九龙沟，就像走进一个人，有那样一种曲曲折折。低头，弯腰，攀爬，跨越，只有放下身段，心地柔软，又不言放弃，才可以让她不断敞开心扉。牵引，扶持，等待，包容，爱情是一门失传的学问，在此可以学习。好比是人世的修行，每有一点进步，可以有不同的遇见。

一切吟咏，莫不是借题发挥。己亥夏日，时近小满，同道应邀采风九龙沟，此中风雅，能够拾取几多？

黎雯婷欲借山间瀑布，倾泻人世千丈烦愁。韩峰透过古道石刻，看到历史深处的烟云。邹幽篁采一株翠云草，讲说女儿心事。徐立慧要一川山水草木作证，与爱的人共度白头。钟新强以飞行的水为师，学习超越自我。徐淑萍攀登高地，是想走向精神的伟岸。周奕之年方七岁，在此深情呼唤，请把我们还给自然好吗？李烈明的言说，有一种深爱，可以与爱的人无关。张雯哲意外受伤，从中学到谦卑。方若莹年方十二，在对自然充满好奇中得到思想启迪。李飞亮是此行长者，铺陈华丽，寄托悠远。成善新拍摄精彩瞬间，王怡荣录制开心视频。诸君有一种充实，而天地不言。

中国文化的风，是一种格调。可以达不到那个音高，但是不妨作为一个目标。有如人生或者爱情，最为美好的境界，多的是圣人说的，虽不能至，心向往之。须知精神之旅，最是寂寞，世无知音，方成绝响。

又见九龙沟

黎雯婷

阳光渐浓，山景清晰
我在其中，缓缓而行
拂不去的山之气息
丝丝缕缕，进入肺腑
阳光透过翠绿的缝隙映入
温煦与宁静四面袭来

瀑布湍急，水色如霜，水声如吼
即使心中折叠千丈的愁烦
也会如瀑一泄而尽

在山林，在溪旁
人无语痴立
任由一种苍凉的古意在胸臆间上下摇晃

归来时，频回首
听，风正在云外呼唤
何时，再到此间去

瀑布，是飞行的水

钟新强

终于离开了地面
一匹渴望自由的水
纵身跃起，开始飞行

飞，哪怕只能飞出半米
飞，哪怕只是从高飞到低

飞起，跌落，跌落，再飞起
有多少浪花，就有多少隐秘的快乐

在阳光下，一匹飞行的水
插上了彩虹的翅膀

在周末，有人站在瀑布前
在水声中，张开双臂，学习飞翔

如果不能与你白头

徐立慧

如果这一生，不能与你白头
那么下辈子，就让我留在九龙沟

来世，我要变成一泓清泉
从山顶跌落
每日高唱着不知疲倦的歌谣
直到某一天，当你途经溪流
被我拂去脸上的忧愁

来世，我要变成一朵野花
在深山绽放
纵然没有人欣赏到我的风姿
直到某一天，当你摘下花朵
用我点缀绾起的青丝

来世，我要变成一束光芒
穿越乌云和丛林
无数次拥抱冰冷的岩石
直到某一天，当你触摸阳光
将我轻轻捧在手心

如果不能与你白头
那我就
守在九龙沟
生生世世
直到与你相逢

九龙沟印象

韩　峰

有高度,有深度
一座山便有了血性
抗战岁月,进九龙沟的人
每次都得带块石头
一半用来垒起民族脊梁
一半用来下起石头雨

一截碑记录下
一段历史沉睡
一面峭壁还未撤退
茶亭墙址还在
乾隆年间石刻还在
舂米槽还烙在悬崖上
烧茶人去了何方

九龙沟飞瀑
用自己的本色自证清白
不是所有的跌落,都值得赞美
一滴水从高空飞落
再卑微的事物也有了威仪
出了村口,溪水还是那么清亮
我没来时,她就在摇摇荡荡
摇得草木为大地返青
摇得谷粒为农民返黄

梦中九龙沟

徐淑萍

真的很想走进你
让那潺潺的溪水亲吻我的脚丫
一睹那飞瀑跳下悬崖
也把那泥土的芬芳和蓝绿的翠云
带回家

真的很想走进你
撷取那透过丛林的一米阳光
把它复活般的能量
捎去给我那老去的阿婆
好让她在天堂
不受病痛折磨

真的很想走进你
经过艰难的跋涉
站在你的肩膀上
体验一览众山小的潇洒
倚在你的臂弯里
听和风细雨

翠　　云

邹幽篁

翠云是草
有翠云的地方
就会有莹莹的绿伏地而生
很低很低,与地平行
可以点缀,可以打底

翠云是个女孩
在林间的小路上长大
甘霖充饥，雨露止渴
年复一年，夏复一夏
长出了秀美的脸庞
柔顺的头发

翠云是云
可以摘一朵拿在手心
一起飘飞，一起落下
飞到天边，落成晚霞
落到清晨的阳光里
照在林地上

翠云是书签
每一本夹了翠云的书里
翻开后，都有一片绿地
一个女孩
和一朵云的色彩

九龙沟飞瀑随想

李烈明

故事的起头
一定与某段铭心的爱有关
一排排低头的苦竹
以及
九道弯溪牵出的桃花小径
为证

久锁深闺
活在长长的夹缝
思念已然如潮

覆水难收
终将一生的痴情
熬成一剂披头散发的忘川

此刻,爱也罢,恨也罢
已不重要
重要的是,太多倾泻的液体情话
与岸边洒落的三两枝梧桐花
声声慢为一幅悬挂的绝唱

不远处,褐色岩石上
一袭黑衣天使
静如处子
望着满眼飞花
若有所思

在九龙沟崴了一下脚

张雯哲

百万年,或者更长久的岁月
这里就有了健壮精干的人群
围了兽皮、缀了树叶
于茂密的林子间,在举骨刀砍伐,或挥石斧斩削
黧黑的脊背滚动着汗水
腥咸的光芒蒸腾着热气
挥舞的胳膊有剧烈扭曲的热情
后人的开垦,不过是神明的旨意

林间的光芒,有上天护佑的灵性
飞射的瀑布,带着远古的风声呼啸而下
葳蕤蓬勃,带着年轻太阳的炽热和朝气
摸索中前行,溪石与山壁
一路触摸最初大地的深厚和肥沃

碰触到的是原始的神谕、图腾和自然之力

在九龙沟的神迹面前腿软
我崴了一下脚
带着疼痛的敬畏
自然告诉我，博大面前
我们应该有的谦卑

九龙沟所见

夏涓沅

天水之间
云雾中起伏着一条蜿蜒的巨龙

探险者
紧紧地搂抱着那条仙女下凡的玉带
幽谷，怡情的天梯
耸立在云端

汗水脚下，漾着笑语
翠竹间，柔情的阳光
涟漪着一道道金色的光晃
轻风
拥抱空气，弥漫着清香

成仙的犀牛，望着月宫
在等待着一场千年的爱情
痴情的小草，花朵艳艳
隐隐地透露着心思

长满青苔的溪石
含情脉脉
在撩拨着少女的娇气

九龙沟赋

李飞亮

成善新摄

九龙九寨，一字之别；改坑而沟，名之由来。地处城郊接合部，发源九岭山支脉。浸滔滔山间之清流，沐漾漾林风之袭来。映飞流千尺之瀑影，抒诗情画意之心怀。

幽幽乎，方圆六十里并无村落；昂昂然，常见百来号驴友青睐。沟谷景致，山奇、道古、溪曲、岩峭、洞幽；境内物产，树秀、竹茂、药珍、畜稀、鸟特。明清古道，卵石砌垒而成，蜿蜒起伏，残存遗迹；天然坑洞，鬼斧神工而降，九曲回肠，胜似亭台。得绵延九岭之灵气，历数飞泉流瀑；扶要冲峡口之险阻，曾拒入侵敌寇。昔日阡陌何在？岩凿石碓臼；追风攀悬览胜，足踏马颈头。燃篝火，野餐烧烤有原味；拔竹笋，徒手剥壳忆乡愁。拍嗨照，千姿百态成经典；晒友圈，争相造访新相册。

九龙四季，八方来投。春可越野踏青，夏可沿溪纳凉，秋可登山赏叶，冬可临岩观雪。吾叹之曰：绿地、蓝天、民心，须知三才可贵；生态、环境、未来，应记六字当头。感慨九龙，游客探秘之欢悦；欣赏九龙，林海百鸟比歌喉。寄语九龙，后发无穷大前景；祝愿九龙，风光捷报频传来。

辑十四

阚家庄之什

邓京丽　摄

寻余家旧居，听神童故事，

得一方之灵气，而成歌一辑，敬献先贤，以寄来者焉。

阚家庄诗序

翁还童

中南海无海，滴水洞无洞，花明楼无楼；一年初春，天降大雪，驱车去梅岭赏梅，结果是梅岭无梅。今过阚家庄，亦无阚氏人家。名实的距离，有文艺的手段，更多是时间的揉捏。

村庄在北山下，山不甚高，地不甚平，畈不甚阔，路不甚宽，一座普通山村；不普通的是，余心乐生于斯乡，葬于斯乡，文化巨人，令山水明亮。

我知道，余心乐是读书种子。我们看到，世界上有许多文明，曾经辉煌一时，可是消失得就像从来没有发生过一样。中华文明虽然多灾多难，但因为有读书种子，没有断绝。乡间有许多先生读书、教学的故事，其异于人者，人把小学当学问，而他只等人来问学。那些古老的文字，是怎样造成的，又一路如何演变，滋润过哪些伟大的心灵，先生其学，唯尚友千古，复兴一种文明。

我猜想，余心乐有孔颜之乐。物质生活简单，而精神生活丰富，是圣人快乐的原因。先生一生淡泊，饮食起居，至为简朴，而治学施教，极尽豪华，一时俊彦，皆在门下。中国文化里面，是否有创造人间幸福的精神资源，暂且不论，先生作为一种古老文明的知音，高山流水的快乐，则是肯定的。

我感觉，余心乐为亘古寂寞。天赋异禀的人，难免孤独；思想超群的人，肯定寂寞。世间有一种快乐，不唯时人不识，常常是前不见古人，后不见来者。我乡下把先生这样的人，当作天上的星宿，惭愧不懂他心里的快乐。

庚子芒种后一日，余静权君邀约同道观风阚家庄。山间金丝桃惊艳，田畈村人拨秧栽禾，屋场女贞一树花繁，门前茱萸含苞。虽是农忙季节，而山村多的是寂静。寻余家旧居，听神童故事，得一方之灵气，而成歌一辑，敬献先贤，以寄来者焉。

村不在偏，有光就近

柯水生

行行复行行，村庄有点偏远
一群喜爱文字的人们迎风逐光
走进阚家庄，我们为寻找文字亮光而来
我知道，汉语言文字很美妙
字字珠玑，口吐莲花，口若悬河
我不知道，汉语言文字究竟有多美
就好比这眼前阚家庄的景致
阳光弥漫，绿色涌流
可是，有多少人走进了村庄的葱茏呢

田园，禾秧，山花印证我们的虔诚与认真
我们走在幽静的林间小道
森林里的野花开得热烈
辣辣的山风友善地传颂
一代汉语言文字大家的神奇
幼年能背《庄子》
年长校注古籍
要说，阚家庄地理的确别致
当你站在更高的地方
仲夏的阚家庄
山脉，河流，水塘交相辉映
依稀昭示某种命运
破译文字，光泽村庄

村不在偏，有光就近
回望一座山峰，即便是回望一座山峰的背影
仿佛能够看见宛若洪峰瀑布的万千文字
回首往昔，在文字丛林穿梭自如
乐在心间，余心乐矣
我们几个寻光也好，寻文也罢

恐怕，只是想在云淡风轻之际
听一听关于语言文字的美丽传说
感悟一场久违的荡气回肠

你我皆是过客
你，拔高了汉字的身躯
打破了汉字的藩篱
我，至今在不少汉字面前都有迷茫
走进阚家庄，一个汉语言文字大家的影像
越来越清晰
幸哉，山背人有量，阚家庄人有福
别样的山水绽放绚烂的光泽

芒种记事

徐立慧

芒种那天，禾苗邀我
比肩站在长满菱角的水塘边
与一个孩童撞了满怀
转眼不见踪影

我问北山的五龙
当你清洗自己的胡须时
是否见过这孩童在池边洗墨

山间的野花却说
他在辣米树下
临摹草药方子
还一时兴起，为自己
改了小名

可我明明听见
远处的香樟树下

传来稚嫩的诵读声

在芒种时节
有人收割小麦
有人栽下秧苗
而我却在阚家庄,将读书的种子
种进了心里

谒余心乐故居

钟新强

静谧,只有静谧充盈这个小山村
阵阵蛙鼓骤起,在欢迎我们

秧田里拔秧的人,偶尔抬头
好奇地打量着我们这些山外来客

余先生,早上好
你的人生早晨,在这里度过

在你的故居地盘上,你堂侄起了新屋
门前,涌动着吴茱萸的馥郁

我们仰望头顶的祥云
在这个时代,没有太多掌声为你响起

寂寞吗,时人不识余心乐
你的名字,是矗立在语言学里的一块丰碑
后人啊,该识余心乐
总会有人翻越汉语的崇山峻岭,来看你

屋后青山,是你长眠的地方
燃一支心香,我们来作过揖了

荒山幽谷，一株兰花，翠叶纷披
无人见啊，她香在风中，不改其乐

一泓清泉汩汩流出阙家庄

付赛鹰

我们是来看一个人的故园的
它的名字叫阙家庄
我们是来探访一位故人的
他的名字叫余心乐

芒种的第二天
拔秧的村妇、耙田的农夫
青蛙鼓噪的池塘
散发浓郁香气的茱萸
慵懒的土狗、啾啾的鸟鸣
荒凉的村落、颓圮的土墙
一切的一切告诉我
这就是我的故乡

不，这不是我的故乡
这里背靠幕阜山脉
五条“巨龙”俯冲而下
顺势而踞
像是守护什么
又像是等待什么

这里有天上的文曲星
这里的一草一木
一砖一瓦
都是他的传奇

他学富五车

他人中翘楚享誉朝野
著书立说
桃李满天下

最值得探访的
是余老夫妇的合葬墓

粗陋的墓碑、朴素的碑文
一如余老朴素的人生
孟夏的蝴蝶嬉戏翻飞
通往墓地的小路茅草灌木丛生
打开小路的
唯有人们的敬意和信仰

我看见坟茔的左侧
一泓清泉汩汩流出阚家庄
流出的
还有余老的爱情曲

抛秧是一场祭祀

子　清

村庄最后的守护者
勉强站够了一排
他们佝偻成一个问号
稻草人踮起脚尖
吹动的裙角像祈福的经幡
稀疏的绿终没织成渴望的毯
貌似播种不是为了丰收
只是缘于基因携带的仪式感
他们种下的不是稻谷
而是把根留住的心愿
蛙鸣阵阵　如密集的鼓点

云雀声声　如昨日的赞歌
金丝桃、木蓝结伴盛开在祭坛
农民抹上泥巴图腾化身祭司
小范围的抛秧
在仅有的几块微波潋滟上
荡漾成一场盛大的祭祀

芒种，过阚家庄

韩　峰

北山南麓阚家庄
远远望去，去年
火烧过的草木
一半枯黄，一半嫩绿
生死枯荣，如此分明

城里有人喊：
“谁留在故乡
谁就一辈子插秧”
过阚家庄时
扯秧她一人
栽禾她一人

扯秧躬身，栽禾躬身
朝圣黄土容不得半点假心
系在腰间的围裙
是带有烟火味的经幡
秧浪随风起伏
围裙猎猎作响
似经书兀自翻开
念与不念，佛都保佑

她说，只要还有一个人

情愿绕过几枚青果的诱惑
面朝黄土，甘心躬下身去
满垄满垄的稻香
就会在秋天，在阚家庄
遍野漫开

在阚家庄，瞻仰一座高山

余锦标

沿着
汉语言的大道
余心乐先生
早已走在前面
并在前方
竖起了一座
高耸入云的高山
无论我辈怎么仰头
却怎么也望不见
山的峰顶

面对
那条能够比肩
底格里斯和密西西比的
大汉语言的河
我一次又一次地
扑进河流，尝试
将自己变成
一条溯源究底的鱼
然而，任凭我在河里
怎么搏浪遨游
却总也游不出那座高山
在河里的
悠长悠长的投影

播种土地的诗行

叶海涛

慕名一代文豪
走进诗情画意的阚家庄
热情的土地
迎面飘来醉人的清香

田野上
汗水压弯的脊梁
把一垄垄秧苗
扎根在泥巴
脚印纵横的阡陌
写满了绿色的诗行

是谁
在茱萸林舞一曲清风
浓郁的遐想
可是诗心播种的乡愁
在枝头上遥遥相望

遍地的黄花
沐浴着阳光的恩赐
含苞挺拔
宛如一支支金色的笔
耕耘者,在大地上写下梦想

访阚家庄

邹　冰

阚家庄很小
小到常常被人忽略

阚家庄新修的房屋越来越高
挤掉了我酝酿一路的乡愁

我来的时候
你已经走了
我们之间相隔大半个世纪

你的后代
辨认了很久
终于确认那一小块被新式楼房围困的土地
曾经是你的旧居
仅此而已

“时人不识余心乐”
因为一句戏谑的话
我走进了阚家庄
这块不太盛产硕儒的土地
也走近了你，大师
我有幸与你同饮一江水

我想和你一起生活
在不太大的阚家庄
和你漫步松林
共享无尽的黄昏
和黄昏之后灿烂的星空
听你玩笑似的吐出一些语言学的术语
我会不懂装懂地颔首微笑

如今，在阚家庄
我是迟到的访客
我想找到你遗失在森林的脚印
和播种在田野的梦

阚家庄赋

李飞亮

赫赫张岭村，煌煌阚家庄。言及余心乐，也谈其故乡。人因地灵其身必异，地因人杰其名必张。

阚家庄，斯地灵也。前有玉带环绕，案藏鸿运气象；后有五龙盘顶，脉承北山屏障。东临戈家鸡犬相闻，西毗铺刘阡陌农桑。水塘三口喻含官品，香樟一株荫庇山庄。门户不大，世居刘余二姓；人口未稠，儿郎济济一堂。

余心乐，其人杰也。九岁神童，熟读孔孟，文诵老庄；弱冠少年，笔走龙蛇，名扬一方。学成执教，县立中学为师为长；彼时升迁，省立大学教授主讲。语言学家，位列全国五首；文化造诣，领衔江西金榜。前无古人难出其右，后有来者仰望其项。

世传：余见余心乐、余心乐。绝对：方遇方成章、方成章。博学多才，妙解买东西；旁征博引，趣谈通四方。一支粉笔，演绎古今文字；三尺讲坛，开启句读短长。为人师表，桃李满天下；蜡炬成灰，回归思贤良。

阚家庄，其民富也。人文蔚起，正副教授添六七；山乡巨变，羊肠小道成康庄。田园产业升级，到处瓜果飘香。夏菜坑，其时举庄来归；新农村，楼宇美丽轩昂。村民生活，渐渐进入佳境；精神面貌，奕奕焕发容光。心乐故里，旧地以催新景，弘扬名儒文化；科技兴村，如锦又添金绣，再创时代辉煌。

邓京丽摄

梅颜之什

辑十五

邓京丽　摄 ▶

付鹤鸣　摄 ▼

物质富足之后，精神开始醒来。

梅颜诗序

翁还童

登梅颜山，是因为山下有梅颜村；过梅颜村，是因为村里有竹林堂；观竹林堂，是因为堂主夏涓沅；访夏涓沅，因为风雅在人间。

太阳底下，无有新事。夏涓沅君亦曾离乡，亦曾打工，创业数十年，安家在浔阳。虽事业顺遂，却常感有所失。物质富足之后，精神开始醒来。

世间万物，原有宿命。憬然有悟，慨然归来，上下称善，选为村官。从头开始，再创新篇。引进企业，造消防梯、制消防衣，男女老弱，门口打工，何其有幸。又营订单产业，种植辣椒。讷于言，敏于行，造福山村，扶贫有方。

不离世务，超越世俗。忽迷缪斯，学写新诗。意始艰涩，有如文法之初。及通畅，一发不可收。每天一两首，从不间断。爱我乡村，诗意如泉。一草一木，田家之思。其风有熟悉，有陌生，熟悉陌生之外，别有意趣。

淳风化俗，精神家园。又带动一方，联络同道，成立诗社，名竹林堂。鹿鸣友声，相互酬唱。每年结集，交流分享。成立地方剧团、歌舞团队，丰富生活，健康风尚。昔日休闲麻将，今日歌舞书香。文化梅颜，声名远扬。

己亥初冬，天气和暖。同道胡久雄、王怡荣、刘剑平、徐淑萍诸君，凡二十余众，走进梅颜，审美一方。登高见草木黄落，山河历历。田野铺一片金黄，并米椒红艳。蔡坑访古，钟声悠远。竹林驻足，意气方遒。一川风景，人情最美。山背民俗，古道热肠。中华文明，不朽歌赋。且将心曲，略抒怀抱。特此辑录，以志此行。

付鹤鸣摄

白 果 树

夏涓沅

梅颜山上
一棵白果树
越过几百年
成为风景
披着绝世风华
浑身灿烂
傲然
以南山为笔、红岩潭为墨
抒写千古豪情

满脸皱纹
饱经风霜
目睹着
龙隐与白莲一段牵绊的爱情

曾经的牵念
痛断肝肠,淡泊世俗
历尽风雨磨难
生生不息

以慈悲视名利贵贱为粪土
漫漫风云
尽情挥洒
挺拔的刚强

梅颜钟声

钟新强

铁铸的古钟
栖息在乡间小屋

千百年来,古钟内壁积攒了多少
为人间祈祷的钟声
如今,一一播放出来

在稻田之上
在古井之上
在农夫匍匐的背影之上
早起的钟声响起
召集家园守望者
栽种火红的憧憬
召唤远方儿女
回乡耕耘希望

钟声响起　灿灿的音波
洗得农村旧貌换新颜
田野里,饱满的日子,羞涩地低头
乡村工厂,生产登高的梯子,节节拔高
夜晚,灯火通明
照亮村里广场上跳舞的身姿
也照亮在竹林堂写诗的面庞

东风浩荡
擦拭得钟声愈来愈响亮
乡村在二十四个节气里
悄然拔节成长

沉醉在你的眉眼

徐立慧

一直很好奇
五年前,你用什么
唤回了奔波的游子

令他甘愿　化作涓涓细流
浇灌着梅颜的沃土
滋润在农民心田
让长满老茧的双手
拾起笔墨
在竹林堂,开出了诗歌之花

你是多情的
眉峰耸立,眼波含情
深不见底的瞳孔
吸走人们心中的阴霾
却借着
翠竹、红枫、小雏菊、龙胆草
偷偷地暗送秋波

这还不够
你拴住我们的胃
热辣的小米椒
晒出农民的幸福
拳头粑、豆结、口齿留香
山背粑的糖浆在口中融化
酿出生活的甜蜜滋味
连阳光也被鸡爪梨筛成了
无数个爱的形状

梅颜，我们就这样
沉醉在你的眉眼间
带着期盼而来
满载思念而归

梅颜山上

韩 峰

梅颜山上
风是风尘是尘，互不相干
草木按时枯黄
天空高远，慢慢变蓝
岩石一动不动
蝴蝶立在草尖上瞌睡
尘土慵懒，懒得随风飞扬
尽管风在努力追寻自己

风所到之处
草木在动，蝴蝶在动
天上的飞鸟在动
而山顶的响水洞
一声不响，一动不动
似乎要用几平方米的沉默
对抗整个人间

有人向洞内投下巨石，试探
抑或想打破什么
我不敢
生怕每次试探都是势不两立
生怕每丢一块巨石
都会造成某些暗伤
我选择两块平整的小石

轻轻丢下
光滑的石面映有天空

响　洞

付鹤鸣

去看响洞要上山顶
走五里路，出一身汗
才能排出身上那一点毒

响洞是有水的
至少在过去——
洞底有月影晃动

现在，响洞想干涸了
想变为一个无底洞
让人间的欲壑难填
全部化为——
善念，长成洞边
几棵树的样子

南 山 低 语

夏　娟

当年
消灾祈福的风水好地
只留明朝老钟
讲述香火旺盛的往昔

洞中神秘

吸引许多顽童
几度春秋，寻找那条路
已迷失

灵气汇聚的清泉
曾经绵延数里
如今不见泉流痕迹

深不可测的响洞啊
谁来揭开久藏的谜

忠诚的白果树啊
你可是在为世事变迁叹息

冬日的暖风啊
你是否听到南山低语
请带走这里的消息

以后，我要经常去一个叫竹林堂的地方坐坐

邹　冰

以后，我要经常去一个叫竹林堂的地方坐坐

那么多的竹子都拥有智者般的寂寞
它们静立水边
等风吟诵

我并不想成为一个孤独的人
可是这清凉的溪水多么好
片刻的虚空多么好
鸟鸣不只是鸟鸣
寂静不只是寂静

在竹林堂

以后，我要经常去一个叫竹林堂的地方坐坐

去遇见一个叫夏涓沅的诗人
他几年前植下的两行杜英
如今亭亭如盖
美丽如城市的林荫小道

夏涓沅惯于沉默
粗犷的外表下掩藏一颗细腻的心
他有许多带翅膀的种子
此刻，那些种子正飞翔
在梅颜

竹林堂该有一个亭子
遮风挡雨
三五人小聚
吟诗作画

小米椒们面朝太阳涨红了脸的日子
会有一个人拖着行李箱在村头问路
当他踏上那条林荫小道的时候
清凉的风正拂过
竹林堂的竹子

梅颜之颜

邱小波

落叶在风中肆意，舞得正欢
寒来暑往，流年如花中溢出的蜜甜
梅颜人，用犁、用心，描画秀美的家园

竹林堂，用笔、用情，耕耘诗意的精神空间

鸡爪梨树边，品尝垂髫时的沁甜
朝天椒庄园，采摘红扑扑的鲜艳
古钟沉寂处，聆听“叮叮当当”的不倦
石拱桥边，张望古旧的梦幻
脚步在诗意的田园边，划出光的弧线

梅颜真有颜，别样的乡间
领头羊的清心寡欲，当数梅颜
梅颜特有颜，另类的田园
农人兼陶公的清逸优雅，当数梅颜

大地之眼

付赛鹰

有人说，你是大地之眼
你与天对视
看日月起沉　风云变幻
看一拨又一拨的鸟儿
在你的瞳仁里　繁衍生息

有人说，你是大地之耳
你俯首细听
电闪雷炸，海啸山呼
细听枪炮的轰响，逃荒者的前呼后应
还有，黎明前的那一声声撕破黑暗的
雄鸡的啼鸣

有人说，你是大地之口
你吞进人间污秽，流岚虹霓
你从亿万年以前就对天呐喊

以无言面对无言
以寂静面对寂静

今天　我们终于见到了你
初冬的暖阳将你曝光在我们眼前
但我们不敢靠近你
只敢用一个个石头试探你的脾气
我们听见
咚、咚、咚咚咚的响声
似乎从遥远的年代中传来
那分明是你沉闷　愤怒而无奈的低吼

我想，你应该是一位隐者
你在等待某一天
等待有人，将你的名字
唱响

丹子摄

梅颜赋

李飞亮

己亥深秋，重访梅颜，有感于斯，为彼赋之。

眉眼山古为山岭，梅颜塅盛于宋明。眉、梅同音，世事演变；眼、颜近音，方有今名。峰岭东西走向，《山脉》专记；梅崖古有传承，《杂记》呈文。升仁乡十五都原为旧置，鲁溪镇梅颜村乃是今称。屹立于白凤尖、北屏山之间，分布在菜坑口、冷水坳之中。

梅颜塅，为一方之镇；数百户，藉兹山之灵。扼冷坳而固东南，连柯垅而引北屏。龙隐寺遥望是处，仙人桥腾霄紫云。白莲堂石似莲瓣，玉兔泉水出泉涌。观东南诸山历历如画，视天河瀑布飘飘飞升。其石森森，如人、如兽、如楼阁；其形栩栩，若柱、若门、若布阵。祷雨于泉，人言泉与洞通；音透"响洞"，听者几恨石尽。红岩如壁，古桥一孔；狮子望岗，千年银杏。嘉靖间宠宦，遣舟护送还葬；清道光文士，梅崖社学撰文。响洞、油盐洞为县之历史胜境，夏铭、夏曰湖是域中历史名人。

千年之古村，武邑之新星。产业化之切入点，新农村之排头兵。君不见，稻海翻金浪，矿藏起热风；殊不知，瓜果惯飘香，菜蔬常焕青。创消防产品之企业，树特色发展之典型。物产丰饶，村民脱贫快致富；民众富殷，乡亲幸福时攀升。

倡一代"尚文之村"，树一方乡俗民风。乡土文化之源远，民间文艺之独精。群众参与之活跃，尽显积淀之厚重。竹林堂诗社推出大诗篇，新农民作家荣登风雅颂。莘莘学子若春笋；济济文人如繁星。

思天下安于无事，处复兴念于老亲。田间繁花似锦，柳下碧草如茵。竹枝扶月，掩映莲影幽幽；柳絮萦帘，含凝春光盈盈。山分日月，路平林清迎客至；水连星河，霞褪霓隐点夜屏。美景堪醉，风俗亦纯。落红孤雁，独传归心。壮哉，璀璨之明珠；美哉，梅颜之新村！

辑十六

美食之什

成善新　　摄 ▶

邓京丽　　摄 ▶

王　臻　　摄 ▼

人类的亲爱，有一种最好的途径，就是给爱的人做出美食。

美食诗序

翁还童

美食与人性。俗云，人生在世，吃穿二字。圣人以为，食色是人之本性。财、色、名、食、睡，是人的五欲，既是人类生存的保障和动力，也是人类陷入贪嗔痴的根源。人来世上，只有一次，来做什么？最平常的欲望：爱可爱的，听好听的，看好看的，吃好吃的。夫子也是食不厌精，脍不厌细，何况凡夫俗子？

美食与习俗。一种食物能够成一个地方的美食，是无数的人日常参与创造的结果，是反复作用味蕾的反馈，是长时间交流的饮食习惯。乡下宴席一般以什锦汤开始，显示丰盛；薯粉圆子结束，喻为圆满。十道菜，是为十全十美，成为习俗。十里不同风，百里不同俗。美食亦是如此。船滩的虾须粑、东林的桐叶粑、山背的拳头粑，都是一方仅有，如文化自信，不肯与人雷同。

美食与物产。真正的美食不是山珍海味，不是燕窝鱼翅，不是把茄子做出肉味，而是园中时蔬，是平常荤腥，是做出每一种食材的本色。西安的羊肉夹馍、郑州的烩面、桂林的螺蛳粉、武汉的热干面等，这些地方美食都是就地取材，而成特色。北方的美食多取自面粉，南方的美食多来自稻米。我乡下以大米为原料的美食就有碱水粑、麻糍粑、粉皮、发糕、米泡等。从身边发现美，从出产创造美食，是人类智慧。

美食与亲情。妈妈做的饭好吃，是因为其中有爱，是因为懂得。也因此，每家有每家的美食。如果有一天，突然发现妈妈做的菜不是原来那个味道了，不是妈妈不爱你了，是她的力气与爱不匹配了。爱不是一种想望，爱是一种力量。人类的亲爱，有一种最好的途径，就是给爱的人做出美食。

美食与哲学。上古茹毛饮血，没有脱离野蛮。三代钟鸣鼎食，建立贵族等级。多少人祸饥荒，路有冻馁之骨。如今快餐成风，饮食有如饲料。对待美食的态度，有世界的观照。美食的天理是珍惜。也因此，寺院行堂要唱供养咒、基督徒饭前有祈祷。中国文化里，有一粥一饭来之不易的古训。美食的大道是包容。就如人的精神，如果只得到别人喂养的一种可怜的价值，必定如人只吃一种食物，不能康养。吃什么，是什么。吃的是谎言，长出的是丑恶；吃的是仇恨，不可能养育出仁爱。美食的伦理是敬畏。养育肉身有基本的来源，尽量不要伤害各类野生动物的生命。

美食与诗歌。庚子寒露，雨后初晴，天清气朗，山水含情。徐立慧君邀约乡间一聚，地在长水，家人开有长水源土菜馆，因以一方美食、红豆杉酒相招；乡亲张绪红君，闻之来奉茶，曰长水高山野茶。佳酿美食，野茶美景，人间情意，最是动人。

中国诗歌有田园审美，有山水审美，今以人间烟火起兴，创美食之诗赋，且饮且歌。曾祖华书主题以赠，其词曰：人间美食香长水。同道胡久雄、王怡荣、王臻、邓京丽诸君，凡二十余众。时人有古风单道此事，其歌曰：

长水立慧君，邀约到山村。
仓下观奇树，清溪洗俗尘。
宴客上土菜，陪酒有乡亲。
美食加美酿，佳人奉佳茗。
一品一歌咏，赋罢酒杯深。
开心同一醉，微吟寄谢忱。

邓京丽摄

盐 菜 肉

徐立慧

你是求学路上
母亲的牵挂
学子的慰藉

多少孩子
背上你走过几十里山路
在冷冽的冬天
将你藏身热乎乎的蒸饭下
扒上一口
每一颗珠圆玉润的大米
都裹着油脂的鲜香
阳光和肉的发酵
便在此刻释放出来

春天的芥菜
在三蒸三晒之后
变得爽口怡人
被岁月洗礼的学子
几经磨难
终于涅槃而生

什 锦 汤

胡雪峰

我有一把食材，它们是蔬菜和肉
它们必须洗净，被切成细丁
落在盘子里

什锦开花，同楔形文字一样地
为一个精致的人活着
为餐桌提供温度、时间和感情

给食材加一点佐料、水和淀粉
便同今晚的月色一样黏稠
落在盘子里
什锦开花，同楔形文字一样地
为一个懂它的人活着
为寻找一个机会同过去握手言和

走过高山、平原与河流的孩子
所有被包括的孩子，与他们母亲的哀愁
落在盘子里
什锦开花，同楔形文字一样地
为一个归来又归去的人活着
为每一个欢愉时刻寻相聚的借口

在叛逃的荒凉日子里
唯有食物能谅解我们
落在盘子里
什锦开花，同楔形文字一样地
为一个体面的人活着
为每一种生活提供色彩、柔情和新生

我有一把食材，它们是蔬菜和肉
它们必须洗净，被切成细丁
落在盘子里
什锦开花，同楔形文字一样地
等窗外的世界优雅地从它的碗口滑过
又如此优雅地沉沦

神仙豆腐

吴 衍

山野的神仙树动了凡心
树叶就成了信笺，一封封
飞入寻常百姓家

淌过凡间水，吹过自然风
鲜绿的神仙树叶，就有了
人间的风味

投身沸水中，遭遇捣碎成糊的
疼痛，用白纱布滤压
像捂住了，谁的伤口

时光静默不语，浓汁
凝固成块，在容器中盛满
豆腐般清凉丝滑，入口微涩

树叶以含蓄的方式
传情，会不会突然有一天
碰巧有个人尝到了它
她的眼泪就开始
止不住地流

碱水粑

钟新强

坚硬的大米磨成了浆
流露出内心的温柔

稻秆灰泡成的碱水
时光催化剂，让一切开始悄然变化

蒸熟的碱水粑
有了好看的模样
仿佛一块黄玉，厚实，温软
冒着热气，米香弥漫

在油锅里炒
遭遇滚烫的隐喻
瓷盘堆起片片诱惑
入口滑溜，易饱腹

大米也有自己的梦想
比如，在人间换一种活法
从大米到碱水粑
是大米实现的梦想之一

芋 头 荷

张 雷

芋头是哑的汉子
他的一生极力硕大，繁衍子孙
重重地坠在土地里
从春到秋，在洞窖里过冬

芋头荷抗拒芋头的一切
她极力向上生长，随风招摇
她卷舒开合的莲一般的叶
有着无数表情
她禾茎壮硕，心思又野又疯
沉默的乡村里到处散落她的闲言碎语

她从不开口承认或是否认

白露下来之前,她总是独自背着竹篓离开
阴暗的树林边
芦苇高过人头的水塘
窥视眼光和唾沫星子穿不过的屏障外
她收割芋头荷

摘掉萎黄的叶,舍弃乱如麻絮的老梗
她把不能言之于口的段落细细切割
一段是青涩,一段是苦
一段是脆甜,一段是愁
一段汁水淋漓,一段干瘪枯槁
一段缠绵不尽,一段模糊了眼睛

洗净、晾干、曝晒
风也来光也来
霜也来露也来
时间最后赶来收尾
把这些辨不清颜色的情绪
藏进深深的柜子

来呀,炖一钵芋头荷呀
小火炉煨着,干辣椒拌着
故事里的她浸透了油盐

咀嚼,一团柔软心思
啜吸,一段风露曲折
汗啊,泪啊
都在笑里话里过去了
苦啊,乐啊
都在喉咙里咽下去了

好吃好吃芋头荷
好戏好戏野老婆
吃着芋头荷的人还在拍手唱着

芋头荷从不辩白

山那边的人家,年年都种芋头
那人家的女人,年年都做芋头荷

板笋焖肉的滋味

邹　冰

多年以前
一个下雪的黄昏
突然想念母亲烧的板笋焖肉
禁不住味蕾的诱惑
买了一张回家的车票
终点站是母亲炊烟氤氲的厨房

柴火的光正旺
葱姜蒜下锅炒香
五花肉煸出油脂
和提前泡软的板笋一起炒
加高汤长时间焖煮
炖出最乡愁的滋味

食物也善于借景抒情
美味需要时间参与
厨房一样又不一样
我确认在村庄
我不会迷路
母亲炖的一锅板笋焖肉

时间越久汤汁越浓酽
那厚重的味道香了半条街
熟悉的味道总能带我回家

如今没有了母亲的村庄
也没有了炊烟
人生旅程
不知在哪一站下车
在路上
充满了甜蜜的人间烟火味的板笋焖肉
犹如剪不断理还乱的乡愁
越来越浓

从此后
没有了母亲的板笋焖肉
所有的回家
都是路过

麻 糍 粑

张雯哲

一种黏腻,在舂臼里缠绕
几滴汗水,顺着壮汉的手肘,流在村口
口令紧凑,像是面向上苍的呼号
一种仪式,升华了米粒的归宿
一个石窝,盛放了去年的糍粑

木杵延迟了打磨它的时间
如同打磨生活的苦涩
像为了治愈某种痛疾
而含着蛇胆害怕弄破的苦涩
蘸上白糖,化解那为了收获

而含在嘴里未吐的浊气
或者用油煎炸,金黄的色泽
白色的粉末,红糖裹上一些心里的声音

甜味渗进了喉咙,有一些冰
冷却的凉转为热
原来谎言才值得被深爱啊
米饭的香,糍粑的甜
借助了道道工序
才过完了年,迎来了春天

像负了罪的人,吃了流浪的苦
人总是不能爬出自己设下的陷阱
亲口给肚子,喂下这一年年的捶打
我们的人生,就这样不断吞咽下
希望与绝望
甜蜜与沧桑

豆　　结

张国扬

荞麦收割的季节
山村之夜闹响了连枷
小小的果实
破身的日子
家家在等着
太阳的微笑

当黄昏沿着蝙蝠的翅膀
朝山村走来
座座小楼门窗
就跑出了灯光

一阵阵的雷鸣
磨响了山村的寂静
流下洁白的喜悦

火红的灶膛
明明灭灭
一轮圆圆的明月
从铁锅中捞起
月光下,晾晒的银箔
躺满了
竹篱围着的小院

月光在刀刃上
越切越碎
遥远的鸡声
就唤来了黎明

当太阳从东山上爬出
村头的土坪
一方方竹席
铺满了银丝
这才是农家
晒出的
快乐岁月

粉　皮

付赛鹰

我喜欢母亲做的粉皮
纯手工的
那种

从密密麻麻的日子里挤出的闲暇时光
和着石磨的咿咿呀呀
和着父亲粗重的喘息
和着夜半的虫鸣
做出来的珍品

一勺米就是一群驯良的生命
从磨眼里鱼贯而入
父亲嗬哟嗬哟地拉磨
就像初春赶着水田中劳作的耕牛

白色的米浆从磨齿间汩汩流出
滴答滴答滴滴答答
滴成了父母的江河

母亲就用这白色的江河
用浅口卷边的圆形铁皮装着
一锅一锅在沸水中烫熟
母亲眯缝着眼
粗糙的手指上下翻飞
水汽的氤氲中
一块块粉皮在灶台间摊开
犹如一朵朵黑夜中盛开的白莲

晒干后的粉皮
透明如纸
薄如蝉翼
煮熟后母亲用粗瓷大碗盛着
一片片粉皮
我看到了冬天
看到了铺天盖地的大雪
恰似一张白色的粉皮
将我温柔地覆盖

武宁美食赋

李飞亮

故园古艾，山水武宁。饮食文化，源于乡土特色；制作工艺，风味媲美宫廷。

武宁主食，阶段不同，红薯玉米，权为养身。八十年代，大米为主，器具炉罐，锅焖甑蒸。一日三餐干稀搭配，早晚午昼副食点心。粥有米、粟、豆、薯，点有丸、面、饼、粉。馒头、包子有荤素，油条、馄饨也时兴。饺子、哨子县西多，油面、豆结山背盛。时令节庆做汤圆，清明端阳包糯粽。特色米粑发粑，糖馅肉馅区分。麦发粑以状命名，拳头粑捏了指印。发糕用酒发酵，年糕以粉熟蒸。麻糍置于臼捣，粉皮源于加工。薯丝荞麦皆可磨粑，草灰碱水亦能成型。传统宴席，特别加敬。小儿满月，升学参军；嫁娶乔迁，做寿大庆。宰猪杀鸡，招待来宾。菜肴取料广泛，选料十分严谨；家厨配菜恰当，刀工精益求精。扒烧炸熘，可刚可烈；爆炒煸炝，不火不愠。自古巾口豆腐好肿颈，从来船滩哨子有宁风。河水煮河鱼当为上品，栗树生香菇便成山珍。石门猪脚酥嫩适度，杨洲板笋遐迩扬名。豆豉焖肉火候要紧；什锦烩汤五味调匀。茶油炸出豆腐子，烟熏腊肉不了情。全鸡全蛋炖蹄花，半荤半素炉钵滚。高山辣椒甜中带辣，深水翘白席上馐珍。四盘六碗色形典雅，八钵八盆纯朴古今。

筵席虽丰，还要酒醇。糯米做酒，妇孺补身。米酒枸杞煮鸡蛋，月嫂补元好还本。酒糟烧鱼成名菜，客人划拳行酒令。葡萄酒，糖果三七开；杨梅酒，酸甜正宜人。原住民喜喝山背谷烧，浙移民好饮黄酒助兴。老者宜小酌，中年多豪饮。不醉不散席，不劝不为敬。大碗酒大块肉形成特色，敬三杯回三杯礼仪雷同。

江南嗜茶，武宁独盛。嚼茶叶，或吞或咽；就地炉，且烹且饮。曰雪爪、曰玉钩，青茶之谓；曰宁红、曰工夫，红茶之名。品味中留甘香，舌齿间有余韵。北屏山产川芎，以茗芎二物并用；土著人饮芎茶，因老少强壮康宁。菊花茶明目清火，莳萝茶开胃提神。玉芦茶香脆咸甜，薯砣茶乡风独醇。米爆当干粮，水泡做茶饮。麦芽糖片拌米爆，芝麻豆子作佳茗。

即兴来游，赏景在于山水；品尝美食，做客要数乡村。全鱼大宴，体现西海文化；最美乡厨，作品堪称琅琳。细嚼慢咽，请留下西海印象；大快朵颐，别忘了武宁美名。欣欣然乐在盛世，飘飘然吟月流云。物华天宝出于山水，美食佳肴醉在武宁。

人间美食香弥长水，仲秋时节聚会乡村。最新鲜，野姜花卉上大席；堪称绝，芋头荷叶味儿醇。碱水粑、薯粉圆，纯粹农家饭菜；板笋尖、香菇汤，地道长水食品。辣椒炒茭笋，一清二白；盐菜五花肉，肥中夹精。啤酒烧土鸡，酥而不腻；甑蒸薯丝饭，白里透红。红豆杉根浸烧酒，江南秋韵风雅颂。土色土香土菜馆，野菜野茶野趣浓。绝无仅有，一道美食一首诗；风光独好，一秋细雨一天晴。

辑十七

清明之什

黎雯婷　摄 ▶
邹幽篁　摄 ▶
张项理　摄 ▼

草木有那样准确的记忆，以自己的荣枯报得节气的消息。
人类也因为有记忆，才会有文明。

清明诗序

翁还童

门口园子里，梅花开过了，玉兰开过了，深山含笑开过了，桃李竞相怒放的时候，海棠、樱花、丁香也陆续吐艳。杨柳风，从惊蛰开始吹，无数遍轻拂，不仅把自己吹得嫩绿婀娜，那些光枝丫的榉树、栾树、朴树、榆树、银杏也被吹得举起一片清浅的绿荫。田野上，那些毫不起眼的荠菜、油菜、诸葛菜、紫云英，也纷纷举起白、黄、蓝、紫，为一个温暖的季节呐喊。无数花草的前赴后继，终于打下春天的江山。

乡间俗语说，清明半山青。删繁就简，刍荛亦有高论。草木有那样准确的记忆，以自己的荣枯报得节气的消息。人类也因为有记忆，才会有文明。因为旌表善良，周朝的一个节气演化为一个民族的节日。又因为人喜欢把自己做进文化里，这个节日有了纪念祖先的内涵，让人保持与家史的联系。走进清明，既是走进万物清洁明净的暮春，也是巡礼家族谱牒源流的幽深。年在严何在，春回椿不回。风景越美丽，怀念越汹涌。千种风情，要与最爱的人与共。无限思念，化作岭上的映山红。

我乡下风俗，为先人扫墓叫挂山。古今地方志没有说这个名字的来历。每次回乡祭扫，乡亲见面总是问候一句，回来挂山啦！想到冬至有打安山的风俗，就是在先人墓前做一场法事，以安顿亡灵，其实是抚慰活着的人。古代帝王的墓称陵，而我乡下视亲人的墓为山，古国文明里，民间自有一种大气。实在是，亲人心中，一座墓就是一座山。如山一样重的，是人世的亲爱。

当草木更换新装，当野花开遍山岗，乡间代代相传，我们去踏青，我们采蒿做粑，我们戴上柳枝编的头圈，我们放风筝，向自然学习，从草木中得到加持，让生命焕发生机。我们也像新叶向落叶致敬一样，去致敬自己的祖先。

我们从哪里来，又将到哪里去？这是亘古天问。中华文明主张祖先崇拜，说慎终追远，民德归厚。忘记自己的来路，必定无所归止。

二十四节气，不唯是农耕文明的阆苑仙葩，也是对于万物的一种大审美，又由自然的轮回，发展出清明这种复习爱的礼乐文化。

不仅是触景生情，不仅是风木之思，最为清洁明亮的日子，每年温习一次自己的来处，传递人间的温暖，是这个节日的意义。不断思省过去，静观去处，知道人的卑微与局限，对历史保持温情与敬意，让日子简静而清明。

庚子新冠疫中，足虽有禁，而情不能止。同道诸君，为这个特别的日子，献上一缕心香。谨此志之，以为小引。

清 明 词

汪吉萍

不说风雨，不说草长
在这，只说让人心碎的四月
淅淅沥沥的小雨，下了一天又一天
硬硬的，冷冷的
来缠人间，来缠我们的今天和余生

死，我把它当作生
睡在这里，父亲，您是否看清了自己的前生和后世
是否知道，自己就是二十多个好子孙的灵魂和心脏
您一退，天就变得灰暗，您一撒手
整个冬天，将无处藏身

丈夫、父亲、爷爷、太爷
骨和血滋养出的名字，都是您的
八十年的操持和劳累，也是您的
爱深，情深
如果生活，需要您作别家园
千年、万年，请允许我们魂梦相牵
一路相依，一路聆听

长桥、短亭，我送了又送
生生死死，死死生生
时间在烛火里泛着青光
曾经的苦难和沧桑，在孤守中清晰又模糊
天昏沉，人昏沉
千山渺渺，可有返程
对着我的悲怆，您隐在一个相框里
一言不发

唤、唤……
不管是命理，还是轮回
多想再看您谈笑风生，多想席地而坐
让您念着我的小名，来谈子嗣，谈故乡
谈爱、谈恨、谈慈悲
一起承受日光月华，千年如斯

伤一门，痛一门
三炷高香，三碗祭酒，我一跪、再跪
情难了，此去就是永远，我和您止于三千里尘和烟
看草长莺飞，吟遗世独立
而长歌，一直西斜、西斜……

春　望

冷　冰

我看见，江水的影子上写有悼词
一些花又谢了，蜂飞来飞去
你要允许它悲伤

内心丰盈得像菜花
如今空虚得也像菜花

这春日多么漫长，雨水
紧挨着疼痛的夜晚
生命像一只爬行的蚁，通体地黑

望断啊！和一枝桃，飘离的白
雨和泪水，终于找到亲人

桃花是心间清凉的影子
我在山里，有时能产生最轻的幻听

轻马扬尘一样地迷了酸痛的眼

清明的风

钟新强

终于迎来了清明的风
这风，一缕缕
都在阳光里漂洗干净了
洗去了猜忌、惊恐、忧伤
风，变得如此纯净
风声里，洒下了一粒粒鸟鸣
风声里，群花起舞
一粒粒谷种
被清明的风擦得心儿痒痒
就要崩开心事
清明的风，吹弯了我的相思
我想和你一起去踏青
让春风擦亮我们心中的爱

这时节

邹冰

一般来说，都会下雨
大雨小雨，都纷纷
落在人间的雨
唤醒植物的柔和与善意

一般来说，天空会清也会明
太阳的温暖
能留到余生用

世事如意的话，下辈子也用不完

摊贩出售的果品
被赋予神的意旨
遥远的祖先歆享后
会给予我无限的幸福

只是2020年的清明
有了另一层悲痛
那些被永远困在昨天新闻里的人
他们冷静的肉体
可曾打动我生活过的土地

这 几 天

江锦灵

貌似复活节
坟山长出泥土的新肌
腰斩后的黄菊
在墓前燃尽最后的芳华
一缕香火的卷帘中
清瘦如英年早逝的佳人
丝雨，是逝者的魂

乡村再次复活人气
一辆辆车涌入村庄后山
仿佛筹备一场节日的庆典

清　明

邹幽篁

一滴雨从樱花跳到草地上
春天醒过来了
几个少年在林间说话
喊喊喳喳
像鸟儿扑动翅膀
从一根枝丫窜到另一根枝丫
梅树的绿叶里长满沉默
好像花开那日
树下那一片阳光
安静得让人想起月亮
春天睡在月亮下面，梦见
玉兰点起很多盏灯
桃花笑得泪光点点

走过的人低了低头
一滴雨落到草地上
春天醒了
它抬起手
擦掉脸上的新泪痕

清　明　雨

韩　峰

另一个世界
去的人，再也没回来
我的外婆也一样
辽山下那抔黄土

是外婆走后
留给我的伤疤
清明春雨纷纷时
就会隐隐作痛

黄土之上的人间
喧嚣也落寞
真诚也薄凉
但唯有怀念一直不敢变节
坚硬的墓碑就是铁证

清明节洒下一场春雨
野草借一场春雨返青
麦苗一样替农民守护庄园
我最为担心
借春雨长势高过墓碑的野草
会不会像经幡一样
替黄土之下的外婆守护安康

淋一场无辜的雨

张雯哲

这是一个无法被语言定义的春天
我们在封城的缝隙里听见风雨，一丝草动
自以为灵敏的耳目从此失灵
而有的人，从此只能在清明的时候祭奠亲人
用朋友圈一盏烛火，祭奠引领过人类的人
头脑的领袖，菜市口被平庸之恶簇拥的
高贵的灵魂

这到底是一个无可言喻的春天啊
春色蔓延，而有些花朵却一无所有
每棵树、每株草本来的位置

像人类彼此相依
我无法证明自己，电脑文档的页面闪烁
谁到了世上，最后又留下了什么
花能否再开一次，年份重组
桃花都开了，而我们向自然借来的这个春天
最后她还是收了回去

于是我们在清明到来的日子里
一起被泪水淋湿，这是一场多么无辜的雨

清　明

渭　波

我正行走在黄纸的边沿
接受黄色的包装　思绪淡然
如风中的草垛
细雨绣在家园，剔除了某种湿过的暗示

我已经摸清了与纸有关的时令
与时令交流秘密的山野
与山野有关的路途
与路途有关的家什：柴刀、锄板、香火……

我在草叶汇聚的南方行走
回望江河之上的过眼白鹭
缓缓地翻动一个世界与另一个世界的缝隙
将春天的白和她的声音握在手心

是的，白和声音不需要复制
就像纸张的投影，融化在另一种安静里
——我的亲人
我的吧嗒骨髓的泪水

清明赋

李飞亮

时序春为首，节日崇清明。千古华夏信仰祭祖，百年中国延续踏青。节日节气，自然与人文兼具；春祭春行，民俗与孝道传承。扫墓挂山，凡夫缅怀先哲；祠堂孝亲，家族凝聚认同。鸣锣擂鼓，天地人和合一；爆竹烟花，日月星斗共明。

万物皆洁，大地呈春和景明之象；四野清丽，山川齐花繁锦绣之荣。踏青郊游，时下结伴同行；探春采绿，家人分享春饼。掐韭菜，慈母爱心包蛋饺；摘椿条，家父暖酒壮远行。煮艾蒿，青团米粑清明粿；烹新茶，文人墨客竞吟风。葱炒腊肉，难忘齿舌留香；糍粑蘸蜜，依然甜美心中。

麦苗茁壮兮，蚕豆清嫩。油菜花黄兮，玉米初种。彩蝶狂舞兮，湖鸭争春。堂前春燕兮，纸鸢白云。眼见得杏梨飘如雪，赏不尽桃樱满山岭。山河焕彩而郁郁，大地萌新而蒸蒸。天暖暖而催草绿，雨淅淅而唤花红。春丽丽，呈千山竞秀之势；景明明，现万物生机之容。

诚可叹庚子大疫，城封冬冰；实可喜春阳升温，复工解禁。每见农夫又耕田，现畈上辛勤之身影；继而铁牛再犁地，奏田间悦耳之轰鸣。山歌绕绕，韶光唤醒致富梦；炊烟袅袅，春风喜奏乡野情。朗朗乎百里西海，清新尽染；陶陶然一幅水墨，浅歌而行。

第一届庐山西海谷雨诗会　　徐高峰摄

辑十八

太平山之什

成善新　摄

人道亦如茶道，
关键是否配得上自己经受的苦难，在螺丝田里有生命的飞扬。

太平山诗序

翁还童

乡间俗语云，螺蛳壳里做道场。终极意义上，谁又不是这样？江右多道教名山，太平处赣鄂交界。道场佑圣宫，位于武宁县境。数百年来，香火颇盛。求子求福，求官求财，抽签打筊，画符作法，是窥探生命的秘密，还是抚慰悸动的灵魂？

山间有村庄名螺丝田，梯田草绿，泥房颓败，廊桥危悬溪涧；古树如盖，牛羊成群，巨石悠然路旁。围炉而坐，喝一杯太平红，箫声传来，顿感宇宙洪荒。

古道旁有茶庄合港，山歌吸引采风诗人的目光。择拣、萎凋、揉捻、发酵、晾干，制茶的过程，如志士的修行，有人世的苦难与生命的疼痛。然后等待复活，要留美好在人间。茶是一种生活方式，让人的物质生活有一缕禅意。人道亦如茶道，关键是否配得上自己经受的苦难，在螺丝田里有生命的飞扬。

儒教教人成圣，佛教教人成佛，道教教人成仙。无论做何种修炼，都是为了崇祀一种精神，超越螺蛳壳般的局限，让卑微的生命有神的光。

戊戌谷雨诗会，同道山村采风，有如村民采茶，有收获的喜悦。特此辑录之，与诸君分享。

邹幽篁摄

太 平 红

钟新强

太平山下，有个太平茶村
村里的人，搬进城了
留守的居民，只是数百株茶树
山村里没人住了
留下大片的宁静时光
供茶树挥霍

山村岁月静好，茶叶润美
茶叶，从茶树上喷出
落进被泉水泡得发软的竹箩里
茶叶进厂了
所谓茶厂，还是茶叶熟稔的民房
土墙房子，冬暖夏凉
茶叶在竹匾里萎凋
在山泉声的催眠里
接受揉捻的考验
而发酵，是源于爱的缘故
最后是干燥，包装
装进盒子，离开故乡

当终于遇上了
命中注定的那杯热水
茶叶，释放积攒了一生的香气

茶道人生

夏海琴

太平山的深处
并不太平
千万个春天的细胞
在蠢蠢欲动
发酵,再发酵
茶,因此而不俗

佳茗清心
一杯涤昏寐
两杯清我神
三杯便成道

唱着采茶戏的姑娘
从青涩到醇香到淡泊如水
犹如杯中茶
从矜持蜷缩
到收放自如
一撮茶叶
杯里演尽一生

不敢轻易端杯
怕放下的那一刻
有和爱人分离的心情

螺丝田成了我的远方

邹　冰

螺丝田,我应该如何向你描述
我去过的远方
那些硕大的城
在它面前,你小了下来
小成螺丝田
小到不要一个下午
就把你阅遍

落叶懂得离别
蝴蝶悟尽了秋的萧瑟
而我们,在一个葳蕤的春天
走进你,无可奈何的衰颓

在这里,时间被轻易省略
每一栋陈旧的房子
固执地发出微弱的光
一抹余晖,斜刺古旧的泥墙

炊烟里,我听见了心灵深处的
钝痛

为什么选择流浪
为什么选择远方
螺丝田很小,它能捧在手上
放进心里吗

感知太平山

张　雷

太平山是无法被看见的
不仅于蝼蚁管窥大象的狭隘
不仅于肢体禁锢空气的怅然

太平山只能被感知
它有呼吸吐纳，情绪挥洒
出为云霞　散为雨雾
放若春樱　咀若香茗

太平山用猫的戏爪抛出一团毛线
牵引一根缠缠绕绕的路引
你别指望能抵达它的迷宫
山峰与山谷只是它的两端平衡

绿在挤压中灼烧瞳仁
声音脱口消散于窃听
水不限于想象和固定的流量
在耳边、眼前、皮肤上细嗅
并盈于睫

鸟遵从季节的召唤
土地柔软
窄长的田埂弯曲如眉眼
黄褐色的泥巴被人类堆成空空的巢穴
无妨也无恙

它蓄养道场和修行者
蓄养钟鼓、烟火，和有韵律的唱念
它放任那些繁复扭曲的线条肆意描摹揣度
用米浆糊满每一扇深刻又黯淡的木门

它默许符咒，如默许鸟鸣和生长

太平山无法被看见
它的寂寞浮于云端
如一片叶隐于花下
柔嫩的骨刺安放于仲春
它化身万千于物我
风吹潮落　雾涌雨歇
淙淙流水　悠悠云岚
野蜂，蜥蜴，飞鸟，牛羊
一声感慨，目光惊叹
梦到，和闪念

合港，适宜深呼吸

彭文斌

一枚茶叶，透露合港多年的秘密
率真地生长，保持嫩绿之心
醉就醉在太平红
醉就是我与一座古村相认

山歌唱响溪流
行走的方向和归途
家园其实不需要理由
一些烟雨沿着驿道出发
一些炊烟亮出地名

所有的留恋变得纯粹
谦卑，是我对合港的耳语
抓紧时间深深呼吸
植物更懂得珍惜

杜鹃在合港变幻色彩

占据庭院后的静谧
溪流一唱三百年
在清廉堂弯腰,婉转
流连不去

跟木雕人物聊一聊往事
跟天井下的一块砖石
回忆曾经的主人
山色即将滴落,或者汹涌
堵塞我的呼吸

长者以呓语讲述合港
有云雾的特征
不敢高声表达溪水穿越身体的畅快
即便夜盲,也看清
老屋酿造的善意

新　　茶

张雯哲

我和惊蛰有个约定
我们约好了
阳光牵线,春雨做媒
等被雨雾滋润的新茶
披上洁白的轻纱
如少女新嫁
一只只温润的大手
扶我上轿
迎面的一双双眼睛盛满
整个春天的期盼
我把小小的心事,隐于芽尖
把终身托付给
一场太平红的盛典

挑拣，去除我的粗糙
翻动，惊醒我的柔软
萎凋，激发我灵魂的香
揉动或者炒制
那逐渐发酵的苦后回甘
你有七分的技艺
我用足了十分的心
一片茶叶从山头到舌尖
一注沸水冲泡了山林韵味
我被轻含的羞怯
被咀嚼的忐忑
被打量的过往
沁润的前世今生
一个春天
就走完了我一生最好的岁月

太 平 山

韩 峰

每次去太平山
都能看到一些土巴屋
在半山腰，庄严肃穆地
悼念一段远去的过往

有时，太阳也会从山外赶来
与几树梨花相拥
有一些有温度的拥抱
再寂静的山野
不会显得那么荒凉

更多的时候
有簌簌的声音落地

叶落归根的速度慢过秋风
一场生死绝唱
没入最好的黄土

是谁扯出一条白绸缎
抛在山间
每当春风路过
我就能看到
有霏雪和黛粉般的生命
从黄土地里伸出斑斓
一路弯到云端

螺丝田下了一场雨

邹幽篁

螺丝田下了一场雨
黑色的石头更黑了一些
打算再沉默个上千年
土屋上的瓦片泛着纯青的光泽
一边又在悄悄滋生着新的绿藓
檐下一双苍老的手
在盘箕里摘捡新茶的芽叶

树木山川一片秀色
草叶沾带水珠
山峦绕有云雾
清新的气息里有寒凉在蔓延
屋里炉子里的火
照亮了满是皱纹的脸
山川不语
老屋不言
一扇栅门隔断春色两重天

门外的红灯笼下闪过一张新妇的脸
瓦片上升腾起的
不知道是雾
还是烟
不远的山坡上
黄色的金鸡菊开了一大片

春天，适合在路上

徐腊姣

春天，适合在路上
因为，在路上
会有美丽的遇见
遇见险峻的太平山
遇见碧波荡漾的西海
遇见大山深处宁静的老者

春天，适合在路上
因为，能遇见
大山的幽静与沧桑
遇见古朴的太平灵茶
遇见采茶者
再也不是沐浴更衣的少女
而是留守深山
衣衫朴素的老者
遇见古屋的诉说
诉说曾经的辉煌与现代的忧伤

春天，适合在路上
因为在路上能
遇见深山灶膛里
那熊熊的火苗
遇见生命的生生不息

太平山赋

李飞亮

巍乎！八千亩叠嶂，五龙团顶。一千年经韵，四海为尊。大名赫赫，宋封佑圣。金殿煌煌，宠锡诏命。其脉茫茫兮，基连庐山；其势渺渺兮，意喻太平。其峰危危兮，峻赛九岭；其灵幽幽兮，林总三坟。白云悠悠，清风漫漫系幕阜；紫气冉冉，福光盈盈布武宁。

岭界南北兮，水分两省；南接武宁兮，北通阳新。东依庐山兮，一脉相承；西延修江兮，地处年丰。大气盘结兮，离奇万状；群峰环绕兮，丝簩旧称。坐吴向楚兮，名景形胜；仙山隐哲兮，有求必应。无峰不奇兮，千岩竞秀；无水不秀兮，瀑川卧龙。无树不名兮，掌故流传；无林不茂兮，繁花似锦。肃穆庄严兮，无庙不供；香火连绵兮，无神不灵。其险也，如华山之猿履；其姿也，似黄岳之层峰。其朦也，犹庐山之迷雾；其高也，凌泰山之绝顶！

奇也！斯山凹之为谷，凸之为峰。去之有脉，来之有龙。秋之向枯，春之向荣。木之居阳，水之居阴。斯自然之景可赏，自然之物可取，自然之趣可娱，自然之谐可容。四海名山不乏景、物、趣、谐之妙，而独不可与斯山并论者，何哉？道教之圣地者也！

壮哉！亘古迄今，游人接踵以朝者，无四时之分也；天南地北，香客并肩而谒者，无贵贱之别也。熙熙而来，攘攘而去，许心中之夙愿，发感世之豪情，其快也如是，非他山可与媲美者焉！若夫，仕宦之临斯山也，近闻普度之经文，远聆救苦之钟声。思溶润笔之池水，身沐拂竹之清风。长仰惠风之祖爷，遥忆吐哺之周公。于是乎退而思焉：贤者常以民为本，识“舟水”之理，知“鱼渊”之辩，是谓明道也。而或商贾之临斯山也，朝拜灵宫之真仙，暮谒道高之真人。遥望伊水之东逝，近伤秋花之凋零。于是乎思而叹焉：人之于宇宙渺如尘埃也，人之于草木寿在朝暮也。然则，取财不可以无道，富贵不可以独享也。抑或庶人之临斯山也，笑摸龟石之首颈，怅议狮象之威风。探看肉身之宝塔，追忆权孙之丰功。敬焚祭祀之香火，祈求家国之太平。于是乎感而云焉：苍天在上，不负良心。尚勤尚俭，积福积荫。莫存大富大贵之奢望，常怀淳朴仁厚之真诚！

呜呼！天下游客涉西海而蜂拥，越通山而鹜趋者，意在品山之逸趣，问道而明心者也。坦然乎？可凌虚而吐纳百川；朗然哉？可旷怀以明志清心！玉在山而草木润，人思辨则世事明。山育人之懿德，人赋山以空灵。山因哲人之哲而千秋鼎盛，人以圣山之圣而万古留名！

辑十九

桃源谷之什

盛小星　摄 ▶

韩　峰　摄 ▶

成善新　摄 ▼

古往今来，

赏月、望月，谈的多是人生、宇宙事，唯物的世界，要拓展精神空间。

桃源谷诗序

翁还童

己亥白露，时近中秋，文朋诗友，会于杨洲。其时，月上南山，似在观摩；人在桃源，笑语欢歌。篝火尽，诗吟罢，应命做总结，讲此间三个关键词：曰杨洲，曰中秋，曰风流。

关于杨洲。想到的三个关键词是：瓜源、花源、桃源。瓜源是乳名，是她的过去。汉末孙钟避难于此，种瓜为生，其后方有吴王霸业。花源是别号，是她的今天。庐山西海花源谷，号称中华赏春第一景，天下闻名。桃源是大名，是她的前世今生。有人考证，此地最符合桃花源之原型。那种不知有汉，无论魏晋的日子，也就是摆脱别人给定的价值，过人应有的生活，是中国人多少年代里的梦想，不知能否成为人类的未来。

关于中秋。以为有三个关键词：简单、安静、悠远。中华传统节日，或铺张，或热闹，或功利，或物质。唯中秋简静，可以一杯清茶，一块月饼；不须鸣炮，不须烟花；也不必拜祖先，不必祭神灵。古往今来，赏月、望月，谈的多是人生、宇宙事，唯物的世界，要拓展精神空间。虽多的是碌碌于凡尘，此日可以与天地精神往来。

关于风流。美景良辰，不能辜负。风月无边，要有歌吟。诗会之追求，概言之，是高度，是深度，是温度。能如此，自成风度。山水武宁中秋风雅颂，丁酉首开梅颜，戊戌会于双新。桃源谷之风，请试言之。

刘统嘉致辞，热情洋溢。徐淑萍主持，优雅清新。王造梁惊艳登场，演绎瘦梦之新作。张敏尽情发挥，朗诵韩峰其吟咏。付赛鹰吐字，金石之声，且说钟新强诗歌杨洲慢。冷耿辉开口，大气雄浑，细道徐立慧穿越到东晋。程小华、黎洪琴，男女高音，优美演唱，增添雅趣。陈玉洁、付思南，两人合作，你的名字，无限深情。刘剑平，铿锵歌咏赤壁赋。许文芳，磅礴抒发瓜源情。王章军思考故园，几多温暖。李飞亮现场作赋，最是对景。点赞一二，激赏莫名。

同道者瘦梦、胡久雄、王怡荣、周昊、龚曼菲、余慧琳、夏海琴等，凡四十余众。穿行于九岭山国家森林公园，过林云山居，集于桃源谷山庄。山间明月，始终在望；挥手告别，又一路相伴回程。

在杨洲，摘取一片月色

瘦　梦

绿霭正浓。连秋色都不曾染黄
在杨洲，随便做一个深呼吸
吸进嘴里的除两三把鸟鸣
其余的都是绿色

烟花已散尽。在杨洲，依然
有人在瓜源种瓜
有人在凤凰山布施
有人在武陵岩开辟桃源
而我，只在吴王峰
摘取一片月色

我要轻取这片月色
做成你的围脖
在长满青苔的故乡和青荇的水边
和你并肩缓行
我要取了这月色中无数的黄
和白露中无数的白
装点这人间无数个秋

此刻，秋正丰满，夏已消瘦

中秋，我在思考瓜源

王章军

月亮爬过东边的山岗
瓜源便披上了被母亲浆洗过的青衫

不远处的钟磬声划过毗卢岗
居士心中的尘世
与凤凰山一起共度慈悲

东源万果寺的女尼
用杨柳枝蘸上净水碗的垂露
在众生的净土拂过一缕缕梵音
金盆架的老门楼
眼神的余光中浏览曾经的未来
屹立在修河古道边上的佛塔
思索着昨日放排人的吆喝声

西源紫草坑那懵懂的少年
始终凝望着南方
轻纱蒙住的眼神
隔断远方终日的遐思
山峦遮掩的南国天空
驿马古道的铃声可曾穿越昨天的梦想
山耸立无言
树茂密丛生

九一四伐木的钢索了无踪迹
颓败的旧居印证了远去的辉煌
紫树林里缥缈消失的父亲孑然一身
带走了逝去纷纷重叠的光影

母亲用围裙擦亮了今夜的灯火
紫草坑的色彩不再是单纯的灰白
月圆今夕复何夕
在一片和煦的热烈中
我努力地寻找沉淀的岁月
时光依旧无法改写

我那孤独落寞泛着灰白色的窗台

穿越到东晋

徐立慧

今夜，让我们一起
穿越到东晋

你闻，这芬芳馥郁襟袖余香
恨不能效兰亭雅趣
寻着幽深的曲水
让酒香随波浮游
每一盏杯中，都盛着动人的诗篇
数不清的灵感在微醺中
飘向桃源美景

这桃源美景延绵不绝
风尘仆仆的来客
迷失在飘香的花果间
书生正翘首以盼
等待画中的女子翩跹而至
思念滑过美妙的夜色
化作音符，缠绕在丝竹管弦之上

这丝竹管弦声声入耳
精妙的辞章
乘着吟诵之风
扶摇直上穿过云霄
令远在月宫的嫦娥
艳羡不已
说不定早就偷偷溜回世间
躲在月下的人群中狂欢

杨洲慢

钟新强

无须刻意选在烟花三月来杨洲
杨洲，随时敞开胸怀欢迎你
你来，就为你弹奏一曲
“杨洲慢”

杨洲真慢啊
孙权的曾祖父，孙钟曾在此种瓜
整整三代以后，那瓜藤上
才结出了一个王侯印
至今有吴王峰为证

当年，陶渊明在这里走过
走进了一个山水童话里
按照这里的山水原型
他写下《桃花源记》
一千多年过去了
那些落英缤纷的桃花
至今还一直在小溪两岸飘洒

杨洲真够慢的
当阳光照耀在29度假区
花源谷的花儿才慢慢绽放
为了等待与有缘人相视一笑
花儿开得多慢啊
一点点地打开
像美人，慢慢舒开她的眼眸

神雾山飘起的雾是慢的
踩着猫步，慢慢走过

弥陀寺的钟声是慢的
从明朝敲到现在，依然钟韵悠悠
申家坪、张家湾养生山庄
盛产的就是慢时光
在杨洲的慢时光里
你静心住上一天，寿长十年

在杨洲，唯一快的
是武陵岩峡谷漂流
这是一家水上快递公司
如果，你愿意和我在水上同舟
它就会把我们快递到幸福的那一头

桃源谷，桃花辽阔的叙事

周锋荣

庐山西海的静美之水
哺育桃源谷的春光
陶渊明，用《桃花源记》
灼热了我的视野和梦想

幽静小路正穿针引线
缝补劳累肉身的渴望
唯美和柔情的桃花水
在游人面前蜿蜒波光
相机随着桃花的抬头而抬头
花朵上沾染传奇的冷凉
岳飞、朱元璋的遗迹
在这世外桃源布置铺张

这里到处埋伏着诗歌和音乐
谁握过花神的手掌

一位姑娘在谷顶白衣飘飘
用笛声迎接,同游人合影
弹琵琶、古筝的女子妖娆
两手春风,一身古装

人面桃花,纯白,绯红,及通红
冬天未做完的梦越做越爽
垂枝鸳鸯桃,花开二色
粉红与粉白为啥事低声商量
满天星的花骨朵如黄豆大小
吐出比樱花灿烂的玫红时光

我无法挣脱这场花事
只能沐浴29度阳光
花萼托举我的灵魂
作优雅的飞翔
自己体内的桃花
正趁机绽放

月光来自一个更好的世界

邹　冰

天上没有不散的云
地上没有不老的人
沧海桑田,风云际会
这块土地上的传奇始终不老
吴王峰不会老,武陵岩不会老
今夜升起在杨洲的月亮
饱满圆润,始终未曾老去

月光来自一个更好的世界
世间太多的辛与苦

需要月光来中和
八月十五，月光是忙碌的
她要在中国的每一寸土地上播撒
慈母般温和的朗朗清辉
而我相信仁慈的月光对杨洲有更多的眷顾
因为我们在山中，采撷了许多
杨洲人如月光般美好的微笑

好月挂千山，八月十五
杨洲的山在月下浮起来
像梦中行驶的船

在杨洲
月光浩荡
足以放牧无数颗诗心

一样的月光

刘芙蓉

回归大山深处吧
路边高耸的白杨也赶流行
穿上黄绿色的渐变外衣
杨洲、瓜源、南屏，一个个极富诗意的名字
还有武陵岩令人诸多遐想

桃源谷一缕桂香
我闻到了秋的味道
清冷的溪流缓缓
更迭的虫鸣，静静的游鱼
散散步也是极好的

仲秋，诗人们总是按捺不住地要吟唱

篝火也来助阵，越燃越烈
微醺处，正好凭栏

武陵岩上的那轮月华
知人善意，一会儿照耀故乡武宁的山山水水
一会儿躲进云层
去温暖黄浦江边的远游人

在桃源谷，我与诗只隔一瓣花的距离

付鹤鸣

今晚，杨洲桃源谷
虫鸣唧唧，月白风高
高过树梢，高过神雾山的
是一群诗人的激情，还有那堆篝火
在熊熊燃烧。一枝桃花
如凤凰涅槃般
从春天高挑挑地仰过来
撩起人间万种风情
桃花是四季的情种
风也知道人间冷暖
今晚你就靠着我吧，靠着一首诗
我在不经意间发现
原来你在桃源谷，与诗只隔一瓣花的距离
与心爱的人，也只隔一缕清香的情怀
亦如我与桃源谷，只隔一幅彩墨长卷
今晚，我俩就坐在这棵桃树下
借桃源谷这方宝地
喊出一片薄如蝉翼的月色
喊出十里桃源壮阔的美景

杨洲，不只是风月无边

韩　峰

吴王峰，武陵岩
欲淬火成杨洲的风骨
修河在此，便打了个结
死死拴住一湖月光

有风骨还不够
苍翠留在神雾山
清泉流在桃花溪
柔软才是神的本意

有人说：桃花源原来在杨洲
有人说：来杨洲我“氧”你
今夜，我来杨洲
不觅桃花，不看秋菊
只想聆听桃源谷底几丝微风
如何叫醒自己的影子
与更多的影子
在月下成趣

吟诗，歌唱，口哨
快乐需要一个缺口
从内心涌出
今夜，我在杨洲
南山下遍地月光
亮晃晃，薄如蝉翼

杨洲赋

李飞亮

巍巍九岭山一脉，鼎鼎武宁县东南。东界永修，桃峰叠嶂；西连罗坪，芙蓉帐宽；北临西海，碧波万顷；南邻靖安，环峙群峦。山耸双峰，吴王峰、武陵岩声奔远来；水分两系，经江桥、邀南屏融汇一源。

东晋神话，传陶令以记桃源。临风怀古，叹瓜圃而兴孙权。鄱阳决战，明祖屯兵红坪；雾场赦罪，囚人大悟云端。黉冈书院，际会远近文人；篁山遗迹，追寻净明道观。西瓜古刹，佛灯千年长明；万果宝寺，善缘百世龙恩。洞峡塔，浮屠造型迥异；状元墓，惜无踪迹可看。宋代邢凯，仕至吏部侍郎；清朝昌言，奉旨侧殿修编。重臣舒鼎，钦点六部主事；才子家正，太平天国状元。省参议员邢秉钧，创办江西红报；红军将领李屏仁，血染祁连雪原。

人物与景色并美，林海与瀑布齐观。净水碗瓷瓯碧绿，滴水洞飞溅流泉。如何飞上险峰，当时似有鹰嘴石；怎样打开谜锁，今日仍留一线天。花源谷千姿百态，金沙滩水涌浪漫。峡谷漂流，游人流连忘返；森林公园，驴友探险高悬。名扬海外，芳草斜阳帆带影；美聚此中，玉笛梅花性通仙。

杨洲物产，大美难言。地广林密，佳木清茶为特质；水阔波缓，西海鱼儿成时鲜。板笋香菇，诚然山中珍品；黄连灵芝，可见药草奇观。金果新品，有望成为产业；红心阳桃，势在大力发展。

东行霞庄、江桥，道不尽春华秋实；西去森峰、南屏，看不够福地洞天。南往界牌、横岭，听不厌豫腔汉调；北走杨洲、畲口，望不见浩渺云烟。

赋成赞曰：

举杯把盏，咏吟千年盛举；
笔走龙蛇，书写世纪新篇。

天贶之什

辑二十

邹幽篁　摄 ▶

成善新　摄 ▼

中国的各种传统节日里，有一个天贶节，
是否告诉人们，世间的一切，莫不是天赐，所以要懂得珍惜？

天贶诗序

翁还童

一个上天赐予的节日。人们发明许多的节日，莫不是让人得到休整、调节，以符合自然的节奏与生命的韵律。中国的各种传统节日里，有一个天贶节，是否告诉人们，世间的一切，莫不是天赐，所以要懂得珍惜？

一个抵抗遗忘的节日。没有记忆，就不会有文明。此日晒谱、晒经，晒红、晒绿，晒存于箱底的珍藏，让过去的人物还有不常穿着的衣物，晒一下太阳，检点岁月，回望那些逝去的时光。

一个复习亲爱的节日。人间亲爱需要喂养，需要不断温习，以成为生活方式与习惯。山背鲁溪，保留天贶古风，此日有最盛大的热情。杀猪宰鸡鸭，做粑打豆腐，接戏班唱戏，把亲人朋友接来家中，过一次节，增长一分爱，要让温暖在人间。

天贶节，即农历六月初六，是一个小众的节日，许多人都不知道。赣北武宁鲁溪北屏、双新等村落，代代传承，把这个节过得比春节还要盛大，成为一种民俗。

今有余成刚君，以节日一样的盛情，邀约江南风雅颂文友，到北屏山下张岭村采风。在张庄欲仁堂，晒族谱，看茶戏，听挥公造弓箭、得姓传说，还有余家、刘家风流。观村中颐养之家，看老人娱乐一堂。访净明堂、登五星水库，得一方灵气。又有土菜佳肴，雅聚高论，让我们度过一个特别的节日。因以诗赋记之，感恩天赐人赐之美。

邹幽篁摄

族谱在阳光下

邹　冰

天贶节，我们在北屏山下的张岭村
晾晒族谱
阳光是最好的消毒剂
它会杀死霉菌和书鱼
也会抚慰人的心灵

我们团坐，围着族谱
族谱中的先人
他们的灵魂升上去
在更高的地方，注视我们
人与灵魂的沟通
借助阳光，在天贶节完成

终有一天，我们也会化作汉字
被人写进，越来越厚的族谱
不是每一位逝者都会成圣
我们也不会
阳光猛烈
我怕有哪位先人不能忍受季节的酷热
披头散发地从发霉的册页中跑出来

而我还在写着
写一篇
呈贡给阳光的证词

孩子，结婚吧
钥匙在窗台上
族谱在阳光下

天贶节，邂逅张岭

韩 峰

天贶节，渐渐被人遗忘
把一个节日重新拾起
来到张岭，晒书、晒谱
晒衣，晒一场敬天的仪式

七月的张岭
风从北屏山上来
阳光那样亲吻万物
一些虫鸣在草木间
像净明寺的钟声
为这片大地唱响梵音

古屋天井间
茶戏演员念念有词
似在对着那些
还能捏出水的石头
以及江河湖港中
久久不肯退去的波涛
进行温柔的凌迟

人间需要经书
经书需要翻晒
面对江南泛滥的雨季
余成刚更愿
掏出一副菩萨心肠
抛向天空，化为
一轮火辣的太阳

晒谱的村庄

子　清

河流经过的地方
必定孕育出村庄
山水转述的故事藏在族谱里
泛黄颤抖的页有如鸟的羽毛
虔诚地晾晒
似乎能把消失的鸟儿召回
一串串模糊的姓名从谱中滚落
没有爱恨,没有纠缠
没有铁石心肠
干戈都化成了玉帛
世间没有永恒的舞台
我们的名字又会被谁刻进族谱
多年后哪双手会在天贶节温柔地抚触着我
树根系在崖壁
族谱网着我们
村庄若还有河,就不会完全死去
家,若还有族谱,就会生出新的枝丫

晒

钟新强

六月六的太阳
宜用来晒人间的书
晒书,阻止虫子啃噬文化
晒书,把文章的水分晒干
许多书啊,都需
在明亮的阳光下曝晒
晒过的汉字,黑亮,硬实

撑起了灵魂的高度

六月六，有人晒家谱
那些墨笔书写的册页
摊开，晒在阳光下
把名字里的陈年老伤
流年里的霉运和贫苦
都慢慢剔除

相逢是天意，我只想晒写给你的诗
一首首，翻检出来，提醒自己：
有爱萦心头，我已然富足

六　月　六

王造梁

阳光像个淘气的小孩
悄悄从小小的天井漏下来
照在新编的族谱和旧袍上

老宅里唱起茶戏《七仙女》
唤醒了基因谱上的记忆
恍惚竹简和龙袍依然在阳光下熠熠闪光
妈妈的新衣裳和厚棉被装满了阳光的味道

钢筋混凝土的高楼里
早已容不下“陈旧”的习俗
流行着整齐划一的现代“文明”

我知道一切都变了
而六月六的阳光还在
天贶节遗留在我离去的高山

母亲的天贶节

付赛鹰

六月六
盆装豆腐钵装肉
这天母亲是最忙的

母亲用子夜的昏灯把硬脆的黄豆化成豆浆
用凌晨的月光把豆浆染成白白的豆腐
母亲把豆腐划成均等的小块
几块给公公婆婆　几块给儿子女儿
几块给左邻右舍
一大盆豆腐哪一块是母亲的呢

粗瓷大钵里装的全是大块肉
一块一块全是母亲的牵挂
几块给公公婆婆　几块给儿子女儿
几块给左邻右舍
一大钵大块肉哪一块是母亲的呢

六月六晒书籍
小人书作业本课本
红的绿的黄的
平的卷的破的
一页页都能翻开母亲的笑脸

六月六晒龙袍
大人的小孩的
发霉了的起皱了的
还健在的走掉了的
一件件都是母亲眼里泛黄的照片

晒出幸福康庄

叶海涛

青瓦土墙
烙印着岁月的记忆
阳光以万丈光芒
照耀在厚厚的文字上

人生舞台，色彩斑斓
阳光舞动的旋律
琴音悠扬

希望的田野
翠影摇曳
阳光晒出的汗水
一路微笑
相约在秋天的梦想

天贶节
阳光下的这片山水
是缔造者用大爱
恪守的富强

天贶节，在张岭

余锦标

一场绵长绵长的细雨
在张岭，正是季节的土壤墒情
当太阳从云里钻出
能感受到盛夏的温度
举目云雾飘散的峰岭

我望见成片的苗木、油茶
正齐崭崭地滴翠梳妆

沿着一支《牧羊曲》的笛声
在一座绿树掩映的小山丘上
我们找到一处老年颐养之家
或牌,或弈,或书,或琴
我想,在这民风淳朴的张岭
肯定不会再有"空巢老人"

走在张岭大地上
我感觉到一颗颗滚烫的心脏
正搏动着一个村庄滚烫的梦想

在 阳 光 下

徐立慧

精致的戏谱
放久了渐渐泛黄
甜美的果实
潮湿了也要霉变
尘封的故事
搁置了就容易遗忘

阳光是上天的赏赐
空气是,你也是
六月六这天
与其宅在朋友圈
晒美食晒包包
不如相约出来走走
在阳光下
晒一晒我们的情谊

天贶节赋

李飞亮

六月初六天贶节。该节起源于宋真宗赵恒。某年的六月六日，他声称上天赐给他天书，大中祥符四年(1011)诏以六月六日天书再降日为天贶节。山背人热情好客，自古以来作兴过六月六，同道应约到北屏山下张岭，大家一起过节，一时情景交融，拟就小赋云：

其为暑也，节生六月，时在三伏。天贶节乃天赐之释义，六月六是山背之民俗。晒书传于唐，玄奘取经水浸湿；天贶源于宋，真宗得梦降天书。

其为文也，道家称天贶，佛寺奉翻经，皇宫晒龙袍，不一而足矣。六月六，曝经书，曝书书不蠹；六月六，晒红绿，晒衣衣不蛀。世说新语，晒书日书香门第，炫耀者藏书丰富；康熙年间，朱彝尊满腹经纶，晒太阳袒胸露肚。开来继往，文友下乡题诗句；承先启后，族贤相聚研族谱。

其为俗也，农民歇田畴，织女释机杼。赫赫炎炎，太阳若火可燃烛。烈烈晖晖，地头晒得新麦熟。六月六，吃新谷，农人曾供土地之神；六月六，盆装肉，村庄有敬客之俗。割麦发粑，水煮豆腐，极尽地主之仪重；杀猪宰羊，大碗喝酒，标榜东道之礼足。

其为节也，六月六，高山辣椒忙上市；六月六，山背川芎大丰收。人喜辣椒钵，品一口甜中带辣，敬我朋友三杯通大道；更爱川芎茶，干一碗和血补脑，祝你来宾四时增康寿。最难舍，山背谷酒，丹参炖汤，辣米防疫中草药；噫吁兮，张岭新村，若霞若锦，草根创业写春秋。

成善新摄

辑二十一

小满之什

韩　峰　摄 ▶

成善新　摄 ▶▼

温饱无忧，精神追求得小满；

思想喂养，独立思考得小满。

人生没有大满，而精神院落有霄壤之别。

小满诗序

翁还童

小满是节气。农耕时代，人与自然相亲。四季轮回里，人看到夏日立稳脚跟。山间油桐，白花耀眼；田野庄稼，蓬勃生长。麦子抽穗，小得盈满；荷叶新出，半铺水塘。门口桃李，长成青涩；架上王瓜，开园新尝。

小满是孩子。太平世，山水郡，农家院，生一群儿女，最小的乡下叫满，男孩为满崽，女孩为满嫪。时代的泥巴，覆盖许多的词汇。此生最大愿望，是有一个女儿，名字叫小满。

小满是人生。不满是人生常态。动乱年代，苟全性命为小满；饥饿岁月，食堪果腹为小满；温饱无忧，精神追求得小满；思想喂养，独立思考得小满。人生没有大满，而精神院落有霄壤之别。

小满是哲学。小满是花未全开，月未圆满；是知足之足，可以长足；是美人的犹抱琵琶；是山水画的留白；是眼前有路知回头。回头不是肉身的叶落归根，是在唯物的世界寻找精神故乡。

庚子小满前三日，刘芙蓉君邀约同道雅集，采风横路。车行山间，乡人指点，山水村烟，人物风流。一路迤逦，集于回头山。林间漫步问道，道场品茗清谈。宫中斋罢，抬眼望见日晕，久久不去，似助佳兴。得赋比兴一辑，献于小满及钟灵毓秀之乡。

曹夕颜摄

小满，我希望你问我关于回头山的一切

张 雷

一

我不知该如何描述我的满
去冬的叶落了一地，林间的路就满了
从黄昏到第二天的凌晨
下了一夜的雨，河就满了
热气从地底向上蒸腾起来
山里的草木气息也充满了

枇杷的金黄满了
栀子的白满了
花朵开到极盛凋谢，枝头的蒂也满了

我在山顶漫游
想起你时我的爱意也满了

二

我希望你来问一问我关于回头山
的一切，它的海拔和高相不相称
它的界限和丰富是否让我哑然
它的钟鼓曾经有几千斤重
谁曾经敲响它们　声音激越
曾经惊醒多少尘梦里的蝴蝶

问我惜字亭上消磨的字迹
谁的手一刀一刀凿出
问我是否珍惜断句残篇
如蚌间的明珠

问我半月池如何诠释宗教的小满
优游的金鱼是否理会子非鱼的诘难

问我什么样的悲悯可以筑成一座孤魂台
问我章真人的塑像为什么要隔着木格
从圆窗里露出慈悲像

问我他第一次看山不是山时目光里在摇动什么
当他离去又回头,回头又离去
他的行囊里挣扎的道心是什么

问我他的脚踩出井水,能不能踩出花朵
井水为什么干了,又为什么满
春天的樱花开了,为什么樱桃无人采
林间的小路谁滑了一跤,谁在岔路口彷徨

你问我关于回头山的一切
我告诉你
我曾匍匐在它的脚下
祈祷你的幸福与我相关

野樱桃的滋味

邹　冰

小满,野樱桃成熟
我要你陪我,去回头山
尝野樱桃的滋味
而回头山的你
更喜欢
落果的声音

你心有惑,怕苦

每日一边食药一边蘸糖
你的山间，唯有落果

散落林间的野樱桃
小小的果实深藏尖锐的硬核
大小和尺寸
适合做对襟衫的襻扣

人世总有丰厚
且待我不薄
我愿世界，突然变得安宁
像初夏的山谷

就这样守着你
用一天的时间，听
细小的果落下来
落下来
樱树高大，樱桃要很久
才落入掌中

因为期盼
我准备来年邀约
一树繁华的盛开

听，小满的声音

刘芙蓉

抽一个闲暇时光
来山中探索
自然界的各种景象
听，拔节的、灌浆的、嗡鸣的
小满气候的生命张力

任这一份丰盈
一步步侵袭、充沛、涤荡
我们的内心

抽一片闲暇时光
邀三五同好
走过夏日回头山的山间
抚慰的法音里
我们就成了森林

琥珀色的野樱桃
在阳光的照耀下
晶莹又诱人

喝一杯山泉水泡的高山野生茶
倾听老故事、旧传说
小满未满里
有的是生命的欣喜
有的是精神的圆满

回　头

钟新强

一个浪子是可以回头的，从赌场
收回脚步，在盆里净手
任由贤妻暗中取走存折
让自己没有本钱再踏雷池
把履历洗白，重写人生

一个游子是可以回头的
外出创业，把异乡的岁月

打磨成熠熠生辉的银子
满载而归,办工厂,反哺家乡
游子一回头,家乡的那口古井
就笑出了新鲜的涟漪

你背着行囊,步履匆匆
情知你走在前进征途
而我只是想你稍稍歇息
我在后面喊:“请你回头”
你停下脚步,为我回眸一笑

后来,我找到了一种方法
可以让走远的日子,回头
每次与你相见,我都拍照
闲暇翻阅照片,放大时光里的细节
拥有值得回忆的日子,才算活过

醉人的小满

子　清

这个初夏没人给我写信
只有远方寄来一些云朵
形状、颜色各异
雏菊、满天星在原野中自在而美丽
他们才不在乎世人妄测的花语
枇杷、杨梅日渐饱胀
如涨满风的帆　等着送达香甜
蕨在铺展
卷曲的触角在努力攀附什么
苔藓撑开绿色的大裙摆
才旋转了两圈
栋石也跟着颤抖

无边的欢喜在林间弥漫
恰逢你无心的路过
所有的花都开了
召集纷纷落下的花蜜
酿一壶叫作小满的酒
赠予你
我不信　你不醉

回头山遐思

付赛鹰

白云深处是回头山
这里,鸟鸣是脆的
一声声,从树上从山顶
从翘檐的走兽上滴落
片刻悄无声息

这里是寂静的
似乎几百年以前就是这样
敦实的石门、古拙的石刻
看不清字的壁碑
鎏金的菩萨告诉我
历史在这儿静静地流淌

我不敢说话
我在佑圣宫轻移脚步
我想记住每一位菩萨的面相
我想知道他们的前世今生

我仔细端详章真人
他似笑非笑
似喜非喜

似愁非愁
似愠非愠
我想如他们一样
每一位善男信女都想问天机谶语

可是章真人
你为什么不开口呢
你的缄默就像爷爷一个永不抖开的谜底

只有两片竹筶在拜台前啪啪蹦跳翻飞
仰俯之间、阴阳之间
让你我一次次回头

小 满 人 生

叶海涛

给忙碌一个小小的空间
不要太满
去践约一次蓝天白云

给愿望一个小小的遗憾
不要太满
去坚持一个真理

给爱情一个小小的距离
不要太满
给自己留一半的缝隙

给回忆一个小小的拥抱
不要太满
去斟酌一壶茗韵

给成长一个小小的感恩
感恩世间万物
感恩小满人生

回头山上

韩　峰

去回头山的前夜
她再三叮嘱
一定要我登上回头山
替她一览众山小
替她把所有的山
都看成是不易变的人
海未枯，石不烂
青山不会旧

昨日回头山上
巨大的日晕悬在天空
像上天抛出皇冠
引诱我供出多余的野心
其实，我已没有更多的力气
也不想长成替别人庇荫的大树
回头山上，有大面积的绿尽染层林
我行走其间，只想一路走到黑
只想在山中遇一场雨
好就着一阵钟声，洗心

昨日之我是小的
明日之更小的我
只想陪她，在一座可以回头的山上
搭架秋千。夕阳落一寸，我们就荡一下
直荡到群山拦不住一轮落日

然后回头，转身，牵手
走进黄昏，走到一双影子
与夜色重合，贴紧

小满时节

夏　娟

村中老汉
对着延伸远方的寂寞小路
一圈圈烟雾缭绕

篱笆墙内西红柿挂果了
豆荚花开
青涩的杨梅果互不相让挤满枝头

他备好一盅浓烈的山背谷烧
细品农家小满的味道

永别了老伴
孤独不好向谁说
最幸儿女孝敬

邻居顽童追逐嬉戏的笑声四起
无奈老汉，归来喜悦的等待
如往年，将要持续到年底

他要再来一盅
品读人生如节气，无大满

小满赋

李飞亮

农历四月中，节令谓之小满，乃物至于此小得盈满也。江南风雅颂文友集会于回头山佑圣宫，一路顺泥山、林业二村采风，领略农村风光，探秘农家风情，遂得一赋。

夏有小满，油菜熟黄，蚕豆饱肚，冬麦灌浆。榴花妖娆，描火红之烈焰；蔷薇妩媚，绘清丽之气象。新竹开箨，时来沾袖之喜雨；满地嫩青，常有落天之轻飏。彩蝶纷纷，恢舞盛世之怡色；群蛙声声，奏报丰年之乐章。花看半开，似腴非腴之容；酒饮微醺，若醉若醒之状。

还看遍野涌绿，把握岁月；已知满地落红，珍惜时光。追肥护苗，风雨舒和以开新景；休锄敬土，查缺勤株而补禾秧。薄雾初生，流霞晚照于欣翠；细雨晕染，落英彩炫乎花香。竹林含碧，漫野推风景之画；山莺衔翠，轻巢贮幽兰之芳。

至若万物相生，互亏互旺。江河浩渺，喜其不溢；蔬果虽熟，喜其正香。故天时之美，在随行旷宇之中；地利之便，存于拾掇荒落之间；人和之重，归结于点滴平常。人有所居，偏安衣食三餐；出入斗室，却有满屋书香。来之往之，与君共歌赋之乐；行之乐之，和夏同朝夕炎凉。

成善新摄

辑二十二

樱花之什

成善新　摄

唱出世间樱花最美的歌，
请从太平山开始。

樱花诗序

翁还童

世间钟灵毓秀之地是少的,就像生命中多的是庸常。庐山西海北岸有太平山,以道场供肉身真人、出产高山野茶太平红闻名。山阳海拔九百米处,有村庄遗址名上螺丝田,整个屋场被樱花占领,与周围山野的樱花融为万亩花海,今称樱花谷。一座能修成仙人的山,会在其得天地之灵气的草木上表现出来吗?

一朵樱花从开到落只有七日,一树樱花从绽放到沉寂只有半个月。美丽经不起等待,所以要跋山涉水到山上来看她。相比那些园子里的樱花,其树色更深,其花色更淡,因为低调,所以能耐高寒。这样的漫山遍野,又不免张扬,是要不顾一切告诉大山春的消息吗?漫步花间,时闻蜜蜂嗡嗡,山鸟啁啾。白云仿佛亦有爱美之心,常来亲近。樱花开在这里,其实并不寂寞。

《诗经》以草木虫鱼起兴,言植物凡一百三十三种,不见樱花;《楚辞》多嘉木香草作比,有植物一百种,亦不涉樱花。后来歌咏,偶及于此,却多为樱桃。是樱花不够美丽吗?是樱花没有芬芳吗?是樱花果实不甜吗?是被桃李抢去风头吗?是子期已没,世无知音吗?是最深的爱,相忘于江湖吗?几多花问,化为一声叹息。

一切美好的相遇,有如白娘子的千年等一回。而今太平山的樱花,亦是天下的樱花,在二〇一九年的春天,终于有人相知相怜;唱出世间樱花最美的歌,请从太平山开始。

成善新摄

太平山，山樱花

韩　峰

春天里，太平山的腰部
山樱花狂野地盛放
高过云海的花朵
风骨持续深入泥土

当我用仰望的眼神
洞开云朵，看见
那片花海正以澎湃之势
在眼前，在枝头，在风中
超尘脱俗

山樱花，是祖爷拂下的神谕
放在三月，放在樱花谷
只为众生解开一颗颗凡心
与花同开
以及神示那些沉默的生命
开始不屈地鹅黄嫩绿

只是，久囚尘世的我
眼里满是繁花
却听不见另一种风景
正在磕破厚土
拔节，欢歌

一棵樱花树

张 雷

我们把神性还给樱花吧
把村庄还给那个检屋的老人
把花香还给茶汤和水
把命运还给春天
在太平山,我遇见一棵樱花树
长在废弃的村庄里
无所畏惧地伸展着肩膀
敞开心扉
大大方方垂着去年被冰雪压断的树表
献祭一样绽放无边的光华
没有一朵花紧闭
没有一朵花飘零
如钟声一响
如烟火一瞬
如神谕
它揭示生之为美的途径
它揭示虔诚
它揭示芸芸众生耽于恐惧和平庸的相形见绌
它揭示青春与烈火至高无上的美　它晓谕我映照自身的悲喜
悲喜俱是愚妄而拙劣的隐藏
一种无土根植的欲望
无力盛开
也无力释放
在神的面前轰然委顿
脱落,一树花朵
看完樱花,我们转身离开
没有察觉神放下帐幔
我们总是后知后觉
迷雾从幽壑衔环升起

如奏命运的回旋曲
漫山的青翠与粉白暂时谢幕
只有春天的疑问在涌动
我无所畏惧
我已经接过了光芒万丈的神的火炬
那是一棵樱花树交给我的
那是无所畏惧的灵魂交给我的

太平山樱花传说

钟新强

传说她本是太平山下一村姑
天生美貌,爱穿绯红衣
深深爱慕着,太平山苦修的章道人
为他煮饭,为他洗衣,为他送茶水
只想每天听他诵经,看他舞剑
不想他成仙,只想与他红尘相恋
她唱着打鼓歌,声声唤情郎
她的爱,那么热烈,那么决绝
无奈章道人一心向道,志如磐石坚
她郁郁而终,临终发誓
要化作千株万株樱花
永远陪伴在情郎的身畔

传说太平山从此有了樱花谷
一株株白色的、粉红的、深红的樱花
都是痴情女郎的化身
层层叠叠的白
簇簇拥拥的红
每当春风轻轻吹拂
樱花就纷纷扬扬
高山流云,漫天樱花雨

石子路上，遍地是飘零
走过的人啊，请轻些踩
那不是花瓣
点点都是情人伤心泪

樱花，你的风情藏在岁月里

张雯哲

传说，你有几千年的历史
暗想，你乘着秦皇汉武的金戈铁马而来
转眼，盛放在大唐婀娜多姿的霓裳羽衣里
穿越，异国的乡村山野与游人相遇

粉色的樱花如春天滚烫的红唇
情人的梨涡浅笑在太平山的林间
一场少女迷梦，一场春之恋曲
你终于做了季节的主角
山樱花未稀，丽色映珠玑
双影共相伴，同心莫相违

白色的樱花堆积如白雪，风姿绰绰
千朵万朵压枝横斜，暗香隐约
三月的太平山，有一场场樱花雨
最是花下那低头一笑的温柔
何止赏花，赏花人更是一景

我隐约听见，一朵朵花瓣的流浪
地面的粉白绒毯，最终如尘埃
可知这一缕缕芳魂，如黛玉葬花的宿命
离开枝头，才让她们有了最美的风情

花开的时候，我想你没有原因

如雪白的月光倾泻在山谷里
如一道道血液变作苍白的色彩
在心头刻画自己的美丽
去看樱花,最尽情绽放的花朵
如没有机会变坏的爱情
都留在昨夜
总有人会径直奔向你
送你一世不会凋谢的樱花

太平山樱花恋歌

邱小波

这一天,是一段惊艳的时光
遇见雪白的容颜
这一天,是一个曼妙的日子
那样的香,那样的暖
这一天,是一个温馨的春天
遇见粉红色的惦念
这一天,我的心事升级,飙升到疯癫

归来,无眠,彻夜的无眠
窗棂外,风翩翩,雨涟涟
樱花哟,你的小伞,挡不住山雨的强悍
我的心哟,在雨夜,为你牵念
一句句、一行行献给你的恋歌
跃上心头,攀上脑巅

如云如雾,如梦如幻
我的心,我的血,早已溢出了胸间
在这阳光和煦,兼具烟雨迷蒙的樱花季
有点凄然,写满浪漫
太平山樱花哟,我无声地喟叹,无法娶你回家

愿你，芬芳到四海，磅礴到天边

风吹散的爱情

王造梁

红色的录取通知书
在没有花的八月
送到你家
我变成村前鞭炮的一地红衣
将你送走
你说我们可以默然相爱
风会传来你的讯息
我便常常独坐山头
看风看水看一树一树的花开
看我们儿时共同的风景
还有你留在风中的气息

一年又一年
等风等你
终于等来你要结婚的消息
你曾说过
我是你的意中人
反复读着红色请柬上新娘的名字
无法相信自己的眼睛
哆嗦地戴上母亲的老花镜
原来健康的眼睛与眼镜并不相配
所以我不怪你
太平山的樱花惨白地落了一地
那是风的叹息

樱　花　雨

夏涓沅

等风醒来
樱花落尽阶前
沾满了一季相思
人在树下走
陶醉山谷
春风荡漾着
像天堂飘来的白云

幽香的樱花
千朵万朵　透过云间缝隙
窃视着画中
花中仙子　从风里走来
拂舞轻纱
回眸一笑

风跪着
擦肩的柔情仿佛触及我的神经
那浅红的羞笑
点燃了
久违的心跳

太　平　山

邹　冰

我来之前，清风已经到来
群山横卧，如同摊开的底稿
伟大的典籍，从来应该由大山书写

纵深之间，镌刻进历史的宽度和深度
山间，你我如落叶沉浮
凋零　坠落
美到极致便无须言说

这不是我要说的，我要说的是鸟雀
各自鸣叫，华丽的羽衣迎风展开
我是说，鸟雀每一次飞翔
都是一次抗争，对云的渴望

野樱花悄然绽放
迅速占据盛大的空间
九曲回旋的山间
一株怒放，另一株的凋零寸步不让
不能确认风的存在
但确实是风的杰作
瞬间的樱花
永恒的失落

暮色渐沉，太平山如黛
那寂静，从不曾与人分享

袅袅余音
来自古老的宫殿
引领我们进入另一境界的旅程
迷途
而忘返

野 樱 花

张国扬

白色的火焰
燃烧
青春的激情

雪浪
一堆堆
淹没山谷
覆盖山岭

生命的季节
烂漫，短暂

大山的魂魄
一年一度
总是，被春风吹醒

成善新摄

太平山樱花赋

李飞亮

2019年3月29日，应翁还童先生之邀，并江南风雅颂诸友，赴武宁甫田乡太平山樱花谷一游。万般感触，皆入此赋。

晨发花讯，慕盛名而神往；兴之所至，缘甫田而相向。心中忐忑，感先生有约愧难胜任；座上同道，念众友相携不负春光。

驱车路塞，原来左右皆客访；拱手相问，不是山间种茶郎。三五摄像者，气定神闲抓拍朝阳；摩托驮人者，腾挪避让喇叭鸣响。逶迤十里，好一派三月踏春熙熙攘攘；连绵无数，自一番清明上山情景试放。一山花红引得群情激荡，古村石羊迎来万众匆忙。若非人欢马炸，以为纷传虚妄；幸亏亲身来赴，方知所见不诳。

无人机升航拍，缭绕飞翔；盘山路如彩练，若飘若荡。俯瞰春花沐和风，仰望高乔挂月朗。若银汉之灿烂，溢彩流光；若画卷之恢宏，龙腾云祥。春风遍拂偏僻之境，央视播报繁华之壤。风驰电掣以长驱，心怀愉悦；观光览景以兴生，胸发赞扬。

螺丝田畔，两侧绿树掩农舍，旋山路而张望；樱花谷里，双目无暇顾美景，寻芳容而心狂。十八弯蜿蜒未尽，豁然开朗；数百丈卵石小径，道是羊肠。一枝竹叶浓滴露，万朵樱花红满岗。谁家仙子遗玉瓣，散入人间织霓裳。万抹红透垄上去，一点染做村姑妆。红做媒来粉做妁，骚客早有笔飞扬。从春风以摇摆，逐放词而心浪。独绕樱树徘徊，瀑泉尽付流殇。暮春花开次第，皆赖东君所仰。春风有大爱，天地无私藏。有女娇作态，绿裙依傍；撷樱目似瞑，红晕脸庞。极目葱茏处，星罗棋布；放眼太平山，霞蔚晨光。

古来万物绘锦绣，如今满目尽琳琅。樱花笑素口，三月最风光。今携古筝传心曲，悠然而吟唱；樱语古韵起石羊，欲辨两相忘。回眸汉服秀，俊男挽粉娘。结伴樱花客，千红涌雪浪。山乎，重峦叠嶂，万顷回廊；路乎，车水马龙，穿梭来往；人乎，自在如画，蓄满心香。一缕春色，轻点眉梢，俏舞生命之绝唱。一季馨香，缤纷飘洒，品味流年之沧桑。云烟深处，花海竞放芬芳。时光纤指，弹落一地凄凉。樱花落尽春归去，每每惆怅；樱花谢了梨花发，岁岁秋霜。写罢此曲无吟处，纸短情长；掬尽东风表寸意，为你梳妆。

枣源之什

辑二十三

邹幽篁　摄▶

韩　峰　摄▶

邓京丽　摄▼

人创造出许多禁锢自己的价值，
不在其中的人，有一种旷达。

枣源诗序

翁还童

神灵的作品。造物是巧匠，可以把大地搓圆捏扁。大自然不喜欢整齐划一，山水绝不肯雷同。马鞍、牛岭两山游走，围成一方田畴，四围山色，许多溪涧，汇成一水，一时商量从哪里出去。神说北有长江，于是放开一个缺口，奔流而去。山里的水，总是低调，尽管路途遥远，也要拥抱海洋。

村庄的来历。山间产煤，古称礤源。如此陌生，仿佛暗示着某种命运。就像一个人用生僻字取名，人问尊姓大名，总要解释半天。旧时乡间识字人少，口口相传，礤源变成枣源，不唯简易，也有生气。地名志上说，村以枣树得名，或是望文生义，或是想当然，就是没有问过村里人。

地理的经纬。吴楚交界也好，赣鄂边缘也罢，人创造出许多禁锢自己的价值，不在其中的人，有一种旷达。村里人翻越天尊山说去江西，沿枣源河出山说去湖北。天地广袤，其中之央，自在我心，山野村夫，亦有这样大气。

时间的容颜。上陈的几座老屋前，村人讲说战时风云，指点三县政府，四十八道机关所在。走进一座旧房，雕花床榻，吊着蚊帐；洗脸架前，堪可梳妆；灶下炉罐，旧时模样。时间在溶洞的钟乳石上显现，在村口大树的年轮里显现，更在人的物件上显现。守旧有一种自信，追新常失去自己。

雅聚的缘起。庚子仲夏，节令夏至。子清发起梓里采风，地方应约组织，同道王怡荣、袁世忠、胡久雄、陈勇、陈世清等，凡三十余众。驱车越南皋山，会聚泉口。结伴过楼下，登红旗水库大坝，看山间明珠。爬天尊山，观高山香榧林、绿色草甸诸景，蔚为壮观。往北翻越天尊山，集于枣源。田间禾苗摇曳，屋场紫薇初开。马鞍山下探溶洞，上陈老屋说古今。周氏宗祠宴宾客，浊酒一杯抒豪情。午后，天现日偏食，太阳在云中穿行，先变成弯月，再变成指环，日月奇观，似为此日之见证。

诗赋的记录。从细小的事物中发现宇宙，是人类的智慧；于田园生活中审美，是中华文化的传统。一方风雅，偶然采拾，献给夏至荣盛的村庄。

请不要问她的名字

子　清

家乡那缕已瘦弱的炊烟
每一天都在努力升起
她用她的婉约
发出隐秘的召唤
远离故土的人儿如何抵挡这原始的诱惑

车行如同履行一场敬重的仪式
当车子缓慢地爬行在天尊山
近乡的情怯安抚了平衡觉
满眼的绿足以喂饱思乡的眼睛
白云深处的人家被群山环抱着
好像她正在做一个安稳的梦
不屑于抖落曾经的胸怀万千

每一条沟每一道坎都有她动人的传说
黄连龙的山坳里走过一位撑伞的女子
她的婀娜只在某种雨天出现
雷打败的土地上散落着几箩筐的铜纽扣
那是黑蟒蛇怪吞下的疼痛

飞起的一角青色屋檐
把我送到了时空的交汇处
马头墙的祠堂也曾活色生香
戏台上有唱不尽的悲欢离合
天井里蓄满了人世的雨雪风霜

狮子滚球滚出一位抗日名将
螺蛳吐肉吐出一名仁爱县长
十八人塘的忠魂守护着村庄

带来瘟疫的红眼鱼曾逆流而上
马鞍山洞的石钟乳在黑暗中闪着银光

远去的茶灯戏播放着大山的夜
历史的情绪散发在乡间
自有她的千姿百态
在她生命的湖泊里
倒映着多少鲜活的灵魂

只管去听那时代的足音
只管去感受那久违的脉动
就是不要问我家乡的名字
因为啊,每一位游子的心里
都有那一缕晨曦夕照的炊烟

回枣源

邹　冰

枣源是我的村庄
藏在深山的枣源
有绿绿的山,绿绿的水
绿绿的草甸,绿绿的田野
在枣源,随手一抓就是一把绿绿的鸟鸣
有时候,枣源把我的梦也染得绿绿的

回枣源的路盘旋在山间
满山的香榧树茂密地诉说着,乡间传奇
香榧林外,隐藏着老屋沧桑的身影
刚打开家门,突然从天井深处
传出响亮的一声:回来了? 女伢崽
这声音撞得我心跳加速
让我的耳朵又惊又喜

你有多长时间没有回家了？女伢崽
枣源这个名字你快陌生了
快去小溪边照个影
看是瘦了还是胖了
脸蛋上是否还有离家时的顽皮与天真

初夏的风
凉爽地吹过丰收的土地
在枣源，来自林间的微风
足以让记忆倒退，让时间停顿
迎风而立
从天空落下的鸟鸣湿漉漉的
你唤我的声音也湿漉漉的
不知什么时候我的眼眶也是湿漉漉的

她是枣源

付赛鹰

她就像一位村姑
不施粉黛，草履布衣
在似乎处于空间之外的深山
打理日月晨昏

她野性十足又安静无比
她光彩照人又朴实无华
她是绿色的又是黑色的
她是黄色的又是白色的
她是裸体的又是封闭的
她纯洁单一又变幻无穷

她是枣源
她是吴楚相接的枣源

是一江春水向北流的枣源
她是游走在田间地头
说着湖北话的江西人的枣源
她是外形像碗里面盛满谷物芬芳的枣源

她是枣源
是日本人蠢蠢欲动而始终不敢入关的枣源
是三县政府临时驻扎的枣源
是散落过若干个弹壳
埋葬了无数爱恨情仇的枣源
是远离尘嚣而一度繁华空前的枣源

她是枣源
是淌满了血水、汗水和泪水的枣源
是高山再高也挡不住本地人目光的枣源
是山路再陡也挡不住男人女人脚步的枣源

她是稀世古董等你来赏识
她是高山野茶等你来慢泡
她是遗落的璞玉等你来精雕细琢

妈妈的老家

陈一航

我妈妈的老家
是白云的老家
白云把山峰当作滑滑梯
玩得特别开心
一阵风吹过来
把他们的脸都吹黑了

人们却高兴地喝起酒来

水里的鸭子拨着红掌
欢迎新来的朋友
稻田里的秧苗也迎风起舞
河里的水给人们带来清凉
这就是我妈妈的家乡——枣源
她的童年虽然平凡
却是快乐的
我多想在枣源的河上
遇到童年的妈妈

在枣源想你

钟新强

四面群山俯身，小心照看这个村庄
流水的琴弦，把日子弹得绵长

漫步村里，我在想你
这么好的空气　我却不能与你一起呼吸

处处秀色可餐
我用手机偷藏了一点
发送给你品尝

马鞍山有一天然溶洞
我钻进去一半，就折回来
你不在身旁，我逞勇给谁看

村头村尾，挂满故事传说
随手摘一个，都可以用来下酒

这天中午，祠堂里的酒筵真丰盛啊
那份浓情，需用很多的日子来消化

枣源的夜，比别处提早一个时辰降临
星光下，每家都有良好的睡眠
你该来啊，在这儿学会早起早睡
不再熬夜，免我心疼

不要怪我

胡久雄

泉口啊，不要怪我曾说您是“那边江西”
多少祖辈没翻过您坚冷的背脊
叫它“天尊”是表白对您的既敬且离
一条流向湖北的狡猾小溪
趁机讨好着周氏婆姨
还有多少陈家儿媳
都随它出入于归

枣源啊，不要怪我们曾似把你遗忘
那“天尊”入云横挡住了吴艾的凝望
我们也试着绕手荆楚抚摸你的心房
幸好那里是“无论魏晋”的温床
双子溶洞亿万年一直等着用上
陈、余、冷家大屋容留三县国民政府抗日救亡
你也从不曾到处流浪

此刻啊，不要怪太阳也羞见而隐去不现
跨越“天尊”有星月要缠绵千年
庚子夏至有山外雅风吹来颂篇
你俩恰似一颗星星拱着一轮月圆
小溪北去看起来开始迟缓留恋
太阳照起正好随一条天路向南
那里也许有更旺的泉源

枣 源 之 缘

徐立慧

曾无数次错过枣源
譬如，路途遥远
譬如，未识子清

她把自己藏起来
深深的，连战火都寻不着踪迹

一群慕名而来的过客
在云层之上漂浮
又坠入人间烟火
醉在十八道菜肴不知归处

在枣源，有个女孩问
妈妈也曾在这条小河嬉戏吗
年幼的子清在水花中笑意盈盈
我看见一个女孩
再一次，踏入了同一条河流

枣源，那缕炊烟那束光

韩　峰

这些年，村落走过很多
所到之处，田还在耕种
人已苍老，一些路打上死结
走得越多，越担心
村庄会失语，会荒芜

守在村里的枣源人越来越少
年轻人去了远方
剩下一些老人
还在荷锄走向田野
那里的杂草又长了一些

多少次，空山没留住落日
月光乘虚泻下一地
村庄的孤寂便疯长
长势比炊烟高，比暮色阔
一阵犬吠，余音袅袅四野
远处的高泉山
在几声鸡鸣的尽头

我想，守村人会深爱风起时刻
只要风起，无论风大风小
丝茅草总爱往丝茅草上挤
发出的声响似一声声
可以彼此慰藉的暗语

在此深居，坚守，日日面对
高泉山高耸孤傲的背脊
守村人眼里的光却无比坚定
我深知，这光是火把
用以点燃炊烟
如同那出村的山路
弯弯绕绕伸向云端
成为远方游子回家的方向

枣源探幽

邱小波

孤零零的老屋，如烟往事在其中潜藏
一群含羞的白鸭，畅游在屋边潺潺的水流上
绿油油的田园，双眼，被诗情画意洗亮
健壮的老牛，反刍着辛劳与沧桑
亮堂堂的新祠，如歌的日子在其中荡漾
鹭鸶，在绵绵云雾中飞翔

枣源有奇洞，心思奇痒，脚不彷徨
热汗滂沱，我站在了马鞍山的脊背上
入洞，泉水叮咚，马鞍洞仙风沁凉
鸟鸣的小神鞭，抽打着沉睡中的悠远时光
出洞，一轮嫦娥幻化的弯弯的“月亮”
揪开乌云，播撒着囫囵的太阳鲜亮的光芒

在枣源，一个身凉意暖的地方
尽情聆听，鲜花绿树边的山歌唱响
在枣源，一个安居乐业的地方
尽情平视，朴实的农人眸中纯净的眼光
在枣源，一个心醉神迷的地方
尽情享受，村人的热情、大方与豪爽

枣源赋

李飞亮

十姓肇基，纪年成化。襟四塞之要冲，盛衰攸系；控九庄之阡陌，农桑兴家。北配马鞍，地处吴头之胜概；南牵牛岭，位区楚尾之殊佳。

初时枣源，曾有磲源之史迹；改磲为枣，是以谐音喻发达。南昌府武宁县其所归属，升仁乡十八都其所管辖。保甲至大队历称枣源，改革而村组今归楼下。看似弹丸之地，实乃落天之奇葩。村庄依山而建，故有围畈而居家。一脚跨两省，难辨吴楚话。一路带一水，非故即亲家。风俗同一源，人情惯酒茶。鸡犬每相闻，茅舍傍篱笆。

战时枣源，固若金汤，鬼子望而却步；机关重重、险中求安，密探谅难攻打。武汉会战，瑞昌、九江、德安三县政府官员，避难于此地；非常时期，康部、保安、游击三种武装兵营，布防而驻扎。银行、医院、邮局可谓应有尽有；商店、学校、餐馆又显几岁繁华。

枣源物产，名满赣鄂边区；煤炭资源，销售万户千家。开采简易，矿井星罗棋布；仓促上阵，煤笼遍地开花。以其热，或烧石灰或炼砖块；充其量，或造农具或煅刀叉。矿工、挑夫络绎不绝，买煤贩运黑金纸马。曾有演戏说唱之喜悦，亦有煤井悲剧之坍塌。

枣源地灵，狮子滚球，螺蛳吐肉；更多人杰，将校军官，学士大家。一间茅屋，兰室先生天灯作联，灯因联亮；两楼书香，闻远观远兴教办学，传为佳话。一位乡贤引领开辟致富路，一名大师玄学传神满天下。此地有幸，长念布衣县官同吃同住尝菜粥；难能可贵，素仰草鞋书记考察民情攀山崖。

锦绣枣源，铺排图画。满眼百业勃兴，前景千里跃马。优优乎，通水、通电、通讯，现代气息交融；洋洋哉，硬化、绿化、亮化，绵亘屋宇人家。上承先人之潜德，自强不息，递传百代盛名；下启来者之睿智，与时俱进，谱写万世风华。

组诗之什

辑二十四

成善新　摄 ▶

邓京丽　摄 ▶▼

风起时，我们衣袂飘飘。
走在古艾大地之上，
给河流取名字，给山川记故事。
有时拾起天上掉下的诗行，
编织成花环，
献给美丽的乡村，
献给苍茫的人间。

诗序三题

翁还童

石渡诗序

戊戌仲春，时近清明，诗人钟新强邀约梓里踏青。西海岸边，柳山脚下，有本邑千年文化之积淀，亦有秀美乡村之风光。汉代古城西安，现是一个自然村庄，不见断墙残垣，只见一片油菜花黄。唐朝新县遗址，尚有一口古井，满坡蒿草。田野一人一牛耕作，几近羲皇上人。石渡老街，村人指点当时繁华。屋场老樟，见证熊家太婆传奇。新峰寺为本邑最早寺院，已毁重建。柳山书院，屡建屡废，未有传扬。人世沧桑，山河不老。庙堂喧嚣，乡村静好。把酒言欢，酬君浅唱。辑录诸君佳作，不负美好时光。歌曰：

江南诗人钟新强，呼朋踏青到家乡。
一邑风光柳山下，数朝故城西海旁。
李唐新县遗古井，汉魏西安菜花黄。
石渡老街依稀在，新峰古寺重开光。
田头古樟堪作证，熊家太婆美名扬。
几多风流淹岁月，三番问询起彷徨。
网上常见硝烟起，乡间唯闻草木香。
感恩诸君风雅颂，情慕兰亭江水长。

宋溪诗序

宋溪在修江北岸，南皋之南，隔庐山西海与武宁城相望。其地在宋家段，有溪北来，旧时为古城北郊。水淹古城，村庄形成集镇、码头。县人喜用溪为集镇名，北有鲁溪，南有罗溪，西有澧溪，东有箬溪，清洁活泼趣味，悠然神往。一镇新立，位在邑中，因改村名为宋溪。世间风景，求其全美，亦是人之常情。

洛阳龙门有伊水，江山胜迹。江南宋溪有伊山，壮美风光。古有商代名相伊尹后裔来此隐居，乱世逸人，古传佳话。今有乡贤刘堂江出山，而成一代教育名家，道德文章，足堪型范。古来好山好水，必有人物精华。

戊戌初冬，同道三十余众，应邀宋溪采风。雅集座谈，文友高论。黎青致辞，言地方人文，如数家珍。王权高格，归隐王埠。余侃族旺，一门朝官。丁令威归里成仙，辽东山遗留传说。一方宝地，人物风流。王怡荣寄语，讲武宁报文化担当。乡村系列采风，创建文化品牌，传承一方文明，建设精神家乡。诗人钟新强，热情讲说王埠之前生今世。美女潘阳阳，优雅演绎茶道其源远流长。人道亦如茶道，安静、从容、优裕、平和，方能显现万物神光。

登仙姑山，访白云寺。高地难攀，可阔胸襟。不管是佛是道，都是予人精神加持。方家山上，观一邑风景。人们努力登高，原为取得俯视世间之力量。华夏水园，西海新景。山水之游，亲近自然。此地背靠双桥、东山诸峰，面朝庐山西海，村庄田畴，如在画里。

山川历历，草木黄落。迤逦东行，至西海岸边，竟然别有天地。巴巴山上，千亩油茶，白花绽放，雨中天地，亦觉明亮。漫步齐家田野，一川七彩花海，如主人热情，让人流连。还有南皋杭白菊，方家格桑花，荷湾油菜花，并非错过季节，世间草木，亦有本心，只有能耐寂寞，才可不同凡响。

秀美乡村，引人诗兴。天地文章，采风偶得。辑录刊发，求其友声。幸甚至哉，为此小序。

桃花诗序

照亮爱情。两千多年前，中华文明的繁花初发。一树桃花映照一位美丽少女的出嫁，惊艳了一位无名诗人，那无比灿烂的影像，刻进一个民族的记忆。从此，领袖群芳的桃花就明媚了汉文化的世上人家。

照亮向往。自有人类社会以来，人心中都有一个理想家园。陶渊明的桃花源，最是深入人心。那种脱离丛林价值的社会，人们仿佛生活在时间之外。这个只有人的价值，而不会有朝代价值的地方，其标志性风景是桃花林。千年的落英缤纷里，并没有找到一条蹊径。

照亮世象。春风桃李，花开之日，相映人间多少美丽。那三国刘关张愿同生死的友谊，那李唐三千宠爱在一身的爱情，那黄药师的绝世武功，那林黛玉的纯真香冢，花谢花飞里，让人掬一捧热泪。后世的堕落，让许多的词汇失去本来面目，也让桃花有别样的色彩。为桃花正名，请从正人心开始。

照亮东岭。辛丑仲春，时近春分。人间虽在疫中，而春光不可浪费。付鹤鸣君邀约采风东岭，同道九人，驱车往修水四都，一路油菜花黄，有如盛情接引。东岭桃花是家园之花，岭上一片石林，每一座山石就是一幅图画，而人家烟火错落其间。桃花那里一株，这里一片，在石林间开放，益发娇艳。诸君流连花间，与花合影，仿佛这样可以留住鲜妍。又得桃花风韵，成歌一辑，赠予美丽东岭，见证温暖人情。

大地行走

瘦梦

车过黄河

一辈子，最想看的就是黄河
想象黄河的滔天，比自己的梦想更为浩渺
如今，站在黄河大桥上
脚底下的大河，已无半点波澜
它把波浪交给了白云，把糙黄的肤色
交给了流水。就像我们
把一身皮囊，交给了岁月

舀一瓢黄河水，把它当作镜子
看得见眼前的泥沙，看得见历史的沉淀
却模糊了我的面容
不到黄河心不死。到了黄河
我的心，依旧活蹦乱跳

车过黄河，其实就是一泡尿的时间
不容许我去想那么多的汤汤滔滔
下车时，我拍了拍河水
河水就退了三尺
在我的梦里，它就一直退到了天边

漫不经心的瞬间

在辽河口，一茬茬红蓼子
迎着你的目光，是漫不经心的
在渤海湾，黄河走了九十九道湾
它的脚步，是漫不经心的

在北京，香山上的枫叶

它悄悄洇上的红，是漫不经心的
在秋日的星空下，我满头的白发
和星星们的眨眼，是漫不经心的
现在，芦苇垂着头
比秋风还重的样子，是漫不经心的

自由生长

在北大燕园，最自由散漫的是树木们
杨树一副冲天的跃跃欲试
白皮松有着俊朗的外表，也应该包含一颗内秀的心
栓皮栎呢，总装着青春的小秘密
迎面走来的龙爪槐，蓬着满头的粉笔灰
还有那高大的雪松，粗大的枝丫，贴着地面自由生长
也不见持着剪刀和斧钺的园丁，随便把它们删去

为武宁说辞

林北子

只想在最靠近你的地方写诗

只想在最靠近你的地方写诗
写虚妄的世界，火烛如何明灭
如何在秋天和前世的香味相遇
一片叶子在飞奔
它在十月的早晨看见了爱情

看见了春天的雨滴
在黑夜鲜花一样开放
柔软的空气，闪亮的头发
披散在小城的上空
如微信中那些甜言蜜语

我喜欢往事
喜欢穿过街道的裙裾
喜欢去年的只言片语
像你我梦中灵魂的游戏
像夜半的雨，温暖又空虚

“一切因为爱情”
谁知道呢，我只想离你近点
近一点安居，写诗
守着一滴露珠
满怀欢喜

我在街上看见你

我在街上看见你
和你的影子
四周都是高楼
车流很急

我看见你的影子
深陷其中
你在熟悉的路上转来转去
你的衣领竖着
还是去年秋天的样子

你没有回头
你后面的世界
干干净净

为武宁说辞

春来，武宁对天上妆
偶尔喜泣，那西海暴涨，雨急居然鱼伤
青草宽衣，无拘无束，浩浩荡荡

女人已成妖孽，风小也会腰折
她们路遇蝴蝶，为香气开撕
少年于田垄诵读，十尺之外
云气奔腾，光芒异常
须尽快给京城修书一封，上书

“此地宜耕种，婚嫁，生殖，商贾和社戏
逃亡者宜隐匿柳山，隐居者披蓑戴笠垂钓于罗溪之上
待到落叶纷飞时，也宜
美人和老子勾搭成双
一边是道德经，一边是天地苍茫”

她在寻找什么

孔坤明

终　结　者

像一场交响乐
飞舞的指挥棒，徐徐落下

像一次势不可挡的
溪流洪峰。来时，摧枯拉朽
去时，仅剩叹息

两岸的花草虽低头
让路；可是经过清晨
第一道霞光的抚摸，又倔强地
伸出两片新叶；迎接
一滴露的亲吻

像生活中
陷入困顿的人。把前半生的

喧嚣，交给湖畔夜色

饮下一杯浓浓的
咖啡。把空杯子扔进无边的旷野
义无反顾地转身，走向
五光十色的灯火

拥抱吧
又是一个橙色的黎明

石头的修辞

那么多石头跟着我
走南闯北，就像带着一群星星
放牧羊群，在人间

天长日久。沉默
在血液里开出花朵

我也成为火山喷发前
最顽固的一块石头

夜深人静。公园小坐
这么多兄弟围在一起

看，流星坠落
另一个星球的兄弟

她在寻找什么

独坐湖边

打开一本书
满页的小紫花

翻卷的波浪
涌了上来

当读到茫茫的夜空
才想起，在另一个星球
我曾经种下的汉字
可能是漏种了偏旁
至今没有收获
成行的文字

暮色降临
小木屋的灯亮了
一个小女孩
打开一本厚厚的书
就像多年前的我

她在寻找什么

我爱过宁静的乡村

邹　冰

花 海 王 埠

这是我所遇见的，最为声势浩大的一场绽放
村庄王埠
油茶树站满辽阔的山岗
装点洁白的冬日
风声细小微凉的冬雨中
花朵的闪烁
有如星星沉落西海湾

湖边低地百日菊泼洒的色彩

油画般厚重典雅
从此不必担心人世间频繁的错失
花用一百日的等待
换来一次短暂的相逢
惊讶于纤小的百日菊
在王埠村的惊艳亮相

原来无数卑微的存在
可以汇成一片绚烂的海

带你去看一盆鳅

这是你曾经想带我去看的风景
明明是一个草木葳蕤的地方
怎么成了饕餮嘴边的一盆
鳅
古人的幽默
令人忍俊不禁

非要把日子装在一只盆里
曾经有过和正在诞生的
伫立忘川
任时间雕刻万年
只是为了你的回眸一笑吗
岩石啊

藿草疯长
水从我们身边跌落
不知摔了多少跟头
才沉入谷底

壁立千仞
时光在潮湿的冥想中消逝
脸

苍老得让人心生嫉妒
我猜你读不出那些深藏的哑语
废墟般的表情
如爱情坍塌的遗址

我确信
万物都有欲言又止的悲伤

我爱过宁静的乡村

我爱过宁静的乡村
水牛,炊烟,稻花飘香
我爱过村头小学的古钟,羊群
淙淙清泉和林间的风
从前
我喜欢守着窗儿
看鸟儿幸福地归巢

但今天,我爱上了另一种生活
水泥,钢筋,滚滚车轮
有时不会等同浮华、冷漠和孤寂
当所有的植物都开花
当所有心扉都敞亮
水泥钢筋的家园
将被许多滚烫的心焐暖

我在武宁
我住的小区
夜晚可以数星星
我的房子
可以打开天窗说亮话
我辽阔的心啊
恰似母亲般深沉的西海

总有一些美好让人铭记

柯水生

站在回望的路口

想起第一次走近你
好想有阳光在你的顶端绽放
可我，像是走进一段沙漠
脚底绵软无力
周遭的空气都显得很寂静
新的地方就在眼前
却感觉隔了山高水长
一些身影越来越近
另一些渐行渐远
命运让我们在和平中分别
时光让我们在不经意间相逢

曾经下那么大气力
想完成对许多人或事物的重新审美
感动落寞忧郁
如同山花一时明亮起来
在或不在，美丽或丑陋
才华与偏见，担当与推诿
善良与恶俗，宽容与狭隘
早已远离我们讨论的主题
或许，你终将记起
而我，只会偶尔站在回望的路口

雨水还是泪珠
梦一样从心田掠过
总有一些淋湿的记忆
在岁月轮回中徘徊

每当留有温度的印痕渐渐明晰
回望简单的呵护、粗暴的期待、自私的渴望
甚至选择性摒弃
多少掺杂泪水的情绪就会肆意生长

一树花开了，适时且美丽
值得不少人跋涉万水千山
而我，喜欢倾听花开前
风霜雨雪和阳光的交响
绵延起伏，抑或平淡无奇的旋律
激荡生命中珍贵的守护

此刻，也许你就站在路口
不停地回望
你觉得世间事不必过早渲染结局
好比一部小说或影视剧
我们都能提前到达尾声
而你我都不忍也不太愿意直奔
这世间哪能人人封神
回望平凡人的光
也有温暖到心头

一趟旅程

这是一趟出乎意料的旅程
在某个夏日的上午，若有所失地出发
身边茂盛的景致穿过忧郁的表情
显得有些格格不入

我无心张望车窗外的风景
森林、岛屿还有海水就在附近
我渴望走进所有与水相近的地方
当看到有人站在黄河与长江的沿岸
拍摄、沉思、遥望……

我的心中仿佛也有一条
不止不息滔滔奔腾的河流

我知道,这是一趟时间很久的旅程
是去与一场宏大的智慧相约
你知道吗?我最想和你一起出发
一路上,我们可以与寒来暑往的风雨阳光
无限相拥
我们不必为一些固有的主题犯愁
我们都能快速开启新的思想
能够随机组织语言文字并发出自己的声音

我不知道,这是一趟充满惊喜的旅程
我们在百花争艳的春天里涌流感动
我们在繁星闪烁的夜空中默默祝福
我们在沁人心脾的秋风里遥遥相望
我们在目不暇接的纷飞中携手相扶
一些世俗的话语
一些人间的美好
都像傍晚的钟声
在我的心头轻轻滴落

总有一些美好让人铭记

那一天,我们漫无目的往前走
云雾重重,好像绵延一千里
有些潮湿的空气弥漫我们的双眼
而你却说看见远处的风和日丽

你习惯了沉静
拒绝所有表面浮华
你我眼眸之间
流淌一条思想的河流

许多时候,我们漫不经意
世俗的手指眼前飞舞
你我都喜欢在秋风中看落叶
倾听那清脆的声音

我们曾渴望
一千里溪水洗涤心灵
后来发现,善良的想法
往往只是岸边一处篝火

我们都憧憬
一千种歌声赞美岁月风情
几乎在同时,我们都看到了
彼此容颜变换

我们祈祷
一千行文字照亮精神
茫茫人海,一个回眸
便让梦想燃烧

风来时,你在脑海
想你时,你在心田
黯淡或光明,寂寥或美好
你,始终是心中温暖

我们都看重烟火
讨论一些关于食堂、门卫、图书馆的事项
一个微笑,一声细语
足以让我今生不忘

从你的世界温柔路过

徐立慧

从你的世界温柔路过

初见
你拽着秋风的衣角躲在门后
以为我要夺走妈妈
我擦擦你的鼻涕
担心你是个小淘气

春节
你托星星打来电话
老师,我想妈妈
梦醒收到雪花邀请
品尝我手艺青涩的饭菜
在影院笑成一团

后来
妈妈受伤
嘘,你吹一吹
轻轻包扎好
说老师就是这般温柔
会在午睡时
抚平被角亲亲脸蛋

我以为你会忘记
咱们之间的小默契
毕竟转眼你就长大
那些稀疏的过往小而平常
我从你的世界温柔路过
只留下一颗种子

从未想过
有一天爱会开得漫山遍野

往　　事

往事在我手上
烙下一个水泡
总会隐隐作痛
提醒我被烫的事实
我没有勇气拿针戳破它

后来渐渐遗忘
水泡不痛了
变成硬硬的老茧
我时常望着这个茧发呆
幻想着,是否会有
蝴蝶从里面飞出

藏在炊烟里的吆喝声

如果声音有味道
最美味的一定是母亲的吆喝声

夕阳下
隔着一湾小河撒欢
对岸炊烟袅袅升起
藏在烟火气中
是母亲的吆喝声

“细佬,吃饭啦……”

逆风的日子
声音缱绻
听得缥缥缈缈

顺风的日子
声音真真切切
仿佛近在耳边

吃饭啦……啦……
语速轻快
是寻到春笋的喜悦
桌上必定一盘笋尖炒酸菜

语气低沉
是小火慢炖的耐心
一锅老母鸡正在炉子上
不紧不慢地沸腾

声音急切
是香椿炒鸡蛋的味道
趁热吃光,口感最佳

口音软绵
是林中摘取山珍的疲倦
新鲜的野菇简单烹饪
加点盐就香味十足

这吆喝
是山水的味道
更是家的味道

点燃一盏星光为你引航

刘芙蓉

初秋的诱惑

那一片苇草
从怯生生的嫩黄
到金灿灿的秋实
未曾留意

曲曲又弯弯,那无尽的山路
蓦然辗转处

那一片,深深浅浅的紫
触目惊心

摇曳在枝头
摇曳在心头

多情应笑我,早生的何止是
星星点点的白发

那连绵起伏的
座座群山
那波澜不惊的
片片秋水

多情应笑我,静默的何止是
唧唧啾啾的秋声

还有那,更行更远的
无尽的秋思

雨之絮语

日日复暮暮
这一场雨
下下又停停，难以止歇
如春般喧嚣

穿过你的暗夜
抚摸我淅沥的黎明

趁着风的翅膀
飞越关山这畔
拂过你沉睡的额
夜已阑珊，你可曾听见

你的梦
一如地中海的蓝天
那样明媚
可也曾，抚慰沧桑和寂寥

带着无名的焦灼
无言的盼望
叫我，如何才能安然入眠

仿若那透过院墙
午后正好的暖阳，映上我的眼帘
慰藉湿冷

穿过遥迢的时空
触碰驿动的乡愁
你可曾感受

点燃一盏星光为你引航

暗夜，久雨的夜

分不清时令，到春天了吗

雨繁繁复复地下，不舍昼夜
被冷雨侵袭的不仅仅是衾帐
还有反反复复的思绪

这要怎么才能
让人安心入眠

缱绻的远方
总纠缠于梦境
今夕复何夕
懵懂中不知身处何方

逡巡、踟蹰于暗夜
斜斜的风、绵密的雨
并不渴望于伞
掩紧外套，掩紧冰凉的内心

这一场叠加的雨，让人着实厌烦
枝枝丫丫沉寂
望不到该来的春意

何去，何从
泪湿春天的衣衫
持一杯冷酒
敬天地，敬岁月流年

青春不尚早，且趁一丝醉意
亲手点燃一星烛光
照亮你的前程与归途

总有一些词语，适合描述故乡

韩　峰

路　灯

作为路灯的前身
火把要有副过硬的骨头
富含松脂，易燃耐烧
必须和父亲赶路的脸色
保持一致，呈暗红色

数不清父亲手持灯火
走过多少夜路
有时因为伢崽的学费
有时因为农事的琐碎
有时因为母亲的腰伤
从火把到马灯
从马灯到电筒
父亲一路手持光明
一寸寸蚕食黑夜
一步步接近黎明

弹指七十年，不屈的父亲
终于从信念里等到
一盏盏防风抗雨的电灯
挂在新农村铁质立柱上
如今，在我的村庄
“黄昏与暮色交织的美
远不及那一盏盏路灯
散发出的光明
最接近神的气质”
赶了几十年夜路的父亲

悠闲漫步璀璨路灯下
常常这样说起

水　　路

以前,全靠父亲
用锁骨锁住扁担
挑起一条水路
从小溪到我家水缸
几百米水路,覆过冰雪
有过风霜,但一直在
父亲的肩膀晃荡起伏

父亲脚尖跟着脚跟
一个个晨夕,不断重复
不断逼向源头
不断把自己逼到不再中年
直到最后一道霞光
在水桶里消失
不知去向

前几年新农村建设
我才重见到那道霞光
一部分成了自来水管
沿着父亲的水路
深埋地下,伸向大山
一部分形成笑容
水龙头一开
便流露在母亲的脸上

收　　割

印象中
每当稻田黄袍加身时

父母都得屈下身去
向一粒粒稻谷称臣
而禾镰作为一种暗器
只能深藏于禾蔸之下
飞快地替父母收拾场面

那些艰苦的年份
为了全家不饿
月光还亮晃晃，薄如刃
父亲就经常独自闯进月光地
挥锄，挥汗，开始操劳生计
以致现在，满脸都是
月光留下的刀痕

小时候，最怕父亲
拖不动打谷机时
把我从梦觉地里
喊到月光地
长大后，帮不上忙时
最怕父亲喊他的腿酸乏力
踩不动打谷机
如今，我只担心收割机师傅
向老实巴交的父亲
喊价合不合理

在江南，我们风雅颂

钟新强

新　县

春日里，造访一个老县城遗址
三国时期的西安县旧城
如今的石渡乡新峰村西安
城池不再，夷为平地
县令吴猛，早升仙而去
只留下一双旧屣在县志里
昔日的繁华埋进了地下
冒出来，变成金灿灿的油菜花
在春风里笑给我们看

唐朝时，县城从西安迁到新县
新县，这个地名叫了上千年
仿佛还是新的，只是城郭已经虚无
千年前的悲欢离合都埋进了地下
在春风里苏醒，变成了油菜花
摇曳着，争着与我们合影

梅　林

在梅林，钟鼎山与剑山之间
有一道醴泉，自黄婆洞里流出
这里有个流月池，是月亮的故乡
泉水清冽，纯净，暗含药性
月亮生病的时候
在流月池里洗濯
洗出身上的斑点
那是病气从体表冒出
再搓洗一番，又是精神焕发

有时,月亮飘散着长长的头发
坐在水池畔梳洗
洗去头发上沾的伤痛
洗去心头的焦虑
月亮在水池洗过以后
满头清香,一身轻松
继续在天空漂泊

愿你跟月亮一样,有一个故乡
有一个故乡,供你休憩,疗伤

在江南,我们风雅颂

沐浴着唐朝的熏风
我们从天宝年间走来
那时,我们的名字
是柳浑、袁公颐、萧梅臣、卢虚舟
徜徉在柳山之巅,修河水浒
在诗酒中流连,在花丛中迷路
与鸟儿对话,与松涛唱和

披着宋朝的月色
我们从长江踏浪而来
我们那时是苏东坡、黄山谷、佛印
在修河之滨停舟,品茶,下棋,谈笑
留下一个"三贤""茶棋"的地名

缓缓地,我们从清朝来
我们是兄弟,是诗友
我们是盛谟、盛镜、盛乐、张望
登钟鼎山,探流月池
用泉水洗耳、濯足
在试剑石旁吟诗

从民国的街道走来
我们是李烈钧、杨赫坤
在开满油菜花的田畴中散步
在剥掉青苔的石壁上题诗

我们是当代的无名诗人
我们是偷得浮生半日闲的闲人
愿有才的你,加入我们
江山如画,还需你妙笔题跋
盼有颜的你,加入我们
江山的画卷,有美人巡游才够生动
望有量的你,加入我们
江山如此壮丽,值得浮一大白

风起时,我们衣袂飘飘
走在古艾大地之上
给河流取名字,给山川记故事
有时拾起天上掉下的诗行
编织成花环
献给美丽的乡村
献给苍茫的人间

成善新摄

辞赋三章

李飞亮

重阳登高赋

戊戌重阳节前夕，江南风雅颂同道一行三十余人应邀甫田采风，感受老虎帐、珊厦、石羊等乡村民俗文化风情，登太平山，身心愉快，感触良多，即兴作赋云：

斯时田野五谷尽收，天地转凉；丘园六果入库，采风正忙。二九相重，称为“重九”。日月并阳，又称重阳。戴茱萸，饮花酒，祈愿长寿；纸鸢起，百花放，祭祷安康。然时世纷衍，礼俗几易。观当初之习，已非时尚。虽习俗之演变，然传统自发扬。品茗之风仍在，敬老之节新倡。秋游以畅秋志，摘桂以闻秋香。使层林尽染，北雁南翔。想荷叶初败，桂馥菊黄。天薄云烟，地凝露霜。来者匆匆，去亦茫茫。寻踪觅迹，逗趣轻狂。遂拾野径，吟高山之风云；郊游小酌，歌流水之波光。

携眷念以四顾兮，思往来于八方。山高风冷兮，枫染赤林；水深雾寒兮，苔覆银霜。望漫山凋敝兮，云枯树瘦；想如梭岁月兮，张目北望。幕阜花开数度，西海几易风向。晨曦夜月兮，沐雨栉风；岁时劳怨兮，耕耘农桑。日乎？月乎？年乎？皆似皆不似；人也，情也，理也，平常而非常！

怀白首以回顾兮，立高处以思乡。驱车而上百旋兮，凭云所以远望。观烟树知时节兮，闻炮仗忆亲亡。呜呼！大野奇阔兮，斯山突兀；阡陌如梯兮，曲径如肠。有飘零去雁兮，引颈而歌；有漂泊游子兮，临风而唱。于是乎，剑溪会东流兮，名山试板荡。念旧事而追思兮，望新宫而引吭。忽而枫枝萧索，人声鼎沸；忽而鸦雀无声，稗草焦黄。忽而天籁齐鸣，红叶遍地；忽而万籁俱寂，乾坤炎凉。去年今时，来年今日，年年今日，可似一样？

吟盛世之繁华兮，颂洪恩之浩荡。敬老而尊贤达兮，晚景红似夕阳。树风范承道德兮，传孝顺效供养。快哉！老有所为兮，奉献余光；老有所乐兮，安康吉祥。有医疗保障兮，病患无忧；有托孤遗养兮，如已儿郎。于是乎，和谐稳人心兮，美誉播邻邦。赞国力之强盛兮，慰先烈之愿良。时而翩然起舞，互致问候；时而聚首碰盏，共话家常。时而健身憩息，转老还童；时而游历山川，流连城乡。赏春花兮慕秋阳，爱稚子兮敬爷娘。羔羊跪乳，男子实当重任；乌鸦反哺，女儿确应礼常。积善行以淑德，举孝义而贤良。慰父母以绕膝，尊花甲而施帮。拜九九以长寿，谐百岁而健康。

菊花黄，踏秋忙；桂花香，慨而慷。一个村庄，两种乡愁；四位民兵，一样祭殇。珊厦方家，一门忠烈；龙须风水，五虎擒羊。食淮扬，喝果酿，踏秋辞青；问祖爷，拜圣宫，登高望乡。胸中有峰，哪顾脚下踉跄；志存高远，岂管山高水长。巍巍然笑藐巅峰，悠悠哉酒醉重阳。

清 江 赋

斯乃顺义古治，武宁西南大门。东邻石渡乡，西连太阳升；南毗石门楼，北望澧溪镇。源溯唐朝建置，名号老街麒麟。八村方圆，得“江”独厚；四山风烟，别开妙境。但看沃野膏壤，蒸腾江南气象；甘霖时雨，泽润邑西风情。

一片好山好水，几多美谈美景。宋元崖刻港口铺，明清筑垒马山亭。费义乃宋代进士，傅添祚元朝文臣。马山锁龙，许真君传说于世；大田祭祀，万寿宫香火于今。瑰丽矣，奇诡矣，山光水色；长史矣，积淀矣，底蕴厚重。山之魂魄，随风云变幻；水之气韵，共岁月留声。

筚路蓝缕，垂范移民。乡人坚韧勤劳，村民纯朴至诚。集山水人文之美，风情万种；享旅游宝地之誉，胜迹如云。自然景观，常惹游子之梦；历史风貌，每醉远客之心。修河第一湾，景色最迷人。清江锑矿，金灿灿享誉亚洲；上市吊瓜，香喷喷行销百城。好美景赏光，感悟罗洞秀美田野；大项目接轨，西海国际网球中心。人气何旺？新村聚八方乡音；物流何畅？商肆萃五洲奇珍。扶贫车间，乘天时未落后手；公德银行，据地利占得先声。宜业宜游，堪称热土；特色农业，振兴乡村。翠树欲滴，杨梅枝头露翘；百果飘香，亲历采摘品评。水栀子，形成药材优势；蜀葵花，可作观赏精品。罗洞农旅产业，规模发展；塘里百果庄园，吸引游人。晏头蓝莓基地，惊艳食客；龙石猕猴仙桃，远近闻名。葡萄乃传统果品，酵素是最新研成。花季、果季，四时亮点；葡节、梅节，五彩缤纷。瓜果之乡，称翘楚于县市；高新农业，最助力于农民。样板乡呈现绿色绿野，萄醉源充满果乡果韵。

非惟人文胜迹，辉映乡土风采；岂独山水灵光，迸射清江美名。且看琼楼美厦，挺娇娇英姿；漫步长街通衢，吐昂昂恢宏。夜色斑斓而灯分七彩，环境优雅而花开四邻。时逢当代，万民称庆。政通人和，殷殷此心。谨撰此赋，以记其盛。

巾 口 赋

循名责实，斯可信乎。丁令威修道成仙遗巾之地；洪崖潭出口注入修河之流。旧称安乐乡六七之都，曾设巾口区又号幸福。位于武宁县境之东北，区列庐山西海之中枢。西起洪崖潭，东至丫髻山，形成一道天然屏障；北依官莲乡，南望罗坪镇，世人惊叹西海明珠。划归风景名胜区管辖，并列于一乡一镇版图。

人文巾口，古今源流。其掌故传闻，民俗民风可考；其抑扬褒贬，正史野史录收。境内名山两座，曰石镜，曰冠峰，古代诗文多有题咏；抗战遗址一处，保武汉，保长沙，阻击日军血染故土。翁家边司令长官陈诚犒军奖赏将士；郭沫若亲临前线慰劳安抚。唐代进士张玿，上谷太守，居官廉正，治政有方，挂冠归梓称奇；清战将徐月吉，进剿台湾，征讨云贵，晋封荣禄大夫。江西四子有其一，著名文化处士数汪轫；巾口三山有其子，中航王延杰总把名留。至若近世英才，更椽笔惊世；当代俊彦，即砥柱中流。

山水巾口，美不胜收。幸福里行走诗画之华美，花千谷奇花异卉之丽秀。夕子畔民宿精品、建筑原点之妙，实乃画境难及之奇观，一票难求；棠厦村奇思巧慧、人工玉琢之精，建设人间难得之胜景，千岛一宿。金蓝湾古色古香、雄奇峻逸，令众多墨客骚人诗咏画描；码头港人来人往、晴空丽日，惹无数游人雅士志趣方酬。更有异果奇花，溢馥流芳；还将摇碧滴翠，茂林修竹。春呈万紫千红，间以萋萋绿叶；秋献丹桔黄柚，缀以离离果蔬。冬寒而不彻骨，霜花染得山花艳；夏暑而不燥心，梅雨洗出瓜桃熟。

改革开放，崛起新秀。旅游战略生辉，昔日渔村僻地渐成交通枢纽；市场取向见效，历史穷乡荒野顿作精品民宿。鹏翼初振，现代农旅产业园联通中外；冠峰重昂，高速公路贯东西畅捷通途。多层次开发，数亿大项目投入强基础；全方位搞活，近千农民工就业稳需求。得天时，体制改革，景区建设崭露头角；拥地利，百业生辉，田园风光顺水推舟。旧友重临，与百里平湖共同揽月；新朋乍到，和千年巾口再写新赋。

王臻摄

童诗之什

辑二十五

王　臻　　摄 ▶

邓京丽　　摄 ▶▼

古来采诗，是了解各地风俗，拾取岁月河流的贝壳；
子清采诗，是与儿童共情，将诗歌种子撒在孩子的心田。

儿童诗序

翁还童

到民间采集歌谣，是中华文化传统。到城乡采集童诗，可以报得时代消息。古来采诗，是了解各地风俗，拾取岁月河流的贝壳；子清采诗，是与儿童共情，将诗歌种子撒在孩子的心田。

子清，农家女，貌美心善，有侠气。大学毕业，闯荡南方，做外贸，风生水起。成家后，为孩子计，退而回乡，以心理咨询为业，能言能文，热心公益。参加江南风雅颂采风，收获可观。由自己写诗，生发采撷儿童诗歌之愿。怀着深山探宝的忐忑，克服种种困难，走进山村、走进城镇、走进贫困山区、走进赣鄱洪区、走进甘南藏区，给孩子们上诗歌课。以儿童生活与大自然起兴，每次一个主题，让孩子们做一节精神体操，引出童真之歌。

神奇的是，每次只有一节活动课的时间，子清能够走进孩子的心里，开启一个幼小生命的诗意之旅，让一个从来没有写过诗歌的儿童，有了自己人生的第一次吟咏。

虽然绝大多数孩子是第一次写诗，但是正像子清说的，每一次都是美丽的邂逅，每一次都获得意外惊喜，不管在只有十几个孩子的山村，还是三百人的大课堂，孩子们从来没有让她失望过。世间从此产生子清儿童诗歌采集系列作品，凡数百篇。

中国是诗的国度，设若没有《诗经》《楚辞》，去掉唐诗、宋词，删除李白、杜甫，不存陶渊明、苏东坡，不知这个古国是何等面目。物质文明高歌猛进中，诗歌式微了，人们的诗意被许多的价值覆盖，没有审美的光。诗歌，本质上是童心天启，是生命自然的韵律。孔子说的思无邪，最接近赋比兴的模样。因此，在没有诗意的人间，采撷童诗，如天外来音，自成风雅趣味。

以形象性、音乐性、趣味性、多样性为尺度，从子清采集的许多诗歌中撷取一束，管中窥豹，感受纯洁心灵的美好，请君试吟诵之。

一黎·春游芳草地

春天是从一个吻开始的

皮可可(9 岁)

春天是从一个吻开始的
蜜蜂亲吻了花朵
花的心一下子就开了
春天从花苞里跑出来
跑得漫山遍野都是

荡 秋 千

黎思琪(7 岁)

春姑娘来到草地
在碧绿的柳条上荡秋千
又去花里和蝴蝶捉迷藏
她玩得忘记了回家

春天是妈妈

冷欣怡(10 岁)

为什么春天是妈妈
春天把躲在被窝里的小动物们叫醒
春天会把花朵打扮得漂漂亮亮的
春天会把柳树的头发给梳好

害羞的春天

刘美林(10 岁)

小草躲在土地里捉迷藏
趁我们不注意
偷偷地从地里冒出来
雨点落到池塘里
池塘害羞地咯咯笑
出现了一圈又一圈涟漪

(注:此辑童诗采自江西省武宁县官莲乡一黎片区小学。)

梅颜·夏赏绿荷池

我梦到我在溪边捉小虾

夏正荷(8 岁)

我梦到我在溪边捉小虾
小溪像一面镜子一样
我一下水,就看到了自己的倒影
水中有一片树叶
树叶上立着一只红蜻蜓
忽然蜻蜓看见了自己的影子
它被自己的影子吓跑了

夏　天

毕梓萱(8 岁)

我想变成一片荷叶
给小青蛙当成歌唱的舞台
我还想变成一只青蛙

帮人们吃掉讨厌的害虫

我有一种甜甜的梦

夏鑫妍(8岁)

阳光晃动着我的眼睛
知了为我弹琴唱歌
荷花穿上雪白的衣裳欢快地跳舞
好像对我说:我跳的舞好看吗
还有萤火虫为我指点方向
那光温暖着我们
啊,我的梦可真美

夏天,我想变成一片荷叶

段宁馨(8岁)

夏天,我想变成一片荷叶
挺着身子,伸着懒腰
穿着碧绿的衣裳
我还可以帮助人呢
为人遮风挡雨,为小鱼安家
你看夏天的梦是多么美好

(注:此辑童诗采自江西省武宁县鲁溪镇梅颜村小学。)

洪区·灾民安置点

洪水在哪里

卢泽轩(7岁)

洪水在哪里
洪水在牛的尾巴上
洪水在哪里
洪水在屋顶上
洪水在哪里
洪水在解放军叔叔的肩膀上

夏天的颜色

吕振华(11岁)

夏天是五颜六色的
有太阳的红色
有树木的绿色
有天空的蓝色
月亮的白色
小朋友们开心的颜色
可惜洪水破坏了这一切
洪水让这个夏天变成了灰色

洪 水 来 了

胡子轩(7岁)

天啊,我们的家被洪水泡了
虽然泡了爸爸妈妈的床
它也做了好事
把家里的老鼠也赶跑了

更开心的是
泡了我的作业

家乡回来了

张子星(7岁)

洪水把我们的家具冲掉了
洪水把湖上的大船冲走了
等洪水慢慢地退下去了
啊,我们的家乡又回来了

(注:此辑童诗采自江西省彭泽县、都昌县多所乡村小学。)

甘南·孤儿夏令营

我　想

日杰草(11岁)

我想成为一阵风
钻进母亲的怀抱
我想成为一根哈达
缠在母亲身上
可是,一切只是我想

我渴望的家

朱吉草(12岁)

蝴蝶渴望的家
是百草滩上鹅黄的花
小羊羔渴望的家
是在羊妈妈的怀里吃奶

我渴望的家
是连锅炕上睡着我的爸爸和妈妈

夕　阳

达知卓玛(14 岁)

我走在铺满夕阳的小路上
灿烂的暮光染黄了篱笆
牛羊排着队回家
奶奶点燃了牛粪
炊烟袅袅升起
这就是我的家

雨　水

旺秀交(12 岁)

秋雨从空中淅淅沥沥地
落入百花滩
问候了青松
问候了经幡
问候了格桑花
也流过我的眉间
划过我的嘴角
滴落我的心田

(注:此辑童诗采自甘肃省迭部县多所藏族小学。)

小城·暑假畅想曲

我想要的暑假

洪雨涵(8 岁)

我想要的暑假
是在妈妈的怀里打滚
在爸爸的肩上玩耍

但爸妈常年不回家
我知道他们是想努力挣钱
因为太爱我了
想把我好好培养

但我想要的不是孤单
而是陪伴

小　水　滴

陈思亮(10 岁)

小水滴是个顽皮的孩子
一会儿去荷叶上玩滑梯
一会儿跟小鸟对话
咦！它去哪儿了
嘘！小声讲话
它在小溪的怀里睡着啦

暑假的颜色

王昱茱(10 岁)

暑假是有颜色的
暑假是黄色的
那是旅游时太阳洒下的光芒
暑假是粉色的
那是看动漫时,偶尔产生的少女心
暑假是红色的
那是与爸爸妈妈团聚时的开心与幸福
暑假也是黑色的
那是我贪玩时妈妈留下的责骂
暑假是五彩缤纷的
它蕴含着我所有的快乐与欢笑

暑 假 作 业

吴书杰(9 岁)

暑假是每个学生的天堂
可是有一只拦路虎
它就是厚厚的作业
就因为它
把无数的小孩子搞崩溃了
就因为它
让无数近视眼镜的度数增高

(注:此辑童诗采自江西省武宁县第四小学。)

张岭·教师节颂歌

最 亮 的 星

余美雪(10 岁)

躺在凉亭中的木椅上
仰望天空的星星
数一数
一颗两颗三四颗
五颗六颗七八颗
九颗十颗无数颗
似乎永远找不到最亮的那一颗
但在我心中,你那颗心
就是最明亮的星

树

李紫烨(9 岁)

你永远不知道树有多累
到了夏天
它顶着火热的太阳
让我们乘凉
你永远不知道树有多痛
到了秋天,它的孩子们全走了
但它还直直站立着
谁能知道它的心情

爱会是什么

刘张倩(10 岁)

爱会是什么呢

爱会不会是一件毛衣
温暖着我们
爱会不会是蜡烛
燃烧着自己，照亮着我们
爱会不会是雨露
生命短暂
却一直滋润着万物
你能不能告诉我
爱是什么呢

大自然是最好的老师

段佳琪(9 岁)

春天教会了百灵鸟唱歌
夏天教会了青蛙游泳
秋天教会了松鼠收集坚果
冬天教会了动物们在雪地上画画
大自然就是最好的老师

(注:此辑童诗采自江西省武宁县鲁溪镇张岭村小学。)

彭坪·秋天的遐想

秋天，我想念爸爸妈妈

叶轩(8 岁)

我出生的时候
爸爸妈妈就离婚了
我就像那飘零的叶子
秋天，谷子熟了
果子变甜了

可我的心是酸的
我真想让爸爸妈妈在一起啊

秋天是什么时候来的

叶紫(9 岁)

秋天是什么时候来的
是叶子和树告别的时候来的
秋天是什么时候来的
是稻谷长大的时候来的
秋天是什么时候来的
是桂花穿着黄衣裳的时候来的
秋天是什么时候来的
是大雁南飞的时候来的

我只有一个人

叶磊(6 岁)

白鸭一家三口在田野里玩耍
鸭爸爸捉虫吃
鸭妈妈晒太阳
鸭宝宝在游泳
我只有一个人
真的很担心爸爸妈妈
不知道过年他们还能不能一起回家

秋 姑 娘

王泽(8 岁)

秋姑娘走过田野
带来了丰收的消息

她吻过的橘子变黄了
她亲过的谷穗弯腰了
她一次次惊飞稻田里的麻雀

（注：此辑童诗采自江西省武宁县大洞乡彭坪村小学。）

郭坑·世界儿童日

我 是 谁

陈鸿坤(9 岁)

我是谁
我是一朵山茶花
被妈妈捧在手心里的山茶花
我是一棵小树
在父母的呵护下长成一棵高大的树
我是一道温暖的光
照亮爸爸妈妈的心

我是一棵树

杨宇恒(9 岁)

我是一棵茁壮成长的小树
春天我给小草弟弟、小花妹妹挡雨
让他们免受大雨的惩罚
夏天，我给孩子们带来阴凉
让他们在树下玩游戏，我仿佛都跟着动起来
秋天，树叶离开了我去寻找自己的生活
我很伤心，但心里还是祝福他们

我是秋天

周思杰(8 岁)

小鸟在树枝上
叽叽喳喳地歌唱着
树叶在风里
欢快地跳着舞
我是秋天
我要给大家带来丰收的喜悦

我是一滴水

明英(9 岁)

我是一滴水
当妈妈去干活的时候
有时我是妈妈背上的一滴汗
有时我是妈妈眼角的一滴泪

(注:此辑童诗采自江西省武宁县澧溪镇郭坑小学。)

宋溪·冬吟白雪诗

雪花不好吃

印云朵(6 岁)

小猫把雪花当毛线球玩
小狗把雪花当作骨头吃了一口
然后小狗突然打了一个大大的喷嚏
雪花一点也不好吃

冬天的形状

王智明(7岁)

雪花飘落的声音
好像小鸟唱歌的声音
雪花落下来
像白叶子在跳舞
雪花的形状就是冬天的形状

独一无二的雪花

潘俊荣(8岁)

雪花是独一无二的
落雪的声音
如同两片叶子相撞
我拥着雪花
就像隔空拥抱着妈妈

魔　术　师

盛娇婵(10岁)

雪就像一位魔术师
明明落在我身上
一转眼就不见了
她还会催眠
不然怎么会把那么多小动物哄睡着

(注:此辑童诗采自江西省武宁县宋溪学校。)

新溪·我们的春节

梅　花　年

张宇浩(5 岁)

过年了
家里插着梅花
妈妈又教我剪梅花
剪来贴在窗子上
窗子笑了
妈妈也笑了
窗子说,我们一起过个梅花年

春节就像个小孩子

冷慧(9 岁)

春节就像个小孩子
匆匆跑来又匆匆跑去
它把春天的温暖带来了
把冬天的寒冷带走了
把满满的爱带来了
把孤独和伤心带走了

烟　　花

周睿聪(8 岁)

春节一到
就听到了烟花的声音
砰的一声,充满了力量
如同春天绽放的声音
烟花五光十色的

让人看到春天的希望

春节的味道是酸的

汤鑫怡(9 岁)

对别人来说,春节的味道是甜的
对我来说,春节的味道是酸的
外出的父母还是没能回来
我多想他们回来
回家才是最好的礼物

(注:此辑童诗采自江西省武宁县横路乡新溪村小学。)

邓京丽摄

下卷 卌人集

春到人间　　翁还童摄

东岭桃花　　付鹤鸣摄

平尧　　邓京丽摄

访梅林　　蒋德先摄

第二届庐山西海作家禅修营　　成善新摄

小艾　摄
成善新　摄
邓京丽　摄

将军石

记得第一次去学校报名，老师一脸的严肃，摆出一副长者的架势要我们一一自报家门。当问到家庭成分时，我们都不懂什么是家庭成分，老师就一一解释。我们同去的几个孩子细细一商量认为富农为好，尽都报了富农。

九岭小镇

情有独钟到白头

刘堂江

无限感恩多彩的职业人生。我这一辈子深受三种文化的浸染：赣派文化的质朴、海派文化的敏锐、京派文化的大气；做人要质朴，思想要敏锐，而做事要有大家风范，大江东去，大河奔流。

一

1975年初，我从华东师大奉调国务院科教组（教育部的前身）工作。两年之后，一个机会突然出现在面前，时任中共中央主席兼国务院总理的华国锋同志亲自批准《人民教育》杂志复刊。我提出申请到《人民教育》去工作。

1977年2月16日上午10时30分，我跨进了《人民教育》复刊筹备组的大门。

作为责任编辑，我约的第一批稿件共两篇，一篇是上海著名特级教师袁瑢老师的，另一篇是母校中文系李玲璞老师的。李玲璞老师是我当编辑的引路人，也是教我写作的导师。他的关于判断文章够不够发表水平的"水平线理论"，让我受益终身。

1978年春天，邓小平同志一声"尊重知识、尊重人才"的呐喊，犹如春雷震醒了大地，万物复苏，人民群众，尤其是青少年读书学习的热潮空前高涨。受《人民教育》主持工作的副总编辑敢峰先生的派遣，王通讯同志和我采写了长篇通讯《宁铂》，报道了我国第一个少年大学生的成长过程，提出了教育科学的一个研究课题。《宁铂》的出现对家庭教育、学校教育和社会教育起了不小的促进作用。文章发表后，《人民教育》编辑部收到近千封读者来信，有的读者鼓励说："这是继徐迟的《哥德巴赫猜想》之后，出现的又一篇科教报道力作。"同时，《人民教育》也受到主管国家科教工作的方毅副总理的好评。

1978年夏天，小平同志提出，现代化建设靠人才，人才靠教育，首先是要抓教师队伍，提高教师地位，先从小学抓起。这是社会进步的需要，二十世纪六七十年代，广大教师被打入"十八层地狱"，当务之急是要为提高教师地位大声疾呼。在这个关键时刻，王有盛同志和我采写了《手执金钥匙的人们——记北京景山学校几位小学教师》，《人民教育》一刊登，新华社立即发通稿，一周内，《人民日报》《光明日报》和《文汇报》等三十余家中央和省市机关报相继转载，真有点"全国山河一片红"的味道。方毅同志特将《手执金钥匙的人们》送邓小平同志审阅，小平同志批示同意方毅同志的意见，充分肯定了这篇通讯，同时提出要评选特级教师。根据小平同志的指示，1978 年 5 月 4 日，教育部批准提升《手执金钥匙的人们》中的三位主人公马淑珍、郑俊选和方碧辉为全国首批特级教师。接着，教育部和国家计委又联合颁发了《关于评选特级教师的暂行规定》，各地普遍开展评选特级教师的工作，我国从此正式建立特级教师制度。

《手执金钥匙的人们》后来被新华社选入《中国优秀通讯选》，还被中国人民大学等五所高校编入教材。这倒并不一定是文章写得有多好，主要是采写时把握住了社会进步和时代发展的脉搏，才会引起共鸣，产生轰动效应。

接下来，我又和连健生同志采写了为斯霞老师平反的第一篇全国性报道《桃李芬芳人未老》。斯霞老师是以“童心母爱”著称的儿童教育家，这篇通讯一写，她和我成了忘年交，以至于她老人家九十华诞时出一本集子，非要我给她作序，我不敢应允，答应帮请一位高规格的教育家为她写。她坚决不干：“还是小刘了解我，我就要小刘写。”我只好遵命试写了一篇题为“永远年轻”的序文。

这一年，我还与人合写了时任安徽省委书记万里同志重视教育的通讯《教育的春天是怎样到来的》……一年十二期刊物，我竟发表了十三篇通讯。只顾埋头写呀，写呀，什么都没有想，不知不觉中，二十九岁的我居然还小有名气了。

1989 年春，朱世和总编辑派我采访北京优秀青年教师任小艾。因为在此前李铁映同志召开的教师代表春节茶话会上，任小艾的发言“一鸣惊人”，许多新闻媒体都已将镜头对着她。而我们《人民教育》是月刊，在时效性上很难与报纸、电视竞争。进入采访后，我觉得这个年轻教师真不简单，教育观念特别新，育人的方法技巧更是高招迭出，在她身上蕴藏着一种很深厚的东西，但这究竟是什么，我一时也说不清，有点“朦朦胧胧云遮月，隐隐约约雾里花”之感。同时，我也注意到，各媒体对任小艾的报道几乎“众口一词”，就是任小艾“爱学生”，有的说“爱，为了明天”，有的说“啊，伟大的母爱”。我觉得爱学生固然是任小艾事迹中很重要的一个方面，但任小艾班主任工作的经验绝不仅仅是个爱学生的问题，应该往深层次开掘。我找任小艾和她的先生谈，找任小艾所在学校的校长谈，找时任北京市教育局局长的著名教育家陶西平谈，他们都给了我很大的启发。经过反复琢磨，我脑子里逐渐形成了一个概念，任小艾班主任工作经验的实质在于：根据二十世纪八十年代中学生生理和心理变化的新特点，大胆更新教育观念，努力探索一整套全新的育人方法和艺术，做好“八十年代中学生”的德育工作。这是任小艾经验的新闻价值之所在，也是我的通讯的主题。

我写就了四万来字的长篇通讯，发表在 1989 年第 6 期的《人民教育》上。虽不敢说“后发制人”“后来居上”，但确实在教育界产生了极大的反响。专家评论说，这是所有对任小艾的报道中“最全面、最系统、最深刻、最生动、影响最大的一篇”。而且,此文七年之后在澳门及东南亚华文教育界又产生一次“轰动效应”。

作为一名教育记者,要善于把握教育改革与发展的走势。进入二十世纪九十年代,中国教育改革如何深化? 1993 年颁布的《中国教育改革和发展纲要》,强调在新的形势下教育改革要深化,这个任务就摆在了各级教育行政部门和各类学校领导者的面前。我感到这一场“深化”应是全面的,有结构问题、教学问题、德育问题,最主要的是培养目标问题亟待解决。培养什么样的人,怎样培养? 要转变教育思想,更新教育观念。凭着这样的认识,我带领年轻记者梁友君及时采写了上海建平中学敢为天下先,创造出“合格 + 特长 = 建平人”的全新工作经验,以“跨世纪教育工程”为题在《人民教育》上隆重推出。可谓“一石激起千层浪”,青岛市教委党委中心学习组马上组织学习建平经验,北京、武汉等地教委立即组团赴建平考察……澳大利亚驻沪总领事馆迅速译成英文电传回国,总领事夫人将英译稿送建平中学供外事活动使用,并说:“我们非常感兴趣,贵校用创新方法去解决所面临的教育挑战,我们希望有机会更多地了解你们解决这些问题的理论和方法。”香港中文大学教育学院特派黄锦章博士一行到建平中学考察。这篇通讯发表已十八年了,至今仍“余音绕梁”。

1994 年,我又带领梁友君和李志强采写了《教育现代化的领先试验》,浓墨重彩地报道了深圳实验学校苦练内功、锐意改革的经验。一时间,《人民教育》杂志在深圳差不多“洛阳纸贵”了,《深圳特区报》《深圳商报》同时连载;全市一百一十四位校长到实验学校学习培训;在三个月时间里,北京、上海、新疆等地一百三十八批四千二百多人到深圳实验学校参观学习。

1995 年,跟踪关注我近二十年的湖北大学涂怀理教授,撰写了一篇论文《试论刘堂江教育通讯的轰动效应》发表在《湖北大学学报》上。我的通讯居然与“效应”联系上了,这是想都不敢想的事情。《新华文摘》1996 年第 3 期全文转载了这篇文章,标题改为“选准、挖透、写够——试论刘堂江教育通讯的轰动效应”。

二

1994 年 9 月 15 日,国家教委党组任命我为《人民教育》总编辑。

当总编辑,我是大姑娘坐轿——头一回,诚惶诚恐。

那时还没有媒体要“吸引眼球”这样的语言,但我想,《人民教育》必须把握教育界乃至社会上对教育的兴奋点。

二十世纪九十年代中期,素质教育持续升温。李岚清副总理强调指出,实施素质教育是当前基础教育改革和发展最紧迫的任务，也是党和国家赋予教育工作者的神圣使命。时任国家教委副主任、主管基础教育的柳斌同志，更是到处为实施素质教育鼓与呼。教育界上上下下关注着素质教育，社会上关心教育的人士也关注着素质教育，素质教育成为世人瞩目的兴奋点。但什么是素质教育？怎样实施素质教育？尚没有一个形象具体、可供操作的典型。

于是，我主持策划并由老总编朱世和同志领衔采访，《湖南教育》杂志社胡宏文等同志执笔，在1996年第2期《人民教育》隆重推出了长篇通讯《大面积推行素质教育的探索——湖南汨罗市中小学教育改革写真》，汨罗大面积推行素质教育的经验，在全国引起了强烈反响。李岚清同志3月1日和15日连续两次批示，充分肯定汨罗经验并指出要在全国推广；5月11日，岚清同志亲自到汨罗考察。全国到汨罗考察学习的团队蜂拥而至，一年之内达八万余人次。

再说素质教育，汨罗是一个农村县级市，转变教育思想，面向全体学生是这个市教育改革的鲜明特色。随着教育改革的深化，人们对素质教育认识的提升，又需要新的典型引路。1997年第7—8期《人民教育》又推出了长篇通讯《直挂云帆济沧海——山东烟台实施素质教育纪实》，这是《人民教育》记者刘然和《山东教育》记者李振村等人的一篇力作。这篇报道从一个地级市的角度展示烟台实施素质教育的经验，课堂教学是素质教育的主渠道，是它的个性特征。烟台经验在全国基础教育界引起了新一轮的反响，在当年召开的全国素质教育经验交流会上，李岚清副总理、陈至立国务委员（时任国家教委党组书记）充分肯定了烟台经验，国家教委主任朱开轩同志在做主题报告时，还专门表扬了《人民教育》发表的这篇通讯。搞得中央各大媒体一帮教育记者朋友把我“扣”在烟台的海滩上，非要我“交待”有什么“秘诀”，为什么朱主任只表扬你们《人民教育》这一篇文章。

办刊方略在实践探索中形成。我提出了《人民教育》的办刊理念——铁榔头战略。这个灵感来自女排姑娘郎平，尽管体育是我的多元智慧的弱项，但我极为赞赏女排精神。“铁榔头战略”的办刊理念，要求刊物每年都要抓出一两个重大典型，隆重推出，重拳出击，像“铁榔头”郎平的重扣一样，掷地有声，给读者以深刻印象，让读者十年八载都忘不了。在二十世纪九十年代中后期，“铁榔头战略”的办刊理念风行全国教育报刊界，各地纷纷效仿，柳斌同志曾多次表扬。这是我和华东师大的大师姐、《人民教育》副总编辑翟福英同志精诚合作的结晶。

1998年，《人民教育》被新闻出版署（现为国家新闻出版广电总局）评为“首届全国百种重点社科期刊”，我本人亦被评为“全国百佳出版工作者”。同行们以戏言相贺，《人民教育》得了“双百”（意即小学生语文一百分，算术也是一百分）。《新闻出版报》以整版篇幅发表长篇报道《树大家风范，创一流期刊——记〈人民教育〉

总编辑刘堂江》,《新华文摘》1999 年第 4 期全文转载。

三

1999 年 1 月 29 日,教育部党组任命我为中国教育报刊社常务副社长兼党委副书记(正司级)。尽管不担任总编辑了,但我还是见缝插针与《山东教育》鞠庆友、李振村等人一起采访了李希贵校长。李校长那时刚从高密一中校长的岗位调任高密市教委主任。我们的长篇通讯《为四十岁做准备》发表在《中国教育报》1999 年 11 月 27 日头版头条,一下子就"火"了起来。李希贵现在是全国基础教育界风头最劲的著名教育家。

俗语云:"常务是一个筐,什么都往里装。"我在履行"筐"的职责的同时,忙里偷闲又办了一件事——创办《中国教师报》。

我当教师出身,一辈子为教师服务,心中总有一个"教师情结"。工人有《工人日报》,农民有《农民日报》,解放军有《解放军报》,一千五百多万教师,怎么就没有一份自己的报纸呢?

进入二十一世纪后,国家特别重视教师队伍建设。时任教育部副部长的袁贵仁同志指出,教师教育事业是党和国家整个教育事业的一个重要组成部分。教师教育工作如此重要,怎么能没有一份教师职业报呢?

天赐良机,该出手时就出手!

我先像武训办义学那样奔走呼号跑刊号,2000 年 6 月刊号到手,再做市场调查,2001 年,我跑了全国二十个地级市;2002 年试刊;2003 年 1 月 1 日,《中国教师报》正式创刊。

赶在春节前,我南下广州推广新报,不料遭风寒侵袭,连夜去医院打点滴。接待我的《广东教育》杂志社陈湘年社长很感动,第二天上午在全社员工年终总结大会上说:"你看人家刘社长,多不容易啊! 一个老头子,拉着一只破箱子,里面装了一百份报纸。人家一个正司级干部,而且那么大年纪了,能这样子做,应该是我们学习的榜样!"于是,"一个老头子"的顺口溜就渐渐传开了,成为全国教育报刊界的笑谈。

在国务院领导同志和教育部党组的关怀下,在国家新闻出版总署的支持下,《中国教师报》迅速成长为一份有亲和力的教师职业化报纸,一份有影响力的教育新锐报纸,受到了广大一线教师和校长的欢迎与喜爱,引起了各地教育行政部门和教育专家的关注与重视,赢得了教育部、新闻出版总署领导的肯定与赞扬。陈至立国务委员曾对《中国教师报》的报道专门批示,予以充分肯定,并于 2007 年 1 月 5

日通过秘书打电话给教育部办公厅，表示《中国教师报》办得不错，希望能每期都看到这份报纸。中宣部新闻局《新闻阅评》和《内部通信》多次发文表扬《中国教师报》。中宣部新闻阅评专家赞誉《中国教师报》："为教师说话，让教师说话，说教师的话。"老师们则回报以满腔热情，称《中国教师报》是"我们的精神归宿和生命家园""助我腾飞的翅膀"。

在近年全球报业出现"拐点"的形势下，《中国教师报》为什么能具有较好的成长性，影响力和美誉度能够有较快的提升？

我觉得，注重文化软实力建设是成功的重要因素之一。在事业发展过程中，把文化作为报纸的血脉与灵魂，作为报纸成长和发展的重要支撑，有意识地、积极主动地注重文化的创造、提升和积累，不断增强自己的软实力。

《中国教师报》一直特别重视理念探索，以理念指导办报实践，又在实践中提升新的理念。

理念，是事业发展之魂。因为有清晰的工作理念为先导，所以，《中国教师报》就如春芽破土，舒枝吐叶，较快地长成了一棵迎风挺立的小树。2007 年，报纸发行量突破十万大关；2008 年，在五周岁生日的时候，发行量已达到 174493 份，比 2007 年增长了 72.4%。其发行数在 222 种中央报纸中居第 41 位，在 167 种中央行业报中居第 19 位。2010 年，报纸发行量达到了 236338 份。在新闻出版总署 2007、2008 年度全国教育教辅类报纸质量评比中，《中国教师报》名列教育类报纸第一名，2009 年被批准为首批免检单位。

2005 年底，《中国教师报》满三周岁的时候，不仅实现收支平衡，而且首次盈利，以后每年利润都大幅度持续增长。当今报业发展的规律是"大投入大产出，小投入不产出"，业界创办一份新报纸，先期投入动辄数以亿计。《中国教师报》只用教育部下拨的四百万元启动经费，培育自身造血功能，实现了"小投入也产出"的目标，被新闻出版总署有关负责人称为"业界奇迹"。

2008 年 1 月 23 日，在《中国教师报》创刊五周年之际，我们在京郊小汤山召开了"《中国教师报》国际视野战略发展研讨会"，会间，全体中国教师报人群情激昂，举杯同庆，一致表示要以国际视野、战略高度，向第二个更加辉煌的五年挺进！受到同仁们的感染，本人即兴顺口一溜："一年拼搏不寻常，开怀豪饮酒一缸；汤池不过小试剑，敢上蟾宫问吴刚。"

2008 年教师节，《中国教师报》和《中国教育报》联合推出了大型报告文学《热血师魂》，塑造了一组汶川地震中舍生忘死抢救学生的英雄教师形象，在全国引起了极大反响。时任教育部副部长的袁贵仁同志和中国作协名誉副主席张锲同志高度赞扬，许多地方教育行政部门和学校自发下达通知组织师生学习，中国教育电视台请著名演员徐涛等配乐朗诵,《新华文摘》2008 年第 21 期全文转载,山东文艺出版社在第一时间成书出版,《石家庄日报》等媒体连载。该作品在教育部 2008—2009 年度优秀教育新闻作品评选中,被评为特别奖。这篇作品是教育部领导点名由我牵头,与余冠仕、张泽科等同志合作而成的。

从 1978 年《手执金钥匙的人们》到 2008 年《热血师魂》,整整三十年,算是一个首尾呼应吧!

四

2011 年 2 月中旬的一天,中国教育学会秘书长杨念鲁同志突然找到我,说教育部党组为了贯彻《教育规划纲要》,落实“造就一批教育家,倡导教育家办学”精神,决定由中国教育学会创办一本教育家类的杂志,并说袁贵仁部长和刘利民副部长点将让我出任总编辑。我暗自思忖:领导还真懂我,知道教育传媒事业是我的至爱。使命难却,我即刻披挂上阵,统领创刊筹备工作。新创办的这本杂志就是《未来教育家》。后来有同道者戏称为“梅开三度”,指我从参与《人民教育》复刊,到创办《中国教师报》,再到创办《未来教育家》。

在《未来教育家》满一周岁时,杨念鲁秘书长撰文回忆道:“议定好办刊的基本构想后,我几乎再也见不到刘总的面。除了三五次就具体创刊问题见面商议外,我不知他都在忙些什么。”我在忙着做市场调研,我在忙着考虑顶层设计方案,我在忙着物色人才、组建团队。

2012 年 2 月 15 日,陈盼、吴盈盈两位年轻副总编辑到位,《未来教育家》编辑部正式开张。

2012 年 5 月 17 日,我当选为中国教育学会副会长,第二年又转为常务副会长。

2012 年 9 月 6 日,作为教师节献给全国教师的礼物,《未来教育家》以一声响亮的啼哭呱呱坠地!原国家教委副主任、国家总督学柳斌先生题词:“求育人为本智慧,得教改实践真知。”中国教育学会名誉会长顾明远先生题词:“未来教育家的摇篮。”国家教育咨询委员、国家总督学顾问陶西平先生撰写卷首文章——《向千万名教育家致敬》。中国教育学会会长钟秉林先生热情鼓励:“抓住时代契机,勇担历史使命。《未来教育家》杂志,正是承载着这样一份使命和责任应运而生。”著名书法家欧阳中石先生欣然为《未来教育家》刊名题签。

2013 年 9 月 6 日,《未来教育家》周岁之际,著名教育家敢峰先生赋诗致贺:“高立杏坛扬春光,盎然生机比水长。刊物办得帅又好,喜看红杏竞出墙。”著名教育家于漪先生说:“一年来,《未来教育家》给人的一个强烈印象是一个‘真’字,真心真情在每个栏目的字里行间跃动，令人情不自禁地受到教育和鼓舞。”著名教育家李希贵校长说：“我已经喜欢上了这本新潮而厚重，充满激情而又自觉担当使命的杂志。”著名教育家李烈校长说：“应时代而生的《未来教育家》，以其多样的形式、丰富的素材、独特的视角、深刻的内涵，告诉我们‘未来教育家’应该具备的素质及其鲜活的特征。”

杨念鲁秘书长更是深情回忆：“一年来，我亲眼看见了刘堂江先生和他率领的五个 80 后年轻人，在创办杂志的崎岖山路上艰苦跋涉，呕心沥血，力争把杂志办得受读者欢迎。刘老在与疾病痛苦较量的同时，运筹帷幄，把握全局，指挥若定；而年轻的编辑们更是全身心投入到杂志的采编和推广工作当中。多少个周末，我都看见他们加班到夜深人静，有的同志甚至晕倒在外出采访的路上。”

有专家称道，《未来教育家》已掌握了教育家成长、教育家办学研究与传播的话语权。我和执行总编辑陈盼、副总编辑吴盈盈连忙回应，且异口同声，那可不敢当。五周岁的《未来教育家》，有着太远太远的未来——教育家成长永远在路上！教育家办学永远在路上！《未来教育家》永远在路上！

2017 年 12 月 29 日，《中国教育报》公布了新中国六十八年来第一次推选的“当代教育名家名单”，本人居然榜上有名，实属意外。窃喜之余，心中顿生一丝“关公门前耍大刀”的惶恐。

2018 年 1 月 4 日，“老夫聊发少年狂”，我在微信朋友圈发了一个帖子：“1975 年 1 月 4 日晚上 8 点 28 分，走进北京西单大木仓胡同 35 号教育部的大门，时至今日已整整四十三年。先在办公厅待了两年，然后进入《人民教育》复刊筹备组，教育传媒职业生涯被同道者戏称为‘梅开三度’：其一，《人民教育》第十任总编辑——为教育而鼓，为教师而歌，实施铁榔头战略；其二，《中国教师报》创刊总编辑——零距离贴近教师，为教师说话，让教师说话，说教师的话；其三，《未来教育家》创刊总编辑——为中国教育家成长擂鼓放歌，点燃教师教育家成长梦想，助推校长教育家办学前行。”一时激动，有顺口溜记之：

年近古稀未觉稀，做点实事无巨细；
惠师利教倾微薄，啥也不图图欢喜。

我的小学

张绪佑

一

我正式入学时，六岁，尚还穿着开裆裤呢。学校设在本村山洼里一户人家堂前，几张破旧的桌凳稀拉拉摆在堂前，靠墙上挂了一块斑驳脱落的小黑板。那堂屋里一片漆黑，只凭借一个小天井赐给一线微弱的光，对于心头一片明亮的孩子来说，犹如牢笼一般十分的难耐，因此极盼望快快地放学，让小鸟从这黑牢里飞出去。

我的启蒙老师是本村的一名青年，年纪约大我们十来岁，据说只读了个小学毕业，肚里极可怜的一点墨水要倒出来给别人的确是有几分艰难的。而要吃这碗饭，态度却是十分的认真。记得我刚入学之时，那位年纪不大的老师，思想观念却仍很陈旧，仍照着过去的老套套，一人发一本红模帖子，要我们抓着那杆笨重的毛笔去照着红字学写。那红字书写苍劲有力，绝不是出自这位小学出身的老师手笔的。用很薄的白纸折成大字本，将红帖子从中间塞进去，白纸便透出底下的红字来。我们便用毛笔蘸了墨汁照着在上面一笔一画地写，这便是"填红模"，也是旧时说的"破模"的由来。一天下来，握笔的手酸酸的不说，大家还将墨汁弄得手上、鼻子上到处都是，如乡下茶戏里的"大花脸"一般，回家的路上，我们照着那道土岗爬爬滚滚的闹将起来。稍大一点的孩子总爱拿我们小的捉弄，在爬坡的时候，将我们的开裆裤扒开，直惹得我一路哭到家里，吵着母亲改做裤子，从此再也不穿那受人欺侮的开裆裤了。

记得第一次去学校报名，老师一脸的严肃，摆出一副长者的架势要我们一一自报家门。当问到家庭成分时，我们都不懂什么是家庭成分，老师就一一解释。我们同去的几个孩子细细一商量认为富农为好，尽都报了富农。老师心中疑惑，后来一查闹出了笑话。虽然此事受到同学们的嘲笑，但我心中却是很不服气，不理解富农有何不好。那时乡风颇为平静，人人相处和睦，父母早早地教我们学会敬仰老人，尊重大人，平等对待同龄人。因而对村里的两户地主并不另眼相看，一律称呼伯伯、婶婶，看不出他们与别人有什么不同，有什么特别的坏。只是到了后来常常念起阶级斗争时，人们才去无缘无故地管制那些同样靠双手劳动吃饭的地主富农，才去动辄迁怒于他们，或批斗或罚劳务，致使他们的子女即使上了学，也是受人欺侮。特别是后来读书，读到了雷锋、刘文学，地主婆子用刀砍伤雷锋的手，害死了少年英雄刘文学，因而在幼小的心灵之中播下了仇恨，似乎对村里的地主婆也憎恨起来，再也不去称呼婶婶了。

有一天老师给我们上语文课，讲授一则小学生书信，弟弟给在外面读书的姐姐去信，描绘了自己学校里发生的事情。弟弟非常高兴地在信中告诉姐姐，我们不但上课、识字，而且参加劳动，种了菜，养了鸡。我们同学们饲养的小鸡头上终于长出了冠子了！而老师却带着我们摆头晃脑地唱读：

“小鸡的头上长了‘寇子’！”

我们一听顿时懵了。我似有些自以为是，当即向老师提出疑问：

“小鸡头上为何能长出‘扣子’呢?”

惹得同学们哄堂大笑。老师一时解释不清，竟然恼怒起来，课本一甩，厉声斥训：

“你这小子，才上了几天学，竟然骄傲自大，目无老师，我说是扣子就是扣子，我无本事，你们另请高明吧！”

老师来这一手，可吓得我们区区一堂小学生了不得，个个瞪着圆眼对我责怪。如此得罪了老师，有如侮辱了孔老夫子一般，罪责是不轻的。如若气走了老师，无人施教，你那块地方不就成了一块荒蛮的草地了吗？在巨大的压力之下，我深深地反省自己，心想长扣子就扣子罢，或许冠子的学名叫“扣子”也未可知。自己毕竟是人之初啊，老师自有老师的道理，总比自己高明一着。世间哪有老师认错的道理。这么一想也就想到了自己的错处了，老师的形象顿时在心中也就高大起来，于是产生了深深的自责，去向老师赔个礼。

后来回到家里，我将这件事情讲给父亲听，意在请他评个是非。父亲只是苦笑一声，随之讲了一则旧时的故事：

旧时有一教书先生，在学生面前有绝对的权威，动辄打板子，致使学生多为敬畏。有一天先生授课时猛地放了一个响屁，其中有一学生禁不住笑出声来，惹得先生恼羞成怒，责骂一通之后勒令他三天内要向老师交出一个“屁”，否则将要挨大板子。该学生回家后茶饭不思，郁郁寡欢，其未上过学校的小妹妹知道后，便给他偷偷地出了个主意。第三天早上，先生真的向这个学生索要一个屁。只见这小学生真的向先生递上一个小包，一边顺口吟了一首诗：“屁是一阵风，一去永无踪，先生要个屁，我找来屁太公。”先生一听找来个“屁太公”，觉得十分诧异，立即打开纸包一看，原来是一包粪便！

我不知父亲讲此故事的用意，虽绝无怂恿我去与老师作对的意思，但从中我似乎领会到，对待那些只要面子、不要真理的人，最好的办法就是揭开他威风凛凛的面具。

二

在我那位“小鸡头上长扣子”的先生教育之下，我们小学生的学习成绩是可想而知的。那时在我们同学中间错别字先生层出不穷，至今仍记得许多难忘的笑话。

与我同龄的一位同学，正是这位老师的侄儿，对其教育所耗的心血绝对不比别的孩子少。而偏偏“扣子”效应在他的身上得到体现。那时小学常要背诵课文，记得有一次背诵一篇寓言《狼和小羊》，大意是狼和小羊同时来到一条小溪喝水，凶残的狼想吃掉小羊，却又一时找不到理由，于是狼就借口小羊弄脏了它喝的水。小羊据理辩解：狼在小溪的上游，小羊在下游，怎么会弄脏狼的水呢？狼无可辩驳，恼羞成怒，残暴地将可怜的小羊吃掉了。就是这么一篇短文，那同学背诵时将“借口”念成“错口”，老师两次纠正，要其重新背诵，待第三次背诵时，仍是“错口”。“呼”的一声，老师一鞭子横扫过来，将这同学扫倒在地，从那眼睛以下的横处，真的“错”开了一条口来，血流如注。顿时吓得我们哭了起来，谁也没想到这“错”字竟有如此巨大的威力。从此以后，我们读书谁也不敢马虎，见了老师扬起手中的那根鞭子，脚下就要颤抖起来。

这根鞭子的厉害，我也曾经尝过一次，至今仍忘不了那滋味。那时，我们小学已从山洼里搬出，设在离马路不远的一处老屋里。在去学校的途中，有一口水塘，到了春季，塘里的鱼儿追着浑水跑出来，在那水沟、水田中间交配“打花”。这时候对于我们小孩子是最诱人的季节。每年在春季到来之前，我们便从山里砍来竹子，自己动手编了几个能关住鱼的竹笼，前面做一个喇叭口，进去时有一个关卡，鱼儿可进而不可出。到了春雨来时，在那乌云密布、雷电交加的暴雨狂风之中，大富河里的鱼儿追着注入河里的浑水，逆水冲上田沟之处，寻找交配产籽的场所。我们在大雨到来之前，夹着竹笼拼命地跑，去河边抢着装在下水的沟里。一场大雨下来，我们前去看时，老远便可听见竹笼里面甩打得叭叭响。提起沉沉的竹笼，打开倒在大麦地沟时，那一条条的鲇鱼、鲫鱼、鲤鱼在那里直蹦，我们便乐得又笑又跳。

记得有一次，逢上“大麦须撒撒，鲇鱼跳上坝”的季节，在上学途中见那沟里好多的鱼儿逗戏，我们几个小孩顿时来劲，书包一放，上下堵截，抓起那一长串的大鲇鱼竟有十来斤，直乐得把上学的事儿都忘了。待明白过来时，个个硬着头皮去迎接那根“错口”的鞭子。老师叫我们站在黑板前面亮相，一个个说清原因。当然都是事先商量好了的理由，于是众口一词地回答老师的问话：

为什么迟到？
家中吃饭晚了！

为什么晚了？

饭未煮熟。

为什么未煮熟？

没有干柴。

为什么没有干柴？

叫大雨淋湿了。

老师按此逻辑再也问不下去了。按此推理下去天要下大雨，似乎确实不属于我们的责任。于是我们替天受责，一人挨了一鞭子自然是不算重的。而后，老师异常严肃地对全体同学说：

“你们谁也不要学他们的坏样，回家去都告诉大人，要多砍几捆干柴放家里，不要被雨淋湿了！”

我们当时心里发笑而脸上却仍是一副十分痛愧的样子。待放了学，回家的路上我们互相指着鼻子，学着那副模样训话：

“要多砍几捆干柴放家里，不要被雨淋湿了！”

一齐大笑起来。

那时的我，虽则调皮，读书却是认真的。除了这一次“饭未煮熟”而迟到外，没有逃过学，迟过到。记得在我念小学四年级时，我的右腿膝下突然生了一个疖子，不能走路，坐在家中一个多月。看见别的孩子蹦蹦跳跳去上学，我心中难受极了，担心赶不上功课，更担心会瘫痪下来，非常焦急。父母亲除了给我上些药膏外，按乡下的土办法用砂罐装来人尿，用火煮滚烫了，放在脚的下面，对着疖子熏。那股臊气直冲脑门，闻之直想呕吐，如此几次居然渐渐地好了。待到好一些时，我便要我的小伙伴用木头独轮车推着我去上学，读书的态度可谓是老师教的“一丝不熊”（一丝不苟）。正是这个“一丝不熊”弄得我在后来上中心完小时出尽了洋相。

三

按照那时的规定，我在村里念完了小学四年级，就进了离村方七里地的中心完小。说是中心完小，其实是一座破旧的大祠堂，坐落在小山的前面。那山岗名叫卧虎岗，远远望去，如同一只卧虎趴在地上，两只前爪按在两边，似乎将要一跃而起。相传这是一只恶虎，不时跃过小河去吞噬对面的聂姓村庄，因而村里常常闹出祸害。后来聂姓人在风水先生的启示之下，在卧虎岗前建起这座聂氏宗祠。从此这妖孽被镇住，聂村太平兴旺起来。祠堂前面，一条淙淙小溪绕过，溪间架着小桥，穿过大片竹林便是回家的路。

那时年幼且第一次离家，我与同村的几个小孩来到这座破祠堂里，开始两天门前山后到处去撒野，似乎格外的新鲜有趣。到了晚上，小伙伴们一起睡在那座阴森森的破祠堂里，四处厢房连着，漆黑之中只有楼梯间点一盏小煤油灯，被风吹得晃晃悠悠。祠堂的梁上间或传来一两声凄厉的猫头鹰叫，我们顿时觉得毛骨悚然，一齐蒙着头钻进被窝里去。此时便想起家中的父母大人来，鼻子酸酸的，不知是谁哇地哭出了声，于是大伙有如决了堤的水，一齐抱着号啕，惊得老师不知出了什么事，提着灯慌慌张张地跑上楼来。

就这样一连几天唧唧哄哄的，我们一有闲时便爬上卧虎岗去，远望着家乡的方向，流上一顿眼泪。那时虽很不习惯，盼望着周末早一天到来，但在同学之间极少有逃跑回家的。因为山里的孩子懂得，离不开父母的孩子，是不会有出息的。

记得第一个周末到来，我们犹如迎来一个特别愉快的节日。头天晚上想到明天要回家了，要见到爸爸妈妈、姐姐弟弟了，兴奋得如何也睡不了觉，一个晚上互相钻到被子里去，倾诉着各人的心事。第二天中午上完了课，全校学生集合，进行周末总结。我们排着队站在祠堂中间的大厅里，最上边用土筑起一个小讲台，校长雄赳赳地立在上头做总结讲话。记得校长当年四十五六岁，头发过早地白了许多，讲话时一脸的严肃，不时露出两个大金牙。讲到兴奋激动时，他常用手比画："拳打肚皮，各人心里！"随之便唾沫横飞，不时飞到台下我们的脸上来。校长第一次给我们的印象极差，这以后大伙背地里便称他"喷雾器"。

第一次周末，我们虽然站在那里装作恭听的样子，其实一颗心早就飞了。可是校长却不懂童心，啰啰唆唆越"喷"越有劲，有如乡下女人的臭脚带，又臭又长。好不容易盼着他"喷"完，宣布一声散会，我们"哄"的一声各自朝着回家的方向飞奔起来……

那时乡村里的生活仍较艰苦。家中因父亲在外，队里没有劳动力，母亲和我们的粮食定量都很低，因此仍免不了要赊吃口粮，向人借米。这样一来，我一人要外出寄读，另开一处炉灶，家中粮食更显紧张了。那时只听得母亲背后对父亲讲，孩子正长身体哩，要坑只坑自己的，也要让他吃饭呢！于是一个星期多数时给我带上二升半米，一袋红薯，加上一筒干豆角之类的熟菜，分别用几只小袋装着。星期天下午伙伴邀到一路，用父亲为我削好的小扁担挑着，晃悠晃悠地去了学校。

那时的二升半米，按市斤换算只有3.7市斤左右，平均每天6两。这样的水平按当时家里人均计算，已经是另吃小灶了。然而对于一个正能吃饭的十几岁男孩来说，实在是太少了。我那时的心里，觉得家中如此困难仍能让自己念书，已经十分感激了。哪能像其他有劳动力的人家的子女那样，放开肚皮吃饭呢。那时只要能让我念书，饿点肚子也是高兴的。于是一开始我就认真计划，用一小铁筒子量米。开头几天量时，总将手指用力往里凹着划平，尽可能不超量，这样一餐的定量便被划去一些。待到端起碗来吃饭时，三下五去二，没吃什么菜就咽了下去，喉头显得特别的大。直啃得碗中不剩一粒饭粒儿，干净得似乎不用再洗了，肚里仍没有饱的感觉，也就只好放下空碗去玩点别的什么了。

记得那时班上有一同学，亲生父母均已去世，继父母迫于社会舆论的压力，勉强让其上学读书。一星期给他半升米，其余全是不削蒂儿的红薯。面黄肌瘦的他一身衣衫褴褛，到冬天里仍光着脚丫。我见此情景，极为同情他，似乎有些"范丹"的气质，于是与他共"一锅"吃饭，先共同吃红薯，然后将米饭分给他吃，甚至将箱柜的钥匙也给了他，由他去掌管过日子。到了冬天，我将自己的裤子、鞋袜给他穿了，回到家里诚实地讲给母亲听，博得了善良母亲的赞同。这位可怜的同学后来实在无法支持，只有中途辍学回家放牛了。直到后来我当县长期间，特地打听上门看望，见其成家立业，住上了新房，心中便有了一份快慰。

四

有人说："在少年的字典里，是没有苦字的。"即使那时生活清苦，学校里常常是冬天萝卜春天菜，秋天南瓜吃个厌，像煮的猪食一般，但我们的日子仍过得有滋有味。学校的伙房烧柴做饭，一星期里老师总要领着我们去北山脚下砍半天柴，那是我们快乐的日子。大伙儿闹哄哄地上山去，追逐打闹的，寻花采朵的，兴致勃勃。待到了下山时候，我们急忙砍了两捆柴，两头一穿挑了去应付老师。后来，学校伙房改烧煤了，老师便常常带我们去矿山挑煤。那是一家县办煤矿，沿着我们学校边上的小溪而上，坐落在五六里地的大山脚下。那时我们初去矿山，四处马达轰鸣，汽车穿梭忙碌。工人们头戴矿灯帽从井口进出，显得异常的紧张而有精神，这便是我头脑中第一次的工人形象。十二三岁的年纪，从那高山峻岭之上挑几十斤煤下来，的确不是一件容易的事。好在我们山里孩子平日里苦惯了，倒也不觉得如何的困难，尽管有时连人带筐一齐滚下山，但仍倔强地爬起来再去挑上一筐。

学校那时环境的艰苦是可想而知的。难得的是那一帮令人尊敬的老师，在那么一座大破祠堂里，要管好这么一帮上蹿下跳的学生实在不是一件容易的事。那时的老师，多数家在农村，平时在校教书，到了星期天还要回家种田，工资收入却是十分微薄。多数老师与我们学生一道，吃南瓜、萝卜是经常的事。可是我们从老师的脸上却看不到太多的生活忧愁，教书、为人都是十分认真严肃的。记得那时有个潘姓老师，家中有七八口人吃饭，全凭他一人支撑。一年到头没见他穿一件像样的衣服，一件浅灰色的中山装前后补满了补丁，但穿上身时总是扣得整整齐齐，仍显出一派师道威严。尽管他五音不全，简谱也读不顺畅，但却是酷爱唱歌，主动地承担了几个班的音乐课。他那伸长了脖子，狠命地从喉头里扯出歌来的样子，至今仍能引起我们的乐趣。他教的那首“金瓶似的小山，山上虽然没有寺，美丽的风景已叫我流连”的歌曲，的确也倾注了他自己对生活的无限热爱。直到后来我们小学的同学聚到一起唱起这首歌时，自然会想到这位倔强的老师。还有那位胖得走路都很艰难的女教师，竟然教我们的体育课；那位瘦得像个账房先生的老师，管学校的伙食账也出差错，竟然教我们的珠算课……这些回想起来实在是有些滑稽的。

按照乡下的传统，语文、算术是最为重视的功课，也是衡量学生成绩的主要学业。因而大凡一个学校中，这两门的任课老师自然是挑大梁的了。在村小接受了那位小鸡头上长“扣子”的老师教化之后，我到了完小竟然有时合不上拍，甚至闹出一些笑话来。那年班里中途转来一位女生，是随她父亲调动工作而转学的吃皇粮子弟，竟然分来与我同桌。该生长得俊俏伶俐，且落落大方，很惹班里同学的喜爱，一时大占几分风头。这就似乎有伤我的自尊心，于是便在桌子中间划了一道楚河汉界，伺机挑衅报复她。有一天果然爆发了一场“楚汉战争”，为的是争“一丝不苟”的词儿，明明老师教我们念“一丝不熊”，她偏要念“一丝不狗”。我拉着几个同学一齐围攻，以便压服她，而她却不为所动，翻开字典咿咿呀呀地仍坚持念“狗”，直念得老师也默不作声了。没过几天老师也默默地跟着念起“狗”来。

朱山　　王臻摄

从农民到研究生

吴国富

在山野中、考场里孤独奔走时，凄风苦雨，青草白云，一切都如此平静；当我即将启程远飞，千里万里求学时，才知道已有一块巨石投入平静的池水，激起了千圈万叠的波浪。也许这是对我无数艰辛的安慰，尽管欢欣如流云一般短暂而虚幻。

复试之后不久，小学校长在外参观回来，眉开眼笑地说："我今天看见教育局的一位股长，跟他说起你的事情，他很感兴趣，准备报道出去。"我笑笑不以为然。几天后，中学校长却奉命来找我了解情况，把我的经历做了一个简单记录。二十天之后，我在办公室埋头批改作业，一位老师说："关于你的报道出来了！"他手上拿着《江西日报》，"武宁一农民考上研究生"的标题赫然在目。我又是高兴，又是担心："通知书尚未寄来，万一有变，岂非成了天大的笑话？"

事实上，从复试到录取，我又经受了无数的折腾。诸如调档函来了，我却没有档案；而以农民身份录取，还需要更高的分；研究生部为此甚感烦恼，甚至惊动了教育部研究生司！贴上"农民"的标签，也许就意味着万劫不复了。幸而在萧老师的大力帮助下，学校终于找到了合适的录取方式，也终于给我发放了录取通知书；就在1996年8月初，一个小雨淅沥的日子，通知书寄到了我的手上。

历经磨难之后的结果，已不再令人狂喜；我只是长嘘了一口气，忐忑不安的心开始平静下来。我把通知书收在箱子里，一心一意应付田地事务。虽然与以前一样苦累，但这毕竟是在泥水中的最后一程了。

一个黄昏，我从田地归来，收到九江日报社的一封信，他们问我是否得到了通知书，如已经得到，请赶快回信。回信刚发出，乡政府派人告诉我，九江日报社的记者即将来采访，让我在家等候。徘徊四顾，破屋旧舍，杂乱庭院，实在太寒碜。里里外外忙了一整天，将杂草垃圾清理干净，又去小镇买好烟，买茶杯，唯恐客人来了皱眉。我问教育办的领导，是否该准备饭菜，回答说是不用。第三天，果然看见乡间的小马路上，摇摇摆摆来了乡里的吉普车，车上下来一个九江日报社的记者燕平，随行的有县里的记者、乡政府的秘书。记者非常热情，对我鼓励了一番，也对我深表同情：四壁萧然，拖家带口，经济上哪能不困难？他想在报纸上宣传一下，看是否有人帮助我。之后他忙着拍照，破旧的书斋，古老的庭院，田间打药，家人聊天，一一收罗于镜头之中。他还特意为我安排了收到通知书的镜头，让几个乡亲在旁边围观，大女儿在身旁嬉笑；后来这一张照片登上了《人民日报》，传遍了大江南北。

记者走后，僻静的村庄再也不得安宁。往日的朋友三三两两来访，我整日忙着陪客聊天。有一天,烈日高照,我与妻子去小镇,刚走到半路上的山脚下,遇见两位汗涔涔的青年,他们停下摩托车问路:“请问去金盆村吴国富家怎么走?”“找我的?”我们只好返回去。他们说在报纸上看到消息,动了考试的念头,便专程赶来问我,一路不知问了多少人,总算找到这里。我陪他们喝茶谈天,聊了一两个小时,但看起来他们好像有些漫不经心。临走时,两人忽然抛下一句话:“其实我们也没有能耐考研究生,只不过来看看是否真有这回事,报纸上说的是真还是假。”我不觉长叹一声:“这么热的天,何苦来哉!”

向来消息闭塞的山村,一时间成了新闻荟萃之地。我去小镇上担货,遇见教育办的领导,他告诉我8月23日的《江西日报》再次刊登了我的消息,转发了《九江日报》记者拍摄的照片;而8月28日的《九江日报》刊登了三幅照片、一篇文章,重点介绍我家境的困难,旨在引起社会的同情。不久,县委宣传部让乡政府传话给我:“8月26日的《人民日报》将刊登你的事迹,请你注意阅读。”小镇邮电所的小张告诉我:“《中国教育报》有关于你的新闻。”村里打工回来的人告诉我,中央广播电台报道了我的消息。我去县城,在渡口遇见熟人,他说《信息日报》上有我的消息。妻子的三姐夫在上海打工,说在《新民晚报》上看到了宣传我的文章。北京的朋友来信说,《北京晚报》有我的报道。诸如此类的信息不断传来,起初我还想找点报纸,留些纪念,后来觉得太麻烦了。风来风去,云生云灭,一切随缘吧。

折腾了许久,浪费了许多版面,事情犹未了结。九月之初,一位副乡长带着一个乡干部来到我家,叫我几天之内,千万别离开!原来是中央电视台的记者将来采访。我一个山野村夫,不知道天高地厚,以为采访就采访吧,何必如此严肃?但父母官的命令不好违抗,我尚须将庭院再收拾一番,并问清他们是否在这里吃饭。听说乡里承担了一切,我这才放下心来。

9月4日,太阳高照,我坐在家中等候,迟迟不见动静,有些心烦。忽然急匆匆奔来了两位乡干部,他们是先头部队,说大队人马随后就到。等到十点多钟,远处传来了响声,几部小车出现在对面小山下,卷起一路灰尘。这边一大堆人已在家门口翘首顾盼。几分钟后,车子开到家门口,一群人从车上跳下。记者只有两个,一男一女,中央电视台《新闻30分》的。其余的都是陪客:副县长、宣传部部长、教育局局长、乡长,还有许多我不知道身份的,也没有时间问了。收拾得空荡荡的堂屋,一下子挤满了人。副县长把我叫到一边,告诉我两位记者原来在九江拍摄《大京九》,任务完成,准备返京,听到我的消息,很感兴趣,便打电话请示中央电视台,在领导同意后退了飞机票,专门来采访。中央级记者来武宁县采访,这在建国四十七年来是第一次。江西电视台台长亲自送他们到武宁,县里又专门派了专车来我这里。听着副县长不知加了多少着重号的话语,我忽然感动了,奋斗虽然是自己的事，但一切都凝结着这片土地的深情啊！

副县长介绍完了，我就得跟着记者转了。两位记者很年轻，但业务熟悉，女记者管采访，男记者管摄像。据说摄像机是从美国进口的，价值四十多万。女记者先问我的情况，记录一遍，再用话筒录一遍，告诉我不要紧张。她说我很不容易，即便拿到两个毕业证，也已经很了不起。在她的闲聊中，我倒也放松了，问她在别处是否见过同样的例子。她说没有见过。中央台记者见多识广，估计像我这样的情况的确少有。后来有人说我是全国第一个农民研究生，我便根据记者的话，自称为“全国罕见的农民研究生”。女记者问完之后，男记者开始摄像。他拍下了我在破烂的地板房中读书的镜头，与家人相聚谈心的情景，此外还有妻子服胃痛药、我接通知书、在田野上劳动、赶路去学校、在学校上课等镜头。当然这些都是他们导演的，因为都是往日生活的再现，我倒也做得非常自然；只是村人送行的场面，因为还没有发生，所以演得不太像，记者后来还特意吩咐九江电视台来补拍。我们每到一处，都跟上一大群看热闹的人，不断有人跟我说话，我也顾不上。记者忙碌了两个多小时，才算结束，他们还要顺便到别的地方拍些镜头，为县里做宣传。入学不久，同校的大学生告诉我，中央电视台的《新闻 30 分》栏目有关于你的一段报道，可惜我没有亲眼看到。

开学前夕，我忙得不亦乐乎。不断有亲朋好友登门，不断有人送红包贺喜，为答谢他们，我决定操办一次酒席。饮宴之日，客人没有按照约定的时间赶来，早的早，晚的晚，吃完一批，又来一批，爆竹接二连三地放，酒席接二连三地开，直把厨下的人忙得晕头转向。我觉得很抱歉，但掌厨的大嫂们却笑开了怀：“忙一忙值得，值得！”当日村里特意凑钱为我放了一场电影，管事的组长笑逐颜开：“往日收钱没有一家干脆的，今日收钱没有一家迟疑的！”

酒席散了，电影完了，转瞬就是深夜。灯火寥落中，晚风袭人，倦意频生。我看看脸带笑容但也显得疲惫的岳母，忽然有一种不安的感觉。连日来的光景使她感到高兴，她已理解了我所做的一切，不再有什么埋怨了。但我走了之后，必定要将妻子女儿带出去，家中将只剩下她一个老人。她在这里过了一辈子，从来不愿离开。虽然几年来她不乐意我离开这里，我对她的想法也有很多不满，但她在家务、农务上给我的支持，却又是一言难尽。人生的滋味，真让人难以明白。

9 月 13 日，朝阳降临，我该上路了。九江电视台的记者已经赶到，特意为中央电视台补拍送行的场面。小学校长来了，带上我教过的学生，排列在门口欢送。乡亲们聚拢来了，每人手持鞭炮，站立在村口。说了几番再见，还是不肯分手，一直走到村外大路，才将他们劝转。三四里外的乡政府中，早已准备好的送行大会又等我露面了。小学生为我系上了红花，教育办给我献上了牌匾，教育局给我颁发了奖金,各单位也有一些红包送来。县委宣传部部长和乡党委书记在会上做了讲话,热情鼓励了一番。在喧闹的人群中,我上了九江电视台的专车,车子缓缓行进着,认识我的都来放鞭炮送行。跟车外的妻子女儿道别时,她们哭了,我的心一酸,猛然间才知道执意高飞的心,原来有说不尽的许多眷恋!

入学后整整一年,我都在纷杂的日子中度过。《浙江日报》《杭州日报》《浙江工人日报》《光明日报》、西湖明珠电视台陆续派了记者来采访;更多的是转载消息,如 1996 年 8 月到 9 月的《扬子晚报》《成都晚报》《洛阳晚报》《洛阳广播电视报》、山东泰安《家教报》、江西的《赣江大众报》等;1997 年到 1998 年的《钱江晚报》《浙江青年报》《潍坊晚报》《文萃周报》《湖北日报》《浙江教育报》等。很多报纸未及目睹,是从众多读者来信中了解到的。读者来信来自十四个省市自治区,北到北京与辽宁,西到四川与甘肃,南至两广与福建,最多的在华东六省一市。来信的内容,五花八门,有谈心的,有咨询的,有庆贺的,偶尔也有寄钱的;在紧张的学习之中,我尽力而为,一一回复。同学见我回信太忙了,开玩笑说:“你该找个秘书啦!”来信多了,阅读已成了寝室的一大乐趣,谁接到信,谁都可以拆开来读,往往读得有声有色,古怪滑稽,逗得人直乐。

辽宁一位朋友说:“我把报纸上你的照片和旁边的报道剪下来,放在书桌上我的影夹里;还写了一个大大的‘中文硕士研究生’条幅,贴在床头,以此激励自己,以你为榜样,刻苦钻研,不断进取。”江苏盐城一位朋友说,看到你的事迹,敬佩之余,平静的心底涌起了波澜,升起了一股难以言说的雄心。成都一位朋友说,读到你的消息,突然觉得你是上帝,自己是平民,显得多么的渺小。杭州一位朋友说:“心境贫弱到底时,我看到了你;像青松般挺立在我精神崩溃的滑坡上。”湖南益阳一位朋友说:“二十年来,在考场上我从来都是赢家,可这一次我绝对相信我输了。”我的经历搅得他再也无法平静。

在更多的信件中,我读出了人生的艰涩。

湖南茶陵的一位朋友来信说,“你真是我们农村青年的骄傲”,是所有失去跨入高校学习机会者的楷模,“相信在吴国富之后,有千千万万个像吴国富一样的人出现”。

也许是平凡人的共同感受,让我赢得了不少朋友的信任。一位江西老乡,不远千里来寻我,打听考研的路子;我陪他去餐厅里小酌,酒酣耳热时,他说:“我的女朋友劝我不要来,她说人家又不认识你,会理你吗?我说有一张关于他的剪报,这就是介绍信,他看了一定会理我的!”看了那张已经发黄的报纸,我十分感动,四处帮他找资料,又送给他一套书,就算是勉励吧。

船滩，引我出发

杨新民

二十世纪八十年代初期，我在武宁县文化馆任副馆长，负责乡镇文化站的建设。那时，处于改革开放初期，人们对文化生活的需求空前高涨，国家要求乡镇一级都要建立文化站，以便发掘民间传统文化，恢复和发展地方戏曲，建立图书室，组织文艺创作和表演，进而丰富群众文化生活。

船滩便是武宁县最早成立文化站的乡镇之一，文化站辅导员是船滩文化人陈德生。他既会放电影，又能写文章，还通晓当地民间文化，是当时船滩乡最合适的文化站负责人。那时，乡政府也非常支持，专门提供一间一百多平方米的房间作为文化站活动场所，还拨了八百块钱作为开办经费，订了二十多份报纸和期刊，选购了一批图书，添了电视机和录像机。一时间，文化站便成了船滩镇上一片精神文化高地，吸引着镇上人前来读书看报，学琴棋书画，唱上河腔茶戏，有时还组织打鼓歌表演。

于是，我不时有机会到船滩采风。

二十世纪八十年代初期的船滩，乡风纯朴，民情简约。老街有青石板，河上有长木桥。店铺林立，作坊相挨。上街头放鞭炮嫁女，下街头打锣鼓唱戏。白天众山客云集，摩肩接踵，互换有无；晚上放露天电影，八方观众，乐到鸡啼。船滩北依幕阜山脉，南临三都修河，是一方文化重镇。虽然时代变迁，生活重心转移，但船滩仍然占据在东林、南岳、上汤出山的咽喉要道，又与著名河埠三都相连，水陆交通非常便利，经济辐射度也日趋发达，各种物事在此汇集、演变、升华，渐成气候。徜徉在古朴而热闹的船滩老街上，你会觉得置身在闹市，行走在江湖，为她的一份繁华而动容。于是，那时的船滩，似乎再怎么矜持，也藏不住她昔日"小武汉"的那种风情模样。

构筑船滩深厚文化底蕴之一的就是她的民间文化和歌谣。在船滩乡野，唱山歌是件既家喻户晓而又人人会唱的平常事。不管是老人还是小孩，不管是男子汉还是女客，谁要是不会盘几句歌，对几声调，那是很没有面子的事情。这些民歌野调不仅传承在大家的日常生活和劳作之中，还融入了民众的血液里，成为他们精神生活的一部分。

有道是，远处听鼓，近处听歌。在船滩，这种生活体验会让人刻骨铭心，久久不能释怀。每逢夏季耘禾，秋冬季锄茶山，东家都要请远近闻名的鼓匠来打鼓唱歌助兴。一来可以调节大家的劳动情绪，二来可以提高劳动效率，三来还可以传承民间文化。

船滩属于赣西北丘陵地带，一望无际的山林被油茶树覆盖。每到冬季农闲时节，茶山主人都会请乡人帮忙打弯工锄山，把杂乱的茅草割开去，把肥沃的山地翻过了，好晒上阳光，蓄上雨露，赢得来年茶籽好收成。这时节，你总会听到远山传来鼓声，清脆、悠扬，夹杂着劳动号子，使整个山林荡漾着无边的情调。

打鼓锄山是船滩以及毗邻乡里一种流传了几百年、劳动和娱乐两相宜的生产方式。由一名或两名鼓匠牵头打鼓领歌，众锄山者一字儿排开，边劳动，边唱歌附和。人少时，一名鼓匠指挥打鼓唱歌叫打单鼓；人多时，就要有两名鼓匠站在劳动队伍的头尾，相互呼应，那叫打担鼓。这种打鼓唱歌的劳动方式还有叫催工鼓的，说得形象点，鼓匠就好像是受东家委托的催工头。鼓匠不但能歌善唱，还会掌握劳动节奏，调动大家的劳动热情。一片油茶山总有几十上百亩，有鼓匠催工，总能在太阳落山之前锄完收工。因此，鼓匠在乡里特别受人敬重，工钱要拿双倍，喝酒要喝双杯。一个乡间鼓匠，冬天是最忙的时候，有的鼓匠一冬季要打几十上百场鼓。

在船滩四乡八段，当时最有名的鼓匠是方由根师傅。他平日不上山打鼓唱歌就和普通民众没有两样，但一到锄山季节，方师傅就与平日判若两人。他头扎白手巾，腰缠红腰带，背着一只牛皮绷得铮亮的小鼓，游走在乡间，叱咤在山林，活脱脱一个鼓神，一位歌仙。据说他满腹经纶，会唱的山歌多如牛毛，能三天不唱重复的歌。他击出的鼓点号称能穿透十里地。就连一般鼓匠望而生畏的长篇叙事民歌《梅花》，他都烂熟于心，张口就来。《梅花》三百六十段，一千八百句，描述的是古时民女梅花一生坎坷的命运。俗话说，《梅花》三百六，读熟瘦身肉。可他不但唱得完整，还能根据人物命运的起伏和故事的演变加入自己的情感腔调，使听歌者动容，使和歌者动情。一首《梅花》唱下来，鼓匠早已是大汗淋漓，而茶山也锄完了一多半。方师傅走到哪打鼓唱歌，都能产生一呼百应的效果。所以说，别看乡间鼓匠人生很卑微，但生命很出彩。

我有幸亲眼观赏过方由根师傅的打鼓歌表演。那是在1986年的深秋，由武宁县文化馆组织的第一次全县打鼓歌会在船滩坎头一片茶山上举行。那是一次极不寻常的民间歌会，全县乡镇派出了九支代表队参加，参赛歌手一百多人。前来观摩的人就更多了，除了从北京、上海、南昌、九江请来的音乐专家外，还有澧溪、船滩、东林、南岳、上汤赶来的群众，就连邻县修水三都，湖北通城、阳新都有不少群众慕名而来。一时间，近两万人涌向船滩观摩歌会，真是盛况空前。我作为这次打鼓歌会的组织者之一，不但认识了方由根师傅，而且在歌会前遴选参赛歌手时，我还有幸结识并拜访了东林乡的孟凡林师傅和南岳乡的祝敦堂师傅。这次打鼓歌会不但影响深远，将武宁打鼓歌推向全国，使之最终被确认为国家非物质文化遗产，更在我的心头深深地扎下了根。

那次船滩打鼓歌会，我特意邀请了南昌的三位青年作家来观赏，他们是熊正良、刘勇、祝春亭。他们被这么富有地方特色的打鼓歌会深深地震撼了，都鼓励我要扎根乡土，充分吸收民间文化的营养，创作出富有赣北乡土特色的文学作品来。在此之前，我和他们三人一同参加了上海青年作家讲习班。他们的话，对我是一种鞭策。

我庆幸我生长在民风淳厚、文化多元的赣北山区。

我更庆幸我偶遇了船滩。我的青少年时代，一直在修河边的澧溪、石渡度过，后来工作也是在县城电影院和文化馆。我和船滩的相遇，可能是命运的巧安排。当时，我在县文化馆担任群众文化辅导工作，私底下却在为追求文学梦做各种准备。收集各地民谣、研究乡土文化便成了我主攻方向之一。

1983 年秋季的某一天，我和同事、青年画家魏林一同到船滩采风，体验生活。有一天，我们云游到了辽田村的老戏台前。魏林在对古老的戏台进行油画写生，而我就在一边和村民聊天，请他们唱山歌、念民谣，那次记下了不少歌谣。

我当时对一首民谣特别留意，它把乡间生活说得太生动形象啦：

绿豆田，开绿花，
打发细姑嫁人家。
娘哇嫁掉花朝女，
爷哇嫁掉一朵花。
哥说嫁掉亲姊妹，
嫂说嫁掉火殃家。

这首歌谣从我心底滑过的那一刻，似乎触动了我某些艺术感觉，仿佛有一个花朝女般的村姑形象慢慢地浮现在我的脑海里。后来，我创作了短篇小说《花朝女》，故事结尾还用上了这首民歌。1984 年第九期《青春》头条发表了这篇小说，当时在县城还引起了小小的轰动。

后来，我又从浩瀚的船滩民歌中吸取营养，在打鼓歌中寻找故事和人物，创作了一系列的中短篇小说。其中短篇小说《秋鼓》，发表在《河北文学》，被《小说月报》1994 年第九期选载。

我于 1988 年考入北京鲁迅文学院作家研究生班学习，毕业后留在北京工作，一直没有机会再拜访船滩。可是，在我心里，一直很感激船滩。感谢船滩历久弥新的乡土文化，引导我在文学创作的道路上再出发，走向更宽阔的生活舞台。

我当民师的岁月

方诗庆

1977 年 4 月上旬，我在田里插秧，刚从大队开会回来的生产队长通知我：你明天去罗坪完小教书，现在回家准备下吧！

平平淡淡两句话，开始了我人生第一次转折。从田里走上田塍，我长长地舒了口气，伸展一下酸麻的四肢。终于上岸了。社员们对我的变化并无察觉，仍在埋头栽禾。在他们看来，我去公社开会，去党校学习，去文化馆培训，都是田头通知的。这次只是换个地方而已。

然而这次是不同的。第二天去罗坪完小路上，云开雾散，放眼翠绿稻田，我感觉春天真的来了。对于大队为何这时（开学已经一个月了）要我代课，我不解其因，但知道从现在起，我将告别面朝黄土背朝天的日子，在风雨不动的学校，过上和有工作的人差不多的生活。

学校在距我家一公里左右的兰家祠堂，原为兰姓宗族聚会地，新中国成立后改（扩）建为小学，我舅舅就是这里毕业的，现在增加了初中。到校后我受到张远钏校长欢迎，他说早知道我，有缘共事，非常难得。人群中还有中学同学项祥森和校友费俗忠等，他们已经是这里的老师了。

学校分了我的课，直接教初一语文（小学戴帽初中，此时只有初一），项祥森教数学，费俗忠教物理。项祥森是我在建富、澧溪读书时的同学，但非同一班；费俗忠也是这两地读的书，比我高一届。所以我们的了解和友谊，其实是从这时开始的。

第一节语文课我记忆犹新。自我介绍后，我说："上课前提个问题。什么是语文？"同学们面面相觑——陌生的老师，问了个早该知道又不知道的问题。好奇代替了思考。见无人回答，我说大家学语文多年，首先要知道"语文"一词的含义。语文就是把语言（说话）变成文字（文章）的学问。此观点不记得哪里看到的，用在此时很合适。

因我一直在练写小说，学编故事，我把语文课变成了故事课，让学生在轻松愉快中接受知识。这是从干楼中学唐碧老师那学来的。上记叙文前，唐老师会讲一个故事，其实就是即将上的课文，学生听后理解加深了。不但上课讲"故事"，课后我也讲故事。当年的学生郝峻至今记得我讲故事的情景：

夏天，下晚自习，月亮挂在兰家祠堂边高高的杨树上，同学们簇拥着诗庆老师来到操场，享受一天中最美妙的一刻。

诗庆老师缓缓端起白搪瓷缸。大伙仰起猴急的脸，渴盼他快些咽下缸中水，接上昨晚的“一双绣花鞋”。月亮透过树叶好奇地窥视——故事到了最惊险一刻。月亮知道，人要散了，大伙儿最不愿听的“要知后事如何，请听下回分解”从老师嘴里说出来了……少云、绍聪、云福的文学梦就是从那时开始的。

当时文艺生活贫乏，流行讲故事。我把听来的故事加工改造，无限期拉长，既锻炼和测试了自己编故事的能力，又丰富了学生们的校园生活。学生李烈富说我讲过“3314 案件”（1933 年 1 月 4 日发生的间谍战），估计就是自编的。我根本想不起来了。

暑假参加公社民师培训和考试，不久又参加武宁县民师招考，我都顺利过关。1978 年 6 月武宁县文教局正式批准我任民办教师。

为作此文，我请管档案的同事查我任民师的时间，无意中发现了我的民师推荐表。有趣的是右页第一栏大队对我的鉴定为：“该同志学习好，但确有骄傲。”

学习好，但骄傲。——我从小学背负到高中的缺点。到罗坪更甚，加了一个“确”字。这是我感觉到又未曾想到的。大队迟迟不让我教书，源于我的傲慢（骄傲），那时我就感觉到了，但无法改正。因为我不会放弃学习。劳动之余时间本来就少，要读书就得减少开会和与人交往，不合群、骄傲的印象就生成了。但后来让我代课并上报我为民办教师，缺点仍是骄傲，还加了个“确”字，是我没想到的。

为何让一个骄傲之人代课，并推荐他做民办教师呢？

据知情人说，当时并无老师离开，无“课”可“代”，我是“加”进去的。

我外甥华绍聪向我透露过一个细节——

1977 年春节期间，一天傍晚，公社包队干部王忠兴在华家屋场，碰上了烟港小学鄢和剑老师。王忠兴向鄢老师诉苦，说邓小平可能复出，将来决定学生前途的是分数，罗坪小学缺好老师啊。鄢老师（我的小学老师）说方诗庆不是很好吗？王忠兴说不行，有人说他傲慢。鄢老师说有知识的人都有点傲，教书怕什么。

这是华绍聪亲耳听到的。不久我就去教书了。由此看来，不等假期调整，即使开学一个月了也要我去“代课”，一进学校就要我教最高年级语文，后来推荐我担任正式民办老师，从大背景说是重视知识的邓小平“可能复出”，直接原因是罗坪完小着手抓质量需要多些有才能的人。

我的改变是人心变化之果……

既然如此，为何还要在民师推荐表上写“确有骄傲”呢？这只能说写评语的人对我的看法已经固化了，属下意识行为，并无恶意。那时鉴定须优缺点齐全，否则不客观，通不过。对于上级是否批准，评价人或许认为“学习好”重要，“骄傲”即便加上“确(实)”,也无关大局了。字不多,省事,交差而已。

早就渴求重视质量的老师们,一经抓教学,久旱逢甘霖,积极性空前高涨。为了多出优秀学生,大家一心扑在工作上。民办老师付出更多,因为机会来之不易,将来想转正要靠业绩,常常是不分昼夜,加班加点。学生学习也非常认真,知识又值钱了,为了考个好高中,你追我赶,奋力争先。

教学之余我没忘记自学,而且更刻苦了。一为教学之需,自己有一桶水,方能给学生一碗水;二为圆梦。我常想入非非,如果能再度成为学生,坐在教室里听课,多好啊!不久就有了传言,说本年就要恢复高考。我的高中老师方士豪从《参考消息》读到这一新闻后,立即给我写信,要我复习功课准备考试。然而信未收到。我听到通知可以报考时,方知文科要考历史、地理。史地我未学过,资料也找不到。我又喜欢文科,非中文专业不报。首届高考我名落孙山。

同事费俗忠考取九江船舶工业学校,同学张友玉考取江西电力学校。技校中专一样令人羡慕,起码可以跳出农门。因此有人劝我改报中专。我也有所动摇,写信征求方士豪老师意见。方老师回信要我继续报大学。

然而这时我教初二语文兼班主任。初二那时是毕业班,学生要参加高中考试,我要参加高考。学生比我更重要,不能顾此失彼,怎么兼顾呢?

我找到了相互促进的好方法。知识是相通的,高考中考本来就有许多共同点。比如语文字词句和作文,既适合中考也适合高考,教好了学生也提升了自己。我主动教初一地理,自学地理用于教学也有助于高考。准备高考的方诗先老师弄来了一本《史地复习提要》,他不看时借给我看。课余我躲进二楼老师休息室死记硬背。当时正是酷暑,太阳烤得房间像蒸笼,蚊蝇满屋飞,我身上汗流浃背,嘴里却滔滔不绝。

高校恢复秋季招生,时隔半年又要报考,我请假去县城办理。为了省下车费交报名费,我找唯一有自行车的朋友陈绪华借车。他说车刹坏了,借你可以,出了事可负不了责。我说我会注意的。结果我骑无刹自行车去县城,在烟港下坡时栽了大跟斗。进入盘山公路时,下坡我不敢骑,推车步行。公路弯道多,万一碰上汽车就没命了。一路跌跌撞撞赶到县城,天已昏黑。次日报完考我推推骑骑赶回罗坪上课。

不久我送学生去澧溪参加中考,一路鼓励他们胆大心细,把平时最好状态发挥出来。成绩出来后我太高兴了。罗坪中考均分列公社戴帽初中第一。三十余名学生有三位录取武宁一中重点班,录取率近十分之一。

我的高考却出现了波折。接到通知时我离录取线仅差 0.5 分。有老师告诉我,今年可以查分,你去试试吧。我向县招办提交了查分报告,没想到查出了 17

分，我不但录取了，而且上了本科。武宁县文科只考取了三个本科。民办教师提前录取师范院校，我上了最喜欢的专业——江西师范学院（后改为江西师范大学）中文系。

我去澧溪邮电所拿录取通知书时，遇见一名下放知青。他好奇地要看我的通知书。我交给他。他举起通知书满街走，见人就说："大家来看，这才是真货，真货呀！"可见人们对推荐制度是多么抵牾。回到罗坪，正在扶犁耕田的包发明老远冲我喊："诗庆呀，以后我去你家可不脱鞋的哟。"很多人对我挤时间学习是赞赏甚至鼓励的，发明叔就是一个。

当年澧溪公社考取三人，除了澧溪卫生院医生殷民，农村就我和应届生涂永发。涂永发也是罗坪人。高考打开了公正之门，改变了无权无势无关系人的命运。千军万马过独木桥，谁考取都是大新闻。方圆几十里的人都说罗峰尖下风水好。

高考中考双丰收，我向罗坪人民交了一份无愧的答卷。之后我离开辛酸而又充满亲情的出生地，去南昌上学。

秋到南阳　　王臻摄

我的书法人生

胡韶华

我出生在莆田龙须的大山里，从入学开始，我就对写字产生浓厚的兴趣。二十世纪七十年代，当时没有学习书法的氛围。想学书法的人，缺乏临摹的字帖，缺乏老师辅导。尽管如此，从来没影响我学习书法的热情。每当在书本上、报刊上见到写得好的字，我都要琢磨一番。每当看到写得好的标语、对联，我都要驻足凝视，牢记于心，反复仿效。

读高中时，我的班主任曾繁舜老师的柳体楷书写得特别好，我很羡慕。他在黑板上写，我便在课桌上比画。由于自己刻苦努力，书写技艺在同学中崭露头角，写字的机会便多了起来。在武中墙壁上写毛主席语录，有我；出宣传栏，抄大字报，有我；在县城刷标语，也有我。别人休息，我却忙于写字，那时，我真是不怕吃苦，甘于吃苦，不怕吃亏，乐意吃亏。

印象最深的是 1975 年，时年二十八岁，我在龙峰水库大坝上题写了“龙峰水库”四个行书大字。我一手提着茅花笤帚，一手提着石灰浆桶，在水库大坝的斜坡上，边走边写。那四个字，每个字直径达 9 米，且在斜坡上，书写难度可想而知。我足足写了三天半。几十年来，往来那条公路，都可以看到那个时代的印迹。前些年，水库改造时那几个字被改成印刷体，失去了原来的面目。

进入八十年代后，社会上学习书法的热潮逐渐掀起，资料不断增多，活动不断开展。1983 年 12 月，《书法报》创刊，我成为忠实读者，一订就是几十年，从未间断。1986 年，我参加无锡书法艺专函授学习，系统学习了书法知识。欧楷的基础就是那时打下的。我临习“二王”，摹过《兰亭序》《圣教序》和孙过庭的书谱；隶书学的是曹全碑；魏碑临的是张猛龙。在临习古人碑帖时，我对自己的要求极其苛刻，从字的间架结构到线条的整体变化，从执笔用笔到韵律章法，都悉心揣摩，一丝不苟。严格的基本功学习，为我以后的书法创作奠定了基础。

1994 年，我离开单位下海创办“墨缘斋”，为人们提供书写服务，写招牌，写对联，写条幅。喜欢我书法的人还蛮多。我的书法能俗能雅，在用笔上，以中锋为主，间以侧锋，凝重之中透露着一种灵气，借助敦厚沉实的用笔，把书法的力与势完美地表现出来；行草结体则是右军《圣教序》支撑，故端庄平实而不失儒雅，与当今时代合拍的同时而又有自己的独特个性。

我在临街的“墨缘斋”店里写字时，有时会遇到这种情况：落笔才写几个字，那顾客就在旁边插嘴，说，这个字大了，那个字小了，弄得我十分不自在。后来，我不开店了,便不再顾虑别人的感受,而是书写自己的性情。那字,便潇洒自如了,不再那么拘谨。

临池多年,我的体会是,写楷书,以前自己写得四平八稳,后来才悟到,楷书要写活来才好,要当行书来写。行书要当楷书来写,不能飘散,油滑。

二十多年来,我以笔墨与人结缘。我的字,走向了武宁的大街小巷,城市乡村。武宁烈士陵园的碑文是我写的。文峰塔上的"光腾云汉"是我写的。山水广场,那镌刻在石头上的字是我写的。亭台楼阁的楹联,更是写了无数。年底了,许多人家的结婚、乔迁喜联,均出自我的手笔。

"咬定长毫不放松,春秋尽在墨池中,人情察透心尤坦,任尔名风与利风。"这是我的心声。我在学习书法中秉承两点:一是褒贬不惊。面对别人的赞扬,不能忘乎所以,腾云驾雾,要尊重事实,认识不足;对于别人的批评,要正确对待,虚心诚恳,予以勉之,予以励之。二是重艺淡名。我学习书法的目标,不是为了入展获奖,入会,而是力求在艺术上循序渐进,精益求精,锐意进取,不图虚名,从而达到雅俗共赏,使大众称心,专家认可。曾经,有人提出要拜我为师。我便直言不讳地告诉他,如果你是为了出名获利,我劝你还是莫来为好,免得使你失望;如果你是为了提高一点书法技艺,我便乐意接受,共同研讨,我们的关系不是师生,而是同仁。

书法是我的生活方式,但是我从来没有想过要加入书法协会,就是有知道我书法的一些组织发来入会表,我也从来没有填报过。我宁愿做一个书法艺术的边缘人,不想给喜欢的东西增加负担。但是,我也愿意与方家交流,偶尔也发过一些作品参加赛事活动。

1995 年,江西省书法家协会主办纪念抗日战争胜利五十周年暨长征胜利六十周年硬笔书法大赛,我的作品获得三等奖。

2005 年,江西省文联、江西省书协主办"江西省第七届书法篆刻艺术大展",我的作品入选参展。

2010 年,江西省文联、江西书协主办江西省第三届楹联书法展览,我的作品入围大展。

2014 年,书法报社主办"洪平杯"第七届中国重阳书画展,我的作品获金奖。

2015 年,书法报社主办第八届中国重阳书画展,我的作品获银奖。

2016 年国庆节,当满城丹桂飘香,硕果累累时,我在武宁县博物馆举办专题书法展览。该场展览共展出书法作品七十二幅,分为三个部分,一是爱国篇,二是励志篇,三是处世篇。这次书法展,是对我的书法的一次总结,也是我献给书法事业的一份礼品。

曾经有人这样评价我:"胡韶华游身学海,临池不辍,寒暑不移,始有眼前光景。

他不重名头，讲求实学，谦虚谨慎，一身铁骨，宽厚仁慈，情寄毫端，悠哉乐哉。”我知道，这是朋友对我的抬爱，也是对我的勉励。

为了给自己一个总结，2011 年我自费编印了《无华墨迹》，今年又编印了《无华墨迹续集》，里面全是我自撰的作品，共有五十八首诗词，四十二副对联，十二条格言警句，用各种字体精心写成。

我年过古稀，桑榆晚景，斜晖满目，兴致依然。我将继续手持秃笔，书写自己的书法人生。诗曰：

退笔如山墨染池，
鬓毛斑白半成痴；
无须渭水将名钓，
自有春风上秃枝。

冬到九宫　　邹幽篁摄

做村干部与写诗歌

夏涓沅

一

我出生在武宁县鲁溪镇梅颜村。十四岁学木匠，做了十几年木匠，有了一点积蓄。1986年，我买了四轮车跑运输。有一次，为了帮朋友，我把车子借给他去用，结果出车祸了。我只好赔款，欠了四万多元。为还债，我外出到广东打工。有了一些积累后，2003年与人合伙买来一部装载机，在家做些小工程。

2008年，我去九江发展，进了一家大型公司，做中层管理。在九江，我交了一些酒肉朋友，业余时间，跟朋友们赌博，喝酒，唱歌，洗脚，就这样打发时间，形成了一个固定的生活圈。

有一天，我接到张沫一个电话，他是我生意场上的朋友，平时在一起喝酒、打牌的。他说，安徽来了几个做煤炭生意的朋友，要去陪一下。我就去了，喝酒吃饭后，去宾馆开房打扑克。打到了晚上十二点左右，张沫说加大筹码，打大点。安徽的朋友说，张总，你朋友敢玩大的吗？有钱输吗？那时，我也是个爱面子的人，朋友说玩大的，我也就不能示弱，打肿脸也要充胖子。当时，我身上带了六千元现金。我输掉了两万多后，说不来了。张沫劝我扳本，继续打。我说没有现金了。张沫说，没现金不怕，到安徽朋友这里借钱。原来，他们一伙有个人是专门跳火坑的，就是赌场上借高利贷。那人故意说，张总，你朋友有钱还吗？张沫说，你放心，大胆借给他，就是借一百万，他也还得起。

于是，我一开始就借了五万，当场扣去利息五千，四万五现金一会就输掉了，然后又开始借，那时，大脑好像不听我使唤了一样，云里雾里的，两个小时不到，我就借了五十万。怎么这么多？那人给我看了，一笔笔，我都签字认账了的。我有一张银行卡，放在那里抵押的。里面有五十多万元。他们用刷卡机当场刷去五十万元。

我的心，空荡荡的，一脚高一脚低，回到了家，倒头就睡。睡了三天三夜，心里想着，还是要去扳本，找他们赌，赢回来。我另外还有一张卡，里面有几十万。我拿着卡，去银行取钱，工作人员告诉我，余额不足了。我大惊失色，忙打电话给我妻子。妻子平静地告诉我，钱是她取走了，在九江买了房子。当时我十分生气，觉得是妻子坏了我的好事，碍了我的赌博事业。如今想一想，幸亏妻子当机立断，买了房子，不然，我又拿去赌博的话，输掉了，我半辈子的血汗就付之东流了。之后，我打电话给张沫，再也联系不上了。我终于醒悟过来了，那天晚上，我是被人当“猪”

宰了。我自认为最好的朋友,就这样坑害了我。我一度找不到生活的乐趣。

二

不再赌博以后,我连酒也不喝了,也很少外出应酬。很多时候,我在家里看电视,喝茶,抽闷烟。我老婆知道我喜欢看书,一次,她去庐山旅游时,带回一本《庐山诗词选》给我。我翻阅着,心头一亮,我不赌博了,要不,来学写诗词。没有老师,也没有文友,我只能自己瞎写。

2012 年,我父亲在九江第一医院住院。我在那里照顾他。一天上午,父亲说,你去外边走走吧,透透气。

我就信步来到烟水亭。那是上午九点左右。我在周瑜点将台附近走着,看着水波潋滟,看着风吹落叶,一时来了兴致,掏出一个本子,写诗。才写了三句,我感觉到后面有一个人在看我。一个老人,走过去,又走回头,站在我身后,看我写东西。我转身看他。

老人说:“你写吧,我打扰你了,可以给我看下你写的吗?”

我怕出丑,不给他看。他说:“不要紧的,给我看一下。”

他说得那么诚恳,我就给他看了。他看了看,说道:“你是在这里打工还是定居?”

我说道:“我父亲在这里住院,我是来照顾他的,顺便在这里散步,写点东西。”

“你可以啊。我每天要从这里路过几回,只见到在这里打牌的,唱歌的,跳舞的,唯独见到你在这里写诗。你要是有兴趣的话,我们可以交流一下。”

说完,他就在我本子上写下一个电话号码和名字,然后指点了我几句,就离开了。

回到了医院,我的一个朋友来探望我父亲,他在九江学院工作。我告诉他,今天遇到一个老人,跟我聊天,告诉我不要写古体诗词,而是要写新诗。他说:“你写古体诗词,总写不过唐诗宋词,看你的用词造句,应该去写新诗。”

我朋友看了那个电话号码和名字,惊道:“老夏,他怎么把电话号码给你了?他名叫叶新光,是九江学院的教授,改天,我带你去拜访他。”

后来,我跟着我的朋友去拜访叶教授。在叶教授的个人工作室,看到叶教授带了很多学生在那里写字,画画,写作。文房四宝井井有条,文气氤氲,果然不同凡响。

后来,我和叶教授常联系,以后还互加了微信。我每每有了新作,就发给他看。他就会给我提出一些意见。当然,他不会给我改错别字,而是写评语,让我自己去领悟。他说,写诗是一个提高自己素质的过程,不要太在意别人说好说坏。

在叶教授的指导下,我有了进步。他是给我帮助最大的人,给我启发很多。从此,我学会了即兴写诗,在生活中,看到了有诗意的亮点,就随时写下来。

一年后,叶教授叫我去九江学院给大学生上一堂课。我说,我哪里能讲课啊?叶教授说:“叫你讲写作理论,你肯定讲不了,我只要你讲一讲,你是如何开始写诗的,又是怎样坚持写诗的。”

叶教授当着学生的面,介绍道:“这是我唯一的一名农民学生,也是我最后一名学生。让我们来了解他的写诗心路,分享一下他的写诗心得。”

我虽然有点拘谨,但还是很真诚地和大家讲述了自己学习写诗的历程。我说,我最初写诗,是为了我娘,我娘走了,我思念她,情不自禁,写下诗歌怀念她。虽然不登大雅之堂,但却是我的真实感受。

我写诗,很入迷,每天要求自己进入写诗的状态,不写出来,就不睡,哪怕熬到深夜一两点,也要写出来。我就是这样坚持写,寄情于笔,融情于字,书写着人生旅途中的一些流光碎影。

三

2013 年底,有领导来九江找我谈话,希望我能回村里做点事。那时,我正好想离开九江那个生活圈,于是就回到梅颜村了。2014 年 12 月 12 日,我通过竞选,成为梅颜村村支书。上任才十五天,县纪委就来村里找我谈话。原来,有人把我告了。我的罪状是,不务正业,三教九流的朋友多,有地方势力。

我对纪委的人坦白,我朋友多,不错,那是因为我在生意场上混过,朋友来了,我自己掏腰包接待,没有花村里一分钱,这个有据可查。我以前在生意场,在那个圈子生活,是赌博过,我承认。我正是希望告别那种生活,才愿意回到村里来的。我在学习,不断提高自己的素质,请组织以观后效。

为了当好村支书,我虚心向前任支书请教。我们梅颜村,有十三个自然村,四百八十多户,两千三百余人。我上门上户,哪家有多少人吃饭,有几个孩子读书,几个外出打工的,我都用笔记下来。哪家有困难,我都了然于胸。

从周一到周日,我都在为村里的事情忙碌。早上,天还没亮,就有老百姓来敲门,找我也没有很大的事情,就是一些邻里纠纷,家长里短。通过找支书说一说心里话,他们得到一种安慰。作为村支书,我会站在中间立场,调解是非。我首先把当事人单独叫到一边,指出他不当之处。然后,再把双方叫到一起,断个是非,让他们心服口服。做好笔录,写下调解书,让他们签字,下次就不用再来了。

做老百姓工作,就是要从细微之处入手。平时,我去鲁溪镇,或者是去县城,开着小车去,在村口马路上,看到了村里的人,就问,你去哪儿?目的是让村民坐我的顺风车。

老百姓很诚恳的,他叫你去家里吃饭,你一定要去。如果有应酬,去不了,晚上回家,哪怕是十二点,我也会敲门拜访,去他家里坐一下,解释今天有事,不然老百姓会生气。

百姓,百性,个人性格不同。老百姓对支书有意见,有看法,马上就会表露出来,脸色变黑。你给他解释清楚了,马上就多云转晴。他们是很淳朴的。比如,你开车在城里迷路了,能指示你的,最多不过是路上的指示牌,在乡下,你向老百姓问路,他不仅会告诉你怎样走,还要一直望着你,是不是走对了。

老百姓是很真诚的,不像我以前在商场上遇到的那些人,表面一套,暗地一套,就是为了一个利字。老百姓不同,为的是情,为的是义,不带其他任何目的。老百姓要的是一个公道,一个安慰,或者是一个台阶下,得到了这些,他就心满意足了。他若感激你,家里即使只剩下两个鸡蛋,也舍得全部拿出来给你吃。这就是跟老百姓打交道的乐趣。这就是我做村支书过程中感受到人生的价值。只要用一颗真心对待老百姓,就能换到老百姓的真心。跟老百姓接触,对我是有益的。我之前在商场上学的不好的东西,沾染的坏习性,在这里都过滤掉了,我变得纯净,心灵轻松,找到了一种人生的满足感。

当然,我来做村支书,也想为老百姓做点实事。在弟弟的帮助下,我们从九江引来了两个工厂。一个是浩川消防梅颜竹梯厂,一个是浩川消防梅颜制衣厂。竹梯厂安排了三十多人上班,制衣厂实际上是一个扶贫车间,集团仍然有这个厂,这个车间是厂里放到村里的,可以安排二十多人做事。在竹梯厂,技术工最高的月薪有八千,杂工有五千。制衣厂是女工,计件的,月薪也有两千多。村里有了厂,闲人就少了,是非也少了。

为了帮助村里贫困户脱贫,县里派了驻村第一书记和扶贫工作组,建立了扶贫基地,这对村里是很大的帮助。

几年来的工作,不仅得到乡亲们的认可,也得到组织的肯定。连续六年,梅颜村都被鲁溪镇党委、政府评为先进单位。我个人也在 2018 年、2019 年两次获得武宁县委、武宁县人民政府表彰的先进个人称号。这对我是极大的鼓励。

四

我原来在生意场,深受赌博之害。爱上写诗后,我的业余生活完全改变了,既不沾赌，也不沾酒。到村里做支部书记后，我更感觉这两点自律的重要。当村支书不赌博是不需要说的，否则怎么做群众工作；喝酒也是极难处理的，一旦喝上了，就没完没了，就会误事，就会影响形象。这两点我禁绝了，时间一久，朋友也不怪了。

为了改变乡风，我首先是去宣传赌博对家庭和社会的危害性。屋场里，有打扑克的，有打麻将的。我就站在那里，看他们赌，不作声，也不走。他们玩了一会，见我在，就自动散了。我有时也会说，赌博害人，被派出所抓了更不好。

我想到，农村为什么会有打麻将和扑克的风气，不就是文化生活单调，缺乏引导吗？为了振兴乡村文化，我在2015年提议在村里创办竹林堂诗社，得到了大家的拥护，说这是好事。当时有社员十三人。如今有社员二十六人，我们诗社一个月召开两次诗会。大家有空，晚上就到我家里，坐下来，谈诗词，谈创作。竹林堂诗社，团结了一批热爱诗词热爱书法的人，出了一本书，是一成果。

同时，其他文化活动也慢慢开展起来了。村里的文艺活动还有很多，每个屋场半个月就搞一次文艺晚会。大家一起唱歌，唱采茶戏。跳广场舞、交谊舞，还有马仔灯演出。听说自己的屋场要办晚会了，外出打工的村民，从南昌、武汉都赶回来，在县城里的更不用说了，像是过年一样，大家自娱自乐，其乐融融。我呢，接到邀请，就参加，不管到了哪个屋场，我就表演一个节目，朗诵自己写的诗歌。

办诗社，写诗歌，让我结识了武宁作协的朋友，我们成了文友，有了更多的机会学习与交流。我们之间是淳朴的感情。我之前赌博场上的朋友，一个都没有了。

2017年，武宁县作协、县报社到我们村里举办了山水武宁首届中秋风雅颂，吸引茶戏、灯队、歌舞等文艺团队等一百多人来助兴，会场人山人海，山村像过节一样热闹。竹林堂诗社的社员，第一次登上更高的平台展示自己，报纸出了专辑，这在村庄的历史上，也是从来没有过的。

此后，我有幸多次参加江南风雅颂组织的文化采风活动，看那些老师和我一样活动，却能写出那么精彩的作品，我受益很大。我每次都坚持写，目的就是希望得到老师们的指导，也以自己的作品能够不断与文友的作品一起发表感到快乐。

2018年中秋风雅颂在高山人家双新举行，我的作品《山上月亮情》被选为诗会作品，由我和张一丁合作朗诵，那种高端的精神享受，真是终生难忘：

一片燃烧着激情的辣椒地
枝头挂满了
晶莹透亮的笑容
脉脉含情
轻声细语地钻进耳朵

悄悄地呢喃着
今夜约会哦

我写诗，没有什么功利性。我在生活和工作中，高兴想写；遇到了不顺心的事，也想写。就是用这种方式记录山村生活，好像是一种村居的凭证。

但是村里的精神文明建设，却有了很大的进步。2019 年 5 月，梅颜村获得了江西省委、省政府颁发的第六届江西省文明村镇光荣称号。2019 年 11 月 16 日，新华社记者黄浩然到梅颜村采访，对乡风文明情况进行报道，山村的文化风景上了《新华每日电讯》头版头条，让梅颜人感到自豪。

今年春节前，江西电视台“天南地北过大年”节目组来梅颜取景，拍摄了村里的马仔灯表演等节目。

当初，我要离开九江回武宁，从公司里辞职，我三弟，公司负责人，认为我当不了支书，说我是个不务正业的人。现在，他看到我这个样子放心了，说我走正道了。

说实话，我在村里做点事，得到了我弟弟的大力支持和经济上的照顾。我儿女成家了，妻子还在九江上班。我就一个人在村里，没有什么负担，可以一心一意做点事。

蘸着午夜的月光，我写下这些文字，不为往事扰，但愿余生笑。我会在梅颜村坚守自己的岗位，站好自己最后一班岗，写好自己心中的诗篇。

竹林堂　　邓京丽摄

我与有声语言

付赛鹰

一

我从小就比较自卑。究其原因，可能有这几点：一是我小时候家境贫寒；二是我个子不高；三是我的学习成绩一直不太好。所以，不管在什么场合，我总觉得低人一等，不敢随便当众说话。

九岁那年的某一天，我好不容易从母亲那里吵到了几分钱，打着赤脚兔子般跑到八华里以外的船滩街买油条吃。我很喜欢吃油条，还是一年前吃过一根油条，那是我爷爷用卖草鞋的钱给我买的。此时油条摊旁挤满了人，我从人缝里钻进去买了一根，却发现油条只有大半截，我马上对老板说："老板您给我换一根，好吗？"老板忙于生意，半天都不理我，后来等客人不多时看了看油条说："你这伢崽，那小半截肯定被你捏来吃掉了！一看你就是个油头滑脑的家伙！我不跟你换！""我没有，我我……没……没有！"我急得语无伦次，半天说不出一句话来，旁边的客人用冷眼看着我，老板又忙他自己的事，再也不理我了，就把我当空气一样。我呆呆地站在那里不知怎样开口说话，最终我还是没有如愿，那天我是哭着回家的。我恨我自己：怎么你就这么差劲？母亲生把嘴给你，怎么就不晓得用来与别人争辩呢？

初三那年，有一次，我远远看到我的英语老师迎面走来，我马上绕道走开，当时我也不知是什么原因，反正就是不敢与老师说话，哪怕叫老师一声都不敢。我总是羡慕有些人，不管遇见什么人，都可以应对自如、谈笑风生。

1984 年我中考失利，下半年我与其他同学来到修水太阳升中学补习。临近中秋节，班级举行了一次文艺晚会，班主任指定我和另一位女生当主持。我生性木讷，为什么要选我呢？后来班主任说："你成天只顾看书，不愿意与其他人交流，我特意让你当主持，就是给你一次锻炼的机会！"果然，那次主持居然获得了成功。文艺晚会不但安排得有条不紊，而且在我和另一位女主持的鼓动之下，同学们个个热情高涨，一个个精彩的节目把晚会一次又一次推向高潮。那次之后，我对主持产生了一点兴趣。

二

1985 年，我考上了修水师范。初入师范，我发现，师范的生活与初中的生活完全不一样了。其中最大的不同就是师范开设了很多兴趣小组,有舞蹈、声乐、钢琴、篮球、足球、书法、钢琴、计算机、演讲等等。这是我第一次听说“演讲”这个词。我当时想:演讲演讲,大概就是边演边讲吧?我毫不犹豫地报了这个兴趣班。那时候,我的想法是很朴素的:我不会说话,尤其是不敢在公众场合大声说话,参加此小组之后,我的嘴巴总会变得灵泛一点吧。

演讲兴趣小组的指导老师是刘振宁老师。他给我们指导的第一个作品是一首朗诵诗,记得那次刘老师在讲这首诗的时候,情绪非常激动,讲着讲着,眼角竟渗出了泪花。那次让我懂得:原来诗歌可以这样读,原来文章可以这样打动人,原来语言这样有魅力!

1987年,修水师范组建了一个文工团,我被选拔为语言类的演员。学校为了提高文工团演员的整体素质,从修水文化馆请了专业的老师来指导,其中指导语言类的是梁学四老师。梁老师在修水乃至整个九江地区都非常有名气,他曾在修水师范的千人大礼堂举办过故事专场。他所讲的故事,跌宕起伏,张弛有度,所刻画的人物形象,惟妙惟肖,妙趣横生。记得那场故事会历经两个多小时,观众中途竟无一人离席,他幽默风趣的语言、夸张搞笑的表情时时引得观众捧腹大笑,引发雷鸣般的掌声。

艺术的感染力是无穷的,它会让人忘记一切,也会让人刻骨铭心。后来,他在指导我的过程中,有一句话让我记忆尤为深刻:讲话也好,演讲、朗诵也好,最忌讳的就是一成不变,一位姑娘和一根电线杆站在一起,你喜欢看谁?当然是看姑娘了,因为她前凸后翘、有曲线美。为什么不喜欢电线杆呢?因为它从头至尾一样大,没有变化。他还说:我们在舞台上表演时,一定要自然得体,一定要多向生活学习。那一年,我和修水师范的女播音员黄明同学合作朗诵了一首《风流歌》,当年在修水的一次晚会上获得比较大的反响。

黄明同学长得很漂亮,也很爱美。平时她一般都穿高跟鞋,那次在彩排时,梁老师对黄明说,你穿高跟鞋就显得比付赛鹰高了。她抿嘴一笑说:这好办,我马上换平底鞋。梁老师说:这就对了!一个作品的成功,其实就得益于俩字——和谐,人与人之间的和谐,句子与句子之间的和谐,人与句子之间的和谐。

1988年春季的某一天,我正在修水县黄港镇中学实习,突然接到从修水师范打来的电话,叫我马上回学校,有急事!原来,学校将要派我代表九江地区到景德镇参加全省的师范生讲故事比赛。那一次,我兴奋得几个晚上都睡不着觉。到了景德镇,我一边欣赏当地的优美风景,感受这座古老名城的文化底蕴,一边揣摩怎样讲好我的故事。后来,尽管我只得了三等奖,但这大大增强了我对讲故事等有声语言的兴趣和信心。

三

1995 年,武宁县委宣传部举办了一次主题为“学习孔繁森　做人民的好公仆”的演讲比赛。大赛分初赛和决赛两个阶段进行。在初赛阶段,澧溪、清江、船滩、东林、南岳、上汤等几个乡是同一个赛区,算是西片区,承办单位是澧溪中学。初赛,我荣幸获得第一名。一个月以后,我代表西片区参加了全县的总决赛。第二天,在高档气派的武宁宾馆会议厅,当主持人向观众介绍我后,我步履从容地走上舞台。这是我人生第一次走上这么大的舞台,心里不免有些紧张。但当我用沉痛的语调讲述孔繁森同志平凡而伟大的经历时,我就慢慢进入了角色当中,心里一点都不紧张了,我的情绪完全被孔繁森的事迹所感染。我时而沉吟,时而激昂,时而愤怒,时而感慨……我觉得,我这不是在演讲,我是和一群知心的朋友在促膝长谈,在深情倾诉。我感觉到,所有的观众都融入了我的情绪当中,他们或悲或喜,或怒或怜……几分钟的演讲,就是我和观众的思想在碰撞交融,就是我们的灵魂在相拥共舞。那次我的演讲结束后,雷鸣般的掌声经久不息。最后我荣获一等奖,这是我在武宁县演讲比赛方面获得的第一个一等奖。

1998 年,我获得汉语言文学本科文凭,同年 9 月,我被调到武宁职业高中工作。

1998 年的洪水,百年不遇。某一天,我接到兰浩义校长的任务,武宁县教育委员会和武宁县文化馆要共同举办一场抗洪抢险的慰问演出,要求我谋划出一个节目。我随即写了一个小话剧剧本,题目是《生命之歌》。这个剧本讲述的是一对兄妹生死离别的故事。哥哥妹妹从小就没娘,爹爹体弱多病,妹妹聪明懂事,在读小学,哥哥成熟稳重,在抗洪抢险队伍中日夜奋战,最终不幸牺牲。妹妹思哥心切,晚上在梦中与哥哥遇见……

经人引导,县文化馆的陈老师对我进行辅导,他对人物角色的把握非常到位,愤怒的、悲伤的、惊恐的、失意的……每一种表情、每一个动作他都拿捏得恰如其分,他入戏非常快、带入感非常强。他对语言的快慢、轻重、停顿同样表现得得体自然、淋漓尽致。在我看来,他就是一个技艺高超的指挥家,把这个作品指挥得高潮迭起、精彩绝伦。那天晚上,我们听陈老师讲戏听得入了迷,一直到晚上十二点多了,我们才想起回家。

后来,这个作品在舞台上获得了很大的成功,同时剧本《生命之歌》也获得优秀创作奖。

2003 年,县里组织一次演讲比赛。比赛同样分初赛和决赛两个阶段进行。首先,我参加了县文化教育系统的片区赛,获得一等奖而取得决赛资格。武宁教育局对此项活动非常重视,为了备战决赛,安排了翁还童老师对我进行了精心辅导。

那是我第一次与翁老师谋面,以前只知其名不知其人。翁老师不苟言笑,但说话精练独到。他有两句话至今让我受益匪浅,一句是演讲一定要吸引人,内容要新、形式要新;另一句是演讲的声调不能一直在高位上走,高要上得去,低要下得来。我对演讲稿进行了适当的调整。我以王安石《伤仲永》里面所讲的故事为开头,强调了后天教育的重要性,然后结合武宁教育的现状,突出发展职业教育的必要性,再具体列举武宁职业中专怎样贯彻落实十六大精神,大力发展职业教育的做法及所取得的成果。在形式上,我摒弃了一直在高位上走的不良习惯,运用声音的高低对比来展示演讲的音律美。

后来决赛在武宁电视台装修豪华的三楼演播大厅举行,我又一次荣幸获得一等奖。

2008 年,经武宁县委、县政府研究决定,在全县深入开展"求科学发展之真、务项目建设之实"主题教育活动,其中一个活动就是举办"项目建设年,人人做贡献"演讲比赛,比赛分初赛和决赛两个阶段进行。此次比赛,我以分赛区(初赛)第一的成绩进入决赛,结果决赛也获得第一名。这次比赛给我最大的体会就是,任何一场比赛,演讲稿都要紧扣主题,内容都要紧贴时代脉搏。我是搞职业教育的,我当然就从武宁的教育现状出发,以普通民众的职业教育观为切入点来展开论述。写演讲稿是一个痛苦的过程,有人说,写作就像女人分娩,一个新生命的诞生,必须经历一波又一波痛彻心扉的阵痛过程。

这是我在演讲的道路上,让我引以为豪的"三连冠"。

四

我喜欢参加语言类的比赛,不为别的,只为喜欢。

我妻子总是笑骂我:你这个东西就是不务正业!你就是第二个奶爷。"奶爷"是我和妻子及几个舅子对我岳父的称呼。我岳父读过几年老书,喜欢帮别人主持婚庆、葬礼,喜欢写祭文,读祭文,喜欢跟道场里的道士咿咿呀呀唱几句道等等。他一年四季,走东家,串西家,就是很少回自己的家。我岳母常常阻挠他,我岳父说:"我一生没其他爱好,你就随我吧。"岳父经常在自己家吃完晚饭后去帮别人忙乎,有时甚至到了半夜,从来不计报酬。我岳父读祭文时特别投入,好像逝者不是别人,而是自己的至亲。他读祭文时,抑扬顿挫,张弛有致,如泣如诉,念到动情处,他会涕泪长流,呼天抢地,常常惹得旁人泪水涟涟。我妻子总说:"你看奶爷真丢人现眼!钱赚不到一个,功夫耽误不少!"以前我常常附和妻子的话,但随着时间的推移,我越来越发现,其实我妻子说得不错,我就是第二个"奶爷"啊!从某个意义上来说，我和“奶爷”何其相似！

但是，我还是我行我素，乐此不疲。

我对演讲是如此的挚爱。2012 年，我所撰写的论文《朗读，中职语文教学课堂中流动的音乐》一文，在参加课程与教学研究所举办的第六届“创新杯”教育教学科学成果评选活动中被评为教育类优秀科研成果一等奖（国家级）。

2014 年 4 月，由九江市委宣传部、九江市教育局、九江日报社等共同举办的“我们的节日——首届‘谷雨杯’九江市青少年中华经典诵读大赛”决赛在九江同文中学举行，武宁县职业中专代表武宁县的高中组出征，以一首散文诗《最后一只藏羚羊》获得全市高中组的第二名，这是一个令人欣喜的成绩。当时，我作为该节目的辅导老师，高兴得流出了眼泪。因为，我们打败了包括九江一中、三中等这样高大上的学校！谁说职业学校就比别人差！谁说我们就低人一等！这个节目当时得到学校的高度重视，时任副校长的李蜀先生从初赛到决赛全程陪同，决赛那天，他忙上忙下，连参赛选手和指导老师的早餐都一一帮买好。这个节目之所以获得这么好的成绩，我想不仅仅得益于李倩和王辉同学高超的朗诵技巧，更得益于朗诵之外细节的东西，正所谓的出奇制胜吧！记得开始我们初赛是第三名，朗诵的篇目是《青春中国》，初赛回家之后，我与李蜀校长商量，要想获得突破，我建议做两个改变，一是改换篇目，改成《最后一只藏羚羊》，二是在中途插演几段舞蹈。李校长采纳了我的建议。后来，由学校的舞编王一博老师编舞，由王老师和葛丽老师共同领舞，一个十多人的舞蹈队迅速组成。最后，在决赛的舞台上，舞蹈与朗诵交相辉映，向评委们和观众们呈现了一场视觉和听觉的饕餮盛宴。

2015 年，我参加了中央人民广播电台第四届“夏青杯”朗诵大赛。大赛分两步进行，第一步是在网上初选，我荣幸通过，第二步是在线下比赛。2015 年暑假，由中央人民广播电台主办、江西教育电视台和江西师范大学科学技术学院承办的“夏青杯”朗诵大赛复赛在江西教育电视台举行。当我站在金碧辉煌的演播大厅，当我面对几部乌黑锃亮的摄像机，我的心里又兴奋又自豪。我以一首诗歌《流浪的叶子》获得江西南昌赛区成人组的二等奖。在那次比赛中，我遇到了一位七十五岁的老者，他是江西某高校的退休老师，我很好奇，问道：“您老这么大年纪还来比赛干吗啊？”他笑着说：“喜欢呗！”我想我此次来南昌比赛，不但收获了一个不大不小的奖，还收获了一位古稀老者的笑容。

2019 年 4 月 28 日，九江市首届学生“学宪法，讲宪法”演讲比赛在九江三中举行。我指导的学生张玉苗同学代表武宁县高中组应赛，结果她一路过关斩将，摘得金牌！由于这次比赛，她获得了江西省学生“学宪法，讲宪法”知识竞赛的参赛资格。她将与九江地区的小学代表一名、初中代表一名和省内某大学代表一名组队代表九江地区参加省赛。在到省城参赛之前，我作为指导老师，只有奋发努力，希望把她送上省级最高领奖台。

经过前期的征集和筛选，来自全省各设区市选派的参赛选手和全省高校选派的选手四十四人，组成十一支代表队，参加了 A、B 两场小组赛。经过两场小组赛的角逐，九江代表队获得第一名！

2007 年，武宁县职业中等专业学校创办学前教育专业，后来又陆续开办旅游服务与管理、客户服务、航空服务等专业，这些专业都开设了普通话课和演讲课，就读这些专业的每一个同学普通话水平都要达到相应的国家标准：二级乙等。我有幸成了这两门课的专业老师，我与我的学生们在有声语言的海洋里恣意冲浪、畅游。多年来，我总是以我的亲身经历告诉我的学生：当初我的嘴是何等的笨拙，连小半截油条都争不回，而如今我却以此谋生。我就是一面镜子，你们每一个人在我面前都可以找到自信。

但是，随着我对有声语言探索的不断深入，我越来越觉得我肚子里的货是如此的浅薄，我掌握的东西实在太少了！到目前为止，说实在的，我还没有一部满意的作品。

我觉得，路才刚刚开始……

谷雨诗会　　邹幽篁摄

童年的世界

谢飞鹏

从我家到我们的村庄，再到我们的大队部，这就是我童年的整个世界。童年的世界很小，但在童年的我的眼中，却是一个广阔的天地。若干年后，当我回望童年，那个日渐遥远的世界依然是如此清晰……

珠　子　笼

珠子笼是我家的小地名，那里只住有我一家人，珠子笼也就成了我家的代称。我到村里玩，母亲到屋角头大声呼我吃饭，边上的大人听了会这样提醒："双，珠子笼在叫你吃饭哩……"

我不知道这里为什么叫珠子笼。我家后面是大山，前面是一片开阔的田垄，中间有一个圆圆的小土墩，像是一颗珠子。两道低矮平缓的山丘一左一右逶迤而来，好像把我家和那个小土墩都关在笼子之中，这应该就是珠子笼得名的由来吧。

和村里其他人家一样，这里没有什么特别之处。但母亲却总是说，我们珠子笼是个好屋场。她是这样解释的：当年做屋打地基时，挖到了旗杆石。她特别强调，从前只有出了举人或进士，大门口才能竖大旗的。这样说来，我们珠子笼确实是个好屋场。

虽然母亲总说珠子笼是好屋场，但那时我家却很穷，和我想象中好屋场该有的光景有着很大的差距。我们每餐吃的都是薯丝饭，揭开炉罐盖子，上面尽是薯丝。每次吃饭，母亲都用饭勺把薯丝扒开，尽量从里面挑白米多的饭盛给我。

因为生活很苦，父亲和母亲非常勤快，他们忘我地劳作，希望把日子过好点。而对我来说，除了玩几乎就没有其他的事了。不过有时母亲也差我做点小事。我在坪里打陀螺，鞭子"叭叭"地抽着，陀螺"呼呼"地转着。"双，去拔两茎大蒜来。"忙着炒菜的母亲叫我。我正玩得起劲呢，听到母亲呼叫后不敢怠慢，忙向屋背头的菜园跑去。大蒜、韭菜和葱杂种在一起，我找到那块地畲，挑上几茎硕壮的大蒜，抠着根须拔起来，然后飞快跑到屋西头的水潭边上，洗干净后送到厨房的灶台上。灶膛里不时冒出青烟，母亲眯着眼睛一边切菜，一边用锅铲翻动锅里。我正要接着去打陀螺，母亲又说："菜炒好了，去叫你爸来吃饭。"父亲去犁田了，我又赶紧跑到坪外沿，双手拢在嘴上对着前面的田垄大喊："爸——爸——吃饭啦——"父亲正呼斥着牛："转——角——"于是我放大声音再呼："爸——爸——吃饭啦——"父亲提着犁从田角转过来了,他瓮着声音应道:“听到了,犁完这圈就来。”

父亲母亲的辛勤劳作,也只是让我们免受饥寒而已。稍大些后,当母亲经常说起我们珠子笼是一个好屋场时,有一次我忍不住说:“伊(我们那里对母亲的称呼),我家这么穷,这里还算好屋场呀?”母亲却说:“当初做这房子时,位置往里偏了点,这样发起来就慢了。风水先生说过,到了你手上我家会发达的。”说罢母亲摸着我的头又说,“蠢崽,我们现在算是好的,你不知道,当初和你爷爷分家时,日子有多么苦。我和你爸只分到一只破炉罐,两只半碗(其中一只破的),三升半米。”

如此说来,现在我家日子确实是算好的了。让我感到不解的是,爷爷只有父亲一个儿子,当初为什么这么抠门?母亲告诉我,其实爷爷那时也穷呀。爷爷有四兄弟,只有爷爷娶到了老婆。爷爷能娶到老婆纯属运气好。我的奶奶是当地大户人家的女儿,因为不愿给一个做官的当小妾,他父亲一气之下,就将她撂给了当时他家的长工——我的爷爷。为此,我的奶奶却一直非常忧郁。爷爷不但穷,脾气还很坏,经常打老婆。生下父亲三个月后,奶奶就服毒身亡了。母亲带我去看过她的坟,就在我家珠子笼的后山。她特意嘱咐我:“你要记得,这是你爸的娘的坟。她是个苦命的女人,以后我们老了,每年都要来给她上坟。”这话我牢牢记在心中。

爷爷脾气很坏,对我却很好。母亲说,要是她去菜园里做事,听到我在摇篮里哭,爷爷就会赶紧过来摇我。他一边摇一边说:“这孩子生得大气,困觉都撒手撒脚的。看他的骨架,不到十六岁就是个梢长大汉了。”

爷爷过世时我还不到两岁,对他没有一点印象。我所记得的除了母亲说的那句话外,就是在父亲母亲辛勤的劳作下,日子终于好些了,当然也只是煮饭不用再拌薯丝,有了纯纯的白米饭吃而已。

母亲经常说,屋场到我手里会发达起来的,使我不由对未来充满了美好的憧憬。多年以后,我长大成家了,可是并没有发达。母亲还是这样说,我们珠子笼是个好屋场,到了我手上是会发达的。有一次妻子也忍不住了:“伊,现在我们都当家了,也没怎么发达呀?”

母亲说:“你们还不算发达呀?你老公考上了师范,是村里第一个吃到公家饭的。你也教书有工作,村里都羡慕我们家呢!”

哦,在母亲看来,这就是发达呀!

母亲见我们有些不在乎,便指着房屋四周解释给我们听:后面的大山是来龙,前面远远的山尖是案山,左面那道绵延的小山丘是青龙,右边的那是白虎。屋背来龙高,前面案山远,还有青龙白虎护卫,这样的屋场还不好吗?你们后头的日子会更加发达的……

母亲说得有板有眼,好像看到了我们日后的飞黄腾达似的。虽然我对风水不懂,但觉得能在这样好的地方安居,确实不错。以后只要看到那些傍山而建的农家小屋,我就会想到,有那么一座大山,下面有个好屋场,那就是我的家——珠子笼……

胡 家 塅

胡家塅是我童年最好玩的地方。

胡家塅本来专指我们村庄的大屋里,简称塅里。因为村里大部分人家集中在那里,所以胡家塅成了我们村庄的大地名,我们这个小队便叫胡家塅小队。

这里虽然叫胡家塅,但一家姓胡的都没有。至于这里原来是不是住的胡姓人,村里谁也不知道。大家想的是如何把日子过下去,谁会操心地名是怎么来的。

胡家塅不大,二十来户人家,百余口人,住的都是杂七杂八的姓。用村里人的话说:胡家塅是呼拢的班子,做起事来心不齐,都是“黄牛角、水牛角,各顾各”,甚至经常有人会因一点小事争得面红耳赤。但一个村只有这么大,低头不见抬头见,过两天也就好了。

我经常去塅里玩。那里有很多孩子,他们的名字很有意思。男的大都叫什么狗,如春天生的叫春狗,秋天生的叫秋狗。有一个是他娘四十多岁时生的,他爹老年得子十分惊喜,给他取名为送狗,意思是上天送给他的孩子。还有叫虾人的,那是生下来很瘦小;叫洪水的,那是生他时发了洪水。女孩就叫什么姑娌,大女儿是大姑娌、二女儿是二姑娌,小女儿是细姑娌。姑娌多了分不清,住在上屋的便叫上屋细姑娌,住在下屋的便叫下屋细姑娌,一村的女孩都是姑娌。

我们玩得最多的是藏人游戏。由谁来寻人用点指头的方法决定。大家蹲下把无名指伸到一处,一人口中念着“点点指指,乌云茂密;新官上位,老官请出”,依次点着大家的无名指,“出”字落在谁手上,谁就可以去藏好。这样点到剩下最后一个,就由他去寻人了。寻人很难,有些藏得紧的半天都找不到,所以大家都愿意去藏,而不愿寻人。我有点小心眼,口诀是十六个字,我会暗暗计算,怎样让“出”先落在我的无名指上,因此很少轮到我寻人。这个秘密直到现在他们都不知道呢。

我们还玩一种剥蛋壳的游戏。捉迷藏是寻人,剥蛋壳则是找物。大家先把一个人的眼睛蒙上,将一个东西(例如小石头)随意藏在一个人的手心,一边唱着:

种莲子,开莲花,种到谁人手里佳不佳。
家家种大蒜,大蒜种木耳。
木耳九月九,拧紧拳头张开手。

黄牛角,水牛角,放牛崽俚出来剥蛋壳。

…………

我们唱完了,蒙着眼睛的小伙伴便把手巾解开,掰开大家的手掌来找。这个游戏不太好玩,但那首童谣太美了,我至今记得清清楚楚。

童年的时光是美好的,但流逝得也很快。稍大一些,我们便要帮家里干点活了,如砍柴、打猪草、耘禾割禾等。砍柴、打猪草好些,可以邀着伙伴一同去,和玩差不多。我最怕的就是耘禾割禾了,尤其是到塅里的大口耘禾割禾。

分田到户后,我们每家都有责任田。田是按户口分的,我们都叫户口田。我们计量田的大小不用亩,而是用担。这块田可以割到多少担稻谷,就叫几担谷田,这样的名字真是亲切。我们村里每个户口大概分到八担谷田。村里好的谷田都集中在塅里,我家在那边也有一块。那块田可以割八担谷,我们叫它大口,刚好是一个户口的田。

大口确实是一块好田,不但很肥,用水也方便。在大集体时,种的是高杆,那种产量不高的种子都可以割八担谷。分到我家种后,用的杂交种。每年开春后,父亲还要往田里挑粪,这样田就更肥了,八担谷田可以割出十担谷。虽然收成这么好,但我却有些畏惧那个大口,因为面积太大,不论耘禾还是割禾,一圈下来要大半天。不像那些小田,几下就弄完了。见我露出畏怯的眼神,父亲便说:“种田是很辛苦的,想不吃苦那就要好好读书呀!”

我读书倒是不错,中学毕业后考上了师范,由农村户口成了城镇户口。村里规定,户口迁走了是不能占田的,我名下的田要拿出来。大口刚好是一个户口的田,离我家又比较远,虽然很肥,考虑再三,父亲还是很不舍得地拿出去了。

我参加工作好多年了。虽然走出了农村,但是每次回到家中,我都喜欢去胡家塅走走。经过那个大口时,村里人见了便说:“双喜,你回来啦。喏,这块大口原来是你的户口田呢?”真没想到,我的户口虽然不在村里了,但大口却像一根无形的纽带,始终把我和这个村庄紧紧联在一起。

是呀！虽然没有了户口田,大家一样把我当村里人看,不管谁家做红白喜事都会请我,让我感到无比的温暖。

香 炉 山

我们大队部(即现在的行政村)后面有座山,山上有座小寺,寺里有对大香炉,那寺便叫作香炉寺,那山便叫作香炉山,我们大队也就叫作香炉山大队了。香炉寺在二十世纪六七十年代被毁掉了，那些砖做了大队部的礼堂。那对香炉本来要被砸掉，据说被当地人悄悄埋在礼堂地基下面保护起来了。虽然没有了香炉没有了寺，但我们那里还是叫香炉山大队。

香炉山是我童年到过的最大地方。说最大其实也不怎么大，就是大队部周围聚居着几十户人家而已。一条铺着石子的便道从中穿过，旁边有商店、药铺。虽然不过百米来长，住在那里的人却把它叫作街。现在看来叫街确实有些勉强，但在童年我的眼中，那里不但很大，而且很不简单。

第一个不简单的地方就是药铺。去上学时，我最怕经过那里，因为药铺的主人养了条咬人的狗。到了那里我先远远地看好狗在不在门口。要是在我就停下，等着熟人给我赶狗。有时看见狗不在门口，等你过去时，它冷不丁窜出来，吓你半死。不过还好的是，只要你站着不动，它在你身上嗅几下就离开，不会咬你。还有，只要给过它饭吃的人，不管多久，它都不会咬你。那狗还是挺讲义气的。我总想弄点饭给它吃，可惜一直没有机会。不过我也从未被它咬过。

过了药铺，隔着两户人家就是商店。那是我们大队唯一一家商店，当然不简单。那时我很少有零花钱，但经过商店总喜欢看看里面。我人还没有柜台高，柜台前面搁着一块踏板，我站在上面，努力把头伸出来，看到里面有糖果、麻饼，那都是我喜欢吃的。那个卖货的人很神气，见我伸出头在看，冷硬地说："不买东西，有什么好看的。"于是我赶紧从踏板下来向学校走去。我想，做卖货的人真好，商店那么多东西，想要什么就拿什么，怪不得他那么神气了。

大队的礼堂也是一个不简单的地方，我很喜欢它，因为那里经常放电影。放映机是大队支书女婿买的，去看电影要买票。小孩没钱，于是我们便想着逃票。礼堂有个主席台，下面是空的。我们早早地藏到里面，电影放映以后再出来。开始这招挺灵，被发现后，每次放电影前他都要把我们从里面清出来。这样不成，我们便另想办法。大人买了票可以带一个孩子进去的，我们便在门外守着，看到认识的大人，便叫他带我进去。万一没有熟人，看到有大人没带孩子，便大摇大摆跟在后面，居然很多次都成功地混进去了。

电影好看，但也经常出事。我们村放电影，周边几个村的人也经常来看。虽然是邻村，但有时好像国与国之间那样，一不小心便弄得紧张兮兮的。特别那些小青年，为了争座位，或是某一个姑娘，经常大打出手。大队部边上有个叫老黑的，据说练过醉八仙，特别能打。老黑很仗义，不管是不是他的事，只要是跟我们香炉山人打架，他都会出手相助。而只要他出手了，打架总是赢得多。那次打架不知因何而起，对喜欢打架的人来说这不重要，用他们的话说"不怕打不赢，就怕打不成"，打不赢还有下次。当时我在边上，邻村一个青年不知从哪里弄来一把铁锹，对着老黑当胸铲去，我差点吓傻了。好家伙，老黑一脚踢去，铁锹铲在他的脚板，一双崭新的解放鞋鞋底断做两截。好在没有伤到他的脚。对方吓得一愣，老黑抢过铁锹，那边人吓得一哄而散。老黑真不简单哪！看他打架那么厉害，我竟然产生了去学功夫的念头。

从珠子笼到胡家塅，从胡家塅到香炉山，经过那条小街再到学校，童年的时光在这个小小的世界中悄悄流淌着。几年下来，小学读完了，我也告别了童年。

进了中学后，回家要经过香炉山。可能到镇上见了点世面吧，我不但觉得香炉山不怎么大，那些在我眼中原来很不简单的人和物，现在看来都是那么的平凡！药店那头狗越来越老，很少听说它咬人了。那位卖货的后来进了班房，据说是盘点对不上账。我这才知道，商店的东西是不能随意拿的。后来香炉山大队改成了香炉山村，村部做到了另一个地方。那座礼堂日渐破旧，被私人买下来了。据说他之所以买礼堂，就是为了下面那对香炉。最让我想不到的，后来家里送我去学了点功夫，老黑竟然成了我的好朋友。

许多年后，我离开农村进了城市。每次回家，经过香炉山，来到胡家塅，眼前便是珠子笼了。此时，我的目光会不停地逡巡，看看哪些地方还留有我童年的些许痕迹……

清江　　蒋德先摄

把天凿出一个窟窿

张友苏

一

我出生时，父亲给我取名铁仔。父亲乳名石仔，铁比石硬，有一代胜过一代之意。父亲又请袁安华老先生取学名张友苏，“友”是辈分，“苏”是指农历二月出生，春天万物复苏，有万事俱兴之意。

孩提的记忆很模糊，依稀记得1958年，各家不分粮食，全队集中吃食堂。每当开饭时，有个叫张炳文的社员站在我家门前的港边上敲着锣喊吃饭，我和小朋友也拾着瓦片敲响：嘭！嘭！吃饭哟！

三年困难时期全国闹饥荒，但我仍不识挨饿的滋味。后来听母亲讲，有一次她好不容易弄来一斤多米，加上一把豆角，煮了一锅饭，然后出去干活了；待她回来，我们姐弟三个小孩居然把饭全吃光了，实在是饿极了。三个小孩吃这么多，令人难以置信，母亲看了直掉眼泪。

当我七岁生日时，父亲把我带到背窝地里，一边干活，一边郑重其事地对我说：“崽，你已经七岁了，要开始懂事了。”

接着他给我讲了许多世界上稀奇古怪的事。其场景之严肃，语态之郑重，犹如现在大学里举行十八岁成人仪式，使我的心灵受到强烈震撼，觉得自己再也不是一个懵懵懂懂的小孩了。

随后，父亲又去找张亚老师，张老师是下放到队里劳动改造的。父亲请教张老师，小孩看什么书好。张老师推荐了一本《贤文》，有俗语称“读熟《贤文》会说话”。父亲果然到书店买来了一本《新编增广贤文》，该书集俗语、谚语、名人名言之大成，两句为一联，语言押韵，富有哲理，是当时难得的启蒙读物。

父亲常说：“生儿不怕生得迟，就怕生得痴。”只要孺子可教，生迟一点没关系；小孩若是心眼小，刁钻刻薄，不走正道就完了，生得早又何益？父亲还说：“儿孙不如我，买田做什么；儿孙超过我，又买田做什么？”大意是把钱留给儿孙，可能使儿孙成为败家子，岂不闻“富贵很少超过三代”？如果儿孙有出息，他自己会去创造财富，根本用不着父母的钱。那么，父母有钱怎么办呢？最好的途径就是放儿子读书，使儿子有本事，这比留给他们什么财富都强。

我八岁时，武宁县政府还在老县城，去县城，须翻过双峤山，走四十多华里的路。父亲为了让我长见识，有一天居然向生产队长请假，带我去县城。乡下人第一次进城，虽走得腰酸背痛，却也感到很新鲜。记得父亲指着县城主街的一栋四层楼的水泥楼房满怀深情、充满期待地对我说：

“要是你长大了在这里工作，在楼上站着喊我上去，那该多好啊！”

二十年后，我在江西师大任教，把父亲接到省城。我的办公室在一栋大楼的五楼，我就站在楼上，把父亲喊上去，实现他当年的梦想。父亲激动不已，说你还记得这件事，我说我也一直想圆您这个梦，今天终于了却这桩心愿！

父亲一句不经意的戏言，我认真地去实现，而且远远超出了预期。我认为，儿女去实现父母难以实现的目标，日后有出息，是对父母最大的孝顺。

二

我十二岁的时候，有一次去铁炉坑小溪里捉小鱼小虾，小溪在茅草丛底下，我把小石块翻得窸窸窣窣响，旁边生产队的人在劳动，张绪炎大伯听到小溪中有响动，以为是一只野兽在这里，便搬起一块大麻石往有响声的地方砸去，心想打中了有一盘好菜，石头砸在离我脑袋不到一尺远的地方。我惊叫一声，把张绪炎大伯也吓了一跳，万幸！万幸！如果砸准一点，我这条小命就完了。至今想来，我仍心惊肉跳。大难不死，当有后福。

1971年春夏之交，粮食正是青黄不接的时候，我家断粮了！父母无计可施，生活的重担过早地落到了我的肩上。我找到新溪某同学，平时跟他关系较好，他那里田多人少，家境相对好些，向他借五十斤稻谷，他答应了。我在一个星期天的下午挑着箩筐去借谷，去了以后该同学又说不借，我估计是他回家以后与父母商量，担心我以后没有还。借不借是人家的自由，我能怎样？只好担着空箩筐回来，在郭家垅的地边上坐了几个小时，心里思绪万千，甚为悲凉：

一个人活到这个份上怎么连饭都没有吃？将来一定要使全家人有饭吃，使许多人有饭吃！那几个小时一下子使自己长大了许多。但是在有限的认知里面不知道这是如何造成的。

真是屋漏偏逢连夜雨，家里一贫如洗，又遇到了火灾。1971年冬的一天，我在金水中学帮学校写材料，表兄张贞国参加劳动课从家里回来，一脸阴云地说：“我有一件事不敢告诉你。”我心里就打鼓，肯定是大祸临头了。果然他刚听到消息：我家的房子烧掉了。我一听如闻晴天霹雳，几乎晕过去了。我家房子本来就小，和大伯家合住一栋连三间。天哪，现在房子烧了，一大家人何处安身？恐怕书是读不成了。记得当时食堂刚开晚饭，我哪还有心思吃饭，摸黑赶紧回家。深夜到家一看，火是从大伯家厨房烧起的，烧掉了我家的厨房和半间房。那天父亲在外面修水库，幸好村里有几个男劳力回家拿粮食,闻讯赶来救火,保住了一半。母亲和清英姐哭了一个晚上,父亲第二天闻讯赶来,自然是一脸悲愁。后来花费了大量的人力、物力来修复房子,干脆把原来四面出水的洋屋顶改为前后两面出水的普通屋顶。家里尽管雪上加霜,但父母还是坚持让我读书,许多人简直不能理解,各种心态都有。按当地迷信,说是越烧越发。我可不要这样的发,受的惊吓和苦难简直不能承受。

1972 年 12 月一个星期六的下午,我从金水中学放学回家已是下午三点多钟,急急忙忙带着妹妹桂兰向牛栏场大山走去,看是否能找到农副产品卖。远远望去,对面山顶上似乎有一些竹叶,我和妹妹赶快向山上爬去,上去以后果然有一根大楠竹,我们很高兴,把竹子砍下来。天慢慢黑了,冬季白天短,到家时已是晚上 9 点多钟,竹子不敢扛回家,我们把它藏在河边的芦苇丛中,要是被谁发现我在搞副业就坏事了。第二天早上 4 点多钟,我又要起来把竹子送到横路石柱头去卖。那时正是严冬,北风凛冽,天寒地冻,路面上凝结了厚厚的一层霜。到了石柱头,天还未亮,我便把竹子放在同学家里。没想到在天亮回家的路上,碰到了生产队长,他看到我这么早从外面回来,猜想是搞了什么名堂,便凶神恶煞地把我骂了一通,我心里非常恐惧,暗想是不是砍竹被人发现了,好在后来没有被进一步追究。过了几个星期同学帮我卖了,这根竹子较大,有三十三斤,卖到了一元钱。

家里连买盐的钱都没有,哪里有钱供我读书?有时我一个星期只吃一斤多米,用竹筒带一点煮熟的菜。天气热,菜到第三天全馊了,我正在长身体的时期却经常处于半饥半饱的状态。到处都要钱,但农民又不发工资,钱从何来可没有人管,要生存下去怎么办?我只好星期六、星期天去挑煤,做苦力。金水中学后面的下北山半山腰上产煤,煤场离公路大概有十华里,山路崎岖,需人工把煤运到公路上。早上五点钟我便起床了,中午顶着炎炎烈日,肩上还要挑着重担,汗流如注,几乎接近生命极限,卖苦力的滋味真不好受。我的体力差,每次只能挑九十来斤,咬着牙一天可以挑六七趟,每百斤运费五角钱,肩膀磨出了血,骨头累散了架,一天可以得报酬三元左右。一些父母拿工资的同学却批判我是走资本主义道路。人都没有活路,却在那里高谈主义,也是一个时代的风景。

三

我从小学至高中,虽然当时不作兴读书,但学习成绩不说门门第一,综合起来也一直名列前茅。看过一些人家没有看过的书,想过一些人家没有想过的问题。可惜的是我最需要读书的时候学校里不重视读书,中学时代连数理化的课程都没有开设,学一些农业基础知识之类的东西。那时整个社会是一片文化的沙漠,无书可读。有时打听到谁家有一本书,走几十里路都去借。就是在这样的条件下,我点着一盏豆苗大的煤油灯,小学三年级开始看《三国演义》。那时读书并非为了功名,是因为书中有许多乐趣。

我1973年7月高中毕业,那时社会没有高考,没有家庭背景,招工、招干、参军都与我无缘,我只有一条道路:回家种田。毕业回家第二天,我就参加了生产队的劳动,同时还有堂弟张友波初中毕业,也一起回家种田。队长给我兄弟每人每天计五分,刚好是一个最好劳动力每天计十分的一半,所以村民叫我"二折一"。

我一直在学校读书,种田确实不内行,经常遭到村民的白眼和讥笑。早就有好心人劝我父亲,叫我不要读书,现在高中毕业还是回家种田,这就叫作"迟种田不如早种田",这些人果然料事如神,似乎为当时社会上流行的"读书无用论"找到了依据。我和父亲无言以对,像做错了什么似的,整天抬不起头来。

好在我的母校金水中学的老师庹明波待我不错,当时有一位老师出了车祸住院,要我回校代一个初二班的语文课。高中刚毕业,就能回母校教初二,许多人感到惊讶。当时大队也缺民办教师,1974年2月让我当上了民办教师,对我来说,这就是最好的工作了。当民办教师毕竟与文化打交道,可以看书读报,不至于把文化荒废掉。如果我没有当民办教师,我父亲就准备送我去学木匠,总比种田强。

一个农村青年,过多地经历了人情冷暖、世态炎凉,被压抑得喘不过气来。希望在哪里?路在何方?我在痛苦地思索,执着地追求,有时彻夜难眠,深更半夜爬起来与月亮对话:我这辈子就在土里刨食吗?祖辈种的这块田,我和后代还要这样种下去吗?我就这样沉沦下去吗?

四

我人生遇到的第一个贵人是袁安华老先生。他是横路乡秀才,民间高手,国文功底好,并擅长书法,不拘泥书本,写的文章、对联随机应变。二十世纪六七十年代,他在家打草鞋卖,以代替劳动改造。他写的《打草鞋赋》最先示我,我把它流传于世,成了绝唱。

袁安华先生的妻子是我村女子张冬香,我祖父张英远对冬香家有所关照,因而我家与袁老先生成了世交,荫及我父子。我十多岁时,常去袁老先生家,他经常与温宏澄、余水玘等文化人谈古论今,我在旁听,受益匪浅。那时整个社会书荒,想买想借都没门,袁老先生经常借一些诸如《古文观止》《中华活页文选》之类的书给我看,与我讲解文中问题,真是如沐春风。有一次他谈到"韩信用兵,多多益善",后来在历史高考中真的有这道题目。他有历史洞察力,说社会不见得永远都会把"那末”读成“那末”吧？他对那些文盲跳上跳下嗤之以鼻，看到我好学上进，喜爱有加，不但言传身教，还经常留我吃饭。在物资匮乏的年代，吃一餐饭都是很不简单的。他年老多病，看到我去了就像遇到知音，精神为之一振。他儿子袁达威说：“铁仔来了，我父亲的病都要好三天。”我与袁老先生也算是忘年之交，在他的熏陶下，我的思想在许多方面都有进步。虽然没有老师指导我高考，但实际上袁老先生就是我真正的恩师。现在回过头来想，当时能够读懂《古文观止》的人，考上大学应该没有问题。

二十世纪下半叶，中国的城乡差别非常大，在教育、就业、医疗、住房、劳保、养老、食品供给等各方面，吃商品粮的是优等公民，吃农业粮的绝对是劣等草民。我当年在乡下种田，又苦又累，看到一个国家公职人员，骑着自行车，穿着的确良衬衫，戴着手表从路边经过，羡慕得不行，认为简直就是天上人间。后来，我下决心参加高考的一个重要动力就是想考上大学，到城里去吃商品粮。

1977 年高考制度开始恢复，给广大年轻人带来了希望。是年底，在武宁县城进行高考，中断了十年的高考盛况空前，全国参加高考的人数有 570 多万，据说中央临时调出准备印刷《毛泽东选集》的纸张用来印高考试卷。我在乡下信息闭塞，未及准备，匆忙应试，名落孙山。

1978 年 7 月，我参加了第二次高考，结果离大学录取线尚差 8 分。其他几位好友，诸如余静赣、陈新华、潘熙贵等为稳妥起见，都去考中专，结果都考上了，而且考得很好。当时农村年轻人的想法是尽快跳出农门，我心情很烦躁，一没有老师辅导，二没有复习资料，怎样考？哪像现在，到处都是高考补习班，到处都有高考资料买。

高考又开始报名了，那时大学和中专是分开报名和考试。母亲为了稳妥起见，劝我考中专，这样把握大些。一个农家子弟能考上中专，有个工作就很不错了。我虽心有不甘，也不敢去冒险，就准备了半年中专的数理化。原来是考文科的，不需要准备理化，现在又从头来复习理化，实在是很吃力，又得勉强为之。报名那一天，到了横路中学，碰到了刘导生老师，他问我准备报什么，我说准备报中专。他说横路的年轻人他比较了解，我都不报考大学，还有谁会去报考大学？刘老师这么一激励，我就打消了报考中专的念头，硬着头皮去报考大学。

没有人辅导，自学；没有资料，看报纸，找一些老高中生借。有一次我在一个朋友家里看到一本《高中数学题解》，如获至宝，刻苦攻读，瞌睡了就打个盹，醒了就起床。有时一个星期破解了一道难题，居然乐得手舞足蹈。通过自学，我的数学大有长进，后来高考，整个九江地区考文科的只有三个人及格，我是其中之一。为了检测自己的毅力和自控能力，我给自己约法三章：

不喝酒；不娱乐；不找对象。

那时经济条件很差，如果公家有一顿酒席，能控制住自己不喝酒并非易事，但我能做到；那时精神食粮很缺乏，有一场电影看也难得，但有几次电影在我们村的操场上放映我坚决不去看；有一次邻居丁秀嫂带其堂妹来，说是长得很漂亮，要我去相亲，我也坚决不见面。最终还是理智战胜了感情、战胜了诱惑、战胜了自我。人生最大的敌人就是自己！

有一位弟子请教老师如何才能成功，老师带他到齐腰深的海水里，老师把弟子的头按在水中一两分钟，然后对他说，你要想成功，如果能像刚才在水中想呼吸空气一样去做事就一定会成功。我渴望考上大学，犹如那个在水中想呼吸空气的弟子。

要高考就得复习看书，最宝贵的是时间。我白天要上班教书，只能利用晚上，没想到有人告我的状，说我点多了煤油；星期天本来可以看书，生产队却要我去铁炉坑种玉米。总是有人千方百计阻挠你，让你看不成书。不管阻力有多大，反正我下了决心。

1979 年 7 月 6 日，我赴县城参加高考，这是背水一战。像我这样的农民孩子不考出去是没有出路的，但要跳出农门又谈何容易？就像物理学中的力学原理：要推动一个物体，要有足够大的启动力。对我来说，能考上大学，如同把天凿出一个窟窿。

到了县城，没有钱，不能住旅馆，我只能栖身在当时商业局的会议室里，天气又热，睡在硬板桌上怎能成眠？“十年寒窗无人问”，果不其然。虽然吃得差，睡不好，但凭着自己的拼命精神，三天考下来，自我感觉还不错。9 日上午考完（当时考五门），下午兴冲冲回家，晚饭吃的菜是清炒薯藤叶。现在许多考生遇上高考，又是住旅馆，又是补脑汁，全家忙得不亦乐乎。我与之相比，条件真是天壤之别。高考下来体重已不到一百斤了。

高考之前，心想能考上一个九江师专也不错。考完以后，也没有标准答案可对照，估计自己能考上，但还是提心吊胆，耐心等待，度日如年！到了 8 月上旬，我得到了一个消息：

我总分考了 367 分（满分 500 分），全县文科第一！出乎意料，我喜出望外、欣喜若狂！喜讯像一声惊雷，迅速传遍了全村、全乡、全县！

由于信息闭塞，我也不知自己的分数在全省处于什么位置，在填报志愿时，考虑到自己是民办教师出身，报考华东师大是十拿九稳，千万不要因为自己报高了学校而上不了。上了大学以后才知道，北大的分数线在江西划到 360，我超过了 7 分但不敢报，这个北大梦只能留给儿子去实现了。

雨中采风

蒋德先　摄

邓京丽　摄

成善新　摄

当地人都讲得神乎其神。奇怪的是如此有神通的菩萨，却不敢接受余心乐一拜。事情传开以后，人们就揣测余心乐一定是天上的文曲星。

腹有诗画品自高

——缅怀陈重印先生

张绪佑

当陈重印先生在广州仙逝的噩耗传来，尽管我早知其重病在身，内心还是难以接受。痛失良师益友，心中涌上难以抑制的悲伤，昔日的交往旧事仍历历在目。

陈重印先生是为数不多的我此生为之敬佩的长者。二十世纪七十年代中期，我从江西大学中文系毕业分配回县，经堂柳先生介绍结识了陈重印先生。初时我想去县文化馆搞创作，后被分到县委组织部，错失了与先生共事受教的机缘。

因为内心的文化情结，我乐与文化圈内人士交往，有空常去文化馆。初识陈重印先生，见其举止庄重，谈吐儒雅，语迟如金，偶露机锋，便觉是位才满品高的智者，我之于他，只有仰望之分。然而与之相交，先生并非恃才自大，而是不厌贫小，不计尊卑，始终笑容可掬，和蔼可亲，从不面露愠色。尤其对于先生自学丹青，终成大家敬佩不已。

我小时在农村上学，虽喜爱画画，却无老师教，只能用木炭在墙壁上乱涂；中学跟随下放农村的城里同学学刀刻剪纸，觉得饶有兴味。我见到先生画作，便觉高山仰止，大开眼界，只是无能师从。

此后我们交往日多起来。在交流中，先生不仅论画高玄，而且国学饱识，对时政国事亦有独到之见。这使我对先生有了更深的认识，其是一位腹有诗书、满怀豪情、心志高远、饱含智慧的品高之士。在一方小县，他是我难得的良师益友。

二十世纪八十年代初期，在机构改革换届之时，我仅三十岁被选任县委副书记。先生此时亦被选任县人大党外副主任。他虽不专职驻会，但常参与全县重大活动，我们之间接触更多了。在我上任之初，先生特意赠我一册《资治通鉴》（摘要本）。此书我并未读过，里面摘录的全是司马光有关治国理政的金句，可见先生之用意，期望我在仕途上有所作为。后经辗转，先生的赠书一直珍藏至今。

后来先生迁家至县政府院内，我稍有闲，便“溜”到他家画室小憩片刻，与其一起品茶赏画。先生平日衣着体面，而在画室却判若两人。夏日光着膀子，穿一花色裤衩，作画时任其汗流浃背，坐歇时手持蒲扇轻摇，其忘情工作的形象令人深刻。

在聊画时，我曾认为先生人生经历丰富，阅历古今纵横，不应只作花草吟哦，而应就重大题材历史人物而创。他既表赞成，亦露心怯。我当然能够理解。此间先生创作出《燎原之火》《重上井冈山》《五老吟咏图》《总理捧读图》等一批恢宏画作，声振画坛。作品多次入选全国美展，由此奠定其在全国和江西画界的地位，先后被委以全国美协会员、二级美术师、江西高职评委、九江市美协主席等职。

陈重印先生在追求艺术的道路上，不仅个人成就巨大，而且育人业绩不凡。正如王一民先生所评价，他一生最大的成就是培养了一批有作为的画家、作家，如萧亮、卢瑾、卢杰、魏林、杨新民、杨郭、陈建武等。陈老师在扶助后生的成长中，倾其全部心力，以其师德之尊、师才之贵赢得了学生的共同爱戴。

那年县文联评职称，三人只分到一个中级名额，先生与县人事局刘明远局长同来找我，要求解决此事之难。鉴于对他们的了解，我遂将其都予以破格晋职。先生为了后人不惜屈尊求助，而他从未因私事相求于我，足见其高风亮节。

后至换届，我将调任县长之职，以我对先生德才能力的认识，有意请他出任主管文化教育的副县长。就在此时，先生有调南昌省国画院之意。当我就此事与之交谈时，他既有知遇之感，却又不为所动，考虑数日后复我其去意已决。作为莫逆，我理解他的选择，更为他淡泊名利、终生向艺的执着而心生敬意。

其后我去南昌看望，先生虽居家简朴，但见其身心愉悦，并无悔意，可见其豁达大度，心中拥有一片蓝天！

武宁一别，彼此各趋东西，与先生难得一见。然地远心近，心中常有些许眷念。二十一世纪之初，故友相约，有先生夫妇、陈政夫妇、萧亮夫妇、杨新民夫妇等，齐聚星子温泉，围坐品茗，饮酒放歌，轮番出个节目，自娱自乐，尽情开怀，微醺酣畅，不知岁月。有如竹林七贤，颇具魏晋之风。先生虽近古稀，与尔同乐，亦不思蜀，令人难以忘怀。

近年得悉先生染疾，曾往县城探望，却因其迁居广州而未遇，失去了最后的面晤。彼此渐入老年，已难再续重聚之缘。

人生无常，斯人已矣。综观陈老师一生，无论才情品学，堪称人生灿烂，不枉此行。他是武宁当代文化史上的一座丰碑，将载入江西乃至全国的文化史册。先生虽已西去，其品德精神永存！

文艺重镇领路人

——缅怀恩师陈重印先生

杨新民

4月18日，我的恩师、客居岭南的陈重印先生仙逝，享年八十二岁。我是4月19日清晨惊闻这一噩耗的，心情无比哀痛。这天是谷雨节气，我的悲伤犹如这谷雨时节的雨点，滴答滴答在心里飘落。我擦着模糊的双眼，从北国静静地遥望南方，我呼唤着先生的名字，那是一种远去单向的声音，我再也听不到先生亲切和蔼的回音了。

我是陈重印先生众多的学生之一，也是他关心得最多、帮助得最多的学生之一。二十世纪八十年代初期，我从九江师范美术专业毕业，分配在武宁县电影公司当美工，专门画电影宣传画，办电影宣传橱窗。那时候，热门电影都要画大幅彩色海报，挂在电影院门口吸引观众。我每个礼拜几乎要画一两幅半面墙大的电影广告，也算是一个从事美术专业的艺人。但画电影广告完全是依葫芦画瓢，缺乏创造性，离独立的美术作品创作还相差甚远。

那时候，身兼武宁县文化馆副馆长的知名画家陈重印老师，靠自己勤奋学习，刻苦修炼，创作了一系列优秀美术作品，如《农民画家》《迎春图》《吟咏图》等，在江西美术界产生极大影响。特别是其力作《燎原之火》采用了中西融合的创作技法，充满了强烈的时代感和理想主义色彩。该作品入选全国美术作品展览后引起轰动，也给陈老师带来空前的荣誉。当时，武宁县的美术爱好者、许多的业余作者，经常聚集到文化馆，观摩陈老师创作的作品，聆听陈老师美术专业讲习课和创作谈。在我们心中，陈老师就是一面旗帜，就是一团火光，是那样的温暖迷人，又是那样的可敬可亲。

陈老师之所以能久经磨难而不馁，一朝花开香满庭，与他坚韧不拔地追求艺术的精神和日趋完臻的人生修养密切相关。陈老师极注重个人的艺术修养，他经常告诫我们这些学画画的人，一定要多看专业书，多练基本功，为艺术创作做好充分的准备。他每次到省内外参观画展、参加创作活动或体验生活回来，都要及时召集在县城从事美术专业教学和工作的人员以及美术爱好者办小型沙龙活动，介绍国内外美术创作发展动态、交流美术理论思潮，并分享他对当今美术创作的心得体会，让我们不出远门就能知晓国内外美术创作信息，了解各种流派的创作特点，极大地增强了我们从事艺术创作的信心。

记不得有多少次了，我们围绕在陈老师的身旁，听他讲中国画的工笔与写意，介绍叶浅予、李可染泼墨大写意画作的飞白精妙之处。又听他讲中国画最讲究笔墨、线条，白描勾勒当要学唐朝画圣吴道子的“吴带当风”，尤其是以他的《八十七神仙卷》绝美流畅飘逸的人物线条勾勒群仙形象的画作最具代表性，画面气势恢宏，令人震撼，达到了传统中国画的惊人成就。还听他讲，美术创作的理想境界就是老子的道家思想“道法自然”，也就是说：“人法地，地法天，天法道，道法自然。”“道”又可理解为天地之始，万物之母。所谓“道生一，一生二，二生三，三生万物”，整个宇宙都是“道”衍生而来，形成了系统的运行规律。但“道”还要遵循“自然法则”，也就是要尊重世间万物的自然规律。具体说到美术创作上，也就是要尊重艺术创作规律，要深入现实生活，表现自己熟悉的题材，不能胡编乱造。陈老师还介绍他在创作《燎原之火》时，就深入到赣南革命老区体验生活，收集了很多珍贵的创作素材。我们当时虽然还一时不甚理解“道法自然”的艺术真谛，但得到了一次美术的启蒙，一次心灵的洗礼，一次艺术的熏陶。我们认真听了，反复思考，一直铭记心间。

武宁文化馆因为有陈老师的美术教学辅导而成为一大批美术爱好者的精神领地，也因为有陈老师的艺术影响而成为全县群众文化聚集的家园，同时，也成了我这个文艺青年心仪的地方。1982 年春天，那是一个改变我人生道路的温暖的春天。我在陈老师的关心和爱护下，从县电影公司调到县文化馆工作，做一名群众文化辅导干部。我能来到陈老师身边工作，聆听他的教诲，学习他的精神，在当时，是多少艺术青年梦寐以求的事情啊。这个机会陈老师给了我，我心存感激，无以回报，只有在他的领导下，努力做好他分配给我的各项工作，在艺术创作上，多向他请教学习，做一个他放心和满意的学生。

我在武宁文化馆工作了五年，这五年在我人生的长河中只是短暂的一瞬，但它完全改变了我一生命运的走向。在这期间，陈老师给我提供了许多学习锻炼的机会：派我到北京美术馆观看大型画展，到上海一得阁购买绘画材料，到浙江美术学院体验艺术氛围，到南昌画院拜访艺术名家。同时，陈老师还让我多到乡下体验农村生活，感受乡土文化，收集民歌民谣，了解百姓疾苦。我记得有一次，陈老师安排我和青年画家魏林到罗溪镇供销社画商业广告，一待就是一星期。我们晚上听着罗溪港的流水声，遥望浩瀚的夜空，那时，艺术创作的梦想也悄然而生。人生最美好的年华非常短暂，稍纵即逝，要好好把握才是。就那样，最初的艺术感觉，在那段日子里渐渐苏醒。我能做点什么呢？我在叩问内心。

在我的内心深处，早已潜伏着一种追求文学创作的欲望。我在高中毕业下放农村锻炼的时候，就自费订阅了当时有影响的文学刊物《朝霞》，从中吸收文学创作的营养。我在九江师范读书的时候，也潜心读过一些文学名著；后来在电影公司当美工的时候，还悄悄写过小说；到县文化馆后，更是有了得天独厚的学习条件。我除了完成正常的工作外，一有时间，就跑到楼下的图书馆看书，阅览报纸杂志，并做学习笔记。平时下乡去体验生活，我的笔记本都记满了乡间民谣和故事传说。在县文化馆工作的头两年，我在用心地做好文学创作的各种准备。我把自己尝试写小说的想法征求过陈老师的意见，他不但没有反对，相反还鼓励我“艺多不压身”，让我大胆创作。当我来文化馆工作的第三个年头，即1984年9月，我在青年文学刊物《青春》发表小说处女作《花朝女》时，陈老师真心地为我高兴，表扬我观察生活很仔细，人物刻画得不错，作品很有乡土气息，鼓励我继续努力，写出新的文学作品。他说：“艺术的道路是相通的，你们这批学生，都很有天分和潜力，有的搞美术创作，有的搞文学创作，有的搞书法创作，殊途同归呀，我愿意看到你们的成长。”

二十世纪八十年代，是改革开放的年代，也是创作自由、文艺繁荣的年代。由于有了陈老师的艺术引领，到了八十年代中叶，武宁这个在江西很偏僻的小县城，文艺创作一度繁花似锦。除了陈老师佳作迭出，在江西美术界与油画家马宏道并驾齐驱外，一批新人新作品开始涌现。其中有青年作家萧亮在《十月》发表小说《高山人家》，余绪芳在《星火》发表小说《竹园》，我在《青春》《萌芽》等刊物发表小说。还有卢瑾的美术作品参加全国美展，陈星平的书法作品参加全国书展，魏林、卢杰、周曙、巴惠明、邓小乐、朱晓光等的美术、书法作品参加省内外展览，杨郭的作品参加全国农民画展……一时间，武宁的文艺创作引起各方关注，被誉为赣北的文艺创作重镇。

1988年2月，我有幸到北京鲁迅文学院进修，继而考上了鲁院作家研究生班学习。此时陈老师已从武宁调入南昌，辞去县人大常委会副主任职务，到江西书画院任美术师，他得知后，打心里为我高兴，勉励我珍惜学习机会，多向其他青年作家学习，丰富自己，迎接未来的人生大考。1991年我从鲁院毕业，留在北京工作，具体是在国家监察部《中国监察》杂志社当记者。当我把《中国监察》杂志寄给陈老师看时，陈老师格外高兴，大年初一早上给我回信：“你的不懈努力和执着追求使你在人生道路上和事业进程中不失机遇，终于离开了武宁这块狭小的天地而到了国家的政治和文化中心的北京工作，这是每个武宁文化圈子里的人佩服和羡慕的，而且相信你有着灿烂的前程。”陈老师这些激励我的话，让我倍感温暖，也让我铭记于心。我知道，虽然我离开了武宁，但陈老师那期许的目光，会一直注视着我，看我走好人生的每一步路。

时间如白驹过隙，转眼就到了2007年。那年，趁陈政、魏林两位老友来北京参加全国图书订货会之机，我们商量搞一次武宁文友之旅活动，邀请当年聚集在陈老师旗下的一伙文友参加。这事在征询陈老师意见时，他欣然允诺，参加全程活动。这次武宁文友之旅活动在当年金秋十月进行。参加这次活动的有陈老师夫妇，文友是张绪佑、陈政、徐少伟、陈建武、萧亮、卢杰、邓小乐、巴惠明、魏林和我，且都带上了夫人。我们从南昌接上陈老师，队伍浩浩荡荡开到九江，游湖口石钟山，住星子温泉酒店，晚上还举办了自编自演的文艺晚会。那年，陈老师已六十九岁，他深知这次武宁文友之旅的精心用意所在，看着曾经的学生这么簇拥在他的周围，所以他一路兴致勃勃，谈笑超凡。这是一次多么温馨、难忘的旅行啊，而我们这些后辈，就是真心想陪陈老师开开心心地玩一次，传递我们心中对他的爱和敬意。

不想，这次文友之旅竟成了我最后一次和恩师的相聚。后来陈老师举家迁往广州，由于相隔遥远，我没能再次去看望陈老师。现在想来，心中非常难过。

斯人已去，英名长存。我们会永远记住您儒雅而慈祥的容貌。

师生情　　杨新民提供

我的父亲张子野

张定东

一

父亲张子野，又名张恒、张鸿，武宁金水人。父亲从小聪明勤奋，很会读书。虽父母早亡，家境贫寒，因当时家族中人认为父亲是一个有培养前途的后生，便决定由宗族出钱送他读书。

在学校读书期间，与同学李烈钧将军、刘炳琨（后担任过武宁县长）感情深厚，结为"拜把兄弟"，父亲年长，为大哥，因奶名叫癞子，被李烈钧、刘炳琨尊称为"癞哥"；李烈钧将军次之，因其个子不高，被称为"矮子"；刘炳琨因皮肤黑，被称为"黑子"。读书期间，父亲非常勤奋，成绩优秀，十八岁考中秀才。后来我在江西师大附中工作时，常听余心乐教授说起父亲的学问，每次总是竖起大拇指：

"你父亲能诗能文，尤其政论文章写得好。分析形势，入木三分，针砭时弊，针针见血，文笔豪放犀利。特别会写状子，凡他写的状子（即现在的起诉书），没有打不赢官司的。"

父亲的书法在当地也非常出名。父亲因受清末革命思潮的影响，后投笔从戎，进了云南讲武堂。故乡金水有习武的乡俗，父亲有一定的武术功底，虽是书生从军却不文弱，加上勤奋努力，父亲在讲武堂学习成绩优异，毕业后在军队工作。北伐战争时期，孙中山任命李烈钧将军为江西督军，任命我父亲为江西宣抚史。

二

父亲出身贫苦农民家庭，对广大下层百姓的痛苦体会最深。他出生在十九世纪八十年代，成长于二十世纪初，正是清末民初，社会正处在变革和动乱之中。清政府愈加腐败，内忧外患，国力日衰，民不聊生。父亲既痛恨腐败的清政府，更痛恨外国侵略者，并为国家的前途和穷苦百姓的苦难深感忧虑。苦难孕育着革新和革命，其间，新旧势力斗争激烈，新思潮不断出现，可谓风云际会。年轻的父亲始终站在历史潮头，成为历史的弄潮儿。在戊戌变法的影响下，尤其在孙中山成立了兴中会、中国同盟会，高举推翻封建帝制旗帜，争取民族独立精神的感召下，父亲毅然投笔从戎，进了云南讲武堂，随后投身革命，加入同盟会，参加了辛亥革命、护法运动、北伐战争等一系列革命运动。其间父亲写了大量揭露清政府腐败黑暗、袁世凯逆潮流而动的文章，针砭时弊，文笔犀利，切中要害。在这一系列的革命运动中，他与李济深将军结下深厚友谊，成为挚友。

父亲主张国共合作，国共破裂后，以共产党嫌疑遭秘密逮捕。那时我们家住南昌豫章公园，父亲突然接到一张赴宴的大红请柬，让父亲去参加省政府的宴会，父亲去后立即被捕，后押往南京。蒋介石原以为父亲会向他屈服，让人来说服父亲，让父亲对蒋介石的几次邀请未能就职表示歉意。但父亲不买账，并说蒋介石有本事就明来，为什么搞秘密逮捕？后在法庭上，父亲又痛斥蒋介石由叛变孙中山到搞政治独裁的种种罪行，骂蒋介石是独夫民贼。蒋介石恼羞成怒，以共产党嫌疑判我父亲坐五年水牢。我哥哥张定楠曾去探监，据他说，水牢水深齐胸，每天上、下午各有半小时的时间可以上来休息。后由李烈钧将军出面，父亲以保外就医出狱，回到故乡。虽然后来又有地方邀请父亲任职，均被父亲断然拒绝，发誓不在蒋介石政府下任职，就连担任了县参议长一职，也是经乡亲们的再三恳请才应承的。

三

父亲在清末民初，都当过官，官不大，也不小。他先后当过江西的盐道（相当于后来盐业局长），安徽省的印花局长（相当于现在的税务局长），北伐战争期间当过江西宣抚史，且有的官不论是从当时还是现在来看，都是大有油水可捞的“肥缺”。如盐道、印花局长，都是肥得流油的职位。父亲的为官清廉，在当时是有名的。他当官几十年，除早年用熊夫人家的陪嫁在长水源买有几十座山外，后来没有购置任何家产。抗日战争胜利后我们回到县城，住的是张家祠堂——绍九公祠。父亲的收入多用于接济穷人，特别是家乡金水和外婆家凤口的穷乡亲。不管是谁，只要找到家里，便可以吃，可以住，走时还会送衣服和钱。当时人们这样说我们家——“路上不断人，灶里不断火”，特别是年节，父亲总是早早安排人带着钱到金水去送给穷亲戚。此外，家里还长期住着无父母或家里无钱送孩子读书的亲戚的子女，我所知道的就有张振肖叔叔，他父母早亡，完全由父亲抚养，送其上学，安排工作，直到娶妻后才离开我们家另立门户。还有堂哥张权，也是这样。

父亲为人刚正不阿，爱打抱不平。凡遇到官府欺压百姓的事，父亲总是要出面打抱不平，主动为他们写状子。父亲写状子从来不收钱，如有人给钱，他就会生气，如对方还不收回钱，父亲就会把钱扔到地上。

四

父亲自己为官清廉，最恨贪官污吏。“王官事件”就是父亲年轻时期惩治贪官的典型事件。大约在二十世纪初,有一王姓县官,在任上欺压百姓,贪赃枉法,全县百姓苦不堪言。父亲对这贪官恨之入骨,于是邀集李烈钧等八名同学,将王姓县官痛打一顿。王姓县官立即上报上级衙门,派来官兵缉拿这八名青年学生。父亲得到消息后,和李烈钧将军连夜逃跑,投奔孙中山先生的革命军。

在父亲任协和中学校长时,每周一全校师生的朝会上,按程序要向蒋介石的肖像鞠躬,每当此时,父亲就背过身去。此事给全校师生留下了深刻的印象。

父亲在任县参议长时,每有新到武宁做官的,在欢迎会上,父亲必讲:"到武宁做官,只能做清官,要做贪官,就别到武宁做官。"因此贪官都很怕父亲。父亲因出身贫寒,最同情贫苦百姓。如听到有哪个当官的做了欺压百姓的事情,他会找上门兴师问罪。有这样一件事情,县政府有一个姓张的田粮科科长,利用职权侵占了一农户的土地。而这个科长又有后台,没人敢主持公道。农户敢怒不敢言,后听人说,张子野先生最痛恨这种人,也不怕权贵,只要他出面就能解决。因此托人找到父亲,父亲听后勃然大怒,马上写了一封信给当时的县长,要他立即撤掉张姓科长的职,限期将侵占的土地还给农户。

父亲的脾气很大,对谁都敢发火,尤其是对地方上的贪官,所以不少贪官很惧怕父亲。

有段时间,县里禁止赌博。但县长却在自己家里赌博,禁赌局的工作人员不敢去抓赌。有人将这件事告诉了父亲,父亲说下次县长再赌时你们来告诉我,我去。当县长再在家赌博时,父亲得到消息,马上赶去。几个赌博的人吓得立即跑了,县长来不及跑,便躲到了床底下。这事一直作为笑话在民间流传。

五

父亲出狱后,回到了家乡,已经是二十世纪三十年代中期。他一边调养因坐水牢房导致的各种疾病,一边考虑着要为家乡办些有益的事情。他了解到家乡的孩子,小学毕业后,因武宁没有中学,要到外地去上中学,很不方便,更考虑到,只有教育才能培养人才,有了人才就能改变家乡的面貌,尤其是可以通过教育向青少年进行革命理论的宣传。经过一段时间的酝酿,父亲决定创办中学,后又与好友李烈钧将军商量,以李烈钧将军的字"协和"命名,定名"武宁县立协和初级中学"。一经决定,父亲便忙于创办学校的各项筹备工作。最重要的是经费,据说父亲拿出了自己的所有积蓄,但远远不够,便四处筹钱,省里、县里的教育部门、地方的商界,以及父亲曾经的朋友熟人……另一方面物色、聘请老师,父亲均亲自写聘书,请到了一批好老师,如余心乐、盛怀谷等有名望的老师。终于在 1937 年秋季,学校如期开学。

很快抗日战争全面爆发,战火燃烧到武宁,县城常常遭到日本飞机的轰炸,学校的正常教学受到严重的干扰。为了不使刚刚创办一年的学校毁于战火,为了使学生能坚持学习,父亲决定将学校从县城迁至石门银炉。石门银炉离县城五十公里,交通闭塞,搬迁只能靠肩挑手提。在搬迁的日子里,父亲既要安排搬迁事宜,又要操心全校师生的安全,十分艰辛。经过几个月的努力,终于在 1938 年秋将学校搬到了石门银炉,并很快开课。父亲就这样带领协和中学全体师生员工,在艰苦的环境下坚持办学。父亲对日本侵略者给我国人民带来的灾难痛恨入骨,常常在全校师生大会上,勉励大家好好学习,练好身体,将来报效国家。坚信中国人民的抗日战争一定会胜利。

因为坐水牢对身体的损伤,加上筹办、创建及学校搬迁的劳累,父亲终于积劳成疾,一病不起。病重期间,父亲始终惦记着学校和师生员工,将学校托付给了代理校长,要他一定要坚持把学校办下去,再困难也要坚持,并对学校各方面的事情一一做了交代。父亲于 1939 年暑假永远离开了他创办不到两年的学校。李济深得知父亲逝世的消息时,发来感人至深的唁电。

六

父亲不仅是一个好丈夫,而且是一位好父亲。母亲怀孕后,父亲考虑到母亲有肺结核,不宜给小孩喂奶,既担心将肺结核传染小孩,也不利于母亲的身体健康。在母亲怀孕六个月时,父亲便开始为未出世的宝贝物色奶妈。

1935 年农历十二月二十五日姐姐出生,听母亲说,父亲高兴极了。年过半百才有了亲生骨肉的父亲,为女儿取名定熙,熙,光明、和乐的意思,即我姐姐给家庭带来了光明,带来了和乐;又取乳名电珠,电,即光明,一颗给全家带来光明的珍珠。从取名可见父亲对女儿的钟爱。对生女儿,父亲一点不在意,他认为男孩、女孩都一样。姐姐出生后,按习俗要为小孩算命,我父亲一生不迷信,但因爱女也就未加干涉。但当听到算命先生说,这小孩的命很好,可惜是个女孩时,父亲当即大怒:“谁说女儿不一样,我的女儿将来一定会胜过男孩。”他立即从书房冲出来,把算命先生轰了出去。在姐姐的成长过程中,父亲对姐姐的珍爱是“含在口里怕化了,捧在手上怕掉了”。平时每天早晨起来,父亲总要向奶妈问问姐姐晚上的情况,稍有不适,立即请医生。父亲下班回家的第一件事,便是叫奶妈把姐姐抱到他的书房,逗着姐姐玩。父亲对姐姐百依百顺,只要她高兴,做什么都行。有一次姐姐无意中摔了一个上等的景德镇瓷碗,听到清脆的响声,姐姐先一惊,接着笑了。父亲听到姐姐的笑声，问为什么这么高兴，奶妈告诉原因，父亲马上说，好，只要电珠高兴，再摔，又叫保姆拿来十个上等景德镇瓷碗，让姐姐摔。

我出生时正是烽火连天的抗日战争年代，又生的是女儿，妈妈感到很遗憾，可父亲同样高兴，并且安慰妈妈，现在时代不同了，男孩女孩都一样，好好培养，女孩也能胜过男孩。你想男孩，我们就给她取个男孩的名字。父亲想了想说，现在正在抗日，打东洋鬼子，姐姐定熙，妹妹就叫定东，平定东洋啊。父亲希望国家能很快打败日本鬼子，取得抗日战争的胜利，用女儿的名字表达出强烈的爱国之情。父亲同时给我取乳名慧珠，希望小女儿聪明有出息。

我出生前后正是父亲工作最繁忙、最劳累的时期。学校忙着搬家，搬到石门银炉后，父亲忙着全校师生的生活安顿、教学安排，更要筹集经费，维持学校的运转，不幸积劳成疾。在我出生后不久父亲便一病不起。抗日战争期间本来就缺医少药，加上银炉交通不便，得不到很好的医治。父亲自知在当时的医疗条件下无法治好病，一方面对学校工作做好安排，另一方面悄悄安排后事。他最放心不下的，是留下了年轻多病的妻子和两个嗷嗷待哺的女儿。病重期间，见母亲整日伺候在侧，无暇顾及自己的身体，父亲总劝母亲要注意自己的身体，多休息。临终前他握着母亲的手说："对不起，让你年轻守寡，今后将独自一人撑起门户，抚养幼女。为了这个家，为了两个女儿，你一定要按时吃药（母亲有肺结核病），保养好身体。"对两个幼女更是恋恋不舍，反复叮嘱母亲，一定要把女儿抚养成人，不能让她们寄人篱下，一定要送女儿读书，即使要饭也不能荒废女儿的学业。母亲含泪一一答应。父亲就这样在对学校、对妻儿的无限留恋和牵挂中，于 1939 年 8 月离开了人世。那时我半岁，姐姐三岁半。

父亲以上的经历，本不应给他的子女带来不幸，可土地改革划成分时，因父亲在家乡的名气大，又做过官，开始划为"官僚地主"，后又因我家上无片瓦，下无立锥之地，划地主显然不符合，最后定为"官僚"。这时，我的父亲都已经死了十二个年头，母亲也去世了两年。这可苦了他一双年幼且无依无靠的女儿，从此背上了家庭出身不好的名声，承受本不该承受的歧视，经历本不该经历的历次政治运动所带来的磨难。

但可以告慰父亲的是，你的一双女儿，没有辜负你的期望。虽十岁父母双亡，一度几近沦为乞丐，可因为血管中流淌着一位伟大父亲的血脉，因此在苦难中没有沉沦，而是努力奋起，自强自立，终于成为你事业的继承者。

时人不识余心乐

余静权

一

阚家，坐落在幕阜山麓的一个小山村，行人往来的羊肠小道，弯弯曲曲地围绕着村前。步入村口，茂密扶疏的树林里，依稀可见几幢瓦屋砖墙的房子。房子前方约五十米远，有两口池塘，就像是两面嵌在地上的镜子。池塘鱼翔浅底，碧波荡漾。早晨太阳刚从东方升起，这里的青石台阶，已经挤满了洗衣服的村妇，她们每天不约而同地聚集在一起，一边洗衣服，一边谈论着家长里短，还有男女之间的闲情趣事。噼里啪啦的捣衣声，和叽叽喳喳的说笑声，此起彼落。

不远处，绿树浓荫的小山丘，如同张开双手的少女，似乎要把整个村庄都拥进她的怀抱。山丘的树林里不时传来鸟雀的欢鸣和山鸡的啼叫。宽阔的田野，长满了绿油油的庄稼，微风吹过，带有泥土气息的清香扑面而来，自然的风光，给小山村带来了勃勃生机。

很久以前，阚家曾经是一个姓阚的朝廷命官隐居的地方。传说姓阚的为官正直清廉，不畏权势，因为给百姓主持公道，得罪了皇帝身边的人，受其陷害，革职查办被关进了朝廷大牢，险些丢了性命。后来经人解救，好不容易放了出来，从此看穿了豺狼当道、蛇鼠横行的官场险恶，无心仕途，便带着家小来到这万山丛林的地方，只想读书课子做一个无忧的百姓。

他见此地崇山峻岭，茂林修竹，闲禽对语，野树交花，背后延绵的山脉，好似金龙盘顶，村前弯曲的道路，犹如玉带围腰，风光优美令他赞叹不已，便决意买下了周边大片山林和土地，打算子子孙孙都扎根在这里，且耕且读。他在依山面水的向阳地，建造了一幢两重的四合大宅院，命名阚家庄。

不知事出何因，姓阚的迁往了楚地，就没有再回来。几百年过去了，甚至他的子子孙孙，都不知道有这么一个祖先曾经居住过的地方。但是阚家庄的名称，从那时起一直沿用至今。

姓阚的一走，有姓刘的住了进来，明末清初，又有余姓的祖先“奇班”太公，从荷洲张家畈迁来此地，从此阚家居住了余、刘两姓人家。

村里人无论姓余还是姓刘，祖祖辈辈都是“日出而作，日落而息，耕田而食，凿井而汲”的本分人。他们在这片土地上年复年，日复日，过着平凡朴实的农耕生活，不仅没有读书做官的，就连识得“之无”的人，都没有几个。

二

沧海桑田，世事多变。到了民国初年，阚家这个人无长才，地无长物，名不见经传的小山村，在他们的祖先都不是读书人的余家大宅院里，却出了个语言学家余心乐。

有道是："山不在高，有仙则名；水不在深，有龙则灵。"阚家村自从出了余心乐，便成了人杰地灵、遐迩闻名的地方，同时也从这里传播许多关于他的佳话。

话从余心乐的父亲说起。他父亲名修坤字广安，兄弟三人排行老大，人都称他大老广。老广的父亲四十九岁就离开了人世，父亲去世的时候，他才二十出头刚成家。但在父身为长子，在弟身为长兄，他不得不强忍丧父之痛，带着两个十几岁的弟弟，在父亲所留下的几亩田产里，犁云锄雨，勤苦力作。虽然不富裕，但生活尚可自耕自给。不数年，他还先后为两个弟弟成了家，兄弟妯娌婆媳，和睦相处，生活蒸蒸日上。

后来兄弟分灶各立门户，然而兄则友，弟则恭。凡事兄有所言弟无不从，弟有所请兄无不帮。兄弟三人孝顺母亲，出必请，归必报，菽水承欢。

自古以来，大凡孝友之家无有不兴旺的，曾有长者见其兄弟品行端正，预言"余家后人必有俊者兴"。可是老广自从结婚以后，老婆尽生女孩，大女儿惠芝，二女儿兰芝又相继夭亡，年近不惑，膝下仅有三女儿菊芝。夫妻有时相对而叹，埋怨老天不公。

在那个时代，女儿是不能留在家中传宗接代的，没有生男孩，就意味着后继无人，兴旺从何谈起。因此老广终日愁苦不堪。

有道是"天道无亲，常与善人"，此话还真不是无稽之谈。老广四十岁时，老婆十月怀胎，生下了一个男孩。这小孩一生下来就会睁开眼睛张望，身上还罩了一层像丝网一样薄薄的胎衣，称为紫罗衣。人言，凡是小孩生下来身上有紫罗衣的，都是天上的星宿投胎，长大以后一定会大富大贵。老广中年得子，又听人如此议论，心中喜不自胜。

三

这孩子自从生下来，一天天长大，到了二三岁时，大人教什么他就会什么。老广也读了几年书，稍通文墨，算得村庄上识字最多的。老广平时教儿子《百家姓》《弟子规》《三字经》等，有益于儿童初学的圣贤文章，只要教上几遍，他就能背得出来。

余心乐七岁就被送进私塾读书，师从晚清秀才聂达才先生。达才先生发现他天资聪颖，过目不忘，非常喜爱，想起北宋理学家程颢《春日偶成》的诗句："时人不识余心乐，将谓偷闲学少年。"于是达才先生将其原名余水松更改为余心乐，同时也含寓意，遇到了他这样聪明的学生，心里很快乐。

以前的私塾是不分年级的，也没有固定的课本和课程表，都是根据学生学习能力因人而异进行教学。因为他记得住，学得快，别的学生在读"人之初，性本善"时，他已经开始读"大学之道，在明明德，在新民，在止于至善"。达才先生是当地的名师，积学深厚，诸子百家，诗词歌赋，无所不通，经常给学生讲解一些写诗填词和做对联的平仄要领，尤其对余心乐这个得意的门生，有时还会出一些题目考他。

一天下课，达才先生袖着双手，在私塾的庭院中悠闲地散步，发现余心乐在不远处，就把他叫到跟前，口占一联来考考他：

上北山，下北山，上下北山。

因达才先生居住的村庄称下北山，另外的一个村庄称上北山，都是紧靠在幕阜山脚下，而幕阜山又俗称为北山。

余心乐歪着头思索了一会，很快就对出了下联：

来路人，去路人，来去路人。

达才先生见他小小年纪才思敏捷，连声赞叹："天生奇才，天生奇才也。"从此以后对他更加刮目相看。

由于达才先生的精心教导和他聪明过人的天赋，余心乐九岁时就能阅读《老子》《孟子》《庄子》等诸子的著作。

一次，私塾来了一位督学先生，见余心乐拿着一本《庄子》在低头阅读，过去的古文是没有标点符号的，需要有一定的文学功底，才能阅读通顺。像《庄子》这么深奥的古文，拿给现在的大学生也未必看得懂。督学先生心里觉得，一个八九岁的小孩，能够读通《庄子》简直难以置信，便微笑着问道："小朋友，这本书你能看得懂、断得了章句吗？"余心乐回答说："我不但可以看得懂，而且能背诵。"督学先生听了，从他手中拿过书本，然后说："那么我来考考你，《庄子·逍遥游》这篇文章中有一句'小知不及大知，小年不及大年'，你接着往下背。"

余心乐天真地望着督学先生背诵道："小知不及大知，小年不及大年，奚以知其然也？朝菌不知晦朔，蟪蛄不知春秋，此小年也。楚之南有冥灵者，以五百岁为春，五百岁为秋；上古有大椿者，以八千岁为春，八千岁为秋，此大年也。而彭祖及今以久特闻，众人匹之，不亦悲乎……”他一口气背完后，督学先生一脸认真地，双手捧着书本还到余心乐的手中，连声不绝地说：“后生可畏！后生可畏！”

由于他聪明过人，小小年纪就成了当地的传奇人物。六岁的时候，他去外婆家，要经过一个叫东湾的村庄，村庄上的人都知道余心乐能吟诗作对，便在小溪的桥头上，拦住他逗他取乐。村民出了一副对子要他对，对子的内容是“东湾港”，这村庄地名的三个字，佯装说对不出来，就不准他从桥上经过。余心乐眨着眼睛站在那里想了一会，便对了“西流巷”，西流巷，也是附近一个村庄上的地名，地名对地名，对得天衣无缝。

在他十岁那年的春节，余、刘两姓的阖家村人，把雕塑的两姓人的祖先神像都聚在了一起，坐在余家堂屋的神案上。除夕的夜晚，堆起木柴烧了个旺火，全村的人热热闹闹围着火堆而坐，陪着祖先守岁，表示不忘祖先的恩德。

第二天早上，也就是大年初一的早晨，每家每户吃早茶（一种炒糯米掺有麦芽糖和黑大豆的早餐），吃早茶要先去敬奉祖先，让自己的祖先先尝。余心乐的母亲打发儿子去神案敬茶。他端着满满一碗有麦芽糖的炒米放在神案前，学着大人的模样作揖下拜，抬起头突然发现，坐在神案的刘三太公站了起来，吓得他跑回家去告诉母亲。他母亲出来一看，菩萨坐在原处纹丝未动。

刘三太公是刘姓人的祖先，黑脸长须，手中握着宝剑，形象威武，南宋时期官至都督大将军。相传刘三太公神通广大，能布雷施雨，降妖伏魔，还可判药治病。当地人都讲得神乎其神。奇怪的是如此有神通的菩萨，却不敢接受余心乐一拜。事情传开以后，人们就揣测余心乐一定是天上的文曲星。

他师从达才先生读了四年私塾，读完了《幼学》《四书》《史记》《左传》《庄子》《古文观止》《唐诗三百首》，为学习古汉语奠定了一定的基础。

余心乐十二岁进入县城沉健小学，开始学习写文章，因才思敏捷，成绩拔萃被誉为神童。余心乐十四岁时以全县第一名的成绩，被设在修水三都的江西省立十五中学录取，同时与叶苍、石完璞三人，被誉为武宁“三才子”，而名声大噪。

十五中学的国文老师张战舰，在批改学生作业时，发现他的文章用典精当，字字珠玑，不相信出自一个未及弱冠的少年之手，因而在文章后面批语“非宿儒不能有此佳作”。

次日张老师又出了一道题——“光阴百代之过客”，然后静静地坐在余心乐旁边，看他作文。只见他抄好题目，略加思索，便低头伏案，一气呵成。张老师接过文章阅读后，满脸欢喜地走到讲台前，用粉笔在黑板上写道：

余遇余心乐，余心乐，余心乐。

“余”字在文言文中代表“我”，意思是“我遇到余心乐，我心里快乐，我心里快乐”。这件事后来传为佳话，不分雅俗皆津津乐道。一直到他成为江西师范大学中文系教授以后，仍然广为流传。曾经有一位从他读研的学生用“史载史可法，史可法，史可法”对成下联送给他看，他微笑着说：“我怎能跟前贤相比。”

四

余心乐不但天赋高，而且勤奋好学，即便是行船坐车亦手不释卷。1930 年，他于十五中学毕业，考入江西省立南昌一中。一年暑假从南昌乘船回家，船上负载挑担的人摩肩接踵，熙熙攘攘。他立在船头心无旁骛，手持书卷，低头阅读。

时有武宁县城银楼老板，南昌新建人夏侯坤，亦在同船之中，见状大异之，问乡人此乃何家学子，乡人曰：“阙家余氏子。”

夏侯坤有女，名国英，姿容秀美，贤淑聪慧，待字闺中。闻乡人言，夏老板回到家中，随即托人上门提亲。这时余心乐的母亲已经去世，姐姐菊芝也已出嫁。所以他父亲想，供儿子读大学，仅仅靠他种田的收入来维持学费，无异于懦夫举千钧之鼎，力不从心。如今银楼老板相中了自己的儿子，愿意将他女儿许聘给儿子为妻，并主动提出资助儿子读书的费用，这是天大的好事，于是欣然应允。

父亲带着余心乐，一同随提亲的人前往夏老板家中下聘礼。夏老板为人谦虚和平，一见面，就可以看出是个知书达礼之人，对待亲家和未来女婿非常礼遇，没有半点有钱人的盛气。当天便摆了几桌下聘的酒席。邀请来参加酒席的，都是县城有头有脸的人物，不是有钱人，便是做官的，身边的女眷个个珠光宝气，光彩照人。客人到齐后，大家入席，把余心乐的父亲推到了上位，和夏老板并肩而坐，余心乐紧挨着父亲坐在一旁。酒至半酣，席间有一位保安团的团长，姓叶，人称叶团长，出身书香世家，黄埔军校毕业，虽在行伍之中，却很有才气，平时自视很高，目中无人。他端起酒杯，走到余心乐的面前说：“夏老板的女婿，听说是个才子，无所不知，今天有幸相遇，我有一事不明就此请教。”然后他把酒杯送到嘴边，一仰脖子把酒喝干了，紧接着说，“人们把所有的器具都称呼为东西，做东西、拿东西、买东西，为什么不称为南北？”

客人们听到他这么一问，所有目光都集中在余心乐身上，他父亲大老广的脸一下红到了脖子，他担心儿子答不上来，丢面子下不了台阶。夏老板此时心里，也是十五个吊桶打水——七上八下，正打算向咄咄逼人的叶团长致歉，为女婿解围。

只见余心乐从座位上站了起来，不卑不亢地接着叶团长的话回答说："因为器具的构造，都离不开木材和金属，东方甲乙木，木属东方，西方庚辛金，金属西方，所以将器具统称为东西。南方丙丁火，火属南方，北方壬癸水，水属北方，水火从其本质上，是不可以构造任何器具的，所以不能称为南北。"

叶团长又问："那么陶器是土制成的，中央戊己土，为什么不称中央？"

"因为陶瓷仅仅是用来制作容器，缸、罐、碗、碟等，不能包括其他的用具，所以不称中央。"余心乐的话音刚落，叶团长一边鼓掌，一边虔诚地称赞道："佩服！佩服！果然名不虚传。"

所有客人，也都从自己的座位上站了起来，跟着鼓掌，赞誉之声不绝于耳。夏老板觉得女婿在众人面前争了光，高兴地向大家致谢，心里想，我总算没有看错人，为女儿找到了一个好女婿。大家重新落座，再吃了一会酒菜，尽兴而散。

1933 年，余心乐以优异的成绩，被当时全国最高学府——南京中央大学中文系录取。中央大学名师云集，学风浓厚，他深得国学大师黄侃亲传，遂以语言文字学作为终身研究的学术。

自从女儿和余心乐订了婚，夏老板便把余心乐当自己的儿子一样看待，资助他的读书费用，从高中一直到大学毕业，直到他有了自己的工作为止。后来只要谈及家常事，余心乐就对人说，我是农民的儿子，如果没有丈人的资助，就没有我的今天。

1937 年夏天，余心乐从中央大学毕业，同夏老板的女儿结了婚。才子佳人天生一对，各界名流纷纷赠联庆贺，其中就有武宁县参议长、名儒刘贻荪撰写的对联：

余庆余心乐，

夏婚夏国英。

庆婚酒宴在武宁夏老板家中，摆了三天三夜，张灯结彩，喝酒唱戏，盛极一时。

五

此时抗战全面爆发，一年后武宁县城沦陷，夏老板的银楼也被日本鬼子烧成一片废墟。夏老板无心修整银楼再做生意，带着家小离开武宁县城，回新建的老家去了。

此时的余心乐，结婚有了孩子，同夫人和孩子一起，在江西吉安国立十三中学教书，任国文老师。他从丈人的书信中得知了一切，对日本侵略者的暴行无比痛恨，深深地感到国家贫穷落后，受日本人欺负和侵略的耻辱，同时也坚定了他教学兴国的决心，曾经有人多次邀请他出来为官从政，都被他婉言谢绝了。

1942 年，赣省各界在吉安举行公祭孔子盛典，预先在报上刊登出公告，征集公祭孔子的祭文，应征者甚多，有不少文豪大儒亦在其中，一篇古朴典雅、情文并茂的祭文脱颖而出。其词曰：

苞符既启，书契肇基。大成是集，阙里应期。
卓哉夫子，万世之师。博大渊深，管蠡莫施。
汉江秋阳，众流莫追。周辙既东，王纲失坠。
邪说暴行，谬悠纵恣。泯泯棼棼，生民靡寄。
夫子匡时，揭橥仁义。晛消雨雪，霆砻魑魅。
牖民觉后，持为己志。驵侩盗徒，有教无类。
裁成狂简，俾无轩轾。祁祁生徒，盈于洙泗。
四科十哲，各有所至。小康大同，据乱思治。
国父驾说，其来有自。先圣后圣，其揆无二。
谁谓夫子，文而不武。夹谷之会，却齐完鲁。
后儒萎琐，粥粥必侮。伤彼随陆，见嗤胡虏。
谁谓夫子，虚而不实。诵诗三佰，无取占毕。
后儒放诞，卮言日出。伤彼魏晋，玄风洋溢。
夫子之怀，济世孔殷。斯人是与，鸟兽不群。
棲棲皇皇，历干时君。匪躬之故，直为时纷。
凡今之人，共仰夫子。所当自勉，不违往轨。
矧兹厄会，既逾天祀。荐食神州，长蛇封豕。
追维先圣，为群舍己。益励来兹，誓湔国耻。

各界一致称好，以为出自名家大儒之手，孰料乃不及而立的余心乐所作，众人无不折服，皆呼之为江南才子。

母亲的微笑

柯五平

总想写一篇关于我母亲的文章，动了几次笔还是搁了下来，不是没有东西写，而是笔拙，写不出东西。近些日子，我又翻阅了母亲生前写的那本《我的班主任情结》，这不是传记，也不是小说，更不是论文，是母亲从事教育事业五十年的教学经验、教学方法，以及对教学创新的探讨。书中没有惊心动魄的情节，也没有振聋发聩的豪言壮语，只有真实的人，真实的事，真实的情感，有血有肉。我发现书中出现频率最多的一个词是：微笑。于是，母亲的微笑在我的脑海油然而生。

一

从我记事起，母亲就喜欢笑，微微上翘的嘴角，清亮如童年的眼睛，自然舒展流露出来的微笑，亲切甜蜜。我认定，天底下的笑唯母亲的最美、最暖。

长大后我才明白，母亲微笑的背后有许多的甜酸苦辣。

母亲出生在一个偏僻的山村，山里很穷，又很落后。母亲四岁时还不会说话，大家都以为她是个哑巴。这年，外婆给母亲缠脚。外婆自己就是个小脚女人，三寸金莲，走起路来一晃一扭。母亲痛得不行，偷偷地扯掉了缠脚布。外婆发现后，继续给母亲缠，母亲又扯又哭。母亲的倔强触动了外婆当年的缠脚之痛，放弃了。也就是这年，外公去世，家里的顶梁柱倒了，生活更加艰难。那年，外婆才三十六岁。实在难熬，外婆带着膝下一男二女走出了大山，靠做点小本生意养家糊口。母亲五岁时开口说话，两年后，外婆把母亲送进了学堂。

母亲聪明刻苦，一直到高中学习都很优秀，用现在时髦的话说，是个“学霸”。母亲曾经给我讲起她读书的一件事，说是她班上有一个男同学非常厉害，老师出了一道几何题，他用十几种方法解答。当时，老师在黑板上写了四个大字“后生可畏”。能与这个男同学并驾齐驱的只有母亲了。说到这时，母亲嫣然一笑，是赞许，也是自豪。1948 年，母亲考上了南京金陵女子大学，因家境贫寒，未能就读。

有时，我有一个奇怪的想法：假如母亲去读了女大，那她的孩子就是另外一个人了。我和母亲的情分，是老天注定的。

母亲是 1950 年开始当老师的。那一天，母亲去县文教科登记求职，接待她的科长问：“你为什么要教书？”母亲回答得很诚实：“别人有工作，我也要工作，谋求生活，赡养母亲。”母亲说，当时她还很不好意思，脸一下子就红了。我猜测，母亲一定是笑着回答的。红红的脸，花一样的笑，母亲那时肯定很美。

母亲和蔼可亲，心地善良。小时候，如果我做了一些错事，甚至是一些坏事，母亲总是笑着给我讲道理，教育我，从不打我骂我。不会做的作业，她会坐在我身边，耐心地讲解，直到弄懂为止。父亲不同，他很严厉，稍有不慎，不是打就是骂。这时，母亲就会护着我，甚至用身子去挡住父亲甩过来的一巴掌。那时，我爱母亲胜于父亲。

母亲教书大半辗转农村的中小学，很少回家，有时到县里开会或是其他什么事，也是匆匆而过，只有寒暑假才能与我们团聚一阵子。我很盼望这两个假期的到来，享受母亲的温暖，看到母亲的微笑。

二

十二岁那年的暑假里，我在家静静地等待母亲，过了好些天，也不见母亲回来。我问外婆，外婆含糊其词；我问父亲，父亲不搭理。我总是看到父亲和外婆在悄悄说话，一见到我出现，他们马上打住。我预感发生了什么事。我的班主任老师家里，大字报把门窗都给封了。我不敢往这方面想，可偏偏不敢想的事降临我家。

有一天，家里来了几个戴着红袖章的红卫兵，领头的说，他们是箬溪中学的造反派，我母亲是“黑帮分子”，来我家抄查母亲的反动证据。他们气势汹汹，翻箱倒柜。我很害怕，躲在外婆的身后。事后才知道，他们证据没找到，却把我母亲的“县政协委员证书”“江西师范学院中文函授毕业证”以及几篇文稿抄去作为罪证，而后付之一炬。

母亲被打成“黑帮”，外婆和父亲早就知道，只是不愿告诉我而已。我问外婆：“母亲是黑帮吗？”外婆嗔怒说：“你母亲是好人，眼大圆秀，眉如新月，生就一副善良之相。她是被冤枉的。”外婆的话，我十二分相信。

思母心切。外婆和父亲商量，让我带二弟、三弟去看母亲。那年夏天，格外炎热，火辣辣的太阳炙烤着大地。乘坐的客车，如老牛一样在坑坑洼洼的马路上吃力地行驶。卷起的尘土，弥漫着整个车厢，灰蒙蒙的一片。车厢如同烤箱，蒸闷着每个乘客。路边的草蔫了，树上的叶子也蔫了，只有心烦气躁的蝉在无休止地鸣叫。一路上，我无法想象母亲的处境，只想快点见到母亲。

一路颠簸，我们到箬溪已是午后，问了好些人，才找到母亲的住处。这是一栋二层的民房，母亲住在楼上。房东告诉我，母亲很早就被人带出去到一个叫东山的地方“双抢”去了，要下午才回。我带着弟弟，依附在吊楼上，睁大眼睛盯住每一位行人。

太阳西下，楼下传来一声唤儿声，把我从困睡中惊醒。我看见母亲一手挥着草帽，一手捏着一块串着细绳的木牌就站在楼下。在楼梯口，母子四人紧紧地抱在一起，我们边哭边叫，母亲没有哭出声，在抽泣。泪水落在我的头上，滴在我的脸上，流进了我的心里。良久，母亲拭干眼泪，摸着我的头，微微一笑，说："不哭啦，我不是很好吗?"

一刹那，我看到母亲的微笑不仅是慈祥，还有一种坚强和力量。母亲把微笑掰成两份，一份温暖给了我们，抚慰着我们，一份悲痛留给自己，埋入心底。

那一晚，我睡得很安，母亲一夜未眠。

在母亲的书里记录着当年的情况：学校几个"臭老九"一字排开，跪在硬邦邦的课桌上又一次示众……我仰面微笑，似乎对荒唐的岁月，荒唐的操纵不屑一顾。

好一个仰面微笑。母亲是那么的从容，她在试问苍天，何日起风，吹走阴霾。

三

1967 年，我原来就读的职业中学停办，我转学到箬溪中学。母亲还在"改造"，不能教课，每次路过我的教室时，她都要从窗外往里看。我知道，母亲不光是来看我的，还有那割舍不下的课堂。

母亲多想重新走进教室和她的学生共同拥有明亮的课堂，可是，现实给母亲筑起一道不可逾越的屏障。母亲只有默默地离去。到了晚上，在万籁寂静之中，在昏暗的油灯之下，母亲拿出以前的教科书，回忆过去的教学情景。

有一天，学校通知晚上召开全体师生大会，母亲也去了。这是我到箬溪中学第一次与母亲同时参加的大会。我很清楚，除了批斗会，母亲没有权利参加任何会议。莫非有什么事情发生，我恐惧不安。

母亲很坦然地走进会场，一片安静，母亲开始读着不知第几次的检查。我不敢直视母亲，把头埋在课桌底下。我不知道母亲何时读完检查，也不清楚校领导讲了哪些话，只是最后宣布母亲"解放"那句，我听得真真切切。一阵掌声之后，我抬起头，见母亲深深鞠了一躬。这时，有许多的学生上前拥在母亲的周围，母亲的脸上才露出淡淡的微笑。

这是一个迟到的微笑，母亲等了好久好久。我看得出来，微笑中有苦涩，有无奈，但更多的是欣慰，这份欣慰是来自学生们对母亲的爱戴和认可。

母亲虽被"解放"，但是学校并未安排教课，只让她做一些刻刻钢板、收发报纸信件之类的事务。压在心上的巨石已搬掉，但心结未解，母亲需要的是课堂，不免惆怅。

四

1968年,母亲下放到一个叫滩头的生产队,一个月后,父亲和我姐、哥及弟弟都来到了滩头。滩头是个鱼米之乡,修河就从它身边流淌。山水环绕,香樟修篁,田畴如画。这里的空气格外清新,裹挟着泥土的芬芳徐徐而来,沁入心脾。骑牛牧童唱着不知名的小曲,几声鸡鸣狗吠传来,愈显得村庄的宁静。

宁静的村庄给了母亲平静。她把教学资料、教学笔记全部锁进了箱子里,添置了大锄、板锄、柴刀、镰刀、箩筐、箢箕等农具,像当地村民一样,卷起裤腿,脖子上挂着毛巾,戴着草帽,扛起锄头,下到田间地头学做农活。

有一次,听说母亲被蚂蟥吓得要命。母亲告诉我,那天队长想照顾她,安排她去晒谷,不用下水田,可母亲执意要去拔秧。母亲说,日子长着呢,总不能老是要队里照顾吧,必须学会一些农活。下了秧田,她学着拔秧、捆秧,就这样拔着、捆着,忽然感觉小腿有些痒,提腿一看,一只蚂蟥黏在上面,母亲吓得拔腿上了田坎,不知所措,大声地叫"蚂蟥,蚂蟥"。母亲说,是罗嫂过来帮忙拍掉的。罗嫂是母亲拜的师傅,我管罗嫂叫大妈,她勤劳、朴实、善良,是个好人,我们家没少得到她的帮助和照应。

"经过大风大浪,没想到被一只蚂蟥吓得要死。"母亲说着,自己也笑了起来。"以后会习惯的。适者生存是法则,事到临头须放胆,是勇气,你要记住。"母亲当时这样告诫我。

日出而作,日落而息。养了鸡,种了菜,一家人快快乐乐地过日子。

平平淡淡,与世无争,就是现在我也常常想起滩头那种岁月静好的日子。守候着肥沃的土地,播种一片绿,收获一仓金,其他的都是过眼云烟。

1969年的一天,大队支书通知母亲到大队部小学去教书,说是该复课了,孩子们也该上学了。这是母亲始料不及也是梦寐以求的消息,如春风吹开了母亲已关闭的心窗。母亲说,在那个"知识"与"反动"画上等号的荒诞年代,她遇到了一个好支书。

学校条件很差,只有一间教室,而且教室只有一堵砖墙,其他三个方向都是竹篱笆墙。教室脏乱,遍地垃圾,桌子板凳东倒西歪,看样子已经很久没有上过课。母亲重新收拾一番,地上打扫干净,篱笆墙糊上报纸,修理好缺胳膊少腿的桌凳,再贴上"好好学习、天天向上"的标语,教室才有了一点生气。

站在曾经失去三年的讲台前,母亲倍加珍惜。当那质地未变、风骨犹存的粉笔画过一道洁白光华的轨迹时,母亲的心与它一起同飞。

从滩头到大队部有两条路:一条是机耕道(可以过小型拖拉机),路较远,有五六里地；一条是小路，只有一半的路程，不太好走，要翻过两个山包，鲜有行人。母亲选择了小路，每天背着教科书，提着饭筒，牵着六岁的小弟，风雨无阻地往返那条弯弯的小路。

从此，小路记住了母亲的身影。

年底，母亲从县里开会回来，带来了一张先进工作者的奖状，她把这个奖状堂堂正正地贴在墙上。在我的印象中，母亲所有的奖状只有这张上过墙。

望着这份荣誉，母亲露出了笑容。

五

1970年底，我参加工作去了煤矿。次年，母亲和父亲也恢复工作调到伊山中学教书。伊山山高林密，交通不方便，生活也很艰苦。母亲不讲究这些，只要能教书，什么地方都可以去。

我从小有一个梦想，就是参军。到煤矿的第二年，矿里有征兵任务，我报了名。初检之后，就等复检了。有人告诉我，说我“政审”过不了关，被打了下来。那时候参军很严格，不是“苦大仇深”的三代贫下中农只能望尘莫及。也许是我不谙世事，或是我太想参军了，我把政审的事告诉了母亲。第二天，母亲就到了煤矿，母亲是翻山走过来的，足足走了五六个小时。那时，交通很不便利，柘林水库已经蓄水，坐车乘船最快也要两天。

我带母亲去找征兵办的领导，母亲堆满了笑容，真诚地向领导解释、陈述、请求，领导那副铁板一样的面孔从开始就没有松弛过，还说了不少嘲讽的话。要不是母亲拦着，我一脚就踹了过去。

在权势面前，真诚一文不值。

第二天一早，母亲要回学校，我去送母亲。一路上，也没说什么话，母亲心思沉重，我也很后悔，不该把事情告诉母亲。到了山脚下，母亲说了一句让我心痛一辈子的话：“崽呀，妈连累你了。”

望着母亲逐渐消失的背影，我潸然泪下。

所幸的是，几年之后，二弟参了军，帮我圆了梦。这是时代的进步。

春节到了，我是走那条山路回家的。其实没有路，是当地人打柴砍树开出来的一条羊肠小道，曲折崎岖。山中冷清寂幽，十里无人烟，茂密的树林遮天蔽日。山风吹起，大山如颤抖一般，树林被震荡，发出疯狂的、呜呜的声音。这一刻，我感受到母亲的勇敢与无畏。不是谁都有胆气独自行走在老林深山之中的，尤其是女人。

母亲有，与生俱来就有。

六

1978 年，母亲调回了县城，先后在二中、一中教书，1992 年退休。

这十五年，母亲精神焕发，心情很好，常常笑容满面，只是笑脸不再润滑、光洁，有了许多的皱纹。每一条皱纹都是母亲走过的路，蹚过的河，爬过的山。母亲老了。

这期间，也是母亲教育的辉煌时期，她获得了很高的荣誉，包括县、市、省和全国优秀班主任以及其他方面的奖励。当我看到母亲领回来的全国优秀班主任的奖状和奖章时，就要挂起来，母亲笑一笑，拒绝了，她把奖状和奖章放在属于她的、已经堆满了证书的抽屉里。之后，我再也没有看过。

母亲去世的时候，我把奖状和奖章找出来，安放在母亲的灵前。

我问过母亲"这些奖励最看中哪一个"。母亲说，都看中，不过有三个奖最有意义。一个是 1958 年全县教育工作会议上，母亲第一次走上领奖台，戴着大红花，心情很激动，当时还有点抖，母亲笑了。这次奖励使母亲从求职谋生上升到忠诚和热爱。"受人民之禄，尽为人民之责。"母亲是这样说的。第二次就是滩头的那次，母亲打了一个很形象的比喻，这是一根火柴，点燃了快要熄灭的希望。母亲说，全国优秀班主任不仅是对个人的奖励，更是对所有教师的尊重。尊师重教，国家才有希望。她看到了教育事业的发展和未来。

母亲退休以后，本以为她能安静下来舒舒服服地享受晚年，可是，母亲闲不住，又以新的方式开始长达十年的教育工作。

母亲是县政协常委、政协之友联谊会副会长，经常参加社会活动，到农村中学以及市和周边县区的学校考察、听课、座谈、演讲，没有报酬，但母亲乐此不疲。

1997 年，县"李烈钧基金会"开办高中补习班，母亲被聘为班主任。当年，四十二名学生参加高考，考取本科八名，大专十六名。

2000 年，母亲又接受了县里交给的"组织社会力量，扩招高中生"的办学任务，母亲和其他几位退休老师创办了县一中附属高中，母亲为主要负责人，招收了一百零三名学生。这些学生中考成绩最好的 379 分，最低的只有 132 分，300 分以下的六十七人。三年后，有八十四名考上了大专院校。

这十年，母亲是拼了命的，人瘦了，十分憔悴，体重不到四十公斤。我不知道母亲何来的精力和毅力，母亲说，是爱。她爱老师的职业，爱学生。

记得有一次，是个冬天。那天傍晚，我接到母亲的电话，要我马上过去，说是有急事。我火急火燎赶到家里，母亲对我说，要我同她一起去找一个学生。这个学生父母离异，母亲远嫁，父亲外出打工，他跟爷爷奶奶一起生活。家庭的不幸，使这个学生性情孤僻,厌恶读书,迷恋上网,最近又有两天既没到校也没回家。母亲说,今晚无论如何要找到他。县城虽小,可网吧少说也有二十家,东南西北,到底在哪,一点都不知道。就这样,我和母亲一家一家找,一处一处寻,几个小时过去,不见学生的踪迹。

街上很静,行人稀少,寒风嗖嗖地刮在脸上生痛。我感到有些累,就劝母亲别找了,母亲不肯。这时,我有点不耐烦,拉着母亲回家。母亲甩开我,盯着我说:“难道你还不如我?”当时,我还真的被母亲的气势镇住了,只好挽着母亲继续找下去。接近午夜,我们终于在一个小巷子的网吧找到这个学生。母亲累得一下子坐在街沿上。那天晚上,母亲把这个学生带回了家。

这就是母亲的情怀。

在母亲的眼里,每一位学生都是自己的孩子,没有富贵贫贱之分,也没有好学生、坏学生之说。她认为,每个学生从本质上讲都是人才,都蕴藏着极大的潜能,就看怎样去挖掘和培养。母亲说,对待暂时后进的学生,如果是“钢筋水泥”就给他建高楼大厦,如果是“砖头石块”就帮他砌所平房,即使没有太好的条件,也要帮搭一间草棚,为他“遮风挡雨”。永远不能对学生说“你不行”。

爱与责任是母亲教育的灵魂。

2003 年,母亲完全退休。是年,母亲已是七十七岁高龄,从事教育工作五十年。

七

母亲是从 1992 年开始写那本书的。当时,她一边教书,一边参加社会活动,留给写作的时间很少,只好利用中午、晚上和其他剩余时间。由于过度劳累,她身体很不好,尤其是视力很弱,白内障非常严重,写作的时候,脸几乎贴近桌面。写不多久,她就要搁下笔搓一搓发麻的手,揉一揉模糊的眼睛,捏一捏酸胀的颈椎。她坚持了十年,2004 年完成。

这时,母亲的视力出现了大问题,右眼 0.1,左眼几乎失明。医生说,再不做手术,两只眼睛都可能失明。2005 年 10 月,母亲到广州眼科医院做了白内障摘除手术,换了晶体。那时,我和爱人、大弟和弟媳在广东工作,我们陪护母亲。

当母亲摘掉眼罩的那一刻,我感觉到一种焦盼的目光在脸上端详。过了一会儿,母亲笑了,说:“多少年了,我都不知道你们变成什么模样了,今天终于又看清啦。”望着母亲的笑,望着已不再是清亮如童眸的眼睛,我羞愧难言,对母亲关心太少了。

母亲从不要求孩子为她做些什么，而她对孩子、对学生总是牵肠挂肚。

母亲的书我看过很多遍，每看一次，总有感动——苦难磨砺意志，意志铸就责任，责任源自爱心，爱心在于奉献。

奉献是母亲的全部。

每年的春节，是母亲欢笑的节日。从四面八方来的学生，有南疆北国、大洋彼岸的，有年过古稀、三十而立的，有从政、从商、从教、从医、从军、从工、从农的，拥簇在母亲的周围，母亲笑得最是开怀，爽爽的，朗朗的，没有一丝的遮掩。

母亲在她的书中最后写道："我习惯于倚在窗前眺望远方，微笑着思念所有的学生，对他们我有深深的牵挂，也有良好的祝愿……我永远地祝福我的学生，我的孩子，我的朋友，前程远大，一生平安。"

母亲于 2017 年底去世，临走的时候轻轻自语："我好幸福啊。"母亲走得很安详，面带微笑。

在母亲的墓碑上，镌刻着母亲的微笑。微笑为母亲的人生画上了一个圆满的句号，为她的孩子、学生、朋友留下了永恒的温暖。

吴王峰　　王臻摄

怀念父亲

张小泉

一

我的父亲张公发，横路街老一辈的人应该都记得他，他是集镇上邮电所里的邮递员，在我们集镇上也算得上是“公众人物”了。

俗话说“鸿雁传书”，我父亲就是一只送信的“鸿雁”，而且一送就送了一辈子。

父亲个头瘦高，身板显得略微单薄。一年到头，出现在公众面前的他，永远是那一身的绿色，永远是挂在他脸上那富有亲和力、洋溢着乐观精神的笑。

父亲在邮电所从事邮递员工作，往小里说，就是俗语称“送信的”；往大里说，在共和国九百六十万平方公里的土地上，邮递员是神经末梢的神经元，上下通畅，伸展自如，是国家正常治理不可或缺的一环，但这也是邮电所最辛苦的、最烦琐的工作。无论酷暑、严寒，不管刮风、下雨，这都是每天必做的功课。

父亲的工作分两块，一块是将外地来的邮件分送到各人手上，一块是将本地外寄邮件送到指定地点和县里来的邮件交换。当时公路没通，交换邮件，每天要从集镇上挑着邮包徒步送到双峤山顶，从那地方再接过从县城发来的邮包。

从横路街走黄鹰铺，过洞门，爬双峤山到山顶，有十五里山路，一个来回三十华里。一年三百六十五日，天天如此。山高路陡，七拐八弯，空着手都感觉很费劲，更何况还要挑着邮包。邮包有轻有重，重的时候甚至有一百多斤。可以想象，长年累月地干着这项工作，没有一定的毅力是很难坚持下来的。在从洞门去双峤山接送邮包的过程中，曾多次碰到下暴雨，山沟里的水陡涨，道路湿滑，父亲有好几次差点连人带邮包都滚入咆哮的水沟。送信路上，不仅要适应这恶劣的自然环境，还要有胆量不怕各种凶猛的野兽，以及排遣那莫名的孤独。信件是娇弱的，遇上雨雪天，父亲宁可自己被雨水淋湿，也不让邮包淋了雨。

每天蒙蒙亮，当所有人还在睡梦中时，父亲就已经带上头天整理好的邮包和干粮出发了。横路是丘陵山区，地广人稀，很多村舍偏僻闭塞，山路上走的人很少，路旁往往都长满了灌木和杂草，父亲就凭借着一把柴刀，披荆斩棘，开启了一条条通向各个村舍的“绿色通道”。

到了 1972 年，条件有所好转，单位里配备了一辆自行车。虽然用脚走得少了，但要跑的范围比原来大多了，工作量一样繁重。父亲仍一如既往，无怨无悔地做着这项工作。

父亲很清楚每一封信的价值，知道一封信对一个家庭的意义。不管是谁的信，一定要把信件送到本人或其家里人手中，只有这样，他心里才踏实。同一个地方，相同姓名的人不少，有些时候遇到信件名字相同，但地址模糊不详时，父亲就要多走好几个村庄，询问好多人家，直到信件和收件人核对无误后，他才放手。

我清楚地记得这样一件事，1979 年对越自卫反击战期间，洞门有一位姓陈的子弟兵上了前线。自从得知儿子上了前线，他的父母亲心里就整天忐忑不安。儿子现在怎样了？有没有受伤？仗什么时间才能打完……数不清的问题盘旋在他们心中，无法知道答案，也无从去打听。唯一寄托的希望就是某一天我父亲给他们带去儿子的平安信。可怜天下父母心，两夫妻心情实在是太迫切了，忍不住每天都要走六里多山路来我们家问讯。日复一日，我父亲每次都耐心地安慰他们，开导他们，并许诺一旦来信，一定在第一时间送到他们手上。终于有一天下午，县里来的邮包里有他们儿子来的一封信，父亲高兴极了。本来按规定这封信第二天送达即可，考虑到夫妻俩处在高度焦虑中，父亲连饭都顾不上吃，赶紧骑着自行车把信件送到他们家里。夫妻俩打开一看，可乐坏了。儿子不但从前线撤下来了，而且因为作战勇敢，荣立了三等功。一家人高兴之余，紧紧围住我父亲说："公发呀，你真是雪中送炭，太谢谢你了！"看着他俩那充满着感激之情的眼光，我父亲后来对我们说："那一刻，我就像吃了蜜糖一样，觉得我这一辈子值了。"

因为父亲的认真负责，信件遗失率很低，连年被评为县优秀邮递员。从 1958 年 10 月开始，父亲就是这样在邮递员的岗位上踏踏实实地干了三十一年，直到 1989 年退休。

二

三十多年岁月，看似风轻云淡，平凡无奇，一晃也就过去了，可是又有谁知道这个抽烟抽得很凶，整天笑嘻嘻，貌似无忧无虑的汉子，背上的包袱竟是那么沉重。一个上有老，下有小，十四口人的大家庭，吃喝拉撒都压在他一个人身上，"鸿雁"的翅膀实在太沉重了，样样不轻松。

父亲于 1934 年 10 月 18 日出生于横路乡横路村长富岭的一个农民家庭。叔叔张公财，生于 1955 年，中间隔了二十一年，其实不是祖父、祖母这辈子就只生了两胎，而是因为贫穷、战乱以及当时医疗条件差等各种原因，生了十三个孩子，存活下来的只有我父亲和叔叔两根苗。在长富岭这个张姓的大家族中，虽说都是一个姓，由于我祖父兄弟几个只剩他一人，因此我家在屋场里属于独房头，与屋场其他房头相比，显然势单力薄。也许是因为当时实在是穷怕了，祖父这一代没能过上富足的好日子，于是把由穷变富、发财的希望寄托在我父亲和叔叔身上，为父亲取名张公发，为叔叔取名张公财，合起来是"发财"。可惜我祖父祖母直到去世也没能看到他的儿子们发财。

由于家里穷，父亲只读了半年书，七岁就辍学成了放牛娃。随着祖父母的年岁已高，父亲慢慢长大，家庭生活的重担，就落到了父亲的肩上。

1961 年 2 月 26 日，父亲与母亲结婚，前前后后生养了我们兄弟姐妹九个。随着人口的逐渐增多，家里负担也越来越重，祖父祖母年纪越来越大，生产队里的活做不动了。我叔叔，虽然身材魁梧，但他从十二岁起开始患癫痫病，只要稍微受点寒，受点累，或睡晚点，第二天可能一不注意，就随时随地会发病。发起病来，随地一倒，口吐白沫，牙关紧咬，手脚抽搐，不省人事。因此叔叔在队里算不上是一个正常的劳力，而且他的病，得靠药维持，这又是一笔不少的开支。虽然药没停过，却一直不见好转，直至 1978 年发病身亡，年仅二十三岁。

叔叔的过世对我们全家人的打击很大，白发人送黑发人，祖父祖母痛不欲生，尤其是祖母。这是她最小、最疼的儿子，他的去世，就像打开了祖母的泪水闸门，稍不如意，她就会端个椅子坐在偏房屋前，呼天抢地，放声痛哭。父亲老了许多，十三个兄弟姐妹，只剩下他这一根独苗了，他倍感凄凉。面对着这一大家，老的老、小的小，他忧心忡忡，烟抽得更凶，酒也喝得更勤，脾气也越来越大了。

父亲做乡邮员，白天除开中午吃饭，一般是走不开的。生产队里赚工分的事就只有靠我母亲了。那时候村里讲究的是谁的房头大，谁家劳力多，在队里谁家就最风光。而我家只有我父亲和一个经常生病的叔叔，因此在当时屋场里和生产队中我们家属于“第三世界”，经常会受到一些不公平的待遇，就连年终决算分配也大受影响。

当时生产队里年终分配是这样的：每家每户除基本口粮外，其余的粮食分配属“工分带粮”，工分多，分的粮食也多，反之，分的粮食也少。基本口粮也是用工分来折算的。母亲工分底子充其量也就是 6 分样子，家里一大堆人，吃、喝、穿、洗……样样离不开她，她不可能每天都出工，这样一年下来，挣的工分还不够抵基本口粮钱，要用父亲的工资去买。那“工分带粮”的部分我们家是想都想不到的，属于典型的“缺粮户”。全家十四口人，靠母亲赚的那点少得可怜的工分分粮食，可想而知是远远不够的。因此缺吃少穿，填不饱肚子是我们家面临的主要窘况。

有一年腊月二十八，别人家里都已准备好过年货了，而我家里连一粒米都没有，更谈不上准备什么过年货了。我母亲只好去生产队找到仓库保管员，说了一大堆好话，他才同意我母亲记账（就是当时不付现金，年终一起算），挑起一担谷子回家，结果挑在半路上遇到了队长，队长就说：“你家里欠了生产队那么多钱，怎么还好意思到生产队担谷出来呢？这绝对不行！”母亲听了一愣，强忍着屈辱的泪水，一步一步把这担谷挑回到了生产队的仓库。回家后，母亲大哭了一场。父亲知道这事后，抽着烟，沉凝了好久好久，劝着母亲，并教导我们一定要努力读书，将来混出个样子来。后来邻居知道我家这种困境,借了一点米给我们,让我们简简单单地过了一个年。

在这种情况之下,平常的饭桌上就谈不上什么油水了,我还清楚地记得我们兄妹间上演的“猪油渣风波”。

事情是这样的,生产队里分的菜油根本不够吃,我父亲每月也只有四两油的供应指标,家里炒菜用的油主要是靠过年杀猪时留下的腊猪油。母亲勤俭持家,精打细算,是个很会过日子的人。她在每餐炒菜时,用锅铲把放在油碗里的那坨腊猪油铲起,在锅里四周涂一遍,又铲好放到油碗里,再来炒菜,待到实在榨不出油的时候,母亲就会让它留在菜里。我们兄弟姐妹几个正处于长身体时期,饭都吃不太饱,加上肚里缺少油水,因此很关注那个腊猪油碗,估计到哪一餐炒菜时,母亲不会再把腊猪油(已成猪油渣了)捞起来的时候,我们就个个严阵以待,口水早就在喉咙处咕咕作响了。就在母亲把装了猪油渣的菜碗刚端起还没放到饭桌上时,至少有五六双筷子就伸到了这个菜碗里,抢到的就得意扬扬、喜笑颜开;没抢到的,就哭哭啼啼,吵吵嚷嚷,有时甚至会动手打架。本来就心情不好的父亲遇到这种情况,更是无名火起,往往闹得最凶的那个不但没吃到油渣,反而会挨一顿打。

每一天的日子都是煎熬,为了支撑这个贫穷的家,让日子过下去,把九个子女养大成人,父亲心里的压力可想而知。

三

随着我们兄弟姐妹慢慢长大,子女读书问题就摆到桌面上来了。母亲生我们是一年一个,老大今年上学,明年就临到了老二,后年就是老三,不是一个两个,而是整整九个!这是多么沉重的一副担子啊!村子里有不少人不理解我父亲,甚至也有个别人等着看笑话。父亲虽然没有读到什么书,不懂什么“学而优则仕”的大道理,但在工作中他尝尽了没有文化的苦头,所以心中一直藏着一个强烈的愿望,生活再苦再难,即使砸锅卖铁也一定要让我们兄弟姐妹个个读上书。

后来我们兄弟姐妹个个依次走进了校园。虽然衣服穿得破、背着的也是母亲做的小书包,肚子里装着的常常是红薯或薯丝粥,成天半饥半饱,但我们很高兴。

我们家世代务农,父亲本人也没有读多少书,对于怎样教育下一代,他也没谱,但他就信奉这一点:“养不教,父之过”“棍棒之下出孝子”。为此,他给我们订了四条规矩:

一、不能乱摸(指偷别人东西),要是知道你乱摸,就打断你的手脚;

二、尊敬老师,一日为师,终身为父;

三、对人有礼貌,不能充爷骂娘;

四、不能损坏财物。

谁触犯了就处罚谁，没有一点余地可说。我父亲还时不时去学校问老师，看我们在学校表现如何，成绩怎么样。尤其重视我们做人这块，他是绝对不允许我们违规、出一点问题的。父亲把面子看得比天还大。

父亲在工作单位里是笑嘻嘻的，和气得很，但在子女面前那又是另一副面孔。在我的记忆中很难搜寻到父亲的笑脸，我们个个怕他。小学阶段，我们放学后还要去放牛，小孩本性就贪玩，一玩起来就忘乎所以，等到回头去找牛时却往往发现牛在吃别人的庄稼。这时候我们慌张、害怕的心情，不是一点点，就像天马上要塌下来一样。一想到父亲的那张脸，那扬起的巴掌，心里就打哆嗦，完了，今晚又逃不掉一顿打了。

记得那一次，我牵着牛在回家的路上，只觉得一脚高、一脚低，踩不到实处。心里总是在默默猜想今晚挨打的情形，心情特别糟。待到我把牛拴到牛栏后，不敢马上回家，要在大屋外面等一段时间，估摸着家里差不多要开饭时，才悄悄地溜进大门。此时，我还不敢贸然进屋，先在家里门缝中偷偷地察看家里吃饭的情形，特别是观察父亲、母亲的面部表情。如果他们的表情轻松、不那么严肃，间或还有一些说话声甚至还有笑声的时候，我就偷偷地溜进去，轻轻地拿个碗盛点饭、弄点菜，到角落里躲起来吃。如果观察不准，冒冒失失进去吃饭，父亲二话不说，就是来一巴掌："你还有脸吃饭，叫你去放牛，你却让牛吃别人的庄稼，别人都来告状了，看你拿什么去赔人家！"这时候，显然饭是吃不成了，就边哭边把碗放下躲到外面去了。有时躲在门缝观察今晚吃饭的气氛有点紧张或压抑，就干脆不进屋，直接到外面躲起来。有时一躲躲一晚上，饭固然没得吃，觉也没好好睡。这个时候，只有母亲，待父亲睡后，打着手电去找我。第二天早上起来，我好像大病一场，浑身都没有劲，只有等到吃完早餐后才感觉舒服一点。

父亲就是这样严厉要求我们的。多少年后，父亲责罚我们的情形，就好像是昨天的事一样，鲜活得很。我的心灵深处也一直存在着对父亲深深的敬畏。

当时，父母亲送我兄弟姐妹读书非常不容易，大家庭没多少人做事，吃饭人多，读书又要钱。结果，我大姐 1978 年 7 月、大哥 1980 年 7 月高中毕业后没考上大学，虽然班主任上门来做他们继续去补习的工作，但大哥大姐考虑到家里的困难和父母的压力太大了，为了让后面的弟妹能继续读书，他们放弃了继续补习考大学的机会，把自己的人生前途就定格在农村这一片大地上，他们是何等的胸怀啊！

四

我们慢慢长大了，所住的房子也就显得越来越狭小了。我们家一共就三间房，祖父祖母一间，我们和父母两间，不大的房间里摆三张床，当时一张床睡三四个，甚至四五个也是常事，再加上儿女们性别不同，逐渐懂事，老是挤在一起也不是个事。父亲作为一家之主，很是着急，做新屋的事也就迫在眉睫了。

可当时家里没有什么家底，怎么办呢？父亲做了一个长远的规划，围绕这个规划，我们全家就开始慢慢地筹备。没有砖瓦，自己来做，数九寒天，风在窗外狂啸着，雪粒打在人脸上生疼。父亲利用单位休假的时间带着哥哥、姐姐在野外做砖坯，累了就抽一支烟，搓搓手，顿顿脚。一天下来，父亲脸冻肿了，耳朵冻伤了，手也冻裂了，回到家里坐在火炉旁边，半小时了还不断地打着寒战，恢复不过来，喝酒都不顶用。尤其是后来砍茅草柴烧窑及挑水到窑顶上浇水等，都是实打实的苦力活！就是这样，一日又一日，父亲一手一脚地带着我们兄弟姐妹，历时一年多，总算是把砖瓦等材料备齐了。

父亲在 1980 年下半年开始做房子，当时家里只有五百元钱，根据当时的情况，只能做连三的房子，而做连三的房只有四间短房，还是不能从根本上解决全家住的问题。按照人头数情况，必须做连五房，这样才能解决困境。当时父母心里非常矛盾。后来经过三番几次的商量，父亲采纳了他舅舅的意见，着眼于长远考虑，还是咬着牙，硬着头皮做连五的房（有四间长房即八间短房）。决心是下了，但巧妇难为无米之炊，做房子一开工就需要付工钱及每天招待匠人吃饭，按父亲的为人，工钱需要及时支付的，不能欠着。当时好的匠人一天工钱 1.4 元，普通匠人 0.9 元，这是一笔很大的开支，对于每月只有三十多元工资的父亲来说，压力是何其大呀！好在平时，我父母亲也愿意帮助别人，父亲在辛苦劳累了一天后，晚上出去借钱，往往第二天能及时付出工钱和提供稍微好一点的饭菜给匠人吃。后来由于实在是借兑无门，这个房子做做停停，仅仅只有一层的房子，做了一年多，直到 1981 年底才做好。

虽说房子做好了，但没有大门，父亲只好用竹制的晒板挡住大门口，且窗户上只有几根钢筋，没有玻璃遮挡，房子也没粉刷。冬天到了，全家人住进了新房，但总感觉每个地方都有寒风，冷极了。当时那栋房子，假如放在现在，连毛坯房恐怕都算不上啊！

那年，大姐说好了一户人家，可是由于家里做房子把家底都掏空了，没有钱给大姐置办嫁妆，大姐的婚期一拖再拖，后来父亲好不容易在私人处借了八十元的高利贷，大姐的婚事才得以办成。

新屋建起来了，大姐也出嫁了，可父亲那瘦长的身躯却又更瘦了一圈，才五十来岁的人就已经老态龙钟了。

五

父亲虽没读多少书，但为人很真诚，乐于帮助别人，在镇上有很好的口碑。即使是对那些来到横路落户的外乡人,父亲也热情地关心他们,凭自己的人脉、关系,帮助他们解决一个又一个的困难,一来二往,他们都把我父亲视为亲人,有什么事都来找他商量。

供销社的职工王士良,是江苏无锡人,1962年下放到武宁林业局,1963年调配到横路供销社。他说的无锡话比较难懂,再加上说得快,因此到横路后几乎没有朋友,但与我父亲关系比较好。他在横路结了婚,但住的条件很差,是间破败漏雨的土房,一到下雨天,外面下大雨,屋里下小雨,无法安生。怎么办呢?有瓦固然好,但那要不少钱,老王叔拿不出,他就来找我父亲想办法。我父亲想来想去,认为眼前效果最好的办法就是用杉树皮来盖。于是,我父亲带着老王叔找到当时洞门的支书及大队长,请他们帮忙,弄了一些杉树皮来盖屋顶,解决了老王叔的燃眉之急。

还有一个老肖爷,1933年生。1971年,他因生活困难从湖南逃难到横路公社上富大队,在这里成家了,陆续生了两个儿子和一个女儿。由于本地人排外,他没有多少自留地,一家人的生活举步维艰。我父亲经常去看他,安慰他,考虑他家里有这么多人吃饭,就建议他发挥自己特长,从事砖瓦生产。当时个人做买卖十分不容易,办手续非常烦琐,先要找生产队、大队汇报,再找公社审批。我父亲抽空陪着老肖爷一个一个地方去找,后来功夫不负有心人,费了九牛二虎之力,终于解决了生产砖瓦的地皮问题。

接下来,关键就是启动资金的问题了。老肖爷没有什么亲戚,而附近的村民一直对他不友好,所以他即使知道我父亲生活艰辛,也只能无奈地硬着头皮来找我父亲商量办法。他一到我家里,我父亲就问他窑厂准备得怎么样了。此时天慢慢变黑了,老肖爷红着脸迟疑了好久才下定决心说出自己缺少资金的事。到这时,我父亲才知道老肖爷来的意图,也明白他体谅我家的难处,一直不好意思说出来。父亲点上了一支烟,猛吸了几口,很认真地对老肖爷说:"老哥,我家的情况你也清楚,但你今天来找我,说明你信任我,看得起我。你这个事也是大事,我准备找我亲戚帮你借点,你给我一个星期的时间吧。"老肖爷听到这里非常高兴,流着泪对我父亲说:"太谢谢兄弟了,你救了我全家的命啊!"结果我父亲在第五天终于东挪西借凑满了三百元钱。我们两家因为父亲的不离不弃和老肖爷的重情重义,演绎成了一种不是亲戚胜似亲戚的世代情缘。

父亲已离开我们十六年了,正当我们兄弟姐妹长大成人,各有所成,有条件让父亲过上安逸晚年的时候,父亲竟不堪劳累,舍我们而去,"子欲养而亲不待",这是多么悲哀的事!让我们这些子女们情何以堪!此生未能尽孝,如果真有来生,我请苍天作证:我们希望继续做他老人家的子女,为他老人家尽那份没尽完的孝。

亲人四章

夏海琴

他们的故事，于我是厚重的，写出来，就薄了。

一

据说，她是那条垄畈里最好看的女人。

可再好看的女人也要嫁人，至于嫁得好不好，就要看天意与个人造化，像庄稼的收成一样。

她的造化不太好，嫁给了一个有精神病的男人。等她发现的时候，已经有了孩子。女人命薄福薄的多，可是好看的女人总是更让人惋惜。她在忧郁和泪水中，熬到孩子出生，以为这样，就可以离开了。谁知道，此生都被牢牢绊住。

孩子刚生下来，她这样说服自己：等满月吧，满月就走。

满月了，她又这样说服自己：等断奶吧，断奶就走。

孩子终于断奶了，她再也找不到理由说服自己了，还年轻啊，就要这样陪着一个时而清醒时而疯癫的男人过下去吗？终于下定决心了，收拾好了包裹，临走前，她躲在阁楼上，想看看孩子离开她会不会习惯，会不会有危险。当孩子的哭声越来越强烈时，男人也许是因为知道她要走了，受到刺激，目光呆滞地坐在地上，任凭摇篮里的孩子哭得声嘶力竭，无动于衷。看到这一幕，她再也忍不住了，阁楼的木梯三步当作一步爬，几乎是顺着梯子滑下来的速度。男人的眼神因她的回来，又恢复了光亮，看着她，一会儿哭，一会儿笑。她冲到摇篮前，紧紧抱起孩子，放声痛哭，左邻右舍无不动容，可是都默默无声，该说什么呢？都是命啊！

再也离不开了，她默默地拆开包裹，把东西一一放好，心里柔肠百转，却也转不出宿命。

此后，又生了一儿一女，但是，再也没见她笑过，最终抑郁而终，早逝是必然的结局。这也未必不是好结局，不然，那数十载风雨绵绵的灰色岁月又将怎样去熬？

她，是我的曾外祖母。

二

女人寻找理想爱情的道路向来是千回百转，曲折而辛酸的。幻想着碧桃花下的浪漫,却又变成昙花一现后的孤凉。

当妇女解放的口号刚喊进家乡时,她便勇敢地走出那段包办的婚姻。这需要多大的勇气,舍家弃子,果断决绝。幸运的是,她找到了一个心仪的好男人,高大魁梧,勤劳能干,温柔体贴。不幸的是,好景不长,缺医少药的年代,只消一个急性阑尾炎,便可要了壮汉的命。那一晚她不停地让他嚼生大蒜,不停地往他肚脐眼上敷艾叶,鼻梁中间和喉结处刮出深深的紫色,熬了一晚上,无济于事,第二天用板车拖去医院时已回天乏术。

一个裹了小脚的女人,再怎么勇敢坚强,也拖不动那泥田里的犁耙,再怎么有志气,也扛不住儿子饥饿的呼声,况且如今也没有当年的盛气了,破罐子破摔吧!她接受了一个入赘男人,又生了第三个儿子。这个男人也许是受不了生活的清贫,也许是担心被她所克,没多久,便弃她而去,她又从一个寡妇变成了弃妇。从此她便不再依靠男人了,独自拉扯两个儿子,将日子一天一天地熬出头,这种坚强让人感到逼仄、疼痛。

之后的故事,对我来说,是篇断章。我对她的记忆只有一个模糊的影子,满头泛着光泽的银发,朴素,嗓门大,脾气急躁。从我记事开始,她已卧床不起,终年都是躺在那幽暗的老房子里。我嘴馋了便一蹦一跳在她那盖着老窗套的窗檐下,仰起脖子大喊一声:“太婆婆……”她听见我的声音总是挣扎着半坐起来,拧开瓶瓶罐罐,抠出里面的大块冰糖,塞到我那黑乎乎的小手里。

我对她的记忆和她的生命就在此戛然而止。

她高寿,但光阴对她来说,孤独又凛冽,漫长而痛苦。

她,是我的曾祖母。

三

她一生之中,幸福的日子屈指可数。

年幼时没了娘亲,二十三岁守寡至五十七岁去世,后半生因唯一的儿子多病,几乎都在担惊受怕中度过,没有一日不是提心吊胆。

丈夫去世的那天,早上还吃过她亲手做的早饭,午后便阴阳两隔。丈夫在帮邻居砍树建房,本来他已经早早收工,听到林子里有人的树砍不下来,在唤人帮忙,热心的他不假思索立马把肩膀上的木材卸下,又钻回山林里去。等他刚靠近那棵树,一阵风吹过,那棵总也砍不下来的树突然朝着正在爬坡的他迎头倒下,击中他的命门,他甚至来不及吱一声,就七窍流血,倒地身亡。那一年,她二十三岁,膝下有四岁大的女儿和八个月大的儿子。

消息传来，如晴天霹雳，五雷轰顶。上有老母，下有嗷嗷待哺的幼儿。田间地头，里里外外，生活的重担岂是她一个女人可以挑起来的？可是，外表柔弱无主见的她，愣是挑了起来，一挑就是一辈子。

从没见她哭过，苦，都藏在心里，这是一种可怕的平静。村里的老人说过，她经常在喂猪的时候，喂着喂着，就把猪食喂到了自己的嘴里，浑然不知……

对丈夫深深的怀念，变成了喋喋不休的回忆："我不会炒米泡（一种干粮），他怕我挨婆婆的骂，偷偷把米拎到隔壁大婶家炒好再拿回来交差；我不会纳鞋底，他便送去让村里的大姐大嫂们帮我纳好……"回忆，对她来说，是一种自渡，她就是靠着这些残存的体贴，温暖着后半生的凄凉，支撑着空虚的精神世界。因为被这么爱过，她心甘情愿地守寡至死，没有过半句怨言，一生卑微又温和。

她，是我的外婆。

四

全村的人都说他长不大，要夭折的。

可他有一个柔弱又坚强的母亲，在她小心翼翼的呵护下，他意外地长大成人，成家立业，一度把日子过得红红火火。

因为身体的残疾和家庭贫寒，他不得不辍学，去学裁缝。但他天资聪颖又勤奋好学，别人学徒至少一年才能出师，他只花了半年，不仅学会了裁缝，还无师自通学会了修理缝纫机、绞边机。他的聪明好学，赢得了一个师妹的青睐，学徒归来后，这个大眼睛长辫子的漂亮姑娘走了上百公里循他而来，从此结为秦晋之好。这是我听过的第一个爱情故事，如此轰轰烈烈。我对他充满了崇拜感，甚至不相信，男主角就是这个拐着脚的，经常把我带在他的缝纫机旁，用边角料做好看的红绸扎在我辫子上的男人。

记忆中他总是流鼻血，鲜红的血，突然就滴在他正在缝制的白色的确良衬衫上，像一朵朵鲜艳的花，触目惊心。

也许是习以为常，也许是不想让母亲担心，他没有呼叫，不慌不忙地扯下做棉衣的棉花，塞在鼻子里，然后仰着头，靠在椅子上。后来，越来越多的血奔涌而出，他又在墙角抓一把边角料，捂住脸，仍然是不吭声。不知道后来是怎么被发现的，我只记得惊慌失措的外婆和父母匆忙赶来的又慌又乱的脚步。然后他们一走就是许多天，外婆会回来好几趟，月光下牵着我的手，让我给她做伴，逐家逐户地敲门，那是在借救命钱。

从那时候开始，我就好害怕那触目惊心的血色，好害怕外婆的床头柜那个抽屉里没有钱，害怕他会离开我再也不回来。因为他是这个世界上除了父亲以外，最疼爱我的男人。

可是前不久，四十七岁的他还是突然离去，再也回不来了。生命对他来说，活一天赚一天，是感恩，也是无奈。

他，是我的舅舅，我母亲唯一的手足。

佛说：一切众生放不下执念，生死不离，永远思念。

北山下　　成善新摄

乡间名士袁安华

刘家和

一

袁安华先生，是我们镇上老一辈的文化人。他是我发小袁达成的父亲，与我同住南街头，中间只隔几间铺子。他个头颇高，在普遍个子不高的山背人群里就显得有些突出。高高的鼻梁，眼睛明锐有光，不错的相貌，再加上与生俱来的书卷气，让他更显得英俊飘逸，卓尔不凡。

他八岁上学，师从于张启明先生，其间因家境贫寒，两度辍学，幸得姻亲陈经邦先生相助，才得“再味书香”。1929 年他经人推荐考入武宁县城北高等小学校，1931 年毕业，时人称之为“秀才”。

他勤学不已，笔耕不辍，博闻强记，饱读诗书，打下了坚实的国学基础。文章、书法，样样皆精；吟诗作赋，更是轻车熟路；谈古论今、旁征博引，滔滔不绝。自己取名“安华”，足见其对自己有相当的抱负。

横路小镇，袁氏属于外来小姓，小户小姓人家的“秀才”，在这个地方并没多少人赏识，反而受到排挤，谋生不易，无奈只好走入文人末路，离开故土去一个更为偏僻的伊山乡设帐授徒。他在伊山一教七年，桃李争春，门生弟子多有出息。解放初期的伊山乡干部大都出自他门下，还有不少人在县府、行署、省城发展。本县好些政界人物，如张元、毕可珠、周庆礼、夏浙炳等人都是他的学生，当然这都是后话。后经当时横路区长林盛芳的推荐又到本乡泥山村教了几年书，1943 年后由于家齿日繁，教书难以维持生计，他只得放弃斯文，弃教从商，经营什杂货与屠房。文人经商，放不下那张脸，黑不下那颗心，所以一直是惨淡经营。

新政后响应政府号召，他加入互助组、初级社、高级社，从高级社以后，到公社综合加工厂，一直担任会计。二十世纪六七十年代，袁先生因历史问题受到冲击，被遣散回家。自此他不但失去了工作，也失去了生活来源，全靠子女接济过活。后来的十余年间，他虽然秉性豁达，不在乎世态炎凉，但总觉终日无所事事，无以寄情，更兼向来清高，知音寥寥，日子过得就比较消沉，终于 1979 年 8 月辞世，享年六十七岁。

二

袁先生有不少著述，可惜由于种种原因，文稿大都未保存下来，现仅存在世的唯有诗歌二十二首、对联九十余幅、散文三篇，以及半篇自传。至于书法作品，只剩下寥寥几幅，除了伊山乡一些祠堂、大屋有他的遗墨外，其他皆荡然无存。我今天能手握先生留下的遗稿残篇，认真拜读之后，不禁深为叹服，闭卷良久仍觉口齿留香。文笔太好了，写得太精彩了！可惜的是篇幅不多，竟觉意犹未尽。

从横路张远湘为其残篇写的序文中，我们可以进一步了解其人：

"袁安华先生，横路名士，生前是我契友，死后是我姻兄。抗日战争时，与陈学平等七人，兴亭结拜，誓言决不做汉奸。日本投降后，在家几人，今日不新，明日不旧，君子之交淡如水。……安华兄一生性直不阿，待人忠厚，并好打抱不平。自幼刻苦读书，有深厚功底，在地方上有一定名望。他为地方排纷解难。谋财而不贪财，经商并不剥削。工作认真踏实，财务把关几十年，基本堵塞贪挪漏洞，人称铁面相公。……安华兄晚年退守家园，生活并不充裕，晏然自乐。……他对文学深有研究，一部《辞源》看得烂熟，写了一些作品，一篇《草鞋赋》真好感人。"

篇幅不长，寥寥数语就把安华先生的秉性、为人、学识、经历及生活态度交代得清清楚楚。

三

袁先生遗存的诗词歌赋，在这里限于篇幅，节选几首，供欣赏。

1961年春节，正是三年困难时期，家徒四壁、坛罐俱空，朋友来了，却无以招待，好客的他，好不尴尬，无奈只好以诗自嘲：

门外春光依旧好，家中风味自不同。
生尘炉灶烧烟暖，积垢杯盘打磬空。
遇到客来情冷淡，送将人去觉轻松。
难堪曩昔知音友，见面无言一笑中。

他和横路兽医萧字民屡有文字往来，经常在一起唱和。其中有一首七律竟将"萧君字民"四字嵌在上面。既要照顾诗意，又要嵌特定的字，是有相当难度的：

萧然旧况焕然新，君子高吟笑语频。

字织黄绫千尺锦，民歌红日四时春。
砚田恨我枯难润，秃笔教人久不亲。
压线年年嗟白首，那堪莫母对娇颦。

他的诗友还有肖唐甫，两人时有唱和，有《赠肖唐甫》诗云：

前年蒙捧一笺来，下结诗朋慷慨哉。
两度欲回羞弱笔，几番思和愧疏才。
莺梭有样文难织，燕剪无锋锦不裁。
寄语上林桃与李，好花休向败园开。

还有一首《代肖唐甫赠义萍》：

义朋仁友古来风，萍水相逢意已通。
月桂香飘伤别绪，霜枫叶落衬行踪。
消沉鱼雁三千里，隔断关山几万重。
何日再寻鸿爪迹，欣欣携手笑谈中。

短短的八行诗，不但把思念对象的名字嵌在了诗中，而且借情、借景、借比喻把思念的情绪渲染得很是浓烈。而对未来又充满了美好的期盼，辞藻绚丽，笔锋老辣。不能不说肖唐甫请他捉笔代刀是找对了人。

四

二十世纪六七十年代，袁先生被开除工作，在家打草鞋卖。一个心高气傲的知识分子，沦落如此，情何以堪！但他苦中作乐，劳中觅趣，借文言志，写了一篇《打草鞋赋》：

收来稻草先脱裤，扯出芦花慢剥皮。搓索股紧，织缠边齐。长短观足下，宽狭适时宜。鼻缠四分几，跟安寸半余。添丝上下随左右，提耳前后听高低。像织字之形，惭我非苏惠；作操琴之势，问谁是子期？若驾轻舟，摇摇乎身边少橹；如思妙弈，寂寂然手着无棋。腰挂弯弓，弦弦玉扣；胸怀半月，步步云移。不是囚中绁，更非辕下羁。刘郎诚足尚，许子不堪讥！学纺织，试敲推。拉拉扯扯、打打槌槌。不贰嫁、不重妻。好模好样成双对，亦叟亦童不妄欺。芒鞋虽轻薄，劳动又何殊？喜酬一角大利，聊活半世残躯。

这篇赋，用词优雅，贴切恰当；引经据典，信手拈来；比喻形象，幽默诙谐。整个编织草鞋的过程和自嘲自叹的心境跃然纸上。本来动作单调重复、枯燥无味的劳动过程，却被描写得这么具有诗意、富有美感，极具浪漫主义色彩。一个个的古人被巧妙地穿插其中，为他所用，借古人、借经典抒发了作者的志向、情感，没有深厚的国学功底和渊博的历史知识是断断写不出来的。

五

袁老师不但文学根基深厚，而且写得一手好字。镇上大多数人家的婚、丧、嫁、娶、开业、乔迁，诸事都少不了他。还有每年的春联大都出自他的手，他也是来者不拒，挥毫泼墨，援笔立就。

几十年了，他写过的对联也不知几许？但现存的对联却不过区区九十余幅。在这些对联中，有春联、堂联、新居联、婚娶联、追悼联、碑石联、寿床联、新香（案）联、咏物联等等。而且他的对联多嵌人名、地名。

嵌“横路”这个地名，他有一副对联，对得相当工整，而且很有时代特色：

横扫妖氛，大家共享和平福。

路由正道，仔细提防左右倾。

嵌“春节”的对联，有时代风尚。几十年过去了，中华民族几千年流传下来的节俭美德，在今天仍然具有现实意义：

春色果宜人，柳绿桃红，满地芬芳，齐点缀。

节约归为己，节衣缩食，一年生活，巧安排。

为张慕尧写的这副对联，刻画了一个淡泊、清贫，不为名利而生，始终胸有春意的老先生形象：

慕利不关心，数来同甲光阴，清风两袖；

尧天欣共戴，高挂五星旗帜，春色满园。

咏物联中写水车的有好几联，其中有一联很形象：

一条肚肠，吐不尽西江活水；
十分干劲，挽回来南陇枯苗。

六

袁先生虽然没有读过大学，却能培养出优秀的大学生。比如江西师大教授张友苏，当年在家里种田，在一没有老师、二没有资料的情况下，能考上全县文科第一名，就得益于袁先生的悉心指教，成了他的关门弟子。

1964 年至 1966 年，武宁县卫生局举办中医师培训班，聘请袁先生担任中医古文教师，学员交口称赞。

袁先生书读得多，世事通透，故而比一般人要豁达得多，到晚年虽然处境不很如意，有些消沉，但洞明世事，豁达人生，颇有点物我两忘、赤条条来去无牵挂的味道。如若不信，那你就去看看他在生前为自己准备的寿床吧。别人家的寿床前面不是名录姓氏，就是一个大大的“寿”字，他却与众不同，竟别出心裁地在自己的棺材头书写了一段自嘲语：

这个木盒子，俗称千年屋。外面红彤彤，里面黑龊龊。我来时两手空空，去时衣冠楚楚。来时为人欢欣，去时或有人哭。欢的是早年物化，哭的是后来幸福。

这段自嘲语，把人世间生与死及人际关系悟得相当透彻，描述亦入木三分，颇有点“不以物喜，不以己悲”的超脱意味。

俗话说：“高手在民间。”信哉，斯言！袁先生的为人为学堪称楷模，他的文章墨宝流芳于世，他的“名士”美誉名扬乡里。同道张远泉有一联挽袁安华先生，甚为贴切：

安守固穷称硬汉，
华章拔俗喻人师。

我的胸口贴着半张膏药

谢金彪

我又看见了娘，真的，不是梦，是真真实实的事情！就在菜场那个拐弯处，娘迎面向我走了过来，步履蹒跚。一条受过伤的胳膊微微弯曲在胸前，另一条胳膊为了平衡，因此一甩一甩。只是她的头发比以前白多了，眼神也有些疲惫。“娘！”我似乎叫了一声，又似乎没叫。娘看我一眼，许是她陌生空洞的眼神把我惊到了，总之，她就那样面无表情地从我身边走过去，我有些奇怪，跟在她身后想看看究竟。很快，娘转过弯，来到菜场旁那条混乱的小街。在一间简陋的水泥砖房前，她掏出钥匙，打开门，走了进去。我不禁一下乐了，这不就住在我的对面吗！那时候，我刚刚从家乡一个小县城调入现在的市财政部门工作，因为过渡，一时找不到好房子，因此胡乱在这儿租下了一间房间暂住。什么时候，娘竟悄悄地住到我的对面来了？

突然，我感觉身上有些发冷，甚至有些毛骨悚然，因为我忽然记起，我的娘，在很早以前就死了！

娘的死，起源于她一次神秘的失踪。

那还是我在读高中时暑期的一个傍晚，我和大弟在老家的大山里伐木下山回到家时，小弟说娘到县城去了。

之前娘跟我说过，老熊在我家赊购了百来斤酒曲，贩到县城去卖。他夫妇都在那讨生活，人缘熟悉。可半年多了，我家还没收到货款。那时正赶上我要去县城读书，一家人急着为我筹学费。就在早上，当我带着年仅十三岁的大弟出门进山时，娘用塑料袋装好一包米饭交到我手上，让我中午和弟弟将就着吃。娘说她要到县城去讨酒曲款，晚上会回来，我们兄弟的晚饭会热在锅中，莫等她。

但是那一晚，娘没有回家。我带着大弟小弟到门前的小山包上看了几回，暮色渐重的回家路上，始终没有娘归来的身影。

整个晚上，我都没睡踏实，想着不久要开学，不仅学费没着落，现在娘也不见了，不禁有些窝火。第二天，娘没有回来。过了几天，娘还是没有回来。这时村子里有人说，我娘可能穷怕了跟人跑路啦。听到这些谣言，我非常气愤，我知道娘绝不是那样的人。我坚信，这个家虽穷，但娘是不会离开我们的。因为我真切感受到，娘的心中全装着我们这些儿子，还是在小镇读初中时，娘不但每年会到深山将上交学校的柴火砍下来，而且还一担担帮我送到学校，生怕累了自己的儿子。在暑期农忙时，劳作了一个上午的我和弟弟们，都疲劳地躺在凉床上或门板上午休，这样的时候，只有娘是从不休息的。为了让儿子睡得安好，她总是静静地坐在一旁用蒲扇轻轻为我们驱赶蚊蝇，当我们要求她休息时，娘总是说不困。午后下田上工，午间没打个盹的娘却总是走在我们的前面。这就是我的娘，心中全是对儿子们的疼爱。现在我去县城读书的学费还没着落，娘怎么会不管呢？娘怎么会轻易离开我们呢？

话虽这么说，但娘迟迟不归还是让我着慌。我交代大弟照顾好小弟，然后借了一辆自行车，带着家里仅有的两毛钱，在一个早上踏上了去县城的寻母之路。

许是几天没休息好，骑车走了几处上坡路我就感到非常疲倦，此去县城还路远迢迢呢。正在这时，我发现不远处有个小卖部。我本想在店里买点东西填肚子，但两毛钱能买什么呢，不如买包香烟提神？于是，我买了一包西水牌香烟和一盒火柴，然后点燃一支烟猛吸一口，辛辣的烟味呛得我直冒眼泪。在“咳咳”的咳嗽中，我继续赶路。

中午时分，我找到了老熊租住的地方。从房东那儿得知，老熊夫妇不在家，他们在一家饭店做帮工，清早出去要深夜才回来。奇怪的是，娘似乎知道我会来找她，竟在房东那儿也留下口信，叫我们不要找她，她要过一段时间才能回家。我再打听，房东就一无所知了。就这样，娘真的莫名其妙地失踪了。在那个没有手机和电话的年代，娘就这样人间蒸发，不知去向！

没找到娘，也就没有钱，我只好饿着肚子回家。渴了就到水沟喝点水，饿了就抽根烟提下神。在一处上坡的路上，我确实走不动了，正好有辆手扶拖拉机载着木柴经过，于是骑在自行车上的我，用一只手扶龙头，腾出另一只手拉着拖拉机上的柴，想借手扶拖拉机前行的引力骑车。可没走几步，木柴由于被我拉松，突然间从车上脱落下来，导致自行车一下失去了平衡，几个急促的摇摆后我重重地摔在地下。许是因为疼痛，我“呜”的一声哭了，忽然又止住，怕被人听到。再一想，在这大山里，哪会有人呢？手扶拖拉机“突突突”走远了，我于是干脆放开喉咙，“呜啊呜啊”地大哭起来！那真是一场酣畅淋漓的大哭！在以后漫长的岁月里，我遭遇过比那更痛苦、更难堪的事情，也曾伤心过流泪过，但再也没有那么畅快地哭过了！那是一个十六七岁的青葱少年，充满青涩的嘹亮高亢的大哭……

没找回娘，我心中时时刻刻都感到不安，每晚都在做着寻娘的梦。有时梦到娘根本就不曾离开家，像老母鸡带小鸡觅食一样，娘带着我们在烈日下的田野里抢收稻子，虽然梦中总有割不完的稻田，但有娘在身边我们很开心。有时梦到娘在大山中迷路了或被坏人追杀，这样的时刻我总是惊出一身冷汗。可对于现实中如何去找娘我一筹莫展，能做的只是等待。

娘是在我快开学的时候回来的。她的左手打着绷带，挂在胸前，人又黑又瘦出现在我们面前。兄弟几人立即围着娘转。小弟拉着娘的手不放，大弟搬来了椅子，我端来了凉茶。此刻,我原本对娘的一点点怨恨奇怪地消散了。我问:“娘,手怎么了?”娘什么也没说,只是笑笑,然后给我们每人两个桃酥饼,还给了我一百多元钱,说是给我交学费的。我后来才知道,娘并没有要到酒曲款,老熊夫妇在县城过得不好,穷得叮当响,大热天的蚊帐都买不起,娘哪好意思逼他们还款呢?于是娘到处打听哪儿要做临时工的。在离家十多公里的地方,当得知有个垦殖场的建筑工地正招男工时,娘立即前往。在她的恳求下,娘终于如愿留在工地做杂工,于是,搬砖、挑沙、拌浆……为尽快挣足儿子的学费,娘日夜忙碌无法分身回家。可是,在一次给墙打底刮白时,娘从梯子上摔了下来。

娘的手臂还没康复,我就去县城读书了。出发的前一天,娘杀了一只公鸡蒸了一钵鸡汤分给我们兄弟,硬要我们吃完,自已却一口都不尝,其实当时身体虚弱的娘是最需要营养的。那天临行,我摸了摸娘受伤的手臂,她的伤痛又一次传到我身上,真的,每次触摸到娘的伤口时,我的全身会颤颤地痛。

刚开学时,我感到了日子的漫长。在小镇读初中时,娘总是早晚抽空给我送米送菜,星期六我就回家和娘一起劳动,感觉娘从未离左右,现在却远离有伤病的娘,让我时时生出对家的眷恋和对娘的牵挂。上学之后,因为学习忙,整个学期我都没回家,我只是从每个星期来帮我送米送菜的大弟那儿陆陆续续听到娘的消息。娘似乎自从左手骨折之后一直过得不太好,手时常疼痛,还不时卧床养病。学期结束回家时,我才知道,因为家里穷,娘没有到医院去接骨,因此左手长歪了,再也伸不直了,总是屈曲在胸前,右手为了平衡身子,走路时需要向后一甩一甩。看到娘变成这样,我的心比刀割还疼,眼泪像雨水似的流下来!从那时起,我便暗暗发誓,有朝一日我有钱了,一定要到大城市帮娘把手重新接好!后来我埋头苦读,念完高中读大学。但是,还没待我从大学毕业赚到钱,在一个寒冷的冬天,娘就匆匆走了……

人世间长得相像的人非常多,不知你是否有过体会,有时在大街上猛地碰上一个长得酷似你熟人的人,你除了惊讶之余,会迅速寻找这人身上与你熟人的不同之处。我就是这样,从那以后,我就专注一件事,经常坐在家门口,从住在对面的那个不知姓名的老人身上,寻找与我记忆中的娘之间的不同之处。老人每天八点钟左右出门,到附近吃早餐后就去菜市场买菜,九点半左右进门后一般不再出来,直到晚上五点钟的时候才会出门在菜场那边的一个小公园里散半小时步,然后回家关门直到第二天早上,又重复新一天的生活。

这个老人长得跟我娘实在太相像了!她五十七八岁,跟我娘死时的年纪差不多,中等身材,粗糙的头发,略显压缩的短脸。短脸上有点朝天的鼻子,以及鼻子上宽阔的额头过早出现的三条深深的皱纹都很像。尤其是她的左手。我注意到,老人也是左手受过伤，屈曲在胸前，走路时右手向后用力一甩一甩，那情形简直跟我娘一模一样！到现在我都无法解释，在那将近半个月观察的时间里，我为什么没有抽空上前去问一问老人家的情况？我想，之所以会这样，可能是因为我明白，这个老人肯定不是我的娘，因为我娘早就死了。即使没死，她也不是现在这个年纪。或者，我是怕因此惹上不必要的麻烦，又或者，是因为我内心对于娘的记忆过于沉重，生怕搅起让自己难以承受的痛苦。总之，那些日子，我只是每天坐在家门口静静地看着，心中体会着娘就住在对面的隐秘安慰。甚至我还暗暗想，这其实就是我的娘，她没死，或者她死了变成了魂魄，就这样堂而皇之地住在我家的对面！她之所以装作不认我，是因为阴阳相隔怕打搅我的生活。因此那些天，我忐忑着，又安慰着，忧伤着，又幸福着。终于有一天，我一下放下了内心隐隐的不安。那天中午，来了两个人，那是一对年轻夫妇，三十四五岁，他们自己掏钥匙开了门，在门口就大声叫着“妈！”，老人在屋内似乎答应着。不一会对门便传来嘻嘻哈哈的笑声，接着似乎是给老人换新衣服，“真好看，真好看！”他们说。又过了一会，门内似乎传来他们的争执声，细听像是年轻夫妇要接老人走，而老人坚决不愿意。从见到年轻夫妇的一瞬间，我一下站了起来，内心有一个强烈的冲动，那就是想走上前去，认识这一对年轻的夫妇，问一问他们的妈左手是怎么受伤的，向他们说明，他们的妈跟我的娘长得那么相像！我想跟他们攀攀亲缘，聊聊我娘的故事，主要是想告诉他们，如果他们妈的左臂是因为摔伤而长歪了，是可以到大医院去重新接好的。并且我想表示，愿意跟他们一起承担手术的费用，甚至在以后的岁月里，我也愿意跟他们一起孝敬这老人家！但我一直站着没动，因为我知道，这样的举动太过突兀了，甚至几近疯狂了。再看人家那么亲热，我怎么好意思去贸然打扰呢？那天中午，我看了一会儿，接着就上班去了。但待我傍晚回家，不由大吃一惊，对面的房门大开着，住在里面的老人，竟被年轻人接走了！

我一下非常失落，疾步奔过小街来到那间空房前，确认里面没有人了。里面空空如也，除了一地垃圾什么人也没有！我急忙去向房东打听，房东也是糊涂，她只知道老人确实被人接走了，但不知道他们去了哪儿，甚至还不知道老人的姓名。我非常懊悔！懊悔在这近半个月的时间里，竟没有上前去跟老人家认识！非常懊悔中午没有去认识那一对年轻的夫妇！我看了看，从我家门口，到这房门只隔了一条小街，走过来不用一分钟，为什么在这将近半个月的时间里，我没有一次想到要走过来认识这个老人家呢？回到家，我仰躺在床上，有种想流泪的感觉。就像多年前娘没经我允许，也没告诉我，就私自逝世一样，我感觉再一次被娘抛弃了！

不过，我仍然没有放弃努力。那之后，我几乎天天都去注意那儿是不是会有人来租住，我暗暗希冀那老人家再次搬回来，或者，那儿再住下某一个老女人，也长得跟我娘有几分相像。但是没有，一直都没有。直到我在单位分到一套住房，我要搬走了，那儿都一直空着。或许是现在人们生活水平高了，那样简陋的房子再没人住了。后来，即使不再住在这儿了，但每回散步，我都会有意无意绕到这边来。有一天，我意外发现，那阴冷潮湿的门槛内，不知何时竟长出一枝狗尾草。无意间一抬头，便见粗糙的水泥砖墙上，有人用猩红的漆，写了一个大大的“拆”字。

那天晚上，我的情绪非常低落，在家消沉地胡乱翻找东西，无意间翻出两盒膏药。我立即记起，那是我读大三时帮娘买的！

那时我家仍然很穷，我读大学时几乎没有家人来看望我。为了省钱，假期我也从不回家。家里给我的钱非常少，我处处节衣缩食，但仍不够用，只有利用假期打打短工，自己赚点钱进行补贴。我记得，那是大三的上学期，大弟来看我了。像我读高中时一样，他给我带来一筒菜，还给了我三十元钱。娘带来口信叫我饭要吃饱，莫省，家中不缺钱，今后还会给我寄生活费的。我问大弟：“娘还好吗？”大弟沉默了好一阵才告诉我，娘的身体大不如从前了。这时我才知道，娘那次从梯上摔下来，当时昏迷过去了，不但左臂骨折，而且伤到了其他地方造成内伤，每逢变天下雨就浑身伤痛难忍。但是，为了让我读大学，娘还是经常出外去做零工，而且做工的地方离家越来越远，从事的劳务越来越沉重，尝尽了一个最底层人的艰辛。每月给我寄来不多的钱，但都是娘从搬砖、煮饭、卖炭、挑石灰、砍窑柴这些艰辛的劳动中一分一分赚来的。当我得知这些时，心口一阵阵紧缩，当着大弟的面，我泪流满面。此刻，娘的伤痛和劳苦也好像通过大弟的到来传递给我了，这次我是心尖上的痛。我告诉大弟，别再让娘去做小工了，也别再给我寄钱了，我会自己赚钱，学校也会给我发一点生活费的。

那年寒假，我终于存到了三百多块钱，我从其中拿出二十多元，在我读大学的那个城市最大的药店里，按一位老中医的指引，给娘买了两盒麝香虎骨膏药。那年下雪，我归心似箭，在县城下车后立即换乘去我们小镇的班车，然后再急速步行到我那在大山里的家。当我兴致勃勃地走进家门，想看看娘的病情，甚至帮娘贴上膏药时，大弟告诉我，娘早已经走了！就在大弟到大学看望我回来后不久，娘就死了！

我对着大弟大吼：“为什么不告诉我？”大弟说，是娘生前交代一定不能告诉我的，说是怕我费钱，也怕影响我大学里的学习。那天黄昏，我跑到娘的坟前流着泪愤怒地质问娘：“娘，没经过我的同意，你凭什么就这样私自死了呢？你死了，怎么可以不告诉我呢？”

我常想，娘的早逝，有可能跟那次从梯子上摔下来有关，也可能跟那些年外出做小工的磨难分不开，这是我今生难以消解的内心深处的疼痛。我亏欠娘的太多了，但是除了思念，我无法对娘进行任何报答。我常常在对娘的思念中，分明感觉她依然生活在我们的身边。至今,我还会常常做几乎同一个梦,梦境里有一个小孩,站在我老家门前的小山包上,遥望暮色渐重的回家路,他在等娘的归来,我们都相信娘从来不曾远离她的儿。

我不知道是从什么时候开始,竟一直把这两盒膏药带在身边。我记得,在买这两盒膏药时,那个老中医极尽所能夸大这膏药的功效,说是活血化瘀,药到病除,我印象中他把这膏药说得非常神奇,似乎什么疼痛都能止住。

我看到,这是两盒"麝香虎骨膏",那封皮上印有一只上山虎。现在虎骨已经被禁止使用了,再也买不到这种膏药了。我左看右看,又闻了闻,闻到一股浓重的膏药味。我想,可惜娘当年没有用上这些膏药,如果用上了,说不定不会在还没满六十岁时就永远离开了我们!想到这,我的泪水模糊了双眼,胸口忽然一阵难忍的疼痛。我突发奇想,这个膏药,是不是也能止住心疼呢?于是我撕开其中一包,一包中有三片,每片是在塑料薄膜正反两面各贴一张。我想撕开其中一张贴在胸口上,但是舍不得,于是我用剪刀剪了半张贴在胸口。慢慢地,我体会到了这种膏药的厉害,它贴在我的胸口,先是有一点凉,后有一点热,再后来竟是大热以至火烧火燎,热辣辣地生痛。但是,我内心深处的疼痛,竟真的渐渐好了,不知不觉间,我渐渐地睡着了。

第二天上班到单位时,我才忽然想起,昨晚贴于胸口的那半张膏药因为早上匆忙赶着上班忘记撕下来。我想找一个地方悄悄地把它撕了,但我没有。一是因为到现在,那膏药不再火烧火燎了,好像与我的身体融为了一体,没有了感觉,一点都不碍事了;再一个是它贴在我的胸口,我想,只要我不把衣服撩起来,谁也不会看到。只要我自己不说,无论谁都不会知道!

九龙山　　邓京丽摄

杨坑风景依然秀

钟新强

一

早上五点多钟，史在中老人就睁眼醒来了。他先不急于起身，在床上做保健功，以指梳头、捏耳、摩面，通身舒泰后，才出卧室。

洗漱罢，史老把大门打开，说道："今日好天气啊。"燃几炷香，在妻子像前和菩萨面前插好，然后，拿着一把扫帚，四处扫着。扫到了屋坎下的红豆杉树底时，邻居妹妹就过来跟他聊天。妹妹是嫡亲妹妹，嫁在本村，小他七岁。兄妹两人每天都有话聊。

两人聊得热乎时，儿子史心乐就在家里喊道："大，上来吃饭啊。"史家祖籍陕西，习惯喊父亲为"大"。2017 年，史心乐从外地返回罗坪镇长水村杨坑自然村，只为了照顾年过九旬的父亲。说是照顾，其实只是煮一天三餐的饭，熟了，就叫老人吃。

吃饭前，史老先要敬天地。他左手端着饭碗，右手端着搪瓷杯，一手是饭，一手是茶，站在大门口，将饭碗和茶杯高举齐眉，心中默念敬辞，敬三下。然后，进屋敬菩萨，他在敬菩萨时说道："菩萨啊，你不光是保佑我一家人，还要保佑全中国人。"

饭后，史老就去村中小路散步。杨坑村是武陵岩下的一山村，四面环山，地形如锅，溪水潺湲，山峰如画，空气清新。史老每天走一千七百步。一天两次，上午一次，下午一次。下雨就打伞。散步回家后，史老就在家写字，看书，累了，歇一会，去菜园地里看看。那些菜每天有变化，长势喜人，他看着就心生愉悦。

二

史老的日子很平静。每天看书写字，种菜，养花，打扫庭院。有时，会有人走进他平静的日子里。史老是杨坑的一道活风景，常常有人来叩访他。2008 年的深秋，红叶漫山之际，因事先有约，八十五岁高龄的史老先生在村口等候客人。他身材瘦小，头发稀疏，精神矍铄，一派仙风道骨。他讲话时，语速不紧不慢，有韵味、有亲和力，显得有涵养，让来访的县文联主席雷鸿尧和市作家协会蔡勋主席顿生好感。

村后山坡上最高一栋两层的砖瓦吊楼，就是史老家。房前有院子，院子门框和顶盖是竹子做的，朝西边开着。院门、大门、楼门等各处，都贴着或悬挂着史老撰写或木刻的楹联。房前土坪边，有六株特别引人注意的黄杨木。大家一见如故，无拘无束地聊起来。

雷鸿尧认为，史老攻书结友，热爱艺术，一生辛勤劳动，勤练书法，且有较高水平，是一位难得的智者，心存仁厚，德高望重，当即写下“壮士八旬真乃健，黄杨百岁更葱茏”的句子作纪念。

2009 年，史老加入了武宁县书画协会。从此，老人家不顾年迈，积极参加协会活动，曾到武汉观看书法展览，参观书法报社。2012 年 10 月九江市首届群众书法大赛，史老作品获老年组入选奖。就这样，史老在武宁书画界赢得了名声。

2012 年，史老接待了摄影、书画爱好者成善新。一见之下，二人成了忘年交。后来，成善新常常往杨坑村跑，来了，就在史老家吃饭。“我不会炒菜啊。”史老老老实实地说。成善新就说：“我来炒。”“好，我来烧火。”史老就在炉灶前烧火。两人边干活，边聊天。

2017 年，时任武宁报总编辑胡久雄一行，溯源长水河，中午就在史老家吃饭，并采访老人，史老一一为他们指点河流源头及行走路线。他说，沿河翻过山就是靖安，有古道。村里原来多与靖安人结亲。

2019 年夏，《星火》主编范晓波带领星火各驿站文学青年来武宁拍摄微视频《海是无数孤独的水》，在长水取景，就在史老家旁边的竹林里拍摄，并在这个让人喜欢的庭院流连，与史老聊长生之道，史老说，养生之道就是忘记养生，忘记时间。

三

这次杨坑之行，许多作者都留下文字记录。赣南宁都来的青年作者叶芸在文章中这样写道：

> 这个名叫史在中的老人，已经把自己活成了武宁的一个传奇。虽已是耄耋之年，但他的眉宇间总有青翠欲滴的时光，总有嫩绿如芽的清风。每天，他都在等待，等庭前花开，等屋后草青。不问知己是谁，只知风正酣，日正暖，饮风醉月，掩柴扉，谢他松竹伴我静书斋。
>
> 而这个一如既往静谧的午后，他等来了我们。他欢喜地带着我们参观他的住所，花木扶疏，绿树滴翠，宛如世外仙境。屋旁，一股清泉在翠竹的怀中流淌，这清澈，是夏天酿的香酒，风盏一吹，人就醉了。

九江来的帅美华是这样描述的：

走过红豆杉，再往上走几步，就是村里长寿老人史在中的家。九十七岁的老人，像从天下掉落尘间的一颗星子，耳不聋，眼不花，腰板挺直。都说吃五谷杂粮，哪有不生病的。他告诉我们，他这一生从没有打过针，吃过药，他长这么大，从没有病过。这真是一个奇迹。

崇仁来的罗婷写道：

老人见有客人来，笑脸相迎。只见他身姿矫健，精神矍铄，和颜悦色地与众人谈笑着。老人名叫史在中，生于1923年，一生保持着良好的生活习惯。早晨一起床便对着屋前大山呼唤，向神灵祈福，然后开始一日劳作。屋舍内外都是老人的成果，有饱满的石榴挂满枝头，有金灿灿的玉米露出笑脸，还有铁扇公主的芭蕉叶阴满中庭。每日或挑水，或施肥，或剪枝，或写字，充实得很。屋子里四面墙壁上都有老人临摹的字帖。字形线条粗细变化明显，跌宕有致，行云流水，落笔如云烟。也许日出而作、日落而息的方式已成为老人习以为常的生活乐趣。我由此而知晓长寿村的秘诀了。

四

门虽设而常开，史老心中装着天下人。他心中是有远方的，也曾外出见过世间的繁华，上海、武汉他都去过，普陀山去了三次，还去过九华山。2012年以后，登山活动兴起，武陵岩进入登山爱好者的视线。凡是来杨坑去登武陵岩的，史老都当作客人，来了，就指路，奉茶，奉饭，还给大家讲杨坑村的故事。他亲手做了一个指示牌，挂在山路旁的一棵大树上："注意：各方人士上武陵岩高峰从大干沟直上。于沟头仍从左上至顶峰。一路平安。"

那次，成善新带几位登山爱好者从杨坑去攀登武陵岩，不知上山路。史老自告奋勇说："我带你们去。"

"不敢，不敢。"成善新心想，怎么能叫一个九十岁的老人做向导去攀山呢？

"我以前经常去放蜂箱的，认得路。"老人平静地说。他带着一把刀开路，砍茅草，砍杂树，手脚敏捷，走了三四个小时，把一行人带到了武陵岩的次峰。

来登山的一拨又一拨。史老常常带路。后来，史心乐在家住，就代父亲为向导了。有一家三口人，在史老家受到热情接待，临走时给他三百元钱，史老也接了。

不拿钱,他也一样热情,无区别心。

院虽小而雅。史老的院子一年四季鲜花绽放。经常有人送花给他。弥陀寺的花工送菊花、绣球花;南昌等地的客人送兰花。成善新后来送史老一盆君子兰,认为这是最适合他的。

院子里种满了菊花、朱顶红、大丽花、蜜蜂兰。常常,客人来了,就叮嘱史老道:“你家坪里不要铺水泥呀,种花多好啊。”坪里那块地,至今是软的。史老家大门上悬挂一幅木刻的对联,是他的原创:

杨柳垂门庸俗难如彭泽令,
坑源胜地风光应比武陵溪。

五

“无官一身轻,有子便是福。”史老常常对成善新说。史老读过两年私塾,肚里有墨水。1947 年,他在县城里,为县长刘炳焜当文书,抄抄写写。一年多后,他想父母了,羁鸟恋旧林,池鱼思故渊,就辞职回乡。1951 年,地方又请他出来当村主任。当了不到两年,他有机会脱身,便辞职回家。

在儿子心中,史老是一个好父亲。老人一生很平凡,未曾吃过太多苦。在大集体的时候,他由于会写标语,还会做木工、篾匠,因此在田地里、山场里劳作不多,肩膀未曾压垮。四个孩子,全部上了高中,两个成了教师。当年,史在中辞职后回家种田,养蜂,为大儿子娶媳妇。村里人对史心乐说,你嫂子是蜜蜂驮来的,意思是说,全靠养蜜蜂赚钱娶媳妇。2012 年以前,他一直在养蜂,是杨坑最早养蜂的,有七八十桶蜂。如今,蜜蜂全交给史心乐了。

史心乐出生后,史在中就挑着儿子去地里种红薯。村里人笑道:“一头担着薯种,一头担着人种。”

史在中对儿女教育很严。吃饭桌上讲规矩,吃不言,睡不语。端碗、握筷、夹菜都有讲究。他还自己编字帖,教孩子写字。

史心乐高中毕业后,史在中教儿子种菜,说:“陡坡的地,不要栽在上面,要栽在垄下,免得肥水流失。”

史老教孩子做人:“有钱了不要乱来。要谦虚对人。客人进了家门,一定要奉上一碗茶。”

史老教孩子与人为善,不要作恶。政治运动中,史老从来没有批斗过别人。一般都是退到后面去,不发一语。人家说他不是积极分子,他认了。

六

史老每天在村里散步,遇上村人,最多微笑而已,很少与村里人交流。儿子劝他。他说,我跟他们聊什么啊,他们都是聊打麻将,聊喝酒的事情。我们没有共同语言啊,不如回家抄经。

史老每天坚持抄经。七十岁后,史老开始信佛。他曾在弥陀寺做义工,刻石碑。弥陀寺重建后,要刻很多功德碑。史老在寺里住了几个月,后来,跟弥陀寺的寂光法师结识。庚子年春,寂光法师打电话来,跟史老说:“来寺里看花吧。”因为疫情的缘故,史老没去,说以后去看吧。

谁知,史老突然病了。其实是小毛病,腿上长湿疹。他对来探望的成善新说:“我这腿是小毛病,身体的毛病,总要找一个地方出去的。”

史老每天起得早,儿子有时偶尔贪睡了,他还会来催促道:“你怎么还不起床?”2020年5月20日,小满,那天早上,史心乐煮好了饭,不见父亲起床,就上楼去,站在他房门前,轻轻叫道:“大呀,大呀。”无人应答。史心乐就加大了嗓门喊一声,还是不应。他直接推开房门。只见父亲在床上,右手托腮,侧身朝右,屈膝,作吉祥卧,脸色跟平时一样安详,像睡着了,只是手是冰凉的,胸口还有点温热,鼻息全无了。

“大呀,你就这样走了,一个字都没跟我们说啊。”史心乐号啕大哭,一边打电话通知亲人。父亲曾交代过,他走了,儿女不能哭的,但此刻,如何忍得住。

父亲走了许多天后,史心乐还仿佛听到老人催促自己道:“你怎么还不起床?”

九十岁的妹妹时常来看一看,不舍得哥哥。史老去世的头一天,还跟妹妹聊过天,嗓门还很大。儿子喊他:“大,上来吃饭啊。”他才上来。

很多人认为史老可以活到一百岁的。九十七岁走了,不圆满,其实也是一种圆满。

史老看淡了生死,早为自己做了生坟。自己选的地方。自己种下柏树。那树,一直郁郁青青的。去世前几天,坟墓旁的柏树,突然枯萎了。

史老去世后,武宁县书画协会很多书友通过撰写诗联悼念他,舍不得他老人家的离去。后来,江西省电视台户外基地的工作人员特意来悼唁。他们跟史老认识多年了。

“史老心里有块净土。”成善新这样评价道。他与史老是八年的忘年之交。史老的离去,他觉得不悲不舍。不悲,是因为史老年高,修行圆满,无憾而去;不舍,是因为从此:

杨坑风景依然秀,
不闻斯人謦欬声。

辑二十八

山河之什

东浒寨修学

石渡

龚爱珍　摄

邓京丽　摄

成善新　摄

这时，李白先生虽然不胜愁肠千结，徘徊彷徨。他倾诉的主要对象卢虚舟先生，却正在武宁石渡的柳山之上，与柳浑先生把酒言欢。

访太平山

山河石渡

陈　政

一

石渡是武宁县的一个乡，有山有河。

山是柳山，河是修河，故我名之“山河石渡”。

石渡的柳山，最能体现武宁人的个性特征：不与它山抱团取暖，不在万山丛中争一个位置，只管孤峰独秀，只要孤芳自赏。

这恰恰与八大山人的美学价值重构。

流经石渡的修河，奔放、辽阔。幕阜、九岭两列大山如御林军，前后拱卫着，兵家之气弥漫。据说从前的武宁县有一座古县城，被淹没在这河床下面，成了供人想象的一方水墨。

小时候登过一次柳山。那是与比我大几岁的表哥和小几岁的表弟一起，诱因是姑婆家的人每每提及：“柳山尖，出油盐。”

山尖上怎么会出油出盐呢？

这油盐是怎么出来的呢？冒出来？还是流出来？

我们能不能上去背点油盐回来？

好奇心和功利心促使我们去实现壮举！

记得拿了姑婆家的两把柴刀和一根扁担，我们便上路了。

开始没有任何阻碍，田畴、山涧、登山小路，都在我们脚下闪过去了。

往上，密林，密林，还是密林。

风动，像狼嚎；树动，如虎啸；林中的石板路，仿佛通往阴曹地府……

二

我们生活中能够诉说的每一件事，当事人可以叙述得很烦琐，很冗长，其实，于大历史而言，都仅仅是一瞬间的存在。

眨一下眼，这瞬间就会成为过去。

于是，记忆和表达便成为生存标志的最佳雕刻工具。

话说那天登柳山，越走林越密，越走路越陡。山路两边的灌木丛里，仿佛有什么东西埋伏着，最后，竟然觉得竹林里都有动静了。

表哥走在前面，表弟在中间，我在最后边。

三个人，都提心吊胆地往山上走着。突然，背朝我们的表哥面朝我们了，他脸上挂满恐惧。

我们前队变后队，好像被猛虎追逐着，三个人拼命往山下跑。

跑，跑。逃，逃。其实就是逃跑！

到山下的一块小田塍边歇息。我问表哥，到底看见什么了？

表哥脸色蜡黄，气喘吁吁地说，什么也没有看见。

从那以后，我理解“杯弓蛇影”，理解“八公山下，草木皆兵”，理解“兵败如山倒”等成语似乎比一般人更有切身感受。

久久不能释怀的是：造物主为什么要这样安排我与柳山第一次见面？真是丧魂落魄，但印象极其深刻。

三

修河出幕阜、九岭两大山脉之间，经修水、武宁、永修三县入鄱阳湖。

回环于武宁之境，见一山两峰耸峙于江岸，何者，柳山也！

为什么叫柳山？

以柳浑姓氏名之。柳浑者，襄阳人，唐之名相。

县志云：柳浑，字惟深，本传字夷旷，本名载。河东人。天宝初擢第，除浙江衢州司马，弃官隐武宁山中，筑精舍读书。群公交书走币，皆谢绝不就。后征拜监察御史，乃起，仕至中书门下同平章事，封宜城伯，谥曰贞。后人遂名其栖隐处曰柳山。

另，《舆地纪胜》卷二十六载：柳山“在武宁县西四十里，峰峦峭拔，甲于群山，远望如文笔状，为武宁之绝景。旧传柳浑尝隐于此，故号柳山”。

又，《唐史·柳浑传》称：（浑尝）弃官隐武宁山。

再，唐宋八大家之一的柳宗元，在《银青光禄大夫右散骑常侍轻车都尉宜城县开国伯柳公行状》一文中，对柳浑有详细记述。

柳山因柳浑而名，武宁因柳山而遗世独立。

四

柳浑隐居于柳山的日子里，值唐安史之乱前，那也是“山雨欲来风满楼”了。

有敏感度的，“尽室奔匿于终南山”。有超强敏感度的，便“以其族行，攀大别，浮彭蠡，望洞庭，徘徊乎溢流，眄仰乎海昏。有欧山之奇，修江之清，阳溪之邃，汤泉之灵，竹洞花坞，仙坛僧舍，鸡犬钟梵，相闻于青岚白云中，数百里不绝。”

“时也，俗以远而未扰，地以偏而获宁。”唐人吕温在《裴氏海昏集序》中如是说。

安史之乱，是中国历史的一次分水岭。有人说，安史之乱后，中国历史的气魄小了，忧患多了；坦荡少了，心机多了；君子少了，小人多了。

安史之乱发生不久，长安就沦陷了，唐玄宗只能仓皇出逃。逃往四川的路上，三军不前，送掉了一个杨贵妃。《长恨歌》开笔。

而柳浑，仿佛是大地震前夜一个有先知先觉的物种，他早早地闻到了唳气，选择弃官不做，来到武宁的大山之中，“诸公唱和于云日之间，酣饮于扁舟之上，翠鸟以入诗而振羽，山花因伴酒而含笑……”

县志曰：粤稽志传，柳贞公隐武宁时，裴、袁、萧、李诸公，一时选胜，偕至流连唱和，极崖壑烟霞之乐。

当残暴与无赖肆虐中原，包括李白、杜甫、王维等无数历史优秀人物皆毫无尊严可言并狼狈不堪时，柳浑先生却在武宁找到了一方乐土——

“有水名修，有鱼曰鯈。天下大乱，此地无忧。”（郭璞语）

而修水，又“自唐柳惟深与裴、萧诸公诗酒流连，风雅大盛”。（《半舲绮语》）

山水武宁，有史以来第一次文风流布，风雅大盛，柳浑之功德也。

峨峨柳山为证。

五

安史之乱所带来的灾难性后果，是它改变了社会的大结构：一个统一的王朝变成了一个个独立王朝，且互相征伐。

导致这一结果，与唐玄宗有关。

唐玄宗李隆基，在中国历史上是一个毁誉参半的皇帝。

继位初期，李隆基用铁血手段，铲除政敌，接过了他奶奶武则天留下的全部遗产，继续推行了一系列有利于社会进步的措施。因为前面已经有了唐太宗和武则天铺垫的社会基础和国家发展战略，继任的皇帝只要不太出格都能实现经济的恢复，只是李隆基做得相对比较好而已。当然，我们完全不必刻意美化李隆基，历史证明，此人的政治水平仅属于中上，距离那些大神还有很大的差距。

但李隆基确实富有音乐才华，对唐朝音乐发展有重大影响却是不能否定的。他爱好亲自演奏琵琶、羯鼓，擅长作曲，作有《霓裳羽衣曲》《小破阵乐》《春光好》

《秋风高》等百余首乐曲。登基以后，他还在皇宫里设立教坊，“梨园”就是专门培养演员的地方。唐明皇乐感也很好，经常亲自坐镇，在梨园弟子们合奏的时候，稍微有人出一点点差错，他都可以立即觉察，并给予纠正，这是后来称戏班为“梨园”的由来。

李隆基在继位的中前期做到了从谏如流，因为武则天给他留下了好几位出色的重臣，例如姚崇、宋璟等。但是到了后期，那些名臣陆续凋零，李隆基便开始走样了。此时的李隆基完全沉浸在歌舞和音乐之中，是名副其实的文娱天子，至于朝中的政务，他交给了宰相李林甫。李林甫开始全权处理朝中事务，将很多李隆基不喜欢的内容压了下来，其中包括唐军在南诏一败再败、损兵折将的急报。

接下来的事情，便是越来越糟糕了……

于是，盛唐不再；于是，苍凉的诗意出现。一般认为，把这种悲剧气氛表达得最好的，是杜甫。他用那支充满人性关怀的大笔，把离乱之情、丧乱之象、颓败之相，书写得淋漓尽致。

接着，写《长恨歌》的白居易又对这场大灾难进行了更为宏观的美学挖掘。

还有刘禹锡，还有李商隐……真的是应了那句话：国家不幸诗家幸。

然而，不管庙堂上如何乱象丛生，远离政治中心的柳山总是默默地耸立着，望庭前花开花落，看天外云卷云舒。

只有山川，岁月悠长……

六

我曾经常年生活在庐山，知道诗仙李白在庐山写了一首诗——《庐山谣寄卢侍御虚舟》。诗曰：

我本楚狂人，凤歌笑孔丘。
手持绿玉杖，朝别黄鹤楼。
五岳寻仙不辞远，一生好入名山游。
庐山秀出南斗傍，屏风九叠云锦张。
影落明湖青黛光，金阙前开二峰长，银河倒挂三石梁。
香炉瀑布遥相望，回崖沓嶂凌苍苍。
翠影红霞映朝日，鸟飞不到吴天长。
登高壮观天地间，大江茫茫去不还。
黄云万里动风色，白波九道流雪山。

好为庐山谣，兴因庐山发。
闲窥石镜清我心，谢公行处苍苔没。
早服还丹无世情，琴心三叠道初成。
遥见仙人彩云里，手把芙蓉朝玉京。
先期汗漫九垓上，愿接卢敖游太清。

这首诗大气磅礴，一泻千里，有如庐山瀑布云。

最喜欢其中的四句：登高壮观天地间，大江茫茫去不还。黄云万里动风色，白波九道流雪山。

诗的思想内容比较繁杂，既有对儒家的嘲弄，也有对道家的崇信；一方面希望摆脱世情，追求神仙生活，一方面又留恋现实，热爱人间风景。

诗的个性如诗人，豪迈开朗，浮想联翩，有一种震撼山河的气概；境界开阔，立意高远，给人以雄奇浪漫的美感享受。

诗的韵律，也随着诗歌叙述的变化而变化。开头一段抒怀述志，用遥条韵，自由舒展，音调平稳徐缓。

第二段描写庐山风景，转江阳韵，音韵较前提高，昂扬而圆润。写长江壮景则又换山韵，音响慷慨高亢。随后，调子陡然降低，变为干寒韵，表达归隐求仙的闲情逸致，声音柔弱急促，和前面的高昂调子恰好构成鲜明的对比，极富抑扬顿挫之妙。

最后一段表现美丽的神仙世界，转换人辰韵，音调又升高，悠长而舒畅，余音袅袅，令人神往。

这时，李白先生虽然不胜愁肠千结，徘徊彷徨。他倾诉的主要对象卢虚舟先生，却正在武宁石渡的柳山之上，与柳浑先生把酒言欢。

也许应了那句话：鱼和熊掌不可兼得。

明日隔山岳，世事两茫茫。

石渡，因为柳山，因为卢虚舟，与庐山、与李白联系了起来，并因之诗意盎然。

七

该写石渡的河了。

是流经石渡的那条修河。

修河流经石渡的那一段，兼具江右的山水与田园风光，总让我想起王一民先生当年写的电影剧本——《乡情》。

电影文学剧本《乡情》《乡音》曾享誉赣鄱，根据剧本拍摄的两部电影，分别获第五届大众电影百花奖最佳故事片奖、第四届电影金鸡奖最佳故事片奖，并同时获文化部优秀影片奖。

王一民先生在影视界名声大噪。

《乡情》的剧情并不复杂：

田桂（黄小雷饰）知道自己不是母亲田秋月（吴文华饰）的亲生儿子后，便百感交集，追问缘由。早年参加革命的匡华（王进饰）、廖一萍（黄锦棠饰）夫妇寻子数年，终于打听到了田桂的下落。田秋月忍痛推迟田桂与养女翠翠（任冶湘饰）的婚期，带儿子去见现已身居要职的匡华、廖一萍夫妇。认亲后，廖想用自己优越的政治地位和经济条件留下儿子，并试图割断他与养母和翠翠的联系，安排儿子结识部长的女儿，但田桂日思夜想乡间的养母和翠翠，廖闻讯大光其火。出差回家的匡华察觉原委，严厉批评了妻子，并让田桂接秋月母女进城同住，廖却只同意翠翠上门，而不同意秋月进城。善良的秋月送田桂和翠翠来到匡家，不经意间，发现廖一萍竟是当年自己舍身救下的姐妹……

浓浓的乡情，何以为报？

唤醒人们心底的良知，算得上剧作家对环境转换后社会道德迅速沦丧的又一次精神救赎。

《乡情》的创作背景地，正是石渡。

石渡是王一民先生下放过的地方。石渡在他心中，常常魂牵梦绕。

八

只要站在柳山顶上远眺，王维的那首《汉江临泛》马上会跳将出来，其中两句动人心魄："江流天地外，山色有无中。"

脚下，修河逶迤远去，一直奔到天地之外去了。

往南看，九岭重重青山，迷迷蒙蒙；朝北望，幕阜时隐时现，若有若无。江水流长邈远，苍茫山色烘托出修河东行的浩瀚空阔。

这两句诗着墨极淡，却给人以伟丽新奇之感，其效果远胜于重彩浓抹的油画和色调浓丽的水彩。而其"胜"，就在于画面的气韵生动。正可谓"诗中有画，画中有诗"。

竹影徘徊，空花自落，月穿潭底水无痕。

"天地外""有无中"，为诗歌平添了一种迷茫、玄远、无可穷尽的意境，所谓"含不尽之意见于言外"。

中国美学讲究"萧散之美"，那是说所有的艺术作品，都像一堆柴薪，如果不加捆束，虽然会有一些乱，却能收到“散”的妙处。

因为，捆束是人为的，而萧散是天成的。

该诗最后两句是“襄阳好风日，留醉与山翁”。山翁，即山简，晋人。《晋书·山简传》说他曾任征南将军，镇守襄阳。当地习氏的园林，风景很好，山简常到习家池上大醉而归。诗人要与山简共谋一醉，流露出对襄阳风物的热爱之情。此情也融合在前面的景色描绘之中，充满了积极乐观的情绪。尾联诗人直抒胸臆，表达了留恋山水的志趣。

我倒是觉得山翁不特指，泛指更加有趣。如能改两个字，则余愿足矣——石渡好风日，留醉与山翁。

因为在石渡，山与河是绝配：北马南船，世景悠悠。

到这里，找得到一种永恒感，那是超越世相、不生不灭的永恒。

石渡的山与河，是上苍慈悲意志的壮丽呈现！

新县踏青　　成善新摄

禅修记

陈蔚文

"过去心不可得，现在心不可得，未来心不可得。"

——《金刚经》

一

周五，车子开上山路，进到弥陀寺，已是下午四点多。先领禅修服，交掉手机。一件黄色宽松马甲，一个挂在胸前的"止语牌"，写有寮房、子单与斋堂座位号。套上这件黄马甲，身份便隐蔽或说卸去了，包括性别、年龄，一切档案表上需填的资料都不必了，互道"师兄"，老少男女，只这一种称呼。

同行的有十岁的儿子乎乎，还有女友 H 和她女儿。乎乎换上黄马甲，挂上止语牌，像个小沙弥。来之前我与他玩笑，因他爱吃称他"二师兄"。进得寺里，设施虽简单，气氛却庄严，玩笑显得不宜，我为自己违反禅修规定，带了零食进寺有些不安。

三层楼的寮房呈"回"字形，房内只三张硬板床，一张桌，没有电风扇，天气闷热。夜色深些时，山中空气渐凉，才恍惚睡着一小会，大概凌晨三点半，香板响得惊心，要起香坐禅了。多年来不曾熬夜，年轻时即有的神经衰弱怵怕无眠之夜，知道次日必定面如死灰，但既参加禅修，只能勉力起身。

从寮房到大殿有一段路，黑得伸手不见五指，寺内传来击鼓鸣钟声，我深一脚浅一脚地走到殿前，殿内光照明亮，已有两位僧人与多位师兄在。跟读诵经，《楞严咒》《大悲咒》《心经》，夹以梵呗赞偈。领诵的年轻僧人骨相清奇，诵读熟极而流，有古意的梵音尾调，越读越快，开头还能跟上，再就跌跌撞撞跟丢了。经前排义工师兄提示才翻到，没读几行又跟丢了。困倦，身魄发飘发虚，有好几次觉得难以撑下去，却只能咬牙撑着。身受，想到这个词，身受亦是心受。苦其心志，而修其精神——若果能修得精进那么一点点吗？

早课毕，出大殿，抬眼望去，山峦如黛，雾气薄笼。凝视这山影，掠过"了了分明，如如不动"一句，这些山在此屹立了多少年代，是否已具有空性？

五点过斋（吃饭），男众与女众在斋堂外分队而入。不可吱声，有要求以手势表示。吃前诵"供养经"。近百人的斋堂，静极。斋食简单，有义工老菩萨凌晨起来蒸的馒头、烧卖，还有粥。人人专注吃，天地间似只余面前这副碗箸。"食不言，寝不语"，孔子先生两千多年前说的。

饭毕，碗筷搁好在桌边，去大殿转圈，合十，顶礼，回寮房稍作休息，开始上午的打坐听经。盘腿而坐，直坐得腰酸背痛，不可松懈——每隔一会，僧人巡香检视有无偷懒涣散者，背后塞靠垫的取走，塌腰弯背的作势吃香板以提醒。

不知过了多久，中年僧人（长相肖似达摩，头顶一道长疤引人遐想他身后的红尘事）一声令："行起来！"如获大赦，好歹可活动下身子。众人起身在殿内绕圈行走，直转了九九八十一圈吧，复又坐下，打坐，听经。愈发昏沉，几乎整宿未睡的困倦阵阵袭来。寂光法师也在大殿一侧打坐，他善谈，博学，儒释道皆晓，开示众人打坐也即自观。眼观鼻，鼻观口，口观心，观是定，能破散乱心，观是慧，能除昏沉。定中有慧，慧中有定，方可断烦恼，了生死……逐渐，他宣讲的内容如叶子迅疾的沙沙声从耳畔拂过。此刻我需要一张床板甚过一切。究竟，我是个蒙昧之人，不少时候，所谓"聪明"都在人可见的地方。在人不见之处，那顽固凌乱的"自性"仿佛行多少路，读多少书也不能够开化。

二

午斋。茄子、南瓜、空心菜、苦瓜……都是寺里种的当季菜，这样的饭食才真正能体会弘一法师所说"咸有咸滋味，淡有淡滋味"，这是我与乎乎讲过的故事：当年弘一法师在宁波七塔寺清修，他的老友夏丏尊来访。弘一法师正就着一碟咸萝卜干吃午饭。夏丏尊不由心酸，问，这么咸吃得下吗？弘一法师手中竹箸微顿一下，轻声答：咸有咸滋味，淡有淡滋味。这千帆过尽后的一答，粗茶淡饭中法喜充满。

比起一桌珍馐美馔，简朴菜蔬反能体会"吃饭"之庄重、有味，这也是我随年纪增长而愈强的感受。

晚斋后匆匆去沐浴，山寺中的夜色似乎比任何地方都要深浓，走过漆黑的一段路，拎了热水去浴室，旧木门关不拢，只能虚掩。地面积水，角落有粗长的斑斓虫子，第一晚开营时义工已交代，不可伤寺内生命，包括一虫一蚁。

沐浴后仍在殿内做晚课。那些经文，如山岭之石，层层叠叠。"是故须菩提，诸菩萨摩诃萨。应如是生清净心，不应住色生心，不应住声香味触法生心，应无所住而生其心。"殿堂安静，脑子嘈杂，各种琐屑旋转飞舞，提醒自己回到正念——如何算作正念？灭欲之后是谓正念？对此，史铁生曾说，世界本身正是由欲望所构成。人受欲望的驱使而展开自身，进而成为自己。正是"欲望"使得人以个体的形式存在，没有欲望，便取消了差别，"世界"将成为一潭死水，甚至"世界"本身也不可能产生，"我"也必然无法存在。

乎乎养过一只小仓鼠，笼子里，它无休止地在轮上奔跑，让人担心它会累死。事实上,对天性爱跑的小仓鼠,没有跑轮,它才可能瘫痪,半残废一样在笼子里爬行。

那只飞快转动的跑轮似人的欲望之轮,何时停止,能否取消?取消处,是光的前端抑或熄灭的虚无?

如此看来,正念不是使欲望成为无,将人变作槁木,而是使欲念在合理范畴。类似阐述,我在胡河清先生《灵地的缅想》书序中也读到过。胡河清说到宗教的普遍特征是"防念",意在制造绝对圣化的精神乌托邦。"但人类潜意识的生命直觉冲动(佛教谓之为无明)却不那么容易可以彻底消灭"。禅宗修炼即反圣化主义,《维摩诘经》中也有"大乘不防念"思想,"最高的佛性并非绝对的虚无,而恰恰要通过对于充满妄念无明,生命骚动的存在本体的深刻体认才能实现"。

人,既面临从天性出发的自我蛊惑,又面临从伦理出发的自我裁决,这两种因素孪生般纠结。接下来要问的是,正念与妄念间的那根界线在哪?它不会如"半江瑟瑟半江红"的景况,肉眼可眺,这由道德、伦理命名的"正"与"妄",很可能藏身于同一具皮囊,由此才有夹缠着"贪痴嗔"的人世苦。

苦过后,人该趋向一点清明吧,看清许多苦头是"色身"所起,妄情所致,由此得一点长进,将昨日迷障里包藏的实相窥见几分。无论信不信佛,不故见自封,"有我"但不"我执",是人生需修行的功课。

三

弥陀寺,位于赣地九江武宁县杨洲乡,初名"毗庐岗",后名"凤鸣禅林",明万历癸未十一年释弘耐大师又将此寺改名为"西瓜古寺",后简称"西瓜寺"。四百多年来,寺庙几度兴废,历尽沧桑,到二十世纪六七十年代古寺片瓦无存。

1985 年,中国佛教协会会长赵朴初应该寺住持释传开大师之请,将此寺更名为弥陀寺。

寺庙,在当下时代,似乎已被种种乱象所篡改意味。它不再纯粹地指向信仰,指向善、真、正知。某种程度,它偏离了清修,成为实利主义的贿赂与自诩为佛教经济人的交易点。当然,只是部分,我宁愿相信,在晨钟暮鼓间更多是"汝修三昧,可出尘劳"的净土追寻,譬如置身的这座弥陀寺,寂光法师及两位僧人的清瘦像是一种修行的保证。那瘦,与浊世的瘦又不同,是一种骨中的瘦,持戒方有的瘦,如竹,似樟,风刮过他们的僧衣角,我注视这瘦的背影,如注视解脱本身。注视这瘦,方知骨中的瘦与肉的瘦多么不同,前者由精神的清洁协同,后者的瘦只是肉身的瘦。肉身的瘦易,骨中的瘦难,就说这打坐,听经,对僧人日常的功课,对常人却是要咬牙撑过的煎熬,腰酸背痛,神思昏沉,分秒漫长如不绝蝉鸣……

是要多大的发心才能离脱红尘，从此静坐一炉香？这两位僧人又如何来到寺内呢，年轻僧人眉清目朗(H甚至注意到他手指修长，无劳作之迹)，头有疤痕的中年僧人留一撮微翘小胡，吃饭用一只如小盆的大钵。两人均过午不食。

前年在广东南雄禅寺，看大殿前的两株菩提——每年四月初八浴佛节，两棵树同时示现荣枯奇景：左边的公树叶枯落光，右边雌树依然绿叶婆娑，似神灵向众生宣说世间无常之法。陪同的寺内当家师证实此景不虚，聊起来，他说自己是河北涿州人。

“师父如何来此寺的呢？”我问。

着一袭灰色僧衣的当家师，推一推眼镜，神色安详地说起自己与佛结缘是四十岁后。那时身体不大好，母亲让他跟随邻居大妈去庙里拜拜，他起初不情愿，又不想违逆母亲，便去了。到那，通向庙里有条石阶路，人说要叩拜而上，他心想自己一大老爷们，这多不好意思啊。可再看，还有年长者都在拾梯叩拜呢，于是也效仿着。从这次后，渐找些佛书看，有了不一样的感觉——也许，这就是大于言说的“形式的力量”，某种气氛或者情绪袭中了这个中年人，或说接应了这个中年人，带他走进另一界域。再往后，他吃肉便吐，不能沾半点荤腥。他请了长假，从单位出来，拜时任深圳弘法寺方丈的本焕老和尚为上师，有了与大雄禅寺的结缘。

当家师说，他第一次来粤东北的大雄禅寺，没有异乡客的暌隔，倒有归人的自在，遂在此寺留下。

人与宗教的缘法，也与树的奇观一般不可言说。

暮色中的大雄禅寺，古意深邃。地因寺而名，寺因地而灵，世间许多事看似是果，实则前因已定。因熟果成，自相感召。

夕阳斜照寺中，两株菩提树默立护法，很想再与当家师聊聊，无奈要赶去下一站，只得作辞。送我们出大殿，当家师介绍身旁年轻人是寺里二当家，也是位戴眼镜的男子，瘦而寡言，在他身后又是怎样一段缘法？

此时的九江弥陀寺殿内，亦是夕暮，注视身着海青、虔敬燃香的年轻僧人，想起五柳先生一句诗“问君何能尔，心远地自偏”，此诗正写于九江(古称浔阳)，五柳先生最后一次出仕为彭泽令，未满三月弃职，于浔阳庐山北归隐。

红尘无留踪之意，人生似飞鸿踏雪。隐于田园或遁入空门，看似去向虚无，或许，于勘破者反接近了实存？

四

次日夜半，仍是三点半起香早课，女友H的女儿与乎乎同岁，原本要求两个孩子也一道早课，我与H实不忍，留他们在房内睡，我俩跌跌撞撞去殿堂，随僧人诵经,“如是我闻。一时佛在室罗筏城,只桓精舍。与大比丘众,千二百五十人俱。皆是无漏大阿罗汉。佛子住持,善超诸有。能于国土,成就威仪。从佛转轮,妙堪遗嘱。”……念着念着,几乎站不住,这半年来我腰椎有点问题,站久愈难受,直想扑在面前蒲垫上。我有些焦躁起来,也因焦躁愈觉漫长,却见第一排义工居士们笃定诵经,其稔熟必得诵读百千次才可。究竟还是心虔方可神识内守,一心不乱。人说“安禅不须山水地”,若无禅心,别说在山水地,就在菩萨脚下也枉然啊。

早七点,众人已在山门外排好队,走古道小路,行脚去另一村庄。路上群声喊喳,遭一位义工责备,她从湖南来,从一官职退休,来弥陀寺后皈依,此次来已在弥陀寺住了十个月。

“你们讲了几十年话还没讲够?少说一句话,多念一声佛,专心走路!”她神情严肃,队伍中有人抱怨她态度严厉,不够出家者的宽柔,我倒是理解她的用心,也赞同止语之要求。

自进寺来,“止语”常如钟鸣,响拂耳际。

言,有时亦是障。在这时代,“言”空前发达,各种平台、场合,言汹涌纷至,流言蜚语,空言虚语,妄言绮语……如孔子说,“群居终日,言不及义”,常常,过多的“言”徒增是非纷扰。我曾以沉默为最高美德,总会在人群中注意那些寡言者,他们气息清峻,如松如竹。相形起来,我虽被贴上“内向”标签,但自知常陷浮躁,有时饶舌得令自己也陌生,也常踏入“言”遮蔽的沼泽,执缚幻惑。

言,带来贴近,同时也拉远距离。言说越多,空洞越大。承载语言的手机在这个时代似已替代上帝,替代了人与人的主要关系——曼舞的“言”中有多少谵妄?

“吾心似秋月,碧潭清皎洁。列物堪比伦,教我如何说。”说不出,因而不说,遂有彻底的皎洁。

五

多年前,确切地说是2008年的一月,我还在上海工作,时近春节,连降的大雪阻断了回家的路。票是提前十几天从票贩子处购的,出发那天,上海南站的车次全部取消,到处是滞留的焦急旅客。我也在其中,随身带着麦卡勒斯的长篇小说《心是孤独的猎手》,她二十三岁时写的。小说讲述镇上有两个哑巴,他们总在一起。每天清早,他们从住所出来,手挽手地去上班。一个哑巴是肥胖迷糊的希腊人安东尼,另一个是有敏慧眼睛的高个子辛格,在无声的漫长岁月里,这两个男人彼此陪伴,用寂静相互倾听。

有一天,当辛格得知安东尼的死讯时,他失掉人生的意义——此时世界的寂静与之前的寂静不同了。辛格饮弹自杀。

大雪覆盖的上海南站，我随一个女人去打听消息，让她同伴照管下行李。打听的消息让人沮丧，没人知道何时能发车。我拎着行李重又坐轻轨回家，夜幕中的窗外掠过一片片皑皑雪迹。快到家才想起搁在行李箱上的《心是孤独的猎手》不见了。好在书也快看完，希望拿走它的人能喜欢这本书，能从这本书中体会些什么——那比言说更高的会心，产生于孤独的两个生命中。

山寺中，胸前的止语牌让我忆起那个大雪的上海冬天，那本遗失的书，书中的两个聋哑人。后来在豆瓣网看到一则书评："就像哑巴辛格说那些一刻也停不下来的倾诉者，停下来吧，停下来，自我倾诉，自我倾听，能拯救孤独的从来没有别人，只是我们自己！"虽然辛格最终也没能拯救自己，那也许因为他把安东尼已视作"自我"的一部分，或全部。

止语，也叫"闭口禅"，修行的一种。语止，心念亦止。慎言，惜言，体会空性之境，"但有言说，都无实义"，故此佛祖拈花，迦叶微笑。

曾看一节目，英国冒险家贝尔主持的《荒野求生》，他空降到一个太平洋的孤岛，在一无所有的情况下待两个月。一切都要靠自己解决，包括食物、栖身之所，比赤手空拳地活下去更难的是，越到后来，他越要对付因极度寂寥而出现幻觉的大脑。

换言之，他最大的敌人是体量巨大的孤独。

他调动曾当过军人受训过的意志，避免脑中出现的两个声音，尽力使它们统一成一个频率，一个正常的，免于分裂的频率——比弄到食物更难。贝尔陷入情绪低谷。某天，他见远远有艘捕鱼船从海上驶过，这是他来到孤岛后第一次看见船，他的情绪一下好多了，因为船对应着人间，对应着同类，对应着不久后将会回归的尘世。他一下振奋起来。船驶远了，但他看见了希望。他和一艘远远的船完成了对话。事实上，这也是他与自我完成的一次对话。周遭仍静寂，他平静下来，又获得了力量。

一切言说终究要返回内心。或许，没什么对象能够永在，除了"自我"，一个足够忠诚的"我"。它是孤岛的帆影，是潜水者的氧气。

六

女友 H 说，想回了，有些吃不消，看来空门不好遁。

空门从不是一扇"方便之门"，也非一条进可攻、退可守的后路。

它甚至比所有的路更难，那是与识蕴聚合相关的路。

山寺虽小，若一心涅槃，也如须弥。红尘偌大，对宇宙洪荒来说不过芥子。

虽短短几日禅修，俗世里泡松散了的神识也难应对。和 H 一样，我仍悬浮，意志顽迷，出不了七情，舍不下六欲，在尘芥里日复一日滚染。

“不信”，却并不影响“信”，就如林白说到法国哲学家薇依的书：“我购买她的书不是为了阅读，而是为了供奉。”借用这句话，“信”对我，不是用来信仰的，是用来供奉。不是信徒，但你信它倡导的义理，包括“善”，“泰然的，不针对任何东西，又包罗万象，因而壮美”。

如天际晚霞，你朝着这个方向去，可能一辈子都接近不了它，但也一辈子都在其中，在霞光发散的光束中。你的生命，不管此前几许荒谬，纷乱，现在纳入了一个向度。或说，没有此前的荒谬与纷乱，无以到达如今的向度，如同我一位半生坎坷，后来皈依的女友，我们聊起，正是这些坎坷把她领进了莲界，有了归宿的安喜。

世界上有无数的诗词，都不如
我四岁女儿的诗词
那么无私，善良
她跪下，对那在烟雾缭绕中
微闭着双眼的观世音说：
菩萨，祝你身体健康

一个四岁女孩的“信”，比起香火缭绕中的许多信，这更是一种“正信”。

是不是教徒不重要，“信”的实质是一脉善根，心意柔软。

茫茫世间，有人得闻梵音，有人至死耳畔市声嘈切，这二者也无孰高孰低，能择善而处，都不虚来此一趟。

周日，将寮房的两床枕套床单洗净，在院中悬晾好，取回手机，午斋后离寺。穿过大殿，去往山门路上，远远见年轻僧人的海青闪过，应是回侧殿寮房休息。我和 H 钻进车内，回转红尘，车内响着流行音乐，孩子们在后座吃零食。信号重回手机，数百条微信消息跳出闪烁——这由语言构建、掌控的众生的世界，巨大的漩涡，无主的沉浮……

车窗外，山峦掠过，亘古的苍翠里储积着时间的叠影，其中有物质的时间，也有非物质的，有人可理解之物，也有不可解的。不管解与不解，山峦“无有所将，无有所迎”，守进化序列，候四时枯荣。植物能永生吗？天空能永生吗？信者是否真能永生？无信者呢，化作腐殖，成为亘古苍翠的叠影中的一部分——这是否也算一种永生？

而永生，是否真的那么必要？

河流汹涌

瘦　梦

一

那是一条经常汹涌在我面前的小河。

并且，时常挡住我的脚步。

我出生的小山村，仅十来户人家，没有学校，没有商店，更没有饭馆。小孩要去上学，大人要去粜米卖粮，甚至女人要点针头线脑，都要翻过一座山，蹚过一条河。

山好翻，它的高度永远不变。

可河就没那么好过了，因为它经常在变。

隔几年没见到它，走到它面前一看，它又走岔道了，甚至将别人的稻田撕开了一个大口子。

更要命的是，它时常发起脾气。

春夏之交，雷声轰轰，它的脾气和风雨雷电一同发作。

它一改往日的温顺驯良，突然大声喧哗和咆哮起来，甚至连步伐也都变了，开始是趺趺撞撞，紧接着就横冲直撞起来。

它将我们那个可怜的小山村用高高的浊浪包围起来。它阻断我们的脚步，阻拦我们的去向，阻滞一切向着远方的心灵和梦想。

大人们已经习惯了。或许他们还暗暗高兴。这不，河的两岸，就有一群群男人早早拿着长长的扒钩，等着来捞从山上冲下来的木头。

随着那些圆滚滚的杉木、松木滚滚而来的，还有上游人家一些猪、羊等家畜，那可就更是意外之财。

与大人们兴奋的期待不同，我们这些小孩，可愁死了——河水阻断了我们去上学的路。

与今天的小孩不同，那时的我们，是热烈向往和真心喜欢学校的。

那时学校里的课主要是语文、数学，作业是在课堂上完成的，课外是自由和快乐的。

而星期六、星期天回到家里，就会被大人逼着上山斫柴或下田拔秧，过早的农活和劳作，让我们对回家深怀恐惧。

所以，小河一任性，我们就痛苦了。

村里的杨焱公是个通达人，看着一村的孩子不能上学，他可急了。与几个人商量后，他决心在河上造座桥。

河水落退后，他带人从山上砍来杉木，扛着大锤，先在河中心打上几根木桩作桥墩，再将杉木横在桥墩上，一座简易的木桥就搭成了。

不下雨的日子，我们就从这吱呀作响的桥上来来往往。

可下了几阵大雨，这桥就承受不起了。

一个浪头奔来，桥就在水中打摆子。

再一个浪头撞来，几根杉木缚在一起的桥板就散架了。

一个浪接着一个浪，桥就支撑不住了。先是几根杉木经不住洪水的拖拽，一下子跟着水流跑了，再接着几根桥桩也被洪水连根拔起，桥立即就消失在茫茫水流中。

洪水过后，杨焱公又独自造了一座桥。

这次，他将桥桩夯得更深，当作桥面的几根杉木，他都凿穿孔，用铁链穿过，牢牢系在岸边。

可洪水一来，木桥还是被冲毁了。

只不过，被铁链锁住的几根杉木，还留在岸边。

二

先哲说，人不能两次踏进同一条河流。

可我却无数次踏入这条小河。

最早牵引我过河的，是我的大哥。

那时刚恢复高考，大哥第一次参加高考未考中，就回家做了一个民办教师。

那时他在一个叫柏树下的小学校任教。学校只有一至三年级，也只有他和一个和他差不多年纪的教师。我随他在那里读三年级。

那时我们每天早上去学校，晚上回家，每天要蹚过两次河。

那时小河上没有架桥，只是有人在浅水摊上，每隔一两步放一个大石头，我们称之为跳石。大哥就牵着我的手，每天从跳石上跳过这条小河。

逢到雨天涨水，大哥就背着我过河。

伏在大哥尚不厚实的臂膀上，不管水流多么湍急浊浪怎么翻滚，我一点都不慌张。

对我来说，哥的臂膀就是桥。

日子就如这条小河一样或急或慢地流淌。

可是有一天，小学校附近突然来了一个武疯子，据说因患病刚从部队上退回来的。他身材挺拔，穿着一身绿军装，腰扎武装带，肩上扛着一根长长的禾担——那是我们乡下用来挑稻秆的扁担，两头削得尖尖的。他一阵风一般直冲进教室，大声吆喝着不准上课。他一边粗暴地呵斥着，一边用禾担的尖头逼着我大哥，并把小学校里唯一的一座闹钟摔得粉碎。大哥脸色煞白，一边抵挡着他的禾担，一边暗示我们从后门快跑。

我们吓得作燕子飞，出了教室门就四处飞跑起来。我顺着田塍小道，一口气跑到河边，突然傻了眼，河水暴涨起来了。水浪将河堤撞得趔趔趄趄，水花四溅。后面似乎是武疯子哇哇大叫着追上来了。

我的心似乎都要从喉咙口跳出来了，喘气声盖过了河里的水浪声。

这是我第一次在这条河面前感到害怕和恐惧。

幸好大哥沿着河堤找过来了。

他一把把我扛在肩膀上，不管不顾地下了河。

河水在他的身下咆哮着，翻滚着，水花都溅湿了我的衣服。

但大哥稳如泰山。

三

上中学时我住在学校了，用不着天天跟这条河打交道，大哥也不用天天送我去学校，但母亲的牵挂却越来越重了。

那时我们一星期才回一次家。

每次回家，我们都觉得时间非常紧迫，心情非常急迫。

我们要回家背米提菜，要洗澡换衣，脚上穿的胶鞋和身上穿的外套都要脱下洗干净，还要连夜烘干。女孩子还要洗头发，要妈妈帮着用茶枯水闹满头的虱子，再用篦子一遍遍地篦下发根上的小虮子。

母亲也盼我们回去，将藏藏掖掖一个星期的鸡蛋或是腊肉，煎着炖着给我们吃。然后再熬上一锅菜，什么笋干呀萝卜干呀，最不济的也有霉干菜，装上满满的一竹筒或一罐头瓶。一个星期，我们就全靠它和着白米饭对付着过去了。

但我们最怕这条河发脾气。

多少次，我们满怀喜悦回到家里，可一夜大雨，就把河的野性唤醒了。

暴涨的河水，汹汹地裹挟着巨大的圆木、喷涌的泡沫飞奔而来，冲击着河堤，撞击着杨裕公造的木桥，又呼啸而下，滚滚东去。

逢到这样的时候，母亲就不放心我一个人去学校，非要送我过了这道河。

一大早，母亲帮我背着一布袋米，我自个儿提着一罐头隔夜熬好的菜，有些踉跄地走在雨中。

怕被雨淋湿，母亲把米袋搂在胸前。狂风骤雨不时掀开母亲头上戴的斗笠，几绺白发就从斗笠下很醒目地钻了出来，时不时挡住母亲的双眼。她顾不了那么多，双手仍紧紧地搂着米袋。

母亲走在前头，山路泥泞，一步三滑。她一路走，一路叮咛着要我小心看路，生怕我跌倒。

我们先赶到中段，那里有一座小桥，我平时去学校就从那里过。

可到那里一看，河水汹涌，大浪滔天，哪里还有桥的影子。

到下边茅铺街头去看一下，那里滩长些，看能不能过河。母亲的声音有些打战。

又紧走了几里路，对面就是茅铺街了。

依然是浊浪翻腾，满眼黄水，河面似乎变得更宽了。

这下彻底无望了。

但母亲不信过不了这河。

她说，再去香油嘴看一下吧，那里有一板水泥桥。

我们又穿过丛丛芭茅，赶到了香油嘴。

到那里一看，那座水泥桥侧翻在河水里，灰黑的身子如僵死的怪兽，激起了更大的水浪。

我的脸上、手上被芭茅划割出一道道的伤痕，此刻更加疼痛起来。

看来，这条河是铁了心不让我去学校了。

但母亲还不死心。

母亲说，不管哪道河，水涨也总有水落的时候，我们总有法子过河的。

那天我们辗转了大半天，终于觅得了一处桥梁。

母亲亲手牵我过了桥，又返身消失在茫茫雨幕中。

四

跨过这条河之后的若干年后，我又遇到了另一条河。

也同样是一条小河。

小河边也同样有一所小学校。

而我，也和我大哥当年那样，成了这所小学校里的一名教师。

所不同的是，这条小河一年四季河水清澈，碧波荡漾。在离学校不远的河岸边，有几块兀立的大岩石，水流从岩石上跌下，就形成了一个小潭，我们叫它趵水潭。

夏天傍晚，我就领着小学校里的男孩子到趵水潭里玩水。

我们把这几块大岩石当作跳台，教孩子们跳水，然后在河水里作狗刨式游泳。孩子们欢快的笑声盖过了水潭里的水流声。

但上课期间我们严禁孩子玩水。

有一天上午，我正在上语文课，发现有一个叫丰的孩子没来上课。

我匆匆布置完孩子们的作业后，急忙来到河边寻找。

果然，丰正撅着屁股浸在河水中。

我大喝一声。

丰惊恐地抬起头来。

只见他脖子上吊着一长串青虾，手里还拿着一只。那只虾子正张着两只钳子，一对暴突的眼睛，也似乎和丰一样惊恐地看着我。

丰就是这河边长大的，课后经常在河里捉鱼摸虾。他曾经很得意地告诉我，虾子最好捉了。你只要下到河边，轻轻拂开枫杨的根须或翻开一块小石头，就会发现一两只青虾静静地伏在那里，你先用右手慢慢地下到水中，手掌半开半合，放在虾屁股后面，然后左手在虾的前方慢慢探入水中。虾子受到惊吓，立即往后一蹦，刚好跳进你的右手巴掌心里。

那时河里的虾真多，用缝衣针穿根线，捉一只就穿上，一会儿就能捉一大串。他很自豪地说。

他还说，虾一般是退步走的，你只要把手放在它屁股后，它就往后蹦跳，捉住它就稳稳的。

我笑着说，虾是退步走的，你可不能退步啊。学习要进步，各方面都要进步。

丰就一个劲地点头。

那时我们小学校里有四五个年轻教师，都未成家，课后饭菜都要自己弄。那时小镇上没有菜市场，每天下课后，我们就四处出击，去东家菜园看看，到西家院子瞧瞧，有时到东家买个瓜，到西家要把青菜。实在是太馋了，就去买只鸡，或是在食堂的厨房里关门打野狗，那可是难得的一顿饕餮大餐，吃过后嘴巴都要香几天。

后来，我们又经常发现厨房里多了一些虾。

有时，虾子是麻线串起来的；有时，虾已经烤熟，红得晶莹剔透。

直到这时，我才明白是丰的杰作。

丰上岸了，低着头，裤管上的水一滴一滴地淌下来，慢慢又汇成了一股水流，慢慢地流到小河里。

我似乎看见，丰的身后这条小河正在逐步变大，变宽，变得波澜壮阔，汹涌无边。

潭埠记事

李飞亮

潭埠的形成是由于有一座石鼓山，修河流经此处转折，每年夏季洪水期，湍急的河水在山前形成一大漩涡，将洪水中的泥沙分离在它的右岸，在石鼓山悬崖下形成了一个深不可测的大河潭。而它的右岸经历沧桑的岁月后，造就了一片近十五平方公里的平坦而肥沃的冲积平原。这一片富饶、远近闻名的地方就叫“石鼓塅”，而紧邻西边石鼓山下的深潭就是徐坊潭，它上游就是修河下来十八滩之一的西滩和闻名全流域的地质奇观老蛤石。修河在石鼓塅呈Z字形弯曲流经马头山，被马头山挡住向北流去，相隔六七华里，一上一下形成二处大深潭。

潭埠，俗传一句歇后语颇为幽默：三十夜算账——团簿。清雍正三年县志载，潭埠街归江阴乡四十五都管辖；清道光四年县志载，潭埠、车头、石鼓、大舍、东源，归江阴乡四十八都管辖；民国二十四年归第四区中潢保管辖；民国三十七年潭埠为保建置，归巾口乡管辖。新中国成立后，潭埠为乡建置，归第二区巾口管辖；1956年潭埠为乡建置，划归箬溪区；1958年成立巾口人民公社，潭埠为大队建置；1969年成立罗坪公社，潭埠为大队建置；1970年潭埠整体搬迁，刘家、上茶、下屋、各里迁入东边大队的大山下、台岭下、台岭、上张家，潭埠、车头、漉纱塅分别迁入友联大队（今关山村）南冲、渡溪、泉口。

在明清之交，潭埠街由肖氏家族肖仁裕为首所建。肖氏家族世代经营，在清代中期为鼎盛时期。街道东西走向，约三百余米，为一字形合面街；路面平直约二丈余宽。全是青条石和卵石铺成，南北各有横小巷，临水边供人们过渡和上下搬运货品；朝南边通往罗坪方向，往西有官道通往石鼓塅，往东通往沙湾。街面商铺整齐排列，房屋做工精致，美观大方，每个商铺进去都是一至两个天井。尤其是肖家祠堂，柱、门、窗、壁雕龙画凤；戏台、回廊、左右厢房，结构紧凑、布局精巧，华丽而考究。土库、乡公所建筑高大、庄重；石雕造型浮雕多为八仙过海、女娲补天、花草鱼虫、山川河流、人物故事，活灵活现，是少有保存完好的古建筑群。街虽小，却非常热闹。其功能周全，如商铺、铁匠铺、碾坊、肉铺、药铺、茶楼、会庄、学堂……样样齐全。历代都是长水、沙湾、漾都、明星、东边、友联的政治、经济、文化和医药中心。

历史在消长中变迁。清末年间，一场瘟疫使肖氏家族人死得所剩无几，尸体随处可见，无人安葬。官衙只得用木柴进行火化，场面非常凄惨。后来河南人迁入潭埠，通行的语言是河南光山话，本地话混杂其中。1939年秋，日军入侵潭埠，放火烧掉下街头半边街。新中国成立后，下街头续建了几幢房子之外，街还是原来的面貌。

潭埠大队由塘里、漉纱塅、车头、程家、刘家、瞿家、下屋、上茶、上屋、石鼓角里等十一个自然村组成。1969 年移民迁建前编为七个生产队单位，九百四十九人。

潭埠地形西高东低、南高北低，为河床冲积平原，全境落差不到五米。全境平坦开阔，为潮沙型土壤，土地肥沃，日露夜潮，润湿温暖，光照充足。农作物不用施肥都长得枝繁叶茂，为重要产粮区。旱地作物有芝麻、大豆、棉花、大小麦、荞麦和瓜果。据 1965 年潭埠大队统计资料记载：当年水田两千三百二十二亩、旱地六百九十九亩，集体水田两千两百二十七亩、旱地四百三十八亩，社员自留水田九十五亩、旱地两百零一亩。

潭埠有茂密的天然林和祖先留下的桂竹林；有几百年寿命，高达二十余米、六七人合抱的大樟树；有成片的板栗林、苗竹林、桂竹林、小山竹林。树木茁壮成林，翠竹如绿海簇拥村庄。在秋季处处硕果飘香，流金溢彩。

全境只有漉纱塅、车头沟两处径流注入修河。

潭埠二处官渡，即上游有老蛤石、下游有马头山。政府设置专职摆渡工和船只，保证行人过往出行而日夜不停渡。

修河在武宁县下南岸沿线有三个码头，即潭埠、中潢和三硔。而潭埠因得天独厚的地理位置和有宽敞、水深的停靠优势，因而显得尤其重要。

潭埠码头可长年停靠二十吨以下大货船，又是武宁东南政治、经贸、文化重要集散地和交通要道，也是从南昌经鄱阳湖运来的轻工产品、民用百货各样物资卸货地，同时又是山区土特产、竹木、药材的始发埠口。

千百年来，潭埠承担着过往行人、农村产品、物资周转和进出口码头接驳功能。1968 年至 1970 年，国家又在马铃（头）山东侧建有粮库，通过水路将粮食运出武宁。

潭埠的地理特征，其一，水塘多。没有起伏的山峦和沟谷，也没有径流水系。潭埠只有一条径流从李子坑流经大桥坑的溪流。人们通过长年的经验累积，先民发挥智慧，修造了众多的灌溉水塘。并且，每个水塘都有它的名字，有熊家塘、陈家塘、袁家塘、油草塘、腊子塘、吃水塘、大官塘、园塘、猪婆练塘、半边塘、枫树蒲塘、青塘、草塘、鸡公塘、门前山塘、牛角塘、磨盘塘、樟树塘、张家湾塘、杨家垅塘、王家塘、下街头塘、下湾塘、石崖塘、王埠塘、雷打塘、烂泥塘、叶家塘、易家塘、官塘、深塘、石头岭塘、莲子塘、锅底塘、曲尺塘、大塘、过水塘、张家丘塘、抽水塘、社塘、明洲塘、土塘、栗树塘、井塘、面前塘、铺面塘、秧塘、柳树塘、沙塘、木子塘、尖底塘、榨下塘、胡家塘、蔡家塘、鲇鱼塘、野人塘、见妹塘、大粪塘、老塘等。

其二，车水风景独好。潭埠有了许许多多的水塘，到了禾苗需要水的时候，车水灌溉就大显身手。水车是一种提水的工具，由木料做成的水槽、龙骨、叶板、脚踏、车架若干部件组成，有单人、双人、三人、四人使用的不同规格。天旱之时，一些水塘边上支起了水车，为了所有的田块的禾苗得到灌溉，多半是二十四小时不停歇地从塘中提水上岸，再顺渠流向田中。那时，没有计时工具，就用“香”来计时，比如以每燃完一炷香作为一班人轮换的时段。为了提神或增加劳动的乐趣，大家可以边车水，边唱唱茶戏、小曲之类的段子。也有提来大锣，边车边敲边唱，要是来劲了，还会来一阵“跑驮”，即快步地踏在木驮上带动水轱辘的转轴加速起来，比赛谁能在那快速运转中不至于被打伤摔下车来，或被“吊驮”。这是一件带有“极为刺激”的、竞技性的农活。

其三，吊脚楼民居独具一格。潭埠全境濒临修河，洪水季节，修河会漫上河岸，淹没房屋。所以村民家家建房只能做木架结构，便于抵抗洪水且不易倒塌。如各里、上屋、下屋、瞿家、刘家、程家尽为板壁木架房屋，少见大宅庭院和祠堂庙宇，多为一厅二房的“扁担屋”。那木料多半来自修河。洪水泛滥时，修河上游会倾泻下来大量木材，如木排、杉木桐等等。村民只要做一个带着长绳子的“抛钩”，即可将上游飘来的木材顺势拉上岸来。待累积有一定数量时，即可用来建房或打家具。

二十世纪六十年代，农村开始出现物资交易需求。到了每年秋季收获的季节，政府会在潭埠街举办一年一度的物资交流会。这是农民们企盼了一年的节日，尤其是妇女、儿童更是翘首以待。他们带上鲜果、农产品，如一根桂竹、一捆篾片、一袋棉花等等，到现场可以换到几尺称心的花布、一条漂亮的围巾。小孩子更在一碗三鲜面或一根烫手的油条中得到了一年的满足。

潭埠人在修河边上生活，对这条川流不息的河流最熟悉不过了，个个水性不同凡响。划龙船比赛更是每年必须举办的民间体育比赛。比赛的水段选在老蛤石，此处水面开阔、平稳，且路程长，又有老蛤石横卧修河中央，成了举办大赛的观景台，更适合龙舟比赛。端午节那天，只见老蛤石一河两岸人头攒动，热闹非凡。参加龙舟比赛的有宋溪霞袱、李村、徐坊的参赛船队和潭埠大队各小队派出的参赛队伍。七八条装扮一新的大龙船在河面上一字排开，每条船上分列坐着十到二十个青壮劳力。船头站着一个击鼓的，船尾站着一位老到沉着、经验丰富的艄公。个个精神抖擞、摩拳擦掌，只等裁判一声锣响，那河面上的击鼓声、壮士们的呐喊声和两岸上排山倒海的助威声，响彻云霄，场面非常壮观。

俗话说“靠山吃山，靠水吃水”，徐坊潭里的鱼很多，譬如鲤鱼、鳜鱼、草鱼、鳡鱼等等，应有尽有。那捕鱼的法儿，可谓一绝，当地人把它叫作“捉白折”。

霜降一过，大人们就忙开了。先在紧靠“徐坊潭”上游的“西滩”河里拦腰用鹅卵石垒起一道水墙，然后把水墙中水底凹凸不平的卵石捡掉，坝上的水便平缓起来，而坝下的水则变得徒急直泻。

村子里十几个大人分成两伙，一伙人从岸边的竹园里砍来茶碗粗的大桂竹，一劈四开，青皮全朝一面，白里子全朝一面，再用细篾像扎辫子一样编起来，河有多宽，“白折”就编多长。另一伙人在精光滑溜的卵石滩上搭个人字棚，棚口朝着河面，上盖“大水茅”，里面铺上厚厚的稻草，大人们管它叫“观音舍”。到捉“白折”的晚上垫上家里背来的棉被，十几条棉被，垫的垫，盖的盖，暖和极了！村子里的男孩子们就像看乡戏一样，活蹦乱跳地相跟在大人们的后头，一齐忙碌在五颜六色的卵石滩上，那劲头和热闹场面绝不亚于即将开镰收割遍野的稻菽。

“白折”编好后，再在水坝上方不远处水底从南岸到北岸每隔不远依次打下小木桩，当要捕鱼的晚上，在太阳未落山之前，大人们就把长长的“白折”拖到河里，白的一面朝下游，别在水底的木桩上扣牢。这样，所有的准备工作就全部完成了。

每逢天气晴好，霜重月明之夜，正是“徐坊潭”鱼儿雀跃抢滩嬉水时刻，那成群的鱼儿经过几番拼搏，终于跃上滩来，忽见一道白晃晃的竹折屏障横拦在水底，便不敢贸然前进，只好在狭长的水底走廊中停留下来。

晚饭一吃过，大家带着家什，齐齐来到河边。大人们每两人一组，约莫两小时一班。下河的大人，上身捆一件光棉袄，下身赤条条一丝不挂。一个背上背个大竹篓，里面装满松油柴片，手上举个大火把；一个双手提一柄十余斤重的五齿大渔叉，那渔叉的齿是钝钝的，因河底全是卵石，再锋利的铁齿都会被扎钝来。只见俩人一前一后，下到齐裆深的河水里，沿着水底长廊在河中搜索着。熊熊燃烧的火把在夜幕中显得格外通红，那火光又倒映在宽宽的河面上，把水中的鱼儿照得鳞片闪闪，若隐若现。火光中，只见河中两个大人忽前忽后，忽左忽右，配合默契，进退自如。助手的火把指到处，举叉的人手疾眼快，一条条肥肥的鱼儿被杀中而挑进了助手的背篓中。

棚子里睡觉的人，一个个被吵醒，鲤鱼那种特有的湿腥味在河边弥漫开来，几个相跟的孩子，更是兴奋极了。大家下身穿着裤衩，上身或光披着大棉袄，或干脆搭条棉被，纷纷钻出棚子，兴致勃勃、七手八脚地在棚子门口用大卵石垒起个大火塘，架上家里带来的尺八大砂锅，满上清澈的河水；再从岸边的竹园里拖来一些干竹子，在火塘里烧起猛火，拣一条最肥最重的鲤鱼，把肚子一破，扯去肠子，也不洗，放进那滚烫的锅水内，“河水煮河鱼”，说这样味道更鲜美！再加上从家中带来的大把大把朝天椒、板栗、蒜苗和油盐，大家头顶着满天的星斗，在高挑的火把照耀下，围着那大砂锅，互递着大蓝边碗的红薯酒，吃喝开来。大家一直吃到明月西斜，一个个头上直冒热汗，吹咂着火辣的舌头，喘着粗气，才偃旗息鼓，赤条条地钻进棚子，相互搂抱着，顿时呼声迭起，一觉酣睡到天明。

潭埠人还善用“罩”捉鱼，也足见智慧的闪光。砍来几百根约三米长的小山竹，用六道细棕绳编成一整张大竹匾。在修河深潭旁的砂泥浅水中，头几天事先在固定的水底每天插上粟米、高粱、稻穗之类的诱饵，等诱饵一日一日有鱼儿吃掉后，即将编好的大竹匾以诱饵为中心围成一个大圆圈，并用若干大竹篙支出水面。再在原喂诱饵地方，安装一个能触发竹匾的机关。到了晚上，众多的鱼儿再来吃食时，就会触发机关，那罩子会“嗖”地下落进水中，并深深地插入泥沙中。鱼儿全被围在了罩中。到了天明，渔民便用网将罩中的鱼捕获回家。

潭埠的名胜古迹也很多。有老蛤石，位置原在潭埠村西马家岭下官渡旁，是修河水路“十八滩”中的一大地质奇观。它如众多蛤蟆群集在一起，横卧在河面，占据着三分之二的河道，鼓眼圆瞪状坐东朝西共向一个方向。有西滩，修河水路“十八滩”中的急流险滩之一，具有河面宽、流速快的特点。有泉水婆婆，在徐坊潭的西侧险峻的石鼓山上，距潭水十余米高。三个尖石支起一片重达几万斤重的巨石，巨石下面有一个人能钻进的入口，洞里终年有清泉流出；如逢年成不好久旱不雨时，人们备齐佛香、纸线、爆竹、果品、火铳等祭祀物品，跪拜请愿，每求必应，三日之内，必降甘霖。有帽子崖，相传是许将军与孽龙搏斗时遗落下的帽子，在徐坊潭西侧险峻的石鼓山上，位居徐坊潭下首，往徐坊村去的路口上，有如一顶巨帽孤立于河旁。有狮子岩，在潭埠街西侧官道一公里的大桥坑旁。两个口可互通，约十五米长，内有石凳、石桌、石床，是在田间劳作的人们休息的佳处。有老虎崖，位于潭埠街马头山东侧，二十世纪六十年代末，国家在此处曾建有粮库，房屋数间，设施齐全。两个洞并排相连，一大一小、一深一浅，可容纳百余人。有马头山，形似马头，拦腰矗立在修河南岸。崖下有流沙、旋涡、深潭，是往巾口方向的官渡的必由之路。有祖爷殿，位于刘家段西南侧，本名黄金殿。因内供祖爷，多称祖爷殿。有天灯屋，位于石鼓各里村庄中心，边上有一水塘。为砖木结构，丈高五米余，供有“天灯老爷”神主牌。殿前一对联：金炉不断千年火，玉盏常明百岁灯。有大岩寺，在下萧，岩内仍分堂室，檐流滴沥似雨，旦暮不绝。有石鼓潭，在县东二十里，有如石鼓，潭最深，藏鼋。

1970 年起，柘林水库开始蓄水，历代繁华的潭埠沉睡水底，留下人们永远的回忆和思念。

石门老街

刘　俊

一直以来，总想为石门楼集镇老街写点什么，然而世事倥偬，时光恍惚，以至于这种念头起了又消，消了又起。无论工作、环境怎样变动，我出生在下街头，父母在中街寿终正寝，驾鹤仙乡。我从小就在老街长大，弹珠子、打烟标、玩画片、戏皮弹弓，在古巷尽情玩耍。老街的一砖一瓦，一弄一巷，无不熟稔之至，老街情结犹在。

深秋，我去了趟集镇，特意从街头徒步街尾，静静地回忆这里的过去，目睹现在，倾听她的将来。

把古往今来重新说起，将悲欢离合再叙从头。

自古一宗东西向南高北低的蛮荒坡地，静静地躺在赣西北腹地九岭山下。自拓荒者刀耕火种渐次而至，坡地上炊烟袅袅，民宅崛起，山民次第依水聚居，逐渐形成街的雏形，功能不断完善，社会分工进而细化。

至元末明初，江南乡村"街"的式样初露端倪。因张孟发（字秀卿）建有青石大门楼房，题有一联"凤来箔竹栖桐树，鲤化清河跃石门"，遂成地名石门楼。老街南高北低，形似"火"字。一条水圳穿街而过，水圳上口覆盖不规则的长方形麻条石，街边平铺乱石硬化，为原始街道。街后，居民浣衣、洗菜、净身、洁具的小河，细水长流，清澈见底，至下街头碓下，与西坑沟汇合，流入银炉港。街长一百五十米，平均宽度三米。东西向的两条小水沟，把街划分成三段，上街头、中街、下街头。合面商铺，街道狭窄。东边街地势较平缓，依势延展深巷直进，多为两层平楼。街头建有布局"厂"字型的吊楼式民房；街尾有形似"亾"字的横街和围塘。西边街坡度较大，凹凸起伏，依地势是筒子形的单层构架，多为阶层式屋舍，街尾靠河岸是吊脚楼。街体均为连体砖木结构，房屋人字梁、老鸦窝、黄瓦盖顶、合沟排水。花鸟图案窗棂、戏曲造型梁柱、角折踏步楼梯、木栅栏厢房围挡、小天井敞阳透光，几片可移动的铺门，构成了传统建筑审美的要素之一。

昔日老街，上街头纺纱织布。纺锤旋转，手搓锤杆，并捻合线，与木架、锭子、绳轮和手柄融为一体，展现出手工纺织生产活跃的景象。中街私塾，庠序启蒙，临摹习字，碾墨作文。《千字文》《女儿经》《今古贤文》，板子南山竹，不打书不熟。翰墨飘香，书声琅琅。下街头剧楼开演，正史野史、帝王将相、才子佳人、清官断案、圣上赐恩，喜剧悲剧，满院人头攒动，看得迷离销魂。与戏楼一沟之隔的医疗诊所，开设了内科、儿科、五官科、中医科。医疗器械匮乏，诊治环境艰苦。简陋的病床，数位医生，望闻问切，肌注汤药，临床治病，救死扶伤。碓下，借水力舂米，立式水轮上装有若干板叶，转轴上装有一些彼此错开的拨板，拨板拨动碓杆。每个碓用柱子架起一根木杆，杆的一端装一块圆锥形石头，下面的石臼里放上准备加工的稻谷，流水冲击水轮转动，轴上的拨板臼拨动碓杆的梢，碓头一起一落地进行舂米，日夜加工粮食。

每逢农历八月初一，老街赶集。男穿马褂便裤，腰扎白围巾；女饰流苏髻，穿布扣对襟衣；孩童男留撮箕头、女扎羊角辫。晨曦中，人们肩挑手提自产自销的农产品和家庭作坊制作的土糕点，甚或干松树椏也挑一担，从四面八方赶往集市。太阳日上头杆，街上人山人海，摩肩接踵，满是吆喝叫卖声。小孩子赶集，总爱买个烫手的玉米棒。青菜、干菜、猪肉、鲶鱼、黄豆、花生、芝麻……都在一杆老秤中达成贸易。日落西斜时，农、商销售喧闹声渐次退去。西洞郑通汉有打油诗为证：

松椏去交流，进街不自由。
肉是冇吃到，挤出一身油。

年节的日子里，街头巷尾，烫粉皮、打豆腐、煎米糖、磨米粉、尒薯片、做菜条、炒花生、熏腊肉……男男女女紧锣密鼓地筹备张罗。杀年猪，你一句猪薯吃得少，膘不肥；我一言猪崽捉得迟，米果大也过个年。当年猪开膛破肚分边时，趁肉未冷神经微跳的新鲜，割下几斤，切成大块，放入滚烫的大锅里焖煮，来人就敬上一碗，遂成大锅肉接客风俗。写春联，放爆竹，驱赶猛兽“年”；贴窗花，挂灯笼，户户都把节日喜庆添；搞卫生，洁厨具，窗明几净风俗传；教小孩，莫乱言，幸福兆头第一天。左邻居，右街房，登门串访拜新年；你有来，我有往，轮饭都吃八大碗；芝麻茶，谷烧酒，子孝妻贤把话言。

元宵节，玩龙灯、舞狮子、六盘花、划旱船、猜灯谜，灯月交辉，游人如织。时人有一首诗单道此景：

花萼楼前雨露新，石门街里太平人。
龙衔火树千灯焰，鸡踏莲花万岁春。

吃了元宵茶，各人寻生涯；喝了元宵酒，各人寻生路。务农的，扶犁打耙在希望的田野上；经商的，理财整店疏通货源迎接财源滚滚；小作坊，清零添新扩大再生产；手工匠，添置工具预订原材料，期望生意兴隆。孩子们放学后，看书、做作业，或嬉笑打闹玩游戏；家庭主妇做针线活三五成群，聊起家长里短；伢婆端坐在小板凳上，手摇摇窝，哼着“哦呀哦，我个崽是要偷牛哟……”的催眠曲，一脸幸福地看着伢崽酣甜入睡；花色各样的看家狗，追逐打闹；成群的鸡鸭鹅，聚团结队嬉戏。

老街是南北向，街中日照时间短。每到夏季，炎热干燥，家家户户在门前的青石板街面上泼上凉水，然后把竹床、竹躺椅支在门口街边上，晚饭多数时候也就在街面上吃。那时候物资贫乏，粗菜淡饭，贫富差距不大，大人有时候也端着饭碗挨家走着，边吃边聊，要是谁家晚上烧了什么好菜，一条街都知道。晚饭以后，全家人在街上乘凉，享受着弄堂吹来的晚风，清风徐来，夜不闭户。

街后墩下、横街、围塘的村妇，春剥竹笋、夏晒菜干、秋腌菊花、冬拣茶籽，既有单打独干，也有邻里互助。辣椒干、豆角干、茄子干、萝卜干、薯丝干，装存备用，有菜半年粮。剥笋崽、捏菊花、拣茶籽，一呼而来，围圈而坐。主人沏上芝麻菊花茶一杯，你一言我一语，在谈笑风生中，一堆繁杂之事完成。

夜幕降临，鸟恋山林，人归宿。掌灯时分，满街各色洋油灯、灯芯灯、瓶装灯、罩子灯、马灯、汽灯相继点亮，偶有一束手电筒直射的光线，左右前后摇晃。街边门口石上，零散坐着些人，有的嘴上叼着竹根制作的烟筒兜，吸的是自制的旱烟，见人点头打招呼，你有闲出来戏下吧。串门的，双方都热情地打招呼，进来坐坐，端茶递烟，地里手头功夫做得差不多了吧，青苗长势如何，相互寒暄。几声狗吠，主人喝住，告之来客，狗不咬人的，没事。店铺零售三三两两，漫步聊天，闲庭信步，不时有山歌：

> 我姐住在对门崖，三日冇见姐出来，前门冇见姐挑水，后门冇见姐撸柴……

亦不时有茶腔琴韵，悦耳悠扬：“叫一声我的儿前堂打定，细听我严父说分明……”

红白喜事，自有乡俗。白喜事，葬之以礼，入土为安，有穿衣、洗脸、坐堂、小殓、含物、大殓、出殡、黄金落窖环节。孝派按辈分分尺寸披麻戴孝抹鞋，虔诚祭拜治丧。礼房掌事，请客、接客、杂务、锣鼓队、游像、下厨、八仙，街坊邻里帮忙；地理、道士、吹生相请为艺。筵席除目鱼、海带、海鸟牌或欢腾牌香烟是商品外，其余皆为土菜。红喜事，有嫁娶之分，隆重热闹。娶亲有说媒、察舍、见面礼、订婚、送节、交聘礼、择日、启媒、起桥、拦车马、接亲、背新娘、揭头盖、拜天地、安席、闹洞房、唱茶戏、送上亲、回门，明媒正娶；出嫁则取其中部分增加哭嫁程序操办。红白喜事，街坊邻里，开门摆桌，助办筵席场地的不足。睦邻友好，民风淳朴。

老街是稻米、棉麻、土特产货物集散地。纺织、茶坊、酒肆、书场、砚庄、银铺、篾铺、客馆、糕点、药店、民居、绣楼相邻相间，鳞次栉比，古趣盎然，更有明清戏楼古建镶嵌点缀，各具特色。价廉物美，童叟无欺。一方市场，百业兴旺，人声鼎沸，车水马龙，一派繁荣景象。

抗战期间，九江行署、武宁县府、武宁简师、协和中学，各机关团体分别麇聚石门楼。这里是九江地区政治、经济、文化中心，抗战的大后方，热闹、繁华，时称“小上海”。

我的脑海里，一次次呈现出当年老街社会和谐的场面：熙熙攘攘的街面上，做买卖的，喝酒吃菜的，闲来逛街的，坐轿的，骑马的，挑担的……这就是我们的祖先，他们曾经以老街为坐标，书写着石门楼古街古巷的辉煌，留下的，是一个个亘古不老的故事。

历史的车轮转到今天，老街已面目全非。上、下街头是高楼民宅，中街留有寥寥古建，街面重整，大部分古街古巷早已淹没在现代文明的滚滚红尘中。只有中段老街，部分筒子屋舍，依旧像个村姑，低眉落俗但楚楚动人，顽强地向世人述说她曾经的辉煌。

芸芸众生，升斗小民。在这个孤独的世界里，人世间多少沉浮悲欢，离合聚散，终究要散去。唯独眼前这条老街，始终是我心中难以割舍的乡愁，停泊在心灵深处。

在石门楼　　邓京丽摄

枣源的前世今生

陈绪付

一

枣源，一个名不见经传的弹丸之地，她以娇小的身躯依偎在幕阜山脉中段山阴下。登高俯瞰，枣源极像一弯上弦初月镶嵌在吴楚之间的群山怀抱中，多个自然村庄，宛若棋子般散落，依山而建，围畈而居。南有牛岭横亘，北有马鞍巍峨。距离316国道二十五华里，与湖北七个自然村毗邻接壤，唯一出口通往湖北，一脚跨两省，左右不同乡。走出山门便是阳新县洋港镇桂源村地盘，山脉水系属于桂化河的发源地，一条弯弯曲曲的小河从村中穿过，一路向北，流经富水，汇入长江。

自明成化年间，几大姓氏先祖，觅得此藏风聚气、钟灵毓秀之地，依次进山开疆拓土，安居乐业。历经五百余年的日升月落，人事变迁，现已良畴美拓，高宇连甍。除去高山峡谷，险滩急流，在这块不足六平方公里的土地上，曾繁衍生息着吴、邓、张、柯、余、聂、冷、刘、周、陈氏十大家族，千余人口。众姓同居，人烟稠密，世代通婚，非亲即故。人们一度过着竹篱茅舍，瓜果飘香，男耕女织，鸡犬相闻的悠然自得生活。

人居吴楚间，行政版图分两省；
路通枣桂地，人情风俗同一源。

一联道破此间事。从明朝以来，这里一直隶属江西行政管辖，纳入武宁县升仁乡十八都编制。只有在第二次国内革命战争时期划归龙燕苏维埃代管。其语言、口音、生活习惯、风俗人情与阳新洋港、龙港几近相同，出行购物，生意买卖，民事活动，往返于龙、洋之间。去泉口镇方向办事走亲，习惯于说过山背，去江西，仿佛把自己置身于湖北人之列。

二

最早这里地名不叫枣源，而叫磉源，在老族谱和年代久远的墓碑上均有记载，至今还有些人沿袭下来，保留这种叫法。

据说在光绪年间，有位叫陈观远的儒生，在其主政地方事务时，总觉得“磉”字过于拗口，音律不美，而且不符合这里的山川特色、四时风物，又逢那时读书人少，为官者无，于是他整天琢磨，寻思着是不是与这地名有关。“礤”乃石头也，粗劣冥顽，不具备灵性生发，久居会影响人的思维发育和格局壮大，而“枣”属于落叶乔木，春华秋实，花可酿蜜，果可制药，营养丰富，口味鲜美，还是筵席上的一道佳肴，又谐“早生贵子”之意，内取“牡丹花好空入目，枣花虽小结实成”的深刻含义，遂改礤为枣。

说来也巧，易名之后，送读、求学者争先恐后，热情高涨。从此家家书声四起，村村文风蔚然，还真教化出了一些懂经史子集，立地成道之人。但他们与世无争，不求功名显达，只图现世安稳，过着隐者、处士的遁世生活。

枣源历史上有三次大移民。

第一次是在明末清初张献忠屠城的时候，为了填补人口，实行湖广填四川，下陈西头移去了一部分人。为了不忘祖不弃根，他们带去了族谱，谱头上对老屋有所描述，村口三棵驼背树，屋内四口石磊缸。世事沧桑，风雨无情，由于洪水冲刷，没有采取保护措施，三棵树只剩了一棵树，站在村口，一年四季，沐风栉雨，守望着村民们的出入平安。四口水缸也由于旧居改造，不见了踪影。

第二次是东坑陈继涛公，咸丰年间移民到新建县（现为新建区）湾里梅岭鱼子背，距今一百八十余年，历经七代，繁衍后代三百余口。

第三次移民就是二十世纪八十年代后，分别是阳新、瑞昌、永修、安义、武宁县周边，合计人口五百多人。

三

这里自古盛产煤炭，素有“煤乡”之称。

明朝入山以来就有开掘痕迹，后来发展为大片开采，几乎山山有井口，人人做垅头。井口分布在各个大小山头，高峰时期，统计起来有六十多处煤窑，枣源的成年人基本上都会挖煤掘井，一生从事开采工作。

早期，周边乡镇还没发现有煤炭资源，枣源储藏丰富，煤质优良，覆盖浅薄，开采容易。由于多方求供，枣源成了百年煤炭开采基地，向周边龙港、洋港、肇陈、乐园、洪一、泉口、大洞等地源源不断地供应着原煤，或焚烧石灰，或火制砖块，或冶炼农具，或锻造兵器……外地来枣源挖煤的、挑煤的、买煤的，常年络绎不绝。以前全靠人力肩挑手推，只见路上黑压压的一片，路是黑的，衣是黑的，工具是黑的，人是黑的，甚至连用来交易的钱也是黑的。人们一贯以来都保持着勤劳俭朴、善良厚道的优良传统，待人诚信，买卖公平，“黑炭是黄金，黑脸不黑心”就是枣源人民的真实写照。

直到后来山里与外面修通了一条简易公路，汽车可以直接开进煤场实行吨量运输，远销武汉、长沙、南昌等大中城市时才结束了这种土法搬运方式。没有实行关产压井政策以前，煤炭开采一度解决了剩余劳动力，繁荣了地方经济。

枣源的挖煤史上有这样一个故事流传。很早以前，在刘家有个叫洞内的煤窑里，由于储藏量多，工作面大，同时可以容纳几十号人开采作业。他们自然高兴，但疏忽了安全，有一天在开采的过程中，山体煤层突然坍塌，造成垅下工人无一幸免，全部葬身煤海。当时都是土法挖掘，不像现在有各种挖掘机械，一旦发生这么大的事故，是无法施救的，尸体也只能在原地天葬了，后人把此处称为“十八人塘”。

四

枣源不仅盛产煤炭，还盛产诗联、山歌、茶灯戏，是一个门头写联、石头刻诗、山头嗨歌、田头唱戏的古老乡村。这里一直流行这样两句民谣：

开山养水，不如井下挖煤；
耕田种地，不如台上演戏。

这证明煤炭事业给人民带来经济收入，丰富了物质生活；演戏文化给人们带来了休闲娱乐，提高了精神境界。古朴的乡村处处闪耀着文字的光芒，过年时节，家家户户都贴满了喜庆、吉祥的对联；追思先祖，缅怀亲人，石碑上都刻满了死者生平的哀歌赞诗；谷雨芒种，除草采摘，山头上山歌对唱，此起彼伏；下田插秧，田头敲鼓，地尾喝彩，村头村尾到处呈现出一派海晏河清、歌舞升平的诗意田园景象。

话说咸丰年间，上陈出了一户书香人家。陈彦遂，字如欲，号达人，前后生下两子，大的陈鸿聪，字闻远，号笛楼；小的陈鸿敏，字观远，号鄂楼。兄弟二人自幼天赋聪颖，修文习武。兄弟俩致力于地方教学，办私塾，设经馆，广收门生，倾其家囊，树德乡梓，播艺民间。方圆百里，桃李尽出公门，鱼龙皆归学海。他为地方自治、社会育才做出很大的贡献，以联言志，状物抒怀。其屋门头上有这样一副对联：

闻风送墨满源醉；
观月吟诗两楼香。

横匾上写着“两楼风月”。联语清新，旨深意远，真不愧是闻观俱远，风月无边，满源染墨，两楼书香。

还有一位姓周的兰室先生，是一个饱读诗书、擅写对联的大师，于锭子垄营茅屋一间，名爰吾庐。兰室先生平生以写字、教书为业，曾授馆于大洞罗湾，那也是一个人文鼎盛的地方。由于兰室先生学业专攻，育人得法，其所教的学生不乏秀才、举人。唯独自己一生寒窗，屡试不第，落得一身白衣。

有一年，天灾人祸，流年不利，疫情传播，庄稼歉收，为了祈福四方神圣，天上诸仙，保佑一方风调雨顺，人寿年丰，经周姓族人商量，在其祠堂边上修建一座灯塔，也叫天灯，以便善男信女供奉香火油灯。落成后，族长邀请先生为其撰写一副对联，并要以天灯冠顶，先生酝酿再三，觉得自我满意后，有一天喊来学生帮助扶梯端砚，自己挥毫泼墨，只见赫然写上：

天象一番新，助月生方，瞻视高张凭晦气；
灯花重结彩，因风起舞，等闲着落引清晖。

此联一出，灯因联亮，联因灯名，交相辉映，相得益彰。一时文人雅士，趋之若鹜，争睹为快。有次京城游馆先生游学至此，发现此联，陡生敬意，连忙下马，点头夸道：

一进龙港乌乌黑，
到了枣源才见月。

五

枣源有两处风水宝地，一处来自马鞍山，蜿蜒起伏，气势非凡，峰峰耸秀，岭岭圆丰，最后落脉结穴上陈屋后面。由于龙脉旺盛，地气充足，此地长出一球，浑圆丰满，人们把它叫青墩嘴。后来地方人习惯叫它和公包，旁边有一山岩，状似狮子，所以叫狮子岩。

还有一处在下陈水口关栏之地，长相温柔，体态轻盈，山顶出壳，山尾裸肉，形体极像螺蛳，当地人一直把它叫下磨山。据说这原本是一座茶叶山，陈姓仕和公嫁女时做了嫁妆，陪同女儿一起送给了湖北洋港镇下磨村柯姓女婿。

民间风水大师李大眼寻龙问脉路过这里，认为这两处风水不错，假如有人葬得此地，后代定出贵人。呼形喝像，前者叫狮子滚球，后者叫螺蛳吐肉。基于当时风水大师李大眼先生的名气和能量，柯姓把一太公死后远葬于此，借此迎合风水师的吉言，盼望族人崭露头角，非富即贵。陈姓族人则把祖妣太婆刘氏埋葬在狮子滚球的青墩嘴上，并请南昌进贤县举子罗廷佩先生撰写墓志铭，墓志铭内容如下：

孺人之生，赋性温纯，育于钜姓，出配名门；
孺人之德，无歹无侧，和乐且康，闺门表则；
孺人之行，勤俭淑慎，产业盈余，何骄何吝；
孺人之福，夫良子穀，麟趾螽斯，绳绳相续；
孺人之终，宝婺隐空，比邻闾里，哀戚冲冲；
孺人之葬，秉生气旺，子子孙孙，高山景仰。

这两处风水宝地，还真应了风水大师李大眼的预言，狮子滚球将军地，螺蛳吐肉学士门。若干年后，狮子滚球的风水龙脉诞生了一位抗日民族英雄，他原名陈又新，字醒盘，号新三，官名陈汤铭，字守严，枣源上陈人。陈汤铭阳新中学毕业，黄埔军校六期步科毕业，曾充排连队长，营副少校，科营长，中校副团长，历任国军十八军一九九师五九六团上校团长，抗日胜利后，任职于华中军政长官公署二处少将副处长兼情报科长。抗战时期，他参加过长沙、武汉、枣宜、石牌等大型会战，在作战中立过军功，获军政部颁发的荣誉勋章。

说过狮子滚球，我再来说说螺蛳吐肉。由于螺蛳柔弱，属于阴性，气势稍逊，不过还是具有灵性。这里出了一位学士，姓柯号隆吉，武宁枣源陈姓外孙，阳新洋港下磨村人，当过武宁县令，灵活多变，机智过人。民间流传着他智断两牛相争的故事。

一天，县令赴武宁上班，从老家洋港翻过月山，路至横路清溪时，遇上一群乡民在田畈上围着一头死牛互不相让，大吵大闹，甚至还夹杂着妇道人家哭泣的声音。县令带着衙役上前问个明白，他们一看模样，好像是官府里的人，就诉说了缘由。原来是两头牛在相遇的过程中发生斗角事件，一强一弱，弱的退避不及，不幸失足，从高空中掉下去摔死了，死牛的一方要求对方赔偿，对方又不愿，说不是人为所致，所以你一言我一语，吵得不可开交。县令最后亮出了身份，解释劝和片刻后断言：

两牛相斗角对角，双方辩理各护各。
如若断案分对错，世人都会笑煞我。
六畜临终还惜命，村民更加要和合。
生牛往后商量使，死牛今日共同剥。

最后两家在县令的幽默、诙谐有趣的打油诗中和平解决，言归于好，成为要好的共牛伙伴。

从碑文中不仅可以发现文字的美，还可以发现地方的历史文献。枣源聂家后面有座山垄叫金鸡笼，山上有座陈姓继溱公石碑，坐西朝东，竟然撰刻着朝廷命官陈氏秋门光亨老先生的亲笔墓志铭。陈光亨，字衡书，号秋门，湖北阳新大德溙方人，是道光六年丙戌科进士，为钦点翰林院庶吉士，任武英殿协修道纂修官，累官山东、贵州道御使等职，任过咸丰帝老师。墓碑的两边竖柱是一副对联：

生平模范，克勤克俭；
死后遗言，唯读唯耕。

墓志云：

山高水长，郁郁苍苍。
既安且固，世世其昌。

六

在浩瀚的历史长河中，枣源也经历过风雨飘摇、日月如晦的漫长时光。

抗战爆发后，1938 年 8 月，九江、德安、瑞昌、武宁相继沦陷。1938 年 10 月，瑞昌、九江、德安三县政府流亡到枣源。

这里大山环抱，群峰围合，重重屏障，层层关栏，是一个一夫当关、万夫莫开的天然要塞堡垒。那时候，枣源没遭到任何破坏，古木森森，雾霭浓浓，林深叶茂，遮天蔽日。没有人知道大山深处到底隐藏了多少兵力，埋伏了多少机关。日本部队派兵侦探过地理形势，不敢轻举妄动、贸然进犯。

三个县政府，一个司令部，四十八道机关，一个月之间在枣源安营扎寨，屯兵布防。瑞昌县驻扎在上陈，由黄石生县长主持政务；九江县驻扎在余家，由周县长主持政务；德安县驻扎在冷家，由朱县长主持政务；司令部驻扎在陈家祠堂，由康司令担纲统帅。其他的像银行在聂家，由田行长掌柜；医院在下陈，由金院长负责；警卫连在周家祠堂，由胡大队长带领；监狱在上陈，由朱监狱长把守。还有设立在刘家的电台、情报室，周家洋屋的瑞昌中学，东坑的邮政所，等等。为了支持国军抗日，枣源人民深明大义，责无旁贷，纷纷移房换居，捐款献物，自己节衣缩食建草房，住茅舍，站岗放哨，通风报信。

枣源虽然没有遭到日寇铁蹄的蹂躏践踏,保持了最后一片净土,但见证了一段屈辱的历史。这些地方党政军机构,一直坚守到1945年8月抗日胜利,才全部撤出枣源。

七

因为枣源处于特殊的地理位置,大山深处,交通不便,信息闭塞,很难跟上主流,一直处于落后的状态。那时吃米用舂,食油用榨,照明用竹,穿鞋用纳……还是生活在相对比较原始的状态里。

土改时期,枣源属于横路区月坪公社,土改完成后,月坪与路口合并,称路口公社。那时镇叫人民公社,村叫大队,小组叫小队。

那时枣源是大队,大队部设在余家。可能是因为集中的原因,小学设在聂家,国营(卖货的地方)也设在聂家。小队划分情况是:下坑为一队,下陈为二队,聂家为三队,上陈、东坑合为四队,刘家、余家合为五队,周家、冷家分为六队、七队。

大集体时期,山里孩子读书上学非常不易,无论是到月坪中学还是到金水中学都要翻山越岭,有时遇上打雷下雨,降霜下雪,就会经常缺课,一度失学、辍学的比较多。

上面经常派包队干部下来,枣源那九山半水半分田就从来没有争过气,不是歉收就是颗粒无收,因为不是冷水田就是天管田。当年县长王文明来过枣源了解情况,考察民情。与群众同吃同睡,同工同酬,下田地,上高山,平易近人,和蔼可亲,称得上是草鞋书记,布衣县官,枣源人至今还对他念念不忘。但是情况怎么样呢,当时有顺口溜:

一进枣源门,真是急死人。
田中缺肥料,地上无大粪。
走路要半天,做事集体混。
年底决算时,工分值几文。

这就是当时农村大集体时的普遍现象,出勤不出力,每天不休息,一起好作俏,餐餐饿肚皮。

八

那时国营进货要从路口那边靠人力一筐筐挑进来,送公粮要用扁担一挑挑送到杨岭仓库，费时费力，劳心劳肺。这里的人们肩挑背驮一直走在那条古人长年累月踩出来的羊肠小道上，一走不是几十载，一辈子，而是十几代人！

1978 年，陈世清向公社书记莫才湘建议到枣源黄连龙开采煤矿，同时一并把公路修通，莫书记赞同，决定委派陈世清为前线指挥，调动公社劳力，全员上阵，开启了一支修路大军，日夜奋战在崇山峻岭中。经过前后三次，历时五年，楼下红旗煤矿至枣源周家路段在 1983 年全线开通，1985 年正式通车。

1996—1998 年间，江西枣源村与湖北桂源村协商，筹资筹劳，在村民周平勇等人的带头组织下，修通了枣桂公路。

2005 年枣源撤并到楼下村。

这方尚有古文化遗存的村庄，近年来已经实现了“三化、两通、一建”工程，公路硬化，山川绿化，夜晚亮化，家家通水，户户通讯，处处都在建新村。

藏在深山无人识，马鞍古洞有诗云：

幽谷深林藏古洞，云山雾海留仙踪。
石奇水怪千形外，冬暖夏凉四季中。
眼后眼前无数景，洞南洞北两方通。
谁人觅得长生地，便与桃花源记同。

在这个有山有水，有谷有洞，有木有石，有花有草，有云有雾，有诗有联，有歌有戏的古老村庄，谁将是这亿年古洞的神仙洞主呢？

日久时长，如约而至。子清告诉我一个好消息，夏至期间，江南风雅颂团队应邀到枣源采风，实乃枣源之幸。为了让更多的人了解家乡历史文化，嘱托我写一篇文章，来揭开那世外桃源般的神秘面纱，一睹她的前世今生。

方家塘

韩峰

每个人都有一个故乡，有些人再也不会回到故乡，而我终究是要回到方家塘的。

塘于我，是刻在身上的胎记！生在方家塘，长在方家塘，我生长的地方有十口塘，塘总会给予我希望。姝驰舀一瓢塘水，能浇绿一片菜园；阿爸引一渠塘水，能染黄一片稻子；我望一眼塘水，心就不怕饥荒。

家乡地处群山怀抱的幕阜山区，没有江河，没有大海，那一方方塘水就是我的湖泊，乡情是舟，乡音是帆，我还要回去扬帆泛舟，用不离不弃的爱，打捞童年。

如果故乡也像人一样有生命周期，那父辈的中年就是故乡的中年。我的童年就是在他们的中年时期度过的。童年可以无忧无虑什么也不想，但中年人必须精力旺盛生机勃勃，才能撑起一方天宇。

记得童年时，家乡的田头地间满是辛勤劳作的身影。春种秋收夏"双抢"，人们会不约而同地早出晚归。父辈们只有没日没夜不停地劳作，才能基本解决一家人的温饱。母亲给我讲过一个故事，甲问乙在地主丙家劳作的伙食怎样？乙说，一日两头星，中间喝塘水。甲说，不错嘛，一日有两顿肉吃(腥与星同音)，还有糖水过昼！乙说，哪有这么美，"两头星"是指天上还有星星就出工了，到了晚上繁星满天才收工，中间渴了只能喝塘水。虽然这只是个笑话，但"一日两头星"是父辈们劳作的真实写照。

那时，我们这帮孩子们也不会闲着。每天上学前要去放牛，放学后，女孩子三五成群结伴去打猪草，男孩子就组团去捡引火柴。说是去捡柴，其实是结伴到山上去觅食和疯玩。山上每个季节都有每个季节的野果。牛奶范、山楂、糖盎(金樱子)、山茶范……是我们的最爱。在那个物资匮乏的年代，这些山野果甜润过我们整个童年。人多热闹大，大伙结伴出去，最主要目的是到山上去捉迷藏、做游戏。玩得最多的是敌我分组"打仗"，猋生率一对，水生率一对，轮番扮演红军、白军。山上有我们七手八脚挖的战壕、编的草帽，标好的几号几号阵地，俨然一上甘岭战役的模样。今天红军攻白军守，明天白军攻红军守，大家也不计较输赢，反正就是图个乐。当然天黑前也会草草地去捡几根干冬毛回家交差。

自从兴起打工后，这里的青壮年就陆陆续续出去了。人走楼空，屋场里往日的景气，一夜间就像泄了气的皮球，死气沉沉的。出去的人，有的人一年也就过年回来一次，有的人几年也不回来一次。回来的人过完年，初六后又差不多走光了。现在我都不太敢回去,每次回去心里都会隐隐作痛。虽然这几年新农村建设让村容村貌有了变化,家家户户都盖起了新洋房,赤瓦素墙煞是好看,但平日里十户就有八户的大门是紧闭的。每当看到这一幕,我就会莫名地心慌,一种孤独感油然而生,仿佛置身于一片毫无人烟的孤岛,举目不见一个故人。幸好还有几声鸡鸣与犬吠,一下把我拉回到现实,没错,那个佝偻着的身影,正是上韩细婆拄着拐杖踱着碎步从灶间出来,她要把中午的宴饭菜从地里采摘回来。她移动的步伐比月光抚摸大地还轻柔。儿子出去二十多年,没回来陪老母亲团圆过一个中秋,只有过年时才回来过几次,但往往是望穿的秋水还没愈合,又被两行老泪撕开;短暂的欢聚还没在娘亲的手心捂热,又被启程的汽笛撕得粉碎。一个人的思念过于饱满,就会比大海还辽阔。听母亲说,上韩细婆,一年中总要自言自语大发几次脾气。我问为什么,母亲说没人晓得。我想,当一个人的皱纹里刻进了一生的唠叨,集中爆发出来时肯定比海浪还汹涌。我曾经写下过这样的诗句:

欢聚总是姗姗来迟
离伤却猝不及防
如果可以,请不要
轻易撕开她们的经年旧伤
七八天的欢笑团聚
却要增添她们三百六十天的
孤苦与凄惶

很佩服我的父辈们,原先上百青壮劳力干的活,如今沦落到就靠他们七八位老人打理。虽然他们都年迈了,最年长的家山同爷将近八十岁了,但总有一股什么力量支撑着他们苦苦坚守。中秋节前五天,下去辽里村体检路过家门口,远远就看见我的老父母在田里收割晚禾,那种靠禾镰纯手工收割是很耗体力的,以前“双抢”时我干过,先要用禾镰把满田的水稻一株株割断,然后一扎扎放入脚踩的打谷机里脱粒,最后要用谷箩挑回到家的地坪里晒。每每一天干下来,人都会累得疲惫不堪,尤其是腰酸得不行。我记得有这么一个笑话:有一个小孩在田里弯腰割禾,没割几下就想偷懒,就对他爸说:“割不得,腰要胀死个人。”他爸说:“你伢崽人又没腰的,哪来的腰酸背胀,赶快割,莫偷懒。”小孩无奈,便又继续弯下腰割禾,割着割着脑瓜一灵光便心生一计,直起腰来把禾镰别在裤腰上,对他爸说:“爸爸,我的禾镰不见了。”他爸抬头一看:“你个小样,禾镰不别在你腰上吗?”“哎,您刚才不说我伢崽人没腰吗?”小孩哈哈大笑说。

那天我路过时，只见母亲深一脚浅一脚地在田里，抱着已割断的稻秆送给在吃力地蹬踩打谷机的父亲脱粒。那场景像极了两位年迈的机枪手在死守阵地，没有接到上级命令，一直不撤退。后来我才得知，那几天母亲的膝关节劳损的老毛病又犯了，从家里走到田里她还是撑着棍去的，让我心酸不已。我曾经问过元忠叔，现在您儿子在外混得相当不错了，为什么还要玩命似的耕田种地？他先是说田地荒了可惜，转而又说："我不做，过年时他们回来吃啥？"我知道他说的吃啥并不真的是指没啥吃。改革开放几十年，全国温饱问题早已基本解决。我懂他真正的意思是：只要家中一亩三分地不荒，家中那缕炊烟不倒，外出的游子就有回家的方向。

这就是我的父辈，尽管苦，尽管累，但一直不放弃，病了也不和儿女说，就默默地独自承受。他们总是以一种特有的坚毅的品质，为儿女撑起一片天。外面的世界早已乱花迷人，唯有他们依然咬定青山不放松，他们十分清楚坚守是为了什么。他们与土地打了一辈子交道，心中除了儿女，最放不下的就是土地。父亲曾对我说过，一个农民让田地荒着就是最大的犯罪！现在我时常担心，父辈终有干不动的那一天，终究会老去，当他们都撒手人寰了，农村会不会也跟着老去？真不想看到家乡终有一天会变成"春城草木深"的样子！

这些年我一直没到远方去赚所谓的"大块钱"，宁愿守在小镇上干着一份饿不死的工作，就是不想把宝贝儿子沦为留守儿童，也方便经常回家看看二老双亲。人越老越怕孤独，我不想我的父母在孤独中一天天老去，也不忍心看到上韩细婆、家山同爷、学荣叔、唐秀婶……因儿女长年不在身边孤独无助的眼神。这个中秋节，我要陪他们看场电影，这是我几个月前就有的想法。

我知道老祖宗流传给我们一个中秋节，是给每一家子作团圆用的。这天，月饼是圆的，月亮是圆的，一家人团聚的欢笑是圆的。只是今年这个中秋节依然有很多家不能团圆；只是今年中秋夜没有见到月亮，也许是月亮见到人间有残缺，无颜以"圆"示人，只好躲起来了吧？中秋夜回到家，我把乡亲们召集在一起，给他们放了一场露天电影。电影放的是刘青云主演的《危城》。如果把现在的老家看作是一座城，不知算不算得上是另一种意义上的一座"危城"？将近两百人的村落，在家被召集来看电影的二十位不到，且全是些老弱妇孺。家家团圆，对于这个养育了我的小山村来说，已然是很难了。放眼天下的农村，又何尝不比比皆是呢？《危城》中的杨克难，是侠之大者，可以救城救民。而我做不了侠者，只能做些象征性的事，召集大家在一起看场电影团个圆，是象征性的，毕竟每个家的团圆我代替不了；给每位前来观看电影的乡亲发块月饼一瓶奶，是象征性的，有些孝道，更不是我可以尽的。我只是想陪着他们把这个中秋过得更像节日些，带给他们一点快乐，哪怕一点点。只要他们是快乐的，我的故乡就是快乐的。只要还有一个人在这里坚守，我的故乡就不会真正老去。

疼痛的村庄

叶征球

写了很多年文字，虚构过那么多地方，但我从来没有真正写过我自幼生长的村庄。

都说近乡情怯，而着手写故乡，心里也同样有几分怯意的，不敢贸然落笔。

一位作家说过："童年是我们时间里的故乡，故乡是我们地理上的童年。"当一个人的童年，没有颠沛流离，完全在故乡度过，两者合而为一时，他是幸福的！

哪怕故乡是如此贫瘠，童年是那么坎坷，但其中无尽的简单与快乐，却是永远的，足以温暖我们一生。

祖母晚年时，经常讲述自己的身世。她是一个童养媳，八个月大就被领养了。祖母有两个儿子，先后都夭折了。

看着祖母泪眼婆娑，年幼的我开始意识到死亡的恐惧。

父亲是从河对面一个村庄过继来的，给祖母当儿子续香火。那年月，农村里人丁不旺，这种移花接木的事，常有的。

总是觉得，一个人与某片地域，或者某个村庄之间的渊源，是注定了的宿命，无法更改。

于是，我的人生起点，就铆在了这个名叫"葫芦坪"的小村里。

关于村名，另外还有一种散发着墨香的文气叫法：鹤楼坪。相传古时，仙鹤排空而过，途经时，曾栖息于此，遂得名。

但我私下里，还是喜欢"葫芦坪"，虽然土气，却像旧时炉罐里煮的红薯饭一样，有熨帖实在的人间烟火味。

村里人，祖祖辈辈都是朴实无华的农民，面朝黄土背朝天地活着。关于村庄的掌故记忆，是断代缺失的。村名的前世今生，便无从考究了，如同一个没有族谱的姓氏。

许多年来，这两个孪生叫法，就像是村子的乳名和学名，相得益彰。

村庄是一个国度的细胞，然而，就是这些最小的细胞核里面，蕴藏着我们的生命密码和绵延基因。

书上说："埋葬了血亲的地方，就是故乡。"自古以来，能够叶落归根、魂归故里，是终极的福祉。

在稀稀落落的屋舍空隙中，有一些旧坟。世间的生与死，就这样完美地融合在一起，那么和谐宁静。

记得孩提时，每次路过坟地，总是胆战心惊。经过长久的风雨侵蚀，青石碑已斑驳不堪，字迹无可辨识，谁也不知道这些古墓里，埋葬着什么样的故事和人生。

再热闹，再辉煌，最后都要归于寂灭。

在苍茫的岁月面前，我们终究是可怜的，易逝如昙花，微渺似尘埃，任何的怨怼和争斗，都毫无意义。

我们从小耳濡目染，懂得乡村里的很多老规矩。比如不能用手指着月亮，否则晚上会被镰刀般的月亮割了耳朵；比如在田野上玩耍，憋不住了，朝着灌木丛撒尿时，嘴里要念念有词地求饶：大人切莫见小怪，崽俚出门不懂事。

回想起来，我不禁哑然失笑。这是善良的父母教导孩子们，对月亮和土地公公，对世间万物都要常怀敬畏之心！这是一种最朴素、最虔敬的信仰。

当下却变了，一切都变得没有秩序，没有敬畏。浮躁和狂妄，成了时代的胎记。

长年累月漂泊在外，每次还乡，我都睡得极其踏实。没有生意场上的交锋倾轧，没有酒店饭局的寒暄应酬，也没有纠缠不清的三角债务。

村庄的夜晚，黑得那么无边，静得如此彻底，我们仿佛回到了生命最初的温馨母体。

有几趟抵家，已是深夜了。

天上只有几粒瘦弱的星星，像是母亲，静静地站在寒夜里，等待我风尘仆仆地归来。

白天，我喜欢沿着熟悉得像掌纹一样的曲折村路，慢慢闲走，看缄默的田埂屋角，想远去的故人往事。

村子里，记忆中那些曾经风华正茂的人们，如今一个个白发苍苍皱纹满面，有的已然逝去，永不回来。

而年轻的我们，渐行渐远，在城市与乡村之间两难地彷徨。繁华、傲慢的都市，不会真正地完全接纳异乡人；而故乡，已经衰落得无力挽留自己的孩子。大家都陷于这样尴尬的境地里，进退维谷。

更小的儿童，则分流成两种。

一拨跟随着父母远走他乡，在别人的城市里，候鸟般不断迁徙。幼小的心灵，过早地感受着江湖的歧视与排挤。偶尔回家，乡音全无，也是相见不相识了。他们日后回忆起来，会觉得自己像草原上的游牧民族一样，逐水草而居，故乡永远在路上。

另外一群，就留在家里，与年迈的空巢老人一起，苦苦支撑着村庄那片失血苍白的荒芜天空。在那一扇扇紧闭的锈蚀大门背后，深藏着几代人撕裂般的痛楚与无奈。

于是，村庄慢慢地空了，像一具蝉蜕，寂寞地缩在大山深处。我们的心，也会变得空落落的，无所依托。

蝴蝶破蛹而出之后，振翅高飞，它不会回头看一眼那个瘪在角落里的空茧。我们长大了，四处奔波，但总有刻骨的乡愁，像一根看不见的脐带，千山万水牵系着，割舍不了。

我的恋乡情结非常浓重，尤其是人到中年以后，那份心情就如同陈年老酒，越发醇厚得化不开了。许多年来，反复聆听费翔《故乡的云》，他唱得那么深情入心，常常让我热泪盈眶。

于故乡而言，我们是归人，但更多时候却是匆匆的过客。

横亘在游子和村庄之间的，已不仅仅是山高水长。被都市浸润、濡染得太久了，会滋生巨大的文化落差和感情疏离，使我们站在魂牵梦绕的故土上，却感到无所适从。

这种深层次的忧伤与茫然，虽不忍面对，但它像镜面上的裂纹，再也无法愈合。想着，便有几分悲凉，犹如庄稼拔节一样，沉重地蔓延开来，让我难过。

大洞采诗　　邓京丽摄

走在烟火人家里

邹幽篁

初春，风雅颂群组织去石门楼。一路上从眼前掠过的是房子、山、树和田地。稻草茬齐刷刷地立在整片的稻田里，草木未出新芽。偶尔一两方早开的油菜花点缀着周边的秃枝枯草，悄悄地蔓延着春的消息，它唤醒了道路两旁的深山含笑，深山含笑大大咧咧地开着，并向四周发出春的喊叫，山的那边有了回声，便在山腰开出一树山樱来。

马路两边有人家在尽人事，一边的人家红喜，乔迁嫁女，门上的楹联红得触目；另一边的人家白喜，痛失亲友，乐队的哭唱哀得惊心。多么直接的世事更替，没有铺垫，没有伏笔，我们直接撞见了，没来得及慨叹，没来得及伤感，我们就径直从中间穿过去了，如同看到与穿过无数个类似这冬与春的交接。

这是我第一次到石门楼。作为一个吃货，此前我对石门楼的了解仅仅在于石门楼的花生同山背的豆结一样有名。虽然这次我并没有吃到花生，却是去除了石门楼在我印象中抽象的行政区划地域概念，变得清晰立体起来。

住在那座老屋里的老人，也种了一亩三分地的红衣花生。他是这老屋堂主的后代，却并不大认得堂主提在堂屋牌匾上的字，日出而作日落而息，每年的除夕元宵七月半时，都会到牌匾下的神龛前上一炷香，作三个揖，再放一响鞭炮，敬下天地，也敬敬祖先。同根同源的后辈们在婚庆嫁娶时到神龛前点烛上香，他站在旁边看热闹。

这屋子实在很老了，昔日热腾的日常烟火、声色言语，都写在灰白朽旧的木质墙板上，写进墙根石条上的薄绿青苔里，年复年，日复日，积成了无处不在的烟尘，散落在这屋子的每个角落。尘埃落定，浮沫散尽，声色偃息，太寂静了，历史的尽头，原来是地老天荒。

它还能够为一个老人遮风挡雨吗？老人也已经没有故事可以写在斑驳的墙面上了。每放完一响鞭炮，每看过一次热闹后，墙角那双沾满泥土的解放鞋就旧一点，天井磨刀石上的嚯嚯声就轻一点，老人和屋子就又老去了一些。

岁月也已经很老了，历史的地老天荒之外，又开了新的天地出来。因为底子厚，所以延续就有力道，古风遗韵一点点融到人们日常的言行坐卧里。

房屋是钢筋混凝土的，屋外的木柴堆砌成墙，晒场里的鸡随处散布，这是实打实的殷实人家。每家每户门口的春联色红如新，其中不乏饱蘸着墨水的笔尖留下的字迹，年节的忙碌之余闲诗赋对，自赋自书，情怀、心意、期望尽囊括在其中。看到字与对子都写得极好的，我便于惊叹里感到深深的自愧不如；遇到字写得不好的，也觉得没什么要紧，比那些从市面上买来贴上的烫金标准字体红联，就多出了许多的趣味来。

有一户人家，主人正值新婚第二日，门上的婚联替代了春联，“屈尊陋室薄筵亲朋酬厚意，鸡迎嘉星上座永日盼春霞”，横批“新婚燕尔”。每个字的每一横，都被一个刻意的小波浪拉长了一点，使得字体看上去短而宽，有经典繁篆的风格，但却是没有成形的简体，一笔一画皆有非常认真的生涩，好像在说，一定要把它写好来，可这已经是最好的了。客厅墙上“三生石上”的贺婚词与李清照“减字木兰花”的字体则随意些，时间的落款后有“补壁”二字，白纸黑字，在条幅的边沿加一圈红纸镶边，于字体的粗糙以外，生出来一种特别用心的雅致。

经过这户人家门前时，因有人与主人相熟，我们被主人请到家里吃茶点。糖果饼干、瓜子薯片、炒米鸡蛋装盘上桌。从主人手中接下白芝麻菊花茶，抓一把炒米放进去，我在石门楼的人家里，把武宁茶喝出了一种石门楼的味道。他家门前的青麻石条就是三生石吗？把茶杯搁在上面，茶色古香，这是一杯喜茶。

谢过别去，走在不远处回了下头，正好望见主人在举着手机拍我们，就像我们在他家里拿着手机拍那些茶点。

时值春节后不久，年节的热闹已经沉寂下来，村子里显得有些冷清。偶见小孩在门前的田埂旁玩耍，老人坐在门口晒太阳，妇人抱了婴孩站在路边看天看地看行人。有人端着饭碗往邻居家串门，边吃边走，边走边看，偶尔遇到一两人上前来打招呼：“今天吃的什么菜呀？”他便将碗轻轻往前一举，筷子轻敲碗边，看：“吃鱼哩。”

这里的躬耕传统拴不住年轻人想飞的愿望，年轻人大多数都出去了。有的春联的墨香还未散去，大门却紧闭着，门前没有鸡，也没有狗，只一树梅花在静静开放，这是新世界里的荒芜。

而神在人类信仰的世界里，一直都既安静又热闹地活着。太阳神殿里的炎帝神农氏，在石门楼已被供奉了几百年。在神尊坐前的香案上，香灰沉厚，烛光昏黄的焰火把旁边干结的烛泪映得殷红，求签的竹筒上，泛着被手无数次拿握抚触过的润滑光泽。太阳神司五谷，而现今我们只要到他跟前上炷香，便也可向他问婚姻求财运佑前程，从而卜上一签。宁可信其有，不可信其无，就像有的人家有人生病了，会在大门的顶端贴一道灵符，但同时也不会妨碍他一边继续求医问药。所以卜签与贴符灵不灵验，就又是信仰之外的另一回事了。

太阳神殿于我始终都有一种神秘感。

因为人们信，所以神殿里的香火不息。因为人们信，所以金头将军、果老挑石、乌龟驼印的传说至今流传。也只要人们信，于时间的荒野里，就会蹦出个创今（盘古）来，大刀阔斧一顿劈，劈出一个齐崭有生机的石门楼。太阳神还司五谷，成为千年后另一个不灭的传说，那便是“四季分明，五谷丰登；春夏秋冬，和睦怡然”。

访梅林

翁还童

一

庚子大寒，应邀访梅林。其地在庐山西海北岸，钟鼎山下。驱车过甫田，由烟港进山村，一路大雾弥漫，似乎去探未知世界，给人遐思。进入村庄，豁然天开，而山上云烟轻绕，田畈蓑草露珠晶莹，如入仙境。

村人砍开柴草淹没的古道，带我们一行沿剑水入山谷，一路蜿蜒，屋舍残败，门前女贞，不知人已去尽，犹自葳蕤。溪涧木桥腐朽，没有等来行人。石拱桥上，长满藤蔓。钻林爬坡，人语山空。抬头见一树江梅，独立路旁，嫩蕾满枝如星。其间一枝独放，仿佛是拼力一发，欢迎有缘之人。再向前行，大家走得都脱下棉衣，来到山间平旷处，一树古梅，见证这里的繁荣，曾经有过文武功名荣耀的李家屋场，如今还给山林。

同道张雷玉立梅树下，为众人朗读旧志所记：

> 梅产北乡，剑谷独盛，沿溪绕屋皆梅树，自十二月开花烂漫，至二月始罢。每当梅花盛放，林下一过，微风暗通幽香，袭人心魂，清妙时或花片飘空，如蝶飞舞，悠然坠落，如雪满村，远瞩近盼，晶莹可爱，真异境也。及芒种，梅实熟落，乡人拾取，烘熏为乌梅，以货。种植多者至万斤。……凡梅熟之候，贫者仰食，富者居奇，贾者络绎不绝，亦一乡大生理也。

当年情景，一时历历。这株古梅遇见过的人，仿佛就在面前。树下盘桓，众人相约，梅子黄熟之时，且来煮酒，谈论自然之道。

清人盛乐有剑谷杂咏，其一歌单道梅林，诗云：

> 柘梅几千株，花落何纷纷。
> 天香亦已靡，人世终不闻。

二

世间热闹是一时的，寂寞是永恒的。孤独的，又何止是那一枝梅？

寻梅归来，过梅林曹家。旧时之物，只有饮马槽，几株古树下有一排石砌的墙垣。村人出谱牒，说始祖为曹松。谱载曹公行状与史记大致相同，只是谱上说他任过豫章太守，应该是附会之辞。

曹松，唐代晚期诗人。其名篇《己亥岁二首》其一云：

泽国江山入战图，生民何计乐樵苏。
凭君莫话封侯事，一将功成万骨枯。

曹松，字梦征，安徽安庆市潜山市梅城镇人，早年曾避乱栖居洪都西山，依建州刺史李频，后流落江湖，无所遇合。光化四年（901）曹松七十一岁时中进士，同榜中王希羽、刘象、柯崇、郑希颜等皆年逾古稀，故时称“五老榜”，授校书郎，后任秘书省正字，终因风烛残年，不久谢世。其遗作有《曹梦征诗集》三卷，《全唐诗》录其诗一百四十首。

历史没有记载的是，曹松流落江湖栖居豫章梅林，娶周氏，生子三，开梅林曹氏之基。他处于一个动荡的年代，一生颠沛，脸上写满忧患，且走且停，且停且吟，为战乱中不幸的百姓、无辜的平民发出声音。其诗风格似贾岛，工于炼字，意境深幽。梅林是他的桃源，留下的诗集中，不知有写梅林的诗否？

三

钟鼎山下，淹没在岁月河流的，还有竹林馆。

梅林文风鼎盛，人才辈出，与历来重视教育有关。竹林馆为梅林人陈竹门创建，清代盛镜、盛谟、盛乐，史称“三盛”，有文名，都在竹林馆读书、教学，留下许多诗篇。古文字学家张望，有《古今医诗》传世，亦在此讲授论学。其《访竹林馆》一诗云：

一屋山深水更幽，万杆修竹簇红榴。
露香摩墨花阴几，云气封门汉旁楼。
濯濯道心酣午梦，丁丁棋子落寒秋。
天教高士将麃鹿，山北山南兴未休。

村人朱震，指点竹林深处，讲说当年杏坛景象。梅林人李道梁亦曾在此设馆。道梁与陈宝箴友善，为其课子，陈三立后成同光体诗派代表人物，有“中国最后一位传统诗人”之誉。李道梁殁后,陈三立为其树碑立传,佳话流传人间。

农耕时代,乡村是有人物的,有乡绅,甚至有硕儒,所以孔子说:“礼失求诸野。”曾经的书香梅林是怎样失去的?在城市文明和工业文明的进程中,我们应该有怎样的乡村?

四

佳山必有名泉,佳山名泉必出特产。梅林曾经盛产梅,还曾盛产佳酿佳茗。

黄婆洞水在钟鼎山旁,山溪有磊思潭、流月池等诸多胜迹。世传唐时,黄婆隐山中,炼丹、捣药,又酿泉为酒。旧志有记,泉清甘,饮之醺然欲醉。后人又以流月池水验人健康,浴后身润滑光鲜者必享康乐,现红疹者必有暗疾,十分神奇。

南方生嘉木,户户有茶香。旧志记,江南人嗜茶,成为一种生活方式,虽身居茅屋,亦有精茶雅趣。

中国的茶,如今在日本,发展成茶道;在神州,发展为茶艺。道是形上,艺是形下,境界不同,但都不及我乡下的茶歌、茶戏活泼有趣味。

可以肯定的是,茶的高度文明已经发生过了,幕阜、九岭满山满岭的古茶树可以作证,国家和省非物质文化遗产武宁打鼓歌、武宁采茶戏可以作证。清人叶期纬在梅林写的《玉清宫品茶歌》也可以见证,其歌曰:

天下何处茶山好,蒙顶岕岩俱是宝。
鹰爪雀舌蕴寒香,未若铁斧真神巧。
太平绝顶之精华,净人肺腑雪皎皎。
自然道人游其巅,日沐月浴颜少小。
呼童汲引石船流,文火细烹坐清晓。
蓬莱和风畅所怀,合室松声鼎上绕。
瓷杯霭霭碧云横,飘飘素香飞不了。
王乔丁威齐下车,遥指山茗是仙草。
安得满取注人间,大润群生长不老。

尊崇自然之道,传承古国文明,振兴乡村,有许多途径,关键要让人选择不同生活方式,创造丰富独特之文化。

五

天下钟灵毓秀之地必有道场，因为人的灵魂要有围墙。钟鼎山下的玉清宫，是一千多年前的道场，清人盛朝麟有一首《玉清宫》诗，道其清幽：

玄门最僻处，一径绕莓苔。
崖悬藤欲合，花落凫相猜。
曲涧凝云翳，深篱对月开。
诸仙尝集此，想为避秦来。

江山胜迹，让人在历史的面前思索。

人类因为没有降伏心中的魔鬼，所以多灾多难。道教多降魔除妖故事，其实隐喻的是人与自己的斗争。而画符打筶，安抚的亦是悸动的心。

玉清宫建于李唐，盛于有宋，屡废屡建，让人相信正气在人间。

此日，在宫中品茗，与道人谈玉清宫前世今生。道场故事多，印象最深的有二。

其一，太平山佑圣宫祀章哲，是肉身真人，天下道场鲜有。章真人父母婚后多年，无有子嗣，于是到玉清宫求子，终生章哲，修成真人，成为道教广惠派开山之祖。

其二，玉清宫现存一吨重的一块石碑，上刻北宋宣和四年(1122)“敕黄”，为宋徽宗敕建“玉清万寿宫”。一个深山宫观，是怎样得到敕封，成为皇家道场的？

己亥初，江州梅盛入驻玉清宫，规划重建宫殿与竹林馆，复兴道场。越明年，建成主殿。山前植柚百余亩，以为护佑。庚子大寒，又植红梅、白梅、绿萼梅、蜡梅等数百株于宫前溪畔，以养清正气。曾祖华、张雷闻之，欣然邀约江南风雅颂同道助之。由山间寻梅，到道场植梅，又约他日来赏梅、咏梅，人间有此风雅，何其快哉！

同道李飞亮、夏海琴、付赛鹰、张雯哲、子清均有诗、赋、文记之，其中尤以张雷长歌《梅林玉清宫植梅歌》格调高雅，气派豪华，有李唐之风，最堪传诵。其歌曰：

大寒三日晓雾深，云锁烟封梅林村。
玉清钟鼎霞飘举，剑谷丹崖不染尘。
此日风从东南来，土软山温冻眼开。
道人有梅三百本，欲锄松月绕溪栽。
幽人偶过闻幽讯，感怀高士遂高情。
急召二十闲雅客，风掣电掣入芳汀。
手扶琼枝移宿土，脚踏红泥护香圃。

泉溉云根椒房润，苔封曲径檀影疏。
黄梅腊玉娇无匹，萼绿白梅清不及。
朱砂赤练红入骨，绮户霞窗粉离披。
五色梅花和露种，溪石半掩芭蕉丛。
松柏岁寒为清友，兰竹调雅堪诗朋。
从此灞桥不羡雪，经年庾岭音尘歇。
罗浮春色俯仰看，孤山幽趣迢递绝。
梅道人，曾夫子，梅林种梅古有之。
柘梅千株山南北，百年寥落人不知。
野径青桥剑谷下，李家旧主遗烟霞。
铁骨老梅根更古，性本从容缓著花。
当年芳华雪满村，霜禽粉蝶乱纷纷。
陇头驿使争持向，老杜放翁诗稿沉。
冷眼人间荣衰事，素心清梦只自持。
黄婆抱酒花下过，洞宾醉眠花下石。
盛子棕坛俱已没，梅林花开复花落。
且看宋碑龙蛇舞，言说唐史旧蹉跎。
玉清宫观废复兴，梅花精魄独知音。
接古续今归大道，云山出岫钟鼓鸣。

大寒植梅玉清宫　　蒋德先摄

辑二十九

花事之什

清江采摘

春到小源

成善新　摄 ▶

蒋德先　摄 ▼

这些桃树仿佛并不是春天才开的花，好像原来就一直开在那里，既年轻又沧桑的样子，是古时寻常人家的女子发了宏愿后，金石一开直接穿越到了今天来的。她像是沾了些人间烟火味的小家碧玉倚柴门翘首而望，像外婆年轻时候的样子，孤零零的也并不寂寞。

夏赏绿荷池

花事知多少

邹幽篁

桃　花

小时候很喜欢去外婆家。因为外婆家除了菜地里有桃、李、梨外，还有一个既老旧又神秘的阁楼。黑乎乎的扶梯隐藏在棉床与墙之间的角落里，斜斜地伸向黑乎乎的四方洞口。没有桃、李、梨的季节，外婆扶着梯子攀附拾级而上，手脚轻盈，钻进一个乌七麻黑的所在，然后楼上就传来开箱关柜的窸窸窣窣的声音。外婆下来的时候一手扶着梯子，一手提着一个小篮子，颤巍巍地顺梯而下，篮子里装的有时是花生板栗，有时是油炸粉皮或兰花片，特别能够让我解馋。

晚上的时候，我们就睡在扶梯下面的棉床里。透过蚊帐能看到梯子旁边格栅的木头窗子，窗子把月光隔成一栅一栅的，投在床对面桌子下的木地板上。桌子黑漆漆的，桌上茶罐茶缸升筒酒瓶子薄薄地贴在墙壁上，灰黑叠加深黑，像一帧静悄悄的剪影。我在床上翻来翻去，外婆说再不睡"黑白无常"就要来了。黑洞洞的楼梯口就在脚下头的上方，楼板上"窸窸窸"地爬过一只老鼠，我把头钻进被子里不敢出来，果然一觉睡到天亮。白天再看看房间，桌子上的坛还是坛，罐还是罐，并没有什么地方长出长舌头来。

有一年春天，忽然看到外婆房间窗台上玻璃瓶里的几根树枝殷殷艳艳地开出几枝桃花来，光艳的桃红衬着房内静悄悄的昏暗，别样的春意，另一番的欣喜。我说桃花插在那里真好看，可外婆说那是外公插在那里避邪的，我转头一想又高兴起来："今晚我可不用怕你的黑白无常了……"

现在即使没有桃枝，我也好多年不怕"黑白无常"了。只是那些长在屋侧地头的桃树，外公还是可以折了几枝下来插到玻璃瓶子里。这些桃树仿佛并不是春天才开的花，好像原来就一直开在那里，既年轻又沧桑的样子，是古时寻常人家的女子发了宏愿后，金石一开直接穿越到了今天来的。她像是沾了些人间烟火味的小家碧玉倚柴门翘首而望，像外婆年轻时候的样子，孤零零的也并不寂寞。

屋侧地头的桃花让人怀恋，而整片整片的桃花林则让人迷醉。

花源谷的桃林，有湖水环绕。晴天，与家人或友人一路絮絮叨叨，又一边期期艾艾，阳光正暖，微风渐熏，高兴多得没有地方放，就化作阵阵笑声在空间里飘漾。在桃花林里与桃花合个影，人面桃花双双笑，山水听闻复多娇；在桃花林里远望湖景，水光人影遥遥笑，身后桃花静悄悄；在桃花林里漫个步，我与同行先后笑，桃花失色渐欲老。人间多笑语，连神仙也要羡慕的。

电视剧《三生三世十里桃花》里有一片桃林，无边无际，里面也有湖水，还有木屋，桃花永远都开不完，也落不尽。栽种它的折颜上神千千万万年一直都是一个人，桃树栽完了，闲来无事就酿桃花酒，取名桃花醉。青丘的白浅青丝披垂，一袭轻衫，飘飘逸逸，往树丫上一躺，或是靠着桃花树往地上一坐，间或把头微微往上一仰，配合着手将装桃花醉的酒壶送到嘴边的动作，花瓣纷纷扬扬，落到发梢衫上。美到极致，却很少让我想到有阳光和鸟，只有随着时间流淌，千千万万年的流，流不完也流不尽。伤情是平静无澜的，满地的落花和一个满怀心事的人，应该说是仙，花影飘落，仙影倚坐，静悄悄的，配曲的词是"入夜渐微凉，繁花落地成霜"，却也是个伤不完啊……

难怪白浅也会喜欢夜华为她栽在一揽芳华的桃花，那不就是人间院子里的吗？捉虫锄草，想着芳菲满院的时候，归来的人站在桃花树下朝自己笑。哪怕未归的人不回来，只要想想这情景，也是让人高兴的。

我也在一个同外婆年轻时孤零零但并不感寂寞的时候，随友人一起去四都看桃花。四都的桃花开在村落里成林，人们散居其中，在林子里日常生活起居，有点像桃花源，不知道他们会不会朝作夕归，只看到一路上都有村民将卖水和茶叶蛋的摊子摆在路边。闯了桃花源的我们说说笑笑，笑容满面。很多年过去了，常愿年年复那春，与君留迹满芳丛的愿景一直都在，现在只要想想那天那时，也是十分高兴的。

看的桃花越多，发现桃花的品种也越多。花瓣繁复锦绣似牡丹有之，颜色鲜娇美艳似玫瑰有之，树枝低顺垂条似杨柳有之，那都是似，却都不是。桃树长在人间，人间有寻常人家，不是牡丹富贵，不是玫瑰浪漫，也不是柳枝秀瘦，而是在苍老虬曲的枝干上开出单瓣娇嫩的花朵，像外婆家房间里的昏暗与窗台上的粉红。昏暗的空间里藏了多少往事啊，能想起且让人一笑的，便是枝上那绽出的朵朵粉色的桃花。

梅　　花

我是到很大的时候才看到梅花的，到底是多大，已不记得了。

只记得最早知道梅花是在一年级的时候，我站在五年级教室的门口，望到黑板顶端的大红条幅与自己教室的"好好学习，天天向上"相比，要长很多，字也多，又是草书，就觉得读五年级实在是件好难的事。而五年级的姐姐们一个个仰着头在念那行字进行比赛，看谁念得又快又准又清晰，我憋着狠狠的一股劲，心里跟着她们一遍遍地念“宝剑锋从磨砺出，梅花香自苦寒来”，又快又准。可悄悄地张嘴一念，字句与舌头就纠缠在一起，打了一个大大的结。

从此，宝剑与梅花是良配，既神秘又晦涩，一时半会难以触及，直到后来见到真正的梅花。

一片梅花是从地面上腾起来的霞，一树梅花是从天上落下挂到屋檐下的云，一枝梅花是霞云升腾掉落聚合离散的姿势。所以一剪梅，剪下来的不是一片霞，也不是一朵云，而是一个姿态与风神。

疏疏朗朗，枝影横斜，那一枝向下斜伸着，末端的一朵已经开足，往上隔不远处分了两个小杈，结着几颗暗色的红骨朵；那一枝全是花苞，四根小枝丫从一枝小干上横斜斜地往同一个方向分开去；那一枝直喇喇地伸着，是宁折也不能弯的；那一枝弯出一点弧度，是托举得将要飞升的，而花朵都朝向地面开着。向上而生，向下而开，这是梅的姿态。

插花枝的瓶子摆在窗台边的书桌上，半窗斜阳，一盆炉火，枝上的花朵把一个下午开得悠久而又漫长。渐渐被拉长的花影，一直延伸到夜的轻寒里，静影悄悄，月光也驱不散。

良配宝剑在英雄手中。那时，英雄还不是英雄，只是一少年。少年早挥剑，晚寒窗，只为他年能够仗剑走天涯。天涯处，有梅花，花枝簌簌，底下茕茕而立昔日一位少年郎。

我没有去天涯。我大多数时候在湿地公园看梅花，从开到落，只要天气好，就往梅林里钻去。好天气的时候是有阳光的，但初春薄寒，我还是怕冷。有时去会用帽子、围巾、手套、口罩将自己包得严严实实，在梅花树下穿来穿去，不是英雄，不是美人，而是像个盗贼。这突如其来的，是境与实的转折。

九江南山公园里的梅花就太喧嚷。比梅还多的人，在同一个时间赶到同一个梅园，人与花互相拥挤，互相调闹，却是不能互相对话。只有仰头看时，看着参差不齐的花枝直挺挺地向上伸着，衬着湛蓝的天空，才能让热闹短暂停歇，花影回归。

行政服务中心办公区绿化带里的梅花也开得热闹，却是有股被冷落的孤清，虽合了梅原本的性子，而写字间里千锤百炼的雄心又要向前向前，进取进取，不是飞升，不是托举，而是直行。力量大，惯性大，就停不下来，所以梅花你开你的花，我走我的路，你是我路边的风景，但我现在没空来看你。

那天我从办公楼外的梅花树下经过时往梅花多瞧了两眼，在树下停了几秒钟，有人从我身边闪过，边走边打招呼：“赏花啰！”还没来得及回话，人已经走远了。所以在办公区看花是件挺不好意思的事情，人家都那么忙，好像就我闲得慌。午休的时候，趁着周遭没人，我端着相机在树底下一顿狂拍，盗了时间，偷了闲情，将满腔花心化作光影定格。不远处，也有两个人在拍梅花。

湿地公园像是一个自家的后花园，可以自由看梅花。风不那么凌寒，出了太阳，就可随了性子在园子里走走。桥下的水还未涨，池子里的荷枯而瘦，芦苇竖着白头在风里抖，不远处，梅花在悄然吐芳。从一片萧木瘦水忽然进入疏朗芳泽，说不清是惊艳还是惊喜，就只觉得是没有负了这大好阳光。一头扎进去，花枝乱窜迷人眼，心是雀跃的，只想随了花枝噌噌地一直往上蹭进晴空里。然后在花间走着走着，心就慢慢沉静了，这才看清花的好来。林地近水，湿气大，地面覆有青苔，苔上枝影错落浓淡交合，这是在绿毯上的水墨，没有主体，没有留白，写了一地的阳光疏阔。一枝梅花沾着阳光直直地伸下来，老枝红梅，衬了绿苔为背景，古旧的清新，像挽髻的妇人在阳光下回眸一笑，颊上泛上的两片红云。那一簇花苞是在毯子上沉睡的娃娃，那一枝半开的是在毯子上梳头的少女。阳光的暖意很微弱，有风吹过，鼻尖下袭过一缕暗香。这时，梅花刚开不久。

天一天比一天暖，花开一天比一天盛，看花的人一天比一天多，但不成堆，不拥挤，不在树下扎帐篷，不在花间野餐，三三两两，都是来这后花园走走。

小桌呼朋三面坐，有师友相邀到花源谷去看梅，我因娃娃事务缠身，未能成行。只好隔天又到湿地公园里来与梅花相对坐，静默不言也不语，花瓣片片舞成群。花开花自落，花片瓣瓣，落花繁盛，太美。花落下一朵，我就老去一点，梅花树下老，老了也风流，我已在梅花树下坐了一个初春。

我想要一棵属于自己的梅树，栽在自己的院子里，花枝刚好遮住窗角的四分之一，房子可以是茅草屋、木头门。花开的时候，在树下写字读书，发呆喝酒；花落的时候，风一吹，有几片花瓣掉到屋内窗台边的桌子上。树下一抬头，就已从正午到黄昏。直到某一天，花又开，发斑白，红梅映雪，最红的红与最白的白，花还是那花，而发已不是那发。

李　花

如果说梅花是少年在花枝下茕茕独立，桃花是少女倚柴门而望，那李花就是儿童在树下抓一把泥土，远远朝另一个伙伴身上扔出去。

泥土在空中撒开，落下，归地沉静后，有几片洁白的花瓣从空中悠悠飘下来，落到泥土着地的位置上。世界静悄悄，只有儿童的笑声在追逐，一脚一脚踩进泥里。

而太阳光下，树上的李花在热烈开放，绿色的叶柄与花萼使一簇簇白色的花上面泛起淡淡青绿，纯白的花被晕染了，就像春天无色的空气里渐渐染上青草味。

我家的老屋临溪，屋侧两树李花开的时候，枯寂了一冬的溪水开始丰盈，水与花对话,同青草耳语,对山风呼喊,一路欢腾而去。

而花是什么时候全部落去的,却是一点也不知道。直到很多年过去,当年的孩童站在时间的另一头蓦然回望时,才发现那些花开了很多遍,落了很多回。

每一株屋侧的李树下,都长大了至少一个孩童,每一个孩童都有一张如同花一样的脸。

李花林里有很多花,可以没有房屋,没有小孩,没有其他人。

不求天长地久,因为此刻已经拥有。可以安静,可以热烈,可以在心里倍加珍惜,也可以对此不屑一顾。

但大人站在花丛中,样子有点孤单。

原来长大后会觉得孤单,长大后会怀念,长大后会试图去与花对话,长大后再不会有如同花一样的脸,无论笑得多灿烂。

城里桥上桥下的那些花,长在水边,人从花下来来去去,人,和事,和日子就那样无声无息地流过去了。

岸上的花离桥不远,拱桥的桥洞里有船只,透过花枝看船只,船是暂泊,花是暂开,人是从桥下走过稍作停留。

树下垂钓的人,安静得同树上的花一样,花快落尽的时候,垂钓的人也不知道去了哪里。

两树花隔着柳树映水色,花瓣片片飞落,散在青草上积成时间的星星点点,市声退去了,树上的鸟叫声脆得干净利落。

桥头有酒家,屋侧开着花,站在桥上看桥下,水清,树绿,亭阁,小桥,花开,人家,一条船舫行过水面,就行过整个三月的江南。

屋侧的李花是童年,整片整片的花林是十八岁的青春,那么短,又那么多,短得盛不住太多欢乐,多得又可以用来挥霍,用来浪费。

而桥上桥下的几树花是童年和青春的尾巴,只要有一点点,就能欢喜地拉着不放,想要看到整个年轻的模样。

人间遗蜕

张　雷

你走以后我才明白。

老屋，它是你的遗蜕，一件不断披起又脱下的旧皮囊。体温消散后，记忆也会凉，会远，会忘掉。营造者喃喃有声，远去矣戚戚于心，我绕远又走近，徘徊回首，始终还是要伸手去触摸。

我手指与生俱来的纹，与老屋抖动的残躯里木纹、水纹、石纹、砖纹互相契合吸引，它们隐瞒我的知觉有着细细的密谋。

我看着山的影子被光扯着到处滑，滑过它硬的脊梁软的洼陷，时间倒退又重现，它隐了又明，暗了又失语。云全是无心，像季节无心的花开，明艳点缀，天真凋落。水只有沉静的波光，陪伴，映照，殷勤濯洗它的影子，却无力去陈去恶去风霜残雪，去黯淡的光阴，去荒凉的宿命。

谁还会这样去营造一幢屋，洄游的鱼一样携带蓬勃的信仰。从这片土地上奋不顾身出走，红尘里搏、拌、抟、摔，又奋不顾身地回溯到源头，产下一枚理想的延续，一枚回光返照的新生卵，一枚蜕落的希望。

鹿　鸣

眼睛微痛。我突然想起了曾走过的那些老街和老房子。圆润的石头，微微凹凸的墙壁，发白的天井，木头窗户，窗棂上极尽妍态的雕花人物，那些扭成卍、回寿、方胜等各式各样吉祥符号的木头，凑近了瞧有笔直纵深的竖纹。

我喜欢高大的正堂间留出的天井，在沉重的瓦檐间透进阳光、日月星辰，还有午后的竹海或松涛。

想起那些离群索居的房屋，在杳无人迹的山间，某一个山坳。先是山路回转，眼际突然闯进一片高大的树林，绿到成墨色，萧萧飒飒，三五松树如张牙舞爪的龙身，突起于绿林之上。走进林下，风的温度有变，带着凉，来得缓，沁着水汽，然后听见细细水流。

山路向上，再一个急转，有宽阔的稻田，禾叶青青，微黄。一重郁白高墙森然而立，方正巍峨，四门紧闭，长长的青色线条和黄赭的壁画在墙角延伸缠绕，大片竹海从墙后探出，青碧的细碎波涛起伏。乍然于山间瞧见，心神俱夺，好一座房子，森然不可犯，细瞧又文雅风致。

相隔五十米左右的两扇大门，门楣上绘有折扇形状门联，一书“听鹿鸣”，另一题额已模糊。正门上有木刻架起的门斗门楼，剥落不堪，依然气势非凡。

狭长道路通向门首，一条圆石垒砌的深水沟如衣缘将房屋勾勒。白石板铺桥，一扇石门兀然立于稻田与房屋之间。墙壁已倒塌，唯有石门如同忠诚的护卫，屹立百年。石门边有两棵枣树，碧绿的叶间青枣累累。

我喜欢这远离市镇的房屋，偏偏在门楣上大书“听鹿鸣”。呦呦鹿鸣，食野之苹，我有嘉宾，鼓瑟吹笙。明明已将寂寞关在山垅间堆叠，又把渴望放出一线风声：来呀，来呀，五柳门人，辋川居士，来我这不通俗客的凡尘。

究竟是什么样的主人，邀来了什么样的客人，他们如何来往相会，如何打发光阴，春天竹海间的新笋迸发，夏日的清荫长吟，秋日黄杨飒飒，冬夜泥炉融酒，听雪烹茶。采蕨，簪花，轻吟，远游，山野间的赏心乐事都一一深会了吗？

屋主的精彩已经褪色，连故事也在口口相传中随唾沫风干消逝。唯有些许物件传说，当作另一种残垣断壁来听：傻儿子晒银锭子，只会数单双不会算数字；闻名的鹦鹉螺化石，其实还有另一边，黄庭坚写了诗，送出嫁的姑娘（姑姑）做嫁妆，就在这房子里被搜罗去，然后发现于天下……

幽深的房屋中，一束探入的阳光亮得耀眼，光中有许多发亮的微尘浮游。

好像尘世种种无来无往，上下俯仰。

爱　梅

那是一个诗人的屋子。

不管你在屋子的哪一个角落，你都无法挣脱诗的影子。

在很远很偏僻的村庄，一条河流的对岸，一个涡形的平原，只有一座辽阔的房子，已经拆得差不多了。拆出的地方立着很多独立的水泥建筑，但是仍然属于那个房子，在一个框架内挤着，就像恐龙骨架上丛生的蛆，啃噬空了血肉，灰化了骨骼，俨然筑起了自己的巢穴，依旧是圈在了那远去灵魂的怀抱之中。

诗人爱梅，他在做房子的时候把“程氏爱梅　盟山自造”烧进了砖里，把自己的名字烧进了砖里。“程”是正楷，姓氏为尊，不可大意；“盟山”是行书，线条缭绕圆满，像天井边的矮墙上攀爬的藤蔓，花枝的形状，据说都是他在那些被揉搓得纯熟的土上亲手写下的。

土上的手记在火里焚烧，烧干了水汽和杂质，写下的字迹深陷，微空，盈满了意志的力量。这块砖就在那面墙上的正中，在很高很高的位置，本该更为隐秘，可是厢房坍塌，这面墙毫无遮蔽，诗人的喜好就那么迎面而来，充斥你的视野。你往左走，往右走，它都在，你走进墙的另一面，它就紧跟在后脑勺。

只可惜我们没有看见一棵梅树、一朵梅花。

正是春末，好一株老梨树，在墙下的篱笆边喷霞般一树好花。一地碎玉琼屑，铺满无人行的甬道。嫩绿的花萼，映着那烟青的巍峨高墙，灰黑色的瓦，高高的有着三层白色颈项的骑马墙。花色照人，照见了青砖笔迹里流转的情意，那个搔首吟哦的主人，是风前雪下，月影窗前，用"神、真、尘、春"四字一韵到底作了一百首梅花诗的痴人。

一面影壁，壁上高处，比隔墙"爱梅"低一些的位置，是诗人做屋子的记叙，吟咏春夏秋冬四时即景的诗。哪年做的屋子，做了多久，用了什么材料，结尾又说"祁川爱梅"，用另一个名字继续书写情怀。诗里头有春天如何花开，夏天如何荫长，秋天如何红叶，冬天如何拥炉，诗人如何生活。

诗人如何生活，看看他把大门歪着；看看他在砖上随机写些"龙腾虎跃"的字，像游戏；看看他在房顶上安放的葫芦形状的塔尖，涂着"祈福"；看看他在木门上雕刻的琴瓶书剑；看看他的花房上写的"兰房"；看看他在女人的门楣上写着自造的字，字里有窗有梳有发有花，无人识得。

那么奇怪又自由，任性肆意，就像东晋的刘伶，以天地为衣裤，大而化之。这就是他的屋子，是他的诗，是他的意志，是他的影子，就像宫崎骏笔下的《哈尔的移动城堡》，他在这里比国王更快活。他有神，他要真，他要尘世里永远的春天。谁会在意他曾陷牢狱之灾，流放千里，被远方的长官提审，跪在堂前，一抬头，就看见威严堂上长官身后挂着自己画的虎，他长叹"畜生畜生，你竟比我还先到"。和长官成为莫逆之交，又以岐黄之术治好了长官的女儿，最后获释，衣锦还乡，活至耄年，获钦赐修职郎。

年轻时他爱画虎，矫健威猛，充满了生命的饱满和力度。老来他只爱写诗，写梅，写花，在他的屋子里活得像在神的国度里。

百年后，走进一所房子，就能走进一个诗人的世界，指尖触碰那些墙和青砖，就摸着了一个诗人起伏的心脏。

耕　居

耕居，他在门首写道。

这是他的祖居，门首原本是光宗耀祖的"司马第"，气派十足，在这高山深处睥睨众生。

白色的石灰抹平古记，抹去旧日荣光，一丝不见。他垂首蘸了墨，一笔一笔写，写得沉稳，写得风息气净，写得棱角全无。不像那年他正归乡，民望大盛，酒兴酣畅，捉了药材捣烂根须，蘸墨运笔，"长寿之府"，锋刃欲破纸而出，桀骜如龙角鹰首。

正是改天换地前夕。后来人都传说他不愧谋略文臣，将军秘书，天生有政治敏感，两个字救了一栋祖屋。如果照先人留的"司马第"，房子早拆光了，还好种田人的房子不用拆。

耕居，我总是记成"耕读"。种田与读书，自是这片土地理想追求者们的常态。淳朴的乡间和清雅的书声总是相宜。耕读传家，是最为推崇的生活。他，杨赫坤，十几岁就成了县里的童生，那块祝贺的石条就横卧在后门槛下，土里压得结结实实。他是读书出去的，他是孙中山、李烈钧、冯玉祥等人的幕僚，他是个秀才。

他不是个一般的秀才。他爱书画，宫里流出的真品流落民间，鱼龙混杂，他一一能甄别，会收藏；起草协议章程，他懂要义，知出入；他还写得一手好字。

我自来不懂书法，见了名家也不识，也从没被书法之美当头一棒过。那日秋晴，我从烈酒般的阳光里跨进阴暗的屋檐，把咿咿呀呀的木门推开，迈过高门槛，一股腐草朽木气味，久无人住的荒败如隔尘世。我扭头看看门外，芳草萋萋，收回视线的余光扫过了大门上面。斜斜擦过，不甚分明，已是吃了一惊。

大门上方光线不明亮，粉壁微黄，几个线条，不，是一个字，在墙上。一旦你注意到了它，它就攫取住你。那线条有力，矫健，在你眼前游走、扇动、飞舞，活了起来。这是一个"福"字。

我从未见过这样的"福"字。嗡嗡的蜜蜂，活泼顽皮的猴子，暂时停驻的喜鹊和温顺舔舐的梅花鹿。四个动物或扇动翅膀，或机灵四望，或竖耳聆听，或温驯低首。这是一个字，也是一幅画，动静之间，张弛有度，四个动物的气势隐隐相合，蜜蜂停在猴子上方，无有蜇它的迹象，好动的猴子也绝不像去抓蜜蜂，喜鹊与蜜蜂左右并立也秋毫不犯。就像鹭鸶抓着水牛背，黄毛鸡仔偎蛋壳，相安无事。

你仔细看那蜜蜂，分明的鼓眼睛和扇成虚影的翅膀，那猴子扭头拱爪，喜鹊是侧对着的，嘴尖尖，鹿只见形体大概。"雀鹿蜂猴"，暗喻着"窃禄封侯"，乍听来意思是极好的，人一听有禄又封侯，以为富贵极致了，其实是玩笑话。窃钩者诛，窃国者侯，是这人间极大的冷嘲和悲凉。这热热闹闹的蜂拥，喧喧闹闹的名利，活活泼泼的福字，他一哂而已。

再看天井、中堂、侧屋、门棂、窗户，蛛丝牵摇，锁着的屋里门缝里看进去停着的棺材落草，都有点失真，都有意思。那个明明是顽皮却威严的人在这住着呢。

屋子前面的池塘是方的，池塘上有乡人指给我看虎牙似的石条，屋后有一对眼眶形状的老井，椭圆，真不大，眼睛似的，说是虎眼。青龙白虎朱雀玄武的，人家说来都是神秘欣羡，我听着更是可爱可乐。老虎多么威严，其实更可爱，虎头虎脑，凶猛中的天真。

他的遭遇我了解后更怅然，一代名宿，晚景凄凉，家产遭一炬，书画付一焚，终究逃不过命运。

再看门首"耕居"。没有"读"，不要"读"，一生精彩自读始，一生黯然自读收。若果当日无知无识，耕居度世，可有后来浩劫？

我怕他是这样想，伤心不忍抬头看。

且向花间留晚照

夏海琴

当帝都叫长安的时候，它叫西安。当帝都叫西安后，它叫石渡。

这个渡，是“雾失楼台、月迷津渡”的渡，是“争渡争渡，惊起一滩鸥鹭”的渡。

柳山脚下，新华围堤，甘罗故井，豫宁旧城，摇橹船桨，新绿藜蒿，风烟尘净，凫侣双鸥。这些诗意的场景可以同时出现在一个小乡镇里，唯有石渡。

这样的风光，容易滋生出闲情，而闲情，恰恰又是孕育诗词的沃土，天地自然和诗词歌赋如此循环往复，生生不息。

钟新强老师就是这里哺育出来的诗人，江南风雅颂群的文友们受他邀请，去领略他的诗意家园。

在他家门前，我瞬间便明白他为什么能写诗了。试想一下，每天推开窗户，映入眼帘的就是秀丽旖旎的柳山。山虽不高，但从地理形状上很像庐山，不需要周围延绵不断的衬托，突然就拔地而起，遗世独立。唐代名相柳浑在此建柳山书院，一时文风鼎盛，颇有盛名。山下是碧绿如玉带的修河，河堤边，有鸡犬相闻的烟火人家。终日泛舟在这样的山水之间，太容易让人产生喜气、深情、忧伤、豪迈的情绪，有了这些情绪，写诗不过是水到渠成、瓜熟蒂落的事。

我与钟老师相识十年了。第一次见面的时候很像地下党接头，炎炎夏日，在大街上，他推着一辆自行车来找我，送我一本他自己的诗集，嘱咐我多写文章便兀自离去，没有一句多余的客套和废话。像他的为人，简单，真诚。

那时候我还在一个偏远小镇上写些无病呻吟的病态文字虚度光阴，是他把我引入正轨。我的第一篇铅印文章就是他帮我修改并发表，此后他总是不近不远，不急不躁地问我有没有作品，我实在是又懒又急着完成人生大事，根本没法静心写作，被问得不好意思就胡乱写几篇拿去证明我还在“努力”。可他对待我的每一篇敷衍文章依然是慎重修改然后拿去发表。我每每收到发表的消息就羞愧得把登有我文章的刊物全部藏起来或干脆置之不理。偶尔被同事朋友看见后向我祝贺时，我恨不得钻进地缝。如此反复了几次，我再也不好意思胡乱交差了，每一篇都必须写得起码自己看了不会反胃才去投稿。

也是因为他经常邀请我参加本县作协的各种活动，认识了许多良师益友，让我收获了巨大的精神财富。

其实我是个特别不爱热闹和不喜聚会的人，大多数聚会都是扎堆聊天，表达虚荣欲或沟通欲，大家叽叽喳喳，说的人很多，倾听者很少。但这一群良师益友创建的风雅颂聚会，使我觉得，之前我不喜欢聚会，是因为没找对组织。

我们这一群人约定成行，或赏花摘果、登高访古，或开诗会高朋雅聚，又或是临时起意，想到某一妙处，便相约而去。每每聚罢，大家拟文一篇或吟诗一首，写出自己独有的感受。平日里又恢复淡如水的君子之交，这使我想起一句话：友谊的最高境界，便是守护彼此的孤独。我深爱这种孤独的交往。

但我不爱恭维文人，一度甚至惴惴不安，害怕成为人们口中带有薄薄贬义的"文人骚客"。不过当文人能够祛除掉知识分子的"骄、娇"二气，其生活方式还是颇为浪漫的。有时候发之为文，不一定全部都是因为政治、文化、教育，最好的文学状态，我认为恰恰都是这种自然流露出的对生命生活的意会和领悟。

就像很多人喜欢宋词而非唐诗，唐诗是"至广大"，而宋词是"精近微"。唐诗里有太多抽象的大气磅礴，讴歌颂德，而宋词里却尽是微雨落花、彩云明月、轻纱薄帐。明显，后者拥有大量的平民观众，而前者的需求对象却大多是贵族文学的追求者。从有人类文明开始，贫富人数的悬殊比例从未有太大改变，平民总是多于贵族，所以我总是担心，唐诗的流传时间和范围将会弱于贴近俗世生活的宋词。毕竟，人多力量大嘛！

人类的进化如果不逆天，总是会慢慢轮回到去追求生命本质的东西，也许说出来虚无缥缈，但是它会使你心安。像一剂清肝明目的草药，它不卑不亢地长在你家的墙角下，你从未在意，只有经历过许多次的药不对症后，才蓦然回首，发现自己竟然混沌了那么久。

我们泛舟到新华围堤，草长莺飞二月天的季节，堤坝上铺满嫩绿的蒿草。沿堤漫步，有一种走在《诗经》里的感觉。《诗经》里的许多好听的植物，其实一直就在我们的身边从未离去，只是我们相见不相识。翁还童老师阅历丰富，对花草如数家珍，每每对一种植物感兴趣，我便冲到他面前去问：它在诗经里叫什么？可每次公布答案后没多久我又忘了，忘了下次又重新提问，好在他对我不厌其烦，又或许是跟我一样健忘，我忘了答案他也忘了曾经告诉过我。我很想对他深鞠一躬，双手合十道一句"阿弥陀佛，善哉善哉"。

绵绵十多里的围堤，围着的是一个老县城的旧址，可那里除了一口甘罗故井外，根本没有任何遗迹。一个因水患只存在了弹指三十五年的县城，如何敌得过历史长河漫长的冲刷和湮没。它只留下一个地名，像蝉蜕后剩下的空壳。

下午，我们沿着当年柳浑上山的脚步，一步步拾级而上，艰难地爬往当年柳浑入山初建，在清咸丰时期又重建的山门。恰逢一行白鹭跃然而过，我指着它们对年幼的女儿说："瞧，那就是'两个黄鹂鸣翠柳，一行白鹭上青天'。"女儿惊喜地回答："这不是我上学期刚学过的那首绝句吗？"我牵着她的手，心里充满着感动。我就是要这样带着你，走遍我所能前往的地方，让你在课本之外，真正知道什么是山长水阔天涯路。

出月记

张雯哲

小区的玉兰擎着紫色的灯盏，院子里的欧月魔术般掏出橘黄的花瓣，不知名的鸟儿惯常不请自来，春天随着暖暖的日光，在头顶的天空闪耀。

日子和节气都告诉我们春天的如约而至，地球日转夜转，时令永远马不停蹄。

大年二十九的晚上，和先生一起带着儿子去剪头发过新年，总是有这样的习俗，意味着除旧迎新，感觉旧年长出来的头发，配不上新一年的人。而年前总是忙碌的先生和无所谓的儿子，凑在这即将过年的夜晚出门寻找理发店。好在过年涨价，为了赚一笔而迟迟不打烊的理发店还是有的。

儿子好像又长高了一些，头发浓密，手脚瘦长，我记得他出生的时候，只有六斤重且头上稀疏几根黄毛，直到蹒跚学步，也还只有几缕细软的头发。这个小时候聒噪叽歪得让人一度心烦的孩子现在格外安静。每次看着这个高过我一截的男孩，我都能想起十五年前那个他出生的夜晚，和今夜一样，是个冬夜。

而最近这种频繁的回忆更多，原因可能是我又孕育了一个新的生命，而且即将临盆。十多年来，和儿子相依为命，这个即将到来的新生命对于我和儿子来说，都有新的意味。

其间，我也和他聊天，说起他即将有个小弟弟或者小妹妹了，虽然之前他跟我说希望我再生一个孩子，但我不确定这是他的真心话还是随口一说。十五六岁的少年，心智和情绪都不稳定成熟，但这两年我们还能好好说话，他在我面前不再那么叛逆。

当初听闻我有再婚的对象，他问得很仔细，询问介绍的是不是靠谱，略有点担心地说，有一个朋友的父母就是别人介绍结婚的，后来离婚了。有时候我特别愧疚，感觉他还是个孩子，为什么就要开始替妈妈操心。

我们站在他当时打暑期工的餐馆门口，马路边的一棵樟树下一半灯光，一半阴影。我抬眼看儿子，他已经高出我许多，在他说这话的时候，声音照旧低沉。我突然发现孩子的眼睛里有我陌生的东西，就像我隔着马路看他在餐馆里忙进忙出的时候，这个孩子以我不太习惯的方式和速度在成长。

“你再生一个孩子，就不会把所有期待都放在我一个人身上了。”

“是妈妈给了你太多压力吗?”我有点吃惊，他内心是不是觉得我对他的态度，让他觉得这份来自母亲的爱过于沉重?

“不是，但是我可能完成不了你想要我完成的事情，比如读书。”

我哑然沉默，关于他念书这件事，我们已经触发过很多次矛盾，我过不去这一关，他也是。

矛盾最激烈的时候，我感觉到他对我和对自己都有恨意。

去餐馆打工是他自己提出来的，想去锻炼一下，或者是想证明，他不读书，也能找到工作，过好自己的生活。

这个性格内向的孩子，从气质和相貌上更像他的父亲。

我倒是乐见其成，还托了从前的学生，给他找了个放心的地方去锻炼。他从开头的无所适从，到后面准时上下班。我反而不能习惯，接送了几次，又偷偷去看过几次，哭了几次鼻子。

他意识到了我的情绪，叫我不必去接送，也不必去看。

母亲的心都是这样复杂而软弱，他懂却又不肯屈服。

后来我肚子的生命月份渐大，除了偶尔接送他上下学，就只能周末见面了。

是从什么时候起，发现儿子不再是个小孩子，是每次见面他都叮嘱我不必这么辛苦开车去看他，客客气气的时候吗？还是他跟我聊起自己的见闻，谈到自己的思考，未来的想法的时候？

生命就是这样的一场轮回，我和儿子渐行渐远。我总想起龙应台的目送——我没有办法去追。

如今眼看我就要临产了，特意去接了他来吃年饭，然后带他去理发，准备过新年。

我挽着儿子的胳膊走在前面，他已经高过我半个头，而彼时我已经步履蹒跚，他配合我也走得很慢。

他问我一些问题，用带着浓浓鼻音的变声期的声音。

然而我感觉到他比从前更容易沉默了，于是跟他絮叨他出生时候的事。

十五年了，我还清楚地记得那些细节，或者是这样的回忆被肚子里这个小的听了去，也不知道是不是行车的颠簸，还是赶这年节的喜庆，半夜两点的时候，我被阵痛疼醒的时候，我知道，就像儿子当年出生的征兆一样，小家伙提前一周迫不及待地要来到这个世界上。

每个走上产床或者手术台的妈妈，都是一个勇士。

即使再怎么大大咧咧、所谓坚强或者勇敢的女人，这一刻都是软弱又危险的。

因为是大年三十了，根据经验，我凌晨洗好头和澡，忍着宫缩的疼痛，拣好住院要用的东西。

好歹挨到早上六点，二胎比头胎是要淡定许多，到医院的时候发现只有一个值班医生，其他医生应该都回家过年去了，那个时候新闻里有了点苗头，产房里有两个待产的。大概小娃们也知道今天是个好日子，扎堆准备出来。医生很忙，我也不好催，要说我什么时候是个怂包，在医院我肯定是。

我像十五年前一样躺在那个手术台上，心里惴惴不安，激动，期待，恐惧，还有疼痛。头顶的大灯打开，手术室里明亮得一点阴影也没有，我取掉了眼镜，眼前却是白花花一片。看不清楚也好，我安慰自己，其实我算是个胆子很大的人，然而心里还是默念：我以后不要再生了。

麻醉师是个年轻小伙，比我更紧张，在我后腰的脊椎骨之间摸索，扎了七八针都没找准位置。我估摸半个小时过去了，我的麻药还没打好，我想外面等待的先生和弟弟妹妹怕是忐忑而又不敢言语了。

“怎么还没好啊？”我实在忍不住出声了。

“放松，哈，你放松，马上就好。”我感觉他在擦汗。

我腹诽：我本来是很放松的，被你这么一搞，我紧张了。

然而我到底没再说话，人在屋檐下，不得不低头。我如今在别人的刀下，还是做个识时务的俊杰吧。更何况我怕我表现出焦躁的情绪，会让他更加紧张。

如今转眼一个月子也快坐完了，我的刀口已无大碍，但我的后腰还是隐隐作痛，我想这跟麻醉多扎的那几针肯定有关系，想起进手术室之前妹妹宽慰我：“麻醉师是个帅小伙噢。”我想跟她说，在这种时候，潘安、宋玉都不顶用，就像结婚要紧的不是嫁个帅哥，而是嫁个靠谱的人。然而事实说明，靠谱的老公在生孩子这件事上，也有可能是猪队友。

一个女人的一生，不是说非得要结婚生孩子才算完整，但是经历了以后，我觉得我可以说：只要经历了结婚生孩子，你就不再害怕别的经历。

结婚好比二次投胎，而生孩子，更是集运气、体力、精神、感情考验之大成。

有一种说法，婚姻好不好，生个孩子试试，你很快会知道，那个发誓要照顾你一辈子的人，到底还是不是当初你认识的那个人。

先生人很好，按照我的喜好请了月嫂，然后就安心地和我一起坐起了月子。

结果这是个史无前例，也应当后无来者的月子，全国人民和我一样被禁足在家，隔离封城，一时间风声鹤唳，谈及外省尤其邻省来客，草木皆兵。

生大娃的时候只记得缺觉，孩子奶奶还算年轻，帮忙照顾月子。不过也缺乏经验，给孩子穿很多衣服，于是还没出月子，大娃就感冒发烧了，导致以后的三岁之前，都是不断出入医院诊所，孩子一副营养不良的样子。都说小孩捂出来的病最容易反复且不容易断根，因为免疫力下降。所以这次带娃，我不再那么紧张他会冻着而给他穿很多衣服，月嫂也说室内少穿点没事，我相信她的专业和科学。

每天洗澡，软软的小婴儿，从前我不知如何下手，这次也敢单独给他洗了，还学会了按摩做操。一只小小的肉虫，几乎没有沟通能力，只能从他的反应中揣摩他的感受——哭泣就是不舒服，安静就是享受，小手小脚的冷暖不是衡量标准，要看后颈窝是不是足够温热，吃奶排泄次数是不是符合基本标准。

二胎有个好处是年纪大些反而没有年少时候那么缺觉嗜睡，喂夜奶也不觉得有那么的困，困到生无可恋。

篮球巨擘科比说他每天都见得到洛杉矶凌晨四点的太阳，我想说你这有什么稀奇。每一个宝妈，都见过夜晚每一个时辰的星星和黑暗，碰到不省心的宝宝，有时候闹得一晚不睡是常事。

月子里的娃娃，吃拉都没有规律，哭泣是他们的唯一沟通方式，一点动静就得起来检查是不是湿了脏了，还是饿了，一盏夜灯总是开着，只有它能见证妈妈们的辛苦。带娃事业，不比做任何其他工作轻松。所以，能做妈妈的人，都是能过五关斩六将的骁勇之将。有时候听见某些男人说自己老婆不就是带个孩子，哪有那么辛苦之类的话，只想请他们独立带一天再来说这样的话吧。

我常常觉得身边很多女性朋友都非常厉害，事业、家庭、孩子、自身建设都并驾齐驱，每一样都做得有声有色。反观她们的伴侣或者身边很多男性，连赚钱养家和自己的本职工作都做不好，在婚姻育儿上面更是毫无贡献，他们的身影模糊到只有一个角色名称。

恐婚的女性越来越多，坚持不生二胎的女伴，都让我很欣赏，没有被民意裹挟，也没有在压力舆论下屈服，这是社会的进步。

月子里要做的还有养好自己，伤口愈合，古法洗漱进补，有民间说法，一些小毛病可以通过坐月子痊愈，姑且一信，洗头洗澡和一般活动没少，也可以看看书玩玩手机，禁足感觉不是那么难熬。

资讯发达的今天，每天铺天盖地的都是关于疫情的新闻报道，各种声音，有些地方形势很不好，看了心里不是滋味。虽然我们是那幸运的百分之九十，可是那些苦难的人们，即使百分之一，也让人心生恻隐。

微博、朋友圈和公众号各种声音，是不同维度的世界，每个观点都有受众和拥趸。只是不管怎样，觉得发声之前，要多动脑思考，想不明白的时候，多读读书，多去看看，将心比心，最起码不要人云亦云。

总有这样的人，谈起别人的苦楚云淡风轻，说到自己的难处痛彻心扉。

月子里断断续续写了些文字，这到底是段让人难忘的时间，不论是我个人，还是整个国家。从前觉得生活平淡，工作辛苦，现在才深深体会到能正常运转的社会，岁月静好多么可贵。

先生是个闲不住的人，月子期他比我养得更好，睡到晚上失眠，实在闲不得了在玄关处搞了个工作台，电源机嗡嗡响，臭氧机工作的气味很特别，总算治好了他的闲病，不然产后抑郁的人可能是他了。

有很多人也闲不住，可能正在抑郁或者走向抑郁的路上。

多余的肥胖也让人沮丧，作为一个享受饿感的人，为了母乳天天吃到撑，一尺八的腰变成二尺二不是什么好的体验。

常有人说，一孕傻三年，估计不是脑子不灵光了，而是专注力放在喂养娃娃身上，对其他事反应就没那么灵敏了。

加上要检查几个娃的网课、作业、上报健康情况、打卡上交作业、签到……所以这个月子也是丰富多彩，闲暇想挤点时间读读书，写几个字，都是趁娃睡着。半夜了，全家都安静下来了，觉得可以动笔了，但是灵感这种东西，好像涨奶一样，不是时时都有的。有点想法和切入点了，却被琐事打乱，就如奶水胀痛的时候，小娃偏呼呼大睡，等到他嗷嗷待哺，那股潮水又退去了。

十五年前，十五年后，不一样的生育体验，也即将迎来不一样的陪伴成长历程。觉得幸运，被一个新生命选择，也觉得惶惑，为即将到来的重任。我之前算不上一个普通意义上的好妈妈，大儿子身上的不足暴露了我的短板，不断磨平我的肤浅，暴躁。在这反思学习的过程中，家族教育遗传的暴戾痕迹越来越轻。

不知道他们俩谁更像天使，来锻炼我或者成就我。生命总有一种成全治愈的方式，每个人的方法都不尽相同。

想起去年夏天买了两株特别漂亮的三角梅，精心侍弄着，结果施肥过多就凋零了，叶子扑簌簌落光留下枯枝一样的枝丫，真是好心办坏事，有时候对孩子怕也是一样。

想着院子会不会就寂寞了，准备隔离松动就去采购新的树种，却发现三角梅枯树一样的枝头又萌出了新芽，想来今年夏天，又是满树绚烂。

栏杆外的木槿枝繁叶茂，杜鹃花雨后开得如此惊喜，让人猝不及防。

就慢慢哺育，等待吧，到了季节，花自然会开。

2020 年春，特别的月子，此为记。

草 木 心

子 清

又到了薄衣初试，绿蚁新尝的季节，我在厨房里专心洗一只陶瓷的罐子，这里原先装着调理身子的补药。

楚林曾说："一个古朴简约的陶罐要盛入本草，也要盛入风霜雨雪、阳光月色、忧伤和深情。这样煎熬出来的药性才更深刻，有隐约经年的暗香。"

贾宝玉以为，药气比一切的花香果子香都雅。神仙采药烧药，再者高人逸士采药治药，是最妙的一件东西。他真是懂得爱的人！

都说"是药三分毒"，闻着这样充满人情味的药香，即便真的有毒，也甘愿一并饮下。喝中药，就是人类接受植物对自己的洗礼。窗前伸来一株月桂，氤氲在淡淡的桂香和药香中，我仿佛回到了那个充满药香味的童年。

那时父亲打理着乡村的医疗站，站点就设在奶奶家连五间的堂前，门口也站着几株桂树，左手的厢房改成了药房，一整面墙的红漆格子抽屉，格子大小一致，上面一律用规规矩矩的正楷写着药名，有数百种药。父亲闭上眼睛也能准确无误地走到那一格，用手轻轻一抓，再用小杆秤复盘确认量，几个来回之后，一服药就抓好了，再用报纸裹好递给人家。而药费通常是一年一结的，甚至几年也结不了，那时候日子苦，大家都不敢生病似的，能拖就拖着。也有高龄患者不来看病，只是来父亲这里坐坐，闻闻药香就回去了。

小抽屉一开又一开，变出来的全是不同的草根树皮，这些药材不仅含着清苦的药香，更有着令人倾心的药材名，有时候只是简单的几个字，便让人觉着有故事，婉转而动听。杜仲，一听，便是"陌上公子人如玉"的感觉；杜若像是他的妹妹，小家碧玉有风华；而紫苏该是他心心念念的温婉女子。紫苏的根茎，从中医的角度来看，其性甘、微温，归肺、脾、胃经，只消往那一站，整个人就安静下来。

这药有自栽、自采的，也有人送上门的。自栽的有凤仙花，姑姑们会拿它捣碎来染指甲；皂荚树是现成的，就在院子里，采来洗衣服更直接，那时候物资匮乏，不是家家都买得起肥皂。植物精灵们总是无所不能，不但能入药还特别实用；能主动送来的多是些稀罕的，比如蝉蜕、蝎子、龟壳、蛇皮等一些小动物的尸体，每每晒药时，我都远远避开。

晒药也是一件很有仪式感的事，梅雨过后总要选一个阳光灿烂的日子，让格子抽屉里的"宝贝们"都出来接受日光浴。红的红，白的白，一小撮一小撮地列在门前的屋场上，顺序也按格子标注的那样排列好。

这些植物虽然被风干，但它明朗的底蕴，神奇的功效，可能成为我们一生幸福和安宁的奥秘。

药未必一定要喝进肚里，要善于运用医理给咱们的生活带来健康和便利才是中医的最高哲学。决明枕明目、降压；檀木梳舒筋活血、延缓衰老；丝瓜瓤洗碗，自然更健康……父亲还告诉我枫叶的枝干——黄栌，可解酒，如此说来做一只黄栌酒杯岂不两全其美，既能解酒瘾，还能讨个微醺。

当然可入药的并不只有植物，《红楼梦》里曹公给薛宝钗配的"冷香丸"就有采自四季的雨、露、霜、雪。沉香可安神、舒乐可催眠，给我一种印象就是，似乎自然界中的万物都可入药治病。其实无论什么药，医得疾患，便当得起最好的那味药！

我是亲眼见过父亲如何拿蛇皮给人治病的。那是一个夏天，一个捧着鼓胀腮帮子的少年由父母陪着，焦虑万分地从远方赶来求助，父亲只是用了白蛇皮塞进他的耳朵里，不到一周他的腮腺炎就痊愈了。

父亲对一些寻常病症的治疗更是手到擒来：有人初患伤风，父亲便叮嘱他，葱白加葱须三段，煮水十五分钟，服用几次，果然见效；如患口腔炎、舌痈、湿疹、牙龈出血等，均可用隔夜茶漱口治疗；父亲还会用天仙子给人治甲沟炎，用鱼腥草帮人敷去毒疮……父亲的准则便是能不开刀就尽量吃药，能不吃药就吃膳食，再轻微点的就保持运动和调节情绪。

对中药的迷恋源自童年在药房的耳濡目染，更源自对父亲医者仁心的景仰。长大后，读了《诗经》里的"彼采葛兮，一日不见，如三月兮"，已不再像从前那样关心葛的药性，而是开始思考那是怎样一种甜蜜的哀愁。或许葛救不了写诗的男子，唯有那采葛的人儿才是最好的心药。

多少年过去了，我已经从懵懂的小女孩变成饱尝人间烟火的女子，在这个药香氤氲的秋天一不小心读到"一钱半夏，一钱蒹葭，可解得我三分相思五分梦里牵挂"，内心一下子被击中，因为我动了和作者一样的情。

怪只怪中药的名字太美，大概这也是为什么如此多文人骚客的书信和诗词里，它们总会被一再书写，墨痕诗文深处，皆是幽幽草药香。中药不仅出现在对联诗词里，甚至被用来当隐语的情报密码。草木岂非无情，遍阅人间悲喜，在诗人的吟诵中，每一株植物在岁月的轮回里便有了立意恒久。

陶罐已经洗净，药香依然如缕。这股药香不仅来自今天的草药，更来自我童年时代的那间药房，那是我生命开始的地方。那阵酝酿着时光流转的药材香气，最是缠绵动人。中医博大精深，我自知学不好，便违了父亲学了德语，因为对哲学感兴趣。那时我还不明白，我最初的哲学观便来自中医的熏陶：医家看人，人是小宇宙，天地是大宇宙，强调人是天地宇宙的一个部分，为天地所生，为天地所养，无论从发生还是从生化的角度，天地对人都保有决定作用，故人之整体要受天地整体的制约，人与天地有应合关系。

命运兜兜转转，我现在成了一名心理咨询师。或许潜意识里那个站在柜台后给人抓药医病的父亲是我永远的榜样。一张小小的药方，那是生命的契约；一勺醇醇的药汤，充满着生命的眷顾。

我无法像父亲那样开出一副副中药，却在努力修炼，谨掬一瓣心香给来访者开出一副副心药。

回枣源　　邹幽篁摄

看 世 界

张 敏

暑假应发小之约赴欧洲之旅。出发之前，内心充满着忐忑和对于前方未知的一丝担忧。听朋友说欧洲十几日游很辛苦，路程远、景点多。但人生又有多少次能这样在短暂的时间里把美景揽入心海？与其想象世界的另一端发生了什么，不如走到那里去看看。

在飞机上用餐时，一名离我一道之隔的外国男子吸引了我，只见他把黄油放在了热腾腾的餐盒上，慢慢地把面包切开，再用刀将黄油均匀地涂在中间，撒上一点糖，才开始吃，不知为何就觉得他很优雅。发小听了后说："他看你吃面条也会觉得很优雅。"然后我就释然了。

十一个小时的航行，终于抵达罗马。小时候看过的一部电影《罗马假日》让我认识了罗马这座古老而浪漫的城市。第二天，带着心中的向往，我步入了这座城市。罗马，一座露天的历史博物馆，这儿有众多古代遗迹，象征着罗马帝国过去风采的斗兽场、见证罗马历史变迁的万神殿、为人们带来美好期许的许愿池……为了让我们更近距离地感受这座历史之都，导游带着我们穿梭于罗马的大街小巷。行进途中我们没有看到象征着城市发展的摩天大楼，据导游介绍后才悉知，罗马的房价不高，但物业管理费很高，这些费用大都用于维修房屋。意大利人非常尊重古代建筑，注重保护原来的古城文化和风貌，即使是残垣断壁，他们也会保护起来。听到这，内心不禁有一丝敬畏和感动，对于这片土地，我更渴望探寻和亲近，对于接下来的行程，更充满期许和等待。

且说八月的意大利被太阳所偏爱，晚上八点多太阳依然不吝啬地发散光芒。来到威尼斯时还与全年最高热浪碰了个正着。导游戏说我们幸运地享受到了全世界最贵的阳光。

威尼斯——一座水上升起的城市，由一百一十八个小岛组成，彼此靠无数的小桥连接在一起。几百年来，威尼斯受到了无数作家和游客的赞美，而我之于它最初的印象是源于一篇课文——《威尼斯的小艇》。第一次家长公开课选的也是这篇课文，所以这次的意大利之行，我特别期待威尼斯。早上从米兰坐大巴到达威尼斯火车站再转乘水上巴士前往圣马可广场。在这儿你可以看到圣马可教堂、总督府、圣马可钟楼等标志性建筑。到了威尼斯，自然得体验一下贡多拉了。犹如网状的河道上穿梭着许许多多贡多拉，船夫们穿着统一的黑白条纹 T 恤和黑色西裤。为我们撑船的是一位年轻男子，头发梳的很有型，手臂上有大面积的文身，透着一股江湖气。威尼斯的水道有些较窄，两条船相遇时一不小心就会碰到一起，好在我们的“船长”身手敏捷，不论拐弯还是让道都从容不迫，站在船尾掌舵，俨然就是传说中的“老司机”啊！我们时而穿过一座座小桥，时而欣赏着两岸古老的建筑，时而聆听船夫哼着的不知名的小调，有如坠入仙境般，这感觉好极了！

一路往北，开启瑞士之旅。大巴行至两国边境时，本以为要下车过安检，没想到只查了查司机的驾照，就放行了。后来了解到，在欧洲，持有本国驾驶证是可以到其他国家的，在高速公路上的海关办理好简单的手续，便可直接入境。穿过一条隧道，我们便进入了瑞士。大巴穿梭在公路上，时而能够欣赏牛羊成群的农村田野，时而又见远处像覆上了糖霜的雪山。到处都是一幅美不胜收的原生态自然景观，拍出来的每张照片都像明信片一样。

三百多公里的路程，经过四个多小时，我们才到达瑞士的因特拉肯。这是因为在欧洲，司机的驾驶时间和休息时间是受严格控制的，开车两小时必须休息二十分钟，工作时间不得超过八小时，违规必重罚。在小镇用完午餐后就是自由活动，导游嘱托好集合时间，我和同伴便四处采风去了。我们走街串巷，悠闲地逛着，蓝天、雪山、碧水、鲜花以及那一栋栋美到哭的小别墅，如诗如画的美景令人倾倒，人行其中，恍若置身于童话世界。累了就在街边找个地方歇一歇，闲看庭前花开花落，漫随天外云卷云舒。

在瑞士，这种生机盎然的小镇不胜枚举，这些小镇保持着古朴、古典，但不古旧，宁静而空灵。而令我印象最深刻的要数采尔马特。

采尔马特是马特洪峰脚下的一个小镇，也是前往马特洪峰的大本营。来到采尔马特，我们选择了乘坐冰川快车，在它的终点站可以看到马特洪峰的全貌。上山的路程大概半个小时，中途有一些小车站会停靠。和国内不同的是，你可以中途下车去转悠，再继续上车。车厢很宽敞且干净，列车公司为每位乘客都准备了一份免费的地图，每个座位上都有耳机，用于广播导游服务，座椅上有选择按钮，你可以选择语言和调节音量。虽然是山路，但列车在行进中非常平稳，左右的玻璃车窗比一般火车更大，使得游客可以更好地欣赏沿途的风景。一路的风景目不暇接，看哪里都是一种享受。马特洪峰所有的景点都是免费开放的，到达山顶后首先映入眼帘的便是那皑皑白雪，仿佛置身于白色的仙境。无论站在哪里拍照，就像是在照相馆里站在背景布前一样，美得这么不真实。正当我寻找马特洪峰的身影时，发小叫我往左看，许多人都冲着一个方向拍照，我看过去，马特洪峰就这样出现了：衬着湛蓝的天空，以一柱擎天之姿站在那儿，神圣不可侵犯。任何一部相机都拍不出她的美，只有我们自己的眼睛。

从山上下来，依旧到附近采风。别看这是个小镇，但也有很多值得一看的东西。比如各式各样的民宿，每个窗口都摆放着各色鲜花，诠释了当地人对生活的美好热情。又如记录了马特洪峰登山史和当地山民历史的马特洪峰博物馆。特别幸运的是，我们还遇到了当地人的婚礼。看到我们拍照，新娘热情地朝我们挥手，我们也兴奋地给予回应，这辈子第一次见呢，觉得自己特别幸运。

在瑞士停留了三天后，继续向北，来到了浪漫之都巴黎。提起巴黎，或许你会想到香水、名牌包、服饰……然而只有你真正到了巴黎，才会发现这儿就是一个艺术的国度。这里的每一处都散发着艺术气息，你随时都能感受到这个国家的艺术气质。

卢浮宫，万宝之宫。这里是绘画和雕塑的顶级殿堂，而且不是之一，就连我这种附庸风雅的非专业人士都情不自禁地沉迷于其中。慕名而来的游客实在太多，力图多拍些照片，可往往施展不开。浏览至《加纳的婚礼》时，遇到了一群正在上课的学生，他们席地而坐认真地听老师讲解，不时低头做笔记。据导游说这样的情景经常发生，很多学校会组织学生到这里上课。这一刻我深感在巴黎求学的幸福。

感受完巴黎浓厚的文化气息后，当然得到巴黎歌剧院体验一次艺术的熏陶。它有着全世界最大的舞台，设计富丽堂皇，音响效果美妙绝伦，绝对是一场视听饕餮盛宴！

一川碧水皆如画，千年绝代收眼底。如果你想最快、最直接了解巴黎，那就去坐船游塞纳河吧。她被誉为巴黎最美的“街道”，完美地结合了左岸的文艺气质与右岸的历史底蕴。塞纳河上有三十六座风格各异的桥，一桥一典故，一桥一风景。河道两岸伫立着许多著名的建筑物，有埃菲尔铁塔、卢浮宫、巴黎圣母院、夏乐宫等。沿着这条美丽的河流，在匆忙的旅途中细细感受巴黎的历史、人文、艺术，还有浪漫。

在巴黎的最后一晚，我和伙伴以及团里的一对小夫妻参加了自费夜游巴黎。说是夜游，可我觉着更像黄昏游，巴黎九点多才天黑，可我们七点就开始活动了。无论如何，有美景就好。三小时的夜游，慵闲浪漫的蒙马特尔高地、宁静优雅的协和广场、象征着光荣和胜利的凯旋门、巴黎的地标建筑埃菲尔铁塔……再一次将巴黎的行程回顾了一遍，虽然有些走马观花，但也算是为我们这次旅行画上了完美的句号。

十二天的行程，一路历史，一路风景，一路文化。说不尽，道不完。旅途是充实的，所见所闻均能大开眼界，期待下一个旅程的开启，再看世界！

吃货简历

余慧琳

一

“三寸喉咙海样深。”这是爷爷生前常说的话，以此来告诫我们不要贪恋于口腹之欲。爷爷还说“不怕身上有补丁，只怕地里长满青”，以此来告诫我们不要太在意虚华的外表。总之，穷苦了一辈子的爷爷希望后代跟他一样守心克己，勤俭持家。

在爷爷的谆谆教诲下，迄今为止，我对穿衣都不甚讲究，穿衣只遵循一个原则，那就是不要太突兀，以至于引起他人的不适，至于好看不好看，那是别人的事，与我何干？但爷爷的话，我终究只是听了一半。美味当前，咽喉间仿佛有千百只爪子抓挠般，纵使他老人家千般叮咛也顾不得了。

爷爷可能不知道，我人生中最初关于美食的记忆，竟然是跟他连在一起的。小时候，嫁在本村的大姑家打了麻糍，趁热给爷爷送来一碗。洁白的糍粑摊成薄薄的一小块，裹着黑色的芝麻糖，散发着奇异的香味。当时，家里只有我跟爷爷在。我记得那是一个冬日的傍晚，天色渐暗，房里灯都没有点，祖孙俩端着一碗麻糍，手都没有洗，坐在门槛上，就着门外最后一线光，就用手抓，吃完了那碗麻糍。爷爷还笑着说，我们两双半筷子（用手抓）比筷子吃得更香。四十年过去了，那个冬日黄昏的一碗麻糍执拗地占据在我的脑海里，香气扑鼻，甜糯可口。

小时候乡间的孩子并没有什么特别的吃食，三餐饭能吃饱就不错了，哪里谈得上美味不美味。但孩子总有办法满足自己的欲望。男孩子们可以爬树掏鸟蛋，抓小鸟、抓鱼烤着吃。我们女孩子是不会去做这残忍的事的，但我们也决不会委屈自己的小嘴。春天的映山红、桑葚、山莓，夏天的栀子花、马吊、杨梅、覆盆子，秋天的乌饭子、野柿子、野洋桃，冬天的金樱子、丝茅根，这些自然的馈赠，都成了我们口中的美味，滋养了我们整个贫瘠的童年。

小时候，几家人合养一头牛，一到寒暑假就轮到我家放牛，而我就是家里的放牛娃。每个清早及下午，我都会把家里的两头牛赶到河边的沙洲上去吃草。村里的小伙伴们都会把牛赶到那里去放。牛在河洲上成群结队地吃草，我们小孩子则呼朋唤友地在一边疯野。闲则生事，人多也生事。既闲且人多的放牛娃们聚在一起，肯定也会生出众多的幺蛾子。到地里偷点蚕豆、花生、玉米、红薯什么的，烧一堆火，煨的煨，烤的烤，虽然烧得乌漆巴黑的，小脸也吃得黑不溜秋的，可那是我们吃过最香甜的烤红薯、煨玉米，可以跟任何珍馐比拟。至于回家要挨打什么的，早就顾不得那么多了，为了美味，皮肉吃点苦也是值得的。

我是浙江移民，自小生活在相对独立的移民村里，十岁以前，没有机会接触外面的世界，更没有吃到除家里以外的美味，保持浙西传统饮食习惯。家里过年做的油炸馃、冻米糖、红薯干等吃食就是人间至味，让整个苦寒的童年都快乐了不少。

二

我的初中是在离家十余里的镇上念的，在学校一住就是一个星期，从家里带两瓶菜要吃一周，零食是不可能有的。学校要上晚自习，那时候，晚上经常没有电，我们就点着自制的煤油灯上课，条件好点的点蜡烛，几十个半大的孩子坐在昏黄的灯光里，认真看书写字的没几个。这时，一种做美食的神器就派上用场了。这就是女孩子用过的友谊牌或是百雀羚面霜的铁盒子。把空盒子洗干净，用铁钉在侧面扎个孔，再拿根小木棍从孔中穿过去，做成一个手柄。上晚自习时，有大胆的同学拿出从家里带来的黄豆，抓十几二十颗豆子放进盒子里，盖好盖子，握住手柄放在灯火上烤，一边不停地翻动。不一会儿，一盒还带着香脂味的炒豆子做好了，坐在旁边的同学一人能分到一到两颗豆子。就这样，烤了一盒又一盒，整个教室弥漫着炒豆子与百雀羚的香味，直到下自习，还意犹未尽。

记得当年在武宁一中念高中时，我一堂妹才十一二岁光景，家住县城，因为是独生女，平日是娇气惯了的。她每到周末必骑着一小单车，摇摇摆摆地到学校来找我，说是要接我去她家过周末。其实，我知道，她接我回家过周末只不过是幌子，主要是冲着一中门口的酸萝卜去的。九十年代在武宁一中念书的学子都会记得，每天放学时节，有一老太太提着两个大红桶，一桶是酸辣味、一桶是酸甜味的酸萝卜。萝卜切成厚厚的片，酸脆可口。我俩两种味道各买两毛钱，吃得小嘴辣得红红的，推单车步行五六里路，回到堂妹家。无论寒暑，周而复始，周周如此。

为了满足口腹之欲，就会不辞辛劳，不畏艰难，可见吃的力量还是很大的。

上大学时，每晚熄灯后，照例会有个卧谈会。同宿舍六个来自天南海北的人，谈得最多的就是各自家乡的美食，我记得我讲得最多的是武宁的鱼，而一个来自北方的则讲家乡的羊肉。在深夜的大学宿舍，几个风华正茂的年轻人越聊越饿，越聊越馋。这样聊的结果，就是起来吃。可几个穷学生又没什么可吃的，只有一人拆一包五角钱的方便面，在黑夜里嘎嘣嘎嘣干嚼下去，然后心满意足地睡觉。

活生生的一群吃货！

三

说起来，我对于吃并不讲究，山珍海味、鲍鱼龙虾并不能引起什么食欲。一次在省城参加一亲戚婚礼，亲戚在城里赚了点钱，儿子的婚礼自然要风风光光地举办，婚礼宴席少不了膏粱罗列，秀色可餐。鲍鱼、龙虾如海军舰队般整齐排列，说实话，我乡下人还是第一次看见脑袋如拳头般大小的龙虾，弄一个尝尝，不冷不热，味道乏善可陈，实在难以提起兴致。

一年在外地采访，接待方为了表示重视，带我们去了当地一家非常著名的五星级酒店吃饭，酒店环境高档优雅，服务员彬彬有礼，连餐具都莹莹地泛着光。彼时已经饿了五六个小时的我畏畏缩缩地跟在主人后面，端上来的满桌佳肴竟索然无味。餐后悄悄与同行的小伙伴说，还是我们武宁排档的炖钵更美味。

参加工作后，在小城有很多机会接触本地美食。小时候甚是排斥的什锦汤、苕子、碱水粑都越吃越顺口，甚至越吃越离不开它。

学校毕业后，我曾随大流到上海打了两年工，少年轻狂的豪情褪去后，心灰意冷回到武宁。回来时正是一年中最热的七月份，孤身一人灰溜溜地穿过小城的小巷去妹妹家借住。小巷中几个赤膊的男人团团围坐在露天摆放的小桌旁，大汗淋漓地推杯换盏，桌子上几个小火炉，炭火“噼啪”有声，炉火上陶钵汩汩地冒着气泡。瞬间，我就爱上了小城独特的风情。这就是想象中的人间烟火，岁月静好吧。

因为工作的关系，这些年来，我几乎跑遍了武宁的山山水水，除了灵秀的山水令人欣喜之外，各地的饮食竟也风情不同，气象万千，让人喜出望外。

不记得是在什么场景下，初次尝到山背辣椒粉炖猪油渣，咸、鲜、辣、甜、绵，瞬间占据全部味蕾，满桌珍馐黯然失色。从此，只要去山背，主人若要问点什么菜，我必会说辣椒粉炖猪油渣，其他无所谓。

其实，除了辣椒粉炖猪油渣外，如东林的苕子、山北的豆结、石门的鸡汤、甫田的什锦、上汤的腊肉、杨洲的笋箍，甚至有时是一盘油剪茄子、清炒黄瓜、新采菜薹、冬笋……林林总总，香气氤氲，都能抚慰平凡岁月，令平常的日子活色生香，鲜活诱人。

也曾走过一些地方，尝过外地的一些美食，美则美矣，总觉得少了一些人间的滋味，不如家乡的美食可以令每根神经、每个细胞都妥帖、舒坦，滋养我地地道道的“武宁胃”。

说到底还是一方水土养一方人啊。

为啥不爱睡觉

何　薇

每个人都需要睡觉，这是天经地义的事情。可奇怪的是，为啥我就不爱睡觉呢？

记得我打小就不怎么爱睡觉，追本溯源，乃环境所致。父母经常要外出演戏，无暇顾及我们，剧团大院里的一群孩子均系放养，下河摸虾、上树掏鸟，都是可了劲儿地疯玩。可我们也有郁闷的时候，每逢父母无须出差外地，夏日必然被之强逼午睡。彼时我感觉就像到了世界末日，躺在竹席上，辗转反侧，如烙饼状，难以合眼。遇到父母进屋探视，我便佯装闭目入睡，我姐心大，有时会在装睡的过程中安然入梦。我乃吃货一枚，肚中馋虫作祟，实难入眠。好不容易盼到大人们的上班时间，父母前脚出门，我赶紧后脚开溜。因为心里挂念着别人家的菜地，唯恐前日看中的那几只大辣椒被主人摘走，我一路狂奔到洁子爸家的菜地，见到那货还安然无恙地挂在那里，窃喜之极。辣椒摘下切丝，用酱油腌制个十分钟，立刻成为一顿美食。

我于舞台的幕布后、在剧团的土坪上，一晃长到七八岁。入学也就是离家最近的二小，家里厨房对着的就是我三年级的教室，近得咳嗽一声都能听到。那时我特别痛恨学区房，因为太近不得早早地去学校玩。于是我总在吃午饭时努力发挥聪明才智，想出种种理由，可劲儿地编，有时会说留堂作业未完成，有时会说轮到值周要扫地等听起来非常“有理由”的理由，爸妈听了后常常一脸懵：“你不是文艺委员吗？怎么一个礼拜扫三天地？”“哎呀呀，你女儿我不是想德智体美劳全面发展嘛！”对于我的大言不惭，我爸早已领略，已然锻炼出左耳进、右耳出的本领。我就特别讨厌他当着外人的面奚落我：“薇子，薇子，你不晓得骗了我多少肉丸子吃！”因为每次考完试，当他问我考得咋样时，我都会雀跃地说，感觉不错，全做了耶！当肉丸子消化了，试卷发下来时，红叉叉亮瞎了老爸的眼。“我再也不上你的当了！”老爸在被“骗”N次后咬牙切齿地发誓。其实，说心里话，我真的不是为骗一顿吃食扯谎，我真的是全做了呀，只是不清楚为何每次自我感觉是那么良好，可现实总是会狠狠地扇我耳光。言归正传，话说我蒙混过关后撒欢儿地跑，来到学校后与小伙伴们在烈日下跳皮筋、拐房子，哪管晒得黑不黑。记得隔壁丽子姐很是听话，她从不提前去学校，总是乖乖地留在家里睡午觉，估计也是个特别能睡觉的主儿。我妈见了她，总是夸赞她肤白貌美，数落我是个黑煤炭，我翻翻白眼，瘪着嘴说：“您这破窑能烧出好瓷器？”惹得我妈拿个扫帚追着我打。

小学毕业之际，因为就读的是实验班，全班被录入县一中。听闻此讯，我内心狂喜。因为一中离家有好几公里地，且中午在学校吃，最最关键的是可以脱离父母监管，再也不用睡午觉了。于是，操场上、后山里、菜地边、泳池旁，处处留下我快乐的身影，六年的足迹踏遍了一中的每个角落。

高中毕业后参加社会招工，二十岁时有幸进入供电公司，当年被分配到鲁溪变电站。老妈舍不得我下乡工作，曾怂恿我去和分配到物资局工作的人交换，本姑娘坚决不从。一是因为老妈是物资局出纳，我就没见过和她在一起工作的姐姐领过一分钱；二是可以再次脱离老妈视线，不用再睡那恼人的午觉。我心情若放飞般，带着我爸的盐菜肉开始过起了我的小日子。因为不爱睡觉，早上五点起床后我便围着变压器电缆盖板笃笃地跑，听到响声，值班的熊站长还以为进了贼，连忙跑出来看，待看清是我时，他老人家揉着惺忪的睡眼，迷糊地问："小何，你怎么不睡觉的？"哈哈，可爱的熊站长也许您不知道，我就是个天生不爱睡觉的主儿。

从变电站调回县城后，我先后在工会、办公室、新闻中心工作，让我印象深刻的是在新闻中心任职期间，经常半夜起床写稿，因为想到一个好标题，因为挂念一个好创意，让我的觉越来越少。年轻时觉少，但我仍觉精力充沛，绝不负于"何仙姑"的美誉。人到中年后，失眠占据我越来越长的时间，从几周到数月，乃至大半年，它竟然忘了回家的路，在我这长住了，于是身体多处器官受损。上月初体检过后，当我拿到14项指标不合格的报告时，犹如霜打茄子，整个人都蔫了。喜好甜食的我因为日渐攀升的血糖而要彻底和糖拜拜，实在是令我痛彻心扉，没有糖陪伴的日子过得索然无味。

面对失眠，有人会好心规劝，别想多了！睡不着肯定是有心事！做人要简单，别复杂。面对此类鸡汤术语，我一笑而过。尽管是出于好心，可未必正确，就像胃病它有一百多种，你又岂能了解我的失眠属于何类？出于何因？

我也曾四处求医，北赴京都，南奔杭州，省内省外，但凡听到哪有名医，立即像打了鸡血般，狂奔而去。治病的心情很迫切，可每次的收效却甚微。记得前年在杭州树兰医院进行完睡眠监测，完成心理测试题目后，温柔知性的美女医生得出如此结论：心因性失眠，易受季节更替而重复发作。听闻此语，我心中暗忖：伤春悲秋吗？莫不是有诗人情怀？拉倒吧，我姐鄙夷一笑："你那是菜花癫！我宁愿相信你是因为惦记没吃到烧鸡而睡不着。"

我姐总是不向着我说话，我俩就像对儿塑料姊妹花儿。可她说的，其实才是最真实的。她分析道，也许幼时如假小子的我因太贪玩而拒绝睡觉，导致觉们从此厌恶上我，俗话说，好感都是相互的，我厌之，之弃我，生活也许就是如此简单。

听闻此语，或许你嗤之以鼻，哪有什么简单的生活！你越向世人展现美好生活，就表示你越向往且较缺失。生活的五味杂陈足以摧毁你对生活的美好认知！

嗯嗯，好吧，前半句我都同意，后部分不敢苟同。世人都说，没有无缘无故的爱，也没有无凭无据的恨。生活，每一天都在继续。你若想过简单的生活，你就要活得没心没肺，不去在意旁人眼光，活得自我而坚强！且须具备一颗强大的内心，可以阻听流言，能够笑对非议，只要自己高兴就好。试问，世人皆醉我独醒的感觉，是否真如诗人所言仰天大笑出门去，我辈岂是蓬蒿人？抑或是如佛经中所讲故事，昔日寒山问拾得曰：世间有人谤我、欺我、辱我、笑我、轻我、贱我、恶我、骗我，如何处治乎？拾得曰：只是忍他、让他、由他、避他、耐他、敬他、不要理他，再待几年你且看他。可是，有如此胸怀气度的人，早已成佛且不在人间。

近日，从书中看到一段话：智者知幻即离，愚者以幻为真，一念放下，万般自在。心中若有大悟，明白了没有什么东西是永恒不变的，人生总是这样，得失无常。再美好的东西，也无法拥有太久，再痛苦的东西也会离你远去。所有的经历，都是一种修炼，人一定要怀平和之心，恬淡地活在每一个当下。

其实，崇尚简单的生活和能否过上简单的生活完全取决于自己的内心，年纪越大我越能理解此语之含义。听从我心、无问西东的人都活得比较自我，越简单越快乐的理念也将伴随我往后余生。于是对待失眠，也越来越淡然，睡不着就起床吧，扫尘、读书、运动……早晨的时光被安排得紧凑充实，再也不被失眠顽疾所困，让自己的生活渐渐慢下来，有更从容的时间去做自己喜欢的事情，决不让人生输给了心情。

走进校园　　柯珂摄

八月灿

王造梁

乡下人过的是农历的日子。乡下的孩子对农历八月有着特殊的期待,虽然八月照常要上学堂,但是放学后可以上山打猪草。别的月份,听到妈妈们喊,“写完作业赶紧去山上打一篮猪草来”,都是撇撇嘴,慢慢磨,好像作业不写上一天一夜都完不成。可是,到了八月,妈妈不吩咐,孩子们就主动鬼画符般写完作业上山了。我也禁不住山上八月灿的诱惑,跟秋菊两人常常鬼迷心窍似的,放下书包,就牵着手往对门山上跑。

对门的山,很向阳,叫作太阳山,特别适合八月灿藤蔓的伸展。我和秋菊个性差异很大,我不善言辞,秋菊却伶牙俐齿,我们俩能好得同穿一条裤,大概除了住得近,就是我们都有很强的好奇心。大屋场里的人对我总是不冷不热,因为我不爱说话,主要是不会说话,一开口可能就会讨打讨骂。比如,有一次,家里来了一伙客人,爸爸很隆重地拿出一条狗腿来待客,客人很高兴,我却对爸爸的待客之道很不以为然,实话实说,狗腿早坏掉了。结果,客人看着熏得金灿灿的狗腿,以为我是不舍得,同时,我脑袋上还多了几个“栗子”(被爸爸敲出来的)。从此,我就更不爱说话了。秋菊家就在我家左侧,我们属于一个大屋场。她勤快又嘴甜,大家都喜欢她。妈妈见到我木讷的样子,就喜欢拿秋菊来跟我作对比。为此,我心里有点讨厌秋菊,讨厌她的受欢迎和她的欢乐,因为我很孤独。

雨后初霁的傍晚,我站在屋檐下看彩虹,秋菊也痴痴地看着彩虹,漂亮的大眼睛闪着光,她收起了往日热闹的欢乐,轻轻地说:“山的那边到底是什么?会不会就是一个彩虹的世界?”然后拉起我的手,“诗诗,我们到山的那边看看,去追彩虹吧。”我也一直对山的背面充满好奇,我也想伸手摸摸彩虹。那一刻,我觉得可以跟秋菊做朋友。两个人爱不爱说话有什么关系呢?我们朝着彩虹的方向一路狂奔,走啊走,始终走不出大山,追不上彩虹。天色越来越暗,彩虹不见了,我们瑟缩着,手牵得紧紧的,灰溜溜地回到家。

有了那次经历后,我们之间悄悄生起了友谊,秋菊跟我在一起时,显得比平时安静了许多,而我在秋菊面前变得特别爱说话,好像嘴巴被堵了好几年终于扯掉了胶布,要把憋住的话全倒出来。放学后,不是她等我,就是我等她,我们一起去打猪草。有一回,走得比较远,走到一个我们之前从来没到过的地方,那里有巨大的岩石,我们放下篮子,躺在岩石上,太阳已经变成了红色,发出蒙蒙的暖光,我们眯着眼看天。

“秋菊，你长大了想做什么？”我侧过身，看向秋菊。

“我想当老师。诗诗，我觉得很奇怪，朱老师竟然也会去菜园里摘菜，而且她还跟我们的妈妈一样生小孩。”秋菊一副大惑不解的样子。

“朱老师去菜园里有什么奇怪的，她也要吃菜呀，至于生孩子，因为她是女人呀。”

“可是，她是老师啊。”

“秋菊，你不会觉得老师是神仙变的吧？”我大笑起来，差点从大石头上滚下去。

秋菊沉默了一会儿，气愤地问我：“难道你觉得老师只是普通的人？跟我们的妈妈一样？”

秋菊学习很认真，成绩也特别好，老师在她心里是神圣的，不食人间烟火。我被她问得不知如何是好，秋菊见我尴尬得满脸通红，转而来解救我：“诗诗，你长大了会干什么？”

“我只要不种地就好。”我很普通，也没什么追求。

八月的风吹在身上，有点凉，我们爬起来，伸出头看向巨石的背面，竟然长着许多藤蔓，上面吊着很大个的八月灿，有的咧着嘴露出雪白的瓤，有些还羞涩地紧闭着。我们挑最大个、嘴巴张得最开的八月灿，大吃了一顿。整个八月都沉浸在八月灿的甜蜜里。这片八月灿只属于我们两个人，其他人都没有发现，他们没耐心走这么远。

我们从小女孩长成了少女，秋菊越来越美，肌肤娇嫩得可以掐出水，身体发育得很玲珑。我们以为，日子会一直这么甜蜜下去。秋菊的妈妈突然得了一种不知名的病，一种疯病，有时跑到别的村去，睡在森林里不愿回家，有时当众脱衣服，随地大小便。家里不多的积蓄都拿去给她妈妈治病了，但病没治好，只是发作没那么频繁。秋菊不再跟我一起打猪草，她一放学就要守着她妈妈，照顾着家里的弟弟妹妹。但是秋菊见到人还是笑得很甜，露出好看的牙齿。我们班上的男同学都暗恋秋菊，经常让我转交情书给她。秋菊从来不打开看，她不想谈恋爱，她要好好学习，将来当老师。如果我是男生，我也会追求她，她的一举一动都是一种吸引力。可是，我是女生，我们是最要好的朋友。

初二那一年，秋菊的爸爸因为砍伐森林，被抓去坐牢了。家里剩下一个精神失常的妈妈，和读小学的弟弟妹妹。秋菊再也上不了学了。她跟我说，不想读书了，读书一点意思都没有，她要到外面的世界去看看。她抓住我的手，非常用力：“诗诗，你学习要更努力一点，一定要考上大学，我希望你能成为老师。”我看到，秋菊的眼睛红肿得如同两颗水蜜桃。我一直以为，秋菊是一定能成为一个不食人间烟火的老师的，她那么聪明，又那么努力。而我，鲁钝又懒惰。那一晚，我翻来覆去都没睡着，我为秋菊难过，我能帮她什么呢？秋菊不能读书了，我能帮她的，只能是接过她的梦想，成为老师。可是，我是个没有梦想的人，一直都放任着自己，只有对待秋菊才是用心的。考上大学谈何容易，村里还没有出过一个女大学生呢。

秋菊果然走了，像一阵风。我心里空落落的，灵魂被抽走了，只剩下肉体。日子一天天地过去，我的灵魂又渐渐返回身体。我开始没日没夜地学习，买了成堆的资料，总算勉强考上高中。秋菊在信里告诉我，外面的世界果然很漂亮，夜晚就像我们那日在屋檐下看到的彩虹。后来给我的信越来越少，最后我只能从家里打听她的消息。我依然很努力，我要考上大学，努力到最后都分不清是为了实现自己的价值还是为了实现秋菊的梦想，只是在填报高考志愿的时候，我毫不犹豫地报了教育专业。

拿到通知书的那天，我很想告诉秋菊，与她分享我的喜悦，可是，她远在南方。大屋场的人对待我和秋菊的态度已跟小时候完全不同，尽管我依然是那个不善言辞又其貌不扬的女孩，尽管秋菊娇艳如二月桃花。大家都说，秋菊做了有钱人的"二奶"。而我成了村里第一位女大学生。春节匆匆见了一面，她问问我的学习，我问问她过得好不好，除此，竟无共同语言。看着更加时髦美丽的秋菊，不知怎的，我很想大哭一场，从她美丽的大眼睛里，再也见不到当初的亮光。

秋菊成了"二奶"无疑是真的，她妈妈的病治得差不多了，她爸爸也提前释放了，弟弟妹妹都锦衣玉食地在读初中。一个初中都没毕业的瘦弱女生，拥有的资本，除了青春的身体又还剩下点什么呢？命运给她的是一个坐牢的父亲，精神异常的母亲和两个更加弱小的弟妹。如果秋菊责任感少一些，像我一样浑浑噩噩一些，我深信，她是绝对不会走上这条被人唾骂之路的，她会成为一名极为出色的老师，不食人间烟火，仿佛从天上来。

每年的农历八月，我还会攀爬过巨石，采摘八月灿，一个人躺在岩石上，看着八月灿，八月灿之所以叫八月灿，我想，大概是因为这种果实，在八月的时候，像人一样张开嘴巴，笑得很灿烂吧。眼前的八月灿渐渐地变成了秋菊的模样，她跟我并排躺着，对我说："我想当老师。诗诗，我觉得很奇怪，朱老师竟然也会去菜园里摘菜，而且她还跟我们的妈妈一样生小孩。"依然是那副大惑不解的样子……

食欲是更深情的性欲

周　冲

一

伊甸园里，亚当夏娃咬了一口苹果，清甜微冷，唇齿留香。食欲满足之后，性欲勃发。于是，有了人类。

基于这种开端，食与性相生相起，如同孪生。

人说，饱暖思淫欲。但其实，淫欲也思饱暖。欲求不满，必会伴随无意识的饥饿。

我看过很多进食障碍者的访谈，发现大多数患者的病症，都因缺爱而致。失恋、离婚、单身太久、孤独过度、空虚寂寞冷……都会导致食欲紊乱。

一个女生说："太空了，什么都想放进去，别的放不了，只有放食物……"这一点，在无数文艺作品中，都以艺术手法再现。

比如《百年孤独》中，丽贝卡是个孤儿，无人给予爱，一旦在世事中遇不顺，在爱情中受煎熬，便会以吸手指，吃土，甚至吃蚯蚓，来克制爱无能的痛苦；《铁皮鼓》中，缺爱的母亲与舅舅偷情，这种畸恋，带来内心的失序。后来，母亲开始饕餮生鳗鱼，直至死亡；《魔咒紫禁城》中的叶赫那拉孤独无比，开始偷吃宫中的木头；《永别了，武器》中，女友凯瑟琳生命垂危之际，亨利不断去餐馆进食……

黛安娜王妃因不被爱，患上进食障碍，食量大得惊人。暴饮暴食之后，又通过抠喉催吐，将食物从胃里清空。查尔斯难以忍受，他说："我整个蜜月都在呕吐的气味中度过。"

你看，所有疯狂的紊乱的食欲背后，都藏着一个可怜人。

而他们之所以可怜，在于失控的食欲里，那些无法缓释的恐惧，不被安慰的孤独，永无餍足的虚空，和爱与性的匮乏。

二

性福与幸福的人们，却极少被这种"可怜"所光顾。因为，已经满足，就不会曲径通幽地通过食欲来填补。所以，一个朋友说：食，是性的替代品，也是性的延续和升华。

有一次，和闺蜜聊天，聊的是一个毛茸茸、湿漉漉的话题：男人最性感的时候，是什么时候?

什么时候呢?你们一定以为,是他脱下T恤,胸肌鼓动,把你扑倒时。或者,是他把你抱起来,像空中飞人一样甩来甩去。

不不不。女人认为的性感,与健硕无关,与深情有关。

闺蜜说,最性感的时候,莫过于他在她遇到飞车党抢包时,大手一挥,攥住带子,将飞车党扯翻在地,还未审视流氓的惨状,马上紧张地回头问她:"你怎么样?有没有伤到哪里?"

另一个说,最性感的时候,莫过于一夜风流之后,他穿着短裤,在阳光荡漾的厨房里,叮叮当当地为我做一顿早餐。

食欲是更绵长、更深情、更具烟火味儿的性欲。

当他从床上走下来,走进厨房,烹制精美的食物,延续昨夜的美好。这就意味着,你之于他,不只是床上很重要,床下也很重要。

除了共享巫山云雨,他还愿意和你共享烟火人间。

换句话说,他做的不是饭,而是爱啊。

说完以后,得到全票认同:"他要真这么做,我肯定会扑上去,在厨房里再来一次……"

三

《史密斯夫妇》里,一夜激情后,皮特端来早餐,递给云鬓飞乱,睡眼迷离的朱莉,两人相视而笑,情意款款,美好一如节日。

每每看到此景,就为天下女人抱憾:多少人,一直在渴望此景,却从未得到!

更多人在抱怨,他越来越忙,一个月都难得回家吃一顿饭。真忙吗?不,他只是不想和老婆忙。

他有了另外的人,另外的世界,另外的飞升与降落,心归他处,已非当年人。

而爱,如果归于日常,不是你侬我侬,不是买买买,刷刷刷,而是在一起,吃许许多多的饭,不厌其烦,一如最初。

四

闺蜜告诉我们,很久以前,喜欢一个人,是那种默默地流了两年泪,看了两年背影的喜欢。

终于,有一天,他注意到了她,和她约会。在他公寓,一个简洁阔大的房子,屋外是湖水，屋里是她和他。自然，做了期待已久的事。

那个夜晚，时间如此湍急。转转折折，棋开棋合。

她在心里想：今生今世，就这个人了！

不曾想，清早起来，他穿好衣衫，说，你自己去上班吧，我就不送你了。

戛然而止。

一夜微笑的、粉的、隐秘的、盈盈的梦，忽然灰飞烟灭。

她不年轻了，早已洞悉世情：一个在床下不和你来往的人，哪怕上了几百次床，你们也只是资深炮友，和爱没有关系的。

果然，她和他睡了半年，对方连她是哪里人，都不知晓。

饮食男女，既要男女，也要饮食，方成伴侣。

床事再热烈，也不过是过路人。

后来，她遇见一个愿意系上围裙，给她做饭的男人。情人节前夕，男人买了全套厨具和新鲜果蔬，为她烹饪美食。她坐在饭厅里，暖黄的灯光下，看着他络绎不绝地端出鱼、肉、青菜……那种亲切的、无声的、亚光的温柔，让她瞬间感动。

她想到了家，想到了余年和末日，想到一个孩子，有着他的眉眼，他的性情，跑过来，叫她"妈妈"，叫他"爸爸"。

后来，她成了他的妻。

当爱从闺房之乐，转到厨房之欢，才算落了地。因为，柴米油盐，鸡鸭鱼肉，果蔬菜食，才是更真实、更久长、更扎实的生活。

孔老夫子这样吟着：食，色，性也。

全世界文艺女青年这样说着：唯美食与爱不可辜负。

万能青年旅店这样唱着：是谁来自山川湖海，却囿于昼夜、厨房与爱。

五

买婚房的时候，她问我们："你们觉得应该要注意什么？"

我们说，要有大阳台，要有大书房，要有大卧室。还没节操地说，要有大床，能让你们翻一辈子，也翻不出去的那种……

她没听。她要大厨房。

她知道：性，总有一天褪去激情。唯有食，才能源源不断地生发出爱的力量，然后，从容接力，引领我们，继续走完一生。

婚姻就是一个火锅，我们都是下锅菜，煮着煮着，就化了，融在一起，变成浓郁的汤底，无你无我，继续在时间的文火上，涮着三生姻缘，四季风光，五谷杂粮，六根不净……

之后，时光老，白发生，揭锅一看，已煮成你我的人间岁月。

这就是凡俗人生。

在这场人生里，我们端着青瓷碗，捏着红木筷，举着一箸菜，用“多吃点”，取代“我爱你”，度过一天又一天。

而你抬头，从黑陶的瓦罐里，舀起一勺汤，递过来，说“你尝尝，很好喝”的时候，如水流年里，一种沉默的温暖，和寻常的诗意，也被你捞起，流进我的喉咙，吞咽进爱的大胃。

长水　　韩峰摄

序跋之什

辑三十

邹幽篁　　摄 ▶

成善新　　摄 ▼

文中所写到的书，我一本也没有读过；文中所写的人，我一个也不认识，但这些文章，却对我有吸引力。这就像在一个公共汽车站听到一个我不认识的人在谈论一群我同样不认识的人，照理绝对听不进去，却居然听进去了，而且还想听下去，这是怎么回事？

一本让我吃惊的书

——陈政《列岫云川》序

余秋雨

大家都知道,我是一个基本上不为今人写序的人。近年来我为六部古书写了序,除了上海辞书出版社的那四部古代小说名著外,就是李渔的《闲情偶记》和纪晓岚的《阅微草堂笔记》了。

不为今人写序,首先是怕一旦开例,就会招来很多推不掉的活儿。然而更重要的原因是,我不关注当代文坛,不知从何说起。过去也曾稍稍关注过,只觉得那里喧闹太甚,戾气太重,层级太低,便连忙切断。切断了,真正的大作家还是会神秘而亲切地出现在我眼前,如莫言、贾平凹、余华、张炜等等,一个也漏不了。后来听说,文化传媒界经常会冒出一些诽谤我的声音,那就更庆幸当初的切断了。

直到今天,我还是一个不用手机不上网、不翻报刊、不开会的怪人,被台湾的余光中先生引为"同姓同道",戏称为仅有的两条"漏网之鱼(余)"。平日沉浸,还是先秦汉唐。偶尔则应邀远行,到国外做一些演讲。我也问过一些比较可信的朋友,当代国内文坛除了那几个大作家外,有没有出现必须关注的现象,朋友们每次都频频摇头。这就让我更加安心,觉得自己不闻不问,果然是无可闻、无可问。

正是在这种情况下,我见到一部奇怪的书稿。

书稿的大部分,是作者在说别人的书。原来,作者是出版家,这本书是"说书的书"。严格说来,这是一种职业手记,没有什么看头。但一翻之下,奇怪的事情发生了。文中所写到的书,我一本也没有读过;文中所写的人,我一个也不认识,但这些文章,却对我有吸引力。这就像在一个公共汽车站听到一个我不认识的人在谈论一群我同样不认识的人,照理绝对听不进去,却居然听进去了,而且还想听下去,这是怎么回事?

首先是这些文章的思想等级。起点可能只是一本书,一些书画,一些摄影,一些陶瓷,但作者总是快速地把话题提升,提到人生、生命、艺术、美学的高度,让阅读者立即能触碰到这一话题的普遍内涵。于是,这本书,这个人,这些书画,这些摄影,这些陶瓷也就随之穿云破雾,结束它们的"安分守己"状态,而与广泛的时空连接,获得了现代哲学上的"存在意义"。借用哈维尔的说法,本来它们都只是隐约于海浪间的一座座小岛,有的甚至还只是珊瑚岛,但是一连接,它们就找到了深处的海床。

要达到这样的思维等级，不能光靠技术性的“巧思”，而必须靠作者本身的生命等级。我惊喜地发现，这本书稿所达到的思维等级，也与作者的生命等级有关。

其实，这正是一切好文章的由来，倒不在于这些文章以什么形态出现。是“序”，是“跋”，是“卷首”，是“评论”，都无所谓。好文章，就是好文章。

除了思维等级，这些文章还具有感性张力。

感性张力，总是由大白话引出大诚恳，即使达到了高等级也绝不陷入抽象说教，华丽辞赋。感性张力，又总是拒绝一切共同语汇、陈词滥调，即使在阐述深刻的哲理也保持着可感的心脉和体温。这就是我所欣赏的“散文风范”。这部书稿中的文章，如果按照一般的文体分类学，可能都不能算散文，但人们还是喜欢把它们称为“序体散文”。“序体”不“序体”是小事，我感兴趣的是把评论推到了散文的高地。散文的高地原来就很大，司马迁把严整的史学巨著《史记》都写成了散文。后来，丘吉尔也用散文笔调写历史回忆录，还为此获得了诺贝尔文学奖。我们又何必把他们的作品说成是“史体散文”。

文章的感性张力，还要讲究语言的节奏焠炼，达到醒目干净、可诵可读的水准。这看起来只是修辞特色，却是难得的生命外化，在目前恣肆汪洋的文海之中，已经不容易看到了。对我而言，不管在哪里，只要有这样的文字语言，都能在第一时间发现。这种发现，在阅读这本书时频频产生。

这部书稿后面的三分之一篇幅，是文人学士对作者的评论。很奇怪，竟然也都写得不错。其中不少文字，似乎过于浓烈和夸张了一点，但总的说来，都显得诚恳。这些评论让我看到了一个阔别已久的“界”，互相之间还保留着足够的欣赏、友爱和赞美。其中有礼貌成分，却没有虚伪渗入。由于这样的“界”已经不大，又被种种庞杂声浪包围，因此界中之人把话说得响一点，重一点，无可厚非。

由作者写别人，到别人写作者，连在一起，使我看到了一个立足文化身份的温馨小宴。排场不大，但菜色可口；杯盘殷实，而斯文勃郁。

至此我可以揭开谜底了。作者叫陈政，文集名《列岫云川》，所述文人文事、艺人艺事，多出自江西省。

从书后评论文章可知，陈政先生已是江西文坛的实力派盟主，至少是“之一”吧。一省文事之盛，常常不被外省景仰，不为全国所知，却总能自得其乐地默默存在，不与谁争论，却难以动摇。陈政先生以出版社社长之便，以诗人、学者、艺术家、散文家之功，以热忱、坦诚、正派之心，营造了一种规模不大又不小的局部繁荣。这在目前国内整体文化氛围下，殊为不易。

陈政先生的努力成果，还没有改变我对目前整体文化氛围的忧虑。你看在现代科技的支撑下，低级嬉闹、古董游戏、权谋导引、学术扮演等等让人愤怒而反胃的大潮,都正以“文化”的名义排山倒海。正因为此,陈政先生他们所营造的局部繁荣,更加珍贵。

这种营造,带有明显的理想色彩和浪漫色彩,使我很自然地联想到了两位古人。很巧,他们也都是江西人。

一个是陶渊明,营造了一个切身的梦境——田园;又营造了一个理想的梦境——桃花源。我曾把前者说成是“文化的此岸之梦”,把后者说成是“文化的彼岸之梦”。不管是此岸还是彼岸,都高超、洁净、美丽,安慰了几千年无数中国人的心,尽管营造者陶渊明本身却是那样寂寞而贫困。

另一位是汤显祖,营造了一个出生入死、往来天地的至情之梦,他自己名之“游园惊梦”。这个梦,给16世纪之后中国文化的衰落期带来了一脉生机。

都是江西人,专做这样了不起的事。总是突破世俗流行,另辟文化天地,虽非贴近现实,却能铭刻历史,传之茫茫万众。

感谢江西。感谢陶渊明。感谢汤显祖。

当然,在今天,感谢陈政和他的文友们。

(陈政随笔集《列岫云川》由人民文学出版社2014年4月出版)

邓京丽摄

好叫天地留精彩

——《布衣天子——刘询的前世今生》后记

黎隆武

写完《布衣天子——刘询的前世今生》，连同已经出版的前两部作品《千古悲摧帝王侯——海昏侯刘贺的前世今生》《隐形天子——霍光的前世今生》，我用了近三年的时间，终于完成了“海昏侯三部曲”，不觉长长地舒了一口气。这件事，总算干完！

因为一次偶然，我接触到了南昌汉代海昏侯墓考古事件；又因为一次偶遇，我和二十一世纪出版社的张秋林先生产生了一次碰撞。可能是天性好奇，也可能是被海昏侯墓考古发掘出的巨量文物“雷翻”，抑或是中了“冲动是魔鬼”的咒，总之，我冲动了一把：在四十八岁的“本命年”，第一次尝试文学创作，在“知天命”之年完成了“海昏侯三部曲”，前后历时整整三年。回望这期间所走过的创作之路，有冲动、有彷徨，有犹豫、有忧伤，有喜悦、有激昂，甚至还打过“退堂鼓”，有过想半途而废的迷茫！真是恍如梦中，个中滋味，唯笔者自知。

感谢朱虹先生一直以来对我的鼓励，朱虹先生为我的“海昏侯三部曲”的每一本书都作了序，这是对我的厚爱和鞭策；感谢二十一世纪出版社的张秋林先生和编辑团队，没有他们对海昏侯出版选题的敏锐捕捉和辛劳付出，就没有我的“海昏侯三部曲”；感谢汪玉奇先生在北京主持了我的第一部海昏侯作品研讨会，专家们提出的中肯意见让我收获颇丰；感谢家人们对我的支持和付出，在传播海昏侯文化的过程中，我几乎投入了全部的休息时间，没有家人的支持，很难想象能长久地持续下去；感谢单位同事们的理解，他们给了我信心和力量；特别要感谢读者朋友们尤其是“海粉”“侯粉”们的期待和守望，让我这个半路出家的文学门外汉，勇气十足地走在了“讲好海昏侯故事”的大路上……

此时此刻，耳旁回想起好友田信国先生两年前为我的处女作《千古悲摧帝王侯——海昏侯刘贺的前世今生》谱写的歌曲《好叫天地留精彩》：

看惯春去秋来，任凭花谢花开，这世界，有太多的无奈！谁能问鼎天下？我欲威震四海！那境界，有几人能明白？多少英雄汉，身前豪气在；千古帝王侯，身后黄土埋！得意休任性，有梦要澎湃，好叫天地留精彩！

那激越中带着咏叹乃至无奈的旋律，久久地萦绕在我的心头。这首歌是写海昏侯刘贺的，又何尝不是写给众多的历史人物和当下芸芸众生的呢？

伴随着音乐的节奏，我仿佛看到，一个个与海昏侯刘贺关联紧密的人物，走马灯似的从我眼前走过，就像是在西安城外的五陵原上走一场模特秀。汉武帝、李夫人、隐形天子霍光、堪称"天下第一忍者"的汉宣帝刘询、绝世将才霍去病、出使匈奴威武不屈的苏武、千古一后卫子夫、戾太子刘据、昌邑哀王刘髆、因自请立太子而被武帝惩罚的燕王刘旦、写下"千古之绝唱，无韵之离骚"的司马迁、大文豪司马相如……

看着他们一个个从我面前恋恋不舍地走过，我的心也随着他们跌宕的命运而不停地起伏。我仿佛能触摸感知到他们的喜怒哀乐，又仿佛亲身经历了他们的悲欢离合。

我曾经趁出差西安之际，专门去了一趟西安城外的五陵原，拜谒了汉高祖刘邦的长陵、汉武帝刘彻的茂陵、汉昭帝刘弗陵的平陵、汉宣帝刘询的杜陵这四个皇帝陵墓，以及"海昏侯三部曲"写到的李夫人、卫青、霍去病、霍光、许平君等人的墓。

爬上五陵原上一座又一座气势磅礴的帝陵山顶，望着莽莽苍苍的渭河平原，那感受正如田信国所写："多少英雄汉，身前豪气在；千古帝王侯，身后黄土埋！"

"海昏侯三部曲"中的历史人物跨越了从"汉武盛世"到"昭宣中兴"近百年的西汉历史。这段历史留下了一个个今天的人们耳熟能详的历史文化典故：金屋藏娇、倾国倾城、勇冠三军、千金求赋、芒刺在背、苏武牧羊、李广难封、巫蛊之祸、姗姗来迟、红颜薄命、马踏匈奴……仅从文化意义上来咀嚼这一百年，也可以称得上是中华文化史上最为灿烂的篇章之一了，值得一再地回味。

海昏侯刘贺本是昌邑（今山东巨野）人，因为历经了王帝民侯的独特命运，使这个集帝王侯于一身的特殊人物吸引了全球的关注。刘贺在人生的最后阶段按照汉宣帝的诏令，被动地来到了豫章海昏（今江西南昌）封侯，但在海昏侯任上仅四年便离开了人世。历史文献对他的记载并不多，如果不是两千多年后的一次盗墓活动引发了海昏侯墓的考古发掘，那海昏侯刘贺也许会湮没在历史的尘埃中，至今不为人所知。

正因为海昏侯墓考古的惊世大发现，海昏侯刘贺成了一个大"网红"，"网红"的效应也将刘贺的归宿地——江西南昌放在了"聚光灯"下。因为海昏侯刘贺与江西南昌有密不可分的关系，因而也就将与刘贺关联紧密的从"汉武盛世"到"昭宣中兴"的百年灿烂历史同江西南昌关联了起来。

正是在这种大的背景下，我在创作《千古悲摧帝王侯——海昏侯刘贺的前世今生》一书的同时，萌生了创作"海昏侯三部曲"的冲动，试图通过还原海昏侯刘贺以及与他关联最紧密的两个人物霍光、刘询的人生，去写西汉那段百年精彩历史。同时，我想通过写刘贺、霍光、刘询这三个重要的历史人物，将西汉这段百年历史与江西南昌链接好，向全世界持续不断地讲好海昏侯故事，从而达到宣传推介江西南昌这张历史文化名片的目的。

自2016年3月出版《千古悲摧帝王侯——海昏侯刘贺的前世今生》起，在创作“海昏侯三部曲”之余，我展开了“讲好海昏侯故事”的文化之旅。截至本书出版，我以平均每周一场多的节奏，已经做了近两百场海昏侯文化讲座，足迹遍及十余省份的都市文化讲堂，走进了五十余所高校。其中讲得最多反响最大的，是“以史为鉴说刘贺”这个话题；每场必讲的，是我对海昏侯那段历史六个“不可任性”的思考，即有权不可任性、年轻不可任性、有颜值不可任性、有功劳不可任性、有靠山不可任性、有冤屈不可任性。此外，我还在努力推动海昏侯题材影视剧的创作拍摄，与爱奇艺合作连续推出四部“海昏侯传奇”网络大电影；推动打造海昏侯题材实景互动游戏并落户南昌，用多种艺术形式和技术手段讲好海昏侯故事。

我很享受每一次传播海昏侯文化所带来的快乐和思考。在快乐和思考中，海昏侯故事走出了江西，走向了世界。

朱虹先生勉励我努力当好宣传推介海昏侯文化的“志愿者”和“宣传员”，众多的“海粉”“侯粉”们也期待着我不断地讲好海昏侯故事。

我想，我一定不会让他们失望的。

讲好海昏侯，一直在路上。

（黎隆武长篇历史纪实文学《海昏侯三部曲》由二十一世纪社集团有限公司于2016至2018出版）

《大美伊山》序

刘堂江

伊山之美，美于历史。伊叟隐居之故地，樊哙避难之古村。山间险而行路难，进出一条狭径；天下乱而此地安，容纳四海移民。和风沛雨地常丰，有感万人劳作；暖日晴岚粮不断，全赖百代耕耘。凝神色以回首历史，展笑颜以观望当今：寒热相宜似有道，伴美景以待客；春秋交替总无迟，携良辰以怡人。

伊山之美，美于山水。古谚云："仁者乐山，智者乐水。"穿过九十九道水，如天下学问有深浅；翻过九十九重山，似世间义理存蜿蜒。俗语云："靠山吃山，靠水吃水。"随时伸手，充饥有野果之累累；随处落脚，润喉有溪流之潺潺。我且说："山水有秉性，菁华赋予人。"山赐男儿以刚健，水教女儿以温婉；山励男儿成梁栋，水润女儿如婵娟。

伊山之美，美于人情。藤萝攀岩，且向悬崖高高吊；激流垂影，欲把青峰弯弯绕；稚童结队，赶网捉鱼哈哈笑；工匠携友，伐木锯板哼哼调。三两个村落，忽闻八九声犬吠；六七里山行，偶遇四五株药草。山水之和，养民风之谐；风景之灵，育人情之妙。孝父敬母，爱幼尊老；助友帮邻，亲师重教；夜不闭门，路不拾遗；福因善根，善有福报。五二姓氏，情如同胞挽手臂；百千户民，代有人杰行大道。

伊山之美，美于物产。黑灰斑云豹，百里觅食，悠悠哉漫步山林；白颈长尾雉，一袭锦衣，翩翩兮舞动画卷。水竹笋，出自竹，其嫩胜于竹；石膏鱼，不是膏，其香胜于膏。黄豆干菜，唤起童年记忆；玉芦薯丝，注定今生挂念。腊肉多嚼劲，工序借由人力；瓜梨发脆响，汁肉源自天然。香菇绝味，走出神州，名享海外；茶籽炼油，历经碾榨，芳泽家园。板栗诫人曰"郊野有珍品"，蜂蜜令人悟"勤劳出甘甜"。

居于深山之中，无妨文化之积淀；行于故土之外，依然情谊之牵连。想当初，诸位先祖，开茅辟壤以教勤奋，筚路蓝缕以启山林；念如今，我辈后生，焚膏继晷常思进取，栽桑种梓常念友亲。心头所缠是乡情，耳畔常响是乡音。此所谓——

人在他乡，根系故乡，花长绽，叶常新；
身远千山，心近伊山，情难改，谊永存。

（《大美伊山》由中国华侨出版社于2015年12月出版）

《自在客》卷首语

陈　政

《自在客》要付梓了，萧亮先生逼我交出卷首语。

我答应，星期六（八月十一日）动笔。

神使鬼差。星期五（八月十日）晚上，几位朋友邀，到南昌的泊园老茶馆喝茶，海侃山聊之际，忽然发现泊园老茶馆自制的打火机上有一行字：静候泊心之人，同悟泊心之道。

《自在客》，与泊园老茶馆一样，不都是泊心的地方吗？巧了。这篇文章就从"泊心"说起。

一

心，真是需要"泊"的。事实不断证明，人类文明越进步，特别是科学技术越发达，人们承担的工作、生活压力就越大。不是冰冻地震，就是洪涝干旱；不是跃龙门，就是引车卖浆；不是尔虞我诈，就是鸡鸣狗盗。如此等等。操心、焦虑、恐惧蚂蚁般爬到你的心窝窝里，让你抓哪儿都不是痒。

有人说，家是放心的地方。这话只说对了一小半。

要知道，每一个有灵性的人，内心都隐藏着或多或少的秘密。有些可以在家里说，有些就不能说、不便说。要知道，每个人面对的是自己面对的世界：你的上司，你的同事，你的客户。你的喜怒哀乐，你的甜酸苦辣，妻子（丈夫）、父母、儿女能完全代替吗？更遑论兄弟姐妹了。

生老病死构成了人的根本处境和基本命运，因之，人生不如意处十之八九。一不如意，首先煎熬的就是那颗心，心一受煎熬，人就不自在，人一不自在，便自我折腾，便心浮性躁，便英雄气短，便方寸大乱。天长日久，人何以堪。

二

原本《自在客》是被命名为《诗意人生》的。有参与者去卜了一卦，说仅为中吉，怕万一不自在，便改为《自在客》，据称，改后大吉。由此可见，诗意人生与自在客是可以相通的。

自从德国思想家提出"人，诗意地栖居在这块土地上"以来，许多贤达便把这一动议看成了个人摆脱庸俗社会的寄托。这也不错，人的生命深处，不都蛰伏着或多或少的诗意吗？这里的诗意，不仅仅指一种艺术现象，更多的应该是解决人生价值和意义的重要标准。如果诗意人生是我们的终极目标，那么，有限的生命就在此找到了归依的渡口。

诗的世界是作为一个与现实庸俗世界的对立面提出的。既然这个世界没有意义，我们就要造出意义。人之为人，自然不仅仅是能够改造自然，而更在于他能顺应自然，在个人或社会生活中，构造出希望和梦幻的符号，去圆梦、解梦，去求得暂时的解脱或永恒的觉悟，对自己进行一次又一次的审美陶醉，让幸福与快乐仙女般纷纷从天而降。

自在，就是放下，就是一个时段的没心没肺，就是在苦与乐、光与暗、善与恶之间进行理性切换。自在，说到底，是对人生和世界复杂多变关系的一种独特自然的应对。

当然，按照《现代汉语词典》的解释：自在，一是指自由，不受拘束；二是指安闲舒适。而我们这里谈的自在，既有词典解释的这两层意思，更指一个时段中，人的无事于心或无心于事。

三

通往自在的大道有三条：曰慢，曰静，曰舍。慢，相对快而言。中国改革开放三十年，为洗百年蒙羞，同胞们把几辈子憋足的劲头都使出来了。GDP 飞速增长，已经让世界目瞪口呆，可我们还是觉得慢。快，超过德国；快，超过日本；再快，超过美国。

每次奥运会，巴不得金牌都是中国得的，最起码也要个前三名。联合国开大会，恨不能全由中国说了算，就像当年乾隆以天朝天子身份接见英国这个“蕞尔小国”的使者。在这种心态的明昭暗示下，整个华夏大地就像按了“快进键”，疯狂加速，加速疯狂。

慢一点是否更好呢？我们都熟知“囫囵吞枣”这个成语，枣子你是吃到肚子里去了，但体悟到什么味道吗？品尝，应当就是慢慢咀嚼的那个过程。生活的缓慢感由生活的丰富性决定，而只有在缓慢的田地里，才能生长丰富。快速运行的社会让在这个社会安身立命的人们丢失了过程，忘记了细节，活在所追逐的目的中。

静，相对动而言。我们以前接受的教育，总觉得“动”才是活力，才是进取，却不知“静”是培育“动”的根本，是另一种形态的活力与进取。想想流动的水，生动、活泼、积极，再想想静止的水，平静、晶莹、庄严，能够映照万物。心静如水我们才能听见内心的声音，才能分出正与邪、善与恶，能清晰思考，清除杂念。能够在动与静之间找到平衡点的人，成功时能很快进入安然，失败时又能很快进入超然，动是静的生命变化，静是动的生命摇篮。

舍，相对得而言。舍得这个词已经被许多人理解与认同，舍与得与失与得相比，更加主动，有更高的境界。人生的许多烦恼，都源于计较得失，患得患失。得就是得到，失就是失去，两者仿佛泾渭分明，其实就人生整体而言，真正能舍的，才能真正有得。舍就是接受变化，是一种主动放弃和积极给予；舍，就是拿得起更放得下，在一定意义上还是清空内存，还是数据归零。一个仓库清空了，不是能装更多更好的东西吗？

当一个人能够在快、动、得的同时，做得到慢、静、舍，自在就会附在他身上如影随形，舍不得离开。

四

自在，我以为是人生状态的最佳境界。

在有限人生苦涩、焦虑、绝望的沉沦中，自持智慧，赋志淡泊，追寻诗意人生的“活在当下”，一旦进入了自在这个自由王国，那操持百业的纠结，那尽于百年的有限，那看不见前路的悲凉，便会被我们超越。我们就会进入“心静自然凉”或“心远地自偏”的安逸状态。

自在，并不仅仅是一种心境反映，而更重要的是这种心境反映可以造就一个有意味的世界，一个人们可以在其中获得宁静的世界。

自在，就是要求人们主动进入生存体验，也就是要求人们反思、体味自己的生活，寻找生活中有意义的情调，而不是在钟点的规定中刻板劳作，也不是在空虚的休闲中销蚀时光。

自在，就是宽心的生活态度，就是明觉，就是在内心不断比照，反复琢磨后安排好自己灵魂的走向。

《自在客》不仅仅读书、穷理、持才、使事，还要妙悟参会人生的云山依旧和野渡舟横。

《自在客》：一丛生长于闹市的青青翠竹，在尘嚣中飘逸着自己的淡淡青绿。一泓流淌在车流人海里的汩汩山泉，在喧闹中摇曳着自己的晶莹、透亮。一座可以泊心道的老茶馆，在浮躁中找回自己的诗意氤氲。

行文至此，想起不久前去过的兰溪芥子园，四川成都，那李渔式的吃喝玩乐，那宽巷窄巷里人的悠然安逸，应当就是自在客的写实版。

《自在客》可以兴，可以观，可以群，可以怨。近之事尔，远之事亲朋，多与自然山水风光为伍，识于社会草木虫鱼之名。一言以蔽之，曰思无邪，曰慢、静、舍，曰采菊东篱下，曰悠然见南山。

真的，有时一切都没变，只要人的心一变，天就会蓝，山就会青，太阳就会明亮，蜗居的陋室也能变成金銮殿。

到《自在客》来泊心吧，愿更多的人成为自在客。

（陈政主编《自在客》为江西美术出版社连续出版物）

西海寻梅　　成善新摄

把渺小的生命，与伟大的事物联系在一起

——教育随笔《大象之舞》后记

余慧娟

大学毕业，我放弃了保送读研的机会，来《人民教育》做记者，同学都很不理解：一个学IT的女孩，为什么要来干新闻？老师也为我惋惜：成绩这么好，为什么要放弃自己的专业？大学四年不是白读了吗？

我头也不回。

那个专业虽然吃香，但不是我选择的。

我所热爱的职业，并不是坐在空调房里（二十世纪九十年代中期，那是十分令人羡慕的待遇），面对一堆冰冷的机器。

年少时对文学社的迷恋，大学时代做通讯社社长，似乎都是梦想反抗的明证。高中三年，最值得惦记的，也许就是坐在理科实验班里，享受作文被老师拿起来念的那种怦然心动的感觉。

二十二岁，一个心比天高的年龄。飞！我要飞！没有什么比一颗觉醒的心灵更有力量。

上帝给我开了这扇门。

许多年后，我才知道，这个世界上真的是没有无缘无故的恨，也没有无缘无辜的爱。

父亲是老三届，当年县中的翘楚。如果不是一些客观原因，他应该是中国人民大学新闻系的毕业生。父亲说，那是他的"第一志愿"。

原来，我的身体里，原本就流淌着新闻人的血液。对世界万物强烈的好奇心，对事物本质的探究热情，特别是对人的研究与教化之兴趣，使我毅然决然地走进教育新闻行业。当我看到，在改革风起云涌的中国，教育记者具有了非同凡响的作为天地时，我更加坚定做一个能真真切切影响他人、影响中国教育的媒体人的决心。生命何其短暂！人应该为什么而活？我时时刻刻在拷问着自己。把渺小的生命与伟大的事物联系在一起，也许是作为个体所能尽的最大努力。

人生是一条河。相逢是一首歌。

我很幸运，遇到了能够牵我迈进理想大门的人；我很幸运，遇到了赏识我、栽培我的师长、朋友和领导；我很幸运，遇到了这个改革的年代。《人民教育》编辑部是一方沃土。六十余年的文化积淀，造就了她独特的气质，孕育了一批又一批青年才俊。每

一个在这里工作过的人，都会怀念她宽厚、质朴的“大家庭”般的温暖。她已经把她致力于传播的教育理念融入了编辑部文化，而对于年轻人的包容和扶持，则是一个文化单位活力的标志。感谢我的师长、同事，他们给予我这个新闻门外汉的指点、帮助和历练，令我终生难忘。更要感谢他们鼓励我、支持我考入北京师范大学读研究生。只有在职业的泥潭里摸爬滚打过的人，才懂得再次进入高等学府的价值。在这里，我结识了我敬爱的导师，完成了对教育认识的质的转变，成为一个名副其实的教育记者。

感谢中国教育报刊社的领导。人生最大的幸运，莫过于在他最具有激情和热望的年龄，获得磨砺心智和施展才华的机会。他们的厚爱、宽容与提携，让我在年富力强的时候，拥有了为自己深深热爱的事业奉献青春的可能。感谢那些我采访过的人。我常常想，记者真是一个奢侈的职业，奢侈在我们可以近距离接触各个领域最优秀的人，如果他足够开放，又足够自省，那么记者本人就应该是一个最能完善自身的人。在十几年教育记者生涯里，我一次又一次地遇到那些能够碰撞思想，又能滋养心灵的人，他们不断颠覆着、丰富着我对人、对教育的理解，激发着我对事物进行全方位的思考。我喜欢这一职业，毋宁说，我喜欢在思想的海洋中激荡历险的感觉。

感谢我的读者。每一篇让我苦闷的作品，几乎都会收到很好的反响。我便知道，有很多人，和我一样，选择在改革的狭窄处行走，不回避，不推诿，不退缩。我便知道，站立在最前沿、最巅峰、最真实处为教育指路，是记者的担当。

感谢教育科学出版社的刘灿、孙袁华，没有他们的策划、鼓励和催促，这些文字也许至今仍只是散落的篇章。感谢本书的编校工作者们，他们反复与我沟通交流，反复认真审读、推敲文字，加上他们在风格与版式上的独特创意，使小书不仅严谨、沉静、干净，而且有了清新、淡雅的人文气息。

感谢我的父母及兄嫂，他们总是鼓励我在自己的天地里有所作为，因为他们深深理解人的最大欢乐，乃是自我的发现与价值的深度实现。感谢我的先生，没有他十几年的陪伴与欣赏，包容与鼓励，我不会有今天的成绩。感谢我的女儿，无论我遇到怎样的风雨，她总是带给我无限的欢乐与感动，那些人之初的纯真笑靥，足以化解所有的艰辛。

所有给过我帮助和鞭策的“重要他人”，哪怕一句话，一个片段，都会留存在我记忆深处，永远。

爱在左，情在右，在生命的两旁，随时播种，随时开花。愿以百倍的努力，回报大家对于一个平凡教育记者的浇灌。

是为记。

（余慧娟教育随笔《大象之舞》由教育科学出版社于 2015 年 1 月出版）

小说是我穿在脚上的草鞋

——小说集《红樱桃》自序

萧　亮

我写第一篇短篇小说是在一九八〇年。那时我在九江师专读美术专业，校学生会举办全校文学创作比赛，我写的一篇短篇小说获一等奖。但我对此不很在意。因为我参赛的目的很单纯，只是为了改变同校师生对我们美术系学生的偏见。当时其他师生一般认为美术系学生自由散漫，虽然享有某些令人妒忌的特权（比如冬天画模特教室里有炭火烤），其实全是些没什么头脑的家伙。我的小说得了这个唯一的一等奖后，的确改变了一些人对我们美术系学生的看法，至少给我们上文学课的教师不再像以前那样胡吹瞎侃，如入无人之境了。

当时我对获奖不在意，是因为我并不打算今后从事文学创作，我的理想很明确，就是当一名连环画家。在当时许多同学看来，这简直算不得什么理想，因为连环画家在美术界并没有什么地位。而我树立这个理想是很现实的，因为我穷啊，画国画买不起宣纸，画油画买不起颜料，只有画连环画什么废纸都行。我为此付出的努力是惊人的。我画过的人物速写，在相同时间内不会比任何一个画家少，每年寒暑假集拢的画稿都要用双手抱。当时真是苦于没有发表作品的机会。十年过去后的一九九三年，我有幸接到一个连环画的脚本，在当文学编辑之余画了一百八十四幅。直接用钢笔在普通白纸上画，从不需要打草稿。趁这次小说结集出版，我找了一些来补空，懂画的人应该知道我说话是诚实的。

一九八一年毕业分配，我的命运发生了转变。像我这种从农村出来又毫无背景的人，很可能会分配到当时的公社中学当教师。教我画画的陈重印先生很爱惜我，他是一位具有深厚文学功底的人文主义画家。在他的全力帮助下，我分到了县文化馆，但却不是做美术工作。就我当时具有的美术与文学两种潜质来看，陈重印先生可能更看重我的文学潜质，当时正值全国文学创作的高潮，他主持创办了一份文学刊物，安排我当这份刊物的编辑。客观上也没法让我搞本行，除陈重印先生外，文化馆已有两位美术师。

虽然硬着头皮转行，但我内心还是迷恋画画。迫于工作压力，也动手写小说。那时在我之前，本县已有数位作者在省级文学刊物发表了小说，我虽然也发了几篇，但都是在自己编的刊物上。从一九八一年到一九八三年，我的心情非常烦躁。有好多次，我都想与小说诀别。那个时期，不断接到退稿，只有拿起笔来画画的时候,心情才获得一些平静。但我暗中还在写,这时已不是什么对文学的爱好,而是不服气,想争一口气而已。

在我几乎不想再写的时候,居然发表了一篇,是甘肃的《飞天》杂志发的。接着又在其他省级杂志连发了两篇中篇小说。这时尝到了一些甜头,加上各方面一鼓励,想停笔也做不到了。这就使我想起现在的打麻将,在我输得不想再打的时候,居然又赢了一回。这回其实是个诱饵,为的是让我后来输得更惨。

我真觉得自己写作的运气还赶不上牌桌上的运气。后来创作一直处于艰难的境地,没有一篇小说是顺利发表的,总要转几个地方,真是寄稿都寄烦了。编辑指出我的稿子主要是思想问题,不合时宜,有些东西不是由小人物来说的,编辑部担待不起。编辑希望我先把艺术玩圆熟了,等成了大人物再来指点江山。我不以为然,小人物怎么就不可以有大思想?如今的大人物又有多少是有思想而敢表达的呢?这一点我是不会改变的。我认为小说的思想性是第一位的,纯粹玩艺术,我还不如去画画呢!这种傲气是我小说创作屡遭挫折的重要原因。我却毫无悔改之意。

没有失过恋或离过婚的人,不可能真正懂得男女情感四字;而没有办过调动的人,也不可能真正懂得社会黑暗四字。我从未失恋也不打算离婚,所以我这辈子不敢侈谈男女之情。但我为自己办过多次工作调动。一个中国人,你原地不动时或许你觉得是自由的,而一旦动起来,就会发觉你的手脚全被捆绑着,关心你的人多着呢!如实说,在调动中,我遇到过不少给我巨大帮助的人,我一直感激他们。但这种感激绝不至于使我失去对这个社会的理性判断。我常常让自己从这种利害关系中跳出来,冷静思考这个社会的问题。因此我的小说的主调,主要是针对社会、文化与人性这三个层次的病根,我要说出它们的假、丑、恶。反抗来自这三个方面的压迫,追求人生的自由,是我的文学梦。

最美好的青春年华就这样度过了。不用别人褒奖,我一直为自己高尚的生活而自豪。

掐指算来,至今也发表了短、中、长篇小说五十多篇,不包括为稻粱谋的一批通俗篇什。其中部分作品由江西省作家协会主编,于一九九三年结集出版,书名为《我的独角牛,我的南方》。这本书(《红樱桃》)中收入的,是从上次结集余下的作品中选出的,只有一篇《独角牛》与上次出版的内容重复,原因是上次出版该文有不少错处,借此机会加以订正。

这两本书中的作品都是在一九八四年至一九九四年这十年间写成的,以后就很少写中、短篇小说了。这是我物质生活最为贫困也是我生命最有意义的一个时期。一九九二年调入省会城市工作已经两年了,家中的电冰箱还是朋友借钱给我买的。简直可以说,是一心从事小说创作使我陷入了贫困。我对小说创作的专注与虔诚,可以与任何作家相比。这个时期,除了严肃的创作态度和高尚的人文关怀精神,我几乎没有别的。小说不仅使我贫困,而且几乎使我患了一种"高尚病"。高尚本来主要是针对社会上具有相当地位与权力的人的道德要求,并不需要由像我这种无足轻重的小人物来苦苦支撑。这种思想的出现,表明我的心慢慢在变冷。我感到了秋的萧索与冬的落寞。

毕竟,写小说使我养成了独处和思索的习惯,而这个习惯逐渐使我明白了人生是怎么一回事。小说是我穿在脚上的草鞋,踏着它,我寻找着我想寻找的东西,的确,我也找到了一些我要寻找的东西。就此意义上讲,我得感谢小说。明白了,本该开始行动;由于不能行动,当然也用不着耽于思想。

我认为,独处和思索是了悟人生的两大门径。我写小说有明确的目的,就是想把自己感悟到的东西传达给别人,借此给阅读者以独处的机会并提供思索的引信。因此我要求自己的小说节奏从容,甚至尽可能慢一点;每句话都必须让一般读者看懂,而所有话加起来应让人费思量;不仅要有情趣,同时更要有理趣;希望在形而下的铺陈中,蕴藏着某些形而上的意旨。

现在有人认为小说主要是给人以娱乐的,那是别人的事。我写小说主要并不打算给人娱乐。这个世界没人值得我去为他提供娱乐服务,反正现在也绝少有像我当年那样饿着肚子读小说的人了。

或许小说本该以娱乐人生为己任,只是由于邪恶力量的挤压与疏忽,使具有曲折温婉性格的它有可能担负起了太多的社会责任。正所谓的能者多劳吧。在小说中刻意求真,本来是小说艺术的大病,但在我所处的文坛上,却成了奢侈的追求。

在我所处的年代,小说和人格一样,自由生长的季节还没有来临。在不自由中追寻自由,成为这一代小说创作者的宿命。也因此,小说成了众多创作者穿在脚上的草鞋。

当小说主要剩下娱乐功能的时代,我想那是一个相对美好的社会,如果能活到那时,我绝对不会再写小说。我想我会重新拿起画笔,写小说与画画相比,还是画画令人轻松,主要是它能使我放下"高尚"这个包袱。有的时候,我几乎打算屈就别人的暗示,让自己变成一头猪,把自己的理想限制在合适的猪栏里。但是不久我就发现,我不是一头合格的猪,跟其他猪也合不来,顶多只能披上猪皮。于是我安慰自己,还是做人算了,苦就苦点儿。说苦也是心苦。犯不着强充根本不存在的救世主,就在头脑中玩点虚的吧,一个人独打一副麻将,哪方赢哪方输还不是你说了算?

痛苦在于习惯把虚的变成文字,这就等于自己给自己穿小鞋了。用心血和胆汁凝成的灵魂没有市场,而漫不经心炮制的文稿却令洛阳纸贵。因此我觉得,越来越难与如今的世人交往了。我的精神“唯物主义者”不想要,“唯物主义者”的精神我也不想要。不可避免的是,我还得依赖别人生产的物质,比如油、盐、柴、米,比如电话、电脑,这些都需要金钱去交换。为了得到金钱,我得生产别人需要的东西。如今连环画也快绝迹了,我又不会干别的,所以只好写字挣钱。数年下来,在境内外也出版了二十来本书,一方面改善了家庭生活,另一方面也使我确信自己即使成为职业作家,也有谋生的能力。当然这也使我看到了自己人格的分裂,看到自己的一半厌恶着自己的另一半。渐渐地,我发现自己与世人的联系,主要也就剩下经济的联系了。

但我的梦还没有做完,做梦是在睡着的时候,这时正是深夜。

(萧亮小说集《红樱桃》由百花洲文艺出版社于2001年4月出版)

成善新摄

麦芒里的温柔

——方心田散文集《平静的忧思》序

王　芳

在经历了半殖民、被侵略、内战与改革开放的历史长镜后，我们处在中国的一个什么当口？我们获得了前辈们浴血斗争所想要获得的一切吗？

看看我们周围的世界吧，现代化的城市中，到处是高楼大厦、五花八门的商品广告和家用电器，人们被分割在一幢幢盒子般的房屋里，通过各种有线和无线，了解关于这个世界的罢工、杀戮、暴力、失事新闻或铺天盖地的全民娱乐消息。各种政治、经济、娱乐的小丑们你方唱罢我登场——人们贪得无厌地追求物质享受，并且以这种追求取代高尚的精神生活。中国美协主席靳尚宜在一次访谈中说："我们中国现在还处在文化的低谷，信仰也破灭了，为了利益，什么都不顾，学术界、教育界等领域一塌糊涂，所幸的是，我们国民经济还是上去了。"

但即使"生活如此像万丈深渊上的一条小径"（弗吉尼亚·伍尔夫），也还有一大批像方心田先生这样的人在。因为有他们对文学这一精神事业的坚持，有他们以有别于作协体制"圈养作家"的方式进行独立写作的坚定，有他们对民主和自由永不改变的信仰，我们的时代得以一小步一小步地往光明的地方走。我曾有一次很尖锐地问他，用独立于流俗之外的文字抗争，有用吗？在专制气息尚为浓厚的国度里，个人的力量无异于蚍蜉撼树，所以我选择躲避。他回答：总有用的，能启蒙，能唤醒，能推动体制的改进，哪怕如同一滴水对于大海一样的渺小，但毕竟也是一份力量，只要对推动有些微帮助，我就愿欣然前行。几年后他又说，现在体制在进步，虽然不够明显，但我的理想总会实现。我被他这样的言语震撼，这大概就是中华民族历经苦难终于越走越强的明证吧？在认识方先生以前，我还是个不谙世事、生活在自我构建的文学世界里的青年，认识他后，随着他的脚步，我看到了愤怒、抗争后沉淀下来的忧思，我开始明白，信仰真的不是任何一门宗教，而是人类至死不渝的崇高追求。因为追求而思索，因为思索而冷静，但这种冷静里，又何尝不是对周围世界的炙烈之爱？正所谓冷眼热心肠，一如麦芒里闪现的温柔之光。

任何生命都会恐惧自己在寂寂无闻中消逝，因此，我们挣扎着想从尘世获得一点证明自己曾经来过的痕迹。方先生 2005 年出版的《无语的乡村》一书，以质朴而清新的气息，留下来过的明证，五年之后，《平静的忧思》以同样安静但不一样平静的形式，让人感觉到一个来到中年后日渐成熟深刻，以文字记录思想，以思想指导行动的文化人不平凡的内心与日益明确高蹈永不满足于现状的信仰,那是对天空的仰望,那是一种自我的超越,而这种超越又建立在脚踏实地的日常生活状态之中。所以,不管是他的内心还是他的现实,都存在着二元并立,如芒刺里的温柔,格外动人。

一个人的文字,不可避免地会打上他生命经历的烙印,因为有了这些经历,我们才得以丰盈。方先生经历了一个跃出农门成为乡村教师,再从乡村到县城,从县城到省城,成为杂志编辑,成为杂志主编的过程,他奋斗,只为心中有理想。但是,作为农民的儿子,在喧嚣的城市待久了,他又深感失落,开始想念那些如诗歌一般的乡村往事,他说,总有一天,他要回到家乡去,盖一间房子,种地,锄草。他的乡村叙事,有乡村的朴实与美丽,自然而然地充满抒情色彩,阅读这些文字,让人想起海子的诗:“我要转回故乡/头上插满鲜花/我要在故乡的天空下/沉默寡言或大声谈吐/我要头上插满故乡的鲜花。”

这些文字,有养育了乡亲们的万年河,有故乡的荸荠、花生,有露天电影,有母校,有白发苍苍仍以儿女为念的母亲,还有发生在故乡的爱情。质朴的语言、真挚的情感,使同样经历过那个时代的人,都不由自主地跌入到对往事的回忆里。但这种回忆并没有只剩美好,他的忧思处处可见:“过渡,过渡,我们哪个人不是过渡客呢?从相守到别离,从爱到恨,从生到死……”(《过渡》)“只是,乡亲们为什么不大愿种荸荠呢?我想,也许是现在的好吃食品太多了,多得眼花缭乱,牙齿罢工,而栽种收挖辛苦劳累的荸荠,就理所当然地淡出人们的视野了。”(《荸荠》)“比如城市女人,她们就会赢得体面而人性的计生待遇,在控制生育的方法上有很多选择,但唯独不会选择结扎,不会主动或被动地去受那看似温柔实则残忍的一刀。而乡村女人的命运就难以享受这般恩赐了。她们像庄稼地里的甘蔗一样,最终都无以逃避那寒光闪耀的一刀。”(《家乡流行结扎》)

不可否认,现在的乡村存在各种各样的问题,但没有一个孩子会嫌弃生病的母亲,相反,会给母亲更多的关爱,也正因为如此,作者才更加爱他的故乡,爱故乡土地上的一切。“乡村场景”这一辑的文字有质朴之大美,给人以大地上的麦子蓬勃生长之感,同时,也于淡淡的忧愁处显出思想的锋芒。

故乡是人的底子,故乡是一辈子脱不掉的关联,由故乡而生的大爱,使人联想到人类最美好的情感。“城市漫笔”一辑,关联到男女的友谊、爱情与婚姻,如《知己一梦是红颜》《没有爱情的人是可耻的》《婚姻随想》等,里面处处是知性文字。“习惯匍匐于大地的人和习惯翱翔于天空的人结了婚,就像鸡鸭凤凰同巢,未必享受到和谐;习惯匍匐于大地的人和习惯匍匐于大地的人结了婚,就像豆荚围绕稻田,倒也其乐融融;习惯翱翔于天空的人和习惯翱翔于天空的人结了婚,就像雄鹰邀约天马，那是何等的璀璨！”这是他对婚姻的深度解读。“爱，不仅是人类的美好天性，还是人类的非凡能力。你追求了爱，拥有了爱，或者你曾经失去了爱，又勇敢地再去爱，都无可争辩地证明你顺应了自然的规律，也昭示了你超拔于旁人的能力，更彰显出你冠盖芸芸众生的卓越魅力。”这是他对“爱”的个性理解。从这些文字里，我们看到他，更看到自己，他使我们自我质询：面对爱，我们做过什么？在与方先生交往的过程中，感觉他是一个胸怀开阔，多愁而忧郁，真挚而深情，懂得爱，对爱充满向往，为了真爱愿意孜孜付出的男子，一个自始至终对世界饱怀爱意的“人”。然而，不可避免，一个对爱怀抱梦想的人，又注定了有着永恒的忧伤，因为人世间“爱”的获得，是一个艰难的过程，我们永远只能在追求的途中。“总以为你是我的终点，结果你是我的驿站。也许我的前方还有驿站，也许永远没有驿站……”（《在路上》）

这样的人，是美好的；这样的文字，引导我们向美好的地方去。

一个习惯于思索的人，走到哪里，他的思索就会跟到哪里。所以，天涯游踪，处处都是他思考的托盘。从省内的铜钹婺源，到省外的拉萨塞北，再到香港澳门，凡有其足迹的地方，都有他的文字飞翔。有时是快乐地去忧伤地回，有时是对自我的一种流放，却以平静平和收尾。他厌倦自然风光中的人造痕迹，说那是为抢眼球的浅薄书名，这真是我见到的最恰当的比方。如今旅游业发达，与大众一起去旅游，又有几个人去静心聆听这山水与古迹之中蕴藏的真乾坤呢？当我们看着举着小旗、掐准钟点，引人们从一个景点匆匆赶到另一个景点的导游那急切的眼神，当我们涉足在拥挤不堪的人群中，抢着一时安静而按下快门以证明“到此一游”时，方先生开始了他一贯的忧思。“面对街上一拨拨汉藏身份却小异大同的行人、商人，环顾着街上一栋栋火柴盒似复制的贴了瓷砖的楼房，我在比较着康定和我们中东部地区小城的同与不同。我感到了遗憾，文化差异的美丽几乎一一丧失在了社会生活的进化演变之中。”（《川行散记》）

如果说前面还只是将各种思考寄托在某些日常的情感之中，那么，涓涓细流汇入茫茫大海，其势也必当磅礴。以我个人的经验而言，若“乡村场景”一辑以“美”动人，那么，“思想放风”“人文品鉴”两辑，则是以“力”见长，这才是我见到的方先生的本色。其间流露的他的价值观与情感态度，足以说明，虽则他是一个身材并不高大的文人，却又是爱憎分明、敢说敢做的剑客。他的真知灼见，他的锐利深沉，足以使他成为一个真正意义上的文人。

“在铁栅栏还像围墙一样的时代，我们只有努力地朝上生长，才能汲取那些明媚的阳光和新鲜的空气。”这就是真正的人文力量。本书中的思想性文字，展示了一个表面平静温和，内在波涛汹涌，有着社会良知与责任感的当代知识分子形象。

好的书籍，其内在的东西是丰富且庞大的，无法一一说尽。各种不同的启悟，只能存在每一个读者的心里。我在此说的，只是我心中的方先生而已。对我而言，方先生既是同道，又是老师、兄长、朋友，因为诚挚与朴实，他显得特别高贵。这不同于由贵族的血统、华丽的衣着、绅士的举止、不俗的谈吐等建构的表层高贵，而是一种更为贴近大地而又更为向往天空的内在高贵，其中有对梦想的执着追求与对所处世界的深情厚谊。

在我的心中，他就是一株田野里的麦子，麦芒闪闪，但其光温柔动人。

（方心田散文集《平静的忧思》由沈阳出版社于2010年11月出版）

昆山笔会　　佚名摄

在文字中行走

——散文集《散落乡间的小令》自序

夏宇红

一直以来，喜欢在文字的丛林里穿行。因而，大多的时候，我把自己定义为一个在文字中行走的女子。

这，或许缘于骨子里对文字的一种与生俱来的热爱，或许是缘于其他。

记得刚上学那会儿，放学回家后，常常一个人关上房门写作业。外婆总在我读书或写字时，轻轻推开木质门，把炒花生、炒黄豆用小碟盛着放在边上，然后，笑语盈盈地说上一声“乖崽，好好读书”，便缓缓地带上木门出去了。在那扇缓缓关闭的木门里，我感受到了亲切、从容的生活气息，连同外婆的慈爱，从一开一合的动作里缓缓释放出来。那是最初识字时，外婆对我的勉励与褒奖。

童年时光，是疯玩的时光，也是看小人书的时光。一册在手，便于放牛或打猪草的当儿拿来读。旷野的风，吹过草地与山岗，也吹动着我的书页。牛在不远处吃草，打猪草的竹篮子放置在一旁。而那个趴在山坡上，一页一页地翻着图文并茂的书页的自己，小小的心里，该有一种怎样难得的惬意！

初中，暑假里帮小姨看店，乡间的小百货店，一天下来，也没几人光顾。实在无聊了，我便浏览着舅舅从学校带回的一摞报纸、杂志。其间有《当代》，也有《十月》，也正是那些厚重而有质感的文字，让我那一目十行的目光渐渐慢了下来。后来的大半个假期，我便埋头读了去。那算是第一次真正意义上接触到文学作品。

也常常忆及二十几岁在省城就读的日子。晚饭后，我总是早早去到图书馆，占着一个临窗的位置，先把书本放在那里，再去校园里散一会儿步。若是春末夏初，一路上满眼新绿，初夏的风吹过发际，感觉时光是那样丰盈美好！回到图书馆，穿过一排排埋头晚自习的同学，我赶紧放轻脚步回到座位上。不一会儿，也沉入书本中去。

回想起来，仿佛就在昨天。那时，青春和活力满满；那时，常常一星期就能看完一两本厚厚的书。每个周末，总是期待着阶梯教室有一场文学或艺术之类的讲座到来；那个时候，一心向往成为一个文学青年。而文学青年，是一个曾经多么炫目的名字。

可是，那个也曾啜饮咖啡，也曾品读荷马的时光，在后来日渐粗糙的生活里，渐行渐远。直到后来，远得只剩一个回眸。只不过，那个回眸，偶尔还能照亮一下眼前杂杂芜芜的日常。

后来，生活忙忙碌碌、一地鸡毛的日子，让我感觉自己离文学越来越远，仿佛成了依稀旧事。诗与远方，一同消失。

只是，工作之余，偶尔还会读上几行喜欢的文字。那一刻便觉得仿佛在世俗之外寻到了一叶方舟。疲惫时的阅读，常常会带给我一个超越现实之外的世界，它带着我在一种精神世界里飞升或降落，从而获得一种生命的安顿。

然而，生活不就是由一些点滴的欣喜、感动或者忧伤、失意构成的吗？比起现实的物质世界，有时候精神世界可能更真实，更符合一个人骨子里的东西。那些重拾起的阅读，也只是一种不自觉的安放自我灵魂的方式，后来，也并没有上升到哲学和美学层面。只是一路读来，它让人回归内心，获得灵魂的适意。

后来，阅读渐渐地为我打开了一个新的视界，也让我感觉到读万卷书，更要行万里路。于后来一次次的行走中，我先后去了中原与漠北，去了雪山与黄河，也去了江南小镇。在南北不同的地域与习俗里，一路上的所见所感，都会让生命丰盈起来。

而旅行，有时也能将内心唤醒、将文字点燃。归来后，我开始尝试着写下一点小文字。一路写来，一路发表后，我先后加入了市作协、省作协，后来又加入中国散文学会与中国电力作家协会。2017 年春天，我终于去到鲁迅文学院首届电力作家高研班学习。

对于文字，敬畏与感恩一路相随。

相对于那些一个个作协会员的称谓，我更愿把自己定义为一个书写者。书写的时候，我会选择一个自己的视角，更多的是一种记录或者呈现生活，而不是抒情与议论。

然而，真正的艺术是创造性的，它是一种魅力无比的东西。

有时，坐在电脑前敲出的文字，总感它的质地过弱，内涵低于表达。这个时候的我会很茫然。因而，许多个日复一日的悄然无声的夜晚，我只为一个夜晚的复活而存在，那就是等待一种灵性书写的出现。但那种感觉总是迟迟不肯到来。有时，伫立在夜的窗前，窗外的路灯下能看到细如薄雾的小雨，而我，茫然四顾，心里会生出一片空白。

也常常喜欢安静地坐着，什么也不做，只是发发呆。就那么静静地坐着的时候，我偶尔会想起《月亮与六便士》来，感慨满地的六便士，有人却抬头看见了星与月。关于这本书，过些年我就会重读一遍。只是，因为心境的不同，有时好像读懂了，有时又好像没太读懂。

原来，浮华世间，文学也好、艺术也好，都是渗透的。有时一些好的作品，永远只有少数人才能读懂。

此刻，当我写下这些文字时，夜色凝重。窗外，隐隐感觉到似有流星划过夜空。生活在时代疾速的车轮中，愿能回首便见那个扎着羊角辫，有滋有味地看小人书的小女孩，愿能偶尔放慢脚步，抬头看见星与月。

（夏宇红散文集《散落乡间的小令》由江西高校出版社于 2019 年 7 月出版）

《我更喜欢努力的自己》自序

周　冲

2014年，我出了人生中的第一本书。当时我还在中国一个小县城里教书，大龄未婚，人轴，还不切实际，自然周遭敌意重重，我困顿于彼处，苦于无法脱身。发展到后来，就像一个现实版弗兰肯斯坦，心中充满了愤怒，和周遭不断对抗。

这种对抗消耗着我，令我日夜煎熬，草木皆兵，像一个停不下来的战士一样痛苦。

不过，这种感受也帮助了我，它使我更加坚定一个念头：此地不宜久居，必须尽我所能地离开。

离开也别无他途。

一无背景，二无钱，三无关系，只有投资自己，不断修炼技能——写作，将它当作《肖申克的救赎》里的那把小锤子，日日凿，夜夜挖。终于，在2015年3月，我拿着第一本书的稿费，带上相关资料，向校方辞职：本人自愿离开体制，放弃公职，一切后果自行承担。

辞职很顺利。

只有几个中年领导说："你太冲动了，多少人削尖了脑袋要钻进来，你还离开……你会后悔的！"

我说："我不会。"

是的，虽然当时我也不知道前方等待我的是什么。一如孤独的原始人，闯入新的蛮荒之地。但不知道为什么，总有一股力量在支撑着我，它发出模糊又坚定的信息："别怕，周冲，走下去！别回头！"

就这样离开了。

基于对北上广深的向往，我买了机票，飞到广州，开始自由写作。

如今，两年一晃而过。

我拿到了广州户口，买了房，买了写字楼，买了车，嫁了人，家人都被我接到广州定居，有了自己的公司。最关键的是，现在的工作，能最大限度地免于受辱，能做自己的主，像个人，不是物，不是奴，不是机器，所言所行，皆为此生所求之事。所以，时光的流逝都成为一种隐秘的福报——每一分每一秒，都在成就我，而非消耗我；都在建设我，而非破坏我。

因为这些，我极其感恩，也可以无愧地说："我选择对了！"

母亲也感叹："我以前也觉得你傻，想不到傻人也有傻福，命还不错……"

我说:“妈,别信命,信自己!”

世间有救世主吗?我没福气,没见过。我一直坚信的是,人是自己的救世主。居于困境与僵局时,向外界企求救助无用且可笑,哪怕是命,哪怕是神明。能带来改变的不是别人,是你自己。你只有蹲下来,向羽翼未丰的自己说:“站起来!”当你站起来,你就会看见道路。

这两年除了物质与境遇的改变,圈子与想法也与从前大为不同。

从前的微信联系人里,大多是小富即安、知足常乐的熟人,而今的微信联系人里,多数是生机勃勃的年轻人,有斗志,不服输,情商、智商、野心都一直在线,年薪过百万,活得姹紫嫣红。不得不说,处于这种圈子,你想停都停不下来。

与此同时,视野与写作也开始变化。

最初我只关注自己,写散文,私人化,偏矫情,爱生僻词,爱矫揉造作、顾影自怜,对现实与理性都不太在乎。所以,写了非常多漂亮的废文。

后来发现,写再多这种文章,无论从务实意义,还是务虚意义,都没什么用!

一不能让自己更自由。

二不能让自己更理性。

于是改变写作方向,从大众的痛点进行思考和写作,比如亲密关系、女权主义、经济、教育、心理学……渐渐形成现在的文艺理性风,从客观的角度,以文艺的笔触去解读人间事与人间情。

按这个方向努力,公众号很快就收获了一百多万读者。

许多人会守在夜里,等着每天的推送,如果喜欢,给予鼓励,如果有意见,就会给予批评。因为他们,我对写作更加谨慎,也更加敬重和谦卑。从 2015 年至今,除了吃喝拉撒,每天只做一件事:写。这是我唯一专注的事情,也是唯一不愿造次的事情。文字是有灵气的,你一旦敷衍,所有人都能感到那种无力和粗糙。你要像个被梦想俘虏的孩子一样,缓慢又笨拙地带着盛大的热情写下去。不油皮,不轻佻,不走捷径,才对得起市场和良知。

2016 年,责编来广州,商谈出书的事情。加上自己也想对这三年有个交代,犹豫了半晌,签了下来。

责编是一个极其负责任的女生,如果没有她,第二本书不会问世。

她以专业的眼光、惊人的耐心、负责的态度,将书的每一个细节,都敲定得无比完美。就这样,我的第二本书《我更喜欢努力的自己》经过漫长的着床期、怀孕期、临产期,终于落地了。

和第一本书一样,很忐忑,像害怕自己生出的孩子别人不喜欢,轻看了他,薄待了他。

但我又想：我应该相信自己，也相信这本书。

因为，它是有诚意的。

近几年来，我写过几百篇文章，已发的，未发的，责编从中反复甄选挑出最精华的几十篇，反复整理，反复修改，收编成册，以飨读者。

它会告诉你，孤独的人如何爱，贫困的人如何富有，迷茫的人如何选择，无力的人如何前行，心怀创伤的人如何幸福……

所以，这是一本我有勇气交出去的书。

虽然它依然不完美，依然有进步空间，但不着急，我们都慢慢来。这是一条注定要走一生的路，那么，就像一个失聪失明的人一样，摸索着，思索着，坚定地走下去。未来不管遇见什么，无论是一马平川，还是一路坎坷，我全部认领。因为，在挚爱之事中，光阴流逝已使我心安。

（周冲著作《我更喜欢努力的自己》由湖南文艺出版社于2017年5月出版）

西瓜诗会　　成善新摄

鲁溪的容颜

——江西文化乡镇丛书《锦绣鲁溪》序

翁还童

一

方志记，鲁溪在县东北七十里，源出段坪，相传鲁真人修炼其上。山上人家，自然有仙气焉。

其地在庐山西海北岸，处赣北幕阜大山间，大山大水而人物蔚然大观。

山上老人有云，幕阜山，扁担山。东挑鄱阳湖，西挑洞庭湖。自然之子，鲁溪人自有一种豪气。

俗话说，人人门前有三尺硬地。这三尺硬地，不是地理尺码，而是人的文化自觉与精神海拔。鲁溪三岁小儿亦会歌谣：

> 五里三司令，隔河两将军。

而中国著名语言学家余心乐，生于斯乡，葬于斯乡，少时誉为神童，青年时被称为江南才子，大学名教授，一生从事教育与学术，道德文章，著作等身，享誉海内外。著名画家林美岚，号北屏山人，从小喜欢画画，没有教师，以自然为师，终身钟情丹青，而成为一代名家。

就是一介草民刘绍明，为争邑人权益，在官府与豪强面前，不肯低头，勇于牺牲，毅然足踏烧红的铁鞋，在豫章赣江边上，用跑向死亡的距离，开拓出南昌武宁码头。其一身铁骨，义薄云天，数百年来，精神活在民间。

二

我常想，在一个文化高度同化的国度，一个小地方是不是还有自己的面目？普遍的状况是无，而有生于无，自是一种可喜，那么这一点可宝贵的价值又由什么组成呢？

是风景吗？鲁溪有北屏山、双新山、梅颜山、马迹山、马鞍山，五山雄峙，而烟村万家；洞口河、双溪河、梅颜河，三河交汇大桥河，而田畴如画。还有鲁溪洞，大桥河湿地，西海岸边的湖光山色，这样的日月山川，让人感恩造化。

是物产吗？谷烧酒，红辣椒，川芎茶，拳头粑；山藏煤矿，而高山遍植油茶。吃什么，是什么。也许是山背谷烧酒的温度，也许是高山红辣椒的燃烧，本来是江南山水之乡，却有高山人家的豪放。

是文化吗？武宁茶戏，于斯为盛。乡间草台，代代传承。最为可贵者，供读、做屋，成为民俗。读书种子，人才辈出；而村舍俨然，蔚为风光。人是他自己认定的价值，有这样一种价值观，所以成为一方风俗之根基。

种种物事，但凡言山背，仿佛是世间的一个品牌。即便语言，亦称山背话，而不随风更改。赣地方言本来多粗硬，而山背话却婉转如歌。其中的古音古字学问，我以为可以作为一个学位来攻读，亦足奇矣。

三

一个地方的文化人，是一个地方的元气。鲁溪的元气充沛，我正是通过这里的文化同道认识的。

乙未初，余阳开出版武宁历史上第一部抗战题材的长篇小说《老屋场之歌》，皇皇四十万字，可谓卷帙浩繁。其用方言土语，讲山背民俗，又融入家国大义，有独特之价值。我对这部巨著的认识是：一轴赣北风俗民情画卷；一个山上唯美爱情传奇；一部惊心动魄抗战史诗；一面反思苦难历史镜子。因为正值抗日战争胜利七十周年，地方作协、报社和鲁溪镇政府联合为这部作品开了一个研讨会，有省里专家、编辑及本地作家四十余人参加研讨，并一起到北屏山采风。我有幸主持这个活动。正是通过这部作品及研讨活动，我得着一个山背人的印象，那就是老班人传下来的讲情义、讲信义、讲忠义、讲道义的形象，也是这部长篇小说主人翁张绪太的风骨。

丁酉秋，梅颜夏涓沅邀请本县文友到乡间与其村竹林堂诗社雅聚，我名之为江南竹林堂中秋风雅颂。活动分采风、诗会、灯彩、茶戏等环节，一村老少，齐聚一堂，共度佳节，留下难忘的印象。与会作家、诗人创作诗歌，出版专辑，一时传为佳话。一个山村，有诗社，成员数十人，出版诗集，举办诗会，劳作之余有精神家园，乡村振兴，于此可望。

戊戌春，夏海琴邀约同道枫树踏青。我有古风赠之，其词曰：

山背夏海琴，邀约枫树村。
屋场桃李艳，田野铺黄金。
有菜名诸葛，有草称五灯。
多少世间美，寂寞不知名。

北山访古树，沧桑何其深。

山花自烂漫，逍遥听钟鸣。

雨登南山顶，庵前瞰众生。

何处无春色，同道能几人。

江南风雅颂，微吟赠予君。

乡间盛情，一点一滴，有世上人家之美好，人客来家有春风浩荡。也许不为世人知晓，譬如山间佳木，自美其美，自成风度。

戊戌仲夏，李飞亮君以川芎茶、黄精酒、茱萸囊、山野菜相招，同道二十余人，审美北屏山。山路崎岖蜿蜒，如一根飘带，牵引诸君来到汪金文的本草庄园。门前川芎满棚，香气扑鼻而来。因为深山移民，山间屋场颓败，而少见人烟。汪君领众人采辣椒，挖川芎，识茱萸，听草木故事。川芎古名江离，又名蘼芜，本草列为上品，可作药，可作茶，可沐浴，亦可藏衣中，养君子气。茱萸燥湿除恶，古人以为，佩带则可辟邪祛灾。又走进村中老屋怀想，去凭吊画家林美岚故园。是日，林公女儿林星星君一行亦从上海、九江来此一聚，赠《林美岚画集》，至为珍贵。山庄如同节日，手磨豆腐，做拳头粑，春麦蒸粑，杀猪炖川芎，开自酿的黄精美酒，又有远近乡亲，咸来相敬。美食佳酿不可辜负，而情意最是动人。李飞亮君情牵故里，乃赋得茶芎、辣椒诸多风流，同道亦得佳构美文。古来赋比兴，是日颂北屏，亦可乐也。

四

赋闲以来，应柯水生君邀请，主编地方报纸副刊。一日，得到广东第二师范学院刘志刚教授一篇大作，是写余心乐公的，万余字，拟删节在副刊做一个专辑。为做好版面，想到网上找余公的简介及图片，结果为空白。有一个名为余心乐的却是台湾的。一个文化巨人，竟被世人遗忘若此。一叹。

丙申夏，熊自安君履新鲁溪。越明年，政通人和，产业兴旺，而图文化振兴。毕竟，要把一个地方做大，可以起高楼；而要把一个地方做伟大，只有做文化。乃命余阳开等诸君编辑地方历史文化图书，历时一年余，而初成规模。于是，一方文化精品得以保存与传播，秀美乡村旅游可得根基，不朽盛事，功莫大焉。

又邀请地方作家朋友到鲁溪采风，共议大计，增添新作，有美意存焉。同道三十余人，登马鞍山，观一川风景；看采茶戏，古老的艺术，常唱常新。游双新英山茶园，新垦条带如浪，高山新景，蔚为壮观。访灵台寺，与法首师谈话。唐朝的一座尼庵，青灯古佛，孤立山腰，与白云为伍，文化坚守如斯，亦令俗世汗颜。与文友座谈，而有厚望寄之。我的建议是两点：一者此书应收录鲁溪最有代表性文化人之作品；二者此书应收录外间写鲁溪最有代表性之作品。若能如此，善矣。

五

风雅颂是中国文学的开始，也是中华文化的源头。颂的本义是容貌，而作为一种文体，应该是要陈列美好。我以为，一个地方的容颜，根本上来说，是一个地方的精神面貌。

遵熊自安和余阳开先生嘱，要我来给这本书提点建议，写一点文字。我是一个贫薄之人，鲁溪的“宗庙之美，百官之富”，我又如何能得着门径，而推却又不恭敬。由是，效古人呦呦鹿鸣意，写下这些，作为点赞。

好在此书所选作品，有鲁溪最有代表性的作家作品，如余心乐公写于抗战期间的《祭孔文》，古朴典雅，情文并茂，人皆以为出自大儒名家，而余公时年二十多岁，一时皆呼为江南才子。余公孙女知真有写祖父的佳作，至为温暖。林美岚艺术自述，亦足宝贵。尤其外间写鲁溪人事最有代表性的作品，如学者陈政、刘志刚、陈建武，画家陈重印，作家方平、邹冰，诗人钟新强，青年才俊张雷、邹幽篁等写鲁溪人物、风情的作品令人惊喜。何其有幸，此地华章荟萃，文友夏宇红、陈琴、余锦标、柯善志、陈华、柯干景、柯帆、刘剑平、熊毅、刘芙蓉、张国扬、余静权等作品都可一览。也可以说，这部著作，囊括了一方精品力作，庶几可成地方之文峰，由衷仰望，并热切期待其问世。

谨略述管见，以为小引焉。

（《锦绣鲁溪》由江西人民出版社于2018年9月出版）

珍贵的怀想

一

“江南风雅颂”是我在2016年9月建的一个微信群的名字,2017年10月成为一个微信公众号的名字;2021年盛夏,我来写这个编后记的时候,它将成为一本书的名字。

2015年春,按照组织暖心的安排,我退出所在机关的岗位,开始酝酿赋闲生活,有些空闲来做一些文化公益之事,建有“中国西海文学群”。这是个两百多人的大群,利用节假日组织过采风、禅修、诗会、研讨等各种文学活动。一年后,由于一些人不满足于那些大而少的活动,逐渐形成了一个愿意经常一起交流读书创作的圈子,因此需要建一个小群,开始只有十多人,后来发展到三十人左右。因为修行不够,有分别之心,知道初始的风雅颂产生于黄河流域,因此取成这样一个自我局限的名字。

为什么会取这样一个名字,并没仔细琢磨,更没有一起讨论。人都是缺什么补什么,也许是潜意识里感觉自己太庸俗,想向朋友们学习风雅;或者是在一个没有诗意的时空,想与诸君一起努力,走在追求风雅的道路上。

二

2020年小满,刘芙蓉君做东,组织大家到回头山采风。一伙人在佑圣宫喝茶闲话时,我第一次说出自己的心思,想把这些年来采风和交流的作品,做成一本书,当即得到夏涓沅、付赛鹰、钟新强、李飞亮、刘芙蓉、韩峰、子清的响应,后来又有王造梁、徐立慧、陈绪付、张小泉、刘俊、邹幽篁等人的加入,这就是本书编委会成员的来历。

这个编书的约定，只告知三十人，得到的反馈是二十二人表示支持。除上列编委会成员外，还有叶征球、付鹤鸣、余静权、柯五平、胡绍华、邱小波、何薇、张敏、谢金彪等愿尽心意，预购数册，以为雅助。

如果没有他们的支持和鼓励，也许我就没有兴趣和动力来做这本书；即便做了，难免有一种孤独，做出来也许是另外一个面目。因此，这样一本凝结人间情谊的作品，呈现许多热心肠加持的容貌。

三

2020 年 7 月，我开始在笔记本上架构目录，然后开始搜集整理书稿。同年 11 月，第一稿做成。这一稿共三十五辑，其中上卷“三百篇”有三十辑，全部为文化采风作品专辑；下卷“卌人集”，共五辑，为五十多篇散文随笔。全书四十万字，并配图片。

联系几家出版社，都说这个规模要做成两本书才好。所以在初稿的基础上来做减法，先是减至三十辑，共三十五万字。诗歌二十五辑，其中选了一辑组诗、一辑童诗，而且童诗是十组，每组四首，这样既丰富了内容，又没有改变“三百篇”的数量。但是采风作品一下删除七辑，呈现的面貌，自然有些单薄。到 2021 年 3 月底定稿，全书减至三十三万字。到付梓前，因为容量及编排的关系，全书减至 30 万字。尽管许多好的作品就这样一次次流失，也只能忍痛割爱。

做目录的时候，心中也有一个自己设定好的顺序。把一辑一辑的作品、图片文件夹放在“三百篇”的文件夹后，这几十辑作品，自然生成一个顺序，就是辑名的字母顺序。觉得这样蛮好，因此只在前面的几辑中做了一点微调。下卷“卌人集”只有五辑，顺序虽然有先后，但是所有的辑、篇都是并列关系。

入选作品的时间，开始是截止到 2020 年底。但没有发给出版社前，总会不断取舍。到 2021 年 3 月定稿时，“卌人集”更换了少数平台新刊的佳作。

2021 年 6 月底，出版社提出初审意见，要更换“新冠之什”这一辑，因而选用2021年春天的采风作品，第六届庐山西海谷雨诗会的作品“杜鹃之什”就这样进入此书。

古人做一本书常要数易其稿，这本书的目录订正打印达十五次。因为种种原因，总不免有遗珠之憾。

四

本书共收入一百三十九人的诗、赋和散文随笔。图书定稿后，当我怀着忐忑的心情，一一与入选的作者确认用稿的时候，没有一个人忍心拒绝。团队里的伙伴，不仅充分信任我的选稿，而且都互相谦让。这一切，让人温暖。

所有的作者都没有放简介。这也不是为了图方便，简介这种东西，有人喜欢写业绩，有人喜欢写头衔，真正厉害的人什么都不想写，因为明白的人看了作品就知道。

一本书，读的毕竟是文字的魅力。为了节省版面，不上作者简介，相信能够得到诸君的谅解。

五

2020年11月28日，我邀约在武宁的编委会成员到长水雅聚，第一次公布最初的作品目录，在酒桌上传阅一遍，让大家知道一个大致的情况。凡我想到的问题都能得到回应和落实，这是很大的安慰。

同年12月20日，带领编委会的同道拜访陈政先生，陈先生做过出版社总编辑、社长，又是江右文化名家，把他请到长水走一走，一边喝酒，一边听指教，其乐融融。

同年12月27日，组织“江南风雅颂”部分成员雅聚，本来都打印好了最新编定的作品目录，结果忘记带去。好像不需要这个项目，大家一起交流也很开心。

也多次单独与瘦梦、钟新强、李飞亮、邹冰、张雷、夏海琴、张雯哲、子清等诸君商议选稿、出版等事宜，事情没有做出来之前，又不好意思张扬，因为有一种敬畏。

2020 年 12 月下旬，开始联系多家出版社，将这本书的概况发给他们。这种小众的书因为无利可图，一般出版社也不会上心。在与他们的交流中，知道出书之难，又不是几年前的情形。

我期望能做出一本品相高雅的书，对得起这个书名，更对得起信任与支持我的所有作者。

六

2021 年 1 月 13 日，张雷发来“我与江南风雅颂”系列作品数篇。她组这个稿，没有征求我的意见，听说是在一个只有几个女生的小群里组的稿。我曾说过，在一个小群里，可以说人“坏话”，这是关系铁的表现。没想到她们几个，却在这个群里做成这样一件事，我读后很感动。

这个公众号，本来就是一个同道一起互相取暖的平台，所以决定刊发这些作品。在微信公众号连续推出后，又引得更多的人投稿，就这样，一个多月的时间，陆续刊发了十三篇作品。后来觉得这样有某些部门的习气，没有意思，所以还是及时打住，只把感激存在心里。

做这本书，就是给这些年来一方文学活动做一个总结，展示一点成果，如今大家心有所动，来做一个自己的活动小结，也是符合人之常情的。因此选十篇入书，让人看到古国文化里的“求其友声”，故名之为“鹿鸣之什”。又为与正文体例区别，编作“闰卷”，虽是盈余之篇，却为本书增色。

最后，因为容量的关系，不得不把闰卷整个删除了，特此把篇名存记于此：邹幽篁《一起变好》、王造梁《给日子开光》、李飞亮《玩有好伴》、子清《但愿多采撷》、徐淑萍《心灵的栖息地》、黎雯婷《山间草木又一年》、余静权《坐在春风里》、徐立慧《借我一双慧眼》、张雷《一步一宇宙》、钟新强《与你们同时代是幸福的》。

七

当这本书就要付梓的时候，我感恩与瘦梦、柯水生、胡久雄、王怡荣、陈洪遗等结下的善缘，他们出于对地方文学的关心，凭自己的力量，努力搭建培养人才、繁荣创作的各种平台。许多个双休日，我们一起采风，一起诗会，一起座谈，一起研讨，挖掘地方文化，推介生态文明，结下温暖的友谊，留下美好的记忆。

感恩刘堂江、张绪佑、杨新民、萧亮等地方贤达，不仅赐给我们大作，而且给予热情的鼓励与指导。

感恩以各种方式参与我们文学活动的作家朋友，正是因为有各方高人的襄助，让这本书有一种厚重与宽广。

感恩首都师范大学书法博士、江西师范大学美术学院副教授贺炜炜先生为本书题写书名。感恩王婷为本书设计制作卷、辑的封面及插图，她的敬业精神与专业水平，让本书有不一样的模样。

感恩多年来一起进行文学采风与创作的朋友，在我退出职场过渡期的这些年里，他们仿佛是上天派来帮助我修行的，好在我掩上故园之扉的日子，能够有一些珍贵的怀想。

翁还童记于碧海龙湾心远居

2021 年 7 月 9 日